LA TIERRA

de las

Mujeres

SANDRA BARNEDA

LA TIERRA
de las
Mujeres

DESCUBRIERON
SU PASADO,
COMPRENDIERON
SU PRESENTE,
DIBUJARON
SU FUTURO

Primera edición: octubre de 2014
Tercera edición: enero de 2015

ISBN: 978-84-8365-775-1
Depósito legal: B-21.092-2014

Impreso en Liberdúplex. Sant Llorenç d'Hortons (Barcelona)

SL 5 7 7 5 1

Penguin
Random House
Grupo Editorial

A mis antepasados

«Las arrugas de la piel son ese algo indescripti-
ble que procede del alma».

SIMONE DE BEAUVOIR

«El que no sabe aullar no encontrará su manada».

CLARISSA PINKOLA

«Digan lo que digan, la Tierra se mueve».

GALILEO GALILEI

I

Una ráfaga de viento huracanado las arrojó al suelo sin tiempo de frenar la caída.

—¿Estáis bien?

Las niñas miraron a su madre sin contestar, con los ojos bien abiertos y cierta insatisfacción. La pequeña Adele levantó una mano llena de barro. Kate huyó del barrizal de un salto y descargó toda su rabia, gritándole a ese viento endemoniado una infinidad de exabruptos. Aprovechó para cargar contra su madre y rebelarse una vez más por estar allí, en contra de su voluntad.

—*This is a shit and you know it!**

No era el lugar más adecuado para un rifirrafe con Kate, estaba cansada por el largo viaje y hasta el moño de

---

* —Esto es una mierda y lo sabes.

escuchar a su hija protestar por todo desde que salieron de Nueva York. ¡Cierto! No había sido el mejor de los comienzos, pero se negaba a que fuera el presagio de su estancia en aquel remoto lugar. Se levantó, sacudiéndose con dignidad el vestido empapado de barro, agarró la maleta y, contra el viento, reanudó la marcha. ¡Cierto! Iban demasiado cargadas, con unas maletas poco adecuadas para caminos de tierra y excesivamente pizpiretas para un lugar como ese, que olía a excremento de animal. Kate y Adele tardaron en reaccionar, pero al ver que su madre se alejaba y las dejaba en medio de aquel descampado, reemprendieron la marcha. Kate terminó cargando con la maleta de su hermana; la pequeña siempre conseguía sacar lo mejor de ella. Era su debilidad y no podía verla sufrir. Avanzaron por una carretera asfaltada de doble dirección, por donde pasaban los coches a toda velocidad.

—¡Kate! No sueltes a tu hermana y cuidado con los coches. ¿Me haaas oíiido?

El viento suspendió en el aire las protestas estériles de Kate. De nada le había servido toda la cadena de argumentos para evitar estar allí, con su hermana y su madre, lejos de sus amigas, de su casa, de su habitación y de sus Gotham Girls. Eso era lo que más le había dolido: apenas haber podido despedirse de sus compañeras y dejarlas en la estacada durante una semana. *«Just one week, mom!»*[*]. No poder estar con ellas en el próximo partido de la Roller Derby Junior League y… si la cosa se alargaba en ese infame lugar… ¡se piraba!

[*] «¡Solo una semana, mamá!».

Kate era una Jamer, una de las corredoras y anotadoras imprescindibles para el equipo. Para ella llevar la estrella en el casco era ser líder y una líder… ¡nunca abandona a su manada! Su madre ni la entendía ni le interesaba la Roller Derby, un deporte bruto, poco bello, en el que mujeres en patines se dedican a correr por una pista oval y a darse empujones y codazos para evitar que el contrario llegue a puerto. A Adele en cambio le divertía ver a su hermana, pero algunas de sus amigas le caían un poco mal porque tenían cara de perro rabioso. Kate adoraba sus rollers y se sentía frustrada por la fuga repentina, el abandono imperdonable, y aún más al verse en aquel lugar inhóspito, tan poco amigable.

Adele sentía la rabia de Kate por cómo le estrujaba sin control la mano hasta dolerle. Aunque admiraba a su hermana, le costaba entender que viviera en permanente pelea con su madre. Ella tampoco estaba convencida de aquella aventura, apenas entendía qué hacían tan lejos de casa, pero era una pequeña *scout* y… ¡los *scouts* no se rinden a la primera! No formaba parte de ningún grupo, pero soñaba con ser una exploradora y descubrir lugares nuevos con tesoros escondidos y animales extraños. Adele vivía en la fantasía y todo lo miraba con el prisma de su gran imaginación. Siempre estaba en las nubes o devorando un libro sobre planetas desconocidos.

Gala se detuvo a esperarlas. Tan distintas y tan suyas al mismo tiempo. Dudaba de si había sido una buena idea llevárselas consigo y no haberlas dejado con Frederick. Aquel lugar inhóspito, lleno de casas de piedra vieja con apariencia de estar semiabandonadas, con las ventanas cerradas, sin nadie por la calle… ¿Dónde las había metido? En aquella ocasión, su terquedad quizá la había llevado demasiado lejos. Frederick ya le dijo que se fuera ella sola y dejara a las niñas en paz. Pero se negó en redondo a dejarlas, a abandonarlas, a que su marido se ocupara de ellas contratando canguros porque siempre carecía de tiempo para sus hijas. Se había casado con un *workaholic* que no tenía la menor intención de curarse. El trabajo era lo más importante, su cuerpo lo segundo, lo tercero sus hijas y, en cuarto lugar, ella. La cuidaba, la amaba en la cama, pero a veces no soportaba a Don Pluscuamperfecto y sus sermones de ética y moralidad. Él podía ser el doctor Frederick Donovan, pero ella era una Marlborough, oriunda de Boston, rica y educada para gobernar y no ser gobernada.

—So… *what?**

Miró a sus hijas, que descansaban, sentadas en sus maletas. Kate seguía empeñada en no hablar el castellano con ella, pero ese era el idioma de su abuelo y era la ocasión perfecta para aprovechar el viaje y ¡practicarlo!

—Ahora vamos a buscar la Casa Xatart, la casa de mi tía abuela.

Lo dijo desafiante, con su mejor acento y sin un atisbo de duda en sus palabras. El cielo, a modo de presagio, se había tornado de un rojo anaranjado. Kate estaba a punto de conseguir sacarla de sus casillas. Respiró profundamente y dejó que la fuerza del viento se llevara la ira. No

---

* —Y… ¿qué?

vio nada de bello en esos tules de nube sedosa que adornaban el cielo, no vio belleza en aquella tierra que tenía algo de ella, aunque fuera tan lejano y desconocido.

¡La Muga! La tierra donde había nacido su padre…

Adele le tomó la mano y tiró de ella señalando una casa al fondo, con una verja enorme y una cenefa de baldosas incrustada en la pared que rezaba «Can Xatart». Las tres se acercaron lo más deprisa que el viento les permitió. Kate abandonó su maleta a medio camino para esprintar y ser la primera en llegar. Se agarró a los barrotes y metió el hocico para ver cuál iba a ser su terrible realidad. Apenas un jardín con una gran enredadera trepadora que vestía parte de las paredes y, al final, una puerta de madera carcomida que daba a la entrada de la casa. ¡Habían llegado! Adele soltó a su madre y miró boquiabierta todo aquel mundo nuevo por descubrir. Kate, al igual que su madre, no daba crédito al ver el lugar en el que se habían metido. La miró de reojo y la vio tan angustiada que decidió bajar la cabeza y dejar por unos instantes la queja.

«¿Quién querría comprar esa casucha de piedra y medio en ruinas?», fue su primer pensamiento, y sabía que su madre estaba en lo mismo. ¿Aquello valía tanto dinero? Kate no sabía de casas ni le interesaban lo más mínimo, pero comenzaba a sospechar que una semana era demasiado poco tiempo para resolver todo el rollo de la herencia de la tía abuela de su madre, mujer de la que nunca había oído hablar. Ni de Amelia Xatart, ni de aquel lugar, ni siquiera de su abuelo, que murió cuando su madre apenas tenía cinco años.

Kate entró con los ojos borrachos de sueño y saturada por su propia negación a estar allí. Todo le parecía espantoso, demasiado para descubrirlo a esas horas. No quiso ver nada de la casa, ni siquiera detenerse a comer recostada en cualquier silla pulgosa. Apenas tenían unos bocadillos que su madre había comprado en el aeropuerto. Estaba noqueada, sobrepasada por aquella infame realidad. Adele, en cambio, devoró el bocadillo primero y cayó al instante después. ¡Instintos primarios! Kate se fue con su hermana a la cama, sin despedirse, sin desearle buenas noches a su madre. Tampoco la mandó al infierno; no le hizo falta, porque aquel lugar se le parecía mucho.

Gala se quedó en la planta baja, a la luz de un viejo candil, sentada en un magullado sillón orejero con la mirada congelada y el cuerpo encogido por el frío y la impresión de aquel lugar. No recordaba el tiempo que estuvo sin aliento, solo cómo un dolor intenso en la mandíbula le hizo salir de su estado de estupefacción. Había apretado los dientes hasta casi partirse una muela de la tensión acumulada.

—*What the hell am I doing here?*[*]

Es lo que pasa por dejarse llevar por las señales y olvidarse de la lógica aplastante. Cualquiera en su sano juicio habría meditado la idea de salir zumbando de Nueva York con sus dos hijas en menos de cuarenta y ocho horas rumbo a un lugar llamado La Muga, un pueblucho al este de España de menos de trescientos habitantes, cerca de la frontera con Francia. Pero se dejó guiar por una fecha: 12 del 12 de 2012, y una llamada inesperada.

---

[*] —¿Qué demonios estoy haciendo aquí?

El mismo día que recibió la llamada se levantó con una extraña sensación premonitoria, como si algo bueno le tuviera que ocurrir. No cambió sus rutinas, hizo exactamente lo mismo que el día anterior y el otro y el otro. Pero se sentía distinta, con una energía diferente y, sobre todo, expectante. Desde pequeña, siempre se había dejado llevar por las señales y, aunque más que beneficiarla la mayoría de las veces la habían perjudicado, Gala era supersticiosa y no podía evitarlo. Por suerte, esos fogonazos de ceguera de la razón le sucedían con suficiente distancia temporal como para que los demás, lejos de preocuparse, se lo tomaran como una pequeña excentricidad. Quizá en esta ocasión había ido demasiado lejos con las dichosas señales.

Por la tarde, a punto de ir a recoger a las niñas al colegio, instantes antes de salir... sonó el teléfono varias veces. Gala lo ignoró hasta que saltó el contestador.

—*Good afternoon... Mmm... I'm Robert Riudaneu, Amelia Xatart's aaat... torney. I need to get... mmm... in touch with Gala Marlborough Xatart in relation to... mmm... her great aunt. She is... deceased... mmm... and Mrs Marlborough is her most immediate family. Please...*

—*Hello? Oh... Hi... yes, yes... I'm Gala Marlborough.*[*]

---

[*] —Buenas tardes... Mmm... Soy Robert Riudaneu, aaa... bogado de Amelia Xatart. Necesito ponerme... mmm... en contacto con Gala Marlborough Xatart en relación con... mmm... con su tía abuela. Ella ha... fallecido... mmm... y Mrs. Marlborough es su familiar más directo. Por favor...
—¿Hola? Oh... Hola... sí, sí... Soy Gala Marlborough.

El primer minuto de conversación rozó el surrealismo. Gala apenas entendía nada de lo que trataba de contarle aquel hombre. Hablaba con un acento extraño y los nervios de aquella situación le trababan la concentración. Todo fue confuso hasta que tuvo un momento de lucidez.

—¿Prefiere que hablemos en castellano? Lo hablo y entiendo perfectamente.

Gala lo había estudiado de pequeña y, aunque su acento la delataba, podía mantener una conversación sin un atisbo de duda en el habla. En cuanto empezó a comprender, sintió que los planetas se alineaban y que su energía premonitoria no había caído en saco roto. Amelia Xatart, una tía abuela de la que desconocía su existencia, había muerto hacía apenas unos días, dejando un testamento sellado. Ella resultaba ser la familiar directa más cercana. ¿Cómo era posible todo aquello? Sintió que una compuerta se abría con aquella llamada.

Después de morir su padre, cuando ella era muy pequeña, su madre decidió enterrar con él todos sus recuerdos y apenas consiguió que le contara que era un hombre de campo de un pueblecito y que lo dejó todo por amor. Alguna vez ciertos remordimientos le rasparon las entrañas por no indagar más sobre su padre, pero al fin y al cabo, según le había contado su madre, no había familiares vivos, solo un pueblo… ¡Nada más! Aquella llamada parecía cambiarlo todo. «¿Heredera?».

Desde la cuna, gozaba de una posición privilegiada: pertenecía a una de las familias más antiguas de Boston, era una Marlborough, una aristócrata, de uno de los pocos clanes que habían sabido conservar, con el paso de los años, las tres *P*: Posición, Prestigio y Posesiones. Los Marlborough eran apreciados, temidos, pero sobre todo infinitamente ricos. Ella era la única heredera de Julianne Marlborough, su madre. Al casarse con Frederick, desobedeciendo a la matriarca, rompió la regla de oro de los Marlborough: contraer matrimonios de conveniencia. Al fin y al cabo, su madre había hecho lo mismo, se había casado con un campesino, ganándose para siempre el desprecio de buena parte de los Marlborough. Su madre asistió a la boda, pero poco más. El mismo día de su enlace decidió que nadie gobernaría su vida: ni los Marlborough ni su marido, el reputadísimo cirujano plástico Frederick Donovan. Con el paso de los años se percató de un sutil error de cálculo: nada había cambiado, porque seguía siendo una dependiente. Dependía económicamente de su marido, como lo había hecho antes de su madre. Desde que Adele cumplió cinco años, Gala se empeñó en montar su propio negocio, en trabajar, en ser autónoma, en sacar a relucir su talento. Le presentó a Frederick una docena de ideas de negocio: desde una *bakery & tea shop* hasta un excéntrico club privado para mujeres donde debatir, hacer cursos, compartir libros y confidencias con otras *housewives* desesperadas por hacer de su vida algo más que criar a los niños. Los noes de Frederick, lejos de desanimarla, la hicieron más fuerte. Ella era licenciada en Artes y Humanidades por la prestigiosa Universidad de Harvard y, aunque jamás había puesto en práctica sus conocimientos, ahí estaban, y no dudaba de que encontraría la manera de mostrarlos al mundo, a pesar de las negativas de Don Pluscuamperfecto.

Aquella llamada la dejó empañada de sueños. Ese fue uno de esos días en los que el GPS integrado demostró su utilidad. Con la mente en otro lugar y las manos en el volante, sin saber cuánto tiempo ni cómo, sin saber apenas nada, llegó a la Brearley School con algo más de diez minutos de retraso. Allí la esperaban Kate y Adele, cada una con una actitud diferente, cada una con su personalidad. Adele seguía entusiasmada con la asignatura de Teatro, había descubierto el poder de la oratoria y disfrutaba disfrazándose. Kate solo pensaba en las Gotham Girls y la Roller Derby League, un deporte que poco tenía que ver con ser una Brearley Girl, pero había sido una promesa y su premio por ser una de las mejores alumnas de su clase. Kate era tan inteligente como diferente, y eso era todo un problema a partes iguales.

Llegaban tarde al Instituto Cervantes de Nueva York, apenas diez minutos en coche hasta el 211 de la calle Cuarenta y nueve Este, pero el tráfico en la Gran Manzana, aparte de insoportable, es para adinerados y valientes. Aunque Gala no era demasiado talentosa al volante, se empeñaba todos los lunes en llevar a las niñas a clase de español. Era su tarde para la fotografía en el International Center of Photography en el 1133 de la Sexta Avenida, a poco menos de quince minutos andando por Midtown West. Eran sus tardes de arte, de café y *bagels*. ¡Le encantaban los *bagels* de pan de amapola con requesón y salmón ahumado! Adoraba los lunes por la tarde, y ese en concreto más.

Dejó a las niñas y se quedó en la Bagel Shop. Necesitaba digerir aquella llamada. Necesitaba decidir si acudía

a la cita al otro lado del mundo el 12 del 12 de 2012 a las 12 de la mañana. Pronunciar, aunque fuera mentalmente, esa fecha le aceleraba el pulso. Un extraño colibrí eléctrico recorría su cuerpo de los pies a la cabeza. Aquella llamada podía cambiar su vida: solo necesitaba un golpe de valentía y hacer caso a su instinto. «¡La señal es para ciegos!». 12 del 12 de 2012 a las 12 de la mañana. Más claro, imposible, el último número redondo hasta dentro de noventa años. Nueve días antes de la fatídica fecha del fin del mundo que habían vaticinado los mayas. Todo parecía encajar en una especie de espiral sin fin ni sentido, pero presentía que podía dar un giro a su vida. «¡Al fin autónoma y con dinero propio para montar lo que yo quiera!». La cabeza le explotaba de emoción y vértigo al mismo tiempo. Tenía la absoluta certeza de que no la habrían llamado si no se tratara de una buena suma de dinero, y que resolver los trámites no le llevaría más de una semana. Tiempo para volver y pasar las Navidades en casa. Frederick tenía un par de operaciones en la clínica de Los Ángeles. Sintió que debía hacerlo, sin pedir permiso, sin apenas consultar ni hablar con nadie.

—A Frederick... ¡lo justo! A mi madre... ¡Mejor que no lo sepa!

Sentía su corazón bombear a límites de estallido. Hubiera deseado dejarse empapar por la lluvia, pasear descalza por Central Park, hacer un *plum cake* de pasas y nueces y comérselo de una tacada. Como su pequeña Adele, ella siempre había soñado con encontrar tesoros y lo curioso era que el tesoro... ¡había llamado a su puerta!

Miró la hora en su móvil: las seis menos veinte del 10 del 12 de 2012. Comenzaba la cuenta atrás para organizarse y llegar a tiempo a su cita con ese abogado del que ni siquiera se había apuntado el nombre. Aprovechó la aplicación de Google Earth que le había instalado su hija Kate en el móvil para fisgar el pueblo desde la distancia, nunca mejor dicho. No sabía ninguna calle, ni dirección, solo el nombre del pequeño pueblo: La Muga. «¿A cuántos kilómetros estamos de allí? ¿Cuál será el aeropuerto más cercano? ¿Cómo llegaremos al pueblo?». Volvió a mirar el reloj, apenas habían pasado unos minutos. A las seis en punto había quedado en hablar, un poco más tranquila, con el abogado. Tenía la cabeza a punto de explotar con tantas preguntas y dudas. Necesitaba confirmarle a aquel hombre que acudiría a la cita, para reafirmarse a sí misma y no venirse abajo. Necesitaba contarle a sus hijas que se iban de viaje, que esa misma noche debían preparar la maleta y ayudar a su madre a buscar un tesoro. «¡Quizá si lo explico como un juego se lo tomen mejor!». Cerró Google Earth antes de fisgar el pueblo, pensó que sería mejor no condicionarse por el aspecto del lugar. Al fin y al cabo, no iba para quedarse sino por el tesoro, por el dinero… ¡La herencia de su tía abuela!

Aprovechó bien ese tiempo antes de recoger a las niñas para apuntar todo lo que debía hacer antes de partir.

1. ¿Pasaporte? «En regla, en verano estuvimos en las Maldivas».

2. Billetes de avión y hotel. Solo necesitaba llamar a la agencia de viajes y que se lo organizaran. «¿Cuál es el aeropuerto más cercano? ¿Madrid?».

3. Llamar a la directora de la Brearley School y pedir permiso para que las niñas se ausenten hasta después de Navidades. «La muerte de un familiar es más que suficiente».

4. Maletas. «¿Qué llevarse? No hay tiempo para decidir demasiado. Mirar la temperatura y meter cuantas más cosas mejor».

5. ¿Vacunas? Por un momento se le paró el corazón. Dudó si para viajar a España se precisaba algún tipo de vacuna. El susto le duró tan solo unos segundos, el tiempo en que su mente tardó en subsanar el pequeño lapsus: aunque esté a un paso... España no es África sino Europa.

6. Frederick...

No le apetecía enfrentarse a eso, ni siquiera visualizar el momento en el que le contara a su marido que se iba una semana con sus hijas a recibir una herencia de un familiar desconocido.

Decidió aprovechar mejor el tiempo y lanzarse a por la segunda opción: llamar a la agencia y que le fueran preparando los billetes. Apenas duró cinco minutos la conversación, tenía el tiempo justo y Nathaly era lo suficientemente eficaz para pillarlo al vuelo. A las seis en punto. Bueno, a las seis y dos minutos para ser exactos (tuvo que proceder al vaciado completo del bolso para dar con el papelillo donde había anotado el número de teléfono del abogado de su tía abuela). Superado el percance, llamó y esperó con ansia la respuesta, carraspeando para evitar que, con los nervios, le fallara la voz a la primera.

—Gala Marlborough al teléfono. He quedado con...

No recordaba el nombre del abogado. Sintió cierta vergüenza por tal descuido, pero antes de percibir el calor de la subida de temperatura corporal, la voz la sacó de dudas desde el otro lado.

—Robert Riudaneu. Yo mismo, señora Marlborough. Hemos hablado hace apenas tres horas sobre el testamento de su tía abuela: Amelia Xatart.

Conversaron no más de veinte minutos. Tiempo suficiente para reorganizarse con la nueva situación y rebajar la tensión. Aquel joven parecía saber hacer muy bien su trabajo y lo tenía todo perfectamente planeado. Si ella lo deseaba, podía organizarle el viaje y no tener que ocuparse de nada.

—Es que voy a ir acompañada, ¿sabe? De mis dos hijas, Katherine y Adele.

No daba crédito a que incluso su tía abuela hubiera organizado el viaje. Eso dejaba bien claro que ella sí que sabía de su existencia, y demostraba cierto aprecio o delicadeza por su parte. Gala dudó si dejarse llevar por un desconocido y finalmente decidió declinar la oferta al cincuenta por ciento. Ella se encargaba de los billetes (bueno, Nathaly) y el señor Riudaneu de contratar un coche con chófer para que las llevara del aeropuerto al pueblo: La Muga.

—¿Quiere usted decir que lo más aconsejable es que me quede en la casa?

—Era el deseo de su tía abuela. Aunque… como usted desee, nadie la obliga a ello.

Estaba segura de que la comodidad la encontraría en un hotel de cuatro estrellas o más. Pero no dormir en la casa le parecía una mala señal, y una descortesía ante la amabilidad de su difunta tía abuela que tan generosa había sido con ella. De nuevo Gala barajó el nivel de superstición y pensó que prefería la incomodidad al mal fario de una difunta.

—¡Decidido! Dormiremos en la casa. Al menos la primera noche. Si las niñas —eran una buena excusa para todo— no se sienten mal, nos quedaremos toda la semana.

—¿Una semana?

Gala percibió cierta sorpresa. Pero se había propuesto potenciar su seguridad y no dar rienda suelta a sus inseguridades. Así que no dio pie a comentario alguno sobre la duración de su estancia.

—Sí, una semana.

El señor Riudaneu entendió la seca respuesta y evitó comentario alguno al respecto. Antes de colgar, le comunicó una última cosa. Por motivos laborales, le iba a ser del todo imposible acudir a recibirlas. Con toda la amabilidad que hasta el momento le había caracterizado, enumeró infinidad de excusas hasta que Gala se cansó de escucharlas. Se encontrarían en un pueblo cercano, Perclada, el 12 del 12 de 2012 a las 12 del mediodía. Al despedirse, le deseó cortésmente buen viaje para ella y para sus hijas «Katherine y Adele». Le sorprendió que se acordara de sus nombres; definitivamente aquel hombre daba la impresión de ser un profesional.

Organizar el viaje resultó rápido y fácil. La auténtica pesadilla fue salir de su apartamento con sus dos hijas y serena. Lo segundo no lo consiguió, pero mereció la pena perder la compostura y salirse con la suya. Ella era una Marlborough y, aunque la casa se estuviera incendiando, apenas perdía el tono. Pero aquella noche, en casa, terminó lanzándole la pizza a Don Pluscuamperfecto. ¡Sí! Fue una pizza de *pepperoni* y extra de mozzarella porque era lunes, y los lunes era día de pizza. Frederick tenía por costumbre no viajar en lunes y eso aumentaba las posibilidades de cenar todos juntos, aunque solo fuera una vez a la semana. Antes de que su marido llegara a casa, habló con Kate y Adele. Las reunió en el salón a las dos, las colocó en uno de los sofás, ella se sentó en el sillón otomano blanco de enfrente y esperó en silencio a que le llegara la frase más adecuada para soltar la bomba. Las niñas la miraban expectantes. Gala optó, en esa ocasión, por ser directa y escueta.

—*We are going to Spain for a week. On our own, without your father. We fly early tomorrow afternoon. Any questions before you start packing?*

—*Are you crazy? I'm not going anywhere!!!**

Kate mascaba chicle y casi se lo tragó al oír la noticia. También fue la primera en responder a su madre. Apenas gritó porque llevaba el susto en el cuerpo. ¡No podía perderse el primer partido de Playoffs! Era como preparar un pastel y no comerse ni una miga; o viajar a la playa y no bañarse. Kate encadenó insultos, ruegos y súplicas para evitar que su vida cayera en desgracia. Faltar a un partido de la ronda final de la Roller Derby League era abandonar a sus Gothams ¡en

---

* —Nos vamos a España una semana. Solas, sin vuestro padre. Volamos mañana a primera hora de la tarde. ¿Alguna pregunta antes de empezar a hacer las maletas?
   —¿Estás loca? ¡¡¡Yo no me voy a ninguna parte!!!

el peor momento! Gala escuchaba a su hija como si oyera llover... ¡Ese endemoniado deporte la tenía abducida!

Adele se abstuvo, prefirió observar la escena. Aquello parecía el principio de una larga tormenta. Madre e hija se enzarzaron en una desordenada discusión que terminó cuando Kate, sobrellevada por la impotencia, se encerró en su habitación dando un portazo. Adele observó y prefirió dejar para el viaje todos los interrogantes menos uno.

—*Mom, where is Spain?**

Gala acarició la cara de su hija con delicadeza, la miró tiernamente a los ojos y soltó un profundo suspiro.

—*Not so far away, Del, not so far away.***

Le resultaba complicado situar los países en el mapamundi y, a pesar de que en el Instituto Cervantes le habían repetido hasta la saciedad dónde quedaba España, Adele vivía en su propio mundo regido por sus propias normas y a veces eso significaba no quedarse con lo básico y sí con lo más complejo. Adele se quedó más tranquila con la respuesta de Gala. A ella, cuanto más lejos, mejor, más por explorar. Antes de meterse en su habitación se giró hacia su madre y, con una sonrisa picarona al tiempo que dulce, alzó la mano derecha y extendió los dedos índice, corazón y anular.

—*Be prepared, mom.****

Gala imitó a su hija con el saludo de los *scouts* y, con la mano izquierda, se palmeó el corazón y repitió la frase:

---

* —Mamá, ¿dónde está España?
** —No tan lejos, Del, no tan lejos.
*** —Siempre lista, mamá.

«*Be prepared!*», uno de los lemas de los *scouts:* estar siempre listos para explorar.

Nathaly le avisó de que tenía tan solo una opción de vuelo si deseaba llegar a la cita del 12 del 12 de 2012 a las 12 de la mañana. La única alternativa era tomar el de las 8 de la mañana y aterrizar en Barcelona a las 0 horas del día 12 del 12 de 2012.

—*Oh, that's great!*[*]

Nuevamente la fecha, de la otra única manera que podía encajar. Gala tuvo la certeza de que debía tomar ese avión y, aunque fuera un viaje largo y pesado, todo iba a ir rodado.

En cuanto colgó con Nathaly, entró en la habitación de Kate para hacer con ella la maleta, esa que su *teengirl* ni siquiera había sacado del armario. Su hija mayor estaba encima de la cama con los auriculares a todo volumen y los brazos cruzados. Cuando no hay tiempo para discutir ni negociar, lo mejor es tomar la iniciativa. Si algo detesta una adolescente es que alguien decida por ella qué ropa meter en la maleta. Gala no llevaba ni dos minutos con la faena cuando Kate se abalanzó sobre ella para evitar que su madre le metiera el jersey gris con un árbol de Navidad gigante en el centro que cumplía un año en el armario con la etiqueta puesta. Su abuela Julianne se lo había regalado las Navidades pasadas y casi lo descuartiza allí mismo. ¿Susto o muerte? Sabía que estaba perdida, no era mayor de edad y, aunque se lo pidiera a su padre, no había opción de quedarse en casa. Cuando no puedes con tu

---

[*] —¡Oh, eso es genial!

enemigo, lo mejor es que te unas a él y simules amistad. Kate, con toda la suavidad que encontró, le quitó de las manos el *abeto jersey* y la invitó a abandonar la habitación.

—*I'll do it, mom*[*].

Gala se retiró con la satisfacción de los vencedores. Su hija, en contra de su voluntad, apilaba pantalones, jerséis varios, camisetas... «¿los patiiines?». Lo que no podía controlar era lo que su hija decidiera meter allí dentro. Al fin y al cabo, era su maleta y cargaría ella con el peso.

Adele, en cambio, como aspirante a *scout*, sabía perfectamente qué llevarse. Su maleta estaba prácticamente lista. Todo delicadamente colocado y ordenado en el interior. La pequeña, cuando se lo proponía, era extremadamente meticulosa, tan escrupulosa como su cirujano padre. Como si guardara un pequeño tesoro, cargó con los tres últimos libros de *Las crónicas de Narnia*.

—*I know, mom, it's only a week...*[**]

Cada una de sus hijas con sus *hobbies* a cuestas. Poco podía decirles, ya que se las llevaba secuestradas a un pueblo que nada tendría que ver con su Nueva York natal. Miró el reloj, faltaba poco para que llegara Frederick. ¿Qué llevarse? Ropa de abrigo y lo más cómoda posible. Poco brillante y mucho vaquero.

—*Are we going on holidays?*[***]

Gala detestaba el tono de superioridad que siempre acompañaba a las preguntas de Don Pluscuamperfecto.

---

[*] —Mamá, ya lo hago yo.
[**] —Ya lo sé, mamá, es solo una semana.
[***] —¿Nos vamos de vacaciones?

Había llegado la hora de la verdad y, aunque le costara, tragó saliva y le contó de corrido la aventura: llamada + difunta tía abuela + herencia + viaje + dinero + vuelta a casa. Sencillo, algo precipitado, pero sencillo. Frederick tardó unos segundos en reaccionar ante la concatenación de hechos y decisiones. Cinco segundos y… soltó una sonora carcajada.

—*Are you kidding me?**

No soportaba los planes sorpresa y, menos aún, los viajes. Ante la falta de reacción de Gala, se dio cuenta de que su mujer iba en serio con ese viaje + herencia + dinero + vuelta a casa. ¡Como si fuera tan sencillo! Gala era lista, pero tenía siempre serias dificultades para organizarse y el tiempo siempre era variable en ella.

—*Just a week?***

De nuevo ese tono irritante. Gala sintió el rubor en las mejillas, no soportaba la ironía de Frederick. Él trató de convencerla para que desistiera. No con ansias de ayudarla, sino por la nula confianza en la capacidad resolutiva de su mujer. Insistía en que alguien podía tramitarlo a distancia, estaba claro que no era necesario estar presente:

—*Wouldn't it be easier through Skype?****

Don Pluscuamperfecto se lo tomaba a guasa, a locura pasajera, todo aquel arrebato de preparar maletas, pero al mismo tiempo sabía que cuando su mujer se empecinaba en algo era tan terca que, aunque supiera que si no frenaba es-

---

* —¿Me tomas el pelo?
** —¿Solo una semana?
*** —¿No sería más fácil por Skype?

trellaría el coche contra la farola, era capaz de no pisar el freno con tal de no dar el brazo a torcer. Se sentó en el sillón de la habitación y comenzó a prepararse para la ducha. Nada ni nadie podían echar a perder la ducha después del trabajo. Cuadriculado, meticuloso y hedonista, así era Don Pluscuamperfecto. Se desnudó delante de ella, muy despacio, lanzándole una a una las prendas que se iba quitando. Aunque lo intentó, Gala no pudo evitar mirar de soslayo el cuerpo de su marido perfectamente esculpido. Le daba rabia, pero no podía impedir caer en sus redes, sabía cómo hurgar en sus puntos débiles y activar su lado sumiso. Intentó aleccionarse de lo inadecuado de llevar la escena a mayores. No había tiempo que perder. Las niñas podían entrar en cualquier momento y, sobre todo, con tanto ajetreo y emociones, estaba entumecida de sudor y maloliente. Apartó como pudo la lengua de Frederick que iba directa a dispararle la libido.

—*Not now, please.**

Apenas le salió un hilillo de voz. Bajó la cabeza y tragó saliva. Él se arrodilló delante de ella. Le cogió la cara con las dos manos y la forzó a mirarlo. A contemplar su cuerpo desnudo, tremendamente erecto y listo para el envite. Frederick disfrutaba con aquello, le encantaba ser el amo en cualquier situación, y en el sexo, más. Gala se levantó tratando de interrumpir el hechizo. Frederick la detuvo con fuerza y, desde atrás, la embistió con ganas. Gala no logró evitar que sus caderas se movieran solas y se contonearan de placer. Su cuerpo reaccionaba siempre más allá de su voluntad y, aunque lo necesitaba, quería parar,

---

* —Ahora no, por favor.

era consciente de que él, nuevamente, tenía el poder. En apenas cinco segundos la había desnudado, metido en la ducha y abierto de piernas. El agua corría con fuerza, él la tenía presa, inmóvil. Le encantaba taparle la boca y que ella le mordiera. Gala necesitaba cariño, pero la brusquedad en el sexo le arrebataba toda la cordura. No podía evitar disfrutar de ese lado salvaje, de estar atrapada, de formar parte de un juego animal. Le escuchó jadear y no pararon hasta que lo descargó todo. Apenas un segundo más tarde, aplastada contra la pared y a riesgo de romperle una costilla, la soltó; libre otra vez pero con la dignidad a la altura de la alcantarilla. Gala salió de la ducha sin mirarlo, empapada y con ganas de vomitar. Frederick siempre había necesitado el morbo para funcionar, y ella echaba de menos el cariño, la seducción, el erotismo más allá de lo pornográfico; todo aquello que desapareció en apenas un año. Se vistió con el primer trapo que encontró y, como si nada hubiera ocurrido, siguió metiendo cosas en la maleta, intentando recuperar la magia perdida en aquella agresión consentida.

La pizza de *pepperoni* y extra de mozzarella acabó en la cara de Frederick debido a una cadena de acontecimientos que terminaron con el estallido y la definitiva pérdida de control de Gala. No era una cena cotidiana, sino cargada de iones negativos. Kate protestaba y le suplicaba a su padre que evitara ese viaje. Frederick sazonó la culpa de Gala a base de zarpazos de ironía y comentarios hirientes sobre esa decisión que, como otras muchas, tenía todos los números de terminar en un refrendado desastre.

—You are always a master of positivity.*

Un desastre similar a cuando decidió aprender a hacer repostería y llenó la casa de postres tóxicos. O cuando se decidió por el deporte y se compró el kit completo para practicar *running*, se hizo socia de un exclusivo club de *running* y, en menos de una semana, colgó las deportivas y no volvió a pisar Central Park. Era demasiado aeróbico, así que probó con otras disciplinas como el pilates, el yoga, y de ahí a la meditación, al *mindfulness* y hasta le dio por probar el *pole dancing* porque sus amigas decían que era lo mejor para los abdominales. ¡Cierto! No era demasiado constante con las cosas, pero simplemente porque no había encontrado nada en lo que encajara y fuese con su condición: madre, ama de casa rica y casada con un respetadísimo cirujano que lo respeta todo menos a ella. No soportaba que Frederick la pusiera en evidencia delante de las niñas. Él, Don Pluscuamperfecto, que apenas aparecía por casa, pero que todo en él estaba bien. A ella la vida le aburría bastante y era cierto que, si no quería terminar como su madre, adicta a las operaciones y a las compras inútiles, necesitaba encontrar algo más que contemplar fotografías en el International Center. Por eso, aquel viaje podía suponer la liberación para montar el negocio que quisiera sin tener que escuchar sermones de su marido o su madre. Gala estaba convencida de que ESE era el viaje. No siempre dos más dos son cuatro y, aunque solo fuera por un tema de probabilidad, alguna vez algo le tenía que salir bien.

---

* —Siempre eres una maestra del positivismo.

—*You're fucking great. What more do you want?*[*]

En ese preciso momento, como si se tratara de un acto reflejo, pilló el trozo de pizza de *pepperoni* y extra de mozzarella que quedaba en la mesa y, como si fuera un maestro napolitano, le dio un par de vueltas desde el otro extremo de la mesa, estiró el brazo y lanzó la pizza con toda la fuerza que pudo acumular. No tardó ni medio segundo en impactar de lleno en la cara de Frederick y, como si se tratase de un proyectil, trozos de *pepperoni* y mozzarella saltaron por los aires. Adele dejó de masticar y Kate soltó un taco y se le escapó la risa. No le había dado tiempo a quitarse los trocitos de *pepperoni* cuando fue rociado con todo líquido que Gala encontró encima de la mesa. Primero le lanzó la copa de vino, luego la Coca-Cola de Kate y terminó con el batido de arándanos que se estaba bebiendo Adele.

—*What the fuck are you doing? Are you crazy?*

—*You're gonna take us to the airport in less than five hours. So... you'd better take a shower.*[**]

Gala abandonó el salón con un tembleque en las piernas, sin mirar atrás y dispuesta a terminar de hacer la maleta. Frederick y ella no volvieron a hablarse. Las llevó al aeropuerto, besó a las niñas... no sin antes clavarle una mirada de desagrado y superioridad, y se fue sin despedirse. Gala se sintió desvalida, más insegura que nunca. Tuvo la tentación de llamar a su madre y contarle toda la

---

[*] —Estás de puta madre. ¿Qué más quieres?
[**] —¿Qué coño estás haciendo? ¿Estás loca?
—Nos vas a llevar al aeropuerto dentro de menos de cinco horas. Así pues... más te vale darte una ducha.

historia, pero podía ser peor el remedio que la enfermedad. Desde que había conocido a su *personal trainer*, su querida madre había perdido la poca conexión que tenía con la tierra. A estas alturas apenas se podía hablar con ella si no era de su quinta boda, las lacas de uñas y los milagros del ácido salicílico.

El viaje había sido largo y la llegada peor de lo que se imaginaba. Apenas consiguió dormir un par de horas y, aunque debía levantarse pronto, no podía moverse de aquel lamentable sillón orejero, pulgoso y de más de cien años. Todo en aquella casa era una reliquia; a la modernidad se la echó a patadas o, quizá, nunca supo llegar hasta ese recóndito lugar. Le escocían los ojos del agotamiento, era incapaz de pensar con claridad. Todo aquello comenzó a parecerle un simple espejismo: la llamada, el viaje, aquella casa…

Tal vez era solamente un sueño y, en ese momento, un sueño dentro de un sueño. Los párpados le pesaban, intentó levantarse, quería echar un vistazo a las niñas, pero el sillón orejero hizo de planta carnívora y la devoró.

—*Mommy… Mom?**

Esa voz que venía de muy lejos consiguió sacarla del pozo, de la oscuridad. Gala abrió primero los ojos, después cerró la boca y terminó limpiándose la baba que le había caído. Al ver a su hija Adele en aquel lugar pegó un brinco. «*Where the hell are we?*»,** fue su primer pensamien-

---

* —Mami… ¿Mamá?
** «¿Dónde demonios estamos?».

to antes de que su mente, en un fogonazo de lucidez, la pusiera en vereda: llamada, herencia, viaje, dinero, casa.

—¿Dónde está tu hermana?

Kate seguía completamente dormida, ni siquiera se había descalzado de puro agotamiento del viaje. Gala subió a la primera planta y, sin apenas reparar en los detalles, entró en el baño. Necesitaba poder darse una ducha antes de que el coche que las había traído las llevara a su cita con el señor Riudaneu. Asearse, estar en condiciones de recibir la buena nueva: convertirse oficialmente en heredera universal de Amelia Xatart. «¿A qué se dedicaría mi tía abuela? ¿Tierras? ¿Ganado?». No tenía ni idea de los menesteres del campo, Gala era urbanita y lo más rural que había hecho era ir al rancho a montar a caballo y darse un suculento festín. Después de dejar correr el agua un buen rato, desistió de la ilusión del agua caliente y decidió rociarse como los gatos. Sin apenas haberla inspeccionado, intuía que aquella casa necesitaba más que una puesta a punto… un derribo y volver a empezar. Las niñas se vistieron y la esperaron con la promesa incumplida de no tocar nada. ¡Aquel lugar era como la cueva de Alí Babá y los cuarenta ladrones! Había miles de objetos, decenas de cuadros en cada pared y multitud de libros. Incluso a Kate, que seguía con el entrecejo arrugado, le entraron ciertas ganas de curiosear. Empezó por inspeccionar la vieja caldera; Kate disfrutaba montando y desmontando aparatos, odiaba leerse los libros de instrucciones y, como quien juega con piezas Lego, otro de sus *hobbies* era personalizarlos. Le maravilló aquel espécimen que, lejos de accionarse con gas procedente de tuberías, iba conectado mediante una manguera de goma gorda a un enorme tapón de metal de una especie de bidón cilíndrico de color naranja. Jamás había visto algo parecido, pero estaba claro que era como una batería prehistórica. Aquello debía recargarse o cambiarse por otra igual si querían tener agua caliente. Aunque Adele le aconsejó que no lo tocara, Kate se fijó en que había otro cilindro naranja al lado sin manguera. Intentó moverlo, pero apenas pudo. Aquello pesaba más de lo que imaginaba. Comprobó que la manguera llegaba sin necesidad de mover la bombona. Solo tenía que quitar el tapón a una y colocarlo en la otra… Se apresuró a hacerlo mientras su hermana pequeña le lanzaba una mirada congelada y ella se mordía la lengua a causa de la excitación. Cuando estaba a punto de comprobar si su gesta había funcionado…

—¡Ni se te ocurra tocar eso, Kate! Puede ser peligroso. Todo está muy viejo aquí y a la mínima… podemos salir volando.

La niña miró a su madre desafiante y, con la mano en un grifo, lo abrió sin parpadear. El sonido de la caldera en funcionamiento le dibujó una media sonrisa. Su mano buscó el agua sin despegar la mirada de su madre.

—¿Piensas comportarte así toda la semana?

Percibió el cambio de temperatura en el agua y sintió plena satisfacción. Siguió mirando a su madre, con el agua corriendo. A Kate le podía el orgullo y, a veces, sentía que su madre había nacido sin él.

—¡¡¡Kate!!! ¿Me has oído? ¡Cierra el grifo, por favor! *Turn off the fucking tap!*

Lo cerró tan bruscamente como pudo, la cal y los años habían hecho mella en las juntas. Ella no había elegido estar en aquel lugar, pero desde luego no pensaba quedarse y vivir como una mendiga sin agua caliente, ni calefacción ni comida.

—Ya hay agua caliente... Arregla el resto o llévame a un hotel donde se pueda vivir. ¡Esta casa se cae a trozos!

Kate tenía razón, pero no quiso concederle el gusto. Aunque la casa se estuviera cayendo, no podía hacerle el feo a la muerta. Pensó que hacer pasar a las niñas unos días sin lujos ni sábanas de algodón era un buen aprendizaje de vida. Estaban demasiado acomodadas en el bienestar, en la buena vida y en tener cualquier cosa al alcance de la mano. «¿Qué hay de malo en vivir rústicamente durante una semana?». Gala vio la oportunidad de acercarse a sus hijas y convivir sin tecnología, conocerlas más y vivir las tres una experiencia parecida a una acampada en Fire Island, uno de los lugares preferidos de Adele. Kate no estaba en las mismas que su madre; caminaba con el brazo en alto y el móvil buscando cobertura sin éxito. Aquel lugar era peor de lo que su imaginación podía haber creado. Adele, en cambio, miraba a cada lado de la carretera, observaba las viejas casas curiosa por saber quién viviría allí, cómo sería la gente. «¿Habría niños con los que jugar?». Un enorme torreón dio a golpe de campana la hora acordada para la recogida: las once de la mañana. Al pasar por una pequeña plaza observaron lo que parecía una diminuta tienda de ultramarinos. Adele se fue corriendo para ver qué veía tras el cristal. Pegó su cara en él y la rodeó con sus manitas para enfocar mejor. En el interior y sentada frente a una vieja estufa, había una anciana de pelo corto y blanco haciendo ganchillo. A la pequeña le pudo más la curiosidad y, antes de que llegara su madre, abrió la puerta y se metió en el interior. La mujer la miró de arriba abajo. Adele hizo lo mismo pero con menos severidad. Parecía muy mayor, jamás había visto tantas arrugas juntas. Reposando en un rincón, un bastón de madera tallada. Aquella mujer detuvo sus menesteres, se quitó las gafas y descubrió una intensa y fría mirada azul. Adele le sonrió y ella le dio la bienvenida con un pequeño ladeo de cabeza.

—*Vols alguna cosa, nena?*[*]

Adele no entendió una palabra de lo que había dicho. ¡Estaba desdentada! Cuando hablaba, los labios se le metían hacia dentro. Aquello lo había visto solo en las películas, pero jamás tan de cerca. Sintió un poco de miedo. No pudo evitarlo y, en cuanto la oyó hablar con aquella voz salida de ultratumba, echó hacia atrás el cuerpo golpeándose contra unos estantes y lanzando al suelo varias cajas de galletas. Kate y Gala llegaron justo a tiempo para ver la escena y recolocar las cosas lo más rápido posible pidiendo, al mismo tiempo, decenas de excusas a la anciana que, inmóvil desde su silla, seguía las peripecias de las recién llegadas con cierta diversión. Ni Gala ni Kate pudieron evitar echarle un ojo a aquel lugar: era como una enorme despensa en el sótano de una casa, pero con una anciana en una esquina, delante de una estufa de hierro y un enorme tubo de latón, sentada tras un pequeño mostrador

---

[*] —¿Quieres algo, niña?

y, encima de este, una máquina registradora del paleolítico. «Si no fuera por ella, nadie diría que es una tienda». A Kate le gustó la máquina, pero intuyó que sería lo único que no se vendía allí. Con toda seguridad, allí debían de comprar los lugareños y, aunque no fuese el lugar perfecto, sí era el más cómodo y rápido para el primer avituallamiento.

—Buenos días... ¿ustedes llevan la compra a casa?

Adele estuvo a punto de decirle a su madre que aquella mujer hablaba otro idioma pero, para su sorpresa, la anciana... ¡respondió! y dejó a la pequeña boquiabierta.

—Aquí la gente se lleva lo que compra.

Su tono fue mucho más seco que con Adele. Parecía que el comentario de Gala la había molestado porque, sin apenas mirarla, se recolocó las gafas y volvió a su tarea de ganchillo. Como un conejo de la chistera, de detrás de la cortina salió un hombre con el pelo alborotado y la camisa a medio poner.

—No haga caso a mi madre. No le gustan las visitas. Si quiere se lo puedo acercar yo mismo.

Gala le agradeció la amabilidad y, sin apenas mirar a la anciana, se presentó.

—Soy Gala Marlborough y estoy en la casa de Amelia Xatart. Era... mi tía abuela, ¿sabe?

La mujer soltó el ganchillo, las gafas y alzó la cabeza. Examinó en silencio cada poro del rostro enrojecido de Gala, como si tratara de encontrar una muesca, una señal, un rasgo, algo que le resultara familiar. Apretó los labios, metiéndolos hacia dentro, lo que le hizo parecer más vieja de lo que era. Gala metió la compra en el cesto de mimbre con la mirada de la anciana clavada en ella. No pronunció palabra, ni sonrió, ni dejó de mirarla. Para evitar un comentario ciertamente descortés, Gala terminó con contracturas en el trapecio de aguantar el envite de aquella pueblerina desprovista de educación. Kate aprovechó el despiste para colar chocolate y galletas varias. Adele, tres cajas distintas de cereales. ¡Eran su perdición! Entre las tres llenaron tres cestos con todo lo que se les ocurrió para sobrevivir a la semana. A la hora de pagar, cayó en la cuenta de que, con las prisas, no había sacado efectivo y, aparte de dólares, solo llevaba tarjetas.

—No tenemos para pagar con tarjeta, solo aceptamos efectivo. Pero no se preocupe. Me paga cuando le lleve la compra. ¿A qué hora le va bien?

No sabía qué decirle, porque no era capaz de calcular el tiempo que podía llevar una lectura de testamento. Era su primera vez y ya se sabe que las primeras veces siempre se está un poco más torpe. Quedó con él a primera hora de la tarde. Antes de despedirse, aprovechó para preguntarle si conocía a alguien que hiciera de manitas para revisar la caldera, los fuegos y la calefacción.

—¿Calefacción? Quizá algún radiador eléctrico, pero a gas… El gas no ha llegado a este pueblo, señorita.

Kate salió dando un portazo porque sabía que eso significaba que se iban a quedar toda la semana en aquellas cuatro piedras.

—Amat seguro que la ayuda. Él conoce muy bien cómo funciona esa casa. No se preocupe, yo le aviso de que usted ya ha llegado.

Gala se quedó pensativa con ese «ya ha llegado». ¿Qué había querido decir aquel hombre? Se llamaba Pau y era el hijo de Úrsula *La Guapa*, la anciana mujer de voz ronca, malos modales y poco amiga de los forasteros. Salió de la tienda agradeciendo la amabilidad de Pau y tentada de encararse con Úrsula. Adele opinaba distinto que su madre, aquella anciana pulgosa le había gustado y, además, le había dado caramelos al salir… ¡Qué más podía pedir! Se guiñaron un ojo y se despidieron con una minisonrisa cómplice. Si tenía que estar allí una semana, mejor empezar a buscar amigos, porque su hermana malhumorada no apuntaba maneras de convertirse en la mejor de las compañías. Úrsula no se parecía a la bruja de Blancanieves, estaba convencida de que era de las buenas; de las brujas buenas del pueblo.

Kate ya estaba metida en la parte de atrás del coche. Adele le ofreció caramelos más por cortesía que por querer compartirlos. Eran su primer tesoro en aquella tierra y tenía la intuición de que no iba a ser el único.

—¿Todos los abogados viven en un sitio así?

Gala estaba tan impresionada como sus hijas. Apenas llevaban veinte minutos en el coche cuando llegaron frente a una gran puerta de hierro que se abrió al segundo de detenerse el coche. Tras la puerta, un largo camino por una arboleda majestuosa, repleta de pinos gigantescos. No eran ni mucho menos las secuoyas del parque Wellington, pero sobrecogía pasar por debajo. A Gala se le aceleró el corazón, sin duda aquello era una señal de buen augurio. Un lugar así solo podía conducir a una buena herencia. Al final del camino había una gran casa de piedra, provista de un amplio porche de arcos y tres gruesos escalones que engalanaban el enorme portón de madera maciza.

Nada más salir del coche, dos grandes perros salieron a su encuentro. La única que se asustó fue Gala; las niñas, mucho más intrépidas, jugaron cada una con uno. Desde que habían llegado, era la primera vez que veía a Kate sonreír. Desde que había cumplido los 13, no resultaba tarea fácil, la adolescencia le estaba agriando el carácter.

Las dos prefirieron quedarse en el jardín un rato, mientras su madre cruzaba el portón, atravesaba un amplio salón con una chimenea medieval y subía por una enorme escalinata forrada con alfombra roja y cuadros de personas en las paredes. «¿Aquí todo el mundo se hace pintar un retrato?». Aquel lugar pertenecía sin duda a otra época y no al siglo XXI donde, si quieres, hasta las fotografías digitales se autodestruyen apenas cinco segundos después de haber sido vistas. Gala no lo criticaba, ni siquiera tenía un adjetivo para describir aquel lugar; lo que le ocurría simplemente era que padecía de incapacidad para digerir aquellos escenarios que, lejos de ser el decorado de una película, existían de verdad, y lo más llamativo era que ¡había gente que vivía así! «¡Quizá estoy exagerando un poco! Al fin y al cabo, los amish también viven en el pasado y eso también es Estados Unidos». Cuando la realidad la sobrepasaba, Gala solía hablar en alto, reflexionar escuchándose la voz; le parecía que de ese modo resolvía el embrollo mucho antes. Viendo aquellas paredes, no podía evitar que cierto patriotismo comparativo le sobreviniera a la cabeza. Nunca había sentido, como Frederick, la bandera como estandarte, pero estar tan fuera de lo acostumbrado le hacía agarrarse a un clavo ardiendo y era cuando se sentía más americana que nunca.

El chófer la había dejado a solas en una habitación de tamaño proporcional a la casa. Esperó sentada en una de las veinte sillas que rodeaban la mesa. Otra habitación con chimenea. «¿Cuántas habitaciones habrá? ¿Todas con chimenea?». Antiguas herramientas de arar decoraban las paredes junto a algunas fotografías de gente muerta. No le gustaban las fotos de gente muerta, una gran contradicción para alguien a quien le apasiona la fotografía y sueña con hacer retratos. Pero la vida hay que aceptarla con sus incoherencias, con sus mensajes imposibles de descifrar y paredes llenas de imágenes de gente muerta.

—¡Señora Marlborough! Ha llegado usted muy puntual a nuestra cita. ¿Cómo les resultó el viaje? ¿Largo? ¿La casa? ¿Descansaron? Apenas, supongo...

¿Por qué no dejaba de hacer preguntas? El señor Riudaneu parecía más nervioso que Gala y, en vez de respirar y recorrer el camino en silencio, lo hizo a riesgo de la asfixia y avasallándola. Gala se concentró en la bienvenida y, extendiéndole la mano, como le había enseñado su madre, lo recibió cortésmente, con amplia dentadura pero corta sonrisa. Riudaneu miró el reloj de pared, marcaba las doce menos dos minutos. Se sentó cuatro sillas más allá de Gala y dejó encima de la mesa un par de pesadas carpetas.

—Esperamos al notario, sin él no puedo proceder a la lectura de testamento. Y… Amat llegará a mitad.

—¿Amat? —Ese nombre le resultaba familiar…

Adele y Kate exploraron el vergel con los dos canes que les hicieron de guía. Aquel lugar estaba rodeado de tierras con pequeños árboles de tronco retorcido.

—¿Por qué conservan esos árboles si están muertos?

Kate miró divertida a su hermana. Adele era muy intrépida, pero demasiado pequeña para darse cuenta de que no estaban muertos y dc que de ahí brotaba la uva.

—Y con mucha paciencia, trabajo y esfuerzo… ¡sale un vino de primera!

Las dos se giraron para vcr de dónde salía esa voz. Una mujer, con un pañuelo en la cabeza y las manos llenas de crema, reposaba en un banco frente a los viñedos. A su lado, un capazo de mimbre con decenas de cremas y los dos canes que, dando por terminado cl pasco, se habían estirado con la lengua fuera de tanto correr.

—¡Hola! Me llamo Adele.

Adele estaba empeñada en hacer amigos y, a falta de niños… no le importaban los mayores. Kate fue un poco más arisca, no solo no se presentó sino que, como forma de desaprobación, le dio una patada con toda la fuerza que pudo a esa tierra, provocando una buena polvareda.

—Yo, Teresa. Teresa Forgas, de Bodegas Forgas. En esta casa nos dedicamos a hacer vino, ¿sabes?

Adele estaba encantada con aquella nueva amiga, los perros y las cremas. Sin pensárselo, se sentó con ella e hizo que le pusiera crema en las manos para empezar a embadurnarse. ¡Le encantaba llenarse de crema! De mayor quería comprarse todas las cremas del mercado y hacerse masajes en los pies, las manos, las piernas, la cara. Como se los hacía su madre y, cuando podía, ella misma. Kate, al primer despiste, aprovechó para darse a la fuga y perderse la clase magistral de potingues que le interesaban lo que a un pez la tierra.

Sin pensárselo dos veces, entró en aquella mansión de piedra de la Edad Media y se paseó como si fuera suya. Subió y bajó escaleras sin encontrarse con nadie.

—¿Holaaa?

Jugó al eco, esperando respuesta no solo de las paredes. Llegó a una gran sala con dos enormes sofás y un televisor de la era cromañón. «¿No ha llegado el plasma a este país?». Se repantingó en el sofá sin quitarse las deportivas, encendió la tele y, en menos de diez minutos, se había quedado en modo *off*. Aparte del Roller Derby y de personalizar aparatos, Kate adoraba dormir. Era un lirón y tenía un máster en quedarse dormida en los sitios más insospechados: incluso un día lo consiguió en el MoMA y de pie, mientras su madre contemplaba aquellos cuadros sin gracia que los expertos habían decidido llamar ¿obra de arte? «¡El arte, en la calle, con los grafitis!». Siempre terminaba diciéndole lo mismo a su madre para que le entrara en la cabeza que ella no era bicho de museos, pero su madre sí y ella, una menor dependiente hasta la mayoría de edad.

—A ver si lo he entendido bien... ¿No soy heredera universal? ¿Me ha hecho cruzar el Atlántico para decirme que solo me corresponde un tercio de sus posesiones?

Gala estaba a punto de perder la compostura. Aquel testamento era un despropósito y su tía abuela una mujer con grandes dosis de maldad y ganas de reírse desde el más allá.

—¿Como que para ser heredera universal debo encontrar al autor de un cuadro? Me está usted tomando el pelo, ¿verdad?

—Lo mismo que usted ha escuchado es lo que yo le he leído. Así son los deseos de Amelia. Como única familiar y por ley, le corresponde la legítima, pero si desea la totalidad de la herencia, es decir, los dos tercios de libre disposición, deberá devolver *La mar* a quien lo pintó.

Parecía una pesadilla, pero era del todo cierto que su tía abuela había organizado una estúpida gincana para hacerla heredera universal, para que Gala se quedara con la totalidad de los bienes. La americana estaba furiosa consigo misma por haber ido tan lejos y por hacer caso a las dichosas señales. Estaba claro que no podía volver a casa sin la herencia y no le podían decir a cuánto ascendía sin aceptar una de las dos opciones: ¿juego o la legítima? Frederick seguro que la humillaría durante años si se enteraba de aquello, así que no le quedaba otra que, aunque hubiese ido para una semana, intentar ganar la partida.

—¿Y quién es el autor? ¿Cómo se llama?

Riudaneu se encogió de hombros y encorvó los labios hacia abajo. No tenía la más remota idea. Aunque le recordó que en el testamento, aunque no hablaba de dinero, sí lo hacía de posesiones: la casa y un pajar del que heredaría solo la mitad.

—¿La mitad por qué? ¿Y si encuentro al misterioso pintor también?

Así lo decía el testamento. En ese mismo momento entró precipitadamente un joven de apenas 40 años con rojeces en la piel y empapado de sudor.

—*Ja heu començat, oi? No passa res. Ja li vaig dir al Vicent que féssiu, que féssiu...*[*]

¿En qué idioma hablaba aquel hombre tan tosco? Le pareció de muy mala educación que entrara a bote pronto, interrumpiendo la lectura, sin presentarse, ni excusarse y hablando un idioma que ella no entendía. Iba poco aseado, con las manos manchadas de lo que parecía pintura y las uñas roñosas. El asco le bastó para evitar siquiera el contacto en las presentaciones.

—Soy Amat Falgons, el socio de Amelia Xatart y... ahora el suyo. ¡Tenía ganas de conocerla! ¡Bienvenida!

¿Socio? ¿Qué significaba aquello? Gala no tenía la intención de relacionarse más allá de esa interrupción con aquel hombre y, menos aún, ser socios en nada. Las buenas maneras repentinas no le iban a sacar de la desastrosa primera impresión y las inoportunas formas de presentarse a una lectura de testamento: tarde y marrano.

Riudaneu prosiguió con la lectura. La del pajar, aquella que al parecer les afectaba a los dos: socios al cincuenta

---

[*] —Ya habéis comenzado, ¿no? No pasa nada. Ya le dije a Vicens que hicierais, que hicierais.

por ciento del cobertizo y del contenido del mismo, así como del negocio: VellAntic.

—Y me puede decir qué es eso de Vell... Mmm...

—VellAntic es una empresa que fundó Amelia que se dedica a la restauración de muebles antiguos. Auténticas joyas de por aquí y de Europa. Compramos, reparamos y vendemos. También podemos reparar solo, pero tienen que ser piezas de cierto valor, si no... recomendamos buenos ebanistas.

—Anticuarios, ¿no?

A cada línea que conocía de ese testamento se sentía más decepcionada. Ella había soñado con una gran cuenta corriente, una casa parecida a donde estaban y todo tipo de adjetivos similares al lujo rural. Había recibido varias tazas de lo opuesto: una casa llena de polvo, poca luz y un pajar repleto de muebles antiguos. Estaba demasiado espesa para procesar manteniendo la cordialidad. Dejó que Riudaneu terminara con el *show*, aunque poco le quedaba por detallar. Nada más terminar la lectura, firmó la conformidad a regañadientes, recogió su copia y salió sin apenas despedirse de nadie. O salía de allí y gritaba, o era capaz de estrangular a alguno de esos hombres de manos ásperas y gruesas.

—¡Kate! ¡Adeeele! ¡Kaaate!

La primera en llegar fue Adele. Olía a una mezcla de potingues perfumados que la mujer del banco le había ofrecido para que se untara generosamente la piel. Gala apenas quiso reparar en la extraña mezcolanza de aromas de su hija, que poco tenía que ver con aquel entorno. Necesitaba largarse cuanto antes y no le quedaban energías para más adivinanzas. Kate no aparecía, ni se daba por aludida a las llamadas de su madre. Estaba a punto de blasfemar cuando salió por la puerta junto al hombre descortés y, según el testamento, nuevo socio de Gala. Estaba despeinada y con marcas en la cara.

—Se había quedado dormida en el sofá. Es hora de comer… ¿Quieren que las invite en el restaurante de La Muga?

Adele, mucho más rápida que su madre, gritó un «*yes!*» impetuoso y difícil de contradecir. Gala cerró un puño para contener la rabia y, apretando la mandíbula, puso la mejor de las caras que encontró para aceptar la invitación.

—¿Eso es un sí?

Ese hombre, aparte de poco aseado, no podía ser más impertinente, pero dadas las circunstancias, lo necesitaba: ella no quería ser socia de nadie y menos de él, así que debía vender su parte y él comprársela al mejor precio.

—Sí, aunque supongo que antes de comer se aseará un poco…

Aunque fuera un comentario descortés, Gala no pudo evitarlo. Miraba esas manos y sabía que compartir con ellas la misma mesa era buscarse el vómito seguro. Amat se las miró y, con una sonrisa que no escondía ofensa, le dio la razón sin excusarse.

—Señora Marlborough, en La Muga ¡vivimos de la tierra y nos manchamos las manos!

Al terminar la frase silbó con fuerza y, en menos de treinta segundos, apareció un precioso caballo de pelaje gris en el que Amat se montó y desapareció después de lanzarle a Gala una mirada desafiante. Las tres se quedaron sin reaccionar ante la sorpresiva escena. ¡Un caballo gris salido de la nada! Kate volvió a sonreír y se metió en el coche. Adele hizo lo mismo, no sin antes extender el brazo y mover la mano para despedirse de la mujer del banco que no solo le había regalado cremas sino que también le había desvelado un secreto: aquella tierra era la Tierra de las Mujeres. Adele, que estaba en lo más interesante cuando su madre la llamó, solo tuvo tiempo para una pregunta:

—¿Por qué se la llama así?

—Solo si te conviertes en una de ellas podrás entender. Las cosas no siempre son como se ven; a veces todo lo que parece no es y lo que es se aparece solo a unos pocos.

Aquella mujer comenzó a hablar de forma encriptada para Adele, apenas entendía nada de sus palabras, pero le gustó que esa tierra tuviera un nombre. ¡La Tierra de las Mujeres! Poco podía imaginar la pequeña exploradora del poderoso secreto que albergaba aquel lugar que apenas había salido a recibirlas. Era una tierra de buena siembra cuyo ciclo no se alteraba porque respetaba los órdenes establecidos de la madre naturaleza. Teresa lo sabía y por eso había decidido compartir con la más pequeña de las tres, con Adele, el primero de los muchos secretos que albergaba aquel lugar.

Adele no es que entendiera mucho, pero estaba excitada con aquel secreto. Quizá era un lugar mágico, con animales extraños, mujeres extrañas y arbolitos arrugados. Fuera lo que fuese esa tierra, ahora ella también era portadora de ese secreto y, como exploradora, tenía que averiguar qué significaba ser una mujer allí. Imbuida por sus propios pensamientos y la emoción, bajó la ventanilla del coche y, antes de abandonar aquel camino de arboleda, sacó el brazo por la ventanilla y le hizo al viento el saludo de los *scouts: «Always, always be prepared!».*

---

* «¡Siempre, siempre lista!».

II

La Tierra de las Mujeres? ¡¡¡Vaya tontería!!!
Adele no había podido mantener la boca cerrada demasiado tiempo. Se le hacía demasiado pesado guardar el secreto, mantenerlo intacto y explorar sin la ayuda de nadie. Estaba empeñada en convencer a su hermana de que aquel lugar era especial, pero Kate no parecía estar por la labor. A ella le parecía inhóspito, lleno de seres ásperos, de sonrisa agria y saludos en la lejanía. A Kate le preocupaba otro tipo de rastro, otra clase de hallazgo. Necesitaba encontrar algo de cobertura como fuese, hablar con las Gotham Girls y saber si habían ganado, o si su marcha les había estropeado el pase a la final. Kate practicaba esa soberbia que te autoconvence de que el centro del mundo atraviesa tu ombligo. No tenía amigas en el colegio porque era una rara;

un ser que va más allá de los límites y de gustos peculiares. Al principio sufrió por ello, pero luego comprendió que no ser entendida la colocaba en una especie de élite social: la de los raros, y era un orgullo no pertenecer al resto, a la masa. Adele admiraba a su hermana, pero no entendía la fase por la que estaba pasando. Cuando alguien intentaba acercarse a ella, actuaba como un puercoespín; pinchaba por dentro y por fuera.

—Eres una exploradora, Adele, una *scout*, pero algún día entenderás que la vida te irá mejor si eres una «Llanera Solitaria».

Adele la miraba sin entender de llaneros ni apenas de la vida, pero le daba la impresión de que liarse un cigarrillo a corta distancia de su madre era poco inteligente. Las madres tienen los sentidos desarrollados y, si son capaces de oler a la legua cualquier fechoría, el rastro del tabaco era de primerizas.

—¿Y qué si me pillan?

A Kate le daba igual. A ella tampoco le habían pedido permiso para estar en aquel pueblo sin más entretenimiento que una absurda herencia, un misterioso cuadro y habitantes que se empeñan en saludarte desde la distancia.

—¿Sabes? Podría escaparme ahora mismo y volver a casa, pero no lo hago porque no quiero dejarte sola con mamá. Está extraña, obsesionada con el maldito cuadro. Y este lugar… ¡Me aburro, Adele!… Mmm… ¿Sabías que este lugar es donde nació el abuelo? —Adele dibujaba en la tierra infinitos con el índice de su mano derecha mientras su hermana le contaba lo poco que sabía del abuelo Román:

campesino sin tierras muy guapo que enamoró a la abuela Julianne cuando estaba de vacaciones por Europa, quien, desoyendo a toda la familia Marlborough, se casó con él y se lo llevó a Boston—. Cuando mamá tenía cinco años, el abuelo murió de un ataque al corazón, la abuela enloqueció y nunca más se habló de él. ¡Fin de la historia!

Kate le había contado cientos de veces la historia del abuelo Román; era capaz de repetirla sin dejarse una coma. Ella no quería saber más sobre la llamada Tierra de las Mujeres, aunque no engañaba a nadie porque siempre se había sentido terriblemente seducida por el abuelo Román. Pero Kate era muy orgullosa como para aceptar que le gustaría saber más sobre él, sobre su vida y… ¿Sobre aquel pueblo?

—Podemos preguntar si alguien conoció… mmm… ¡Al abuelo! —espetó Adele guiñándole un ojo a su hermana.

Kate no se molestó más que en encenderse el pitillo, que de tan mal liado se le desmontó a la primera bocanada, le quedó la boquilla pegada a la comisura y el resto deshilachándose por el aire. Adele soltó una carcajada, Kate le lanzó una mirada asesina, pero se desvaneció por contagio de su hermana. A veces sentía que era el único ser humano del mundo que la entendía. Se levantó del banco, sacudiéndose los restos de tabaco, tomó una caña vieja que se había encontrado por el camino, dibujó una línea horizontal en el suelo, se colocó en posición de salida y, guiñándole el ojo a Adele, a la de tres, salió dejando el aliento a la sombra. Corrió hasta perder los pulmones y a punto estuvo de perder hasta la zapatilla, simuló la llegada victoriosa como si de una carrera se tratase, aminoró la marcha y dobló el cuerpo para evitar que la hiperventilación la tumbara. Adele llegó al poco rato, con la caña de su hermana y las cuentas hechas.

—¡Sesenta y siete! ¡Has aguantado hasta el sesenta y siete corriendo!

Kate, por falta de oxígeno, era incapaz de girarse para mirar a su hermana. Estaba recomponiéndose del *sprint* cuando un ruido estremecedor, más fuerte que un claxon, le cortó la respiración de nuevo y casi le explota el alma.

—*Neeeneees, neeenes… Auuu, fora d'aquí!!!*[*]

Una mujer subida a un tractor verde de ruedas enormes las había dejado prácticamente huérfanas de tímpano al hacer sonar el estridente claxon de aquel monstruo rodante. Al llegar apenas a un lado de ellas, la mujer detuvo el tractor lanzando exorcismos impronunciables al cielo y a las niñas. De cuerpo robusto, cabeza cuadrada y ojos azules diminutos, Tomasa *La Rica* se plantó frente a ellas, se quitó el sombrero de paja y se sacudió con él el polvo acumulado en las pantorrillas. «¡Otra anciana malcarada!», pensó Kate.

—Señoritas, están en una propiedad privada. ¿Lo sabían?

Kate la miró desafiante y, antes de contestar, observó el lugar. Con el esfuerzo por aguantar el *sprint*, no se había dado cuenta de que había atravesado una verja y se había metido en un hangar gigante con cientos, quizá miles de cajas de frutas y verduras apelotonadas unas encima de otras. Tomasa no tenía ni idea de quiénes eran esas mujercitas, pero tenía mucha experiencia en ladronzuelos.

---

[*] —Niiiñaaas, niiiñas… Venga, ¡¡¡fuera de aquí!!!

Adele se apresuró a presentarse antes de que su hermana las metiera en un lío con aquella mujer de manos grandes y pies de botas enfangadas.

—Somos Adele y Kate Donovan Marlborough, las hijas de Gala Marlborough, la única heredera de la tía desconocida de mi madre que no recuerdo cómo se llama.

Lo dijo muy alto, con el mejor acento que supo, muy erguida de cuerpo y observando de soslayo la reacción de aquella mujer tan sargento.

—¿Amelia Xatart?

Las dos afirmaron con la cabeza, esperando su reacción. Fue exactamente la misma que la de la anciana de los ultramarinos y la de la anciana donde estuvieron comiendo con el nuevo socio de mamá. Todas habían reaccionado igual: boca abierta, suspiro hacia dentro, ojos de sapo y manos tiesas. Unos cinco segundos más tarde, seguramente el tiempo que el cerebro había necesitado para recomponerse y salir del estado de conmoción, procedían a la respuesta sonora.

—Así que… Gala… ha venido a La Muga…

—Ha venido a por el dinero y, en cuanto lo consiga… ¡nos largamos! —matizó intencionadamente Kate.

La repentina dulzura de esa abuela no engañó ni suavizó a la joven, que seguía con las alertas activas. La anciana le clavó sus agujas azules y soltó una abrupta carcajada con caída de saliva incluida. No sabían qué era lo que le había hecho gracia, pero apenas oyó a Kate no dejó de reírse durante unos minutos. Kate y Adele no sabían qué hacer, la anciana seguía riéndose, cada vez más fuerte hasta que, sin anunciarlo, cesó bruscamente.

—¿Y qué hacíais en mis tierras?

No fue cortés ni agradable ni, por supuesto, tampoco las invitó a tomar una de las miles de manzanas que había en las cientos de cajas apiladas unas sobre otras. Con el dedo largo, huesudo y recto como una flecha, les indicó el camino de salida de aquella propiedad privada y las advirtió de que no volvieran a invadirla a excepción de ser invitadas.

—Señora, somos niñas, no vampiros. ¿Lo sabía?

A Kate le gustaba responder a los ataques con respuestas sin sentido para ser siempre la última en replicar. Tomó la mano de su hermana y salió con ganas de insultar a aquel toro convertido en mujer.

Caminaron presurosas por uno de los pasos sin asfaltar del pueblo. Apenas había dos vías que no fueran de tierra y ambas daban a la plaza principal, donde presidía una antigua iglesia que siempre habían encontrado cerrada, pero no faltaba a dar campanazos a las medias y a las horas en punto. «¿Quién vivirá allí arriba?». Adele no quería marcharse de allí sin subirse a lo alto del campanario y tirar de la cuerda. Al volver a Nueva York, podría contarle a todas sus amigas cómo hizo de Tom Sawyer en un pequeño pueblo sin niños y con muchos viejos. ¡Adoraba a Sawyer y a su amigo Huckleberry Finn! Kate tiraba de su hermana, que caminaba del revés imaginándose en lo alto del campanario. Se habían retrasado demasiado y no quería tenerla otra vez con su madre. Pasaban por casas semiderruidas, con apariencia de abandono y todas con las ventanas bajadas; apenas se oía el canto de los pájaros y el rugido del endemoniado viento empezaba a despertar. Estaba segura de que ese era el camino para llegar al pajar de la tía abuela de su madre: ¡el santuario a los muebles viejos! Aunque era de las que creía a ciencia cierta que todos los caminos conducen a Roma, no le apetecía comprobarlo en ese preciso momento. Miraba a un lado y a otro, tratando de reconocer alguna señal, algún poste de electricidad, alguna piedra o portón que le resultara familiar. Pero aquel paisaje rural era siempre el mismo y poco ayudaba para orientarse; era tan familiar por lo idéntico que le parecía. Seguía sin encontrar cobertura, aunque de poco serviría; seguramente la aplicación OnTheRoad sería incapaz de hallar ese lugar tan recóndito, tan diminuto, tan —en realidad— inexistente para el desarrollo de la humanidad. Al menos así lo creía Kate. «¿Qué pasaría si ese pueblo dejara de existir?». Adele andaba detrás de su hermana medio asfixiada, con ganas de aminorar la marcha y explorar más al detalle. Tampoco era tan grave llegar tarde, pues poco o nada les podía ocurrir en aquella tierra en la que, si no fuera por el viento, ni las hojas de los árboles se moverían.

A punto de desesperarse, al fin reconoció dos gruesas bandas amarillas horizontales pintadas en un muro que indicaban, si no lo recordaba mal, que a la vuelta estaba la entrada al pajar.

Gala ni siquiera las vio llegar, estaba demasiado enfrascada con Amat para desprenderse cuanto antes de aquel ruinoso negocio de chatarrería. La cosa no iba bien con el terco engreído, porque no había manera de hacer entrar en razón al hombre de campo y manos sucias para que cediera a su voluntad y le comprara su parte. Llevaba toda la mañana haciendo inventario con él, perdiendo los nervios y la compostura de mujer educada en alta cuna. Incluso bordeó el insulto para que «¡aquel camiseta sucia!» se quedara con su parte del negocio y la dejara en paz. Amat se negaba en redondo a pagar un solo euro por VellAntic.

—Si no lo quieres, me lo cedes y… ¡YA! ¿Entiendes?

¿Cómo iba a entender semejante tontería? Si ella era propietaria al cincuenta por ciento de aquel lugar, no le iba a regalar ni una mota de polvo. Se la tenía que comprar, porque así se hacían las cosas en Nueva York ¡y en cualquier parte del mundo! Amat llevaba toda la mañana repitiéndose como el ajo: «¡Ni un euro!». Necesitaba buscar una nueva estrategia: «Antes que donarle mi parte, monto una subasta y ¡listos!». ¿Una subasta? A veces tan solo hace falta dar con la palabra mágica para que la idea brille con luz propia. Una subasta podía ser la solución a semejante tortura, puesto que si ese desconsiderado no quería comprarle su parte, tendrían que dividir el mobiliario y así ella podría venderlo al mejor postor.

—Como quieras, pero… mmm… nadie te comprará nada.

¿Cómo podía ser tan insolente y prepotente? Ella estaba convencida de su idea, pues, aunque fuera verdad que los del pueblo no quisieran comprar, por si las moscas, él acabaría comprándoselo todo. Si tanto quería a su tía abuela, sería muy descortés para la gente de allí ver cómo el trabajo de tantos años se vendía a cualquier precio. Gala sonrió maléficamente y celebró para sus adentros el plan perfecto. Prosiguió en silencio y con repentina suavidad haciendo inventario con Amat. Él la miró sin entender pero sospechando de sus buenas formas, no daba crédito a tanta amabilidad repentina. La miró de soslayo impactado por comprobar cómo unos pocos saltos generacionales podían alejar tanto a las especies. Él adoraba a Amelia Xatart, se lo debía casi todo y le costaba creer que su familiar viva más directa tuviera esas cualidades que La Xatart tanto odiaba en una persona: frivolidad, poca sensibilidad y descomunal egoísmo. No la estaba juzgando, simplemente estaba sorprendido con Gala y su poca conexión con aquella tierra. Estaba seguro de que La Xatart andaría bramando por la otra galaxia y, con su bastón de león, golpeando asteroides. Amat sabía que se debía a la voluntad de la mujer que le había encauzado de nuevo a la vida. Con veintisiete años, había caído enfermo de desamor y había tenido que volver a La Muga con la licenciatura de Químicas, dos maletas y miles de fotos y recuerdos para quemar. Se fue de aquella tierra por amor, sintiendo que al sentimiento, el gran maestre, se le debía rendición, y él fue un devoto ejemplar. Pero como los grandes místicos a los que un día la fe les abandonó, él la perdió al ser golpeado, pateado y abandonado sin apenas sentir el preámbulo. Enmudeció de desaliento, sintió que el alma huía de su cuerpo magullado, herido de muerte. Durante meses fue un cadáver en vida, un ser ausente que había perdido la ilusión. Su madre, Nalda *La Roja*, andaba desesperada buscando sanadores, psicólogos o mujeres bellas que despertaran a su hijo de la maldición del desamor. Intentó sanarle recurriendo a los métodos más cuestionados, contactó con guías espirituales, pero ninguno hallaba el modo para reanimar a Amat. Nunca imaginó que su gran amiga, Amelia Xatart, daría con la pócima milagrosa: «¡Mucha lija y litros de betún de Judea!».

Amat lijó, lijó horas en silencio, decapó durante semanas y sintió cómo su delirio, su tristeza crónica era cada vez más fina. Sintió una extraña simbiosis con aquellas reliquias. Él, con mucha paciencia, horas y mimo, conseguía repararlas, recuperar su pasado esplendor. Sentía cómo aquellos vetustos objetos, para la mayoría sin alma, le devolvían su hazaña, limpiando su interior. Durante medio año, Amelia y Amat se comunicaron con frases cortas y largos silencios. Durante seis meses, no faltó un solo día ni se retrasó un solo minuto. A las ocho de la mañana llamaba a la puerta del pajar y, con un tímido saludo, se iba a su rincón de trabajo y dejaba de respirar hasta la hora de la comida. Idéntico ritual por la tarde. Nalda *La Roja* no daba crédito, de la manera más insospechada su hijo había encontrado un motivo para vivir: ¡los muebles antiguos! Investigó y, como químico, inventó pócimas, extraños ungüentos y pigmentos de la tierra que hicieron famoso VellAntic, como un santuario único que fabrica almas para cada mueble. Gente de todos los pueblos y países se acercaron a contemplar la belleza ejecutada, a pujar por aquellos muebles que labraron su propia leyenda, pues sus compradores sanaban con ellos viejas heridas. VellAntic creció como la espuma, las gentes acudían como a Lourdes, a buscar su mueble: secreter, estantería, alacena, mesa, silla o escalera. Necesitaban hacerse con el reparador que curara sus almas enfermas. Elegir el destilador de sus penas para desprenderse de las emociones marchitas. Amelia y Amat intentaron detener esa creencia de muebles sanadores, pero la leyenda se forjó y corrió como la pólvora, atravesando montañas y ríos y traspasando fronteras. Amelia aceptó los logros de Amat y, con sabia humildad, le ofreció asociarse. Fue el principio de una amistad, una especie de amor filial que Nalda *La Roja* jamás envidió. Su hijo había resucitado, había vuelto a nacer transformando el dolor y convertido en un ser con una sensibilidad excepcional.

—¿Me estás escuchando? Eeeooo… —Gala intentaba captar la atención perdida de Amat—. ¿No puedes imprimir el inventario completo y así agilizaríamos la partición?

No pronunció ninguna de las letras con brusquedad. Para ello tuvo que pellizcarse la piel y soltar rabia. Seguía dulce, conciliadora y, por qué no, todo lo seductora que aquel tosco hombre le inspiraba. Amat la miró tratando de descubrirla de nuevo: era idéntica físicamente a su tía abuela, su parecido con Amelia Xatart resultaba una broma de mal gusto del destino porque, por más oportunidades que le daba, no era capaz de encontrar una virtud en aquella mujer. Por más ganas que tuviese de tirar la toalla y darse por vencido, su gratitud a Amelia le hizo evitar la tentación y concentrarse de nuevo en su objetivo: seducir a Gala, que aquella engreída ricachona de urbe cosmopolita sintiera respeto por sus ancestros y, sobre todo, por la labor de su tía abuela: la gran Amelia Xatart. Aunque dudaba de si la tenía, Amat tan solo necesitaba encontrar y reparar el alma de aquella testaruda y burguesa mujer.

Al otro lado de la serranía de metales, maderas y chatarrería varia, Adele se había arrodillado ante un espejo ovalado y desconchado. Se miraba a través de él en silencio, esperando a que algo mágico sucediera. Estaba convencida de que aquel lugar estaba encantado y habitado por seres invisibles extraordinarios; gnomos que por la noche ayudaban a Amat y a la difunta tía abuela de su madre a arreglar aquellos muebles. Ella había visto una vez en la tele un documental que hablaba de la existencia de seres diminutos que te ayudan cuando más lo necesitas. Solo es cuestión de creer en ellos e invocarlos.

Kate se cansó de escuchar las fantasías de su hermana, se hartó de hacer el ganso por detrás del espejo para sacar a Adele del embelesamiento y, presa de la insatisfacción y el aburrimiento, se dejó caer en un viejo sillón de piel medio roto para que el tiempo corriera más deprisa. Adele seguía ensimismada delante del espejo, estaba convencida de que algo terminaría pasando, solo era cuestión de paciencia y fuerte concentración. Cerró los ojos, apretó los puños y deseó…

—*I wish, wish, wish… I wish…**

Antes de que pudiera pronunciar las palabras mágicas, escuchó al fin.

—*Què fas?***

---

* —Deseo, deseo, deseo… Yo deseo…
** —¿Qué haces?

No se atrevía a abrir los ojos. No entendía lo que decía. De nuevo el extraño idioma… Apretó más los puños y siguió deseando con fuerza. Sintió esa presencia cada vez más cerca, seguía sin entenderla pero quería establecer como fuera contacto con aquella voz. Así que, sin abrir los ojos ni relajar los puños, tomó aire y fue directa al grano.

—No te entiendo, no sé qué me dices, no hablo tu idioma. No soy de aquí, ¿sabes? Me llamo Adele ¿y tú? ¿Me entiendes? ¿Hola? ¿Sigues ahí?

Hubo un silencio. Adele esperó a escuchar alguna reacción, pero no hubo respuesta. Permaneció un rato con los ojos cerrados, soltó las manos y, no sin cierta desazón, abrió los ojos creyendo que había espantado al fantasma por hablar demasiado fuerte. Para su sorpresa, detrás del espejo descubrió a un niño de grandes ojos verdes, redondos como canicas y boca fina que la miraba petrificado. Al ver que Adele abría los ojos, dibujó una pequeña sonrisa en su rostro, pestañeó un par de veces y, levantando la mano, la saludó en silencio. Adele, como si del juego del espejo se tratase, alzó la mano contraria y repitió el gesto. Estuvieron así un par de minutos, imitándose en muecas, levantamiento de cejas y dedos hasta que el chico zanjó el juego improvisado saliendo de detrás del espejo y acercándose algo tímido a Adele.

—Yo soy Marc. ¿Qué haces aquí?

—He venido con mi madre y mi hermana. ¿Y tú?

Adele estaba sobrepasada por la emoción, sabía que al fin había encontrado un amigo, otro explorador de planetas perdidos y seres extraños. Antes de seguir hablando con Marc, cerró los ojos y volvió apretar los puños con fuerza. «¡Gracias!». Así de fácil y rápido lo habían hecho, sus amigos invisibles le habían enviado un nuevo amigo, un cómplice de aventuras que, además de hablar el idioma de ese lugar, tenía su misma edad y estaba dispuesto a enseñarle los secretos del pueblo. Marc era el nieto de Nalda *La Roja*, sobrino de Amat, que vivía con sus padres en la casa solariega de sus abuelos.

—¿Has visto alguna vez una vaca?

Adele negó con la cabeza, lo mismo que no había visto a una gallina poner un huevo, pero sí las había oído cantar.

—Las gallinas no cantan… ¡son los gallos!

Adele no pudo disimular el rubor en sus mejillas. De animales sabía poco, solo de haberlos estudiado en la escuela y de que su amiga Marié tenía un perro y un gato: *Jeffrie* y *Raffie*. Marc parecía saberlo todo de vacas, cerdos, gallos, gallinas, caballos… ¡Hasta de ratones!

—Mi padre los caza con trampas, poniéndoles queso, pero yo, sin que se dé cuenta, rompo las trampas para que no mueran en ellas. No me gusta que mueran los animales… ¡Ni siquiera los cerdos!

—¿Has visto *Ratatouille*?

Marc afirmó entusiasmado. Era una de sus películas favoritas. Aparte de ser amante de los animales, le encantaba estar en la cocina: hacer masas para pasteles, mezclar ingredientes.

—¿A ti te gusta cocinar?

—A mí me gustan mucho los *muffins* de chocolate. ¿Sabes hacerlos?

Marc abrió los ojos a modo de sorpresa y nuevo reto. No había oído hablar nunca de ese dulce, pero le prometió a su nueva amiga que prepararían juntos uno de esos con la ayuda de su maestra: Agnès *La Hechicera*, la amiga de su abuela, cocinera y propietaria del restaurante La Muga. Adele llevaba un buen rato sin cerrar la boca de embelesamiento al escuchar a su nuevo amigo hablar de nuevas aventuras. Sentados sobre unos viejos cajones, dejaron que la eternidad les atrapara y se contaron sus vidas. Marc era hijo y nieto único y, prácticamente, el único niño del pueblo. Bueno, había más, pero eran mayores y siempre le hacían de menos. Tenía amigos en la pequeña ciudad de Figueres y, siempre que le dejaba su madre, pasaba la tarde en casa de alguno, pero sobre todo disfrutaba recorriendo el pueblo y descubriendo nuevos rincones. Adele seguía emocionada, llevaba rato sintiendo su corazón palpitar y un hormigueo en el estómago. Quería contarle muchas cosas a su nuevo amigo, pero sentía su lengua de trapo. «¿Qué me pasa?». Estaba un poco desconcertada por su repentino tartamudeo y los balbuceos inesperados. Marc, sin reparar en aquellas minucias, no dejaba de hablar con orgullo de su pueblo, de su gente y de las cosas maravillosas que tenía aquella tierra. Sin pensárselo dos veces, cogió de la mano a Adele y la invitó a salir corriendo del pajar. A menos de cien metros de allí se detuvieron delante de unos campos de siembra, con el Canigó nevado de frente. Marc, al tiempo que disponía los brazos en cruz, llenó sus pulmones con una inspiración laaarga y profuuunda para luego soltar todo lo acumulado en un tobogán invisible de aire.

—¿Lo sientes?

Adele no sabía qué debía sentir, pero con entusiasmo repetía una y otra vez lo de inspirar y espirar, mirando al campo y a la montaña nevada. Lo hizo con tanto ímpetu y tantas veces que rozó la hiperventilación y, del mareo, tuvo que dejarse caer.

—¿Estás bien?

Marc se sentó a su lado y, pacientemente, esperó a que su nueva amiga se recuperara de tanta inspiración y espiración. Cuando uno no está acostumbrado al aire puro, puede intoxicarse si se excede y estaba claro que Adele no había medido el ímpetu.

—Es como cuando tomas la leche pura de la vaca. La primera vez... tienes cagarrinas, ¿sabes? Pero luego el cuerpo se acostumbra.

—¿Has tomado leche directa de la vaca?

Marc afirmó con la cabeza y le contó su primera vez. Adele no tenía suficientes orejas para escuchar con toda la atención que requería aquel momento. Estaba haciendo tal trabajo de máxima concentración, que no oía cómo su hermana Kate la llamaba desde lejos. Al despertar de su pequeña ensoñación por aburrimiento y no ver a Adele, salió a buscarla como un rayo. Conocía tanto la capacidad exploradora de su hermana como su incapacidad para volver al punto de origen. Al verla sentada al borde del campo de siembra junto a otro niño, se tranquilizó al tiempo que se enfureció por la envidia y por el hecho de que supiera estar sin su hermana mayor. Sacó la rabia gritando el nombre de su hermana.

—¡Adeeele! ¡¡¡Aaadeeeleee!!! ¡Deeel!

El único que se giró fue Marc para saludar a Kate y darse la vuelta de nuevo para proseguir con las explicaciones del aire puro, la leche de vaca y los excrementos de animales como fertilizantes.

—*Stupid girl!*[*]

Dio una patada a una piedra y, sin devolverle el saludo a Marc, les dio la espalda para observar la explanada. A las puertas del pajar, metido bajo una cubierta de uralita, reposaba un octogenario todoterreno de color azul y blanco. Era parecido a los que había visto en algunas películas antiguas americanas que le gustaban a su madre. Frotó con la manga de su plumas la roñosa ventana delantera para poder ver el interior. Aunque no tenía mal aspecto, estaba segura de que hacía años que había dejado de funcionar y estaba allí, como el resto de mobiliario, para ser restaurado y vendido como una pieza de museo.

—*T'agrada?*[**]

Kate estiró el cuello para ver quién andaba por ahí y vislumbró lo que parecía otra anciana, porque un gorro de lana dos tallas más grande, unas orejeras de fabricación casera y unas inmensas gafas de pasta negra daban a aquella mujer más pinta de marciana que de lugareña. Era Nalda *La Roja* enfundada en su inseparable abrigo rojo y su gorro de lana; tenía una colección y, aunque no todos bien formados, se los ponía porque formaban parte de la historia, la suya y la de sus inicios con el punto. El que llevaba era de los primeros que había hecho, cuando apenas contro-

[*] —¡Niña estúpida!
[**] —¿Te gusta?

laba ni el punto ni las medidas, pero era de sus preferidos, un superviviente como ella. Niña de la guerra civil, cruzó los Pirineos con sus hermanos pequeños y permaneció durante dos años en un campo de refugiados, esperando a que terminara la guerra y rezando para que a sus padres no los hubieran matado. Tuvo suerte a medias: sobrevivió su madre.

—Perdona, es la costumbre, digo que si te gusta...

Kate no se movió ni un palmo de donde estaba y se pensó si contestar a aquella extraña abuela de mirada miope y avispada.

—Es un Land Rover Santana 109 Serie. Una joya de los setenta fabricada en gran parte aquí, ¿lo sabías? ¡Una máquina difícil de imitar!

—¡Seguro! ¡Hace un siglo que se dejó de fabricar!

Nalda ignoró el comentario de Kate y, para sorpresa de la niña, le lanzó unas llaves para que lo abriera. Kate las cazó al vuelo pero tardó en reaccionar a las instrucciones de aquella estrambótica abuela.

—¡Abre, demonios! ¡Que la tramontana arrecia y hace un frío que pela!

La invitación le pareció interesante; poder fisgar la antigualla desde dentro y, quién sabe, igual con suerte podía oírla rugir. Se metieron dentro cada una con su objetivo, pero dispuestas a compartir ese espacio tan reducido.

—Mi nombre es Nalda, ¿y el tuyo, niña?

La miró de arriba abajo con las gafas en la punta de la nariz y atusándose el pelo, después de haberse desprendido del deforme capuchón. Kate le devolvió la mirada arrepintiéndose de haberse subido al Land Rover, porque la situación la obligaba a tener que hablar con aquella abuela de pelo negro mal teñido y áspero carácter.

—No estás obligada a responderme ni a mantener una conversación conmigo. Yo necesitaba refugiarme del frío y tú inspeccionarlo más de cerca. Así que... cada una a lo suyo...—soltó Nalda.

Kate, poniendo las manos al volante y mirando al frente, soltó su nombre sin esperar mayor comentario, pero sin poder evitar que sucediera lo contrario. Nalda seguía dispuesta a establecer conversación.

—Fue de Amelia, ¿sabes? Mmm... La tía abuela de tu madre.

—La muerta.

Nalda se colocó las gafas y, como una espía de guerra, se entretuvo jugando a las deducciones en silencio: no más de catorce años, furiosa por el viaje, rabiosa con el mundo, exceso de altivez y orgullo, pero con esperanza por su sensibilidad y alta inteligencia. La Roja cazaba al vuelo las almas inquietas que buscan comprender y por no conseguirlo se rebelan contra la humanidad. Sabía que la jovencita que tenía a su lado era de las suyas: combativa, cabezota y ávida de conocimiento. Mientras la anciana la observaba y pensaba cómo encontrar el camino para llegar a ella, Kate se imaginaba conduciendo aquel todoterreno y escapando de aquel pueblucho hasta llegar a su casa con sus Gotham Girls. Le encantaba la idea de conducir, pero todavía le quedaban treinta meses para cumplir los 16 y sacarse el carnet. El tiempo a veces pasaba muy despacio, como aquellos días y los que faltaban para que su padre le comprara su propio coche. Su madre se negaba, pero su padre se lo había prometido. «Buenas notas, coche para ella». Ellos funcionaban a base de pactos y, aunque apenas lo veía ni hablaba con él, lo admiraba, porque parecía que hacía lo que le daba en gana.

—Tú… ya no puedes conducir, ¿no? —soltó Kate.

Fue una maldad. Se dio cuenta en cuanto se escuchó decirla, pero tampoco le importó demasiado. Al fin y al cabo, Nalda la estaba importunando con su presencia y su ojo escrutador.

—Soy vieja, pero sigo siendo libre, ¿sabes? —contestó sin atisbo de duda Nalda.

Esa respuesta dejó a Kate unos segundos desconcertada. Se reconoció en las formas y el surrealismo. A ella también le gustaba responder apuntando a matar y contrapreguntando. Fue la primera vez que se mantuvieron la mirada, frente a frente, y lo que comenzó como un simple duelo de gallos terminó haciendo aflorar la risa de ambas. Superada la tensión de las presentaciones y la risa terapéutica, Nalda la incitó a encender el motor e intercambiarse los asientos. Kate no se lo pensó. Un poco de emoción para aquella silente tierra no le iba nada mal, aunque después de tres intentos apenas consiguió un tenue rugido que pronto quedó ahogado.

—A las reliquias, como a los viejos, hay que tratarlas con cariño… ¡Vamos, Rover! *Au, vaaa!*

Un par de golpecitos en el salpicadero, caricia en el volante, suave giro de llave y el rugido del león las llamó ¡a explorar la selva! Kate golpeó la guantera de la emoción.

—*Great!*[*]

Antes de salir del descampado, el Rover se detuvo un segundo: Marc y Adele se subieron al todoterreno y a la aventura.

—*On anem, àvia?*

—*A fer un volt i ensenyar a les nenes les terres de La Muga.*[**]

Nalda miró por el retrovisor a la pequeña y se presentó, aunque Adele estaba ya bien enterada, puesto que Marc le había dado un buen repaso a su árbol genealógico con parada obligada en la vida y peripecias de su abuela, La Roja. Lo que le traía de cabeza a la pequeña era el idioma que hablaban, «¿catalán?», y del que poco o nada entendía. No le molestaba, simplemente le apenaba no entender, no poder comunicarse también con ellos en aquella lengua. Si quería ser una gran exploradora, debía aprender cuantos más idiomas mejor.

—¿Y solo lo habláis aquí?

Kate ya estaba haciendo de las suyas con sus incisivos comentarios y Nalda, que andaba muy caliente con el tema, detuvo de un frenazo el Rover y se encaró con ella.

—Poca broma con eso, jovencita. Si quieres saber la historia, te la cuento, pero ni una broma sobre el tema. Algunos hemos sufrido mucho por mantener esta lengua y nuestra cultura vivas. ¿Me has entendido?

Adele no sabía si era mejor respirar, tragar saliva o hacer de estatua por unos segundos. Kate se asustó al ver

---

[*] —¡Estupendo!

[**] —¿Adónde vamos, abuela?

—A dar una vuelta y enseñarles a las chicas las tierras de La Muga.

la rojez en los ojos de Nalda y la furia en sus palabras, no esperaba tal reacción a un simple comentario sobre un idioma minoritario. Muda de palabras, tan solo afirmó con la cabeza y Nalda reemprendió la marcha en silencio. Marc le susurró a Adele que no era personal, que su abuela siempre se enfurecía cuando se hablaba de política o miraba los informativos. Los veía todas las mañanas después de haber dado el desayuno al abuelo Vicente y a su padre antes de salir con las vacas. Era su momento de ocio y tortura al mismo tiempo. Disfrutaba viendo las noticias y enfurruñándose en solitario para luego compartirlo con el resto del pueblo en la hora de las cartas o en la decena de foros a los que era asidua. Aunque era mujer de conservar tradiciones, su perdición era internet: aquel invento había sido una bendición para aquella alma tan inquieta y ávida de conocimiento. Seguía sin entender cómo era posible aquel infinito de información, cómo podía funcionar aquello de ¡clic!, página nueva, pero estaba fascinada. Ella fascinada y su marido e hijos preocupados por la intensa devoción a San Google, que desde hacía unos años hacía imposible una conversación sin venerar a su santo y recurrir a él.

A Marc, en cambio, le parecía divertido tener una abuela enganchada al ordenador. Era la única abuela de su clase que enviaba correos electrónicos, se inscribía a foros e incluso chateaba con desconocidos por la red. Su abuela era moderna y él se sentía muy orgulloso de ella. Para Nalda, los años solo pasaban por el número de arrugas y gente querida con la que ya no podía compartir charlas de chimenea y almendras fritas. La Muga poco había cambiado con el paso del tiempo, ese pueblo antiguamente romano sabía protegerse muy bien de las nuevas costumbres tan poco respetuosas con la historia.

Al desviarse de la vía principal, la única asfaltada, frenaron al encontrarse de pleno con Jow a caballo. Nalda bajó la ventanilla, se recolocó las gafas y lo saludó sin poder evitar una mueca de desagrado. John Winter, Jow para todos en el pueblo, era el mozo que llevaba diez años trabajando para Cecilia en la cría de caballos, trabajando y, en su tiempo de ocio, seduciendo a la patrona, la pobre Cecilia *La Ciega*. Era un secreto a voces en el pueblo que Cecilia y él se entendían desde que el marido de La Ciega la abandonó por otra y se fue del pueblo. Cecilia tuvo que buscarse un oficio para mantener su casa y sus tierras. En el momento oportuno, llegó el guapo extranjero de cuerpo robusto pidiendo alquiler de campo para sus yeguas. «¡El principio del fin!», según Nalda, pero para Cecilia fue su salvación.

—*Voleu anar a veure els cavalls?*[*]

—Abuela, en castellano.

—*Òndia*, sí. ¿Queréis ir a ver los caballos de Cecilia?

Las dos hermanas afirmaron con la cabeza, a Adele lo de ser una amazona le parecía una experiencia excitante. Jow fue amable con Nalda y el primero de aquel pueblo en desplegar una amplia sonrisa con el saludo. «¡Extranjero tenía que ser!», pensó Kate.

—¡Fíate poco de los de gran sonrisa, niña! La aspereza raspa al principio, pero es dura, sólida, perenne. ¿Entiendes? —soltó La Roja en su defensa.

---

[*] —¿Queréis ir a ver los caballos?

En esa tierra de contrastes, de viento huracanado, llanura de campos labrados y silueteados con los Pirineos, la simpatía no era un bien común. Eran gente como el viento, de carácter impredecible, acostumbrados a ser tierra de forasteros que se detienen por un tiempo, pero tan solo unos pocos privilegiados son acogidos.

—Es la tierra quien escoge a los lugareños, nosotros solo aceptamos el orden de las cosas.

Kate y Adele atendían a las explicaciones de Nalda, pero apenas entendían. Todo en ese pueblo estaba rodeado de un halo de misterio. Iban brotando habitantes, saliendo como setas cuando menos se lo esperaban, para esfumarse sin dejar rastro. Kate se abstrajo de las explicaciones de la anciana y se concentró en el paisaje. Desde que habían llegado, era la primera vez que observaba con interés aquel lugar; silencio, nubes que con el viento se volvían infinitas, verdes teñidos de marrones de tierra labrada, de girasoles pidiendo su gloria al sol, de casas de piedra que guardan secretos de historia y enormes pedruscos junto al camino que, seguramente, por antiguos y sagrados, nadie se atreve a moverlos, a profanarlos. Ese lugar nada tenía que ver con ella, no había diversión, todo silencio, pero algo escondía o desprendía, porque sentada en el asiento del copiloto de aquel viejo todoterreno, con el cuerpo vibrando por la gravilla del camino, con la voz reivindicativa de Nalda de fondo, sintió por primera vez bienestar; tranquilidad, sosiego y ganas de respirar aquella lejana tierra. Fue una sensación que apenas le duró medio minuto, el tiempo que le llevó salir del extraño embrujo y que floreciera de nuevo la necesidad de volver a casa y dejar ese lugar medieval.

Nalda detuvo el Rover cuando el camino se fundió con la naturaleza. Los cuatro bajaron y se perdieron por el campo. Los pasos de la vieja Nalda eran rotundos, de pisada fuerte, pero lenta. Adele y Marc encabezaban la marcha, y a Kate la acompañaba la polvareda que provocaban sus pies a rastras. Sacó su móvil —ya más como un acto reflejo que por esperanza— para buscar una vez más cobertura. ¡Bingo! La magia es así de audaz, aparece siempre de la mano de la sorpresa. ¿Cómo era posible que en medio de aquella llanura de plantas silvestres y arboleda de álamos hubiera cobertura? Fuera por lo que fuera, se plantó como uno de esos árboles y se dispuso a escuchar el buzón de voz. Tenía tres mensajes nuevos. «¡Seguro que uno es de las Gotham!». Adele le gritaba desde lejos para que se diera prisa en llegar, Kate se tapó el otro oído para escuchar mejor y aislarse del mundo.

Primer mensaje: ¡las Gotham Girls habían ganado! Sin ella, con apuros, pero por suerte habían pasado a la fase final. Jessy, a la que todas llamaban Jersey, gritaba al teléfono de la emoción y Kate brincaba por el campo. Nalda aprovechó la escena para oxigenarse. Apenas fueron dos minutos de llamada, pero de tal intensidad que consiguieron que todos los habitantes de ese trozo de tierra se enteraran de la victoria de las Gotham Girls. Ellas habían superado por la mínima a las Cleveland Rock Stars y, por primera vez en la historia, se habían clasificado para las eliminatorias.

Mientras Kate seguía celebrando la victoria, entró el segundo mensaje: ¡papá!

—Hi, Kate! How is this adventure in distant lands going? Your mother told me about coverage problems in the village... I need you to call me urgently. I don't think it's advisable that you spend Christmas in that abandoned village. Give your sister a kiss from me! Your father loves you both.*

¿Pasar las Navidades? Seguro que se trataba de una maldita confusión entre su padre y su madre. ¡Odiaba ese momento! Estaba en la cresta de la ola de la celebración y aquel mensaje la había enviado de nuevo al infierno. Ella seguía siendo una niña y no era responsable de nadie, mucho menos de su madre y de ese maldito viaje. Suficiente tenía con preocuparse por su hermana y no morirse de asco con tanto campo y tantos viejos. En un arrebato por no saber, interrumpió el mensaje de la abuela Julianne que, al igual que su padre, trataba de utilizarla para contactar con su madre. Nalda se acercó a ella y trató de tranquilizar a aquel potrillo desbocado que con tanta coz estaba deshojando las plantas por donde pasaba. «¡Qué le iba a contar a aquella abuela con pinta más de psiquiátrico que de cuidar gallinas!». Ella no pensaba quedarse en aquel maldito lugar más allá de la semana pactada y, lo quisiera su madre o no, se largaba de allí.

—Si tuviera mi edad y viviera donde yo vivo también estaría como yo.

---

* —¡Hola, Kate! ¿Qué tal va esa aventura por tierras lejanas? Tu madre me habló de problemas de cobertura en el pueblo... Necesito que me llames urgentemente. No creo que sea aconsejable que paséis las Navidades en ese pueblo abandonado. ¡Dale un beso a tu hermana de mi parte! Vuestro padre os quiere.

Adele y Marc estaban al pie del riachuelo, sentados en cuclillas y compitiendo por ver quién descubría más renacuajos. El mundo había cambiado para Adele desde que había conocido a Marc, aquel pueblo se había convertido en un parque de atracciones gigante. Miró a su nuevo amigo, metiendo la mano en el agua helada para cazar uno y sintió cierta pena por quedar tan poco tiempo para marcharse. ¿Por qué tanta prisa por volver? Al fin y al cabo, el colegio no empezaba hasta después de las fiestas… Marc se giró entusiasmado para enseñarle el renacuajo que acababa de pescar y llevaba preso en la mano cerrada. Se dio cuenta de que su nueva amiga estaba algo triste, pero prefirió saltarse las preguntas e intentar hacerla reír soltando por los aires al renacuajo. La pequeña Adele dio tal brinco que casi termina dándose un baño de invierno si no llega a ser porque el brazo de Kate la sostuvo hasta conseguir equilibrarla. Pasado el susto, la pequeña se llevó un buen zarandeo de su hermana, que aprovechó la reprimenda para descargar la rabia contenida.

Los cuatro pasaron un pequeño puente hecho de piedras y madera fina y siguieron campo a través. Apenas quedaban unos metros para llegar al lugar preferido de Nalda cuando era joven y ahora también el de Marc. ¿Qué podía ser tan interesante? Kate no estaba de humor para seguir con aquel paseo, pero Adele insistió en caminar un poco más hasta llegar al destino.

—¿Falta mucho? —preguntó Kate con el morro torcido.

—No me dirás que a tu edad te rindes tan pronto…

Kate sintió la punta del desafío de Nalda y apenas rechistó el resto del camino. Supo que estaba en minoría y prefirió tentar de nuevo a la suerte con la cobertura para llamar a Jersey. Aunque sorprendentemente la halló, le fue imposible hablar con su amiga; el saldo de su tarjeta se había agotado. Comenzaba a sentir frío en los pies y las manos, miró a Nalda y la vio sin ánimo de detenerse y dar marcha atrás. En medio del campo arado, un solo pino gigantesco, con un tronco que parecía llegar al cielo y una copa tan frondosa que impedía a la lluvia tocar suelo. Adele y Marc fueron los primeros en llegar y, lejos de detenerse al pie del árbol, comenzaron a trepar sin dudarlo ni esperar a Kate. En cuanto vio la hazaña de su hermanita la exploradora, Kate corrió tan rápido como pudo para evitar una desgracia y obligar a su hermana a tocar suelo y que, en vez de trepar, se dedicara a cazar gusanos. No fue hasta casi darse con el robusto tronco que no descubrió la escalerilla con pequeños tablones clavados al tronco y dos cuerdas a cada lado por la que Marc y su hermana habían trepado. Sin pensárselo ni ver más allá, Kate hizo lo mismo hasta llegar al final y descubrir una pequeña cabaña de madera escondida entre las ramas y la frondosidad de las hojas. Allí dentro, Marc le mostraba a Adele las vistas, la impresionante llanura de campos rodeados de montañas grisáceas y rocosas que albergaban pequeñas poblaciones tan antiguas como polvo acumulado. Kate observó aquella cabaña, una sola estancia con un par de colchones individuales, un pequeño hornillo y algo de provisiones para pasar más de una noche. En un rincón, un espectacular telescopio para descubrir nuevos planetas y contar estrellas. Tenía que reconocer que siempre había soñado con una casa en un árbol y aquello la había sorprendido. Marc le explicó que su abuelo Vicente se la había construido a su abuela, quien, desde que había llegado al pueblo, había luchado para que ese pino milenario no fuera talado jamás. El abuelo de Marc evitó la desgracia convenciendo a su abuelo para poder construir una cabaña y casarse con su enamorada. Allí arriba se declararon amor eterno y pasaron parte de su luna de miel. Aquellas tierras fueron saqueadas por los nacionales y refugio de republicanos que huían del país por el paso fronterizo conocido como «de las casas» para llegar a Francia. Cuando se casaron, poco dinero había para viajar y mucho que trabajar para evitar pasar hambre. Así fue como el abuelo Vicente se pasó una semana sin apenas dormir para construir aquella cabaña. Con el tiempo fue perfeccionándola y dotándola de lo necesario para pasar unos días.

—¿Y el baño? —se interesó Adele.

Ella y su hermana sentían esa ausencia, mientras que Marc apenas le daba importancia. Cuando sus abuelos eran jóvenes, ni siquiera en las casas había retretes, la gente hacía sus necesidades en la planta baja, donde los animales. Los Brugat fueron los primeros en instalar un baño en el pueblo, y todos acudieron en procesión para contemplar el futuro. Ninguno pudo hacer uso, solo se les permitió observarlo. Los Brugat, ricos y agarrados, consintieron la romería al inodoro para dejar claro, una vez más, que eran la familia más adinerada y poderosa del pueblo.

Marc interrumpió la explicación y salió de la cabaña al toque de silbido; su abuela Nalda estaba al pie del árbol. Adele la saludó efusivamente desde una de las ventanas. Lo que no podían imaginarse es que la abuela octogenaria fuera a subirse también. No lo hizo como ellos por las escaleras, sino por una especie de plataforma con polea que Marc se encargó de activar girando una manivela y llevando la plataforma hasta el suelo. Era como una especie de columpio donde Nalda posó su trasero, y antes de agarrarse a las cuerdas volvió a silbar para ser izada. Marc, con la ayuda de las dos hermanas y sin excesivos problemas, subió a Nalda hasta el pequeño rellano de tablillas de madera. Kate la ayudó a levantarse y las dos entraron de nuevo a la cabaña. Marc y Adele fueron detrás divertidos por la situación. Hacía más de ocho meses que Nalda no subía a pesar de la insistencia de su nieto. Cuando la edad y la pereza se unen, te alejan de sueños pasados y hacen de la inmovilidad rutina. Invitó a los niños a sentarse mientras encendía el hornillo, calentaba leche con cacao para todos y sacaba de una minidespensa un paquete de galletas maría y chocolate.

—No es una molestia sino un ritual, ¿verdad, Marc? —matizó La Roja.

El pequeño afirmó bajando la cabeza. Él y su abuela pasaban muchas mañanas o tardes en aquella cabaña leyendo, contemplando la tierra desde lejos o echándose una siesta. Pocos afortunados tenían la llave para acceder a aquel refugio de solitarios y exploradores. Muchos habían querido contemplar la llanura, pero pocos habían sido los agraciados. Los Brugat jamás fueron invitados, a excepción de Francisca *La Santa*, la prima de Tomasa, Brugat de segundas, y tan pobre como desgraciada por terminar sus días como la criada de su prima La Rica. Nalda respetaba a los Brugat, pero «a la ambición sin fronteras, mejor mantenerla lejos». Aquella familia había comulgado con los nacionales, comprado casas a costa de desgracias y unido seres sin amor solo por amasar tierras. Poder y dinero a cualquier precio. Nalda escupió como símbolo de rechazo y Marc repitió la acción esperando que sus invitadas hicieran lo mismo en señal de respeto a su abuela. Kate y Adele se miraron y tardaron en entender el silencio repentino y las miradas expectantes de Nalda y Marc. Adele fue la primera en escupir y Kate, divertida, hizo lo mismo. Sus padres jamás aplaudirían tal grosería y mucho menos las invitarían a hacerlo como símbolo de respeto y buenas maneras. Los habitantes de aquel pueblo comenzaban a despertar en Kate cierta curiosidad por sus costumbres tan alejadas de las suyas.

—¿También coméis con las manos?

Nalda recibió el comentario con agrado. Poco a poco estaba consiguiendo que aquella muchacha cogiera confianza, aunque, por el momento, solo fuera para ridiculizar. Todavía le afloraba la soberbia de quien se cree superior, de quien decide juzgar en vez de entender. Tanto ella como su hermana eran Xatart, formaban parte de aquel lugar aunque todavía estuvieran lejos de descubrirlo. Nalda la miró divertida y, sin responder a su envite, le pasó el tazón de leche caliente con cinco galletas maría. Los cuatro comieron y bebieron a gusto; Kate y Nalda apenas hablaron, todo lo contrario que la pareja, que siguió compartiendo risas y tejiendo sueños para disfrutar.

Gala llevaba un buen rato buscando a sus hijas, preguntando por el pueblo si alguien las había visto. Era como si aquel lugar de tierra rojiza y húmeda se las hubiera tragado. No solía asustarse con facilidad, pero al estar tan lejos de casa y en un sitio tan primitivo le parecía que los peligros estaban más presentes. Cuando apenas sabes orientarte ni moverte, más temes o desconfías de los extraños. Solía sobrevenirle una sensación parecida cuando viajaba y, en un ataque de exploración, se salía de los lindes marcados y se sumergía en lo autóctono sin turistas. En ese pueblo, muy al contrario, parecía haber más forasteros que oriundos. Se acercaba la hora de comer y los coches se agolpaban alrededor del restaurante La Muga. A lo largo de los años, con su cocina Agnès se había labrado cierta fama de saber extraer los verdaderos sabores de esa tierra. Dobló una de las calles y descubrió la que hasta el momento le parecía la propiedad más grande del pueblo: una antigua casa solariega, medio en ruinas, con un precioso torreón de piedra blanca y hormigón convertido en un improvisado palomar. «¡Ya podría haber sido esta la de la tía abuela!». Alrededor de la casa, mucho terreno de pasto verde salvaje con al menos quince caballos reposando, bebiendo y soltando crin. Jow saludó a Gala sonriente, mientras cepillaba una yegua de un brillante pelaje plateado. Gala reposó los brazos sobre el muro de hormigón y, elevando como pudo media cabeza sobre él, preguntó si había visto a sus hijas. Con voz tranquila y acento extranjero, le confesó haberlas visto en un antiguo Land Rover azul y blanco conducido por Nalda *La Roja*. ¿Una abuela secuestrando a sus hijas? Aquel pensamiento se deshizo antes de completarse, pero no por ello disminuyó la angustia: una abuela octogenaria conduciendo podía ser responsable de muchos accidentes en carretera. Tras agradecer la información al mozo de caballos, Gala volvió tan rápido como supo y pudo al pajar.

Amat apenas se inmutó con la excursión de su madre en un Land Rover cargado de niños. Le sorprendió que fuera en el coche de Amelia Xatart y no en el suyo, pero por lo demás Nalda solía hacer escapaditas sola o acompañada. Miró un reloj de cuco que reposaba sobre una antigua alacena; apenas faltaba un cuarto de hora para las cinco. En media hora a más tardar, su madre estaría de regreso con los niños y ¡fin de la historia! Aquella explicación, lejos de tranquilizar a Gala, le disparó los nervios, pues lo mínimo que esperaba de él era que se movilizara para dar con el paradero de su madre, su sobrino y sus hijas. En algo debería sentirse responsable, pues su bendita madre se acababa de llevar sin previo aviso a dos menores y eso, al menos en Estados Unidos, era un ¡delito grave! En medio de lo que parecía el principio de una acalorada discusión, sonó un móvil.

«*Oppa Gangnam style / Gangnam style / Op, op, op, op / Oppa Gangnam style / Gangnam style / Op, op, op, op /*

Oppa Gangnam style / Eh, sexy lady / Op, op, op, op / Oppa Gangnam style».

Gala miró a Amat como si la cosa no fuera con ella, esperando a que contestara. Podía ser su madre, que se había perdido o que había pinchado una rueda, o una de sus hijas pidiendo auxilio. Los dos esperaron reacción el uno del otro hasta que se hizo el silencio y, en menos de un minuto, la melodía volvió a la carga.

«Oppa Gangnam style / Gangnam style / Op, op, op, op / Oppa Gangnam style / Gangnam style / Op, op, op, op / Oppa Gangnam style / Eh, sexy lady / Op, op, op, op / Oppa Gangnam style».

Gala tardó en reaccionar, pero lo hizo al tiempo que sus mejillas ardían de vergüenza, no solo por no reconocer su propio móvil sino por llevar, gracias a su hija Adele, la dichosa canción del caballo.

—¡Frederick!

Al ver que se trataba de Frederick, zanjó la conversación estirando el brazo y abriendo la palma izquierda en señal de «Stop» o de «continuará», al tiempo que se apresuraba a atender la llamada.

Por el tono de voz, Frederick parecía algo excitado. Era cierto que habían pasado tres días desde su llegada y ni siquiera se había molestado en buscar cobertura o un teléfono para hablar con él. Al llegar le había escrito un mísero mensaje de WhatsApp y ya está. Don Pluscuamperfecto —más herido en su orgullo que preocupado— sometió a su mujer a un cínico interrogatorio con el único fin de obtener la ansiada confesión: *«Sorry, I screwed up!».*[*] Al no

---

[*] «Lo siento, la he cagado».

obtener lo deseado, por venganza confesó a Gala que, «sin querer», había roto el pacto: le había contado a su madre que su bella esposa se había ido con las niñas una semana al pueblo del abuelo Román. A Julianne casi la habían tenido que ingresar a causa del ataque de ansiedad, no solo por el arrebato de su hija Gala, sino por el torrente de recuerdos que explosionaron sin avisar después de años escondidos, solidificados en su interior para evitar la enajenación tras una pérdida irreparable. Gala estuvo a punto de lanzar el móvil contra una de las paredes del pajar, no soportaba que Frederick invadiese su intimidad para recuperar el control. Gala sintió una punzada de traición en la boca del estómago y no fue capaz de procesar toda la cadena de insultos que le salieron. En parte por la impotencia de saberse en el mismo punto que cuando había aterrizado en La Muga: sin herencia y con un pequeño jeroglífico que resolver que a nadie parecía importarle, y para lo que ni mucho menos había voluntarios para echarle un cable. Su marido permanecía al otro lado, con aires de superioridad y cruzando una vez más la línea: le estaba advirtiendo de que no se le ocurriera quedarse allí durante las Navidades.

¿Y qué podía pasar? ¿Acaso él no podía hacer alguna vez algo por su familia? ¿Qué había de malo en pasar las Navidades en familia en un exótico pueblo perdido? Frederick siempre tenía galas solidarias y nunca sacrificaba una mísera operación de pechos por un partido de su hija, una excursión en familia o una cena romántica con su mujer. Cuando se goza del control de la situación, no es necesario el sacrificio porque son los demás los que deben someterse. Esa era su filosofía, esa misma que años antes había hechizado a Gala y, en ese preciso momento, le provocaba arcadas. Con una bola en el estómago y la cabeza a punto de explotar, fue incapaz de verbalizar una respuesta que estuviera a la altura para detener el pasatiempo preferido de su querido maridito: ¡humillar! «Absurdo viaje… la mísera herencia… la repentina y vulgar emancipación de su malcriada mujer…». Todo por conservar el statu quo, el suyo y su complacencia. El mundo debía girar alrededor de sus necesidades y estaba claro que esa situación ni le aportaba nada ni le tranquilizaba. Agotados todos los insultos, Gala prefirió no verbalizar, por enésima vez, su necesidad de independencia, ni justificar aquel viaje. Ni siquiera compartir con él las extrañas sensaciones de aquella tierra que, ¡por si él y su madre lo habían olvidado!, era la tierra en la que había nacido su padre. Frederick se despidió con un escueto y seco:

—En cuatro días te espero en el JFK, ¿me oyes?

Gala silenció la respuesta y colgó con la mirada ausente. Cuando ves la batalla perdida, lo mejor es evitar la tortura y la estocada final. Apoyada en un antiguo secreter, volvía a ser aquella niña desvalida a la que la vida golpeó tempranamente con la pérdida de su padre y la falta de refugio para su pena. Incapaz de tragar saliva, se acarició la boca del estómago con suavidad para deshacer con cariño esa nueva bola, esa herida abierta que le recordaba su debilitada autoestima. Amat, que no se había perdido ni un aliento de la conversación, reconociendo en cada suspiro el desconsuelo de Gala, sabía percibir de muy buena tinta cuándo el manto de la tristeza se apoderaba de un cuerpo, y aquella mujer lo llevaba incrustado en su piel más tiempo del debido. Optó por el silencio y no la caricia, porque un animal herido es capaz de matar a quien intenta socorrerlo. Ignorando la escena y su presencia, siguió encerando una cómoda del siglo XVIII.

Gala mantuvo la cabeza gacha durante un buen rato, permaneció como una estatua de yeso, presa de sus pensamientos. Poco a poco fue recobrando la vida y la energía para retomar la conversación con Amat.

—¿Ni siquiera vas a llamar a tu madre para saber adónde se ha llevado a mis hijas?

—Lo hice, pero no ha contestado.

Sin fuerzas para un nuevo asalto, se sentó vencida por el agotamiento y esperó a que aquel hombre terminara su labor y se apiadara de ella. Amat comprendió a Gala y se comprometió a ayudarla en la búsqueda cuando terminara de darle la mano de cera a la cómoda.

—Si te ayudo… acabamos antes, ¿no?

No desaprovechó la ocasión para untar las refinadas manos de Gala e intentar ablandar con mano y trapo la bola de tristeza que intuía que llevaba dentro. Amelia Xatart lo había hecho con él; quizá ahora, como la teoría del búmeran, debía devolverle el favor y sanar a aquella yegua malherida. Ella se dejó llevar, pero no pensaba olvidarse de la subasta de muebles. Había colgado un cartel en el corcho de al lado de la tienda de ultramarinos para que todos los del pueblo acudieran. Había avisado al abogado Robert Riudaneu, que le había prometido informar a los oriundos de los pueblos vecinos. Y pensaba pasarse por otros pueblos para avisar de la subasta de muebles a precios de ganga. Aún estaba a tiempo de evitar la terrible desgracia: comprarle su parte del negocio a buen precio y ayudarla a encontrar al autor del maldito cuadro.

—¿*La mar*?

—No tengo ni idea de quién puede ser, solo sé que tu tía abuela tenía devoción por aquella mala copia del cuadro de Dalí, *Mujer en la ventana*.

Amat la miraba para comprobar que no tenía idea de quién era Salvador Dalí, pero para su sorpresa no solo lo sabía, sino que algo había investigado sobre su vida y obra.

—Me llamo Gala por eso, ¿lo sabías? Mi padre eligió mi nombre en honor a él y…

Amat comprobó que Gala no sentía atracción ni devoción por la obra de Dalí, apenas había visto algunas obras de él en el MoMA y poco más. La curiosidad no la había llevado a investigar más allá de por qué Gala, quién era y… ¡ya! El resto era la vida y obra de un pintor mundialmente famoso, algo perturbado para su gusto, con obras llenas de sexualidad y frustración. Amat la invitó a recorrer con él las tierras que ese pintor, por el que su padre sentía devoción, adoraba. Consiguió, con trapo y cera, ablandar a la burguesa y una promesa de excursión a la casa de Dalí y Gala en Portlligat. Salir de aquel pueblo no les iría mal, ni a ella ni a las niñas, y descubrir qué había más allá de esas cuatro casas de piedra a medio construir o derruir, según cómo se mirase.

La ruidosa entrada llena de euforia y excitación de Adele rompió el frágil hechizo de la pareja. Gala soltó bruscamente el trapo y fue a abrazar a su hija pequeña, que parecía un cervatillo desbocado contando atropelladamente y a trompicones todo lo vivido: Land Rover, prado, riachuelo, renacuajos, enorme pino, cabaña, galletas maría y leche con cacao. Gala miró a Kate sin entender parte de lo que su hija pequeña le contaba. ¿Los cuatro en una cabaña en lo alto de un pino milenario? Mirando a la abuela de gorro de lana y gafas extragrandes, llegó a la conclusión de que la imaginación de Adele era cada día más preocupante. Su sorpresa vino cuando Kate se sumó dando nuevos detalles de la aventura, como el telescopio, que Nalda le había dejado conducir un poco el Rover y que, si no llega a ser por ella, Adele se cae al río. Gala miró a la abuela con ganas de estrangularla por consentirlas y habérselas llevado sin su permiso, pero se retuvo al ver el disfrute de sus hijas. Adele no paraba de corretear por el pajar moviendo las alas como una mariposa y Kate, a su manera, con las manos en los bolsillos y las piernas cruzadas, estaba más relajada.

—Mamá, ¿puedo ir con Nalda y Marc a su casa a preparar *muffins*?

La primera reacción fue negarse, pero su hija pequeña estaba tan contenta que le fue imposible declinar la propuesta.

—¿Y tú, Kate? ¿Te vas con ellos o vienes conmigo de excursión?

Al fin y al cabo, si ese viejo todoterreno era de su tía abuela, ella podía disponer de él siempre que quisiera, y aquella tarde le venía ideal para pegar carteles de la subasta de muebles por los pueblos vecinos. A Kate no le pareció mal la proposición. Amat le advirtió de que el viejo Rover no era de fiar y que, si quería un coche mejor, le dejaba el suyo. Pero el orgullo y no querer deber favores al enemigo le hicieron decidirse por la antigualla. También pensó que, por esos caminos de tierra, era mejor un coche más parecido a un tractor que, seguramente, a un deportivo.

Salieron con el sol bajo, cargando el cuadro *La mar* y una decena de carteles hechos con rotulador grueso negro. Kate tenía la esperanza de encontrar cobertura y convencer a su madre de volver a casa cuanto antes.

Hacía muchos meses que ella y Kate no estaban a solas en un pedazo de metal de menos de dos metros cuadrados. Dentro de ese coche que escupía el paso de los años y con un tubo de escape pendiente de revisión, se dio cuenta de que apenas sabía de Kate. No recordaba cuándo se había cortado el hilo de complicidad que un tiempo atrás compartieron. Antes eran cómplices, ahora se miraban sin encontrar nada más en común que ser madre e hija. ¿De aquello iba la adolescencia? ¿Cuántos años duraba? Nadie le había dicho que fuera fácil ser madre, ni siquiera su propia madre, que lo resolvía todo con personal interno y todo lo deseado al alcance de la mano. Ella se prometió no imitarla, pero había fracasado en el intento de mantener una estrecha relación con Kate. Su hija había dejado de respetarla y ella se había despreocupado para evitar enfrentarse a una reacción temperamental de una adolescente. No midió las consecuencias y el agujero entre ellas se había convertido en un socavón imposible de saltar. Kate se pasó todo el camino y parte de la tarde buscando cobertura en el móvil de su madre para conseguir hablar con Jersey y prometerle que volvería a casa para jugar las eliminatorias. Gala pegó los carteles y se perdió con sus pensamientos por aquellos caminos de tierra, solo iluminados por los faros del Rover.

La pequeña Adele llamó por teléfono y empezó a hablar como una ametralladora, llena de emoción: había encontrado a un amigo, había hecho *muffins,* y le estaba rogando a su madre que la dejara quedarse en casa de Nalda *La Roja* a dormir para hacer noche de cine y chimenea en casa de los Falgons. A Gala le pilló por sorpresa la petición de su hija pequeña; todo había ido demasiado rápido. Apenas sabía qué debía hacer... Al fin y al cabo, estarían a tan solo unos metros de distancia y... podría aprovechar la ocasión para acercarse a Kate, pasar la noche con ella y darle un poco de protagonismo a su hija adolescente que, aunque quisiera simular dureza, en el fondo seguía siendo una niña. Después de Adele, Nalda se puso al teléfono para tranquilizarla y contarle que estaría bien atendida y cuidada y que, sin falta por la mañana, la llevaría a Can Xatart. Gala se vio sin salida, sin derecho a réplica y casi obligada a concederle a Adele su deseo. Así lo hizo. Colgó el teléfono y miró de soslayo a Kate para no perderse su reacción, que no fue otra que agarrar el móvil y seguir whatsappeando con Jersey sin mediar palabra con su madre.

Cuando su hija dejó de hablar o la falta de cobertura zanjó abruptamente la conversación, ambas permanecieron en silencio, sintiendo la tensión entre ellas. Apenas se veía nada desde los cristales, pero se podía escuchar claramente el ruido de las ruedas aplastando la grava del camino. Solo bosque cerrado alrededor y ni una casa a la vista. Kate estaba segura de que su madre se había perdido, pero era incapaz de confesarlo. Ella tampoco tenía idea de dónde se encontraban; aquellos caminos parecían caminos de un mismo laberinto que no van a ninguna parte.

—¿Hay cobertura en el móvil?

Kate apretó un botón para activar la luz de la pantalla y comprobó que seguían incomunicadas y perdidas. Antes de levantar la cabeza, su madre dio un brusco volantazo y, aunque pisó el freno con todas sus fuerzas, no pudo evitar salirse de la vía y meter las dos ruedas delanteras en una especie de desnivel lleno de barro y malas hierbas. Kate miró a su madre con la esperanza de que, con un golpe de acelerador, resolviera aquella situación. Por más que lo intentó, estaban atascadas en medio de la nada y sin cobertura. Gala salió del coche temiéndose lo peor, el volantazo no había sido por cruzarse un cervatillo sino por haber pinchado una de las dos ruedas traseras. Abrió el capó y gritó con rabia al cielo estrellado: ni gato ni rueda de repuesto ni pajolera idea de dónde se encontraban. Pensó en la sonrisa de satisfacción de Frederick y, sin ser consciente, se arrodilló delante de los faros, arañó dos puñados de tierra del barrizal dejándose toda la manicura y, como si el espíritu de Escarlata O'Hara la hubiera poseído, abrió las manos y, soltando tierra, entró en un bucle preocupante.

—Ni tú ni esta tierra vais a poder conmigo. ¿Me has oído? Ni tú ni esta tierra vais a poder conmigo. ¿Me haaas oído?

III

Insomnio: Vigilia, falta de sueño a la hora de dormir.

Todavía recordaba la definición exacta de esa palabra. Seis meses después de la muerte de su padre, Gala sufrió una crisis insomne por incapacidad de digerir y expresar la pérdida. Aunque era tan solo una niña, su cuerpo se magulló como el de un adulto. Estuvo a punto de desarrollar una cronicidad preocupante de ese tal «insomnio» que ni siquiera sabía que existía. Al mismo tiempo que descubrió que las personas morían, también descubrió que podían estar días sin dormir o que, aunque quisiesen dormir, no lo conseguían.

Muerte: Término de la vida… o algo similar.

Sin embargo, nunca ha podido recordar con exactitud la definición de «muerte». En el fondo, sigue sin entender lo de que no hay vida sin muerte ni muerte sin vida. Frederick piensa que debe asumir que la muerte temprana de su padre le provocó una leve atrofia en el desarrollo del pensamiento maduro. En algunas cosas, su mente natural de mujer de cuarenta años no avanza ¡más allá de los quince! Lo ha comprobado en algunas ocasiones, sobre todo en aquellas en las que no acierta con la salida.

Hacía menos de seis horas lo había vuelto a comprobar con el pinchazo de una rueda en un camino de carros en medio de la nada, sin cobertura ni ánimo de abandonar el coche y echarse a andar a ciegas. En ese tiempo, pocas cosas habían cambiado; Kate y ella seguían en el interior del viejo Rover, con una manta pulgosa protegiéndolas del frío y echándose la culpa mutuamente de estar pasando la noche allí dentro, a expensas de ser rescatadas. Kate era partidaria de arriesgarse y salir en busca de la civilización. Seguro que a menos de cinco kilómetros encontraban una casa que les ofreciera refugio, comida y cama… ¡o teléfono! Gala, al contrario que su hija, prefería seguir la máxima de, en caso de duda, mejor no moverse. Cuando llegaba el frío a la punta de los dedos, encendía el motor y activaba la calefacción. Con ese sistema podían aguantar toda la noche y, al alba, si ningún coche había pasado por allí, emprender la marcha hacia la civilización.

—¡No antes! ¿Me has oído? Así que intenta dormir un poco.

Lejos de rendir obediencia a su progenitora, Kate intentó ir por su cuenta saliendo del coche y echando a correr.

Pero solo el miedo es capaz de poner a prueba a las almas valientes y Kate, desde pequeña, dormía con una luz encendida por temor a la oscuridad. Aunque ella lo ocultara y su madre lo silenciara, era una realidad que hizo que Gala ni siquiera saliera del coche y comenzó la cuenta atrás, convencida de que en menos de sesenta segundos su hija volvería a entrar en el Rover. Lo hizo en cuarenta y cinco, dando un portazo y rociando de insultos el ambiente. Las dos, madre e hija, lo calentaron discutiendo y lanzándose mutuamente sus frustraciones.

—No me vuelvas a desobedecer. ¿Me has oído?

—A mí me da igual lo que tú pienses, me da igual tu vida y ¡tus muertos!

Kate sabía perfectamente que había cruzado la línea, pero estaba rabiosa porque no soportaba estar ahí encerrada con la persona a la que más detestaba en el mundo: ¡su madre! Desde hacía un tiempo, no podía evitar sentir rechazo hacia ella y solo pensaba en la mayoría de edad para irse a estudiar fuera y perderla de vista. Por eso, siempre que pasaban más de una hora juntas y muy cerca la una de la otra, terminaban a gritos. Gala estuvo a un tris de perder los estribos y, para no abofetear a su hija, fue ella la que salió del coche y echó a andar. Sintió cómo descargaba la frustración en forma de lágrimas, cómo sus piernas se tensaban a cada paso y su corazón padecía la arritmia de la impotencia. En aquellos momentos era cuando pensaba en la frase de Frederick —mente de cuarenta años que no avanza más allá de los quince—, porque aquella situación la superaba y era incapaz de resolverla como él hubiera hecho;

sin dramas, ni estado alterado. «¡La niña es tu hija, no tú!».
Don Pluscuamperfecto era arrollador, no solo en sus actos,
sino también con sus frases, al contrario que ella, que era
toda falta de empuje y de autoestima. Sin apenas darse cuenta, llevaba un buen rato andando en medio de la oscuridad
sin sentir miedo porque los pensamientos, aunque torturan,
acompañan a quien teme a la soledad. Kate no soportaba la
oscuridad y su madre no podía estar sola, sentirse abandonada sin saber ni poder agarrarse a nada. Presa del pánico
y a ciegas, dio media vuelta con pasos temblorosos.

—¿Kaaateee?

Nadie respondía a su llamada. «¡Seguro que se ha puesto la música a tope!». Lo intentó de nuevo pero no obtuvo
respuesta. Sospechó incluso que su hija había decidido devolverle la huida, el abandono, con la tortura de la no respuesta.

—*Mom? Mooom!*[*]

Al torcer el camino, vio lo que parecían las luces de
emergencia y a su hija a dos pasos del coche, alzando los
brazos. Sin pensar en los pedruscos y socavones del camino,
echó a correr con la desesperación de una liebre para no ser
cazada. Hija y madre se fundieron en un abrazo empañado
en lágrimas silenciosas. Permanecieron a la intemperie un
buen rato hasta que se redescubrieron de nuevo como lo
que eran: dos almas perdidas, llenas de frustraciones y lamentos, pero con un sólido lazo llamado amor.

Entraron en el Rover. Gala encendió el motor para
activar la calefacción y cubrió a su hija con la manta pulgosa. Hacía más de un año que no apoyaba la cabeza en su

---

[*] —¿Maamáa? ¡Maaamáa!

hombro; le acarició suavemente el pelo, la acarició en silencio hasta que sintió que el sollozo entrecortado daba paso a una respiración amplia y profunda. Kate se quedó dormida apoyada en su madre, sintiéndose protegida por ella; una mente y alma insomne que, lejos de conciliar el sueño, cerró los ojos para disfrutar de la escena. La vida la empujó hasta llevarla a ese límite; un pueblo perdido, conducir con su hija una chatarra de todoterreno, la noche, perderse por un camino, pinchazo en una rueda, atascar el coche y que durante más de siete horas no pasase ni un solo vehículo al rescate. La vida la había llevado a ese extremo para volverlas a unir; para recordarles quiénes son la una para la otra. Porque todo lo demás... apenas importa...

La vida se ve distinta cuando se vuelve a casa después de una larga noche sin dormir, montada en un tractor verde. Kate y Gala se sujetaban al asiento del conductor de su recién estrenada heroína: Tomasa *La Rica*. Las había encontrado a medio camino de sus campos y el pajar donde resguarda su tractor verde de las inclemencias. Tomasa es mujer de rutinas e ideas fijas: a las cinco y media de la mañana, los martes y los jueves, sale con el tractor. El resto de los días se ocupa de la empresa desde el despacho con su hija Consol, la pequeña. Los dos varones se ocupan del campo —son los que se ensucian las manos porque ¡para eso son hombres!—. Ella lo hizo por accidente: es hija única y no tuvo elección. Trabajar en el campo y ocuparse de la empresa familiar. Su carácter se endureció, aguantar burlas o comentarios jocosos durante años, incluso de su propio padre, no fue fácil. Eran otros tiempos y una mujer debía ¡llevar faldas y dar hijos! Tomasa cumplió con todas las labores, aunque escasamente lo de llevar falda. Se casó con Jaime que, mientras vivió, fue el consuelo emocional de todos. Ella era una roca, un hueso duro de roer en el mundo de los negocios y tan solo un pellejo en el laberinto emocional. Su poca empatía por el dolor ajeno, su falta de compasión, le labraron una fama de corazón de corcho que, aunque lo llenes de chinchetas, apenas se perciben los agujeros. Solo su prima Francisca *La Santa* creía en la bondad de Tomasa y la defendía a la mínima crítica. No le gustaban los extraños, no se manejaba bien en las distancias cortas y, de no ser porque a la niña ya la conocía, no habría detenido el tractor ni estaría con ellas camino de La Muga otra vez. Pero un Brugat siempre se dobla ante el qué dirán y no auxiliar da mala fama y poco decoro. Tomasa no tuvo más remedio que bajarse del tractor y, ante la imposibilidad de mover el antiguo Rover, llevarlas a casa.

Kate solo pensaba en su hermana Adele. No temía por ella, porque sabía que Nalda y su amigo Marc la estaban cuidando. Seguro que le habría encantado estar en su lugar; como buena exploradora y con una imaginación infinita, habría visto a Tomasa como un caballero que las socorre montado en el dragón de hierro que, después de una peligrosa batalla, ha conseguido domar. Pensando en su hermana, no podía evitar sonreír, su madre la miraba con reposo. La tormenta había pasado y entre ellas reinaba la calma; se miraban desde un lugar olvidado pero que las reconfortaba. Gala observaba desde esa altura que siempre da mayor perspectiva cómo las primeras puntas de sol desvelaban el paisaje todavía dormido, cubierto por la corteza de hielo, vestigios de una noche fría. Apenas pasaban coches, el ruido del tractor ensordecía la calma de ese paisaje de contrastes, de llanos y montañas, de verdes y grises, de blancos nevados. Gala observaba el camino y comenzaba a transpirar la complejidad de esa tierra de habitantes tan sigilosos como los guardianes de un secreto ancestral.

Kate miró al cielo y vio un globo sobrevolando el terreno. «¿Cómo será este lugar desde el cielo?». Le excitaba sobremanera no perderse detalles de los minutos previos a aterrizar, el momento en el que el gran pájaro desciende, perdiendo altura y descubriendo nuestra tierra que, tras las nebulosas, emerge como un gran puzle de tramas, colores y texturas. Las vidas, las personas carecemos de importancia a esa altura; solo la tierra, sus colores y sus heridas; los accidentes geográficos destacan y pueden percibirse. Es como si, desde el aire, fuera más fácil establecer el orden lógico de prioridades: la tierra, el mar, las montañas… Desde que lo descubrió, tiene claro que, si algún día tiene que tomar una decisión muy importante, se montará en un avión y, con libreta y lápiz en mano, reflexionará hasta dar con la respuesta.

—¿Te gustan los globos, niña?

Tomasa, virtuosa de la mirada periférica, se dio cuenta del momento de fascinación de Kate con el aerostático. Kate confesó no haberse subido nunca, y Gala, tener un vértigo enfermizo, a lo que Tomasa reaccionó con una rotunda carcajada. Ella no era una mujer de miedos y, si alguna vez los había tenido, se los había quitado, porque si no te rodeaban y, como las garrapatas a los perros, te dejaban sin sangre, sin vida.

—¿No tienes miedo a la muerte? —preguntó desafiante Kate.

Hacía mucho tiempo que aquella mujer se había enfrentado a la muerte y la había aceptado como una compañera más de viaje. Hacía tres años que se había quedado viuda de Jaime y apenas había llorado. No le gustaba llorar a los muertos, era de las que despide sin lágrimas honrando la vida que llevaron, llenándola de recuerdos.

—Yo ya soy muy vieja para andar jugando al escondite con la muerte, ¿sabes, niña?

A Gala le habría gustado preguntarle si era una cuestión del paso de los años o algo propio de esa tierra lo de no temer a la Bella Dama. Nunca pudo hablar con su madre de ello, ni pronunciar siquiera la palabra «muerte» y, sin darse cuenta, labró en su interior un pavor hacia ella por haber sido obligada a jugar al tabú. «¿Kate y Adele tendrán miedo a la muerte?». No supo responder porque, subida en aquel tractor, se dio cuenta de que en contadas ocasiones habían hablado de ese tema y, si lo habían hecho, se había comportado como Houdini, el maestro en escapismo. Kate ya tenía edad suficiente como para plantearse cuestiones existenciales sobre la vida y el sentido de la misma. Le sorprendió que su hija le preguntara a una Juana sin Miedo por la muerte y que no se lo hubiera preguntado jamás a ella. Seguramente no había sido necesario, porque los miedos transpiran, llegando a tener rostro propio.

Tomasa detuvo el tractor justo delante de la verja de la Casa Xatart. Gala y Kate le agradecieron la molestia y ella apenas consiguió ladear el labio para mostrar satisfacción.

—Todavía es temprano, lo mejor es que descanséis. Yo avisaré a la Nalda o a Amat para que os atiendan.

Las protestas de Gala se fundieron con el ruido del motor. Tomasa se despidió de ellas, alzando una de sus enormes manos sin atender a lamentos; ella, como capataz, estaba acostumbrada a mandar y el resto a obedecer. A Kate no le parecía una mala idea dormir, estaba molida y necesitaba agarrarse a una almohada. Al meter la llave en el candado para abrir la cadena enrollada en los barrotes de la verja, descubrieron que alguien había dejado en el suelo un saco atado con cuerda y doble nudo. Las dos se miraron extrañadas y, en cuanto encontraron un cuchillo, lo abrieron para acabar con el enigma.

En el interior había un mundo de exquisitos manjares: compotas varias, lo que parecía caldo casero en un enorme bote de cristal, magdalenas, galletas maría, media docena de huevos y un par de botellas de leche.

—¿Quién lo habrá dejado? —preguntó Kate.

Colgando de la cuerda había un pequeño haz de ramitas con bolas blancas atadas con un lazo rojo con una tarjeta que contenía un extraño mensaje: «Acepta este saquito de poder y sé ¡bienvenida!». Kate y Gala no supieron descifrar más allá de lo que significaban las propias palabras. Se trataba de ¿un regalo de bienvenida? ¿De todo el pueblo o de alguien en particular? ¿Qué significaba lo del «saquito de poder»?

Kate dio la media vuelta necesaria para besar en la mejilla a su madre y subir las escaleras como un fantasma para caer rendida en la primera cama que encontró. Gala prefirió reposar la experiencia en el sillón orejero. Habían pasado ya tres días desde la primera vez que había colocado sus posaderas en él y tenía la extraña sensación de haberse hecho mujer en presencia de aquel viejo sillón. Apenas había conseguido averiguar nada, estaba bordeando el punto de partida y no parecía que la cosa fuera a cambiar demasiado en los próximos días, pero percibía su vida en estado de la vertical: del revés. Aquellas paredes parecía que le susurraban historias en vigilia, aprovechando para colarse justo entre la consciencia y el sueño. Desde que llegó, tenía una voz, que no era de fuera ni pertenecía a su yo interior, que la zarandeaba por dentro y la hacía pensar en su padre. Lanzó un suspiro al techo; siguiendo con la moda, la casa también presumía de tener fotografías de gente muerta decorando las paredes. Hasta entonces se había negado a mirarlas por una mezcla de respeto y temor a reconocerse, pues en el fondo ella también era una Xatart, aunque su madre despreciara ese apellido y decidiera que Marlborough no podía ser relegado por un simple linaje de campesinos. ¡Xatart! Gala tenía muy claro lo que significaba ser y comportarse como una Marlborough, pero ¿Xatart? Era como tener delante de ella un enorme lienzo en blanco y ser incapaz de plasmar color o textura. Apenas sabía nada de su padre; solo que era un hombre que por amor abandonó lo que más quería: La Muga. De cuerpo robusto, mirada penetrante y amplia sonrisa, Román Xatart se fue demasiado pronto como para dejar huella en la vida de su hija. Pero por razones ajenas a su voluntad, más económicas que emocionales, había llegado al lugar más amado de su padre que, si no hubiera fallecido cuando ella tan solo tenía cinco años, seguro que ella también adoraría e incluso habría disfrutado muchos veranos. Se resistía a investigar, a aprovechar esa estancia para conocer un poco más a su padre. No quería remover una ausencia tan dolorosa y compartida con su propia soledad hasta que logró enterrarla. Si es cierto que los muertos vuelven a la vida, no necesariamente lo hacen de cuerpo presente, también pueden hacerlo en forma de bruma espesa. Gala nunca había creído en los fantasmas, pero entendía de dónde podía venir lo de la sábana blanca; cuando los muertos que uno lleva en la mochila deciden llamar a tu puerta, hasta que no les respondes, te acompañan velando y tejiendo un tul que tiñe y confunde la realidad. Era cierto que persistían los síntomas del desfase horario, el maldito *jet lag,* pero sobre todo tenía el alma revuelta porque el espíritu de su padre había despertado del letargo.

Se frotó los ojos y respiró profundamente. Su mente estaba traviesa, poniendo a prueba su cordura y sus ganas de descender a los infiernos, como cuando uno reconoce que sus cimientos no son tan sólidos como había creído.

Para evitar escuchar o contestar a la voz, sentir presencias o esencias, se levantó apesadumbrada y decidió que había llegado el momento de explorar con mayor minuciosidad su futura herencia. Comenzó por la cocina, anexa al salón de sillones y chimenea de piedra, por un gigante arco de piedra y hormigón. Su tía abuela, como con los muebles, acumulaba cacerolas y menaje centenarios que más que buen uso al fuego llenaban cajones y se llenaban de polvo al gusto. Estaba demasiado cansada para empezar con la selección natural: basura o cajón. El abrir y cerrar armarios había despertado al bicho de la curiosidad, que la supo guiar hasta la tercera planta; un impresionante desván; por sus techos de viga y teja de más de cuatro metros de altura y la cantidad de cajas y trastos que había, daba la impresión de ser un cajón de sastre y un lugar de nunca acabar. Intuía que ahí dentro se hallaba el cáliz de su tía abuela; la vida en cajas de los Xatart. Se sentó en una mecedora de madera noble portando la primera caja que encontró por el camino. Había montañas de ellas, libros y revistas antiguos, álbumes de fotos, maletas de tela y cierre de hebillas metálicas. Ese desván era como el Williamsburg Flea Market de Brooklyn, pero en vez de ocupar East River Park, estaba en un espacioso y rústico *loft*, encima de una vieja casa de un pueblo perdido. «¡Seguro que Kate se lleva una maleta de cosas y accesorios *vintage*!». Su hija mayor no era portentosa para arreglarse, pero sí para los negocios, y aquel arsenal era un camino fácil para sacar unos cuantos cientos o miles de dólares.

Encendió la lamparilla de aplique dorado y pantalla de tela amarilla medio rajada para gozar de un ambiente suficientemente íntimo como para revolver en las tripas de una difunta y no sentir que exhumas su cadáver. Desprecintó una caja con el mismo cuidado que cuando se abre un sobre para leer una carta que va dirigida a otro. Sus dedos, manchados por el polvo acumulado, se deslizaron como enredaderas por el interior, buscando el primer tesoro. Libretas antiguas de contabilidad, un par de carpetas con facturas del siglo pasado, un marco de plata sin foto, hojas sueltas con más números y poco interés. Así estuvo un buen rato, en vez de cavando agujeros en la tierra en busca de un tesoro, dejando decenas de cajas abiertas y semivacías, al acecho de algo que despertara su interés. Al tiempo, comenzó a revolver los cajones de un viejo secreter: lapiceros, bolígrafos, gomas, hojas amarillentas a medio escribir, folios en blanco, cientos de sobres, sellos… Gala acertó deduciendo que aquel lugar había sido durante muchos años el estudio privado de su tía abuela. El lugar donde había escrito correspondencia y ordenado la cabeza y el negocio. Apenas sabía por qué estaba metiendo mano desesperadamente en cualquier cajón, pero sentía que su cuerpo no dejaría de bailar hasta encontrar un tesoro y… ¡bingo! Al fin había dado con algo interesante, pero imposible de abrir. Una gruesa libreta cerrada con candado. Podía ser el libro abierto que buscaba y debía ser cuidadosa en el forcejeo. Después de varios intentos frustrados por encontrar la llave o romper el candado, desistió por miedo a estropear su contenido. Estaba segura de que en VellAntic daría con la herramienta adecuada para librarse del maldito cierre. Solo era cuestión de esperar unas horas y despistar a Amat para desvelar el misterioso contenido.

Descalzándose y tocando el suelo de puntillas descendió a la planta intermedia, llegando a un pequeño recibidor central con cinco puertas; cuatro habitaciones y el baño. Las cuatro puertas estaban cerradas y, como si se tratara de un juego de dar con la puerta adecuada, abrió con sigilo cada una de ellas hasta dar con su hija Kate, que dormía con las botas puestas. Dudó si descalzarla y meterla en la cama para su mayor comodidad, pero no quiso arriesgarse a perturbar su descanso. Gala eligió la habitación contigua, la única que extrañamente no gozaba de ventanas, para tumbarse y recuperar energías. Le gustó la extrañeza y sintió una gustosa calma. Desconocía que ese tipo de cámaras ciegas, sin ventanas, eran ciertamente místicas, pues eran las elegidas para los partos, ya que existía la creencia de que, sin el contacto con el exterior, eran más seguras para un nacimiento limpio y sin bacterias que perjudicaran al neonato.

El descanso apenas duró unas horas. El timbre ensordeció los sueños de Kate, que esa noche gozó de un sueño más liviano que su madre. Descendió medio ladeada por las escaleras, buscando encontrar a su hermana pequeña al otro lado de la verja. Para su sorpresa, se encontró con una mujer mayor desconocida —¡otra abuela!— de larga trenza blanca y vestida como una novicia, acompañada de una chica de apenas 17 años que portaban el famoso cuadro *La mar*. Las dos saludaron a Kate sonrientes, algo poco usual en aquel pueblo que, de primeras, te regalaba pocos dientes.

—¡Hola! Soy la Francisca y esta es mi sobrina nieta Joana. Os hemos traído el cuadro que se quedó dentro del Rover.

Tras pelearse un buen rato con el candado de la verja, las dejó entrar al jardín olvidado, lleno de plantas agonizantes que pedían a gritos ser rescatadas. Kate se llevó el cuadro al interior y lo dejó reposando en el primer rincón libre que encontró. Volvió a la carrera a atender a las mujeres, que permanecían en el mismo lugar con los brazos cruzados. Francisca preguntó por Gala, que seguía inerte en la habitación de los partos. Kate lanzó varios gritos para avisar a su madre de que tenían visita. Al poco, sacó la cabeza con la cabellera despeinada y los ojos achinados por la ventanita del baño. Apenas saludó con la mano, se metió espantada en el interior para realizar un aseo exprés y recuperar el *glamour* perdido. En aquella casa y con aquella vida silvestre, le era muy difícil mantener una imagen correcta. Kate entretuvo a las mujeres hablando del frío y del dichoso aire huracanado.

—Tramontana, se llama tra-mon-ta-na y es uno de los tesoros de esta tierra.

Joana le explicó al detalle las propiedades curativas de ese viento que muchos consideran endiablado. Solo los de aquella tierra valoran su poder, pues necesitan que emerja con fuerza para limpiar y sanar las mentes. Kate miró a aquella chica de pelo corto y grandes ojos azules con extrañeza. Parecía la versión en joven de Nalda *La Roja*. Vestía con colores vivos, una combinación de colores y tejidos tan difícil como cuestionable, y hablaba más desde la pasión que desde el conocimiento. Mientras las chicas intercambiaban sensaciones, Francisca *La Santa* se dio una vuelta por el jardín y se compadeció del estado de las plantas. La gran Amelia Xatart era famosa por su cuidado y mimo, y se echó las manos a la cabeza solo de pensar cómo La Xatart estaría gritando desde el cielo por semejante descuido.

—*Amelia, això t'ho arreglo jo de seguida. No et preocupis!*[*]

Francisca esperó a que llegara Gala para presentarse como la prima de Tomasa y pedirle un cubo y las herramientas de jardín. Apenas eran las once de la mañana y aquella mujer se disponía a limpiar el patio de hojas muertas. Gala era una negada para las plantas; aunque adoraba las orquídeas jamás conseguía que brotaran por segunda vez. Todos los años, Frederick le regalaba en su aniversario de bodas una orquídea; cada año una distinta y cada vez Gala intentaba un nuevo ritual para que, una vez se quedara en palo, hacerla brotar. Hasta el momento solo se había frustrado con cada intento, pero estaba segura de que un día lo lograría. No le pareció mala idea observar a Francisca en sus labores de jardinera y quién sabe si acabaría por descubrir el truco que diera paso al ansiado milagro. Pero antes necesitaba un café bien cargado y engullir cualquier cosa si deseaba llegar al final del día sin desfallecer.

—¿Sabes patinar? Yo soy una Gotham Girl y estoy en la Roller Derby League.

—¿Qué es eso?

---

[*] —Amelia, esto te lo arreglo yo enseguida. ¡No te preocupes!

Kate parecía haber hecho buenas migas con Joana, que, aunque era unos años mayor, sentía curiosidad por la recién llegada de Nueva York. Le encantaba esa ciudad y, cuando cumpliera los dieciocho, su padre le había prometido regalarle el viaje. Ella quería ser actriz y su sueño era ir a estudiar al Actors Studio, la escuela de las estrellas, de donde salieron Brando, Marilyn, Newman. Aunque su físico era más bien limitado, no había nada como creer que nada es imposible. Kate la miraba divertida, ella nunca se había planteado lo de ser actriz; Adele, en cambio, estaba fascinada con las clases de teatro en la escuela. Pero ella prefería perfeccionar la técnica de los patines y despreocuparse por el momento del futuro.

—Mis padres son muy ricos, no tengo prisa por trabajar y ganarme la vida, ¿sabes?

Kate podía llegar a ser una adolescente muy engreída, pero a Joana, lejos de provocarle rechazo, le gustó su fanfarronería. Joana la miró con ganas de descubrir qué clase de vida llevaba aquella adolescente en Nueva York. Si conocía a alguien famoso, cuántos musicales había visto, cómo era su escuela, qué estudiaba y qué significaba ser una Gotham Girl. Aunque ella había nacido en ese pueblo y era una Brugat, no quería pasarse la vida allí metida. Ella estaba hecha para triunfar y ver mundo.

—Yo canto, ¿sabes? Y bailo claqué, porque todos los grandes aprendieron a bailar claqué.

Sin esperar a ver la reacción de Kate, Joana se marcó una pequeña demostración de sus dotes dándole a los pies. La tierra y las deportivas impidieron que se escucharan sus pasos, pero ella ni se percató ni le importaba. Kate la miró con cierta distancia, apenas tenían nada en común, pero prefería aquella compañía que estar con su madre y ciento y una abuelas. Incluso llegó a pensar que, por su dificultad al expresarse, podía tener cierto retraso, pues no hablaba con demasiada fluidez.

—¿Por qué te cuesta hablar?

—Apenas me expreso en castellano. Yo siempre hablo en catalán. Es mi idioma materno, ¿sabes? Como el tuyo el inglés, ¿sabes?

¿Idioma materno? No entendía muy bien a qué se refería con aquella expresión. ¿Acaso contaba más el idioma que hablara la madre que el padre? ¿No todos hablaban la misma lengua? No tenía claro cuál era el suyo: su madre hablaba perfectamente inglés, pero se había empeñado en que aprendieran castellano como el abuelo Román. Pero comenzaba a tener sus dudas de que el abuelo hablara en castellano y no en ese otro idioma.

—Catalán, se llama catalán. ¿Te apetece ir a dar una vuelta? Conozco un sitio donde podrás patinar.

Kate no estaba demasiado convencida, pero fue oír la palabra «patinar» y se le despejaron todas las dudas. Se tomó de un trago el vaso de zumo de naranja que le había preparado su madre y, sin apenas asearse, desapareció con el bocadillo en una mano y los patines en la otra.

—A las dos y media en el restaurante, ¿me oyes? No llegues tarde y ¡ten cuidado!

Kate se giró hacia su madre y, cerrando la verja, se despidió con una mueca y el saludo de los *scouts* de Adele.

No entendía cómo su hija había salido tan salvaje, tan poco pizpireta. Ya se había desarrollado y seguía actuando como una chiquilla y no como una mujercita que se preocupa por el aspecto físico y desea agradar a los chicos. Kate no perdía el tiempo eligiendo qué ponerse ni soñaba con pintarse las uñas, solo con ser libre y tener la independencia necesaria para hacer lo que le plazca con su vida. Todavía era una niña, pero comenzaba a ser hora de que se comportara como la señorita que era. Era una Marlborough. ¿Acaso no le importaba el qué dirán?

Gala entró en la casa y en apenas un minuto salió con el misterioso cuadro y lo reclinó sobre una silla. Francisca se había arrodillado y puesto manos a la obra con la poda del jardín, tenía el tiempo justo para terminar la faena y acudir a la comida. Agnès las había invitado a comer en La Muga, y a La Hechicera nadie podía negarse y menos cuando se trataba de comida. Había montado un pequeño festín gastronómico en homenaje a las recién llegadas para que probaran los sabores del lugar.

Gala observó los delicados trabajos de Francisca con las plantas mientras disfrutaba de su segundo café y ese sol de invierno que siempre sabe a gloria. Entre sorbo y sorbo, observaba *La mar* y percibía la mirada de reojo de Francisca. ¿Acaso sabía algo que la pudiera ayudar? Amat le había contado que era una mala copia de *Mujer en la ventana* y, además, sin firma ni señal que pudiera servir para identificar al autor. Intuía que, si preguntaba directamente por el cuadro, obtendría una respuesta esquiva, así que probó a hacerlo de forma indirecta.

—¿Mi tía abuela era coleccionista de arte?

Francisca, que se encontraba en plena faena de remover la tierra para el abono, se detuvo en seco y, sacudiéndose las manos, miró con dulzura a Gala, que esperaba con ansiedad la respuesta.

—Amelia fue una extraordinaria mujer que te quiso sin apenas conocerte, ¿lo sabías?

La respuesta la pilló por sorpresa y, aunque las preguntas sobre sus antepasados se le amontonaban, prefería evitar la invitación y centrarse en lo que de verdad le importaba: la herencia. No es tan fácil avanzar en una dirección cuando tu contrario usa la fuerza opuesta, y a Francisca parecía importarle poco la herencia de Amelia Xatart y mucho el jardín y recobrar su memoria. Gala no quería oír nada sobre su tía abuela ni su padre, así que mantuvieron una conversación de besugos, cada cual con su tema y siempre encontrándose en el mismo punto de partida. «¿Por qué será tan difícil averiguar algo sobre el dichoso cuadro?». Comenzaba a atisbar la terquedad y cerrazón de aquella gente y sabía que, cuando no deseaban hablar de un tema, eran rudos o esquivos y no había manera de sacarles una coma.

—¿Has visto alguna fotografía de tu tía abuela?

Gala se entregó por agotamiento a la conversación que deseaba Francisca, al fin y al cabo era lo menos que podía hacer pues, siendo su invitada, la tenía trabajando en el jardín. Negó con la cabeza para indicar que no había visto una fotografía de la gran Xatart, aunque hacía unas horas había estado a punto de hacerlo, pero le pudo el cansancio.

¿Qué importaba? ¿Era tan especial su físico? Francisca le insistió en que debería hacerlo para comprender muchas cosas.

—Las fotografías muestran más de lo que son. ¿Lo sabías?

Le contó que, al llegar por la mañana, había rebuscado entre las cajas del desván, pero que apenas había encontrado documentos de contabilidad; evitó comentarle el gran hallazgo: lo que parecía un diario sellado con candado. No creyó conveniente confesárselo a riesgo de ser juzgada o criticada por osar leer un documento tan íntimo de una difunta. La verdad es que Gala se moría de curiosidad por saber qué contenía, pero debía esperar a encontrarse con Amat. Entre las cajas había alguna fotografía en blanco y negro pero le habían pasado desapercibidas por ser antiguas, llenas de seres de otro tiempo, seguramente ya muertos, que más que despertar su interés le provocaban rechazo. Hacía años leyó que algunas tribus perdidas por el mundo creen que en cada fotografía que te hacen se queda impregnada una parte del alma. Gala no es que fuera mujer de cultivar su espiritualidad, pero era otra de las supersticiones que acumulaba. No eran demasiadas; las justas, y por eso mismo las respetaba como si le fuera la vida en ello. Lo de las fotografías, y más de los muertos, era partidaria de quemarlas, de deshacerse de ellas para que el alma, como decían esas tribus, retornara al difunto y pudiera descansar en paz. Por eso no entendía la costumbre de esa tierra de colgar imágenes de muertos, como si fueran santos. Y por eso no tenía fotografías de su padre; aunque debía confesar que había podido deshacerse de todas, menos de una que guardaba como un tesoro: su padre sonriente en Central Park con ella en brazos. La lleva siempre consigo, metida en el billetero; estropeada por el trajín y las veces que, a escondidas, la ha mirado, buscando el pedacito de alma de su padre que se quedó en aquella fotografía. Nadie lo sabe, ni su madre, ni Frederick ni sus hijas. Es su pequeño secreto, su intimidad más profunda, su soledad más concreta: sacar la fotografía de su padre y ella de pequeña y buscar la emoción contenida, ese momento captado que es incapaz de rescatar.

—Aquí respetamos a los muertos, ¿sabes? Forman parte de nuestra cultura y de nosotros mismos. Si no conoces a tus muertos, no te conoces a ti misma.

Francisca, que había terminado con la primera fase del jardín, prefirió tomar aire y reposar las lumbares. Con el paso de los años, si no era precavida, los achaques podían dejarla postrada en la cama más de una semana. Limpiándose con el pequeño delantal que siempre solía llevar puesto sobre la falda, se sentó a disfrutar del sol junto a Gala. Las dos mujeres estuvieron unos minutos en silencio rociándose de sol. A Francisca le encantaba hacerlo; lejos de todos los miedos cancerígenos de tomar el sol, ella desde que era una niña solía sentarse media hora para llenarse de vitamina D como le había dicho su abuela. Apenas sabía leer ni escribir, no le había hecho falta porque La Roja le leía todo lo que necesitaba y su prima Tomasa se encargaba de la escritura. Ella prefirió dedicarse a escuchar a la naturaleza y aprender de ella y de las flores. Al suicidarse su marido, Josep *El Impo-*

tente, no se hizo monja, pero descubrió la religión de las flores.

Gala no se atrevió a preguntar la razón ni la forma en la que el marido de Francisca se había quitado la vida, pero La Santa estaba muy acostumbrada a saber cuándo se hablaba de ello con la mirada.

—No importa, hace mucho tiempo que pasó y ya no duele. Mis muertos los llevo en paz conmigo y tú deberías hacer lo mismo.

Gala y Francisca se miraron con los ojos achinados y las manos haciendo de visera comunicándose con el pensamiento. A veces no es necesario verbalizar para entenderse y esas dos mujeres sabían muy bien que estaban hablando de algo que era demasiado doloroso y sutil como para convertirlo en palabras. Gala comenzaba a sentir la necesidad de compartir a su padre y llenar su ausencia con conocimiento. Pero no sabía cómo comenzar, qué hacer o decir para romper aquella pared invisible que con los años construyó tan a conciencia y a prueba de autosabotajes. Francisca se confesó y le contó con detalle su historia y cómo desde el amor más profundo pudo comprender tanto dolor. Su marido Josep, el hermano de Úrsula *La Guapa*… Gala se perdía con tanto nombre y tanto apodo.

—La de la tienda del pueblo, ¿sabes? Que tiene un hijo llamado Pau…

Enseguida visualizó a la mujer de mirada penetrante, cara de pocos amigos y virtuosa del ganchillo. Cuando supo que Gala había localizado a Úrsula, prosiguió con la historia. Aprovechó esa intimidad con Gala para contárselo de viva voz antes de que lo hiciera cualquiera y con exceso de maquillaje. Ella adoraba La Muga, pero como todo pueblo, a la misma velocidad que corrían las aguas del río Muga también lo hacían las habladurías. Todos sabían de la vida de todos, pero muy pocos se atrevían a contrastar las informaciones por cobardía o por necesidad de construir historias, leyendas y escándalos varios. La historia de un pueblo sin todo eso carecería de pedigrí. Si no fuera así, ella sería una de las de mejor linaje, pero bien al contrario, era tan solo la prima pobre de los Brugat, manchada por el escándalo.

—Verás… Apenas era una chiquilla cuando me casaron con Josep porque… Antes eran pocos los matrimonios que se casaban por amor.

Apenas había cumplido la mayoría de edad y poco sabía de la vida, mucho mayor era él: diez años y sin ganas de pasar por la vicaría. Pero los hombres, al igual que las mujeres, en los pueblos tenían muy repartida la función y, por aquel entonces, pocos eran los que se atrevían a salirse del guion. Josep siempre fue muy cariñoso con La Santa, la llegó a querer a su manera, pero necesitaba de otras cosas para ser feliz. Bajo la excusa de ser el comerciante del pueblo, el encargado de la única tienda, necesitaba bajar a Barcelona para hablar con proveedores. Los Brugat y la familia callaban por el qué dirán, pero sabían que Josep aprovechaba para ¡desahogar sus demonios!

—Él no era feliz, ¿sabes? Jamás me contó nada, pero yo lo sabía.

Gala podía imaginar de qué se trataba, pero prefirió guardar silencio y seguir escuchándola para evitar meter la pata con comentarios poco acertados. Francisca se levantó de la silla y caminó varios pasos antes de proseguir. Miró al cielo y murmuró en su idioma algo que Gala no supo descifrar, parecía una oración, una plegaria, un mantra dirigido a ella y a su difunto marido. Observó cómo a aquella mujer de carácter templado se le había transformado el rostro, arrugado por esos recuerdos incrustados como pequeños puñales que, de vez en cuando, sueltan sangre y destilan pena. «¿Debo evitar que siga? ¿Por qué le cuenta a una desconocida semejante intimidad?». Gala entendía mucho de decoro y de guardar ante todo las apariencias. Se había criado en una familia donde lo más importante era construir chubasqueros contra las lluvias del qué dirán. Había sido educada para mantenerse firme aun cuando, como en el *Titanic*, el barco se estuviera hundiendo. Los Marlborough eran como la orquesta del famoso transatlántico: capaces de seguir tocando como si nada de lo que ocurre fuese con ellos. Por eso entendía la historia de Francisca, pero no podía evitar sentir cierta incomodidad por su confesión, al fin y al cabo a una desconocida.

—¿Te apetece un té, un café o un zumo de naranja? Tengo magdalenas de... este pueblo.

Francisca aceptó el té y una magdalena. Seguro que había sido cosa de Agnès *La Hechicera*, que le había enviado el primer saquito de poder. «¿Estará al tanto de lo de los saquitos de poder?». A Gala se le acumulaban las preguntas, pero estaba demasiado intrigada por la historia de Josep y Francisca y optó por dejar a un lado los saquitos y centrarse en lo que La Santa estaba decidida a confesarle. Las dos mujeres entraron en las antiguas caballerizas de la casa, sitio donde, desde hacía un par de décadas, Amelia Xatart había ubicado la cocina comedor y el salón con chimenea. Francisca se detuvo en señal de respeto en la puerta y murmuró una nueva oración antes de entrar. Gala prefirió no preguntar y obviar el ritual manifiesto. No quería arriesgarse a desviar la conversación y Francisca, aunque parecía estar en plenas facultades, no dejaba de ser una anciana septuagenaria.

Cuando el té estuvo listo y servido en tazas, La Santa se sentó en el sillón orejero, dio un pequeño sorbo y, con la mirada en los posos, retomó la historia.

—Han pasado más de cuarenta años y yo ya soy una vieja, pero cuando sucedió estaba en la flor de la vida, ¿sabes?

A Francisca se le humedecieron los ojos y Gala, que estaba sentada a su lado, le tomó la mano y le transmitió, apretándola fuerte, compasión y consuelo. La dulzura de aquella abuela, la ternura en su rostro y su voz aterciopelada le estaban provocando un nudo en el estómago. Francisca se secó una lágrima y miró al cielo, afirmando con la cabeza. Con los años, había conseguido entender por qué su marido se había colgado de una viga con una cuerda de atar a los caballos. Con los años, había logrado comprender el sufrimiento por el que estaba pasando y la dificultad para vivir bajo el rechazo permanente. Él apenas había cumplido los 35 años, tenía toda la vida por delante y una mujer que lo cuidaba y lo quería a pesar de casi no haber cumplido con ella en la cama. Pero a Josep se le atragantó la felicidad, víctima del amor imposible al igual que, como le contó Nalda, lo fueron Romeo y Julieta.

—En el caso de ellos, dos familias que se odiaban a muerte. En el caso de Josep, amar a otro hombre, un pecado y un delito perseguido. Ojalá me lo hubiera contado, ¿sabes? Quizá ahora estaría vivo...

Francisca lloró su muerte y, con los años, honró su vida, defendiéndolo ante cualquiera, pero sobre todo de su hermana Úrsula que, lejos de conservar su buena memoria, se encargó de difundir historias inventadas sobre su hermano El Impotente o El Pervertido. El escándalo fue la comidilla y, durante muchos años, siempre que Francisca cruzaba un corrillo se hacía el silencio. Después de perder la casa y la tienda, su prima La Rica la acogió en la masía de los Brugat. Nadie se atrevió jamás a preguntarle, todos habían escrito una novela de ello y se habían compadecido de ella, conocida desde entonces como La Santa.

—No me hice monja porque el cura del pueblo fue el que obligó a Josep a casarse, a pesar de que sabía que sus inclinaciones eran otras...

Gala sintió la rabia de Francisca por cómo apretó su mano hasta hacerle daño. No volvió a casarse, ni tuvo hijos, solo sobrinos; los de su prima, a los que adora. Desde entonces se volcó en el jardín y el poder de las flores. Ella, gran devota de la espiritualidad en el reino vegetal, es maestra en el arte de las esencias florales y, desde hace muchos años, las prepara para sanar. A Gala le habría encantado hablar de sus orquídeas y de su dificultad para mantenerlas vivas, pero ya había abusado en exceso del tiempo y la confianza de aquella mujer y debía prepararse para la comida. Antes de despedirse, Francisca le rodeó la cara con sus manos y la besó en ambas mejillas con una ternura que viajó por todo su cuerpo. La miró sin soltarle la cara con un amor poco entendido y, acariciándole el pelo, le soltó una bomba.

—Esta tierra elige a sus mujeres, ¿sabes? ¡Ten fe y todo se arreglará!

Nada más despedirse de Francisca, escuchó el timbre de lo que parecía un teléfono. «¿Hay línea en esta casa?». Siguió escuchando el sonido y, como quien sigue una estela o rastro, hizo lo mismo hasta divisar un antiguo teléfono verde hospital oculto tras unas revistas antiguas.

—¿Hola?

Sin pensárselo dos veces se abalanzó sobre él y contestó con celeridad para evitar que se cortara la llamada. Era Nalda *La Roja*, que la avisaba de que su hija estaba en perfecto estado, sana y divertida con su compañero de juegos, su nieto Marc, que esa mañana le había hecho de cicerone por la vaquería. Allí parecía que las paredes hablasen o tuvieran incrustadas unas minicámaras, porque se sabía todo de todos. Nalda le recordó la comida con Agnès y preguntó si ya se había marchado La Santa.

—Es un poco lenta, ¿sabes? Tiene muchas virtudes pero entre ellas no está la puntualidad y la Agnès detesta que lleguemos tarde a la mesa.

Ella, Amat, Marc y Adele llegarían juntos y, por el camino, recogerían a Kate y a Joana. La insistencia de Gala en que sus hijas pasaran a asearse antes de acudir a La Muga cayó en saco roto. Apenas fue escuchada y sí tildada de exceso de decoro y postín.

—Aquí lo importante no es la ropa que lleves, ¿sabes?

¿Sabes? Por qué terminaban todas las frases con pregunta si nunca esperaban una respuesta y siempre terminaban haciendo lo que les daba la gana... Gala protestó y trató de imponerse como progenitora y la principal responsable de esas dos menores, pero resultó estéril. Allí la ley que imperaba era otra y una de dos: o te adaptabas o te arrollaba sin más como una apisonadora.

—Las leyes del campo son muy distintas de las de la ciudad, ¿sabes?

¡No! No sabía y prefería seguir sin saber. Tuvo un agrión de rebeldía y emitió un semialarido sin sentido antes de colgar a Nalda y dar dos saltos de impotencia. ¿Acaso estaba obligada a acudir a aquella comida? Nadie controlaba su vida y menos unas abuelas que lejos de ser cándidas e inofensivas le parecían manipuladoras e invasivas. Antes de bloquearse del todo, prefirió hacer correr el agua y darse una buena ducha reparadora, sin prisa ni niñas alrededor incordiando.

Kate se había puesto los patines y llevaba bajo el sol unos cuantos *sprints* y derrapadas ante Joana. Con las prisas y la emoción se había olvidado las protecciones: rodilleras, coderas y casco. Se lo había traído todo de Nueva York. «¡Una Gotham Girl jamás se olvida el traje!». Joana observaba las carreras de Kate apoyada en una barandilla y con unas gafas de sol dos tallas más grandes para evitar cegar la vista. No le gustaba correr, pero disfrutaba con el riesgo; cualquier hazaña que implicara tomar velocidad, fuese del tipo que fuese, contaba con su admiración. Aunque no entendía demasiado la gracia de esprintar de punta a punta de la pista de baloncesto, observaba a Kate con curiosidad, esperando que en algún momento le llegara la asfixia y le contara cosas sobre Manhattan. No fue cuestión de minutos que Kate se quitara los patines, llevaba varios días sin sentir la adrenalina y, durante un buen rato, entró en el bucle energético de las *rollers*; correr y sentirse ligera hasta creer que los patines han dejado de tocar el asfalto, frenar en seco y volver a buscar la misma sensación una y otra vez. Debía entrenarse duro si quería estar en forma para las eliminatorias y ganar por primera vez en la historia de las Gotham Girls la liga nacional. Joana no entendía demasiado ese deporte; según le había contado Kate, era algo como el rugby pero en patines. No era demasiado femenino, pero si se trataba de tendencia, desde ese preciso momento era ya una fiel seguidora de la Roller Derby. Estaba segura de que saber más cosas de esa ciudad le daría más puntos para cuando, en un futuro, viviera allí, para poder integrarse mucho más rápido. Un verano conoció a unos americanos que le contaron que Nueva York era una de las ciudades más duras para vivir, porque es muy cara y en ella conviven los extremos con la ambición de ver los sueños hechos realidad. Para Joana no fue un impedimento, sino una advertencia de cómo debía prepararse antes de irse a vivir a Nueva York. Llevaba años estudiando sus calles, los bares de moda y vistiéndose al estilo *streetstyle* de la ciudad. Kate era todavía una niña y no podía valorar eso, pero estaba segura de que su falda y sus leotardos le resultaban como mínimo familiares. De una frenada brusca y con el sudor cayéndole a chorretones, Kate dio por terminada la sesión de entrenamiento con público incluido, aplaudiendo su último regate simulado. No le importaba que la miraran, todo lo contrario, ella era de las que se crecía con el aplauso ajeno. ¿Qué hora debía de ser? ¿Cuánto llevaban allí? No quería llegar tarde a la comida; con el esfuerzo, las tripas le arañaban por dentro y, para callar al león, hay que darle alimento. Joana estaba feliz con las visitantes, incluso pensó en practicar inglés con Kate, pero dado su escaso nivel Kate decidió que lo mejor para entenderse era hablar en castellano.

—*No problem, as you like it!*[*]

De camino al restaurante, Joana la ametralló a preguntas.

—¿Cuántos musicales has visto? ¿Te gusta Woody Allen? ¿Conoces Cadaqués? Si Allen conociera esta tierra, estoy segura de que rodaría una película aquí.

Le llenó la cabeza de nombres y detalles de la gente del pueblo. Hablaba demasiado rápido y apenas le daba tiempo a responder ni a retener todo lo que le explicaba a cada paso.

---

[*] —No hay problema, ¡como quieras!

—En casa de Cecilia una yegua está a punto de dar a luz. ¿Vendrás a la fiesta?

—¿Qué fiesta?

—La fiesta del potrillo, siempre que nace uno Cecilia organiza una gran fiesta y vamos todos. ¡Es genial!

Hablaba atropelladamente y siempre con una amplia sonrisa y muchos aspavientos con las manos. No entendía la mayoría de cosas que le contaba, pero a Kate comenzaba a parecerle muy divertida. Tenía pinta de atreverse con todo y, como ella, de saltarse las reglas e ir más allá. Era de las afortunadas del pueblo que tenía permiso para subirse a la cabaña del árbol, fumaba a escondidas como ella y escuchaba los mismos grupos que ella. ¡Conocía Spotify! Le parecía increíble que en aquel pueblo tan alejado de la modernidad hubiera una persona que supiera de la existencia de uno de los inventos más alucinantes de los últimos tiempos: Spotify, un infinito almacén de música en la red para escuchar a tus artistas preferidos a precio de tarifa plana. Kate se lo pidió al cumplir 11 años y, desde entonces, no podía vivir sin su iPhone y sus auriculares.

—¿Tienes iPhone? Uaaaaala.

Joana estaba alucinada con la cantidad de *gadgets* de última generación que tenía Kate. Ella apenas contaba con un *smartphone* de los básicos y su joya de la corona: un MacBook Air que le regalaron cuando cumplió los 17. Esas Navidades había pedido el iPad, pero no sabía si se lo regalarían porque había suspendido tres. Kate, en cambio, era una alumna ejemplar en cuanto a calificaciones; otra cosa era su actitud en clase. Ella y su hermana estudiaban en una de las escuelas más prestigiosas de Nueva York, la Brearley School.

—¿La conoces?

Joana negó con la cabeza, pero ávida de conocimiento. Su instituto estaba en la ciudad de Figueres y poco tenía que contar sobre él. Kate, en cambio, podía estar toda la tarde contándole lo que significaba ser una Brearley Girl y todo lo que ella odiaba de su lema *By Truth and Toil* y tener que cantar cada semana *The Linden Tree*.

—¿Tocas el piano?

Había olvidado el interés por lo artístico de su nueva amiga y fue nombrar a Franz Schubert y llevarla de la mano corriendo a su casa para que le tocara el piano. Kate no era un prodigio, pero habiendo aprendido desde pequeña, era fácil impresionar a cualquier ignorante en esas artes. Frenó en seco al reconocer qué propiedad estaba a punto de pisar de nuevo: Can Brugat. No estaba del todo segura de si podía traspasar esa línea, aunque Joana la invitara, su abuela, Tomasa *La Rica*, le había prohibido el paso. Si se tratase de militares, estaba claro, pero al tratarse de un pueblo, Kate dudaba si aceptar o declinar la invitación. Joana no entendía la negativa de su amiga a cruzar la puerta de entrada, su abuela tenía muy mala fama, pero jamás le negaría la entrada a una amiga suya, y Kate era su nueva amiga. Alargó el brazo para que Kate tomara su mano y cruzara la verja. No tenían demasiado tiempo para dudas ni pianos, pero Joana se empecinaba en que Kate le tocara algo antes de la comida. Le parecía de lo más glamuroso tener de invitada en su casa a una oriunda de Nueva York que vivía en el Upper Side, ¡en Manhattan! Se acercaba la hora de comer y seguro que su padre estaba en casa. Quería presentarle a Kate y recordarle con su nueva amiga el pacto que hacía años habían hecho los dos. Ayudaba en la empresa a cambio de poder estudiar en Nueva York. Joana sabía que su familia no creía en su talento, pero las vidas de las grandes estrellas están llenas de gente que jamás creyó en ellos. Ella era una estrella en potencia y solo necesitaba seguir su propia estela, daba igual lo que los demás pensaran. Kate estiró el brazo y señaló más allá de Joana, que sonrió divertida.

—No quisiera herir tu ego, pero esta no es la primera vez que alguien me apunta con una pistola.

Kate la miró sin entender qué decía. Joana volvió a repetir la frase, pero esta vez en inglés y forzando un poco más la voz, como si quisiera imitar a alguien.

—¿Te suena?

Kate negó con la cabeza y Joana se llevó las manos a la cabeza. ¡¿Cómo no era capaz de reconocer una de las frases míticas de la obra de arte de Tarantino *Pulp Fiction*?! Kate había descubierto una de las aficiones de su amiga: meter en las conversaciones, sin venir a cuento, frases famosas del cine para que la gente las adivinara. A ella también le gustaba hacer eso, aunque quizá no tan asiduamente. Pero divertida con el reto, cambió la dirección de su dedo y apuntó con él al cielo, esperando que Joana lo siguiera con la mirada para lanzar su frase.

—Cuando un dedo apunta al cielo, el tonto mira el dedo.

—*¡Amélie!*

Joana lo supo al instante y aplaudió la rapidez de Kate, intuía que tenía una contrincante de nivel, nada fácil de vencer. Antes de que siguiera con una nueva frase, su padre la llamó desde lejos. No entendía qué hacían allí quietas en la entrada de la casa, una dentro y la otra fuera. Joana corrió a saludarle y Kate apenas se movió. En *True Blood*, una serie que veía a escondidas de sus padres, los vampiros no pueden entrar en la casa hasta ser invitados. Y aunque su amiga la invitara, debía hacerlo la propietaria del lugar: doña Tomasa, la heroína del tractor. Joana la dejó por imposible y subió a la casa para cambiarse. Kate la esperó sentada en un inmenso pivote de cemento, aprovechó para revisar el móvil y liarse un cigarrillo. No sabía si en ese pueblo, como en Nueva York, todos eran antitabaco, pero por si acaso prefería echar unas caladas en soledad que aguantar sermones. «¿Dónde estará Adele?», pensó.

Adele estaba con Marc en la vaquería, con mierda de vaca hasta las rodillas y botas tres tallas más grandes, intentando enchufar en una de las tetillas de una vaca su pezonera correspondiente y proceder al ordeñado mecánico. Marc le había enseñado, junto con su abuelo, cuál era la mejor manera de proceder, pero estar debajo de una vaca impresionaba demasiado como para acertar a la primera con la pezonera. Vicente la ayudó con un movimiento seco y, como si absorbiera la tetilla de la vaca, desapareció en el interior transparente de esa pezonera tubular. Marc, bajo las órdenes de su abuelo, le dio al botón verde para comenzar el ordeño. Tan solo había una docena de vacas conectadas, pues su hora era sobre las seis de la mañana, pero Marc se había empeñado en enseñarle a su amiga cómo se ordeñan las vacas. Los dos siguieron divertidos los tubos de plástico que se llenaban de leche hasta llegar a la gran cuba metálica que mantenía la leche sin riesgo de bacterias.

—¿Quieres ver cómo ordeño yo una sin máquina?

Adele movió la cabeza afirmativamente con una amplia sonrisa. Ojalá que su hermana Kate hubiera estado allí para inmortalizar la escena con una foto. Estaba segura de que sus Brearley Girls no se creerían que ha estado debajo de una vaca y le ha tocado las tetillas. Marc le pidió a su abuelo mostrarle a Adele cómo se hacía antes de las máquinas. Vicente fue a buscar dos taburetes de madera, más parecidos a antiguos reposapiés, y los colocó justo debajo de las tetillas de una vaca. Invitó a Adele a sentarse en uno de ellos y, junto a él, vio de primera mano cómo el abuelo Vicente acariciaba las tetillas rosas de la vaca *Aurelia* (todas las vacas tenían nombre) y, estirándolas primero, procedió a miccionarlas en una coreografía perfectamente ensayada. Como si las tetillas fueran las cuerdas de un arpa, el abuelo Vicente llegó a hacer música con la leche que caía en el cubo de plástico. Adele estaba impresionada y, aunque probó a estirar la tetilla con su propia mano, necesitaba un poco más de práctica y técnica para hacer caer la leche.

—¿Te gusta?

Marc estaba encantado con enseñarle a su amiga los rincones del pueblo y todo lo que en aquella tierra se hacía.

El abuelo Vicente dio por finalizado el espectáculo y volcó la leche ordeñada del cubo en la cuba metálica; si no querían ganarse un sermón de Nalda, debían emprender el camino hacia la casa.

—Ya no me molesta tanto el olor de este pueblo.

—¿Cuál? ¿El olor a mierda?

Adele soltó una carcajada al oír la palabra. Estaba en una edad en la que había ciertas palabras que, al ser pronunciadas, le provocaban la risa inmediata. Marc se dio cuenta de lo que ocurría y no paró de repetirla: «¡Mierda! ¡Mierda! ¡Mierda!», para que Adele no dejara de reír. Los dos niños iban por delante del abuelo Vicente, dando brincos como dos potrillos. A Vicente le gustaba ver a su nieto con aquella alegría risueña; era un niño con una sensibilidad fuera de lo común y la diferencia suele ir acompañada de sufrimiento. Él era un hombre de la norma, pero convivía desde hacía más de cincuenta años con La Roja, la mujer que trataba de vivir fuera de las convenciones. Él la adoraba, le gustaba su empuje, su valentía, su inconformismo, su sabiduría de devorar libros, pero también había visto muy de cerca cómo a la diferencia siempre se la trata de aplastar. Mientras el cuerpo aguantó, Vicente tiraba de la fuerza bruta para pelearse con cualquiera a quien viera asomársele una mota de burla hacia su mujer. Nalda era única para él y para todos; la diferencia es que Vicente seguía enamorado como el primer día y el mal carácter de La Roja, lejos de molestarle, le hacía soltar carcajadas, mientras que al resto le provocaba sarpullidos.

Antes? de meterse en la casa, Marc le hizo señales a su abuelo, que se había quedado atrás. En la vejez, uno tiene que asumir que se terminaron las carreras y que siempre te acaban esperando. A Vicente le había costado reducir la velocidad, ser el último en llegar en vez del primero y, sobre todo, dejar de ir a cortar la leña. Era una de sus actividades preferidas, le mantenía en forma y, aunque no lo pareciera, siempre había sido muy presumido. Nalda estaba en su rincón preferido, el de lectura y recorte. Adoraba leer la prensa y recortar los artículos que le parecían interesantes. Los clasificaba según el tema o incluso por autor, nadie sabía qué hacía con ellos, pero nadie se atrevía tampoco a decirle que era absurdo que los coleccionara. Era su *hobby*, todos tenemos *hobbies* y nadie debería juzgar nuestras pasiones. Vicente la respetaba, la dejaba en su momento de mayor placer junto con la hora de los informativos y su tiempo en internet. Nadie podía interrumpir esos momentos...

—*Àaaviaaa... Telèeefooon!*[*]

Nalda gruñó arrugando de malas formas *La Vanguardia* y maldijo esa llamada impertinente. Todo el pueblo sabía que una hora antes de comer ella leía y recortaba y no podía ser interrumpida. ¿Quién estaba al otro lado del teléfono?

—*Sí? Què vols ara?*[**]

Era Teresa *La Segunda*. Llamaba indignada por no haber sido invitada a la comida de Agnès. Tampoco Úrsula ni

---

[*] —¡Abueeelaaa! ¡Teléeefono!
[**] —¿Sí? ¿Qué quieres ahora?

Cecilia habían sido invitadas y eso le parecía un desprecio por parte de La Hechicera, y con la nueva. Nalda estaba segura de que La Guapa, con su necesidad imperiosa de dar rienda suelta al chisme, la había liado más de la cuenta.

—*No és una reunió oficial! L'Agnès ha convidat a unes cuantes a dinar, saps?*[*]

Teresa fácilmente se ofendía y cualquier cosa lo veía como un desplante. Había sido la última en llegar al pueblo, se había casado con Alfonso en segundas nupcias, venía de Barcelona y no fue nada fácil adaptarse. Con los años no se le había quitado el complejo de ser la última; aunque todos la conocían como La Segunda, la respetaban pero no soportaban cuando se ponía pesada con lo de ser excluida. Nalda trató de explicarle que no era una reunión oficial, que quedaban unos días para la luna llena, que simplemente se trataba de una comida y que, si lo deseaba, podía asistir, pues Agnès no le cerraba la puerta a nadie. Teresa tardó en convencerse, porque su amiga Úrsula, especialista en sacar lo peor de las personas, la había llenado de mentiras y sospechas infundadas.

—*No, no, si a mi no em va bé apropar-m'hi. Tinc a les quatre una neteja de cutis a Figueres*[**].

La cuestión era provocar la llamada de Teresa para que La Hechicera terminara invitando a la fuerza a La Guapa. Nalda conocía muy bien sus argucias, pero también era conocedora de la terquedad de Agnès. Teresa

---

[*] —¡No es una reunión oficial! Agnès ha invitado a unas cuantas a comer, ¿sabes?
[**] —No, no, si a mí no me va bien acercarme. Tengo a las cuatro una limpieza de cutis en Figueres.

se quedó más tranquila con la llamada y decidió no acudir a la comida, como tampoco lo haría Cecilia, que prefería comer con Jow. En los pueblos siempre hay que dar explicaciones, incluso cuando no las hay, y Nalda tuvo que inventárselas para tranquilizar a Teresa y no tener que llamar a Agnès, porque Úrsula estaba haciendo de las suyas.

Al colgar el teléfono se dio cuenta de que era la hora de irse. Llamó a los niños que estaban investigando el desván de la casa y besó a Vicente, que prefería comer en casa y echarse la siesta. El abuelo Vicente era un hombre de costumbres y el día de salir a comer fuera era los domingos, cuando nietos e hijos acudían al pueblo. El resto, si no era por un entierro, boda o nacimiento, él se quedaba guardando la casa, comiendo lo preparado por Nalda y dormitando en el sofá con la chimenea encendida.

Estaba en el proceso de colocar los troncos cuando Marc le plantó un beso con una energía que casi lo tumba, y Adele imitó a su amigo. A la pequeña le encantaba besar y en ese pueblo todo el mundo prefería el beso a la mano; muy al contrario que en su familia.

—¿Sabes encender la chimenea?

Adele negó con la cabeza y puso cara de querer aprender en cuanto fuera posible. Le encantaban las hogueras y una buena *scout* debía estar lista para hacer fuego en cualquier momento. Marc le prometió enseñarle, su abuelo Vicente era de los mejores en encender chimeneas y lo sabía todo del fuego.

—En la Casa Xatart hay chimenea, ¿no?

Adele afirmó nuevamente con la cabeza, pero ni la habían encendido nunca ni creían que hubiese leña para hacerlo. Marc no vio problema en eso, porque su tío Amat podía acompañarles para comprar y cargar leña. Un invierno sin leña en ese pueblo era como el Ampurdán sin tramontana. Nalda y los dos niños salieron de la casa y se montaron en el coche de la abuela; un Jeep gigante de color rojo. A La Roja le apasionaban los coches y el abuelo Vicente, que la quería mucho, le había regalado el último capricho para su cumpleaños: un Jeep Wrangler Unlimited 2.8 Crd Polar Auto. A Marc le encantaban los coches, mientras él no podía conducirlos los coleccionaba en forma de maquetas que montaba con su padre y su tío Amat. La abuela Nalda conducía poco por carretera y mucho por el pueblo y, aunque no necesitaba ese coche tan grande, el abuelo Vicente quiso comprárselo y hacerla feliz. A Marc le gustaba cómo en su familia se hacían felices los unos a los otros; le encantaba ver cómo su padre cada mañana le dejaba encima de la mesa del desayuno una flor a su madre y cómo su madre, al despertarse y verla, sonreía y la ponía en agua. Su tío Amat abrazaba mucho a sus abuelos y, siempre que podía, ayudaba en la vaquería a su padre y al abuelo Vicente. Un día le sorprendió regalándole una bicicleta única en el mundo; había solo esa porque su tío la había montado con piezas de otras bicicletas y la había convertido en una joya sobre ruedas. Adele estaba impaciente por verla, seguro que era *vintage*, como llamaba su hermana a las cosas antiguas bonitas.

En menos de cinco minutos llegaron al restaurante La Muga, aparcaron en los jardines de la masía y entraron siguiendo el olor a exquisita comida. La mesa estaba preparada en uno de los salones que La Muga tiene para celebraciones especiales. Jacinto, el marido de Agnès, los recibió con sus brazos de gigante: era el hombre más alto del pueblo. Medía más de dos metros y todos le conocían como El Gigante. A Adele le dio un poco de miedo, pero enseguida se relajó al ver a su amigo tan cariñoso con ese señor pino. Su madre y su hermana no habían llegado todavía; tenía muchas ganas de verlas y contarles todo lo que había hecho con Nalda, Marc y el abuelo Vicente. Ese pueblo, aunque fuera muy pequeñito en apariencia, era un pozo sin fondo de cosas por hacer y descubrir. Desde que llegó apenas había tenido tiempo de leer *The Chronicles of Narnia*. Para Marc, ese libro era de los gordos y, si no estaba obligado por la escuela, prefería leer tebeos.

—A mí me gustan los superhéroes, ¿sabes?

—Lucy Pevensie es una superheroína. ¡La mejor!

—¿Quién es esa? No la conozco.

Adele no podía creer que su amigo, su compañero de aventuras no supiera nada de Narnia ni de Lucy *La Valiente*, la pequeña de los hermanos, la guía y salvadora que, con su botellita mágica de jugo de flor, sana cualquier herida. Marc escuchó atentamente la descripción apasionada de Narnia, las aventuras de Lucy y todos los personajes: la Bruja Blanca, Aslan… A Marc le parecía chino todo lo que le contaba Adele, pero comenzaba a sentir curiosidad por aquello. Su amiga era una devoradora de libros, gordos y finos, no le importaba el grosor sino la aventura que llevaba dentro. Marc era fan de Superman, como lo eran su abuelo Vicente, su padre y su tío Amat. Superman era el mejor y más poderoso de todos los superhéroes y él tenía la suerte, gracias a su abuelo, de tener una colección infinita de tebeos antiguos. ¡Los originales! Ninguno de sus amigos de la escuela tenía algo así, incluso acudían a su casa para pasar la tarde, lectura con merienda incluida: leche con Nesquik y magdalenas hechas por él mismo con la ayuda de Agnès. Él era de Nesquik, como todos los de su familia...

—Cola Cao no es lo mismo, ¿sabes?

Adele no entendía una palabra de todo lo que le estaba contando, pero parecía lo mismo que ocurría en su casa con la Coca-Cola y la Pepsi. Su hermana Kate era de Coca-Cola, rompiendo toda la tradición familiar de Pepsi. A ella le daba igual por el momento, solo le dejaron probar una vez y le pareció vomitiva.

—¿Sabes que si pones un trozo de carne dentro desaparece?

Adele había oído eso también a un compañero de clase, pero siempre pensó que era una invención, una leyenda que poco o nada tiene que ver con la realidad.

—Eso es totalmente verdad. ¡Yo lo probé una vez!

Kate se unió a la conversación abruptamente, con un Chupa Chups en la boca y olor a tabaco de liar. Su hermana se tiró a sus brazos y, por el impulso, ella se sentó de culo. Adele y Kate se querían a rabiar, pero no siempre la hermana mayor dejaba que su amor transpirara. Kate estaba feliz de ver a su hermana disfrutar como una enana, sabía muy bien reconocer la cara de mejillas rosadas y ojos de naranja. Era la cara del disfrute máximo, como cuando los lunes toca pizza o cine en casa. Marc saludó a Joana, y esta les regaló un Chupa Chups a él y a Adele.

—Lo bueno de hacerte mayor es que puedes comprarte las cosas que quieres.

—*Mom?**

Adele subió los hombros más interesada por quitarle el envoltorio al Chupa Chups que por la pregunta de su hermana.

Gala llegaba tarde por haberse excedido con la ropa. A veces perdía un poco el norte con engalanarse en exceso y, olvidando que se encontraba en un pueblo, salió de la casa como si fuera a comer a la Casa Blanca. Al asomar la cabeza en La Muga, se dio cuenta por el tipo de clientela de que, si no corría a cambiarse de ropa, iba a parecer el árbol de Navidad. Salió despavorida; Amat la vio correr a lo lejos, vestida como la dama de honor de cualquier boda. «¡Qué demonios…!». Al ver la clase de vestuario elegido por Gala, decidió ir a cambiarse de ropa. Llevaba toda la mañana trabajando y soltaba el clásico hedor de las mofetas.

Tomasa y Francisca llegaron juntas y se metieron en la cocina para saludar a Agnès y a Nalda, que estaban con una copita de vino en la mano. Tomasa frunció el ceño al verla, pues esperaba que con la edad fuese controlándose con los vicios como la bebida. La Roja alzó la copa sonriendo; siempre que tenían reunión le gustaba probar un vino nuevo. Agnès se giró para saludarlas, pero apenas se entretuvo, estaba en un momento delicado y el fuego reclamaba toda su atención. Normalmente no le gustaba que nadie andu-

---

* —¿Mamá?

viera por la cocina, pero aquellas mujeres eran amigas de toda la vida y las ocasiones para reunirse delante de los fogones eran contadas. Fue Tomasa quien preguntó por Gala; todas habían coincidido con la recién llegada y, menos ella, todas le daban el aprobado.

—*No ho tinc clar jo... No sembla pas com l'Amelia.*[*]

Agnès apenas había coincidido con ella el primer día, cuando Amat la trajo con las niñas a comer. ¡Gala era Xatart! No le cabía la menor duda, y de las cuatro era la que tenía más ojo para ver más allá de las apariencias. Se había ganado a pulso lo de La Hechicera por eso y por ser una maga de los fogones. Nalda perdía toda la perspectiva cuando tenía cerca un buen manjar, ella de cocinar andaba justa y, como era de morro fino, se cegaba ante tanta exquisitez. Su prioridad no era la recién llegada, sino las delicias que Agnès les había preparado. Francisca apenas añadió que todo era cuestión de tiempo...

—*No en tenim pas gaire de temps... No marxaven d'aquí a una setmana?*[**]

¿A qué se refería con lo de que no tenían demasiado tiempo? Hablaban entre ellas como si se trajeran algo entre manos. ¿Tenía algo que ver la presencia de Gala?

Agnès las echó a todas de la cocina, los niños llevaban solos un buen rato en la mesa y lo más seguro es que Gala y Amat hubieran llegado. Como por arte magia, Gala y Amat se encontraron en la puerta del restaurante. Parecía que se hubieran intercambiado los papeles: Amat

---

[*] —Yo no lo tengo claro... No se parece nada a Amelia.
[**] —No tenemos mucho tiempo. ¿No se marchaban dentro de una semana?

el de ciudad y Gala la de pueblo. Desde la boda de su hermano, Amat no llevaba nunca corbata y ese día decidió ponérsela torpemente; Gala en cambio sacó los tejanos, una camisa de cuadros y las botas camperas; perfectamente combinada como una vaquera de Texas. Los dos se miraron en silencio sin poder evitar sonreír; Amat le abrió la puerta y Gala entró sin mediar palabra, aunque con la tentación de colocarle correctamente el nudo de la corbata.

Todos se dispusieron alrededor de la mesa divertidos y expectantes para recibir con ganas el manjar que Agnès había preparado para las recién llegadas. Los camareros comenzaron a traer platos y colocarlos en la mesa; parecía una demostración de buena gastronomía, de la riqueza de esa tierra: anchoas, embutidos varios, tomates con cebolla de Figueres, verduras asadas, caracoles… pan con tomate… Eso apenas fueron los entrantes… Aquella tarde Agnès ofreció una auténtica exhibición de la rica gastronomía del lugar; todos comieron hasta reventar, bebieron y disfrutaron de la variedad de colores, sabores y sensaciones en una misma comida. Aquella tarde Gala sintió cierto pánico a una sensación hasta el momento desconocida: sentirse parte de algo, de un lugar... ¿de una tierra? Consiguió entre risas colocarle la corbata a Amat con un nudo Windsor que le duró poco menos de una hora, hasta que Joana se la apropió porque era un accesorio muy *trendy*. Nalda se quedó a media comida sin vino porque Tomasa se lo requisó con la complicidad de Agnès. Francisca se comprometió con las niñas para enseñarles las propiedades curativas del campo: saber oler la lavanda, reconocer el tomillo, el romero, el laurel, la manzanilla y todas las plantas silvestres comestibles. Amat invitó tímidamente a Gala a conocer Cadaqués y visitar la casa de Portlligat. No era nuevo el ofrecimiento, pero con el vino todo parece como si fuera la primera vez. Gala, hechizada por la comida y el buen vino, no supo decir que no. Aquella comida transcurrió como cuando la vida se llena de pequeños instantes que la hacen rica. Nada importante parecía pasar, todo ocurría desde lo sutil, desde donde se tejen esas telas invisibles que conectan unas almas con otras en un lugar más allá de la razón. Kate, Adele y Gala habían comenzado, sin darse cuenta, su propio telar...

IV

«Querida Gala...».

Gala tuvo que leerlo varias veces para procesar que aquello que tanto le había costado abrir iba dedicado a ella. ¿Cómo era posible? Estaba cerrado con candado y aquella tinta llevaba muchos años impregnada en aquel amarillento papel. «¡Seguro que me he equivocado al leerlo!».

Querida Gala Xatart Marlborough (aunque tu madre cambiara el orden de los apellidos, para mí siempre fue así y siempre lo será: antes Xatart que Marlborough):

Volvió a cerrar el antiguo cuaderno y se lo llevó con fuerza a su pecho. ¿Cómo era posible que su tía abuela le dedicara aquello? ¿Cómo podía imaginar que ella daría con él y, mucho menos, que lo abriría? Se apresuró a cerrar la puerta del desván y acurrucarse en la mecedora de madera; se había convertido en uno de sus rincones preferidos de aquella casa. Kate y Adele dormían la siesta y, si no calculaba mal, gozaba de un par de horas para ella sola antes de ir a VellAntic a preparar la subasta de muebles. Se meció durante unos minutos, contemplando aquel enorme altillo abuhardillado con paredes de piedra y vigas de madera, entreviendo cómo un hilillo de luz cegador y blanquecino se colaba por la única ventana que decoraba lo alto del techo. Sintió en su pecho el calor que desprendía aquella libreta, aquella especie de carta que su tía abuela había escrito al parecer por y para ella. Dudó en reabrirla, lo hizo sin mirar, palpando cada hoja, sin atreverse a bajar la cabeza… sabía que no había llegado tan lejos como para echarse atrás; algo desde su interior le pedía seguir leyendo. ¿Y si luego se arrepentía? ¿Qué podía contener como para tenerle miedo? Dejó las dudas para el desagüe y prosiguió.

17 de noviembre de 1977

Querida Gala Xatart Marlborough (aunque tu madre cambiara el orden de los apellidos, para mí siempre fue así y siempre lo será: antes Xatart que Marlborough):

Quizá esta sea una de las cosas más difíciles que me proponga hacer. Escribirle a una niña (ahora tienes cinco años) para que, cuando sea una mujer y yo una difunta, cuando llegue ese día, lo leas. Menuda locura, ¿verdad? Si estás sentada leyendo estas líneas y yo ya he dejado este mundo, hazme un favor: ¡no lo dejes a la mitad! Si decides empezar a leer, llega hasta el final. ¿Qué puede ocurrir si lo haces? Nada… habrás complacido a una muerta que un día como hoy decidió escribirte.

Gala cerró de nuevo el cuaderno. ¿En qué demonios estaba pensando? ¿Pactar con una difunta? Aquel cuaderno era bastante grueso, ¿por qué tenía que sentirse obligada a terminarlo? No le apetecía comprometerse, desconocía su contenido y, desde pequeña, siempre le habían enseñado a mirar el caramelo antes de ponérselo en la boca. Se balanceó con rabia, no le parecía justo. ¿Dónde estaba el trueque? ¿Qué ganaba ella? Si leía y dejaba a medias ese cuaderno, ¿quién se iba a enterar? Sonrió por estar dándole vueltas, estaba claro que no iba a comprometerse. ¿Qué había de malo? ¿Quién era esa mujer para imponerle condiciones desde la tumba? Paró en seco y, con el pie en la mecedora, volvió a abrir el cuaderno con el ímpetu de ser ella la que llevaba el control y decidía sobre su vida. Pasó las hojas desafiante, torciendo la boca y clavando la mirada en el papel; tomando cada vez más velocidad, como si se tratara de un cuaderno de dibujos en movimiento. Al llegar al final, se levantó de un impulso de la mecedora y, con brusquedad y precipitación, se acercó a la antigua cajonera; abrió con violencia el cajón donde había encontrado el cuaderno, lo dejó de nuevo y lo volvió a cerrar con tal ímpetu que casi se pilla los dedos. Dio varias vueltas por el desván, con las manos en la cintura, girando nerviosa sobre sí misma y, aunque lo intentaba, era incapaz de perder de vista el cajón. Estaba exaltada, enfadada con su difunta tía abuela; en el fondo, estaba rabiosa con el mundo, le afloraba el mismo sentimiento que cuando no controlaba una situación y otros decidían por ella. Ese sentimiento la acompañaba de pequeña, sabía reconocerlo porque los puños se le cerraban con tal fuerza que sentía cómo las uñas, clavadas en la palma de la mano, le hacían heridas más o menos profundas, en función de la impotencia acumulada.

¿Qué debía hacer? Pasado el patético momento de autorreafirmación ante la voluntad de una difunta, abrió las manos, destensó la espalda y volvió a desplomarse en la mecedora, incapaz de olvidarse del maldito cuaderno. «¡Ojalá no lo hubiera encontrado nunca!». Se puso la mano en el pecho y trató de calmar su respiración, cerrando los ojos pero sin poder dejar de visualizar el maldito cuaderno. A Gala, como a media humanidad, la curiosidad siempre la había llevado por el mal camino. Cuando tan solo era una niña, en Boston, casi termina ahogándose por robar con su primo Eduard una barca de remo de los universitarios y probar la excitante experiencia del remo. La historia terminó en menos de dos horas, río Charles adentro, con los dos niños exhaustos y a punto de volcar, teniendo que ser rescatados muertos de frío y de miedo. ¡La curiosidad! Esa misma que estaba a un paso de llevarla de nuevo al cajón, al cuaderno y a proseguir con la lectura. No consiguió ni llegar a veinte y... ¡ya! De nuevo reabriendo la primera página y buscando con mirada ansiosa el punto en el que se había quedado.

Hace una semana que tu padre ha muerto, hace una semana que no hallo consuelo para tanto dolor. Desde que regresé de Boston, adonde llegué demasiado tarde para acudir al entierro de tu padre, no he salido de la casa; se ha convertido en mi refugio, en mi santuario de lágrimas. En este encierro he comprendido que en los atisbos de locura está la máxima expresión de la sensatez. Por eso te escribo, por eso me siento en esta vieja silla a confesarme a mi única familiar viva que eres tú, mi pequeña Gala.

Siempre he sido una mujer de echarse la vida a la espalda y cargar con todo tipo de piedras sin lamento alguno. Los Xatart somos de sangre espesa y piel dura, mutamos como las salamandras, sobreviviendo a cualquier circunstancia, por difícil que sea. Pero esta se me ha echado encima demasiado temprano; no es fácil encajar la muerte de tu padre. ¡Solo treinta y cinco años y tanta vida por delante! Pienso que por vivir en la mentira nuestro destino fue estar separados, pues ese destino siempre terminaba arrancándomelo de los brazos.

No sé cuántos años me quedan por vivir, al menos espero llegar a ser octogenaria. ¿Sabías que todas las mujeres de esta familia lo han sido? Todas, menos mi hermana. Ese capítulo te lo contaré más tarde. Aunque no me importaría que la muerte merodeara y se me llevara con ella. Desde que tu padre murió, he dejado de tenerle respeto a la vida, y mi abuela, que era mujer de pocas palabras, siempre decía: «*A la vida, respecte, nena!*».[*] ¿Tú se lo tienes, mi niña?

Qué extraño hablarte desde el pasado y qué difícil contarte desde un papel...

---

[*] «¡A la vida, respeto, niña!».

Tengo cincuenta y tres años ahora, no me he casado nunca y no creo que lo haga. Amar, amé, y espero volver a hacerlo, pero llevo demasiado tiempo sola como para ofrecer mi tiempo a un hombre. No te alarmes, mi niña... Seguramente este recién estrenado futuro de libertades pueda cambiar las cosas y se podrá estar en compañía sin sometimientos de un sexo sobre el otro, pero en mi tiempo ese planeta no existe. Los derechos en este país se van ganando a costa de mucho sufrimiento; venimos de una guerra que dividió España, enfrentó a hermanos y familias que se mataron unas a otras. Mi familia resultó vencida y pagó tierras y pobreza por ello. Lo perdió todo salvo la casa; esta casa que tú heredarás algún día. ¿Qué te debe de importar a ti todo esto, verdad? Seguramente, hasta que yo no me muera, no pisarás esta tierra y apenas habrás oído hablar de ella. Tu buena madre se habrá encargado de borrar cualquier huella de tu padre y, por supuesto, de mí...

Gala estaba conteniendo la respiración; era tal el impacto que aquellas palabras le provocaban que se olvidaba incluso de respirar. Las preguntas se le acumulaban en el interior, pero su cerebro estaba demasiado ocupado en digerir, en transformar aquella lectura en real, en verdadera. Tenía toda la sangre en el estómago; movió un pie que de la mala postura se le había quedado dormido; sintió el dolor de sus dedos por la fuerza con que se agarraban a aquel recién estrenado diario. No era dueña de su voluntad quien a ciencia cierta hubiera deseado cerrarlo para siempre para evitar el desastre de conocer una zona oscura de su vida; de desvelar lo oculto, de hacer brotar aquello que durante tantos años quedó bajó tierra. «¿Qué tiene que ver mi madre?». Sus ojos pestañearon unas cuantas veces para humedecerse y prosiguieron con la lectura.

No quiero hablar desde el rencor ni el odio. ¡No quiero! A veces es tan difícil respetar… En mi familia la madre es la punta del iceberg, el pilar donde apoyarse, el sustento, la fuerza y la estabilidad. En este lugar hace mucho tiempo que descubrimos que la tierra es de las mujeres y, por encima de todo, hay que respetarlas. Así que perdóname si en algún momento falto a tu madre. No quiero hacerlo, pero la herida está todavía abierta y, en estas primeras páginas, puede que, como mínimo, se me escape maldecirla.

Siento el peso en mi cabeza, no sé si realmente lo que escribo te llegará algún día, pero me calma escribirte. ¡Será nuestro pequeño secreto! Vaya tontería, si tú no sabes ni siquiera de mi existencia… Apenas te pude dar un abrazo de los que se hacen eternos, apenas me miraste, pero me rodeaste con tus bracitos y te sentí por unos instantes. ¡Me supieron a gloria! ¡Qué bonito sentirte! Sé que no te voy a volver a ver, que tu madre obviará mi existencia. No juzgo su decisión, suficiente tiene con haber perdido lo que más ha amado, pero no puedo evitar que duela. Me he pasado media vida renunciando en nombre del bien y solo he recogido tormentas. Un drama sobre otro… Las mentiras llegaron demasiado lejos en esta familia, en la vida de tu padre y en la mía, y quiero evitar que parte de tu vida sea también una mentira.

He decidido escribirte en esta libreta para que no olvides a tu padre, ni a mí ni a esta familia que también es la tuya. ¡Qué difícil! Qué complicado es expresar… Cuando se lleva tanto tiempo silenciando, incluso las palabras se esconden.

No sé si, cuando leas esto, serás madre… Y qué tendrá eso que ver, ¿no? Se me seca la garganta y me tiembla el pulso al confesarme ante este papel del que, por unos instantes, ando tentada a destruir. Que se lo lleve el fuego y deje de lado esta locura de escribirle a una niña para que, en un futuro, esa niña convertida ya en mujer lea mis confesiones. Cuesta escribir lo que soy, lo que siempre he sido y me obligaron a silenciar por el bien de tu padre.

Verás…

Cuando yo tenía quince años, este país seguía sangrando odio. Estaba dividido entre los Nacionales y los Rojos. Yo apenas entendía, solo repetía lo que mi familia decía: «A los Nacionales… ¡ni mirarlos!». Ellos se llevaron al abuelo y lo fusilaron cerca del paso fronterizo, porque ayudaba a los fugitivos a cruzar andando la frontera con Francia. Mi padre murió en la guerra y, aquel mismo día, a mi madre la abandonó el juicio. Mi abuela nos crio a mí y a mi hermana la mayor; era una mujer fuerte, de mucho carácter y, como ya te dije, de pocas palabras.

Al terminar la guerra civil, esa que perdimos —con el tiempo he comprendido que perdimos todos—, comenzaron las persecuciones, las acusaciones de unos vecinos a otros y traiciones por el bien de cada cual. Europa agonizaba en una guerra mundial y muchos fugitivos cruzaban a pie la frontera para huir de Hitler y se escondían en nuestras montañas y campos. Los militares Nacionales estuvieron un tiempo por el Ampurdán para cazar fugitivos y castigar con la muerte a aquellos que daban cobijo a intelectuales, judíos, homosexuales o rojos. Mi abuela cargaba con el odio de haber perdido a un hijo y al marido, pero por encima de ella estábamos mi hermana Marta y yo. Comenzaba a ser una anciana y necesitaba dinero para mantener a sus nietas. La única vía que encontró fue llenar la casa de «asesinos»; dar cobijo durante unos meses a soldados de Franco. —¿Cómo será visto Franco en el Futuro?—. Les preparaba la comida y les hacía las camas, a cambio de tener con qué alimentar a sus nietas y aspirar a conseguir recuperar un pedazo de huerto.

Mi hermana Marta tenía veinte años y estaba enamorada desde jovencita del mozo de las caballerizas. La guerra todo lo cambió, ¿sabes? Antes era impensable que mi hermana pudiera casarse con Damià, el chico que sacaba a pasear a los caballos, los cepillaba, limpiaba y daba de comer. Era hijo de un campesino de Cabanes, un pueblo de al lado, a quien el abuelo Lluc contrató siendo un niño para que llevara las caballerizas de la casa. ¡Solo había tenido un varón y lo necesitaba para el campo! La abuela Adelaida tuvo problemas para concebir, antes de tener a mi padre, sufrió cuatro abortos naturales y todos la creían estéril, incapaz de tener hijos. Así que Damià llegó de niño a la familia y enseguida surgió el amor entre él y mi hermana. Lo llevaban oculto; aunque todos lo sabían, nadie hablaba de ello. Ni siquiera ella... Su amor era imposible, porque su padre la obligaría a casarse con uno del pueblo, uno con un linaje parecido o superior al suyo. ¡Solo podía suceder un milagro! Para ellos lo fue la maldita guerra… y que su hermana pequeña, es decir, yo, se enamorara de un Nacional, perdiera la virginidad con él a escondidas y, por las zarpas del destino, me quedara encinta. Aquel soldado, Enrique, del que jamás podré olvidar su nombre, se fue con su ejército con una estaca clavada en el corazón: haberse enamorado de la mujer equivocada.

El amor…

No he dejado de pensar en él un solo día. Durante años tuve la esperanza de que volvería a por mí, ¿sabes? Pero hay que amar con mucha fuerza para eso y Enrique apenas tenía veintiún años y toda la vida por delante.

Su marcha fue celebrada por mi abuela y mi hermana; llorada por mí.

¿Qué ocurrió con el embarazo? Verás…

En aquellos tiempos, aunque nuestra familia gozaba de enseñar a todos a leer y escribir, había mucho desconocimiento de muchas cosas, sobre todo del sexo. No fui consciente del embarazo hasta que mi abuela me encerró en la cocina y me levantó las faldas, descubriendo la pequeña orondez que comenzaba a asomar por encima de mis caderas. Nunca olvidaré cómo con esos ojos de fuego me lo preguntó: «*De qui és?*».[*] No sabía qué responder, porque no entendía la pregunta. Era tan solo una niña, apenas me había acostado dos veces y ¿cómo iba yo a saber que estaba embarazada?

---

[*] «¿De quién es?».

La abuela me zarandeó varias veces hasta que rompí a llorar sin responderle, presa del pánico e incrédula ante la noticia de que un bebé se estaba gestando dentro de mí.

—*De quant? Qui és? El conec? Vols parlar, dimoni?*[*]

Arrodillada frente a ella y con la cabeza gacha, caí en la cuenta; visualicé al soldado de mirada luminosa, el único hombre con el que había estado era él.

—¡Enrique! —grité su nombre entre sollozos como una demente—. ¡Enrique! ¡Enrique! ¡Enrique!

—*Shhh, calla, boja, que vols que ens senti algú?*[**]

La abuela, sagaz de pensamiento, resolvió a gran velocidad el acertijo. Supo de inmediato que Enrique era el soldado Enrique. ¡Un Nacional! Se llevó las manos a la cabeza y se golpeó varias veces la sien, pidiéndole celeridad para saber cómo enfrentarse a la situación. Abortar era peligroso y estaba fuera de toda posibilidad. Mi abuela era muy religiosa y jamás se lo perdonaría.

—*Ningú no pot assabentar-se d'això, em sents? Ningú! Haurem de buscar una solució a tot aquest merder!*[***]

La abuela se puso muy nerviosa, pues eso podía ocasionar un gran escándalo y no quería que nadie se enterara. Durante unos días apenas me habló, apenas se cruzó miradas conmigo y me tuvo encerrada en la casa. No quería que nadie notara nada, nadie podía enterarse de mi embarazo. A la semana, me reunió en la salita y me hizo sentar a la mesa del brasero. Yo estaba asustada. Me había pasado

---

[*] —¿De cuánto? ¿Quién es? ¿Le conozco? ¿Quieres hablar, demonio?
[**] —Chisss, calla, loca, ¿acaso quieres que nos oiga alguien?
[***] —Nadie puede enterarse de esto, ¿me oyes? ¡Tendremos que encontrar una solución a todo este desastre!

la semana elucubrando cuál sería mi destino. Sabía que, dadas las circunstancias, la abuela Adelaida era capaz de todo. No dejó de frotarse las manos un solo instante mientras me contaba el plan que había urdido para salir del atolladero de mi embarazo. Yo la escuché sin pestañear hasta que las lágrimas me obligaron a hacerlo. No me dio otra opción que entregar al niño, renunciar a él y pasarme todo el embarazo metida en casa, simular una enfermedad y no ser vista por nadie. La abuela me convenció de que ese era el camino para poder casarme, tener una vida digna y no ser una desdichada.

—*En aquesta família, ja he patit prou, em sents?*[*]

Muchas veces he pensado en esa conversación, tantas veces me he arrepentido de haber hecho caso a la abuela, pero… ¿Acaso podía elegir otra cosa? ¡Era una niña! Desde fuera todo se ve distinto, pero la vida te pone en encrucijadas en las que debes decidir en un chasquido de dedos y, aunque ese no fue mi caso, debía aceptar seguir a rajatabla el plan, que afectaba a toda la familia, a mi hermana Marta también. La abuela, como te he comentado, era una mujer religiosa y de buen corazón y, a pesar de ser el bebé de un Nacional, era un bebé y debía quedarse en esa familia. Así que buscó el camino y lo encontró en mi hermana y su amado Damià. Habló primero con ella y le explicó la situación, se ahorró lo del soldado Nacional (mi hermana jamás supo quién era el padre de la criatura). Su hermana pequeña Amelia se había quedado embarazada y, con quince años, no quería que fuera la madre de esa criatura.

---

[*] —En esta familia, ya he sufrido bastante, ¿me oyes?

—Jo sé que tu has intentat quedar-te més d'una vega-da. A mi ningú no m'enganya, inclús sé que has tingut algun avortament.[*]

Era cierto que mi hermana Marta había intentado quedarse embarazada para poder casarse con Damià, por encima de los linajes estaba la honra y ellos se amaban y querían estar juntos. La abuela Adelaida sabía que lo habían intentado sin éxito; pero mi hermana había salido a la abuela: estrecha de caderas y poco fértil. ¡Mi embarazo podía ser la vía!

—Què vol que faci, àvia?[**]

Mi hermana escuchaba a la abuela con mucha atención. Ella sería la madre del bebé que gestaría su hermana pequeña (yo); simularía desde ese mismo instante un embarazo y, nada más nacer, se casarían. Pero nunca, ni Damià ni nadie podrían saber que ese hijo no era suyo. La condición era que su amado viviera convencido de que ese bebé era suyo y solamente suyo.

—Les mentides tenen les potes molt curtes, saps? Només ho podem saber les tres: ta germana, tu i jo.[***]

La abuela decidió por las dos y cambió el rumbo de nuestras vidas para siempre. Yo estuve meses sin ver a nadie, recluida en el desván de la casa, donde la abuela instaló cama y escritorio.

---

[*] —Yo sé que has intentado quedarte más de una vez. A mí nadie me engaña, incluso has tenido algún aborto.

[**] —¿Qué quiere que haga, abuela?

[***] —Las mentiras tienen las patas muy cortas, ¿sabes? Solo lo podemos saber las tres: tu hermana, tú y yo.

Gala despegó la vista del cuaderno para observar el desván. Ese mismo espacio desde el que su tía abuela le contaba que había estado encerrada durante su... ¿embarazo? Necesitaba respirar, tomar aire para digerir toda la historia que aquella difunta había dejado escrita de su puño y letra y que estaba dirigida a ella. ¿Por qué era tan importante? ¿De qué iba todo eso?

De pronto la vista se le empezó a nublar; todo le daba vueltas; apenas sentía que el aire le llenaba los pulmones. Experimentó un leve sudor en las manos, golpecitos en el pecho; sintió el presagio del miedo, del terror de conocer más allá de lo que estaba preparada. Pero la fuerza de atracción que emitía sobre ella ese cuaderno fue superior a todo. Y prosiguió con su lectura...

Rocé la locura recluida en el desván. Viví como una prisionera, sintiendo cómo mi cuerpo se transformaba, cómo una vida crecía dentro de mí, bajo la supervisión de mi hermana y mi abuela. Marta simuló con escrupuloso talento su embarazo; fue a misa y le contó al cura su gestación y él mismo fue quien habló con la abuela para casar a la pareja. Damià estaba lleno de júbilo, esperaba un hijo y podría casarse, después de tanto tiempo, con la mujer a la que amaba. La abuela Adelaida tan solo puso una condición al enlace de Marta y Damià: que no se produciría hasta que naciera el bebé. En aquellos tiempos, eran muchos los neonatos que morían a las horas de nacer. El cura aceptó y los novios también.

Para evitar la deshonra en el pueblo, Damià viviría alejado de su prometida hasta que el bebé naciera. Aceptó sin entender esa última condición y, durante siete meses volvió a su pueblo, Cabanes, con sus padres. Desde que eran pequeños, no se habían separado y los dos creyeron enloquecer en la distancia. Se escribieron cartas de amor a diario y Marta le contaba, mintiéndole, detalles sobre su embarazo. Yo escuchaba algunas noches el llanto de mi hermana: por su amado y por el fingimiento. Parecía que no iba a llegar nunca, pero llegó la hora; rompí aguas bajo la atenta mirada de mi abuela y mi hermana, y grité con la fuerza de una leona asustada. No llamaron al médico, ni a la matrona; las mujeres parían en casa en la habitación ciega, la única que no tenía ventanas. Allí habíamos nacido la madre de mi abuela, mi abuela, mi padre, mi hermana y yo. Allí debía nacer el siguiente Xatart, auxiliado por mi abuela y mi hermana. Fue un parto poco complicado, apenas dos horas de gritos y empujones. Nada más cortar el cordón y coser la herida, la abuela me levantó de la cama ensangrentada y colocó a mi hermana. El sacerdote y Damià debían acudir y, en aquella misma habitación, casar a la pareja para evitar más deshonra.

Saliendo de la habitación, apenas me dio tiempo a saber qué había sido; mi abuela me cerró la puerta y me mandó al desván; simulando enfermedad, como todos esos meses. Con la sangre corriendo entre mis piernas, me metí en la cama y desfallecí entre lágrimas. Pasaron cinco días hasta que pude levantarme de la cama, abandonar el desvarío y retomar mi vida. En esos días, entre el sueño y el tormento, rogué a mi abuela que me trajera a mi hijo o hija. Que me lo dejaran tener unos minutos en brazos; ella me mandó callar, me dio brebajes para calmar mi angustia y, poco a poco, volví en mí. No volví a ser la misma; en aquella habitación ciega que me dio la vida, también me convertí en mujer de un plumazo. Bajé las escaleras de la casa, buscando a mi hermana, apesadumbrada y aceptando el maldito destino. Pero la abuela había urdido el plan hasta extremos impensables; mi hermana y Damià se fueron a vivir a una casita de los Brugat, a cambio de que el mozo labrara el campo y cuidara de los caballos. Pero el viejo Emilio Brugat, de ambición ilimitada, pidió a la abuela mucho más: quedarse con los únicos cuatro caballos que teníamos y que alquilábamos para el yugo.

La abuela no me dejó verlos en meses, hasta que estuvo segura de que el dolor se había hecho sólido, se había incrustado en mis entrañas y había dejado de ser un peligro para que enajenara mi mente y confesara todo. Durante esos meses viví como un fantasma, apenas abandonaba la casa para dar de comer a las gallinas y llevar a pastar las vacas de otros. La abuela me cuidó, me secó las lágrimas, pero jamás volvimos a hablar de aquello. Todo había terminado con el silencio y, con el mismo, sin derramar una lágrima, vi a mi hijo. ¡Un niño! ¡Un precioso bebé llamado Román!

«Mi… ¿abue… la?».

Gala no acertaba a comprender lo que acababa de leer; sabía que era una ecuación de las sencillas, como sumar dos y dos y llegar a cuatro, pero acababa de entrar en estado de *shock*. Estado en el que se puede padecer un ataque de pánico, de ansiedad, o cualquier tipo de parálisis o tic. A ella se le manifestó en el parpadeo constante de su ojo derecho; solo se le había disparado en momentos cruciales de su vida; como cuando le dijo «*I do!*»* a Frederick. La parálisis fue inducida, necesitaba concentrarse en su respiración, no mover un solo músculo, para evitar ir a mayores.

Adele entró en el desván, oteando el lugar, como cuando un conejo sale de su madriguera. Era la primera vez que subía y, recostando la cabeza en el marco de la puerta, comprobó con deleite que acababa de descubrir algo tan preciado para ella como el tesoro de Tutankamón. Se quedó a media palabra de su madre: «*Mooo...*», haciendo de la última eme una eme aspirada, maravillada por el hallazgo. Gala ni se percató de la presencia de su hija pequeña, pues seguía ensimismada, apenas sin respirar en la mecedora y con el cuaderno abierto frente a ella. Adele pasó de puntillas y no desaprovechó la ocasión para remover y fisgar en las cajas que habían quedado abiertas. Se sentó en el suelo y se entretuvo con unas fotos antiguas, descartadas por su madre. Al contrario que Gala, Adele sentía una terrible curiosidad por las fotos en blanco y negro, le parecía que pertenecían a un mundo muy distinto al que ella conocía; las fotos —como los vídeos— mostraban una vida que fue y jamás volverá. Las inspeccionaba al dedillo, viendo la ropa que vestían, sus peinados, los lugares, las casas, los accesorios. Le encantaba imaginarse el momento captado y jugar a adivinar quién era quién en esa escena: marido y mujer, banquete de familia, comida en el campo, baños en el río, nacimiento de un hijo...

---

* «¡Sí, quiero!».

Las fotografías, al contrario que los vídeos, son escenas congeladas y mudas que dan la justa información para que eche a volar la imaginación. Adele se lo estaba pasando en grande; había localizado una caja donde había cientos de fotografías, apiladas, sin álbumes, sueltas una sobre la otra; sin ningún orden aparente. Las miraba todas saciando su tremenda curiosidad por una época que solo reconocía en las películas. Al girar una fotografía de un tamaño superior a las otras, sintió cómo los ojos se le salían de las órbitas. Era un retrato de una mujer de media melena ondulada, cubierta por un pequeño tocado. Adele alejó la fotografía para ver con mayor distancia aquel retrato. ¡No había duda! ¡Aquella mujer era idéntica a su madre! Se levantó de un brinco y toda exaltada corrió al lado de Gala para mostrarle el curioso hallazgo. Gala seguía petrificada, digiriendo todo la historia que acababa de leer. Adele tuvo que golpear un par de veces con insistencia el hombro de su madre para que reaccionara.

—¿Lo ves?

Gala no entendía a su hija; tardó unos segundos en poder fijar la mirada en la fotografía que Adele portaba. «¿De qué iba todo aquello?». Arrugó la frente hasta que sus ojos se abrieron de incredulidad ante tamaña aparición.

—Eres tú, pero de otra época. ¿A que sí?

Aquella mujer de labios semigruesos y mirada triste y profunda gozaba de un increíble parecido con ella. En esa fotografía, esa mujer debía de tener la misma edad que tenía Gala, año más año menos, aunque con las fotografías antiguas nunca se sabe… Lo que sí era cierto es que eran como dos gotas de agua, pero de distinto tiempo.

—¿Quién será? ¿Tú crees que se trata de la tía abuela?

Adele estaba hecha una máquina de hacer preguntas, Gala de silenciar las respuestas y Kate, recién despertada de la siesta, no daba crédito a lo que veían sus ojos. Si su madre se recogiera el pelo, se hiciera esas medias ondas, con la raya al lado y se colocara un tocado y se pusiera medio de perfil... sería exactamente como aquella mujer del retrato que sostenía Adele. Se tapó la boca para evitar que la gracia fuera sonora; pero sin duda el hallazgo daba cierta impresión.

—¿Por qué te pareces tanto a esa señora? ¿Puede haber un parecido tan grande entre familiares lejanos?

Gala estaba demasiado alterada como para contestar a sus hijas con la verdad que acababa de descubrir. Su famosa tía abuela Amelia Xatart, resultaba ser su ¡abuela! La madre de su padre, de la que, al parecer, había heredado la mayor parte de los genes que determinan el aspecto físico. Tomó la fotografía de un corto estirón de dedos, la utilizó de punto de libro para el cuaderno y, sin darle mayor importancia, invitó a las niñas a salir de allí.

—¿Qué estabas leyendo? ¿Ocurre algo?

Kate se había percatado del misterioso cuaderno, y el repentino silencio de su madre le hacía sospechar que algo ocurría pero que se lo ocultaba. Aborrecía cuando su madre le escondía cosas, ella no era una niña como Adele y no era fácil de engañar. Gala preparó en silencio la merienda de las niñas y, al salir al jardín, descubrieron un nuevo saco, recostado sobre la verja y atado con una misma cinta roja, con un ramito de bolas blancas, acompañado de una tarjetita. Kate y Adele, no sin esfuerzo, lo llevaron a la cocina para que su madre cortara la cinta y pudieran ver el contenido. ¡Era mucho más pesado que el anterior!

Descubrieron cuatro botellas de vino y una quinta que parecía espumoso champagne, llamado ¿«Cava Brut Nature Forgas»? Desde que había bajado del desván, Gala estaba poco expresiva, todo parecía darle lo mismo, era como si su cabeza estuviera en otro lugar. Ni siquiera se percató de la tarjeta; fue Kate quien, tras deshacer el lazo, la leyó.

—«Acepta este saquito de poder, repleto de riqueza de la vid. ¡Bienvenida!».

En este pueblo la gente actuaba de forma un tanto peculiar, dejando misteriosos sacos con regalos y sin identificar. Kate andaba un poco perdida; Adele, en cambio, estaba encantada con el nuevo acertijo de ¡los saquitos de poder! «¿Quién los mandaba? ¿Pertenecían a la misma persona?». Estaba segura de que Marc le podía ayudar en todo aquello y, de esa manera, como buena *scout*, sorprender a su hermana y a su madre resolviendo el misterio.

Sonó el timbre de la puerta y Kate corrió a ver quién llamaba; eran Nalda *La Roja*, su hijo Amat y su nieto Marc, los tres habían quedado en pasar a recogerlas, tenían que dejar todo listo para la famosa subasta de muebles que Gala había organizado para la mañana siguiente. Kate les abrió la verja y les invitó a pasar. Nalda le dio un pequeño cachete en el cogote al pasar.

—¿Qué? ¿Se te ha tragado la lengua el gato? ¡Se saluda!

Kate se quejó en forma de gruñido. Amat sonrió y Marc le dedicó una mueca divertida, a la que Kate contestó sacándole la lengua. No le apetecía nada ir al pajar a recolocar muebles viejos. Le horrorizaba el plan, pero la alternativa, explorar lo ya explorado, le parecía peor. Adele saludó con una amplia sonrisa y cierto rubor a Marc, que reaccionó con el mismo fuego en las mejillas. Los dos subieron a la planta de las habitaciones y se frustraron en el intento de subir al desván. ¡Estaba cerrado! Su madre había echado la llave y se había quedado con ella. Adele quería enseñarle a su amigo el descubrimiento del retrato de aquella mujer que era como su madre. Se lo contó a pie de escalera, escondidos del resto y haciendo de cualquier rincón su madriguera. A Marc no le sorprendió lo que su amiga le contaba, pues su abuela Nalda le había dicho que la madre de Adele era muy parecida a La Xatart. Adele se sorprendió de la naturalidad con la que Marc contaba aquello.

—¿Tú la conociste?

—¿A quién?

—A La… Xatart.

Marc le contó a su amiga que no solo la había conocido, sino que era una de las mejores amigas de su abuela. Él no veía el parecido con Gala, La Xatart era ya una anciana, llena de pliegues y arrugas, pero su abuela llevaba repitiendo lo mismo desde que habían llegado. «¡Son clavadas! ¡Cla - va - das!». El resto le dejaba que lo repitiera una y otra vez, y a todas horas. Lo que él recordaba de La Xatart era una mujer de mirada penetrante y muy parca en palabras.

—¿Parca en palabras?

No era como su abuela, que siempre estaba discurso arriba, discurso abajo; La Xatart era de escuchar, silencios eternos y respuestas muy cortas. Era una mujer delgada, de cuerpo muy huesudo y mucho más alta que su abuela. Tenía el pelo blanco y ondulado, y siempre llevaba unas grandes gafas de concha marrón. Adele estaba intrigada por saber más cosas de la tía abuela de su madre, pero Marc no sabía mucho más.

—Si quieres saber... pregúntale a mi abuela, ella seguro que te lo cuenta todo.

Los dos bajaron las escaleras de dos en dos al grito de guerra que el tío Amat siempre le hacía a Marc cuando debía aparecer en menos de diez segundos si no quería una buena reprimenda. Nalda había preparado un plan B para los niños, ir a ver a Cecilia, conocer a la yegua embarazada y luego volver a la casa, encender la chimenea y contar historias frente al fuego con una buena taza de chocolate caliente. Adele y Marc levantaron los brazos de la emoción, Kate en cambio bajó la cabeza con un resoplido de desagrado. Gala agradeció a Nalda las molestias, agradecimientos que apenas quiso escuchar; ella le había prometido a su gran amiga Amelia Xatart que cuidaría de los suyos como si fueran de su familia y estaba dispuesta a hacerlo.

El grupo se separó, marchándose en direcciones opuestas. Amat y Gala apenas hablaron durante el camino. Gala, sin la presencia de sus hijas, aprovechó para desinflarse y dar rienda suelta a su estado de *shock*. Amat la observó desde la distancia, no la perdía de vista y, aunque tenía la certeza de que algo le ocurría, prefirió no preguntarle y respetar su silencio. Los dos, sin apenas mirarse, recolocaron en un par de horas todos los muebles. Fue imposible eliminar todas las pilas, había demasiados muebles y, si no usaban el terreno fuera del pajar, algunos tendrían que quedarse encima de otros. La discusión comenzó con la numeración y el precio adjudicado a cada uno de ellos. Gala bajaba a más de la mitad el precio estipulado y a Amat se le abrían las carnes. Habían dividido en dos el pajar, marcado por una línea divisoria de tiza blanca dibujada en el suelo, la zona más cercana a la puerta eran los muebles de Gala y, del fondo a la mitad, eran los de Amat. Parecía sencillo, pero los gritos de ambos comenzaron a subir de volumen a medida que Gala recortaba en precios. Esa mujer estaba dispuesta a malvender verdaderas piezas de museo y cientos de horas de trabajo; estaba claro que poco había cambiado en esos días, incluso había ido a peor. Impotente ante la nula sensibilidad de su socia, se sentó en un viejo taburete a anotar en una vieja libreta, con la rabia de tres puntas de lapicero rotas, los nuevos precios que marcaba Gala. Una vez los tuvo todos numerados y etiquetados, ella se dirigió a Amat y, con desprecio soberbio, le preguntó cuánto era en total. Sin despegar la vista de la libreta y con la calculadora en la mano, tardó unos segundos en dar la respuesta.

—¡Trece mil quinientos euros! ¿Satisfecha?

Gala ni siquiera se dignó a contestarle, solo se entretuvo en calcular el cambio de euros a dólares. Casi doce mil dólares no era una fortuna, pero suficiente como para ir pensando en el negocio que deseaba montar. Amat la miraba, intentando dar con la grieta, el resquicio que resquebrajara la capa de hielo que impedía transpirar cualquier asomo de sentimiento en aquella mujer. No estaba en el mejor momento para intentarlo, cuando la rabia desborda es mejor retirarse a riesgo de salir salpicado. Apretó los nudillos contra la madera lateral del taburete para evitar escupir cualquier insulto del que después se arrepentiría. Respiró a trompicones, incapaz de llenar de una tacada los pulmones, decidió retirarse y dejarla por imposible. Recogió en silencio sus cosas y se dispuso a abandonar el pajar; cuando estaba a punto de cruzar el gran portón, oyó el tenue reclamo de Gala en forma de hilillo de voz.

—¿Qué decías? —le preguntó sin girarse, con el paso congelado entre el dentro y el fuera, el abrigo y la bufanda puestos y unas ganas terribles de perder de vista a aquella inclemente mujer.

—¿Adónde vas?

No tenía respuesta para aquella pregunta. ¿Hacia dónde iba? Necesitaba descargar esa rabia, desprenderse de esa tristeza por no poder evitar el sangrante expolio que estaba a punto de hacer Gala con las joyas más preciadas de su tía abuela.

—Necesito ver el mar.

Gala escuchó la voz severa de Amat vibrando desde su espalda. Sabía que le había hecho sentir mal, pero aquella no era su existencia, ni esas eran sus cosas y solo quería resolver y salir de allí antes de que su vida se desmoronara más de lo que ya amenazaba. La idea del mar la tranquilizó; le encantaba mirar ese infinito azul y escuchar sus rugidos. En invierno le gustaba sentarse en Battery Park a contemplar el mar, pero cuando el calor comenzaba a apretar y el asfalto de la Gran Manzana desprendía humo, era el momento para Coney Island, en Brooklyn. Le encantaba llegar sola y vagar de punta a punta por el famoso paseo, oír a cada paso el crepitar del suelo, contemplar parejas besándose cogidas de la mano y rememorar las pocas cosas dulces de su infancia, comprándose una nube de azúcar rosada y apurarla, sentada en un banco, viendo girar la noria, contemplando el mar y escuchando los éxitos musicales del año por megáfonos baratos de feria. Por unas horas, recuperaba el disfrute de niña, se olvidaba de los límites y, en soledad, reconquistaba sueños escondidos.

—¿Me llevas?

Amat no se esperaba esa pregunta, esa semiinvitación obligada, ya que negarse a llevarla con él era jugar a ser descortés, algo que no le apetecía, aunque motivos le sobraran. Con un brusco movimiento de brazo antes de reemprender la marcha, dio a entender a Gala que lo siguiera. Aunque lo intentó, no pudo evitar girarse y ayudarla a cerrar el portón y colocar el candado en su debido lugar. La bostoniana destilaba poca maña y exceso de torpeza. Amat caminó a ritmo ligero por las callejuelas del pueblo, Gala apenas podía seguir el ritmo sin dar, cada diez pasos, una pequeña carrerilla. Aunque estuvo a punto de mandar al diablo a aquellas manos gruesas, se contuvo por las repentinas ganas que le entraron de ver el mar. Llegaron a su casa, cuatro veces más grande que la de Amelia Xatart, presidiendo el centro de una gran explanada de grava, arena y flores silvestres. Amat acarició la lavanda a su paso y arrancó una tira para ver si, al olerla, se tranquilizaba un poco. Estaba furioso con aquella mujer, se resistía a llevarla con él, pero había prometido a su difunta socia cuidarla y ocuparse de ella. «*Deus estar rient-te de com em porta boig, no?*».* Amat no pudo evitar hablar en alto, Gala agudizó el oído, pero no entendió ni media palabra de lo que decía.

Al llegar a un pequeño cuadrado de tierra, cubierto por un tejado de uralita, Gala vislumbró un enorme *quad* de color verde oscuro. Frenó en seco y comenzó la retirada en silencio.

—¿Adónde vas?

—Me voy a mi casa.

—¿No tendrás miedo de subirte a un *quad*?

—No se trata de miedo, sino de prudencia. Te recuerdo que soy madre de dos hijas menores.

Amat no pudo evitar reír ante un comentario tan blandengue y poco convincente. Poner a sus hijas de excusa era lo más infantil que podía hacer para disimular su propio miedo.

—NO es miedo, ¿te queda claro?

Amat le lanzó una chaqueta de motorista de su cuñada con el «¡atrévete!» en la mirada. Ver a la mujer de hielo entrando en pánico le había bajado las pulsaciones y aminorado la rabia. Se colocó el casco sin dejar de reír, encendió el motor; ladeó la cabeza y esperó a que Gala aceptara el reto y montara. Amat pensó que dejarse llevar era una de las mejores decisiones que había tomado la americana en todo ese tiempo. Gala se agarró a él, conservando la prudencia en la distancia entre los dos cuer-

---

* «Debes de estar riéndote de cómo me hace ir como un loco, ¿no?».

pos, algo de lo que nada más arrancar ya se habría olvidado. Aunque salieron de la casa a escasa velocidad, Gala ya se había pegado a Amat y se abrazaba a él con fuerza, haciendo de sus manos dos fuertes garras. Antes de tomar la vía principal, pasaron por casa de Cecilia y vieron a las niñas cepillando los caballos con Jow. Contradiciendo la orden de Gala, Amat se paró a saludarles. Kate y Adele tardaron unos segundos en identificarlos tras los cascos y corrieron a su encuentro, separados por el medio muro de hormigón que vallaba el terreno. Kate admiró el *quad*, pero se extrañó por la excursión.

—Vamos a… hacer unas gestiones urgentes a… Perelada. Las necesito para… poder abrir la subasta mañana.

Kate percibió la peste a podrido en las palabras de su madre. Sabía que le estaba mintiendo, pero no alcanzaba a descubrir qué intención llevaba esa repentina escapada. Adele les despidió con una amplia sonrisa y sin más preocupación echó a correr para proseguir con el cepillado de la crin. Apenas le interesaba la vida de los mayores, porque a duras penas la entendía, todavía era demasiado pequeña para descifrar según qué códigos. A Kate, en cambio, comenzaba a brotarle la antena de los mayores, pero era muy novata en el uso y traducción de las señales entre adultos. Adele observaba a su hermana pensativa, sabía que estaba intentando descifrar a su madre, se reía al verla apretar los dientes como si, de esa manera, lograra orientar la antena en la dirección correcta. «¿Por qué le importará tanto adónde va realmente mamá con Amat?».

Nalda llamó al orden a Kate, que despertó de un grito del país de las elucubraciones. Las había dejado en la estacada a ella y a Cecilia en medio de la preparación de la comida para los animales. Cecilia tenía montada una pequeña granja: cerdos, gallinas, caballos, perros... No es que fueran muchos, pero las horas de las comidas eran un remolino para ella y para Jow. A esa hora siempre era bienvenida cualquier ayuda. A Nalda... ¡le encantaban los caballos! Aunque tuvo que dejar de montar por una lesión en la espalda a raíz de una caída. A pesar de que estuvo a punto de quedarse paralítica, no le venció el miedo, sino que adoró mucho más a esos animales; tan fuertes en apariencia, pero tan delicados en el fondo. Su hijo Amat también había cogido afición y ayudaba a Jow con su cuidado a cambio de poder montarlos. Amat y Jow habían hecho migas; en cambio, La Roja le enseñaba los dientes por su amiga Cecilia *La Ciega*; una buena mujer a la que el exceso de bondad hizo que el marido la dejara por otra y la arruinara, y que el mozo alemán se hiciera ¡el rey de la casa! Era un secreto a voces que Jow, veinte años menor, dormía en la misma cama que su patrona. A Nalda le costaba entender a su amiga, pero la veía demasiado feliz como para amargarle el dulce. ¡Estaba ciega de amor! Y ese *cowboy* alemán con tendencia a ir sin camiseta para enseñar las carnes le había sorbido el coco. Reconocía que tenía un cuerpo que incluso a ella le había hecho perder las gafas, pero ¿alemán? ¡Ni que fuera el último hombre en la tierra! Francisca siempre le criticaba esa postura tan radical con los alemanes, no entendía cómo una mujer tan reivindicativa de las libertades podía llegar a ser tan intolerante. Nalda siempre terminaba diciendo lo mismo: «*Ja sóc massa vella jo per canviar a aquestes alçades, i als alemanys... ni aigua!*».*

Cecilia sabía que su amiga hacía verdaderos esfuerzos cuando acudía a la finca para echarle una mano. Estar con Jow era saber que por la noche sufriría de colitis, pero tenía la esperanza de que el tiempo la hiciera cambiar de opinión.

—*Què me'n dius del Xilder?*

—*De qui? Del Schindler vols dir?*

—*Sí, això mateix... No era alemany i va lluitar contra Hitler?***

Nalda y Cecilia siempre terminaban discutiendo con el mismo ejemplo y nunca hablando directamente de Jow o de lo que ella sentía por él. Algo común de los pueblos es lo de dar rodeos y jugar al tabú. Entre ellas, la palabra prohibida era Jow, y Cecilia elegía «Xilder» cada vez que quería referirse a su amado y protestar por el rechazo de Nalda. Su amiga no era la excepción; en el pueblo el alemán estuvo muy mal visto al principio, luego la costumbre ganó la batalla a la novedad, llegaron otros chismes y se salió de la lista de temas en las tertulias. Aunque Úrsula *La Guapa* estuvo casi un año sacando el tema en las cartas; la envidia también es el deporte nacional y ella siempre había practicado como nadie ese deporte.

—Y tú, ¿qué quieres ser de mayor, nena? —le preguntó Cecilia a Kate mientras observaban cómo los caba-

---

* «Ya soy demasiado vieja para cambiar a estas alturas, y a los alemanes... ¡ni agua!».
** —¿Qué me dices de Shilder?
  —¿De quién? ¿Te refieres a Schindler?
  —Sí, eso mismo... ¿No era alemán y luchó contra Hitler?

llos comían de los fardos de heno y del pienso que les acababan de depositar en la zona de los comederos.

Las hierbas silvestres de la zona eran demasiado ricas para la delicada digestión de los caballos y debían equilibrarlas con heno y pienso. Kate, sentada sobre un fardo, no supo qué responder a la pregunta de Cecilia. La verdad es que, aunque se lo había planteado muchas veces, no se había decidido por nada.

—Ganar dinero para no vivir con mis padres y ser independiente, creo.

Cecilia, que aunque vestida de campo gozaba de elegancia innata, reconoció la juventud en esa necesidad de fuego de ser independiente. La miró con tremenda ternura y tomó una de sus manos para acariciársela. Kate la miró sorprendida, pero permitió el mimo de la abuela.

—Cuando lo seas y la vida se abra sin el paraguas protector de los que te quieren… comprenderás que esto (señalando al universo con el otro brazo) no va de ser independiente.

Kate apartó su mano de la de Cecilia, apenas la había entendido, tampoco le apetecía seguir escuchándola. Se fue corriendo a recibir a su amiga Joana, que acababa de llegar con su ciclomotor para a ver a la *Dorita*, la yegua embarazada. Adele salía de ver a los perros con un cachorro entre los brazos y cara de «¡es mío!» que alarmó a su hermana. Adele tenía pocas cosas malas y una de ellas era la terquedad; cuando decidía algo, cuando quería algo, era capaz de cualquier cosa antes que emprender la retirada. Corría con el cachorro en brazos directa a su hermana. Joana fue la primera en abalanzarse para achucharlo; Kate evitó el contacto para poder ser fuerte. Aunque no le gustara, a veces debía comportarse como la hermana mayor que le frena los pies a su intrépida hermana pequeña. Tras ella, venían Jow y Marc sonrientes por el pacto que acababan de hacer en las cuadras. ¿Estaban los tres compinchados? ¡Todos sabían que no podía quedarse ese cachorro! Adele se arrodilló frente a su hermana y comenzó a jugar con el perrito a carcajada limpia. Kate buscó complicidad en Cecilia, que aplaudía la escena sonriente desde el fardo. ¿Acaso nadie lo veía como ella? En un revuelo de sentido común y sin importarle el resto, Kate se puso lo más seria que pudo y trató de poner orden.

—Sabes que no te lo puedes quedar, ¿verdad?

—¿Por qué no? Me lo ha regalado Jow y Nalda me ha dicho que me va a acompañar al veterinario. Es un labrador retriever, ¿sabes? De color canela, y me ha dicho Jow que de todos es el más bueno.

Kate se arrodilló frente a su hermana, que ya comenzaba a echar la lagrimita y, acariciando al cachorro, le insistió en que no podía aceptar ese regalo porque en dos días volvían a casa. Adele no quería irse de ese pueblo, ni alejarse de Marc ni de las abuelas buenas del campo, ¡ni de *Boston*!

—¿*Boston*? ¿Ya le has puesto nombre?

—Síii, ¡*Boston*!

Kate no sabía cómo salir de aquel atolladero, no quería lastimar a su hermana La Fantástica, que ya se había montado toda la historia de ella y *Boston*… «*and they lived happily ever after.*[*] A su amiga Joana le había encantado el nombre. «¿Por qué no se le había ocurrido a ella ponerle a un perro *Manhattan*?». Le parecía lo más *trendy* del mundo, y estaba segura de que *Boston* iba a ser un gran perro.

—Yo entiendo mucho de perros, ¿sabes?

Joana también era La Fantástica y de todo sabía y entendía, porque le bastaba haberlo leído y ¡ya! Hay dos tipos de personas: las que necesitan toda una vida de estudio para afirmar que saben algo y… ¡ni con esas! Y las que se convierten en maestras de todo, aunque el resto vea que son un desastre. Joana era de las segundas y, aunque no gozaba de un talento especial para nada, ella creía todo lo contrario y, hasta el momento, nadie se había atrevido a llevarle la contraria. Kate tampoco iba a ser la primera, así que sonrió a su nueva amiga, la gran experta en canes y, dando por perdida la batalla, tomó al cachorro en brazos y, emulando la escena de *El rey León*, lo bautizó ante todos.

—*¡Boston!* ¡Bienvenido a la familia!

—¿Conoces Boston?

Amat negó con la cabeza, sorbiendo un poco de chocolate caliente. Una vez controlado el pánico, la miniescapada en *quad* por arboledas de nogales, castaños y campos de siembra de maíz había resultado maravillosa. Esos paisajes comenzaban a provocar en ella cierto magnetismo, era como si al mirarlos se sintiera dentro de ellos; perci-

---

[*] … «y fueron felices y comieron perdices».

biera la paz de la misma savia que recorre esas tierras. Estuvieron en silencio durante todo el trayecto hasta llegar a Empuria Brava. Aunque no era el lugar más bonito de la zona, era el más cercano de playa y ciertamente pintoresco para una americana. «¡Una Venecia escondida!». Gala se sorprendió de los canales ocultos y las gigantescas casas de piedra y mármol con embarcadero propio. Ciertamente tenía para ella mucho más encanto que Fisher Island en Miami, el lugar preferido de su madre; la isla de los millonarios. Su madre vivía desde hacía veinte años en Miami, en la decimoquinta planta de un rascacielos frente al mar, con todo tipo de lujos y sin apenas preocupaciones. Pero era una mujer que, a pesar de gozar, siempre anhelaba y, desde que había llegado por primera vez, soñaba con tener una mansión de más de tres millones de dólares y amarre propio. ¡Muy sencilla la señora Marlborough! A Gala le horrorizaba Miami, su ciudad preferida era Boston, pero por rebeldía primero y luego por amor, terminó en Nueva York.

—Ni conozco Boston, ni Miami, ni Nueva York.

Amat era un enamorado de Europa y del Sudeste Asiático, y la cultura yanqui prefería tenerla lejos que cerca. Gala lo miró contrariada, en el fondo se estaba metiendo con ella, pero comprendió por qué lo decía. América era una fábrica de construir sueños y, para eso, creaba y destruía a la velocidad de la luz; consumir era el objetivo y para ello debía engrosar la vaca llamada novedad. La sociedad se teje bajo la sombra del interés; pocas son las conversaciones profundas y muchas las de cortesía. Gala entendía que a Amat no le gustara su país, porque sus formas eran demasiado rudas para la *polite land.* Aunque no compartieran ideas, era la primera vez que conversaban sin tensiones ni intereses de venta. Era la primera vez que se veían sin filtros ni prejuicios. Aquella tarde, Amat descubrió que le gustaba ver a Gala sonreír porque le aflojaba el rictus siempre en tensión y le abría la mirada. Estuvo tentado de confesárselo, pero le parecía una falta de respeto para una mujer casada. Gala comprendió esa mirada de Amat, ese fogonazo de deseo hacia ella, y se ruborizó. En el matrimonio, el deseo se abandona con demasiada premura y es lo primero que se echa en falta… Ella añoraba esa clase de miradas que navegan entre la timidez y el ímpetu del primer agrado. Los dos sorbieron el chocolate y contemplaron el mar bravo en esa cafetería, situada en la misma playa; toda cristales, con sillas y mesas sin encanto, con la televisión a todo volumen, con ese olor a fritanga que se impregna en el pelo y hasta en la ropa interior. ¡No! Amat no la había traído a un lugar pijo, ni lujoso ni viejo pero con encanto. Amat, poco acostumbrado a cualquier tipo de citas con mujeres, la había llevado a su lugar; al que él acudía a contemplar el mar. Pasada la hora de la comida y el café, ese sitio quedaba desierto y él, por encima de la ostentación, valoraba poder contemplar en soledad el mar.

Gala necesitaba calmar el revoltijo de tripas que llevaba dentro. Su cabeza era una olla exprés buscando respuestas, tratando de aminorar el impacto de lo que apenas hacía unas horas había descubierto. Si de verdad Amelia Xatart era su abuela, si de verdad aquella historia era cierta… había una parte de ella que se sentía perdida, con un extraño vacío que la hacía sentir muy vulnerable. Amat observaba silencioso a aquella mujer impetuosa desmoronarse ante sus ojos por una angustia oculta. No estaba seguro de interrumpirla, hacía demasiado tiempo que no intimaba con una mujer, más allá de su madre y Amelia Xatart.

—Si te puedo ayudar en lo que sea… ¡Cuenta conmigo!

Lo dijo tímidamente e invitándola a abrirse ante un desconocido que pertenecía a un mundo tan distinto. Gala agradeció la oferta, pero apenas lo miró. No podía, no sabía cómo empezar a tirar de la cuerda para deshacer el nudo que se le había formado y le oprimía el estómago.

En medio de ese desconcierto, sonó su móvil; tardó unos tonos en reaccionar, pero al ver que era Frederick se precipitó a responder. Se fue de la mesa hablando en inglés, sin que Amat apenas entendiera, pero por los gestos comprendió que era una llamada privada. ¿Su madre? ¿Su marido? La observó desde la distancia. Envalentonada, había abandonado el invernadero maloliente y paseaba sin abrigo sobre la arena mojada por la humedad. Antes de que pudiera enfriarse, corrió a su lado y le llevó la chaqueta motera y se la colocó sobre los hombros. Aquella mujer le provocaba ira y ternura al mismo tiempo; estaba algo confundido por los sentimientos que comenzaban a asomar. Desde que la conoció se había sentido atraído por su porte aristocrático, su barbilla subida y su nariz respingona. Hacía mucho tiempo que una mujer no lograba atravesar su armadura labrada con esmero tantos años. Sabía que ni siquiera tenía futuro para un único beso a medianoche, pero se dio cuenta de que estaba perdido cuando, de retorno al bar, al escuchar a Gala gritar «*Frederick stop!*»,[*] sintió como si alguien le apuñalara por la espalda. Sabía que los celos del deseo de algo prohibido o inalcanzable querían hacer prisionera su alma. Sabía, desde que la vio, que esa mujer podía desestabilizarlo, llevarlo de nuevo por el camino que, desde que Laura le abandonara, se prometió no volver a tomar. Se acordó de Amelia, de su madre y de todas las abuelas tan sabias del pueblo que le habían avisado de que pronto volvería a pisar la grava del deseo de una mujer. ¿Por qué aquella americana desconsiderada, frívola y orgullosa? La observó, sentado en el bar, su torpeza al andar sobre la arena, sus aspavientos —seguro que discuten—, su frente arrugada, su frágil silueta tan necesitada de ser abrazada. Amat apenas reconocía esa emoción de desconcierto, esa fuente que brota de sentimientos enfrentados, esa lucha entre la pasión y el rechazo. «¡Solo unos días y todo habrá pasado!». Intentaba consolarse de las garras del deseo; era verdad que apenas quedaban pocos días para que las americanas abandonaran el pueblo, era verdad que ese sentimiento por Gala que empezaba a aflorar en él era un absurdo espejismo, fruto de la necesidad de ser amado. Amelia se lo confesó un día: darle la espalda al amor significa vivir en la inconsciencia y correr el riesgo de ser atrapado con una virulencia que resucita a los muertos. Él había muerto de amor y resucitado con la promesa de no volver a morir… Se había preparado para sentir desde el control, desde la cabeza, evitando que las emociones fueran más allá. Durante muchos

[*] «¡Ya basta, Frederick!».

años fue maestro de ello, y ahora estaba a punto de rozar la línea de peligro.

Gala discutía con Frederick, necesitaba volcar toda su rabia con su marido. No soportaba que en cada conversación hubiera una burla por el viaje. No quería contarle lo de su recién estrenada abuela, no quería confesarle que estaba muy triste por apenas recordar nada de su padre y haberse perdido la oportunidad de conocer a su abuela. Frederick era cirujano para todo, también para los sentimientos. Aplicaba el bisturí a todo aquello que le estorbara, y el exceso de sentimentalismo era de perdedores, de gente que se ampara en falsas excusas para no aceptar su propia incompetencia. Don Pluscuamperfecto vivía por y para el éxito, las apariencias eran lo más importante, y todo lo demás era sencillamente aborrecible. Gala no solo sentía la distancia en kilómetros, también la distancia que los años habían sembrado entre ellos. Escuchándole hablar de sus dos operaciones, escuchando a todo trapo su egocentrismo, le entraban unas ganas terribles de lanzar el móvil al mar y ahogar las pedanteces de su querido maridito.

No hizo ni una cosa ni la otra; siguió como siempre escuchando a Frederick como si oyera llover, haciendo las justas onomatopeyas para que se creyera atendido y… nada más. Apenas preguntó por las niñas; solo quiso confirmar que llegaban para Navidad para ¡organizarse con Santa Claus! *«HO-HO-HO! He's coming to town…»*.[*] Gala apenas pudo fingir una sonrisa muda que, por teléfono, fue silencio, nada más. Colgó y, sin dar más tiempo a que sus

[*] «¡HO-HO-HO! Ha llegado a la ciudad…».

articulaciones se quedaran como el hielo, corrió a meterse en el bar-invernadero; otro chocolate caliente la estaba esperando recién acabado de servir. Amat y Gala apuraron el dulce contemplando el anochecer; esas tierras gozaban de noches claras y estrelladas, con la luna vigía de todo lo que ocurría.

—¿De qué murió?

A Amat le sorprendió la pregunta. Era la primera vez que Gala preguntaba por La Xatart, hasta entonces solo se había interesado por dinamitar su patrimonio.

—Estuvo dos años muy enferma, pero eso no la mató. Murió de insuficiencia respiratoria. Amelia, aunque siempre supo que la acabaría matando, no dejó de fumar.

Los chamanes de esas tierras dicen que el pulmón es el órgano que acumula la tristeza, y Amelia, aunque fue una mujer muy querida, no pudo disfrutar de quienes más quiso. Esa tristeza la llevó siempre dentro y, aunque aprendió a vivir con ello, no dejó nunca las pipas y los cigarrillos con boquilla. Ni siquiera cuando ya estaba muy enferma; se reservaba la noche para darle unas caladas antes de acostarse. Fue su mala pasión, pero al mismo tiempo su refugio, su momento para la melancolía. Gala se imaginaba un poco más a su abuela, de collar y pendientes de perla blanca y una pipa a juego con su indumentaria. Debía de ser una mujer muy presumida, y aunque de pueblo, desplegaba elegancia.

—En los pueblos hay mucha clase, ¿sabes?

Gala le sonrió porque sabía que había herido su orgullo rural, pero le costaba ver alta costura en el campo, aunque comenzaba a reconocer que estaba llena de prejuicios, y estaba dispuesta a rectificar si le demostraban lo contrario.

La vuelta en *quad* fue todavía más silenciosa. Apenas se cruzaron con tres coches en el camino; toda la tierra para ellos. Solamente el motor del *quad*, la luz del faro y las estrellas iluminando su destino. A menos de quinientos metros... ¡La Muga! Se divisaba por el atisbo de la torre del campanario de la iglesia iluminada. «¿Albergará cigüeñas?». El pueblo ya dormía, se levantaban al alba y se acostaban apenas oscurecía, siguiendo los ciclos de la naturaleza. Combatía el frío, agarrándose con fuerza a la cintura de Amat y resguardándose, pegada a su espalda. Por unos minutos se arrepintió de haberse traído a las niñas; de no haberlo hecho, le habría pedido a Amat que la llevara a cenar a un sitio pintoresco y la ayudara a encender la chimenea de la casa de su abuela. Le apetecía el calor del hogar. En la casa de Boston, su abuela la mandaba encender todos los días de invierno y ella se acurrucaba con una manta de lana blanca a leer cuentos y escuchar crepitar la leña. Amat detuvo el *quad* en un pequeño terraplén, a pocos metros de la casa. Agradecida por el paseo y por las horas que su madre había cuidado de sus hijas, invitó a Amat a quedarse a cenar. Él apenas se lo pensó y ya estaba declinando la oferta, llevaba demasiado tiempo cerca de aquella mujer y necesitaba recomponer sus biorritmos. Nada más cruzar la verja, se encontró con un cachorro mordiéndole los bajos de los vaqueros, Adele salió escopeteada buscando a *Boston*, no quería que fuera lo primero que su madre viera al llegar a casa. Pero los planes no siempre suceden como uno desea y... ¡así pasó! Gala miró a su hija pequeña, buscando una explicación y esperando que no fuera que había decidido, sin su permiso, montar una protectora de animales, empezando por ese cachorro. Conocía la sonrisa de ojos caídos de su hija, que había aprendido tan bien, imitando al gatito de *Shrek*, pero esa argucia de aficionada no le iba a funcionar esta vez. Nalda apenas sacó la cabeza y, oliéndose la tormenta, trató de amainarla, invitando a todos a refugiarse del frío. La tramontana azotaba con fuerza, y la gélida noche invitaba poco a contemplar estrellas. Gala entró en la casa descompuesta por la noticia bomba de la adopción de un cachorro. Kate y Joana estaban con un juego delante de la chimenea encendida. Marc, Adele y Nalda habían preparado una coca de nueces y pasas y chocolate caliente. Gala se desplomó en una de las sillas de la cocina, viendo el cachorro correteando por allí. Miró a La Roja, que también mantenía la mirada gacha; todos estaban esperando que se pronunciara ante el nuevo miembro. Miró al cachorro y de reojo a Amat, que retenía como podía la risa para no empeorar más la situación. Pero ¿qué iban a hacer ellas con ese cachorro? ¡No podían llevarlo a Nueva York! ¡Era demasiado pequeño! ¿Y las vacunas? ¿El pasaporte? ¿Qué clase de locura era aquella?

Adele se sentó al lado de su madre y esperó lo peor, rezando por dentro para que un hada del bosque le hiciera cambiar de opinión y aceptara a *Boston* en la familia. Todos, menos Joana y Kate, que estaban recostadas en el sofá, habían rodeado la mesa para oír a Gala pronunciarse. No le resultaba sencillo decirle no a una niña de ocho años que apenas entendía de trámites y complicaciones de la vida. Así que, con la mayor suavidad, se arrancó…

—Es muy bonito, pero sabes… no podemos llevarlo con nosotras. ¡Es muy pequeño!

—Dice la abuela Nalda que tiene tres meses y todas las vacunas ¡Mañana le hacemos el pasaporte!

¿Abuela Nalda? Adele parecía haber hecho los deberes y se había asegurado de cerrar todas las excusas que su madre pudiera decir para oponerse a quedarse con *Boston*. Al parecer había encontrado una buena cómplice… ¡la abuela Nalda! Que permanecía con la mirada esquiva.

—Cariño… Nos vamos en dos días… Es todo muy precipitado…

—Hemos preguntado qué le puede costar a *Boston* el billete a Nueva York y… nos han dicho que ¡doscientos cincuenta euros!

Gala volvió a tragar saliva. Necesitaba procesar aquella encerrona y encontrar en menos de un minuto una nueva excusa para negarse a acoger a ¿*Boston*? Respiró profundamente en silencio y fue incapaz de negarse a la felicidad de su hija. Tomó a *Boston* en brazos y, mientras recibía un baño de lametazos y el alivio del resto, puso una sola condición:

—¡Tu padre! Si él se niega… ¡no hay *Boston*! ¿Vale?

Adele miró a su hermana, que le guiñó el ojo como si eso fuera pan comido. Su padre le debía algún que otro favor y sabía muy bien cómo convencerle para que su hermana se llevara el perro a casa.

Nalda, Marc, Amat y Joana se despidieron después de pasar un buen rato celebrando al recién llegado ¡*Boston*! Le encantaba el nombre que había elegido su hija para el perro. Gala adoraba a los animales pero su madre no soportaba a los pulgosos, así que... jamás pudo tener uno. Aquel cachorro parecía haberse adaptado enseguida a la casa, una casa que poco a poco iba recobrando la vida. Las niñas se terminaron su chocolate y se fueron a las habitaciones. Adele pidió subirse a *Boston* con ella; Kate rogó por su hermana pequeña; Gala estaba demasiado cansada como para discutir con sus hijas. Antes de sentarse en su sillón orejero (comenzaba a sentirlo como propio), se acordó del diario de su abuela y, sin apenas dudarlo, subió a por él.

Añadió un par de troncos para no perder llama y avivó las brasas. Se colocó por encima una manta de color gris y tacto suave y sorbió un poco de la infusión de orquídeas que Nalda le había traído de parte de Francisca. En aquel pueblo, todos estaban siendo demasiado considerados con ella, era como si desearan que estuviera a gusto y no le faltara de nada. Esa infusión, de su flor preferida, sabía a gloria y tenía, según le había contado La Santa a Nalda, propiedades para clarificar la mente y abrir el alma.

Volvió a sorprenderse del asombroso parecido con aquella fotografía de su abuela de joven. Le costaba hacerse a la idea de que aquella mujer, de cuya existencia apenas sabía hacía una semana, pudiera convertirse en alguien tan importante en su vida. Se había pasado todo el día pensando en su vida, en todo lo que había tenido que pasar desde que fue madre y fue obligada a renunciar a su hijo —¡su padre!—. Su historia comenzaba a ser digna de una novela o serie dramática, la diferencia estaba en que se trataba de su vida, de la vida de su familia... Abrió el antiguo cuaderno, buscando con precipitación el punto en el que se había quedado y, sin percatarse de la atenta mirada de Kate, que había entreabierto la puerta, se dejó llevar...

Ese día, al ver a mi hijo... Román, comprendí que era posible secar las lágrimas antes de que lleguen a brotar. Pocas veces sucede que el deseo y el dolor se encuentren; como la luna y el sol, no están hechos para coincidir sino para ser extraños, pero cuando sucede, lo poco que se siente es un eclipse de entrañas. Una terrible sequedad se apodera de ti y, si no consigues sudar o llorar ese dolor, te agrieta por dentro. Yo lo lloré en casa; en privado, aprendiendo a simular y a quererle como a un sobrino. Mi hermana no tuvo más hijos y Damià lo quiso como lo que creía que era: ¡su hijo! Lo adoré y le consentía todo lo que podía aunque con la mirada siempre atenta de la abuela Adelaida, que controlaba que no me sobrepasara, recordándome todos los días que la madre de aquel niño era mi hermana.

Cuando Román tan solo contaba años, mi hermana y su marido abandonaron el pueblo. Yo andaba de mercadillos por el sur de Francia, salía con Antoine Roussel, un anticuario de Perpiñán, y comenzaba a aficionarme a lo antiguo. La abuela me había dejado ir con Nalda a la feria de antigüedades de Toulouse, donde Antoine tenía un puesto y decenas de amigos. Nunca sospeché que detrás de esa repentina libertad estaba la treta de no hacerme coincidir con la marcha de Román. A Damià le habían ofrecido un puesto como capataz en un rancho de Jerez; ganarse muy bien la vida y dejar de ser el «mozo pobre» del pueblo. Marta le siguió con los ojos cerrados, necesitaba abandonar La Muga y desprenderse de la sombra de su hermana, que le recordaba que ese hijo, al que tanto adoraba, no era suyo. La abuela y ella acordaron no decírmelo y aprovechar mi escapada para huir de mí. Fue un plan perfectamente ejecutado, porque nunca sospeché nada hasta que volví al pueblo. La abuela Adelaida me esperaba haciendo ganchillo, sentada en la mecedora frente al fuego. Me extrañó encontrarla despierta; la noche era ya muy oscura y la abuela se acostaba apenas caía el sol. Sentí un escalofrío, una corriente de aire gélido al cruzar el salón y tentar a las llamas. Sabía que algo malo había ocurrido, pero me daba miedo preguntar por si algo malo le hubiera pasado a Román... Estaba como loca por verle, nunca me había separado tanto tiempo de él y...

—*Se n'han anat... Han marxat a viure a Jerez.*[*]

Lo soltó a bocajarro, sin preámbulos, sin tan siquiera despegar la mirada del fuego, sin tomar aliento ni dejar de tejer. Sentí un puñetazo directo a la tráquea que me dejó en estado de asfixia, sin capacidad para tomar aire, sin aliento para recomponerme. No podía creer que la abuela les hubiera dejado marchar sin permitirme un adiós, mi adiós, una última mirada, una caricia... Nada más. Caí de rodillas, me apoyé en su mecedora, sintiendo cómo el estómago se me quedaba del tamaño de una canica. ¿A qué tanta crueldad? ¿Era necesario el estoque? La abuela iba explicándomelo todo: la oportunidad de trabajo, la necesidad de Marta de alejarse de mí, lo mejor para Román...

---

[*] —Se han marchado... Se han ido a vivir a Jerez.

Mi mente tardó en procesarlo, pero lo hizo. Sin embargo, mi corazón jamás entendió esa marcha tan repentina, tan cruelmente urdida a mis espaldas. ¿Acaso no era yo la que merecía una despedida?

—*El que has de fer és casar-te, que ja va sent hora, i tenir els teus propis fills.*[*]

No dijo más. Nunca volvió a hablar de aquello. Jamás me dijo adónde se fueron a vivir, ni llamaron una sola vez para saber cómo estábamos y si Román era feliz en su nueva vida. Estuve semanas, meses preguntándome si mi hijo me echaría de menos; incluso llegué a planear ir en su busca y raptarlo para quedármelo para siempre. Estar en La Muga se me hacía insoportable; no podía perdonar a la abuela que me hubiera ocultado su marcha; todas se iban casando y yo comenzaba a estar mal vista. La reglas en los pueblos eran muy claras: las mujeres, ¡faldas e hijos! Todo lo demás carecía de importancia. Nalda *La Roja* me veía sufrir, sabía que algo muy gordo me había pasado pero jamás preguntó. Se había casado con Vicente y las cosas les iban bastante bien: tenían muchas vacas y vendían mucha leche. Antes de que llegara la Comunidad Europea, en los pueblos vivíamos de la leche, ¿sabes? Luego, todo cambió a favor siempre de los poderosos.

En un brote de desesperación, una noche fui a ver a la Nalda y le pedí su vieja furgoneta blanca. Había decidido huir de La Muga e irme a Perpiñán con Antoine; no estaba enamorada pero él sí y me hacía todo lo feliz que

---

[*] —Lo que tienes que hacer es casarte, que ya va siendo hora, y tener tus propios hijos.

yo podía ser. Mi amiga me ayudó, siendo mi cómplice, escribiéndome cartas y contándome cosas del pueblo y si la abuela andaba bien. Aquella misma noche, con una maleta pequeña, me fui de La Muga para no volver nunca más. Aquel pueblo me había dado la vida, pero me había quitado lo que más amaba. No podía vivir en él sin recordar la ausencia de Román. Eran los años cincuenta y, mientras España estaba sumida en la oscuridad, en Francia, después del fin de la guerra y con su IV República en marcha, se trabajaba en la reconstrucción de un país que volvía a florecer como potencia mundial. Allí probé por primera vez el pan de centeno, me enamoré de los viñedos del Languedoc y me acostumbré a tomar queso y vino a todas horas. Pasaron los años y fui olvidándome de mi vida en La Muga. Con Antoine, viajábamos por toda Francia, recorriendo los mercadillos y buscando joyas para ser reparadas. Antoine me enseñó todo lo que sé de antigüedades. Me habría casado con él, ¿sabes? Pero por convicciones políticas, jamás quiso casarse conmigo, y yo, por golpes de la vida, tuve que separarme de él cuando menos lo esperaba.

Seis años después de mi marcha recibí una llamada de la Nalda. Apenas podía hablar sin ahogarse. Seguro que había corrido escaleras arriba para llamarme nada más enterarse de la noticia. Mi hermana y Damià habían tenido un accidente de coche en la carretera, un camión en dirección contraria se había desviado de la vía y precipitado sobre ellos. ¡Siniestro total y muerte en el acto de los dos! Esa llamada casi me perfora el corazón, solo pensa-

ba en Román y si él también había muerto en el accidente. Nalda se extendía en detalles, lloraba a trompicones,
y nunca llegaba el momento de hablar de Román. No
pudiendo soportar no saber, la interrumpí y en un grito
de súplica pregunté por él. Ella me tranquilizó —no sabe
hasta día de hoy cuánto—, Román se había quedado en Jerez, tenía entrenamiento de fútbol y cumpleaños de un
amigo de la escuela. No escuché nada más de lo que me
contó Nalda aquella tarde, ni siquiera recuerdo cómo ter-
minamos de hablar, pero recuerdo perfectamente cómo
la sangre me bombeaba con la fuerza de un volcán en
erupción. Nuevamente una desgracia había sido fortuna
para otros. En este caso... ¡para mí!

Antoine no me acompañó, pero entendió mi premura.
Él supo desde el principio mi secreto, pero jamás movió
un dedo para ayudarme. Durante años, no volvimos a
vernos, nos escribimos, hablamos por teléfono. Al año se
casó rompiendo sus propias normas, aunque poco le duró. No le guardo rencor por ese tiempo, él hizo lo que
debía: ¡sobrevivir al amor no correspondido!; y yo, volver
a casa, a La Muga.

Era un viaje corto, pero me costó llegar. El tren me
dejó en Portbou y tardé dos noches, esperando la llegada de Román, en acercarme a La Muga. Quería evitar
estar con la abuela a solas, quería evitar su mirada de
desagrado; yo ya era una mujer adulta de casi treinta años
que podía decidir por mí misma. Había elegido cuidar
de mi hijo. El destino había querido devolvérmelo y yo
no estaba dispuesta a negarle la buenaventura. Estaba

convencida de que comenzaba una nueva vida para nosotros donde no había cabida para el sufrimiento.

Volver a La Muga, oler esos campos, sentir la pureza de su aire, la luz colándose por las nubes que se estiran por el fuerte viento hasta convertirse en largos tules. Volver a casa… No fui consciente de cómo echaba de menos esta tierra hasta que la sentí otra vez en mi paisaje. Una camioneta me soltó en Castelló d'Empúries. Dejé en la carnicería de Castelló la maleta; pronto iría a por ella. Los tres kilómetros y medio que quedaban, los recorrí andando. La mente construye murallas contra el dolor, anestesiando emociones, recuerdos; mi manera de devolverlas a la vida fue devolviéndoles su ADN, respirar, tocar, sentir aquella tierra de nuevo. Llegué a falta de una hora para anochecer, nadie me esperaba; la Nalda no sabía de mí desde la llamada… En Can Xatart había luz; me daba miedo tocar el timbre.

Tanta lectura le estaba revolviendo las entrañas y le provocaba arcadas muy antiguas. Era la vida de su abuela, sus anhelos, sus pedacitos de rencor, de odio, de amor y de desgracia que habían construido su propia existencia de la que ella jamás supo. Con cada palabra leída Gala sentía que algo cambiaba, se modificaba en su interior. Era como desenterrar parte de su ADN, cubierto por el lodo y las mentiras durante tantos años. Aquel cuaderno le seguía provocando emociones encontradas; necesitaba seguir avanzando en la lectura, pero le aterraba cada línea, cada párrafo nuevo por lo que pudiera contener. Esa noche decidió cerrar el cuaderno, apenas podía seguir con los ojos abiertos, el sueño la reclamaba. Debía de ser tarde, tenía que descansar; dormir unas horas, porque le esperaba un día duro: ¡la subasta de muebles! Su penúltimo día en La Muga, la semana había pasado demasiado rápido. Apenas comenzaba a comprender, a desempolvar la historia, su historia escondida... ¿Era justo volver a casa tan pronto?

V

Rendirse a la primera señal de fracaso no era su estilo, pero dada la poca gente que, por el momento, había asomado la nariz por la subasta de muebles, entraban ganas de salir corriendo y quemar los cachivaches en una gigantesca hoguera. Kate y Adele estaban detrás del mostrador esperando a cobrar muertas de aburrimiento. Menos mal que Adele, precavida y siempre con un plan B debajo del brazo, había llevado consigo *The Chronicles of Narnia* y, como si la cosa no fuera con ella, estaba distraída. En el fondo, se alegraba de que nadie quisiera comprar esos muebles; su amigo Marc le había contado que su tío estaba en contra de esa puja, porque era una ofensa a muchos años de duro trabajo. Kate llevaba toda la mañana queriendo hablar con su madre, la encontraba algo esquiva y llevaba desde ayer con la mosca detrás de la oreja. Intuía que algo le pasaba, y que fuese lo que fuese podía afectarla a ella en algo. «¿Se estará pensando retrasar la vuelta?». La llevaban los demonios de tan solo imaginar esa posibilidad, aunque fuera remota. Su madre le había hecho una promesa, ella a las Gotham Girls y... ¡una promesa es una promesa!

Había quedado con su amiga Joana en un par de horas, pues quería presentarle a parte de su cuadrilla. En el pueblo de al lado, Castelló d'Empúries, se jugaba un partido de fútbol; muchos de ellos eran del equipo local y era el día perfecto para conocerlos. No le apetecía demasiado relacionarse, pero cualquier cosa con tal de salir de ese lugar insulso... Además, a escondidas de su madre, pensaba montar en el ciclomotor de Joana con la invitación de poder conducirlo ella también.

Amat todavía no había llegado. Apenas eran las once y media de la mañana. Demasiado pronto para el paseo. «En los pueblos, primero se hacen las labores y, si hay cosecha, se pasea». Gala hizo caso omiso a la recomendación de Amat de no desgastarse y abrir al mediodía. Pensó que era un consejo envenenado, una artimaña para vender menos, así que decidió abrir a las nueve en punto de la mañana y comerse las uñas hasta pasadas las doce.

Agnès fue la primera en llegar; siempre generosa en sus quehaceres, decidió pasarse para dejar unos termos con leche, café, zumo de naranja natural y un par de pasteles para amenizar la mañana. El azúcar ahuyenta las penas, aunque su efecto sea efímero y poco saludable. «Un dulce ¡no amarga a nadie!». Agnès era, de todas las abuelas, la más reservada, pequeñita de cuerpo después de que el doctor la obligara a una estricta dieta para perder más de treinta kilos y buena parte de su personalidad. Por su bien y el de su salud, le había cambiado toda la dieta y prohibido varios alimentos; entre ellos, la repostería. Por eso, siempre que había visitas o eventos, aprovechaba para llevar sus nuevas creaciones. Había aprendido a comer con los ojos, a disfrutar de sus recetas viendo el placer de los otros al llevárselas a la boca. Agnès se comunicaba a través de la comida y sabía, según cómo te veía, lo que debías llevarte a la boca. Era una maga de la gastronomía y su restaurante era famoso por sus increíbles manos. De allí no salía nadie sin sentir la dicha dentro del estómago. De todas, era la que menos se metía en problemas y la que había llevado la vida más tradicional; heredó el negocio de sus padres y, junto con su Jacinto, hizo del pequeño restaurante uno de los más reconocidos de la zona. Formaban una extraña pareja: él tan alto y espigado, y ella tan rechonchita hasta que adelgazó. Eran el vivo ejemplo de que los polos opuestos se atraen, porque ellos lo eran, en todos los sentidos. Eran la envidia del pueblo, junto con Nalda y Vicente, por mantenerse igual o más enamorados que el primer día. Ella confesaba que el secreto había sido saber conservar el estómago caliente. «Todo lo que se enfría termina por romperse». Se la conocía como La Hechicera, porque aparte de hacer grandes pócimas con la comida sabía de amores y de cómo custodiar viva ¡la brasa! Hablaba poco y observaba mucho. Apenas había tenido roces con nadie, excepto con Úrsula *La Guapa*. Nunca le perdonó que hablara mal de su propio hermano, Josep *El Impotente*, como artimaña para quitarle la tienda de ultramarinos a su viuda, la pobre Francisca. Para ella, la familia es sagrada y, suceda lo que suceda, siempre debe quedar en familia. Desde la terrible desgracia, Agnès y Úrsula solo se ven cuando es imprescindible, el resto de días evitan coincidir; al menos Agnès, porque Úrsula siempre que puede intenta hacer acto de presencia y provocar. Provocar es lo suyo, cuando era jovencita lo hacía por guapa y, cuando su belleza dejó de quitar el hipo, lo sustituyó por malas artes. Se convirtió en la lianta del pueblo; vive por y para los rumores, y la tienda de ultramarinos es su campamento base. Allí acude todo el pueblo, pasa revista y se entera de todo lo que sucede sin apenas moverse; en La Muga no hay un semanario con las noticias del pueblo, es mejor acudir a la tienda y hablar con Úrsula. Agnès era de las pocas que decidió, desde que La Guapa se quedó con la tienda, no volver a pisarla. Lo cumple a rajatabla y, aunque se quede sin leche, prefiere no desayunar a romper la promesa.

Agnès no dudó en acercarse a Gala y darle algo de conversación simulando interés por algún mueble. A cada pregunta que hacía, Gala se sentía más incapaz de responder; de antigüedades sabía poco o nada, y el maestro (Amat) no había llegado. Agnès se detuvo a observar una chimenea de madera de nogal estilo alfonsino; acarició su brillo para sentir el tacto de lo bien reparado y para recordar en cada centímetro recorrido a su buena amiga Amelia Xatart reparándola.

—¿Sabes que esta chimenea fue el último mueble que reparó tu tía abuela?

«Abuela». No se atrevió a pronunciarlo pero lo dijo para sí misma. «Abuela, no tía abuela». Ese sutil matiz había cambiado tan significativamente las cosas que, al confesarle Agnès que aquella pieza había sido la última que había reparado su abuela, sintió curiosidad por saber cómo lo hizo. Agnès le contó las horas que podía quedarse sentada en un taburete bajo, lijando, desempolvando, o simplemente observando «las heridas de los muebles». Amelia tenía poca paciencia y mucho carácter para el resto de cosas, pero para sus muebles parecía otra persona. Adoraba mimarlos, acariciarlos y devolverlos a la vida. Siempre contaba que la magia existía en cada persona y que lo importante era darle su espacio.

—Yo lo intento con la comida y Amelia lo hacía con los muebles…

Utensilios, accesorios… cualquier cosa era digna de ser reparada. Era partidaria de tirar muebles sin historia, fabricados en cadena, pero otros, esos que un artesano construyó con sus propias manos y muchas horas de dedicación, esos para Amelia eran los que debían ser rescatados porque escondían mucha alma.

—¿Tú crees en el alma?

Gala no sabía qué responder. Antes de aterrizar en ese pueblo, aunque no gozaba de demasiada autoridad en el seno de su familia, parecía tener la mayor parte de su vida colocada, y en esos momentos no se atrevía a ser rotunda en nada. «¿Alma?». Eso le sonaba a espiritualidad, a persona ávida y maestra en las ciencias no empíricas y, aunque ella era del dogma de la practicidad y lo demostrable, no sabía qué responder. La noche anterior, sin creer, sin lógica ni razón, se tomó la infusión de orquídeas que le había preparado Francisca. Apenas se había clarificado en nada y su alma seguía ausente, sin dar señales lo suficientemente evidentes como para percatarse. Sin embargo, todo lo relacionado con su recién estrenada abuela le afectaba de manera distinta. Miró aquella chimenea y, sin apenas procesarlo, colocó la etiqueta de ¡vendido! Ante la sorpresa de Agnès, que no pudo evitar una sonrisa disimulada. Extrañamente, no quería deshacerse de lo último en lo que Amelia había trabajado en vida. ¿Qué sentido tenía lo que acababa de hacer? Le entró un temblor de piernas, un miedo a no controlar sus reacciones... Se recostó para recuperar el ritmo de su respiración sobre una vieja escalera de bibliotecario de pino melis. Observó aquel pajar, dando un repaso a todo lo que había allí, a punto de ser vendido, sintió un leve mareo, una sensación amarga en el paladar; Agnès le ofreció un vaso de agua y un trocito de pastel.

—Querida, un poquito de azúcar es lo que necesitas y volverás a sentirte como nueva.

Apenas le dio tiempo a recuperarse cuando su móvil comenzó a sonar impertinentemente. De nuevo la maldita melodía del baile del caballo. A Adele le provocó la risa y a Kate, sorpresa. Ignoraba que su madre fuera tan moderna, musicalmente hablando, e ignoraba que su hermana fuera la causante de que en vez del deprimente *Stay* de Lisa Loeb, que lo único que había hecho era un éxito en los noventa, estuviera el fenómeno del año, ¡la canción del caballo! Mientras Gala salía de su estado de aturdimiento, Kate y Adele imitaban divertidas la coreografía que había dado la vuelta al mundo. Después de varios tonos, logró localizar el móvil en uno de los bolsillos interiores de su abrigo. Con una mirada que habría podido desintegrar a alguien, miró a sus dos hijas jocosas con esa intención pero, por suerte, sin lograrlo.

¡Su madre! Se tomó un par de segundos para decidir si descolgaba o dejaba que sonara la dichosa melodía hasta morir en el silencio. Habría necesitado algo de preparación para hablar con ella, recolocar un poco la historia de su abuela; haberla digerido algo más o, incluso, terminado el diario. ¿Cómo le iba a contar que aquella familiar era en realidad la madre de su padre? No estaba lista para mantener esa conversación, así que optó por dejar sonar el móvil; pero cuando Julianne desea algo puede llegar a ser terriblemente insistente. Terminó con la paciencia de su hija, que no pudo más que apretar el botón verde, prometiéndose que mantendría una conversación vacua y trivial con su madre. «A las madres, tampoco hay que contarles todo...».

—*Hi! Mommm... Ohhh... Yes, yes! I'm fine... Frederick?... What the hell...?*[*]

No era tan fácil mantener la compostura con Julianne. Tenía la virtud de sacar de sus casillas a su hija en tiempo récord y sonsacarle todo lo que estaba ocurriendo. Comenzó con los ataques: ¿Qué demonios hacía en ese pueblo olvidado del mundo? ¿Con sus nietas? ¿Qué se le

---

[*] —¡Hola! Mamáaa... Ohhh... ¡Sí, sí! Estoy bien... ¿Frederick?... ¿Qué demonios...?

había perdido allí? Había hablado con Frederick y le había contado la última bronca con su mujer; Julianne conocía a su hija, y podía intuir que estaba a punto de hacer una barbaridad: ¿quedarse a pasar las Navidades allí?

—*Are you crazy? And what about us? Are you losing your mind? Do you know what you missed in this town?**

Gala intentaba interrumpir a su madre, colar una frase, una palabra suelta, pero solo conseguía pronunciar onomatopeyas sin fuerza ni importancia en medio del discurso de decoro, solemnidad y decencia que estaba dando medio a gritos su madre. Pocas veces la había visto tan alterada; Julianne era una mujer experta en recubrirse de vaselina para que los problemas, desgracias o sucesos incómodos desaparezcan de su vida a toda velocidad. Jamás se enojaba, todo lo resolvía con pequeñas dosis de ironía y... ¡ya! ¿Qué le estaba ocurriendo? ¿Qué podía importarle que Gala decidiera quedarse a pasar las Navidades? No era mujer de liturgia y mucho menos de celebraciones en familia, pero ese año parecía que se había reconciliado con la tradición del *Roasted Turkey and Mashed Potatoes*. Gala esperó a que su madre cargara contra todo y todos hasta templar sus nervios para revelarle lo que había leído en el diario de Amelia Xatart.

—*Who?***

Al pronunciar el nombre de Amelia Xatart, Julianne frenó en seco y sacó su entonación más cercana a la indiferencia para preguntar por esa mujer. Gala no se tragó

---

* —¿Estás loca? ¿Y nosotros? ¿Estás perdiendo la cabeza? ¿Sabes lo que te has perdido en esta ciudad?
** —¿Quién?

la fingida pregunta, supo que algo pasaba con su madre y aquella mujer. No soportaba cuando su madre utilizaba el tono de nariz levantada y barbilla en la galaxia como si la conversación no fuera con ella.

—*You know exactly who she is, because when dad died she went to Boston, and it seems that she talked to you. Is it true, mom?**

Julianne siguió con aires de indiferencia, balbuceando para intentar salir de un pasado que hacía años que había aniquilado. Gala iba de un lado a otro del pajar, bajo la atenta mirada de sus dos hijas que apenas entendían de lo que hablaba su madre. ¿Por qué tanta insistencia en una lejana difunta? Gala se había prometido no contarle la verdad, no hablar del reciente descubrimiento, pero el corazón le dio un pálpito que esperaba que no fuera cierto. No podía dejar esa conversación sin preguntarle a su madre, sin asegurarse de que ese pellizco de intuición andaba errado. Con un seco *«Mom! Mom! Listen to me!»*** consiguió que Julianne dejara el falsete y despejara la línea. Después de unos segundos de vacío, Gala se arrancó, esperando una negativa…

—*Did you know Amelia was my grandmother?****

Por la falta de respuesta, por el silencio, parecía que aquella pregunta debía recorrer los miles de kilómetros que las separaban para ser escuchada. Gala repitió la duda que rebotó en eco, como si cada letra golpeara en los costados de la memoria de su madre, que parecía haber sellado su

---

* —Sabes perfectamente quién es, porque cuando papá murió fue a Boston y, al parecer, habló contigo. ¿Es cierto, mamá?
** «¡Mamá! ¡Mamá! ¡Escúchame!».
*** —¿Sabías que Amelia era mi abuela?

boca. Gala sentía las palpitaciones hasta en la punta de los dedos, un sudor frío le recorría la frente; necesitaba una respuesta, ¡una negativa! que salvaguardara su statu quo, que ya estaba ciertamente magullado. Insistió, pero Julianne se resistía a responder; se aseguró de que el móvil no hubiera perdido la cobertura, podía ser lo más probable en ese pueblo. Amat y Nalda habían llegado y aguardaban en silencio lo que suponían era una conversación algo subida de tono. Adele había visto el relámpago, pero faltaba el trueno para que la tormenta descargara sobre todas ellas. Intuía que algo malo estaba sucediendo entre la abuela y su madre; Kate se acercó a su madre, poniéndose en lo peor. ¿Había oído bien? ¿La muerta resultaba ser la abuela de su madre? Gala no vio a su hija acercarse, no era capaz de ver a nadie, solo necesitaba esa respuesta que parecía no llegar nunca.

—*Mooommm, please... Are you listening to me? You knew that...*

—*Yes! So what?**

Su respuesta fue corta, seca, contundente, fría y desafiante con ese «*So what?*» que resonó en el interior de Gala como si alguien hubiera golpeado en su estómago un tambor. «*So what?*». ¿Cómo podía atreverse a responder con semejante soberbia, cómo podía reconocer sin apenas pestañear que había ocultado a Gala la existencia de su abuela e impedido que ella la conociera en vida? No salía de su

---

* —Maaamá, por favor... ¿Me estás escuchando? Sabías que...
—¡Sí! ¿Y qué?

asombro, no podía creer que su propia madre le hubiera mentido para su propio beneficio; ella creció convencida de que la madre de su padre había muerto, y que en ese pueblo, en La Muga, no había ningún familiar vivo de su padre. Sintió como una pequeña traición al enterarse de que existía una tía abuela, pero... al fin y al cabo era un familiar lejano, y su madre no tenía por qué saberlo. Pero ¿su abuela? ¿La madre de su padre? ¿Cómo se había atrevido a condicionar su vida, a perturbar su destino porque ella, en su cansino egoísmo, decidió enterrar con la muerte de su padre todo lo demás? Estaba aturdida, era incapaz de procesar una respuesta a la altura de la de su madre.

—*Darling, please, cut the sentimentality and return home. Your real family is waiting.*[*]

«*My real family?*».[**] La rabia inundó los pocos pensamientos coherentes que le quedaban. No podía creer que su madre se pretendiera con la potestad de controlar su vida por el hecho de haberle dado la misma. ¡Lo mismo que su marido! Todos decidían por ella, y así estaba su vida; del revés, descubriendo a cada segundo mentiras o verdades ocultas. Estaba a punto de explotar por acumulación, pero no acertaba con la respuesta; deseaba darle en todos los morros y dejarla supurando de orgullo roto. Necesitaba rebelarse contra lo establecido, así que, en un impulso de autorreafirmación, decidió quedarse las Navidades en La Muga, pasar Navidad, Nochevieja, todas las fiestas en ese pueblo

---

[*] —Cariño, por favor, olvídate de sentimentalismos y vuelve a casa. Tu verdadera familia te está esperando.
[**] «¿Mi verdadera familia?».

que también era el suyo, y deseaba celebrar con sus tradiciones la entrada de un año que esperaba que fuera mejor que
el final de ese. Ni siquiera dejó que su madre protestara o
lanzara alguna pulla hiriente; le repitió varias veces y en un
volumen considerable, para que quedara claro, que no la
esperaran por Navidad; ni a ella ni a sus hijas. ¡Era dueña de
su vida y decidía lo que quería! Colgó el teléfono con el
pulso en la garganta, temblor en las manos y la mirada de-
sorbitada de Kate. Su hija mayor estaba furiosa por lo que
acababa de escuchar; su madre, en un ataque de independencia, las había arrastrado a un agujero sin fondo. Kate no
podía ni estaba dispuesta a digerir aquella nueva realidad.
Ella había estado rezando, contando cada segundo de aquella maldita semana para volver a casa y reanudar su vida. Le
daban igual los orígenes de su madre, la difunta y recién
descubierta abuela y ese pueblucho lleno de viejos. Ella había
hecho una promesa a las Gotham Girls y ni su madre ni
nadie podría impedir que no estuviera en las eliminatorias.

—Mamá, una promesa es una promesa… ¡Mañana
volvemos a casa!

Gala escuchó a su hija y, con un grito seco, la mandó callar; ella haría lo que su madre decidiera, porque como
menor debía acatar sus decisiones. Las Gotham Girls y la
maldita Roller Derby League no eran tan importantes
como para volver a Nueva York en plenas Navidades.

—¿Y los billetes? ¿Qué vas a hacer con los billetes?

—Pues se cambian o se compran otros, pero de aquí
no nos vamos hasta pasado Fin de Año. ¿Me has oído? ¿Te
ha quedado suficientemente claro?

Con el rubor de la rabia y los ojos rebosantes de agua, Kate cogió su abrigo y desapareció del pajar empujando todos los muebles que encontró a su paso. Necesitaba salir de allí y llorar a escondidas como una niña; necesitaba contarle a Joana, su única cómplice, lo sucedido y pensar cómo desaparecer.

Adele se tragó la alegría de la noticia. Tras la escena de su hermana, prefirió no expresarse y mostrar sumisión a la decisión de su progenitora. Bajó la cabeza y simuló leer para esconder la emoción, el golpe de júbilo que sintió al saber que se iban a quedar en La Muga por Navidades. Buscó a Marc, intentando ver más allá de la página, pero no alcanzaba apenas a otear. Sabía que su amigo se iba a poner muy contento, todavía les quedaba mucha tierra por explorar juntos.

Nalda y Amat esperaron a que Gala bajara pulsaciones y descendiera al planeta Tierra de nuevo para hacer acto de presencia. En el fondo, cada uno por su lado, se alegraban de esa decisión, aunque Amat sintió una mezcla de angustia y gusto por tener a esas niñas y a Gala más días en el pueblo. Miró al cielo y pensó en Amelia, seguro que rebosante de júbilo en su planeta; su nieta comenzaba a despertar y sacar plumaje, la fuerza de ese linaje de campo llamado ¡XATART!

Ojalá un balonazo fuera directo a ella y la dejara inconsciente para salir de ese infierno. Kate no se recuperaba de la noticia de tener que pasar las Navidades en ese pueblo y no volver a casa. Sentada en las gradas de metal, rodeada de chicas más mayores y gritonas, observaba con la mirada perdida cómo unos cuantos jugaban al *soccer,* soñando con ser algún día la nueva estrella del balompié y salir de ese agujero de tierra. Joana miraba a su amiga con preocupación, le costaba entender tal desazón, porque ella era de las que intentaba ver el lado positivo a cualquier esquinazo de la vida. Sabía que, para su recién estrenada amiga, quedarse más días en La Muga era un derrape brusco, pero debía encontrar el modo de salir de la ofuscación. En el fondo, ella estaba encantada, porque podría investigar más cosas sobre Nueva York antes de irse a vivir allí.

—*Are you talking to me, eh? Eh?*[*]

Con un guiño de ojos y ladeando la boca, Joana miraba a su amiga con la esperanza de que le siguiera el juego y se fijara al fin en las Ray Ban verde fosforito que se había comprado en su honor. Estaba segura de que era lo más *supertrendy*, porque lo había dicho una bloguera superinformada de las últimas tendencias. Kate la miraba sin reaccionar, suspirando por su mala suerte y clamando por que un rayo se la llevara de ese mundo. Se sentía la persona más infeliz de la tierra y, aunque Joana lo intentaba, no había nadie ni nada que la sacara del lado oscuro. Lo había compartido al teléfono con Jersey y habían llorado juntas a miles de kilómetros de distancia. Solo ella y sus Gotham eran capaces de entender su tormento, su mala fortuna, sus repentinas pocas ganas de vivir. Kate estaba en plena adolescencia, y cualquier suceso inusitado la llevaba a viajar por una gigantesca montaña rusa de emociones: rabia, ira,

[*] —¿Estás hablando conmigo, eh? ¿Eh?

tristeza, impotencia, desconsuelo, sed de venganza… Joana la observaba y, aunque hacía todos los esfuerzos por alcanzarla, reconocía que a veces le resultaba imposible. Ella creía que todas las americanas eran como en *Sex and the City*, y estaba más que preparada para conectar en esa frecuencia de potingues, lacas de uñas, zapatos… Marni, Louis Vuitton, Armani, Ermenegildo Zegna… Pero Kate no respondía a ese código. Apenas apreciaba emoción descontrolada en sus ojos al pronunciar las palabras mágicas: «¡Gucci! ¿G-U-C-C-I?». Joana estaba desconcertada, repasando mentalmente su manual *Sobreviviendo en Nueva York* y no acertaba a dar con la clase de tribu urbana para Kate: poco femenina, nada presumida, jugadora de rugby con patines y sin novios confesados ni carpetas forradas de sus ídolos. Podía sospechar que le podían gustar las chicas, pero su prima María de Barcelona le había contado que las lesbianas también son muy femeninas y que hay que empezar a dejar atrás el mito de lesbiana igual a masculina. Así que, por su prima, decidió dejar aparte la sexualidad de Kate. «¿A quién le importa? ¿En qué define?». Aunque no poseía la llave que abría el mundo de Kate, sabía que con un poco más de tiempo lo lograría. Estaba segura de que la vida le había dado esa oportunidad: conocer a través de Kate a una parte importante de los jóvenes de Nueva York. Al fin y al cabo, *Sex and the City* era una serie de finales de los noventa y quedaba algo desfasada en cuanto a lo *trendy* y *fancy* del momento.

Miró al cielo para dar gracias al ángel (Joana era más de ángeles que de dioses y diosas) al que se le ocurrió retener a su amiga unos días más… En plena plegaria, Kate la miró fijamente con los ojos llorosos, pues necesitaba a su amiga para ejecutar con éxito el plan que acababa de maquinar para escaparse y volver a Nueva York.

—Joana, necesito tu ayuda: quiero escaparme, irme de aquí.

Al oír eso, una cáscara de pipa casi le perfora la laringe a Joana. Por suerte todo quedó en un pequeño susto ya que, con esfuerzo y carraspeo, consiguió escupirla. Recuperada del percance, estaba dispuesta a escuchar el plan-locura de su amiga.

—Quiero irme al aeropuerto y utilizar el billete de avión para volver a casa. Pero necesito dinero y que me digas cómo llego hasta allí. El vuelo sale mañana por la tarde, pero no me importa pasar la noche en el aeropuerto.

—Tom Hanks en *La terminal* ¡incluso vivía allí!

A Kate le parecía el plan perfecto, en cambio para Joana significaba quedarse en La Muga para siempre si se decidía por ayudar a su amiga. Si sus padres se enteraban de que había colaborado a que Kate se escapara, se quedaría sin ir a vivir a Nueva York, ni estudiar en el Actors Studio y su carrera como actriz se iría al garete por haberla ayudado. Aunque la apreciaba, no sentía suficiente afecto como para poner en riesgo de ese modo sus sueños. Kate lograría volver a casa, pero ella lo habría perdido todo. Se lo explicó como pudo, tratando de no herirla demasiado; aunque deseaba echarle un capote, no podía arriesgarse. Joana necesitaba ser actriz y triunfar en Broadway y no podía aventurarse a perder la oportunidad de su vida por la que llevaba años luchando.

Kate se echó las manos a la cabeza por haber dado con la única loca del pueblo que sueña con conquistar las Américas. Era cierto que su ayuda y complicidad tarde o temprano se descubriría y la reprimenda a semejante hecho estaba asegurada. Sabía que Joana tenía razón, pero su imperiosa necesidad de volver a casa pasaba por encima de cualquier sueño de triunfar. Necesitaba convencer a Joana para que la orientara y le prestara dinero, pero no se le ocurría cómo podía convencerla hasta que... ¡bingo!

—¿Y si te digo que mi padre es amigo del director del Actors Studio y de Robert de Niro? Si me ayudas te prometo que mi padre te ayudará a ti. ¿Sabes que él quiere que vuelva a casa por Navidad?

Kate había conseguido captar toda la atención de su amiga que, de la impresión, incluso se había quitado sus Ray Ban verde fosforito para no perderse detalle de lo que le acababa de confesar. La cara se le iluminó al escuchar Actors Studio y Robert de Niro, y casi se le sale el corazón por la boca de la emoción de imaginarse comiendo o cenando con uno de sus actores favoritos. Sus ojos se llenaron de lágrimas de la alteración de sentirse tan afortunada, de que la vida le hubiera regalado algo así. Kate, al ver la desmesurada reacción de Joana, estuvo a punto de confesar su mentira, se sentía muy mal por prometerle cosas que sabía que no se cumplirían jamás. No le gustaba, ni le parecía bien, pero se imaginó a su querido Yoda aseverando: «Vive el momento, no pienses, siente, utiliza tu instinto, siente la fuerza». Su instinto le decía que debía seguir con la farsa hasta sus últimas consecuencias, porque solo así podría conseguir estar junto a sus Gotham Girls.

Joana se quedó pensativa, la tentación era de pata de elefante, y tuvo el pálpito de que la decisión que tomara en ese preciso instante podía cambiar su vida para siempre. Kate la respetó; no tenía más remedio que respetar el tiempo de su amiga para acordar si colaboraba o no en su fuga. Joana debía sopesar, y debía hacerlo con su ritual de «¡Encrucijadas de la vida!». Buscó rápidamente en su bolso bolígrafo y papel, trazó una línea vertical y otra horizontal en la parte superior y encabezó una columna con el signo + y la otra con el signo –. Sin alzar la cabeza apenas y con la lengua medio fuera, comenzó a anotar lo positivo y lo negativo de ayudar a Kate, que estaba de los nervios evitando mirar el papel y saber qué columna iba ganando. Estuvo unos diez minutos escribiendo. «¿Por qué escribirá tanto?». Cada minuto que pasaba, Kate estaba más intrigada por leer esa interminable lista de pros y contras; el tema no daba para demasiado análisis, pero Joana seguía rellenando el papel. Para evitar hacer añicos la absurda lista y gritarle a su amiga, comenzó a liarse un cigarrillo; la dejó por imposible y decidió interesarse por el partido. Le costó concentrarse hasta que cayó en la cuenta de que uno de los chicos que le había presentado no paraba de mirarla desde el campo. No estaba del todo segura de si era a ella a quien miraba, pero le divirtió el juego y se dejó llevar. No era demasiado hábil, mejor corredor que dándole al balón; algo desgarbado, torpe, pero gracioso. No acertaba a recordar su nombre, pero le apetecía saberlo. A Kate le gustaba gustar, pero sin que la evidencia rompiera el encanto. No soportaba los comentarios groseros, ni los piropos a pie de obra ni los mensajes románticos de confesión amorosa. Le gustaba la ambigüedad, lo de intuir pero no saber con certeza. Lo de tener novio para ir cogidos de la mano por Central Park le parecía un aburrimiento supino.

—¡Ya está!

Kate la miró esperando una respuesta un poco más clasificatoria que enterarse de que al fin había terminado de escribir la absurda lista. Necesitaba saber si Joana estaba dispuesta a ayudarla sin más.

—Lo haré, pero tenemos que darnos prisa. Debes partir esta misma tarde, para que nadie sospeche antes de que ya estés lejos, ¿sabes? Te haré un plano para que sepas dónde estás en todo momento, y te escribiré algunos teléfonos útiles por si te pasa algo. No te olvides el pasaporte ni el billete de avión, y tendrás que irte con lo puesto para que nadie sospeche. Yo te prepararé una bolsa con víveres para el camino, bebida y chucherías.

—¿Y dinero?

Joana tenía guardados unos doscientos euros en efectivo, la mitad de ese dinero era más que suficiente para que su amiga llegara sana y salva al aeropuerto de El Prat para tomar el avión directo a Nueva York. ¡Ojalá pudiera acompañarla! Joana se sabía el camino de La Muga a Nueva York hasta con los ojos cerrados. Lo había planeado cientos de veces, llevaba años recreando el momento en el que tomaba el tren camino al aeropuerto, llegaba a El Prat y tomaba el avión directo al estrellato. Sentía envidia sana, pero no había llegado su momento todavía, ella lo haría sin clandestinidad y con una despedida por todo lo alto. Ella quería hacerlo como Dalí y Gala. ¡Lo mismo! Y volver a su pueblo en un Cadillac descapotable, pero en vez de negro, lo compraría rosa chicle y sería recibida como lo que era: ¡una estrella!

—¡Joaaanaaa!

Sin quererlo, se había quedado colgada de sus propios sueños, dejando de atender a las necesidades de Kate. Debían simular normalidad ante todos y, en cuanto terminara el partido, despedirse y largarse a La Muga. Había demasiadas cosas que preparar antes de la marcha. Apenas resolvieron los pequeños detalles, el árbitro pitó el final del partido. Joana y Kate fueron las únicas de la hinchada local en aplaudir; habían perdido por goleada y todos se habían enterado menos ellas, que desplegaban euforia por la excitación de la operación «Retorno a NY».

El chico que parecía mirar a Kate se acercó tímido a las chicas, junto con cuatro más, para invitarlas a tomar algo en el pueblo. Joana lo descartó al instante y, sin que le diera tiempo a Kate a pronunciar palabra, ya estaban camino de la motocicleta. Preguntó por su nombre.

—Aleix.

—¿Aleix?

—Es como Alec en inglés, ¿sabes? Alec Baldwin, pero Aleix Camprodon.

Las dos sonrieron y se fundieron por el camino de tierra que divide en dos los campos hasta llegar a La Muga. Se despidieron con las coordenadas hechas e insistiendo en la importancia de simular normalidad. Kate pasó por la casa para coger el pasaporte, el billete y, sin poder remediarlo, también el cepillo de dientes. Una de las pocas cosas que había heredado de su padre era ser escrupulosa con la boca. Necesitaba lavarse los dientes después de cada comida, y como no sabía si podría comprarse uno, prefirió ir sobre seguro.

Gala estaba cabizbaja, la mañana había resultado un fracaso absoluto. La única persona que se había interesado por un antiguo secreter quiso regatear el precio y, ante la sorpresa de Amat, fue ella misma la que se indignó con el intento de rebaja. ¿Es que nadie quería comprar? Sospechó que todo el pueblo estaba compinchado con Amat. Aunque Nalda intentó convencerla de lo contrario, Gala no entendía cómo era posible que unos muebles a esos precios no se vendieran.

Marc y Adele habían sido nombrados los responsables de preparar la gran mesa desplegable para el picnic de la comida. Colocaron ocho sillas alrededor y fueron a buscar un gran mantel que les prestaba Agnès del restaurante. Amat había encargado un pequeño *catering* a Agnès, sabía que el día iba a ser largo y prefería disfrutarlo con una pequeña fiesta en familia.

A las dos en punto, Jacinto y Agnès llegaron con la furgoneta y desplegaron un sinfín de platos calientes y fríos; botellas de vino, cervezas, refrescos. A las dos en punto comenzaron a llegar curiosos al lugar, más tentados por probar una copita de vino que por comprar antigüedades. Gala fue la primera en devorar; la toma de decisiones y el aburrimiento le habían despertado el apetito. Adele y Marc engulleron las delicias de Agnès al instante; después de pasar parte de la mañana en la cabaña del árbol compartiendo intimidades, como la colección de cromos de dinosaurios y animales prehistóricos de Marc, necesitaban repostar energías. Adele estaba sobreexcitada por quedarse en Navidades, y deseaba volver a cocinar con Marc y Agnès las cosas ricas de aquella tierra; sobre todo ¡los dulces! A Marc le apetecía cualquier cosa con tal de estar al lado de Adele. En la familia sospechaban que al pequeño le había picado al fin el bicho del amor. Desde que llegó la americana, no había querido ver a ninguno de sus amigos, ni siquiera que fueran a La Muga a conocer a su nueva amiga; la quería solo para él, y desde que se levantaba hasta que se acostaba, se pasaba las horas con ella o hablando de ella. Los demás observaban divertidos cómo Marc andaba con la adrenalina alterada, experimentando, desde la inconsciencia más inocente, las mieles del primer amor. Estaban convencidos de que a la pequeña le ocurría lo mismo, porque cuando se les observaba desde una distancia prudencial se podía apreciar un halo de luz sobre ellos; una sutil burbuja de energía que los envolvía, protegiendo la pureza de su amor.

Gala era una de las pocas personas, si no la única, que no se había dado cuenta de lo que le estaba sucediendo a su hija pequeña. Ella misma estaba experimentando una metamorfosis y era muy complicado atinar con el superfiltro de madre que lo capta todo a la velocidad de la luz cuando lo tienes lleno de suciedad. Hacía unos meses que tenía el radar estropeado, no solo para sus hijas, sino en general para su vida. Cuando a alguien inseguro le llenan de sospechas difíciles de comprobar, no solo la autoestima sino también los cimientos sufren un severo desgaste. Los años no habían cumplido con Gala como con el resto; siempre había creído que daban experiencia y seguridad, pero en ella surtían el efecto contrario. Cuantos más cumplía, menos seguridad tenía y podía permanecer menos tiempo mirándose en el espejo. Como cuando uno se deja el pelo largo y en el proceso parece que nunca llega, y de repente… ¡la gran melena! Gala tuvo la misma abrupta sensación consigo misma y con cómo había cambiado.

Un día cualquiera, en apariencia nada distinto al resto, se miró al espejo y se dio cuenta de que apenas podía sostenerse la mirada. Era como si no soportara lo que estaba viendo reflejado, que no era otra cosa que ella misma. ¿Cómo era posible? Salió del baño tratando de no darle importancia, pero no pudo evitar volver a mirarse con la taza de café en la mano. Sostuvo la mirada los suficientes minutos como para percatarse de su propia fragilidad; se dio cuenta por primera vez del agujero, del pequeño vacío que hacía tiempo compartía existencia con ella. No se trataba de ser o no feliz sino de un sentimiento más profundo llamado ¿plenitud? Jamás se lo había planteado, pero cuando el agujero aparece, lo cambia todo y, si la metamorfosis no se realiza desde las entrañas de uno mismo, algo tan sutil como perverso llamado melancolía te inunda hasta devorar tu propio ADN.

Gala no era consciente de todo ese peligro, pero comenzaba a serlo de su estado similar al de un gusano de seda en proceso de mutar, de convertirse en otra cosa distinta de lo que es. La transmutación no es algo que se elija sino que nos viene de serie por existir, lo mismo que de la vida y la muerte, no podemos escaparnos de las transmutaciones. Algunas las engulles como si fueran papilla, mientras que otras pueden agujerearte el estómago.

Dolor no era exactamente lo que sentía, pero sí un tremendo ardor en el estómago desde hacía meses. No digería igual, pero aunque sufría las consecuencias, seguía empeñada en comer lo mismo. Agnès se percató de ese hecho el primer día que la vio, pero quiso estar segura antes de confirmar el diagnóstico y la certeza había llegado viéndola engullir en soledad, sin apenas sentarse. No eran los alimentos la causa de su malestar, no era la velocidad en el masticar ni la cantidad ingerida. Todo estaba relacionado con el disfrute; Gala no sabía, no entendía ni era capaz de practicarlo y, aunque durante muchos años su cuerpo tolerara su ausencia, comenzaba a mostrar síntomas de la carencia. Lo mismo que con las vitaminas, Gala necesitaba dosis de disfrute, practicarlo cada minuto del día; desde que se levantaba hasta que se acostaba, pero ¿sabía lo que era?

Nalda se acercó a La Hechicera con su plato de *mongetes i botifarra*; los días que su amiga se encargaba de los alimentos, ella se saltaba las verduritas y la comida sin sal. Aunque intentaba masticar, era incapaz de no devorar con avidez las exquisiteces, la ansiedad del propio disfrute se apoderaba de ella. Con la boca llena y tragando al mismo tiempo, sabía que su amiga había establecido un diagnóstico; tenía esa certeza porque, cuando sucedía, Agnès se permitía un premio: un pedacito de azúcar. La Hechicera se había cortado un diminuto triángulo de pastel de zanahoria y a punto estaba de hincarle el diente. Las dos abuelas se retiraron con sendos platos y la boca llena a una de las esquinas para proceder a la confesión.

—*No en té ni idea de gaudir, saps?*

—*N'estàs segura?**

Agnès afirmó con rotundidad, llevándose una doble cucharada de pastel de zanahoria a la boca. Nalda abrió los ojos y aseveró haber entendido la gravedad del asunto. Gala necesitaba aprender la importancia del disfrute para dejar la lucha, el sufrimiento, el estado de confusión tan letal para su persona y su propio entorno. No hay peor arma de destrucción que el propio rechazo vital. Gala no estaba en ese punto, no era su diagnóstico, lo suyo era un problema de filtro, de escucha, de permeabilidad con el entorno y transmutación de sus emociones.

—*Jo la veig molt fràgil, saps?***

La Roja estaba preocupada, no terminaba de confiar en Gala. A veces simplemente se pierde la partida y hay que aprender la lección y no rebelarse. No podía permitirse gastar energía, no iba sobrada… Después de un tiempo se ponía en marcha otra vez el CÍRCULO y, más que por una cuestión o por alguien que lo marcara, el destino había lanzado solicitud y petición. Nalda se resistía,

---

* —No tiene ni idea de disfrutar.
  —¿Estás segura?
** —Yo la veo muy frágil.

pues ser la nieta de una fundadora no era suficiente razón para ella, necesitaba ver algo más, necesitaba creer. Sabía que estaba traicionando con esas palabras a su gran amiga Amelia, pero el Círculo era algo muy sagrado y no debía mostrarse a cualquiera. Agnès sabía que no sería fácil reunirlas a todas, y mucho menos convencerlas. Pero estaba segura de que Gala era motivo suficiente para convocarlo; esa tierra también le pertenecía a ella, y La Roja en el fondo lo sabía, pero su miedo de madre estaba confundiendo su claridad mental. La Hechicera había sentido, como Nalda, latir de nuevo el corazón de Amat, saliendo de su estado de congelación. Mientras que su amiga intentaba ahuyentar la tormenta, Agnès estaba convencida de que la flor terminaría germinando. «¡El diente de león nunca falla!». Quien a cuyo paso se abre y se evapora transmutándose en angelitos dispuestos a conceder deseos es un ser bendecido por el amor, sea cual sea su estado. Amat era uno de los afortunados, al fin se había roto el maleficio y comenzaba a surtir efecto el buen hechizo del amor. Nalda soportó tan poco el tema de conversación como sostener un plato vacío de comida en pleno festín. Perdiendo todas las formas, por sus propias ansias de engullir y la incomodidad de la conversación, desapareció a media frase de Agnès.

Al levantar la vista, se dio cuenta de que la convocatoria comenzaba a ser el éxito que Gala había deseado. Más de cincuenta personas curioseaban por el pajar, vaso de vino o cerveza en mano, deseando hacerse con algún mueble. Gala y Amat no daban abasto en atender, Kate les ayudaba a desgana pero lo hacía por disimular, tal y como le había ordenado Joana. Marc y Adele se habían colocado en el mostrador de cobro, sentados en dos taburetes, esperando con ansia la primera venta.

Gala no le quitaba ojo a Amat porque estaba convencida de que era capaz de encarecer los muebles con tal de que nadie comprara. No se fiaba de él y, a la que podía, se pegaba como una lapa para escuchar si cambiaba los precios marcados por otros más elevados. Pero el pajar se llenó de posibles clientes deseosos de ser atendidos que le impidieron hacer de sombra todo el rato. A pesar de la lejanía y la imposibilidad de escuchar, Gala seguía sin perderlo de vista, no disimulaba, lo hacía con descaro porque quería dejarle claro que no confiaba en él. Amat se cruzó divertido varias veces la mirada con ella, sabía lo que estaba pensando y acertaba en sus sospechas. A cada cliente que acudía interesado por un mueble, le cuadruplicaba el precio; Kate, sin saberlo, hacía lo mismo, puesto que con tal de no cruzar palabra con su madre se los preguntaba a Amat. Era un juego peligroso, porque Gala podía enterarse fácilmente, pero merecía la pena arriesgarse.

Úrsula y su hijo Pau no quisieron perderse uno de los eventos del año en el pueblo. En pocas ocasiones había colgado el cartel de cerrado en la tienda, y esa bien lo merecía. Pau no estaba interesado en las artimañas de su madre, la acompañaba porque le gustaban las fiestas y había quedado con un par de amigos de la ciudad. Era el soltero del pueblo, y todos sabían que era de los mismos gustos que su tío Josep *El Impotente*. Sabía lo que su madre pensaba del tema, sabía lo mucho que había dicho sobre su propio tío y, por eso, siempre terminaba por inventarse novias falsas, amigas suyas que iban con otras mujeres, pero que le hacían el favor de cenar con él y su madre una noche simulando algo más que amistad. Al cabo de unos meses anunciaba la ruptura y volvía a estar soltero hasta que, para no levantar sospechas, pedía otro favor. Con el tiempo y sin más amigas a las que recurrir, decidió contratar a prostitutas a las que, en vez de sexo, les pedía una cena con él y su madre. La Guapa estaba recibiendo de su propia medicina: todo el pueblo hablaba a sus espaldas y, más que criticar, se reían de ella, pues nadie podía salir de su asombro cuando, lejos de percatarse, presumía de que su hijo era un donjuán.

Agnès la divisó de lejos, con su bastón de cabeza de león y sus calcetines negros más arriba de la rodilla. Se alegró de ver a Pau, ese chico le caía bien, pero sufría por los teatrillos que cada dos meses montaba con la complicidad de medio pueblo y la ceguera de su madre. A pesar de haber encontrado la vía para vivir y sentir según su corazón, no le parecía justo que un alma tan pura como Pau no pudiera ser compartida en su totalidad. La Hechicera cruzó una mirada de complicidad con él desde la lejanía; acababa de saludar a uno de sus amigos de la ciudad. Agnès y Pau se miraron con mensaje; él también era de esos a cuyo paso los dientes de león se descubrían en decenas de angelitos. Era fácil distinguir, simplemente se necesita tomar distancia y achinar los ojos para ver las burbujas de luz blanca protegiendo la pureza del amor. Pau y su amigo estaban protegidos, como Adele y Marc y como algunos otros afortunados en el pajar. Úrsula no tenía la sensibilidad para captar en esa frecuencia, hacía demasiado tiempo que había decidido darle la espalda y vibrar en otra onda; por suerte para su hijo, porque había perdido el don de diferenciar un teatrillo de un amor de verdad.

—¿Doscientos cincuenta euros solamente? Me la quedo. Y la mesa redonda de roble... ¿Trescientos? También me la quedo... ¿Me podría decir el precio de la librería del fondo?

Al fin había dado con los clientes acertados. En menos de media hora y a cada precio que preguntaban se lo adjudicaban sin tan siquiera dudarlo. Era una pareja de mediana edad que cuchicheaba sin parar al oído, riéndose divertida con las compras de la tarde. Lo que comenzó como euforia por las ventas, terminó en sospecha: ¿de qué se reía aquella pareja? ¿Quiénes eran? ¿Qué iban a hacer con todos esos muebles? Al tiempo que proseguían con la visita al pajar, Gala intentó saber de ellos, descubriendo que eran unos anticuarios de Barcelona que se habían enterado de que VellAntic hacía subasta. Creyéndola una extrajera que había contratado Amat para que le ayudara con la subasta, se abrieron en canal. No daban crédito a los precios de los muebles, estaban convencidos de que Amat había decidido cerrar VellAntic para irse de La Muga, como cuando era joven. Si no era por una razón similar, la muerte de La Xatart lo había trastornado.

—Esa mujer era muy extraña, ¿sabes? Apenas saludaba a nadie, él siempre era el que atendía. Ella solo observaba y señalaba con sus largos dedos.

En un exceso de confianza y falta de consideración hacia la difunta, la pareja se sobrepasó en los detalles sobre Amelia Xatart, VellAntic y Amat. El vino se les había subido a la cabeza y les había soltado en exceso la lengua; aunque lo intentó, le fue imposible sostener la situación sin que la rabia le llenara el estómago. Después de media hora de agravios y burlas hacia su abuela, haciendo tremendos esfuerzos de contención para ejecutar la venta, no pudo evitar dinamitar la operación en su fase final. Cuando estaba a punto de cobrar todo el importe de la compra con la tarjeta de crédito, ante la atenta mirada de Amat, Adele y Marc, Gala explotó.

—Amat, *please*, corrígeme si no lo digo bien, ¿vale?

Amat afirmó con la cabeza sin saber a qué se refería Gala.

—¿Está bien dicho por qué no te metes tu tarjeta de crédito en el culo y te largas de aquí?

No solo Amat se quedó petrificado sino que, por unos instantes, el pajar se convirtió en iglesia. Todo el mundo dejó casi de respirar ante el repentino grito y el contenido del mismo que Gala había lanzado con todo el poderío de sus pulmones. Conseguida toda la atención de la mayoría de los presentes, y ante la falta de reacción de la pareja, repitió la frase con la misma entonación y exactamente el mismo volumen.

—He dicho que por qué no te metes la tarjeta de crédito en el culo y te largas de aquí.

Amat fue el primero en reaccionar, devolviéndole la tarjeta de crédito con una media sonrisa e invitándoles a abandonar el pajar bajo la atenta mirada del resto. Uno de ellos hizo un amago de protesta, pero prefirió salir de allí cuanto antes para evitar mayor humillación.

—No sé cómo permites a una empleada semejante humillación. Debe de follarte mu…

No pudo ni terminar la frase, porque el puño izquierdo de Amat bateó con fuerza su boca hasta casi partirle un diente por semejante atrevimiento. De inmediato se hizo un corrillo y unos cuantos consiguieron separar a la pareja para evitar una desagradable pelea… Medio magullado, escupiendo sangre y sostenido por su amiga, salieron del pajar dando voces bajo la atenta mirada del resto.

Nada más cruzar el portón, Amat fue a buscar un vaso de plástico, se lo llenó con un buen Forgas y, levantando el brazo, invitó al resto a brindar con él. El primero en levantar la copa tardó, pero provocó una reacción en cadena. La mayoría alzaba su vaso, esperando saber el motivo del brindis. Desde el suceso, Gala se había quedado sin habla ni cabeza, pues como si de una avestruz se tratara la había escondido, intentando paliar la tremenda vergüenza que sentía por la escenita que acaba de protagonizar. Todo el mundo permanecía en silencio, esperando el brindis. Adele quiso levantar su vaso de limonada, pero Kate se lo impidió con mirada de fuego.

—Sé que ella no querrá unir mi copa a la suya, pero quiero brindar por ella, por lo que todavía es. ¡Mi socia! Gala Xatart.

Todos la miraron mientras ejecutaban el brindis sin entender un ápice de lo que estaba sucediendo. Gala no se atrevió a mirar, mucho menos a brindar, pero tenía claro que la subasta de muebles, por el momento, se daba por concluida.

Kate, a diferencia de su hermana, no terminaba de procesar el comportamiento de su madre. Había dejado escapar una venta de más de seis mil euros y lo había hecho perdiendo todas las formas. Ni la entendía ni compartía su decisión; estaban en ese pueblo por dinero y ese momento había sido lo más cerca que habían estado de conseguirlo. Le habría encantado protestar, montarle una escena, pero se contuvo para pasar desapercibida e impedir que nada ni nadie estropeara su plan. En menos de dos horas estaría fuera de ese maldito pueblo, lejos de su madre y su recién estrenada faceta de montar numeritos al estilo de los italianos de Nueva Jersey. Miró a su hermana, que brindaba con Marc, y por un momento tuvo la tentación de confesarle su plan para evitar que se preocupara, pero se contuvo al recordar las severas palabras de Joana: «¡Ni a tu hermana! ¡A nadie!». Adele le devolvió la mirada y, a contrapelo, se abalanzó sobre ella para abrazarla con fuerza y decirle lo mucho que la quería. Adele solía hacerlo, solía achucharla y decirle a todas horas que la quería, pero ese abrazo fue especial. Aunque supiera que se encontrarían a la vuelta, Kate sintió por primera vez miedo a aventurarse sola. «¿Y si le ocurría algo malo?». Dejó pasar ese maldito pensamiento, abrazando con fuerza a su hermana pequeña y creando, sin que lo supiera, una nueva burbuja de protección.

Al cuarto pitido agudo del tren, para informar de la próxima parada, Kate tenía el oído izquierdo perforado. Por si las moscas, había decidido sentarse en el asiento más cercano a una de las puertas; sobre él había uno de los altavoces de los que salía ese terrible pitido minutos antes de llegar a la siguiente estación. Hacía casi una hora que el tren se había puesto en marcha, saliendo de Figueres destino a la estación de Sants en Barcelona. Joana se lo había anotado todo en un plano perfectamente ejecutado, a prueba de incompetentes. Hasta el más tonto, con su mapa, sería capaz de llegar al aeropuerto de El Prat sin dudarlo. Estaba todo explicado, paso a paso, y con una claridad meridiana. Kate solo tenía que seguirlo al dedillo y, en menos de tres horas, llegaría a destino.

Se habían despedido como si Kate se fuera a la guerra, Joana la había abrazado con lágrimas en los ojos y promesas de ser una tumba.

—Ni aunque me torturen, contaré nada. ¡No te preocupes!

Se abrazaron varias veces, más que por Kate, por la necesidad de Joana de infundirle valor a su amiga. Mientras esperaban a que llegara el tren, escondidas en una esquina y ocultas con unos sombreros para evitar ser reconocidas, Joana le repitió hasta memorizarlas todas las etapas hasta llegar a El Prat. Kate deseaba estar ya metida dentro del tren y acabar con las escenas con elevadas dosis de drama de su amiga, pues más que pasar desapercibidas eran el centro de atención de los pasajeros que esperaban en el andén por los arrumacos y los aspavientos de Joana. Kate reconocía estar nerviosa, era la primera vez que se alejaba de su madre sin su consentimiento y en un país desconocido. Aunque no era miedo lo que sentía, sí tenía cierto respeto mudo por el atrevimiento. Al fin y al cabo era una adolescente recién estrenada que lo máximo que había hecho era pasar una semana de colonias en Kay West, llevada entre algodones por la escuela.

Viajar sola, sin que lo supiera nadie, excepto una persona que había prometido no confesar ni bajo tortura, comenzó a provocarle cierta impresión. Los pasajeros, más allá de ser simples ciudadanos, comenzaron a parecerle seres amenazantes. El miedo aprovecha cualquier rendija de debilidad para colarse dentro y, cuando lo consigue, es capaz de convertir cualquier situación anodina en la escena de un crimen. Kate reconoció el miedo en sus entrañas, porque sus pulsaciones se habían acelerado y estaba a punto de llorar; no podía montar una escena, pero el hombre de enfrente, que por aburrimiento había decidido no dejar de mirarla, la estaba transportando a una película de miedo en la que ella podía ser la siguiente víctima. Llevaba una parka, las manos metidas en los bolsillos y auriculares en las orejas. Mascaba chicle al ritmo de su música, lo mismo que su pierna izquierda. Kate necesitaba pensar en un plan por si aquel hombre decidía sacar una navaja de uno de sus bolsillos y apuñalarla allí mismo. Lo que para la mayoría sería absurdo, cuando el miedo te posee, las hipótesis más infundadas, como la de Kate, se vuelven verosímiles. Después de media hora rezando y evitando llorar, pensó incluso en moverse de sitio, pero lo descartó para evitar cualquier reacción de su potencial asesino; casi se orina encima cuando, a la altura de Sant Celoni, el susodicho se levantó con brusquedad y pasó rozándola para darle al botón verde y bajarse del tren. ¡Fin de la historia!

Kate respiró, sudando del susto; aquel hombre, inmerso en su música y su chicle, se había despistado y por poco se pasa de estación. ¡Fin de la historia! Kate se pasó el resto del trayecto hasta llegar a Sants recuperándose del sobresalto.

Según plano y plan, debía comprar un billete que la llevara directa al aeropuerto. Apenas había gente en la estación; algunos mochileros sentados en el suelo esperando su destino y algunas familias listas para pasar las Navidades fuera de casa. La compra en taquilla fue fácil y sin preguntas. Miró la hora y el enorme panel con las horas de salida y llegada de los trenes. Fue fácil localizar el suyo, el primero con destino final al aeropuerto de El Prat; andén 4, salida a las ocho en punto. Prefirió esperar sentada en un banco del mismo andén que pasear por esa estación de aspecto gris, sin apenas tiendas y carente de atractivo. Nada que ver con la Grand Central Terminal de Nueva York, uno de los lugares preferidos de Kate; le apasionaba su majestuosidad, disfrutaba contemplando el esqueleto, las tripas de ese espectacular edificio. Joana le había contado que era la estación de tren más grande de la ciudad y, sin embargo, le parecía una de segunda o tercera categoría. No podía creer que no dispusiera de wifi gratuito o de cargadores para móviles universales en cada esquina; apenas dos tiendas de ropa, cuatro restaurantes y una pequeña librería, tienda de *souvenirs* y *snacks* varios. ¿Cómo podía ser la estación principal? Observando el lugar, comenzaba a entender por qué Nueva York era considerada una de las mayores y mejores ciudades del mundo. Sentada en un banco, comiéndose una bolsa de patatas fritas con sabor a jamón que le había metido Joana como parte del avituallamiento, se sintió extrañamente orgullosa de ser americana, bueno, ciudadana de los Estados Unidos de América, para ser exactos. Fue la primera vez que apreció el patriotismo, y se asustó de sí misma. Si hubiera nacido en los sesenta, habría participado en las manifestaciones contra la guerra, se habría encadenado medio desnuda a un árbol y suplicado el fin de Vietnam. ¡Adoraba los sesenta! Libertad sexual y de pensamiento. Una de las cosas que no soportaba de su padre era su superioridad, esa ceguera que le hacía sentirse por encima de todos. Ser patriota siempre había sido para ella un recurso de los mediocres que necesitan reafirmarse, sentirse de un grupo para creerse alguien. Si ella tenía que ser patriota, lo era de sus Gotham; sabía que ellas nunca la obligarían a participar en una guerra o morir por ellas. Sin embargo, pudo comprender lo que la soledad y la distancia con el hogar pueden provocar en alguien; ella jamás había pensado que llegaría a sentirse ¡americana! Se sonrió de sus propios pensamientos y siguió engullendo patatas mientras observaba la llegada de pasajeros que, como ella, esperaban el tren.

Llegar al aeropuerto fue mucho más sencillo de lo que había imaginado, ahora tan solo restaba esperar a que saliera su avión, nada menos que cerca de quince horas de espera y unos cuantos euros para entretenerse. No era mucho, pero suficiente para tomarse una buena hamburguesa con Diet Coke y patatas fritas.

Ubicada en la terminal A, la de vuelos internacionales, decidió rastrear primero la zona antes de llenar el estómago. Tenía muchas horas por delante, poco que hacer y mucho que esperar. Caminaba como si anduviera de tiendas, arrastrando los pies, con las manos en los bolsillos, deteniéndose a observar cada escaparate. Era cierto que lo interesante estaba dentro, pero debía esperar unas cuantas horas a pasar por la aduana. No quería despertar sospechas y nadie o casi nadie acude al aeropuerto quince horas antes de que salga su avión. Ella era una menor y debía ser más cautelosa; Joana le había aconsejado que se maquillara en uno de los baños para simular ser un poco mayor y no dar tanto el cante; le había dejado una bolsita con maquillaje del barato; colorete y pintalabios por si decidía seguir al pie de la letra con su plan. Joana había hecho de su huida el guion perfecto para una película, y estaba convencida de que, si se saltaba algún paso, no lograría salir de España.

Siguiendo el plan de su amiga, entró en el primer baño y se dispuso a convertirse en una chica mayor de edad. Se miró en el espejo y, frunciendo un poco el ceño, se autorreafirmó con una pequeña sonrisa. Estaba despeinada y desprendía estilo propio: pantalones anchos, camiseta dos tallas más grande, chaqueta con capucha y cremallera de color naranja y sus Converse en rosa y piel marrón. ¡Se gustaba! Pero no estaba demasiado convencida de que el plan de su amiga de maquillarse fuera con ella; jamás lo había hecho, algunas de sus amigas sí, pero no confiaba demasiado en su habilidad como para bordarlo a la primera. Observó cómo, al otro lado del espejo, una chica de unos veinticinco años se disponía a retocarse. Kate miró la bolsita de plástico con maquillaje de crema con esponjita y espejo incorporado, pintalabios y colorete. Estaba claro el orden, pero no la técnica. Tomó la esponjita y recordó que podía ser tan fácil como cuando pintó en acuarela. Debía concentrarse en su cara y dar maquillaje de forma homogénea; así lo hacía su compañera de baño y lo había visto en cientos de películas. ¡No podía ser tan difícil! El paso siguiente era el colorete, dos o tres brochazos cerca de los pómulos y sobre las mejillas y... ¡los labios! Se acercó un poco más al espejo para atinar y no pasarse de la línea, lo mismo que en pinta y colorea, pero más difícil. ¡Se salió! ¿Cómo se limpiaba sin parecer una yonqui? Al intentarlo tres o cuatro veces, solo consiguió empeorarlo; parecía un mapache con la pintura corrida. ¡Estaba espantosa! ¿Cómo podía solucionarlo? La chica de enfrente atendía divertida a la escena de Kate y sus pinturas. Al verla en un apuro con los labios, no pudo evitar sonreír. Kate estaba muy graciosa sin pretenderlo y muy apurada, porque no sabía cómo corregir y no empeorar. Se cruzaron la mirada y Kate aprovechó para suplicar clemencia a la chica que, sin pensárselo dos veces, decidió darse la vuelta y colocarse a su lado.

—¿Quieres que te ayude?

Kate bajó los brazos, puso una mirada compasiva y se dejó hacer, confiada en que peor que estaba no la iba a dejar. A todos los «¿quieres un poco de...?» decidió dar el consentimiento; prefirió decir que sí a todo lo que le sugería que preguntar «¿qué es?». Estaba un poco avergonzada, nunca antes se había pintado y se sentía extrañamente vulnerable. Aquella chica la trató con dulzura y apenas le preguntó más que su nombre y, en menos de cinco minutos, con un simple ¡lista!, la dejó como una buena puerta. ¿Lista para mirarse al espejo? No sabía si quería hacerlo o prefería salir corriendo sin verse y seguir con el siguiente paso del plan: ¡comer! Estaba segura de que le iba a horrorizar; a su amiga Jersey le encantaba pintarse las uñas y los labios de rosa, y siempre se había negado a todas sus proposiciones de hacer lo mismo con ella. Le gustaba la gente al natural; las pinturas, lejos de sofisticar, vulgarizaban a las personas. A ella no le gustaba cuando su madre se maquillaba, sino cuando salía de la ducha; le insistía siempre que estaba mucho más guapa sin tanto potingue, y la conversación siempre terminaba con un «Cuando seas mayor… ¡no pensarás lo mismo!». ¿Por qué las mujeres se maquillan y los hombres no? Su madre se lo había explicado cientos de veces, pero no terminaba de convencerse. «Cuando seas mayor… ¡no pensarás lo mismo!».

Allí estaba ella, frente al espejo de un baño público de un aeropuerto, experimentando por primera vez ser una mujer maquillada. Después de agradecer a su salvadora su mano benedictina, se acarició la piel para sentir su tacto con esa capa de crema que lo cubre todo. ¡Sus espinillas! ¡Habían desaparecido milagrosamente! Sus ojos parecían mucho más redondos… Se acercó al espejo algo desconcertada, buscando su anterior yo y no la capa de disfraz que llevaba puesta. Después de observarse un buen rato, llegó a la conclusión de que el maquillaje no encajaba con su manera de vestir. ¡Si nunca había visto una Barbie grunge o rapera era precisamente por algo! No estaba segura de que con esa pinta llamara menos la atención que antes, era como haber perdido la armonía, como si de repente llevara un foco encendido sobre ella. No se gustaba, no era ella, y estaba muy insegura con su nuevo yo. ¿Debía moverse, mirar, comportarse de manera diferente? Miró de reojo para comprobar si las mujeres que entraban en el baño fijaban su mirada en ella, apenas un par la observaron como quien observa a un niño sacándose los mocos. Que el resto la ignorara completamente le recompuso la seguridad lo bastante como para abandonar el baño y seguir con el plan.

Nada más salir, le sorprendió que el móvil le sonara sin parar. ¿Zona wifi gratuita al fin? Lo sacó de la mochila y comprobó que tenía más de veinte mensajes de WhatsApp. No sabía si debía leerlos, estar conectada podía complicar las cosas. Joana no le había dicho nada al respecto, y era precisamente ella la que le atiborraba a mensajes. ¿Por qué le escribía sin parar?

¡Eh! ¿Cómo vas? ¿Llegaste a Sants?
¿Estás en el aeropuerto?
¿Todo bien?
¿Te gustaron las patatas al jamón?
¿Te has maquillado? Manda foto, please!!!

Joana estaba rompiendo las reglas, no debía escribirle ni establecer ningún tipo de contacto con ella. Al menos eso es lo que siempre decían en las películas cuando alguien quiere desaparecer sin dejar rastro. En cambio, su amiga no había podido evitar querer saber su paradero en todo momento. Se pensó si contestarla hasta que vio el último mensaje que la descompuso por completo.

Kate, no vas a poder salir del aeropuerto!!!!!
No tienes autorización para volar sola… No caí, ¿sabes?
Aquí ya están preguntando por ti…
¡Vente!
¿Estás bien?

Cerró el WhatsApp sin haber asimilado el error de cálculo; la metedura de pata, el no haber sido capaces de pensar en el detalle más importante: ella era menor de edad y los menores no viajan ni salen de un país sin autorización. Se dispuso a llamar a su padre, pero de inmediato canceló la llamada sin tiempo a dar tono; estaba segura de que su padre, aunque la apoyaba en casi todo, en ese caso la obligaría a volver con su madre.

Se negó a abortar el plan al primer obstáculo, necesitaba una Diet Coke y sentarse a pensar. Estaba segura de que había un modo de tomar el avión y ella sería capaz de encontrarlo. «¿Por qué en las cafeterías de los aeropuertos hay tan pocas mesas?». No había mesa disponible, pero sí sillas vacías y, como buena ciudadana de Nueva York, lejos de importarle, le parecía habitual compartir mesa con extraños. Prefirió a ser posible una mujer, y se decantó por una de la edad de su madre con cara mustia y pocas ganas de hablar. «¡La compañera perfecta!».

—¿Puedo?

La mujer despegó la mirada de la pantalla del móvil y, con un leve repaso, afirmó con la cabeza sin pronunciar palabra. A Kate no le importó la escasa simpatía que desplegó la mujer, ni le incomodó estar más de un cuarto de hora en silencio. ¡Lo normal! Compartir mesa no significaba compartir conversación, al menos para ella, pero no todos entienden el mismo código, y estaba claro que esa mujer no era de las suyas. Al rato de terminar con el móvil, se dedicó a examinarla al dedillo y sorber con esmero lo que parecía que era… ¿un *gin-tonic*? Kate no era experta en bebidas, pero sí en películas y, por lo del limón y el líquido blanco, podía tratarse de un *gin-tonic*. La mujer se pasó un buen rato mirándola y esperando a que Kate levantara la cabeza o la mirara directamente a los ojos; pero no pensaba hacerlo porque NO tenía la mínima intención de hablar con ella. Siguió evitando su mirada, aunque de poco le sirvió.

—¿Viajas sola?

—Sí.

Intentó ser lo más desagradable que pudo para cortar en seco la conversación, pero el primer intento fue fallido.

—Igual que yo… Mmm… ¿Vas muy lejos?

—A Nueva York.

Había cruzado los brazos en señal de «no me interesa hablar contigo» y desviado la mirada en plan «¡eres muy pesada!», pero la mujer de ojos tristes la había tomado con ella. Kate se había arriesgado y, lo mismo que cuando tomas un taxi, puede salirte rana lo de compartir mesa; cada cierto tiempo das con el pesado que no atiende a señales y, en contra de tu voluntad, te sumerge en una conversación.

—¿No tienes miedo a viajar sola? ¡Qué valiente! Yo voy a hacerlo por primera vez, ¿sabes?

No le apetecía someterse al interrogatorio de una extraña, pero tampoco tenía un mejor plan alternativo hasta que se le ocurriera cómo tomar el avión. Tenía muchas horas por delante, no estaba dispuesta a volver a La Muga y, en casos como esos, pensó que mejor acompañada por una medio loca con tanta pinta de haber huido de su casa como ella.

La examinó por primera vez, intentando dar con la clase de vida que llevaba. Le gustaba observar y las Gotham solían decirle que tenía el don para adivinar a las personas. Aquella mujer triste que nunca había viajado sola y que bebía para olvidar era para Kate de las de manual fácil. «O la han dejado o se le ha muerto alguien o ha cometido un delito. ¡Fin de su historia!». Realizado el análisis mental, procedió a preguntar para comprobar la certeza de su veredicto.

—Yo vuelvo a casa, ¿y tú?

—Yo… me voy lo más lejos que se me ha ocurrido o lo primero que se me ocurrió. ¡Da igual! Bueno, en realidad no sé por qué me voy, ¿sabes? Si te digo la verdad, creo que me estoy escapando.

¿Escapando? Aquella mujer parecía haberle leído la mente. ¡A ella! No era posible tanta coincidencia; ella también viajaba sola y, como ella, se había escapado, pero ¿de qué? Lo suyo estaba claro: de su aborrecible madre, pero…

—Un adulto ¿de qué se escapa?

Fue la primera vez que la vio sonreír, por unos segundos se le iluminó el rostro y parecía otra mujer. Le había hecho suficiente gracia su pregunta como para abandonar su desdicha y brindar a su costa, o a la de su pregunta. Le respondió, sin dejar de mirar su copa, que los adultos tenían muchos más motivos que los niños para huir, pero no siempre se permitían hacerlo.

—Cuando te haces mayor, un día te das cuenta de que… ¡simplemente te han engañado! O lo que es peor… ¡te has engañado! ¿Me sigues?

Apenas entendía de lo que hablaban, pero permanecía atenta, porque era la primera vez que una mujer, de la edad de su madre, no la hablaba como a una niña, sino como a una adulta. De lo que no se daba cuenta Kate era de que aquella mujer, más que hablar con ella, lo estaba haciendo consigo misma, en un soliloquio sin sentido de lo que hemos venido a hacer en la vida y de si merece la pena. Lo que no sabía Kate es que, al principio de sentarse, esa mujer le habría gritado que se largara, pero que antes le pidiera otro *gin-tonic* al camarero de su parte; lo que no sabía Kate es que esa mujer apenas sabía cómo se llamaba. Kate no sabía nada de aquella mujer, pero la estuvo escuchando, mientras sentía cómo su móvil no dejaba de vibrar. Aprovechando una pausa que hizo para beber, se sacó el móvil del bolsillo y descubrió decenas de mensajes de Joana y de… ¡su madre! Aquella mujer seguía hablando sola, había perdido el hilo de lo que le estaba contando, se había quedado petrificada al ver los mensajes de su madre. Antes de abrirlos, rezó para que Joana no hubiera confesado y roto el pacto.

—*Kate, where are you? Where the hell are you?*[*]

Finalmente había conseguido que su madre le volviera a hablar en inglés, pero por todo lo demás aquel mensaje eran muy malas noticias. Su búsqueda había empezado y no confiaba demasiado en que su amiga mantuviese la boca cerrada por mucho tiempo. Aquella mujer seguía hablando, ni siquiera se había dado cuenta de que llevaba un rato sin escucharla; odiaba cuando los adultos hacían eso de ponerse a hablar y olvidarse del otro. Sabía que cuando ocurría era mejor dejar que terminara más que interrumpir; decidió concentrarse en ella y buscar una salida a su fuga frustrada. Lo más inteligente era comenzar a pensar en cómo salir ilesa de su deserción, concentrarse en cómo evitar un castigo de los que ella llamaba interminables.

—Bueno… Será mejor que cruce el control ya, no vaya a arrepentirme… ¿Te vienes?

A Kate le hubiera encantado, pero ese seguía siendo su problema: ¡pasar el control sin autorización! Estaba rabiosa por saber que debía darse por vencida, que debía abandonar la fuga.

—¿Estás bien?

—Yo también me he fugado.

Se le escapó, no quería decirlo, pero la frase se le coló entre los labios sin poder evitarlo. La mujer volvió a sentarse en la silla, extrañada por la confesión de última hora: y trató de comportarse como lo que era también: una madre.

---

[*] —Kate, ¿dónde estás? ¿Dónde demonios estás?

—¿Qué edad tienes?

—Trece.

—¿Te has fugado de casa?

—No exactamente.

Kate decidió contarle la verdad a aquella desconocida. Todo estaba perdido y necesitaba desahogarse con alguien antes de llamar a su madre y soportar la interminable bronca. Su teléfono seguía vibrando sin parar, pero necesitaba tomarse su tiempo antes de dar señales otra vez.

—¿Cómo te llamas?

—Kate.

Las dos se quedaron en silencio. Kate, al mismo tiempo que furiosa, se sentía avergonzada por lo que había hecho. Sabía que su madre, su padre, su hermana, estarían muy preocupados por ella, pero en el fondo le daba igual la preocupación si no les importaba su felicidad. Ella necesitaba volver a Nueva York y jugar las eliminatorias y olvidarse de esa maldita herencia de su madre. Ella quería decidir su vida y no que otros lo hicieran. Ella, como el hijo de esa mujer, eran dos adolescentes, enfadados con el mundo, porque nadie les había explicado que las cosas no duran para siempre y que no siempre se es dueño del propio destino. Nadie les ha contado que la vida gira sin que uno pueda controlar la dirección, y que más que rebelarse, hay que aceptar el nuevo rumbo y disfrutar de lo que llegue. Aquella mujer comprendía muy bien lo que le sucedía a Kate, y por ello respetaba su silencio, su tiempo para coger el móvil y llamar a su madre para contarle la verdad. Aquella mujer, con todo el amor que encontró, le explicó a Kate que los adultos lo hacen lo mejor que pueden, porque ser adulto es igual de complicado que ser niño. Kate la escuchó sin levantar la mirada del vaso vacío de Diet Coke; le contó que ella también era madre de un chico adolescente, Yago, y que hacía unos meses que él había decidido dejar de hablarle.

—No puedes llegar a entender lo que se sufre cuando un hijo deja de hablarte…

Kate la miró y descubrió que estaba llorando, descubrió parte de su secreto; la razón por la que se iba tan lejos; por la que viajaba sola por primera vez. Las dos se miraron nuevamente en silencio, pero con la ternura de dos desconocidas que han compartido confesiones. Aquella mujer miró el reloj, sabía que debía marcharse, se acercaba la hora de embarque. Kate miró el móvil, treinta y siete mensajes de WhatsApp; decidió no abrirlos y llamar directamente a su madre. Hacía tiempo que no sentía la terrible necesidad de escuchar su voz; ella era tan solo una niña y le asustaba pensar que, como aquella mujer, algún día su madre se fuera lejos de ella y despareciera para siempre. El teléfono comenzó a marcar al mismo ritmo que el corazón de Kate, apenas dio tiempo a dos latidos…

—*Mooom…?*

—*Kate… I'm coming, please, don't move, ok? Don't move!*[*]

Aquella mujer se giró para contemplar a Kate una vez más; para observar desde la distancia la reconciliación en-

---

[*] —¿Maamáa?
—Kate… Ya voy, por favor, no te muevas de ahí, ¿vale? ¡No te muevas de ahí!

tre una madre y una hija; para soñar, para imaginar que a su vuelta podría sucederle lo mismo. La vio secarse las lágrimas y sonreír al tiempo, el amor de madre e hija y viceversa es capaz de provocar eso y mucho más. Todavía le quedaba aterrizar en Barajas antes de tomar el avión con destino a Bali. Aún estaba a tiempo de olvidar toda aquella locura. Al pie de las escaleras mecánicas, contempló a la chica por última vez y, agradeciéndole el encuentro, le dedicó la mejor sonrisa que, dado su estado, pudo encontrar. Al pasar el control se dio cuenta de que, después de casi dos horas hablando con ella, ni siquiera le había dicho su nombre. Se detuvo en seco y, entre susurros, lo pronunció para después perderse entre la gente.

—Álex, me llamo Álex.

VI

Llegar a la casa en la que nací y sentirme como una hija pródiga… ¡Me habría gustado! Pero la abuela, apenas me abrió, se dio media vuelta y subió las escaleras sin pronunciar palabra. En esos años, la vida la había tornado más enjuta, le había salido algo de chepa, caminaba algo más despacio, pero su mirada de fuego seguía siendo la misma.

La primera noche la pasé sentada en el sillón orejero sin atreverme a cruzar más allá. Me sentí una forastera en las mismas paredes que me vieron nacer. No había sido invitada, ignoraba si había una habitación disponible y no eran horas para andar preguntando o revolviendo en la casa. No pude dormir; a duras penas me concentré en detener mi corazón indómito, preso de sobreexcitación por saber que mi hijo estaba otra vez conmigo; por imaginármelo durmiendo a pocos metros de mí, por la necesidad de abrazarlo, de mirarle a los ojos, de olerlo y comérmelo a besos.

Todos habíamos cambiado. Había pasado demasiado tiempo desde la última vez que lo había visto antes de emprender el viaje a la feria de antigüedades; antes de que lo arrancaran de mi vida. Cerraba los ojos e intentaba imaginarme al hombrecito; ya había cumplido 13 años y, a buen seguro, dado el primer gran estirón. Aquella noche de insomnio tuve tiempo para darle un repaso a mi vida, para detener el reloj y echar la vista atrás. Lloré a mi hermana, ni siquiera le había dado tiempo al llanto y al dolor por la pérdida; me costó, porque la cáscara de la traición de haberse llevado a Román lejos de mí seguía muy dura. No podía perdonarla, ni en todo ese tiempo quise hacerlo, pero aquella noche, en ese sillón y rendida a su ausencia eterna, me permití escarbar en su propia vida: un sacrificio por amor, una mentira que la arrastró hacia el desastre. Demasiado joven para dejar de ser… ¿Habría conseguido ser feliz esos años? Logró estar con Damià, pero criar a Román no resultó ser fácil; ser una madre a la sombra, guardiana de un secreto que, de desvelarse, rompería el hechizo y descubriría su vida postiza, obligada a construirse en un suelo que entierra mentiras. Sentada en el sillón orejero, le agradecí su esfuerzo y le supliqué entre sollozos de silencio que me perdonara por haberme enamorado de un Nacional, por ser una inconsciente y quedarme encinta con tan solo 15 años sin encontrar el valor de enfrentarme a mis propias circunstancias y asumir la responsabilidad y el rechazo de la familia y de todo un pueblo. Le pedí a mi hermana Marta que rezara por mí, que me permitiera contarle a Román la verdad, pues la mentira se había bañado en tragedia y debía ahogarla antes de que provocara más daño.

Aquella noche decidí que había llegado la hora de enfrentarme a mi destino y desvelarle a Román mi verdadera identidad. La abuela estaba mayor y era el momento de tomar las riendas de la familia. ¿De qué viviría? Me asaltó el terror de no ser capaz, de no saber ser el sustento. No teníamos tierras, ni más propiedades que esa casa y un pajar medio derruido por los estragos de la guerra y décadas de abandono. En esos años en Francia, me había cultivado en el mundo de las antigüedades, había aprendido a diferenciar las joyas entre montañas de morralla. Antoine fue un hombre generoso que me abrió su caja de Pandora para que aprovechara conocimientos y me convirtiera en su discípula. Lo hice, fui presentada en sociedad, conocí a los mayores inversores de arte, los mejores restauradores, los compradores de antigüedades más selectos y todos los mercados donde encontrar baluartes, diamantes en bruto, piezas únicas de un valor incalculable. Antoine me enseñó a apreciar el paso del tiempo, a disfrutar de lo añejo, a valorar la experiencia y la artesanía. Viajé con él a Londres, recorrimos Italia y me enamoré de Florencia. No he vuelto a pisar esa ciudad museo, esa belleza de mármoles y esculturas, pero esa noche soñé con volver y mostrársela a Román algún día. Pensar en ello ahora me causa dolor; jamás la conoció y, haciéndome presa del dolor de su ausencia, sería capaz de no volverla a pisar, de olvidarme de Florencia, de no viajar, incluso de respirar solo lo necesario para volver a dar aliento al ser al que más he querido y menos he podido tener: ¡mi hijo!

Me cuesta hacerme a la idea de que lo he perdido para siempre, ¿sabes? Lo he perdido tantas veces —por mi abuela, mi hermana y, luego, por tu madre y el amor— que ahora me cuesta pensar que la muerte se lo haya llevado y no me lo devuelva nunca más. No me canso de llorarlo y enfurecerme por no haberle contado esa verdad que tanto se merecía. Sé que la rabia es mal nutriente y gran consumidora, pero por el momento me es imposible que atraviese siquiera mi garganta. No he digerido su muerte ni todas las decisiones que tomé por su bien, por el mío, por el de los demás. Jamás sabré si me equivoqué a mi regreso, al no hacer lo que aquella noche de insomnio me prometí: terminar con esa ficción, dejar de simular y empezar a vivir. Pero, nuevamente, el destino me puso entre las cuerdas y me rendí ante él.

Román era tan solo un crío al que comenzaba a sombrearle el bigote. Un niño magullado, enfadado con el mundo por haberse llevado lo que más quería: sus padres. Al dolor de esa pérdida, se sumaba que le arrancaron de un plumazo su vida, sus amigos, el lugar donde quería seguir viviendo y, sin poder decidir por sí mismo, volvió a La Muga. El Román que yo vi era otro Román, que me daba la espalda, que me miraba con furia y rechazaba mi compañía. Estuve días sin entender esa ira hacia a mí, pensé que era propia del dolor de una pérdida tan injusta y, en parte, fue esa la razón, pero también que volvía a una tierra que no solo había abandonado sino que creía que lo había abandonado. ¿Puede un niño de ocho años comprender que su adorable tía esté cinco años sin hablarle, sin ir a visitarle ni siquiera llamarle por su cumpleaños? Una nueva mentira se forjó para dar comprensión a mi repentina ausencia: «Román, la tía Amelia se fue a Francia y nadie sabe de ella». Así fue como él sintió el primer abandono en su vida: ¡el mío! La vida nuevamente se mofaba con zarpazos de crueldad, pues no tuve el coraje de la réplica; al fin y al cabo, su historia y la mía es una historia de abandono. ¡Qué más da que lo fuera al nacer y no cuando tenía ocho años! Vi en sus ojos la furia, el dolor de haber sido abandonado por alguien a quien amaba, a quien adoraba; vi en sus ojos que la verdad solo conseguiría construir una muralla indestructible entre los dos, y nuevamente la silencié. No deseaba vivir lejos de su amor y sabía que, con el tiempo, podría perdonar a una tía que lo abandonó para irse a Francia por amor, pero jamás a una madre que ni siquiera en el parto le dio un abrazo.

Aprendí a ser una madre vestida de tía y ganarme con el tiempo su cariño y su complicidad. Fueron años difíciles, no estaba preparada para cuidar, educar y mucho menos lidiar con un adolescente herido. La adolescencia es una lucha constante, un periodo donde la energía, el ímpetu, el exceso y la intensidad gobiernan tu vida, y el resto aguanta el envite como puede. Yo era apenas una mujer de veintiocho años, sin experiencia para llevar una casa y reconducir a un niño en proceso de transformarse en chaval. Fue uno de los momentos más difíciles de mi vida, porque debía encontrar mi tarea, el trabajo u oficio que diera sustento y dinero a la familia. Los Brugat me dieron trabajo en el campo, la tragedia conmocionó a La Muga y todos nos cuidaron en su medida. La abuela se encargaba de la casa y yo, hundiendo mis manos en la tierra, de traer las monedas. El único hombre, Román, en la escuela, con peleas, magullado pero, con el paso de los días, recomponiéndose. Necesitaba dejar de ser una labriega y apuntar más alto para darle un futuro mejor a mi hijo. Por las noches, pensaba en penumbra qué rumbo tomar, incluso pensé en abandonar La Muga, pero alejar a la abuela de esa tierra era señalarle el camino de la muerte. Abandoné la idea de salir de allí para hacer fortuna y decidí comerme el orgullo y llamar a Antoine. Le ofrecí mi pajar, mi poca tierra para montar un taller, un lugar donde almacenar y reparar las joyas que él encontraba. En España, la mano de obra era de céntimo y las ganancias serían mayores. Antoine necesitó dos semanas para responderme, dos semanas de tormento y vigilia que respeté por saber que esa era mi oportunidad. Aceptó el ofrecimiento. A fin de cuentas, Antoine antes que amante era comerciante, y la oferta era tentadora. Perpiñán y La Muga apenas están separados por veinte kilómetros; pertenecen a dos países distintos y establecerse en los dos era ampliar miras y ser pionero en España, un país que ese año terminó con el aislamiento europeo y entró a formar parte de la ONU. Antoine aceptó porque vislumbró mucho mejor que yo las posibilidades de negocio; era mucho mayor que yo, un liberal mujeriego que, desde que cumplió los veinte y heredó el negocio familiar, decidió beberse la vida, pero amasando una fortuna.

Con paciencia, muchas horas dedicadas y la ayuda de algunos del pueblo, pude arreglar el pajar y convertirlo en un taller de reparación de muebles. Antoine, las veces que venía, dormía en una zona del pajar; jamás entró en la casa; él no quiso, yo sí, pero la abuela no lo consintió nunca. El pueblo estuvo servido de rumores con nosotros. Según el cura, el mismo que había casado a mi hermana con Damià, vivía en pecado; yo hacía mucho que había renunciado a entrar en el reino de los cielos y me rendía a otros reinos, de la tierra y de los bajos fondos. Antoine me ayudó a salir del pozo de nuevo, no me amó en exclusividad, tampoco se lo pedí... En realidad, nunca lo amé lo suficiente como para quererlo en exclusividad. Mi amiga Nalda no lo encajaba, pero siempre me preguntaba si todos los franceses eran tan abiertos en el sexo como lo era Antoine. Nalda era antiFranco, como casi todos en esas tierras, pero ¡francófila!

De golpe, su abuela había dejado de escribir, dejando varias páginas en blanco en el cuaderno. Entre las hojas, una pequeña fotografía de Amelia con Román, a las puertas de la casa. Gala aguzó la mirada, centrándose al máximo en su padre, que debía de tener la edad de Kate. Iban vestidos de domingo. «¿Adónde se dirigirían?». Gala descartó la misa de los domingos, porque su abuela le acababa de confesar su escasa devoción; su padre llevaba los zapatos lustrosos, pero por el balón que sostenía con su brazo derecho, poco faltaba para que los llenara de polvo. Después dc examinar al detalle a su padre, trasladó el foco a su abuela y volvió a quedarse sin aliento al comprobar el increíble parecido físico con ella. Eran como dos gotas de agua, como una misma persona en dos épocas distintas. Gala sintió un escalofrío recorriendo su cuerpo; nunca había experimentado la extraña sensación de verse desdoblada que sintió al reconocer su extraordinario parecido. Que así fuera la hacía sentirse más cercana a Amelia, a la que ni siquiera había conocido, pero a la que comenzaba a percibir terriblemente. Deseó subir al desván y rebuscar más fotografías para verse, para verla y encontrar más allá del parecido físico, seguro que gestos similares. Pensó en su propia madre y en la tortura de ver crecer a su propia hija convertida en la mujer a la que repudió y mató antes de tiempo. No era un motivo ni una razón, pero podía tratarse de la causa por la que su madre y ella jamás pudieron intimar; llegar a tener la complicidad esperada entre madre e hija. El extraordinario parecido físico de Gala con la madre de su difunto marido podía haberse convertido en algo imposible de soportar sin sentir rechazo por su propia hija. A Gala, en cambio, ese descubrimiento le provocó el efecto contrario, cada día se sentía más imantada a su abuela, más unida desde la inconsciencia.

Cerró el cuaderno y respiró profundamente con la intención de sentir la pureza de ese aire. Miró los castaños, desnudos de flores y hojas, pero desplegando sus ramas deseosas de alcanzar el cielo. La inmensidad de la naturaleza en su aparente quietud la embriagó de una paz jamás sentida con tanta consciencia. Volvió a concentrarse en la respiración y la propia sensación placentera le dibujó una fina sonrisa. Quiso retener ese instante mágico, alargarlo, exprimirlo hasta dar con la esencia de ese nuevo perfume. Gala sintió cómo sus tripas se habían modificado, cómo sus entrañas estaban deseosas de expandirse hasta, como raíces, unirlas a esa tierra. Se incorporó del banco, sentía la necesidad de andar, de fundirse con el paisaje, de repetir el mismo camino que hizo su abuela cuando volvió a por su hijo, pero al revés. De La Muga a Castelló d'Empúries, apenas tres kilómetros y medio.

Kate, que estaba con Adele y Jow cuidando a los caballos, vio a su madre caminar sola y alejarse por la vía principal del pueblo. Sin pensárselo dos veces, salió en su busca; desde que llegaron del aeropuerto, no había querido hablar con ella; apenas le preguntó, simplemente volvieron en coche ella, su madre y Amat en silencio. Por extraño que pareciera, la echaba de menos, necesitaba hablar con su madre, explicarse y volver a disculparse por el dolor causado. La cara descompuesta de Gala en el aeropuerto, con el cuerpo doblado por la imposibilidad de sostener tanto mal sentir, no podía olvidarla. Jamás la había visto así de desnuda, así de expresiva con lo que le ocurría. Gala era una Marlborough y guardar las formas era lo más importante. Pero la mujer que la fue a buscar al aeropuerto no parecía una Marlborough, no parecía su madre.

Gala se giró al oír pisadas de cerca; al reconocer a su hija mayor, apenas hizo esfuerzos para esperarla; prosiguió su paseo en soledad, obviando la presencia de Kate que permaneció a su lado en silencio. Las dos caminaron en compañía del ruido de sus propios pasos, contemplando los prados y los campos de maíz en los márgenes del camino. Era un día frío pero de una claridad que permitía contemplar con prismáticos las casas de los pueblos dispersos entre las montañas. Kate intentaba buscar con la mirada la complicidad de su madre, que seguía perdida en sus pensamientos y en los cultivos. Aunque en silencio y sin intercambiar palabras, Kate se sentía más cerca que nunca de Gala. Deseaba hablar con ella, aunque todavía sentía rabia de tener que pasar las Navidades lejos de casa.

Tomasa y Francisca tocaron el claxon al pasar frente a ellas con el coche. Gala y Kate alzaron los brazos para devolver el saludo. En pocos días, se habían habituado a esa cotidianeidad de saludar siempre. Vivir en una gran ciudad te hace cerrar compuertas y caminar en el hermetismo de creerte invisible para los demás; apenas fijarte en los vecinos del edificio, y mucho menos en los del barrio. En una semana, no solo los del pueblo sino también los de otros pueblos, las conocieran o no, siempre las saludaban, incluso algunos se paraban a charlotear unos minutos. Esa tierra comenzaba también a acostumbrarse a las recién llegadas y despertaba en ellas la curiosidad por explorar y conocerla mejor.

Anduvieron todo el trayecto sin mediar palabra; Kate distraída en sus pensamientos, con sus intentonas de dar con cobertura para el móvil y tratando de encontrar la frase perfecta para romper el hielo con su madre. Gala, en cambio, había entrado en una especie de trance, buscando reconocer sensaciones que su abuela pudo sentir al recorrer el mismo camino que ella. Intentaba en cada respiración atrapar cualquier sentimiento, cualquier amago de placer o disgusto. Aunque no intercambiara palabra con ella, pasear con su hija la hacía feliz, la miró con disimulo y de reojo, le gustaba esa paz recién hallada.

Kate y Adele apenas habían compartido con Gala el descubrimiento de que la difunta pasara de ser tía abuela a abuela. Adele, mucho más sensible que su hermana, prefirió no remover demasiado el lodo, pues intuía que aquel descubrimiento no iba a ser el único. A Kate le había impresionado la noticia y desde entonces miraba la casa de La Xatart con otros ojos. Aquella tierra era un poco más de su madre y de su hermana y de ella; un pensamiento que cada vez que le sobrevenía lo ahuyentaba por miedo a alejarse de su hogar, de su casa: ¡Nueva York!

Llegaron al pueblo vecino de La Muga, Castelló d'Empúries, pero no se detuvieron hasta llegar a las puertas de la imponente iglesia de majestuoso portón central. Kate y Gala se pararon a lo lejos para contemplarla; nunca había sido una apasionada de la arquitectura, pero parecía habérsele despertado un interés por lo antiguo; Kate, en cambio, se dedicó a contar los adoquines de piedra que revestían el suelo de la gran plaza. A los laterales, un pequeño porche con terrazas y gente; desconocidos disfrutando de las vistas, resguardados del frío bajo una estufa champiñón. A Kate le divirtió el contraste, lo viejo con lo moderno; te hacía recordar que en esas callejuelas que habían consentido combates a duelo, romances a escondidas, persecuciones y asesinatos, las piedras permanecían intactas, sosteniendo el paso de los años sin perder un ápice de majestuosidad. Echaba de menos a su hermana, seguro que Adele le hubiera añadido historias a cada paso por esos callejones estrechos, de subidas y bajadas, propios del medievo, de cuentos de príncipes y princesas o de espadachines como D'Artagnan. Mientras imaginaba a su hermana, su madre, pillándola completamente desprevenida, le tomó la mano y la apretó con fuerza sin dejar de contemplar la iglesia. Kate había olvidado lo que puede llegar a reconfortar eso, la mano de su madre sobre la suya; la seguridad en forma de corriente gustosa te recompone llenándote de susurros que te recuerdan lo única y especial que eres. Sintió ganas de ir a más y abrazar allí mismo a su madre, pero se contuvo por una mezcla de orgullo y vergüenza.

—¿Te apetece un chocolate caliente?

Comenzaba a ganar fuerza la teoría de Kate de que su madre estaba mutando, pues cada día que transcurría en La Muga descubría matices que nunca antes había visto en ella. Se dio cuenta, con la taza entre las manos, de que, de tanto que habían caminado, el frío indiscreto había calado en sus huesos. Gala sacó de su bolso el cuaderno de su abuela y lo depositó sobre la mesa, bajo la intrigada mirada de su hija. Kate no quería romper el silencio, no se atrevía a ser indiscreta, no estaba segura de si la tormenta había pasado o se encontraban todavía en fase de formación de los nubarrones antes de que el aguacero descargara. Gala miró fijamente el cuaderno, lo hojeó delante de su hija hasta encontrar la fotografía de su padre y su abuela que había contemplado horas antes en soledad. Sin hablar le dio la vuelta para que Kate pudiera examinarla. ¡Era cierto! Su madre era igual que la mujer de la fotografía, su... ¿bisabuela?

Kate era desapegada con los orígenes, como su padre; el doctor Frederick siempre consideraba que los orígenes son raíces que, en la mayoría de los casos, solo sirven para convivir con malas hierbas. Tiene dos hermanos a los que hace años que no ve y, solamente cuando se acuerda, llama para felicitar la Navidad. Poco más y poco menos; ni siquiera sintió ni expresó en público o en privado dolor por la muerte de su propio padre. Kate no le conocía apenas, pero le sorprendió no ver en su padre una lágrima de afectación. Estaba con él en casa jugando al ajedrez cuando recibió la noticia. Lo llamaron al móvil, apenas unas palabras y colgó. Sin hablar, como era su turno movió pieza, luego Kate, y así permanecieron hasta el jaque mate. Inmediatamente después de que cayera el rey, su padre soltó la frase: «*Your grandfather is dead*».* Lo dijo sin despegar la vista del rey blanco caído y, con un leve suspiro, se levantó sin más. «*I'm going to take a shower. Be ready in an hour to leave home, please*».**

Los orígenes, la familia...

En esta tierra parecía que todo eso importaba mucho más. Su amiga Joana, que andaba pidiéndole per-

---

* «Tu abuelo ha muerto».
** «Voy a darme una ducha. Estate lista dentro de una hora para salir de casa, por favor».

dón por las esquinas por haberla traicionado al romper el pacto de silencio, le contó que los linajes de campo se respetan y cuidan. Su abuela Julianne siempre estaba con los Marlborough a todas horas y, en cuanto podía, te recitaba el árbol genealógico hasta el siglo XVIII. Pero no era tanto por orgullo de sentimiento sino por pertenecer a una casta de las privilegiadas familias que fundaron la capital de Nueva Inglaterra. Eran conceptos distintos de respeto por la familia. Joana adoraba a su abuela Tomasa, pues aunque cascarrabias, era una mujer que lo había sacrificado y hecho todo por la familia. Era la gran matriarca, porque las mujeres, desde tiempos inmemoriales, son las gobernadoras, las conquistadoras, las herederas de la tierra. A ellas, le contó Joana, se les ha rendido siempre pleitesía, respeto y, como en muchas tribus, se les ha consultado toda iniciativa importante o decisiva en la vida.

—Algún día, cuando sea mayor, me gustaría pertenecer al Círculo de ancianas. Es secreto, ¿sabes? Mi abuela Tomasa es una de ellas...

Kate recordaba cómo Joana le había contado lo de esas reuniones y el poder de unas abuelas que, para ella, solo eran eso, abuelas octogenarias y... basta. No podía imaginarse a su abuela Julianne en una de esas reuniones y mucho menos que ella o su madre le fueran a consultar si debía ser una Roller Derby o si su madre montaba un negocio. A Kate le resultaba curiosa esa forma de vivir y respetar a los mayores, tenía mucha más lógica que mandarlos a un asilo o simplemente ignorarlos.

—Si la experiencia cuenta para acceder a un trabajo mejor... ¿Cómo no va a contar que lleves más años en la tierra?

Su amiga Joana lo tenía muy claro y por eso adoraba a su abuela y era su confidente y mayor apoyo en su sueño de ir a Nueva York a triunfar. Ella, en cambio, jamás le había consultado nada a Julianne porque nunca estaba disponible para ella a no ser que fuera para ir de compras, manicuras o a probar un nuevo restaurante. Estaba claro que vivir en el otro lado del charco hacía el enfoque bien distinto y, en Nueva York, no había demasiado tiempo para la familia y, mucho menos, conversaciones alrededor de la chimenea.

—Me habría gustado conocerla.

Se había olvidado de que su madre seguía congelada sosteniendo la fotografía de su abuela y su padre para que Kate la contemplara. Se había perdido en pensamientos y apenas le había dado tiempo de reparar en la imagen, más allá del excepcional parecido de la mujer con su madre. No estaba segura de si debía añadir algo al comentario de su madre o permanecer en silencio. Tampoco sabía qué decir... tampoco su madre fue más allá, volvió a mirar la fotografía y la metió de nuevo en el cuaderno.

—Kate... ¿tú me quieres?

La pregunta la pilló por sorpresa. ¿Cómo no iba a quererla? ¡Era su madre! Nunca se había planteado esa cuestión, y tampoco entendía por qué su madre se la formulaba. En esa familia apenas se hablaba de sentimientos, y mucho menos se expresaban, ni en público ni en privado. ¿Qué debía contestar? No sabía mucho lo que significaba querer, todavía era una niña y, si querer significaba desear estar tiempo con su madre, hablar de sus cosas y convertirse en dos buenas amigas, la respuesta debía de ser que no mucho. Ella era feliz con sus amigas, y su madre era su madre, una mujer muy distinta a ella a la que la mayoría de las veces no comprendía. Tenían pocas cosas en común más allá de ser madre e hija, pero no sabía si debía responder eso, o ser como siempre le habían dicho, políticamente correcta. La verdad no debe esconderse, pero tampoco revelarse en exceso.

—Sí, eres mi madre…

Apenas sabía qué más responder, no le apetecía demasiado esa clase de conversación; nunca lo habían hecho, y no sabía por qué debía comenzar a hacerlo en esa plaza medieval con una gran iglesia presidiendo el encuentro.

—De haber podido, ¿te habrías ido con tu padre a Nueva York?

Estaba preparada para enfrentarse a la bronca, a la reprimenda por su intento de fuga, pero no para mantener una conversación al respecto. No quería hablar de su padre y de su madre, no quería estar en medio de ellos y, mucho menos, opinar o tener que elegir entre uno u otro. Los hechos definen, y estaba claro, con solo observarla, que respetaba mucho más a su padre que a su madre, y aunque no recibía apenas cariño por parte de Frederick, sí libertad de acción.

—¿Por qué nunca quieres estar conmigo?

Comenzaba a sentirse incómoda con aquellas preguntas. No quería responder, porque sabía perfectamente que iba a meter la pata hasta el fondo. Que aquella conversación, más que arreglar las cosas, podía empeorarlas, pero su madre parecía dispuesta a seguir con el interrogatorio hasta obtener respuestas. ¿Era tan importante saber de boca de su hija que la rechazaba?

—¡Kate! ¿Piensas quedarte callada?

Sabía que no había otra que mantener *esa* conversación. ¿Tenía otra salida? No se lo pensó, ni siquiera lo procesó, simplemente lo soltó.

—No quiero ser como tú.

Esas palabras atravesaron el corazón de Gala y la hirieron de desconcierto en lo más profundo. ¿Qué había querido decir su hija? ¿Por qué tanto rechazo? De las dos, Kate era la que más se parecía físicamente a ella; a medida que iba creciendo, era mayor la semejanza. ¿Podía eso provocarle rechazo? No se esperaba una respuesta tan contundente, tan corta, pero tan rotunda. Dudaba si repreguntarle o dejar las cosas como estaban. Era consciente de que sentarse a hablar con una adolescente era arriesgarse a recibir zarpazos justos o injustos y sin anestesia.

—¿Ser como yo?

No pudo evitarlo, necesitaba saber lo que su hija mayor realmente pensaba de ella, cómo veía a su madre y por qué nunca conseguían hacer de madre e hija ni un solo día. Kate mantenía la cabeza gacha, no era capaz de mirar a su madre y soltar la rabia en forma de palabras.

—Una… hum… cobarde.

¿Lo había escuchado bien? Kate apenas lo había soltado en forma de susurro, apenas había sido un leve rugido acompañado de exceso de aire. «¿Cobarde? ¿Así era como su hija mayor la veía?». Era consciente de que nunca le había mostrado respeto, pero ¿cobarde? Aquello la había descolocado, ella se consideraba una mujer con empuje que incluso se había atrevido a cruzar el océano sola para resolver una herencia de una desconocida. ¿Cobarde? Desde hacía unos años estaba precisamente dándole sentido a su vida con la necesidad de montar un negocio, ser autónoma y no convertirse en un ama de casa rica que se va de compras y a los salones de belleza con las amigas todas las semanas. ¿Cobarde? No quería convertirse en una mujer esclava del físico y, en más de una ocasión, había discutido con Frederick y su insistencia de meterla en un quirófano para ciertos retoques. Se rebelaba a ser moldeada a gusto de su marido, a convertirse en una mujer más de plástico que de carne y hueso, como su propia madre. ¿Cobarde?

—¿Cobarde?

Kate no quería que llegara ese momento; hacía muchos años que lo había descubierto y sabía que su madre lo sabía, y la semiodiaba por eso. No la entendía, no quería ser como ella y no quería ser ella la que le dijera cómo dejó de respetarla el día en que ellas dos llegaron temprano a casa y se encontraron a su padre con una mujer a la que jamás habían visto, tomándose una copa de vino. Ese día Kate tenía 11 años, pero suficiente edad para saber que su padre no solo bebía vino con aquella mujer. El silencio de su madre, cómo agachó la mirada ante el brindis espontáneo y juguetón de su padre y aquella mujer fue lo de menos. Lo que Kate no pudo perdonar a Gala fue que las obligara a aceptar como parte de la normalidad las idas y venidas de Frederick; que mintiera a sus propias hijas para ocultar la verdad; los viajes de trabajo, las ausencias dejándolas con la cena preparada, evidenciaban que su padre estaba con otras mujeres, con todas las que podía y quería, y que su madre lo consentía y trataba de normalizar la situación con mentiras, excusas y mirando a la derecha o a la izquierda pero jamás al centro. A Kate le habría gustado no entrar ese día con su madre en casa y ver la realidad con tanta nitidez. Durante un tiempo apenas habló con su padre, le odió por ir con otras, pero poco a poco comenzó a sentir rechazo por su madre, por no comprender cómo bajaba la cabeza y hacía como si oyera llover; por cómo con los años se había construido una vida imaginaria y había obligado a sus hijas a vivir allí dentro. Kate odiaba los lunes de pizza, odiaba tener que sentarse a la mesa con su padre y su madre y simular que eran la familia perfecta; odiaba formar parte de esa estirpe en la que, por encima de todo, estaba el decoro y el dinero. Por eso ella amaba ser una Gotham Girl; todo lo opuesto a ser una Donovan Marlborough; y rechazaba todo lo que tenía que ver con eso. A su padre apenas lo veía, no tenía conversación, pero por lo menos no se ocupaba ni preocupaba por darle lecciones de vida; no se ocupaba y... ¡ya está! Pero su madre... su madre no era más que una ¡cobarde!

—¿Dónde va a pasar las Navidades papá?

Gala sintió un nudo en el estómago, una presión en el pecho que le impedía respirar. Tragó saliva con dificultad y soltó el aire a bocanadas. Esa inocente pregunta escondía todo lo que su hija mayor quería responderle a su última pregunta: ¿Cobarde? La humillación es una aguja muy fina con la que terminas autoperforándote si no te enfrentas a ella. Sin proponérselo, había llegado la hora de hablar de lo que siempre trató de silenciar, de borrar su huella, de pasar por encima sin plantearse ir más allá. ¿Debía hablarlo con su hija? Estaba claro que Kate era consciente de esa fractura, esa fisura en cualquier momento podía hacer pedacitos la imagen de la familia perfecta. No lo eran desde hacía muchos años; pero mientras la mierda no flotara, habían decidido, cada uno por su lado, silenciarlo. ¿Cobarde? Le hubiera contado cientos de sutilezas a su hija para que dejara de concebirla como una cobarde, pero en el fondo sabía que tenía razón. En el fondo soportaba la humillación de ser una mujer compartida, de ser una más y simular ser la única por el bien de la familia. ¿Qué demonios significaba el bien de la familia? El maldito statu quo, el no saber qué hacer sin Frederick, el miedo a criar a las hijas sola y no convertirse en el reflejo de su propia madre, que hizo de la amargura su compañía. Asumir que te has equivocado, que debías haber tomado el camino de la izquierda y no el de la derecha que todos señalaban es asumir que tu propia vida hace aguas. Gala no estaba preparada, pero nunca se hubiera imaginado que tal retención o sumisión de una vida que no es la soñada la habría conducido a ser repudiada por su propia hija.

Kate no sabía cómo salir de esa situación, ella era tan solo una adolescente y no debía vivir cosas de los mayores. Intentaba buscar una salida a seguir hablando de su madre y su cobardía, necesitaba salir de allí como fuera. Gala había hundido la cabeza por el frío repentino de cuando a una la desnudan, la dejan sin defensas, ni excusas y le muestran el camino con un golpe seco. Su hija lo acababa de hacer sentada en aquella terraza con un cerco de chocolate alrededor de toda la boca. La observó con disimulo; seguía siendo una niña, pero sufría como una adulta.

—Tu padre... Tiene trabajo, ya lo sabes...

Kate levantó la cabeza para mirar con la rabia de tener que comerse una nueva mentira, de simular de nuevo normalidad y jugar juntas al juego de construir la familia perfecta para ellas y para el resto. Gala había elegido no contestar a su hija con la sinceridad que se merecía; era todavía una niña y, aunque mordiera con colmillos afilados, no se merecía recibir de su misma medicina. ¿Acaso habría soportado escuchar que su padre prefería irse de viaje con una de sus amantes a viajar para estar con su familia? No quiso abrir la caja de Pandora, que estaba pidiendo a gritos ser abierta y liberarlos a todos.

—¿Puedo ir a ver la iglesia?

Ambas sabían que a Kate no le gustaban las iglesias ni las cosas antiguas. Ambas sabían que estaba buscando cerrar una conversación que no debía haber empezado nunca. Kate se levantó y se fue alejando sin mirar atrás, no quería volverse para que su madre viera que las lágrimas se habían apoderado de ella. Era tan solo una niña y había aprendido a reconocer el dolor en la mirada y, aunque la repudiara, no podía aguantar ver a su madre hundida, consumida por la culpa, la humillación y la mentira. Habría preferido echar a correr calle abajo y no parar hasta llegar a La Muga para que Joana la reconfortara con alguna historia de las abuelas del pueblo. Pero no tuvo otra opción que cruzar el gigantesco arco que coronaba el portón de entrada. Dio un par de pasos y, reticente a avanzar, se detuvo para recuperarse de la conversación vivida y silenciada que acababa de tener con su madre.

—¿No te vas a santiguar?

Kate se giró algo temerosa por saber quién le había susurrado al oído y descubrió al chico que no dejaba de mirarla en el campo, mientras intentaba torpemente meter algún gol. Estaba justo detrás de ella con dos bolsas de plástico llenas de compra, una amplia sonrisa y jadeando por el esfuerzo de la carrera que se había echado al verla desde lo lejos entrar en la catedral.

—Es la catedral de estas tierras, ¿sabes? La catedral del Ampurdán.

Intentaba recordar su nombre, era algo parecido a Alec, como Alec Baldwin, pero a veces se trastabillaba con los nombres de ese lugar.

—¿Quieres que te la enseñe? Me sé toda su historia… . Me gusta la historia, ¿sabes?

Kate no tenía nada que perder y, por supuesto, nada mejor que hacer. Aquel chico le caía simpático porque, aunque lo intentaba, no podía evitar ser torpe. Nada más comenzar la visita, se le rasgó una de las bolsas y se le rompieron casi todos los huevos que llevaba. Kate se moría de risa y él de vergüenza, intentando resolver aquel desagravio que podía acabar en expulsión por sacrilegio.

—No te rías, romper unos huevos dentro de la catedral puede costarnos la expulsión, ¿sabes? ¡Ayúdame si no quieres que nos echen!

Kate no podía parar de reír; a ella le parecía lo más divertido del mundo una expulsión, pero al chico torpe le estaba provocando un mal trago. No entendía de herejías, ni de profanaciones, pero en todo caso para que no los quemaran en la hoguera, le prestó su mochila para que recogiera el resto de paquetes de la bolsa rota y lo más rápido posible abandonaran el terreno mancillado con cáscaras, yemas y claras.

El chico la llevó hasta los bancos de oración para poder recuperarse del agravio, secarse el sudor y que sus mejillas bajaran el rubor. Kate lo observaba aguantándose la risa, pero al tiempo sintiendo cierta ternura por él. Un chico de su edad en Nueva York poco tenía que ver ni con su aspecto ni con su comportamiento, más propio de épocas anteriores al siglo XXI.

—¿Sigues queriendo que te enseñe la catedral?

Lo dijo con voz de apuro y cierta vergüenza por su torpeza; Aleix no era muy espabilado, más bien tímido y, con las chicas, solía tener las manos y los pies de mantequilla. Deseaba enseñarle a Kate sus conocimientos de historia, hacerse valer, mostrarse en algo de lo que se sentía seguro... Kate era diferente de todas las chicas a las que había visto en su vida; desde que se la presentaron, no había dejado de pensar en ella; apenas habían intercambiado un hola, pero le gustaba. A veces no es necesario hablar para estar seguro de que alguien te gusta y él ya había tenido suficiente con ese hola.

—¡Me apunto!

Era la segunda vez que se veían y aquel chico le hacía olvidarse de lo que le preocupaba por segunda vez. Primero fue con Joana, que no dejaba de escribir la dichosa lista para decidirse si la ayudaba a fugarse o no, y en ese momento fue con su madre. Entró en esa iglesia destrozada, sin ganas de hablar ni observar nada y, a los cinco minutos, aquel chico había conseguido evaporar ese mal sentimiento y provocarle la risa.

—¿Cómo te llamabas?

—Aleix.

—Es que no se me quedan los nombres de aquí...

—A l e i x, Aleix, Al-eix, ¡Aleix!

Aleix le repitió veinte veces su nombre hasta que Kate con un gran «*OK!*» y una gran carcajada se dio cuenta de que no podía volver a olvidar su nombre. Los dos recorrieron toda la catedral cargados con la compra.

—Es una de las piezas fundamentales del gótico catalán, la comenzó a construir en 1261 el conde Ponce IV de Empúries.

¿Gótico catalán? ¿Ponce IV? A Kate le importaba poco esa historia, pero disfrutaba escuchando a Aleix; le gustaba el entusiasmo que demostraba con cada explicación, cada fecha que recordaba o nombre que soltaba. Durante una hora, no cesó de hablarle de bóvedas, arbotantes, gárgolas, contrafuertes, vitrales, guerras y conquistas. Aleix era como un libro abierto y a Kate le entretenía su extenso conocimiento.

Gala apenas se había movido de la terraza; había cambiado el chocolate por una cerveza y a su hija por el cuaderno de su abuela. Intentó proseguir con su lectura, pero los pensamientos sobre lo sucedido con Kate se le agolpaban y le impedían concentrarse. Hacía años que sabía que Don Pluscuamperfecto se tiraba a todas sus operadas o, por lo menos, a las que podía. Jamás lo habían hablado, pero tácitamente habían acordado unas normas. Desde aquel suceso en casa en presencia de Kate, establecieron la regla de oro: nunca más en casa y siempre con mujeres ajenas a la familia. Gala había aprendido a vivir con ello, incluso a veces había conseguido creerse que su marido se iba a operar a Los Ángeles cuando en realidad estaba en el Four Seasons tirándose a una cualquiera. A veces se le había pasado por la cabeza dejarle, abandonarlo y llevarse a sus hijas para empezar de cero. Pero como en ese momento, se le habían agolpado los sentimientos sin encontrar la lucidez en ninguno de ellos. Era madre, era una Marlborough y no estaba preparada para que su hija mayor la mirara con asco y la llamara cobarde. Tampoco estaba preparada para darle la espalda a Don Pluscuamperfecto, enfrentarse a su madre y comenzar a ser ella. ¿Quién era? Apenas lo sabía… solo tenía unas terribles ganas de esconder la cabeza y, como con las letras escritas en la arena, borrar con un palo lo sucedido.

Comenzaba a ser tarde, Kate no salía de la iglesia y Gala no estaba preparada para ir a buscar a su hija y mirarla a los ojos. Necesitaba beber un poco más para que la humillación descendiera más allá del esófago. Debían volver a La Muga y recoger a Adele, que podría comenzar a preocuparse por su ausencia.

—¿Gala? ¿Te acuerdas de mí?

Gala vio ante ella a una mujer de poco más de sesenta años, de aspecto joven y moderno, y con una piel reluciente.

Le resultaba familiar, pero no atinaba a situarla, no recordaba haberla visto en La Muga ni haber hablado con ella, pero la mujer conocía su nombre y parecía saber mucho más. Sin preguntarle siquiera, se tomó la libertad de sentarse junto a ella sin ser invitada.

—Soy la Teresa, Teresa Forgas, la de los viñedos, ¿sabes? Tu primer día aquí, con Robert el abogado… ¿Recuerdas?

Enseguida supo de quién se trataba. Era la mujer que había embadurnado a Adele con cremas y le había regalado unos cuantos potingues el mismo día de la apertura del testamento. No dejaba de sonreírle y examinarla de arriba abajo; en aquellas tierras la gente se permitía el lujo del descaro y del poco disimulo. Le hubiera encantado levantarse de la silla y dejarla con la palabra en la boca, pero en el fondo la excusa de una sorpresiva compañía le impedía ir a buscar a Kate, que, en esos instantes, era lo que menos le apetecía hacer.

Teresa y Úrsula eran las que mayores cotilleos almacenaban de todo el pueblo. La sometió a un interrogatorio que, disfrazado de cortesía, no pretendía otra cosa que recabar información. Fue así como se enteró de que a todo el pueblo le había llenado de alborozo saber que había decidido quedarse a pasar las Navidades. Aunque era tiempo de estar en familia, ese año estaban intentando organizar una buena fiesta para celebrar el Año Nuevo; incluso Tomasa, la más rica y agarrada del pueblo, había ofrecido su casa para celebrar el evento, aunque la tradición marcaba el restaurante La Muga. Gala estaba algo apurada por si al recibir tanto protagonismo podría causar molestias. Ni siquiera le había dado tiempo a plantearse cómo pasaría las fiestas con sus hijas, lejos de su marido y su madre, cuando ya lo estaban organizando por ella.

—Además, pronto es luna llena, este año la última cae el 28. En el campo, la luna llena es muy importante, ¿sabes?

Aquella mujer era una cotorra, no dejaba de hablar ni siquiera para tomar aire. Estaba excitada por hablar con Gala; le contó que no podía soportar haber sido la última en hablar con ella.

—Bueno, la Cecilia poco te ha hablado, ¿verdad?

¿Qué importancia tenía aquello? Para La Segunda, mucho. La Segunda es como la conocían en La Muga, porque era la segunda mujer de Alfonso Forgas, el de los vinos. Se enamoró de ella, hacía más de veinte años, estando casado y, por amor, el Forgas dejó a su primera mujer y madre de sus hijos y metió a La Otra en casa. El escándalo en La Muga fue de primer nivel y, durante muchos años, a Teresa, que venía de la ciudad, le costó ser aceptada. Nunca ha sido de las queridas, pero ha conseguido, no sin esfuerzo y —por qué no decirlo— malas artes, ser aceptada en el Círculo. Gala estaba intrigada con ese círculo del que había oído hablar, pero del que nadie le había contado qué era exactamente. Teresa poco le aclaró.

—Hace tiempo que no se convoca, pero esta luna llena puede que traiga sorpresas.

La invitó a ella y a sus hijas a visitar las bodegas Forgas y sus viñedos. La familia de su marido era una de las más reconocidas en el Ampurdán por su buen espumoso y joven tinto. Tenían tanto dinero como los Brugat, aunque por tradición los otros fueran considerados «los ricos».

Se tomaron una copa de vino… ¡Gala debía probar un Forgas! Y… Teresa aprovechaba cualquier ocasión para hacer negocio. Una rica americana con influencias enamorada de ese vino podía abrirle las puertas a Estados Unidos. Los vinos Forgas no eran de producción masiva y, por ello, debían elegir muy bien sus mercados, siempre selectos. Gala agradeció la invitación, la copa de vino y las botellas que, al parecer, Teresa le había dejado junto al ramito y el saquito de poder. En esa tierra tenían una particular manera de dar la bienvenida a la gente; a Gala comenzaba a agradarle ser agasajada con regalos. Lo echaba de menos…

—¿Y la herencia? ¿Cómo vas?

La indiscreta pregunta de Teresa la llevó de lleno al objetivo olvidado. Se dio cuenta de que llevaba unos días inmersa en otras cuestiones, y había descuidado su principal objetivo: hacerse con la herencia de su abuela. Aquella mujer deseaba hurgar en todo, pero podía serle útil para saber algo más del misterioso cuadro.

—¿*La mar*? Mmm… No me suena… Dices que como el de Dalí de la mujer en la ventana, ¿no?

Teresa era una nefasta actriz, no sabía disimular y a Gala, más que convencerle su respuesta, le sorprendió el nerviosismo por ocultar la verdad. Esa mujer sabía algo del cuadro, pero no alcanzaba a comprender por qué lo ocultaba. Le insistió pero solo consiguió que saliera huyendo de allí en menos de cinco minutos con un «se me ha hecho tarde» y otro «espero verte en Can Forgas».

Gala se dirigió a la iglesia intrigada de nuevo por el cuadro y por el misterio que lo rodeaba. ¿Quién podía ser su autor? Haber decidido pasar las fiestas allí le había concedido una prórroga para lograr conocer la autoría de *La mar*, pero comenzaba a pensar que había gato encerrado en ello, y las abuelas tenían mucho que ver y decir. ¿Intuición femenina o verdad como un templo? Una leve sonrisa antes de entrar en la iglesia le hizo decantarse más por el segundo pensamiento: ¡una verdad como un templo!

Adele se sentía cada vez más cómoda en aquel lugar. Ese pueblo y sus habitantes le parecían tan mágicos como Narnia, solo que la nieve estaba en las montañas y no bañaba todo el paisaje. Nunca había imaginado que pudiera existir un lugar así, y saber que su bisabuela y su abuelo eran de allí lo hacía todo mucho más interesante.

La abuela Nalda le había contado que, cuando esa tierra comenzaba a atraparte, corría por las venas otra sangre y, desde entonces, Adele no dejaba de mirarse el brazo para ver si ocurría algo extraño con sus venas. Cada vez que lo hacía, conseguía que *Boston* se abalanzara sobre ella y la cubriera de lametazos. Marc reía divertido mientras intentaba dar a unas latas con el tirachinas que le había construido el abuelo Vicente con madera de olivo y goma de pollo. Adele intentaba aprender, pero era igual que cuando su padre las llevaba a pescar y se tiraban horas esperando a que algún renacuajo picara el anzuelo. ¡Práctica! Adele era virtuosa en muchas cosas, pero no en cultivar la paciencia. Siendo fiel a sí misma y, después de diez intentos frustrados para darle a las latas, fue corriendo hasta ellas y, de un manotazo, las tiró de golpe. Marc no daba crédito a la reacción de su amiga, pero hiciera lo que hiciera Adele, él lo aprobaba por divertido, loco, insensato, bruto... Porque sencillamente era obra de su amiga. Mientras observaba cómo se enrabietaba consigo misma y volvía a colocar las latas en las ramas sin que se le cayeran, Marc sintió un pinchazo en el estómago. ¿Cuánto tiempo les quedaba para estar juntos? No había reparado en ello desde que Gala decidió quedarse a pasar las Navidades, pero le vino el vértigo al pensar que un día sería el último y Adele se iría de La Muga para no volver.

A Adele se le frustró la sonrisa al ver a Marc pálido y como ausente por unos segundos. Su mirada se había tornado de un gris triste, los ojos se le habían hundido y la boca se le había caído. Se quedó rezagada unos metros detrás de él, con las manos entrelazadas y sin atreverse a preguntar por miedo a conocer la respuesta. Adele y Marc habían desarrollado una especie de comunicación telepática; sabían a cada momento con tan solo mirarse lo que le ocurría al otro. A veces, de tanto practicarlo, se pasaban minutos sin hablar y perdían la conciencia de si se lo habían dicho de palabra o con la mente. Fueron tan solo unos segundos en los que Adele contuvo la respiración y bajó la mirada, pero la eternidad anida en los intervalos de tiempo suspendido.

—¿Me vas a enseñar a hablar inglés?

Marc sabía que su amiga estaba justo detrás de él, sentía su no respiración y martilleando el suelo su pie izquierdo, que, en cuanto escuchó la pregunta, se detuvo en seco. Adele sabía que su amigo se estaba preparando para la despedida, que su pregunta era un «Si tú te vas, yo… ¡te voy a ver a tu país!». Sus ojos se humedecieron de la emoción al saber que Marc tampoco quería perderla y estaba dispuesto a cruzar el océano para volver a verla. Estaban en una edad en la que los imposibles todavía se teñían de posibles y los sueños se construían desde el cielo y no desde la tierra. Adele dio un par de pasos y se abrazó con fuerza a la cintura de Marc, fue un impulso, una reacción al brote de emoción, un decirle telepáticamente que estaba con él y que ella también era ¡una *scout*!

—¿Y si nos convertimos en siameses?

Boston alzó las dos patas sobre Marc y Adele, que se resistían a separarse. La pequeña apoyó la cabeza sobre la espalda de Marc, sentía un placer parecido a cuando comía palomitas de mantequilla o se daba atracones de *marshmallows* viendo una película de Dreamworks. Solo que en aquel momento el estómago se le calentó como si hubiera tomado un tazón de consomé y sus mejillas se ruborizaron hasta las orejas como cuando recibía un halago de alguien. Marc no podía dejar de sonreír de tanto gustirrinín por tener a su amiga pegada a él.

Los dos estuvieron pegados un buen rato, abrazados como rudos troncos que ni siquiera el viento es capaz de mover; sonriendo, comunicándose telepáticamente y experimentando individualmente los chispazos del primer amor. Aquel que es tan difícil de olvidar y que, cuanto más se aleja, más se idealiza por la añoranza de un tiempo pasado donde la ingenuidad marcaba el rumbo. Aquella tarde, Adele y Marc, abrazados y con el rubor del despertar del deseo, se prometieron en silencio, se confesaron amor eterno; como Romeo y Julieta o como millones de adultos que un día fueron niños. Marc se giró para mirar a Adele, sintió sus bajos en movimiento ascendente y, despegándose de ella no sin esfuerzo, le entregó, como si de un ramo de flores se tratara, el tirachinas del abuelo Vicente.

—¿Para mí?

—Para ti.

Adele no encontró palabras que pudieran apagar su emoción, sus ganas de saltar y brincar para compartir con el mundo su felicidad. De un impulso, le plantó un beso en los labios y se dio a la fuga presa de la vergüenza por ese primer beso. Marc se quedó unos segundos con el disfrute de la huella de ese beso, con el dibujo invisible que permanecía todavía sobre sus labios. Los ladridos de *Boston* rompieron el hechizo y salió disparado en busca de Adele, que se encontraba más lejos de lo que creía.

Cualquier adulto que les observara, sabría reconocer perfectamente el enamoramiento que los dos niños estaban sintiendo. Todos menos Gala, que estaba demasiado ocupada en evitar que las grietas que se habían formado en sus cimientos fueran a más.

Kate se mantenía unos pasos por detrás de Gala. Tenía edad suficiente para diferenciar cuándo cruzaba límites y orgullo a mares para bloquear cualquier atisbo de justificación o perdón. Aunque no se sentía a gusto con la conversación que había mantenido con su madre, no era ella la que debía enterrar el hacha de guerra. Ella era tan solo una adolescente, a la que durante años le había tocado cargar con una losa que solo corresponde a los adultos. Se mantenía entretenida persiguiendo su sombra y arrastrando los pies para formar nubes de polvo. Era una manera burda de llamar la atención sin reconocer que sufría por su madre, que no quería que se sintiera mal; reconocer al fin y al cabo que un mejunje de emociones opuestas se le apelotonaban sin orden ni sentido en la boca del estómago. A cada minuto cambiaba de emoción; pasaba de la necesidad de abrazar a su madre a la rabia de tenerla delante, a sentirse sola y desamparada, a querer desaparecer, a exigirle un perdón, incluso a confesarle entre sollozos un tímido «lo siento». A veces, ni siquiera Kate sabía con exactitud qué le ocurría, simplemente se emborronaba, sentía como si una enorme nube negra se posara sobre su cabeza e impidiera traducir el sentido de su estado. En esos casos, lo mejor era fruncir el ceño, cruzar los brazos y desconectarse del mundo. No siempre lo conseguía, mucho menos cuando había cruzado un límite.

Gala andaba como un ser alado, sin apenas pisar la tierra, perdida en pensamientos que invitaban al tormento. Lejos de culpar a su hija, se sentía mal por haberla metido en una ficción contraída con la familia perfecta como protagonista. ¿Qué había sido de su empuje vital, de su atrevimiento, de su deseo de libertad? El amor a sus hijas le impedía arrepentirse de haberse casado con Frederick, pero comenzaba a no verle salida a aquella situación de la que tan solo ella era la responsable. ¿Frederick? Frederick mostró sus cartas desde el principio. Cuando apenas llevaban dos meses de noviazgo, se acostó con la mejor amiga de Gala entre una liposucción y otra. Así fue como descubrió que el morbo nada tiene que ver con la belleza o el amor, y que Frederick vivía en ese código. Quizá por eso se hizo cirujano plástico, por morbo y… ¡y poder! Un binomio que toda personalidad abusiva conoce muy bien. Frederick siempre se mostró como un ególatra que bebía de la baba de los demás y reforzaba su poder a costa de su imperioso don de seducción y de someter a otros. Gala cayó en sus garras, aceptó su juego a cambio de vivir en una libertad soñada que quiso retener a cualquier precio. Necesitaba dejar atrás las ataduras de su linaje, la moral de su familia y el dominio de su madre sobre ella. Frederick entró como un tifón en su vida y, como experto depredador, no se detuvo hasta hacerse con la difícil presa. Gala podía haber cancelado la boda, podía haber terminado con Frederick la misma tarde en que, mirándole a los ojos, le preguntó si se acostaba con Alysson. Más que una respuesta verbal, Gala consiguió que Frederick la poseyera de nuevo y la arrastrara a los infiernos del deseo carnal. No era una monja, pero había sido educada en la castidad, en la pureza prematrimonial y Frederick representaba todo lo contrario. Decidió casarse con él, pero jamás se imaginó que se convertiría en su propia bestia negra y que de poco había servido el matrimonio y saltarse todas las reglas, pues pasó de ser sometida por su madre a serlo por un marido que no deseaba si no poseía.

Gala no sabía apenas nada del amor; hacía años que había renunciado a él, al que de niña le quitaba el hipo y la hacía sonreír en cualquier momento. Se había olvidado de las caricias, de las atenciones de cuento, del amante loco y romántico que solo tiene ojos para su amada. Renunciar a su búsqueda no fue consciente, como tampoco abandonar sus sueños de explorar, como Adele, planetas desconocidos y civilizaciones perdidas. Con la maternidad y un marido ausente, cayó en el pozo de la comodidad, rebosante de lodo de cobardía. Todos esos años se mantuvo en el hechizo que duerme cualquier deseo propio, que deja de soñar y renuncia a tierras o mundos desconocidos que prometen un futuro mejor. Gala simplemente se olvidó de quién era o quién quería ser y simplemente fue, hasta convertirse en todo lo que había querido evitar ser: un ama de casa rica que llena su desdicha con lujos materiales que, lejos de calmar, hacen más profundo el pozo. En el fondo, no era tan distinta a su madre...

Se detuvo en seco y respiró para evitar que la rabia emergiera en llanto. Observó cómo los maizales bailaban al son del viento que, silbando, alertaba de la llegada de una tormenta. Oteó cómo la naturaleza se alineaba para recibirla, cómo la sombra alumbraba el camino de la lluvia, cómo las nubes se abrazaban y la tierra se abría para recibir agua bendita. Estaban todavía lejos de La Muga y el aguacero se encontraba a pocos minutos de allí; Kate tomó el brazo de su madre y la invitó a seguirla al trote; al final de unos campos, se vislumbraba una pequeña estructura de madera llena de sacos; perfecto refugio para guarecerse de la lluvia y contemplar el fenómeno.

Nada más llegar, comenzaron a caer gotas que abrían al trote los cielos para recibir al dios de la lluvia y a sus lacayos. Gala y Kate se recuperaban de la carrera sentadas en los sacos, dispuestas a contemplar el espectáculo. Apenas unos minutos tardó la cortina de agua en aislarlas del mundo. Permanecieron atrapadas en apenas un metro cuadrado, temiéndose lo peor; una tormenta de furia que, lejos de agonizar, se mantiene durante horas. Durante más de media hora gozaron maravilladas de la danza de la naturaleza, contemplando su poder y dominio sobre ellas y sobre el hombre. Gala aprovechó para soltar lastre y llorar; liberar lágrimas ante semejante aguacero le provocó un efecto de contagio tal que en su propio interior también estalló la tormenta. Kate la miraba de reojo, silente y sin atreverse a moverse un ápice. En su inconsciencia, se dio cuenta de que lo que pensaba que eran gotas de agua en su mano eran sus propias lágrimas cayendo. ¿Estaba ella también llorando? Apretó el estómago y dejó de respirar para bloquearlas, pero solo los benditos son capaces de detener lo que ya está en marcha... Kate lloró también en silencio, como Gala, escondiéndose de su madre, disimulando para evitar que se percatara; esa tarde cayeron tres tormentas a la vez, concentradas en apenas un metro cuadrado y cumpliendo con una de las máximas de la naturaleza: después de la tormenta, viene la calma.

Hundiendo los zapatos en la tierra mojada, caminaron por los campos encharcados hasta llegar al camino de tierra principal y retomar la marcha. Disfrutaron del fango, del perfume que destila la naturaleza después de la lluvia, de la luz cegadora que irradia el cielo después de la ira. Al llegar al camino de tierra, Gala se detuvo a esperar a su hija, que se había quedado rezagada, recuperando una zapatilla hundida en el barro. Hija y madre se miraron finalmente a los ojos, manteniéndose en silencio la una frente a la otra hasta recobrar lo perdido y fundirse en un abrazo poderoso. Kate echó las últimas lágrimas retenidas, Gala acarició el pelo de su hija y soltó todo el amor que pudo y supo.

—Lo siento, mamá.

—Chisss… —Como un susurro aterciopelado, sin dejar de acariciar a su hija, Gala sintió que había recobrado algo de fuerza, percibió cómo sus piernas se habían enraizado y esa tierra le había dado coraje para remar en la dirección que ella decidiera—. Chisss... —Seguía susurrando como el viento para calmar a su hija y espantar los lamentos y culpas. Había llegado la hora de nuevos tiempos, de dejarse llevar por ese lugar, de vivir, de disfrutar y de comportarse como una familia.

—¿Me ayudarás a cocinar el pavo?

—¡Si nunca has cocinado uno!

—Pues quizá sea un buen momento para aprender, ¿no?

Kate sonrió mientras su madre le secaba las lágrimas y la besaba varias veces en la frente. Reemprendieron la marcha cogidas de la mano y charlando como no recordaban haberlo hecho antes. Hablaron de ellas, del paisaje, de esas montañas, de La Muga, de la abuela Amelia, de su hermana. Compartieron confidencias y se miraron reconociendo una admiración perdida. Kate se dio cuenta de lo mucho que había echado de menos a su madre, de lo mucho que necesitaba su apoyo y cariño... Gala simplemente caminaba sin dejar de sonreír; disfrutaba de lo que hacía tiempo que era incapaz de hacer: mantener una sonrisa dibujada en los labios. Se detuvo en seco y exhaló mirando al cielo para agradecerle al dios de la lluvia su acción sanadora. La realidad comenzaba a cambiar, y estaba convencida de que iba a ser para bien.

Estaban tan mimetizadas con la naturaleza que Amat tuvo dificultad en dar con ellas. Llevaba más de una hora metido en el coche buscándolas entre el viento y la tormenta, necesitaba encontrarlas para llevarlas con urgencia a su casa. Durante la exploración, ensayó más de cien veces cómo contarle a Gala lo sucedido para, lejos de alarmar, tranquilizarla. Con la frenada no pudo evitar salpicar barro, apenas se percató del percance; salió del coche de un salto y esperó a estar frente a Gala para soltar el discurso aprendido. Gala miró a Amat sin saber a qué se debía tal brusquedad y precipitación. Amat sintió la punzada en el estómago y el deseo de besar a Gala, maldiciendo ser portador de malas noticias.

—No quiero que te asustes, ¿vale?

—¿Qué ha pasado?

Ni siquiera fue capaz de pronunciarlo, estaba tan bloqueada por el miedo de ver el pánico en los ojos de Amat que este tragó saliva, se dejó de ensayos y lo soltó sin más.

—Es… Adele… Ha perdido el conocimiento y… No sabemos qué le ocurre.

La cara de Gala se desencajó, se había quedado sin lágrimas para llorar y estaba demasiado asustada para ponerse en lo peor. Se subieron al coche de un salto, sin sentirse la piel. En menos de cinco minutos llegaron a La Muga, un minuto más tarde estaban en la habitación de Marc, contemplando a Adele que, con los ojos a media asta les dedicaba una frágil sonrisa. Gala se arrodilló ante la cama y llenó de besos a su hija sin parar de llorar. Kate se quedó petrificada frente a la puerta, muerta de miedo por pensar que a su hermana le pasara algo grave.

—No ha sido nada. Un desmayo sin importancia, señora. Demasiada emoción en tan poco tiempo. Necesita un poco de reposo y… ¡como nueva!

El doctor trató de calmar la repentina ansiedad de Gala, que lo ametralló a preguntas: «¿Es grave? ¿Qué ha sido exactamente? Nunca antes se había desmayado, ¿sabe? ¿Está seguro? ¿Qué quiere decir con reposo?». Nalda intentó mediar entre el doctor y Gala, que parecía dispuesta a cargar con toda la responsabilidad de lo ocurrido al pobre doctor Garriga que, desde hacía años, tomaba la tensión a todos los habitantes de La Muga. Había envejecido como todos, pero era un buen doctor que se había ocupado de todos los niños del pueblo y llenado de experiencia como para fiarse de su diagnóstico.

—Mamá, estoy bien… Solo un poco cansada, nada más.

La Roja acompañó al doctor Garriga a la puerta y le agradeció todas las atenciones. Llevaba un par de horas con Adele, cuidándola, y no se merecía el trato que había recibido de Gala. Por suerte, el doctor Garriga estaba acostumbrado a la desconfianza de los recién llegados, de las jóvenes parejas que, huyendo de la urbe, se van a vivir al campo y a la mínima tienen miedo de la enfermedad y la falta de recursos sanitarios de los pueblos. De tratarse de una grave enfermedad, él habría sido el primero en llamar a una ambulancia y acudir a un hospital de la ciudad más cercana, pero en infecciones, bajadas de tensión o virus varios, no había nadie que lo aventajara.

—*Nalda, si torna a quedar-se inconscient… truca'm! Sigui l'hora que sigui, d'acord?*

—*No pateixis que ho faré.*[*]

Kate y Gala llegaban medio empapadas, pues aunque habían conseguido refugiarse de lo peor, no se habían librado del todo. Necesitaban una ducha y ropa seca. Nalda había decidido tomar las riendas de la situación y, como buena matriarca, alojarlas esa noche en su casa; serían sus invitadas, dijera lo que dijera Gala. Marc se pidió dormir con Adele, Kate y Gala en la habitación de Amat y Amat

---

[*] —Nalda, si vuelve a quedarse inconsciente… ¡llámame! Sea la hora que sea, ¿de acuerdo?
—No te preocupes, que lo haré.

en el sofá con *Boston*. No pudieron sonreír al ver la mueca de insatisfacción de Amat, aunque en el fondo estaba nervioso por pasar una noche tan cerca de Gala.

Pasado el susto y con Adele cada vez más recuperada de su repentino desmayo, Kate y Gala se fueron a dar un baño que habían preparado con mimo. Amat y el abuelo Vicente encendieron la chimenea para calentar el salón de visitas; normalmente cenaban en el comedor de la cocina, y solo en noches especiales como esa decoraban la gran mesa y encendían la chimenea «de castillo», como la llamaba Marc.

Nalda, poco cocinillas, sacó del congelador sopa de pollo y butifarras de la tierra. Una buena ensalada verde con tomate de la huerta; pan tostado al fuego y untado de ajo, tomate y aceite de oliva y… ¡a cenar! El abuelo Vicente preparó el porrón, confesando a las invitadas el brebaje prohibido y secreto: un buen vino Forgas y gaseosa.

—Como se entere la Teresa de que hacéis eso con el vino…

Gala no pretendía ofender a nadie, pero por lo que había apreciado, el vino Forgas no era de los que se mezclaban con gaseosa, sino de los que se servían en botella de cristal. El comentario de Gala, lejos de ofender, provocó una carcajada en todos, no tanto por el comentario sino por saber que Gala ya se había cruzado con Teresa.

—¿No son buenos vinos los Forgas?

La pregunta incendió más las carcajadas en la sala, no eran ofensivas hacia La Segunda, pero su prepotencia con los vinos era archiconocida por todos y, aunque eran buenos, no eran tal producto de lujo que predicaba ella. Gala comenzó a entender la sorna mucho más que por el vino por la personalidad de Teresa.

—No es mala mujer, ¿sabes? Un poco presuntuosa, nada más.

El abuelo Vicente estuvo toda la velada contando anécdotas divertidas del pueblo a las recién llegadas; de todos, era el que nunca había salido de La Muga y estaba orgulloso de conocer únicamente ese pedazo de tierra.

—Muchos presumen de conocer decenas de países, pero apenas saben de sus vecinos…

Kate atendía divertida a las explicaciones del abuelo Vicente y de Nalda; Marc se escapaba de vez en cuando para visitar a Adele y Amat aprovechaba cualquier despiste fugaz para mirar de reojo a Gala. A cada mirada, descubría temeroso que todo en ella era hermoso y le asustaba la insensatez de su corazón, que después de décadas inactivo decidía recaer en una mujer casada, americana y enrabietada con la vida. Nalda miraba a su hijo con prevención; desde el primer día supo ver en sus ojos un atisbo de rubor propio del que ansía enamorarse. Su hijo había elegido nuevamente a la mujer equivocada para deshacer el hechizo, y ella estaba dispuesta a todo con tal de que no se diera de bruces dos veces con la misma piedra. Nalda apreciaba a Gala, pero su hijo era su prioridad y le había costado sudor y lágrimas sacarlo del pozo de la miseria del desamor, y no estaba dispuesta a contemplar cómo se tiraba él mismo de nuevo. Decidió contraatacar, aunque se ganara la enemistad de Amat.

—¿Y cómo está tu marido? ¿Viene por Navidad?

Las risas se cortaron con ese par de preguntas. Nalda sintió el golpe invisible de su marido por haber roto el buen ambiente con indiscreciones propias de otras del pueblo y no de su mujer, pero La Roja sabía muy bien qué estaba haciendo.

—¿Cuánto lleváis casados?

—Quince años.

—Adele me dijo que es un prestigioso cirujano, ¿no?

Gala no tenía demasiadas ganas de contestar, ni de hablar de Frederick ni de volver a montar una ficción delante de Kate. Intentaba cerrar el tema con respuestas cortas, pero Nalda no dejaba de insistir. Amat comenzó a carraspear junto con Vicente y a beber más porrón de la cuenta. Kate bajaba la cabeza pero estaba atenta a las respuestas de su madre. Ante una situación violenta, a cualquiera se le disparan las alarmas y cada cual reacciona como puede. El abuelo Vicente fue a buscar su pipa, Amat a colocar leña en el fuego, Marc con Adele y Kate en el sofá encendió la tele. Todavía no habían tomado los postres ni el café y Nalda había conseguido romper el embrujo para atar a su hijo a la realidad.

—*Mama, m'acompanyes a la cuina a servir les postres?*[*]

Amat cruzó mirada asesina con su madre que, comprendiendo que había sido suficiente, se levantó con la mejor de las sonrisas para acompañar a su hijo. Al cerrar la puerta de la cocina, Amat entró en cólera; jamás había visto semejante carácter en él. Nalda supo que había heri-

---

[*] —Mamá, ¿me acompañas a la cocina a servir el postre?

do a su hijo, pero el amor de una madre viaja mucho más lejos, y prefiere causar males para evitar mayores.

—*Què dimonis et passa, eh? Deixa de fixar-te en ella, m'has entès? Ni fa per a tu, ni està per tu, ni és lliure, em sents?*[*]

El rugir de una madre puede llegar a ser como un tifón que arrasa con todo. Nalda también había bebido demasiado vino con gaseosa, pero sabía muy bien de lo que estaba hablando. Mucho mejor que Amat, que se quedó petrificado unos minutos en la cocina, recomponiéndose. El amor elige a sus propios amantes, su madre tenía razón; estaba dejándose llevar y debía poner remedio antes de caer desde más arriba. Estaba a tiempo de cambiar las cosas, de evitar enamorarse de la mujer equivocada, de vivir de nuevo un amor no correspondido. El primero fue a traición, pero enamorarse de Gala: casada, americana y que le rechazaba, era clavarse él mismo la estaca.

El destino estaba jugando con cada uno: Gala necesitaba retomar fuerzas antes de volver a casa y hablar como nunca con Frederick; Adele recuperarlas para seguir al lado de Marc; Kate disfrutar de ese «condenado lugar»; y Amat echar tierra al fuego que Gala avivaba. Las leyes de la naturaleza son más complejas de lo que aparentan y tientan a quienes se rebelan, no las siguen o las ignoran.

Solamente cabe sentarse y esperar a que sucedan los acontecimientos… ¿Acaso La Roja era tan poderosa como para ganarle la partida al destino?

---

[*] —¿Qué demonios te pasa, eh? Deja de fijarte en ella, ¿me has entendido? Ni te conviene, ni está por ti, ni está libre, ¿me oyes?

VII

No recordaba unos preparativos tan concienzudos como los de aquel año en La Muga. Sin hablarlo, las tres decidieron por su cuenta que aquellas Navidades debían ser especiales; ninguna mencionó la ausencia de Frederick ni de la abuela Julianne, y todas se concentraron en adaptarse a las tradiciones de esa tierra para festejar la Navidad.

—¿Tú eres creyente?

Joana no era mucho de liturgia, pero el pueblo sí y en la medianoche del día 25 todos acudían a la iglesia para la Misa del Gallo. Kate sabía que había una oración esa noche también en su país, lo sabía porque la abuela había acudido algún año a Saint Patrick; pero ni su madre ni su padre la habían acompañado. No le importaba ir a esa misa. Tenía demasiado presente la conversación que había tenido con Joana, y que le había hecho replantearse en serio su actitud y tratar de disfrutar de sus nuevos amigos: Joana y Aleix.

—¿Siempre eres así?

Iban de compras para decorar el árbol de Navidad del pueblo; todos aportaban bolas, cintas y luces para hacer del pino de la plaza principal el mejor decorado de la zona. El ayuntamiento de Perelada; el pueblo del que dependía La Muga, aportaba lo básico; el resto era cosa de los vecinos. Agnès, la encargada ese año del pino, delegó en Kate y Joana para que le dieran un toque americano al pino gigante; Adele y Marc ayudarían a Tomasa y Francisca con el belén. Gala agradecía que sus hijas estuvieran entretenidas. Había decidido darle un giro a la casa de su abuela; limpiarla y deshacerse de alguna de sus pertenencias para donarlas con la ayuda de Nalda.

Todos tenían una misión, el pueblo entero estaba preparado para el pistoletazo de salida de la Navidad y, como cualquier Navidad en cualquier parte del mundo, las rencillas, los nervios y las sensibilidades estaban presentes. La Muga era un hervidero de encargos, de carreras para preparar la primera de las cenas y ultimar las compras para asistir a la Misa del Gallo y ser nombrada —*sotto voce*— la más elegante del año. La Muga era un pueblo pequeño y, como tal, las tradiciones portaban competición y las envidias salían a flote, pues, como en una gran familia, los roces existían y, en tiempo de perdón y hermandad, más que encogerse se exacerbaban.

—¿Siempre eres así?

Joana volvió a repetirle la misma pregunta al ver que Kate daba la callada por respuesta. Había tenido mucha paciencia con la americana, pero estaba un poco cansada de que, por ser de Nueva York, todo lo de su pueblo fuera menos o nada. Ella era la primera en admirar Manhattan, pero estaba muy orgullosa de pertenecer a La Muga, de ser de allí y de tener la familia que tenía, los amigos y los vecinos. Su paciencia se había agotado con Kate pues, desde que la había conocido, no había escuchado de ella un solo elogio a La Muga y sus habitantes.

—Es que estoy un poco harta de que, con perdón, te cagues dentro, ¿sabes?

Kate y Joana se quedaron petrificadas, como estatuas, en medio de una escalera de la segunda planta de uno de los Todo a cien más grandes de la zona. La escalera mecánica estaba estropeada y tardaron en salir de aquel atolladero en el que se habían metido.

Kate estaba desconcertada, nunca hasta ese momento había visto a su amiga sacar carácter, era la primera vez que se metía con ella o se disgustaba, y estaba claro que Joana se había plantado en un «¡hasta aquí!» por hartazgo. ¿Qué debía responderle? No sabía por dónde empezar, porque no era consciente de que su comportamiento pudiera ser tan ofensivo para Joana o el resto, ella... ¡solo expresaba su opinión!

—¿No hay nada en esta tierra que te guste? ¿No hay nada en tu vida que te guste?

Joana era muy generosa, tenía mucho aguante, pero era radical y, cuando se le agotaba la paciencia o el vaso se le llenaba de tanto aguantar, no pensaba más que en vaciar el agua abruptamente sin reparar en daños. Aquella mañana, en medio de esa escalera mecánica estropeada, le soltó a su amiga americana de cuello largo todo lo que le pasó por la mente, sin filtro ni apenas pausa. Kate aguantó en silencio la retahíla de lamentos y quejas de su amiga y, aunque le dolía escucharla, no pronunció palabra.

—Vivir en un pueblo pequeño no es de retrasados, ¿sabes? Quizá la retrasada eres tú, que no eres capaz de ver más allá en las personas. ¿Sabes por qué quiero ir a triunfar a Broadway? Porque creo que por ser quien soy, una pueblerina de una tierra tan fértil y mágica como el Ampurdán, tengo mucho que ofrecer. Sé que no me valoras, ni crees que tenga talento, como la mayoría del pueblo, pero ellos me animan a cumplir mi sueño y, si no lo consigo, te aseguro que volveré feliz a esta tierra que, cuando estoy dormida, me habla y, cuando tengo una pesadilla, envía al viento a susurrarme compañía. No soy como tú, porque cuando respiro agradezco, cuando me sonríen devuelvo gratitud y cuando me ayudan doy las gracias. Desde que llegaste, quise ser tu amiga, porque me gustabas, incluso puse en peligro mi sueño aun sabiendo que me estabas mintiendo. ¿Acaso me crees tan tonta para creerme que tu padre conoce a Robert de Niro? No lo soy, pero sabía lo importante que era para ti estar con tus amigas o con tu padre. ¿Me lo has agradecido? Yo te pedí perdón por abrir la boca, pero ¿y tú? Quejas y desprecios. ¿Sabes? No eres tan perfecta como crees, más bien eres… ¡insoportable! Ojalá aprendieras de tu hermana…

Joana subió las escaleras sin mirar atrás, dejando a Kate fosilizada por lo que acaba de soltar. Se fue con la lágrima floja por haberle dicho a su amiga todo lo que pensaba, por haberle causado dolor, pero no soportaba un minuto más a su lado, escuchando lamentos, quejas o desprecios sobre su gente y su vida. No podía aguantar que la llamaran tonta a la cara una vez más y se rieran de ella y no con ella. Joana era una soñadora, un motor de ingenuidad que desprende alegría por donde pasa sin meterse con nadie, todo lo contrario, buscando la felicidad en cualquier rincón. Desde pequeña se había sentido incomprendida por los suyos, y en la escuela no entendía por qué la gente se agarraba a lo negativo y se dejaba marchitar como una margarita a la que le quitan el sol y le escupen en vez de regarla. Ella no iba a cambiar, veía la vida de otro color, se agarraba a la sonrisa e intentaba buscar lo bueno de las personas. ¿Qué tenía de malo? Andaba por los pasillos de ese bazar como un alma en pena; no soportaba la tristeza, no sabía moverse en ella, era la otra cara de la vida y, a veces, debía sufrirla para volver a sentirse bien.

Kate tardó unos minutos en recuperarse y reaccionar a todo lo escuchado. Su estado era parecido a cuando a uno lo atacan por sorpresa y le golpean desde la espalda, o cuando le pillan a contrapié. Joana nunca había dado muestras de desagrado de su carácter, nunca se había quejado por un comentario suyo; parecía que todo estaba bien hasta que, en medio de una escalera mecánica estropeada, lanzó la pregunta que lo desencadenó todo.

—¿Siempre eres así?

Nunca se había planteado cómo era ni si su comportamiento podía herir a los demás. Simplemente era y… ¡ya! Tenía carácter, normalmente soltaba por la boca todo lo que pensaba y, aunque su madre muchas veces se lo advirtiera, al fin y al cabo era su madre y siempre creyó que era una queja injustificada propia de una madre que, como madre, tiene que recordar que manda sobre la hija. Pero ¿Joana? No se podía imaginar que su amiga le soltara semejante discurso de desaprobación y hartazgo. ¿Tan grave había sido su desprecio? De repente, sola en aquel pedazo de tienda, perdida en medio de un polígono, rodeada de gente desconocida, desesperada por encontrar regalos, chollos o baratijas para llenar el árbol de Navidad, se sintió sola y encogida por haber sido rechazada. No había sido su intención hacer daño o menospreciar la vida en La Muga. Todas las ancianas se habían portado muy bien con ella, con Adele y su madre; Joana había sido generosa con ella y su cómplice de aventuras junto con Aleix. Pero ese no era su… ¡mundo! No quería estar allí, ni pertenecer a esa tierra ni tener unos padres que están a punto de divorciarse porque hace muchos años que no se quieren. Kate quería otra vida, quería ser igual de feliz que Joana, quería… simplemente ser feliz, y puede que por eso despreciara todo lo que oliera a felicidad, por no poder ni siquiera rozarlo.

Descendió de cuatro en cuatro los peldaños de la maldita escalera, le faltaba el aire y corrió hasta encontrar la salida y derramó lágrimas detrás de un coche por vergüenza a ser vista por alguien. No era fácil ser una niña rica y criarse en un mundo postizo donde lo importante es la apariencia más allá de cómo te sientas. En el fondo, quería ser como Joana, deseaba vivir sin juicios, deseaba sentirse libre para correr como Adele y explorar mundos; deseaba mostrarse como la niña que era: rebelde, traviesa, aventurera, inventora y nada convencional. Pero su familia flotaba en lo convencional y ella lo rechazaba y odiaba. Llegar a La Muga le había abierto a un mundo nuevo, donde ella podía expresarse con mayor libertad, pero no era su mundo, porque en pocos días volvería a su realidad; al ático en el Upper Side con su padre viajero, su madre evasiva y su abuela obsesiva.

Joana la encontró apoyada en la rueda de un todoterreno, sollozando como si fuera una niña de cuatro años. Se sentó junto a ella y le acarició el pelo, pues por la vergüenza se había tapado la cara con los brazos y las rodillas. Nadie dijo que la vida fuera fácil a los 13 años, ni que ser niño fuera un parque de atracciones. Kate tenía miedo de perder a Joana, de que ya no quisiera ser su amiga, pues, aparte de Jersey, ella era una llanera solitaria más por obligación que por elección. No encajaba demasiado en el mundo, ni encontraba niños de su edad que compartieran su mundo sin juzgarlo y, en La Muga, había encontrado a alguien que parecía entenderla y con quien se podía reír. Apenas hacía unos meses que le había empezado la regla y estaba un poco revuelta con aquella nueva sensación, sentir que los chicos la miraban de otra manera, que sus pechos habían crecido y comenzaba a llevar sujetador. No estaba siendo fácil y puede que se enfurruñara más de la cuenta y hubiera olvidado sonreír. Por eso Joana era tan importante en su vida, porque, aunque no lo quisiera, la hacía sonreír, lo mismo que Aleix.

—¿A que en tu país los troncos no cagan regalos?

Kate miró a Joana sin entender la pregunta, pero no pudo evitar sonreír de nuevo. ¿Troncos que cagan? Jamás había oído hablar de algo similar, pensaba que eran cosas de Joana, pero se dio cuenta, por su insistencia, de que hablaba en serio. Santa Claus no bajaba por la chimenea ni sobrevolaba los tejados con sus renos alados.

—Los que vivimos de la tierra, sabemos que los regalos vienen de ella.

Joana no supo explicarle bien el origen del *cagatió*, pero estaba segura de que Nalda *La Roja* le contaría esa noche la tradición antes de proceder a golpear el tronco con la vara para que cagara regalos.

—¿Amigas?

Kate se secó las lágrimas, esperando ansiosa una respuesta de Joana que no se hizo esperar.

—¡Amigas!

Kate podía ser insoportable pero resultaba de una ternura conmovedora que Joana había sabido leer desde que la conoció. Era un torbellino de inteligencia, envidiaba su cabeza y conectaba con una sensibilidad que todavía le costaba mostrar. Kate, cuando se soltaba la melena, dejaba atrás la rebeldía y la queja, era tan ingenua como Joana y podía emocionarse con cualquier detalle de la naturaleza.

La dos entraron presurosas de nuevo en el Gigante Chino; todos los de la zona habían bautizado así a ese increíble bazar. Los adultos hablaban de una invasión de los chinos y, aunque algunos planteaban el boicot, la vida no estaba para dar un euro de más para bolas de Navidad. Necesitaban comprar muchas cosas si querían tener el árbol más visitado de la zona y, con cincuenta euros, si no acudían al Gigante Chino, sería difícil salir con más de cinco bolsas. Por suerte, con las famosas listas de Joana, ya tenían medio hecho el trabajo, iban a tiro fijo, pues sabían perfectamente todo lo que debían comprar para hacer del pino, un pino americano.

Adele no estaba demasiado convencida de entrar de nuevo en la propiedad de Tomasa. Marc no se podía creer que tuviera miedo de La Rica, solo era un poco cascarrabias, pero de buen corazón. Además, les había regalado para Nochebuena a todos los del pueblo un par de cestas con las mejores verduras y frutas de su cosecha. Todos los años preparaba para cada uno un generoso lote que era comentado y agradecido en el pueblo. Su prima Francisca era la encargada de montar el belén del pueblo, y durante el año compraba figuritas, las restauraba y estaba varios meses trabajando para lucir el nacimiento del niño Jesús. Aunque su liturgia era más de flores, desde que se murió su marido, su afición por el pesebre fue a más hasta lograr que fuera el más visitado de la zona.

—¿Sabes que tiene más de mil figuritas?

Adele, que caminaba arrastrando los pies, comenzó a interesarse por la historia. Marc le contó que el más grande del mundo estaba en Nápoles y que incluso había reyes que habían colaborado con las figuritas. Esa historia le resultaba familiar, porque las Navidades pasadas su padre las llevó a ver el Belén Napolitano del Metropolitan Museum.

—¿Y cuántas piezas tiene?

—No sé, pero según mi padre, las más caras.

Marc y Adele dieron rienda suelta a su imaginación y cada uno describió con grandes dosis de exageración su pesebre. Era cierto que Francisca había logrado que fuera el más famoso de la zona, pero no contaba con un millar de figuritas; la mitad era más que suficiente para lograr un reconocido espectáculo visual. Desde hacía años, su prima Tomasa le dejaba el pajar pequeño esos días para instalar el nacimiento y… ¡todo el evangelio! Era, junto a las plantas, su pasión y un orgullo para todo el pueblo. Durante el año pedía favores a todos los del pueblo para mejorar y sorprender a los visitantes.

Tomasa los recibió con el delantal puesto y un par de vasos de zumo de naranja recién exprimida para ellos. Adele entró en la propiedad con la cabeza gacha y los pies de barro, lista para, en cualquier ocasión, echar a correr. A Marc le divertía el estado de *shock* de su amiga, aunque nada más entrar en el pajar y ver el pesebre, se olvidó del miedo y explotó de emoción.

Nadie sabe el origen de cada onomatopeya; nadie sabe quién fue el primer ser humano que, ante el deslumbramiento por contemplar una maravilla, soltó el primer «¡ooohhh!», pero al igual que los perros, tengan hueso o tierra, hacen el acto de enterrarlo, los humanos repetimos ese «¡ooohhh!» cuando nos invade el éxtasis de lo bello, descomunal y único. Adele lo soltó nada más entrar en el pajar y contemplar el universo que había allí dentro; una civilización entera en miniatura, un pueblo en toda su actividad, con sus casas, sus prados, sus campos, sus riachuelos y molinos, que acogía el nacimiento de Jesús. Marc soltó un gran «¡ooohhh!» de emoción al descifrar la sorpresa que escondía ese año el pesebre. La Santa había decidido ponerles a todos dentro. ¿Era posible? Incluso... ¡estaban ellas! Adele, Kate y Gala estaban en el pesebre. Por primera vez, había decidido hacer del pueblo de Belén, La Muga en miniatura; con los tractores, las yeguas de Jow y Cecilia, los cerdos, las vacas, el campanario del pueblo y todos los habitantes de La Muga en sus quehaceres. Reconoció emocionado la mano de su abuelo Vicente en la talla de las casas, los árboles e incluso los cerdos de madera.

Adele tardó un poco más en verlo. Estaba demasiado impresionada por aquel mundo en miniatura y no se percató de que estaba en el pesebre hasta que Marc señaló su figura. Se acercó lo más que pudo para saber de qué se trataba y, de la emoción... ¡casi pisa un granero! Marc se dio cuenta de que la colección de bonsáis de Francisca estaba en el pesebre, que Alfonso Forgas le había prestado su maqueta en miniatura de las viñas, y que seguro que Jacinto había colaborado en toda la instalación eléctrica. El marido de Agnès había estudiado para electricista y, siempre que había avería en el pueblo, se le llamaba a él.

Francisca había disfrutado del momento de ver el entusiasmo de los niños al descubrir el particular pesebre.

El año anterior había decidido que, aunque fuera criticada, era el momento de hacer un homenaje al pueblo y, con ayuda de todos y un poco de dinero de cada bolsillo, lo lograría. Como algunas ideas, se hizo más grande al hacerlo realidad y, al verlo casi terminado, se dio cuenta de que había logrado plasmar fielmente La Muga y la magia de aquel lugar.

—Solo vosotros y la Tomasa lo habéis visto. Esta noche, después de la Misa del Gallo, como marca la tradición, abriremos las puertas para que todo el que quiera pueda contemplarlo.

Adele y Marc le guiñaron un ojo de complicidad por ser los primeros y mantener el secreto hasta la noche. Adele estaba impaciente por ver la reacción de Kate al descubrir su miniyo, lo mismo que su madre...

—Seguro que la Úrsula protesta por su cara de enfado en el pesebre.

Marc y Adele ayudaron a Francisca con los últimos retoques. Pegar las minipapeleras en los parques, los minibancos recién pintados, los bebederos de los animales y figuras anónimas que mejoraban el ambiente del lugar. El tiempo les pasó demasiado deprisa y fue el tío de Marc, Amat, quien los sacó de la burbuja en la que se habían metido.

Tomasa entró para avisar de que Amat los reclamaba, pero ellos suplicaron quedarse con Francisca hasta terminar el pesebre. La Santa suplicó con la mirada a su prima, que no pudo ni quiso negarle el gusto. Amat compartió la emoción de los niños y se volvió a casa sin ellos.

Al fin y al cabo, La Rica les daría de comer y había que preparar el *tió* antes de que llegara la noche.

La Muga olía a guisos, a calderos avivados que, a todo fuego, cocinaban los manjares de Nochebuena, Navidad y San Esteban. Tres días consecutivos de fiesta en familia y grandes dosis de comida, cada día con su menú y su tradición. Apenas se cruzaba con alguien, eran pocos los que se detenían a charlar; no había tiempo que perder, demasiadas cosas por hacer antes de recibir a la familia, a los hijos, a las parejas de los hijos, a los nietos, a los familiares que, por Navidad, siempre vuelven a La Muga.

Amat se tomó un tiempo para él, caminó por el parque hasta llegar a las proximidades de la esclusa del río Muga. Cuando estaba con la cabeza pesada, le gustaba acercarse al río y escucharlo correr en calma. Llevaba un par de días apenas pisando el pueblo para pernoctar, evitando cruzarse con Gala, saliendo a comer y a cenar con amigos; buscando el disfrute y alejando todo pensamiento de ella. No lo había logrado, pero se había convencido de que debía gastar su memoria hasta llegar a la amnesia con Gala. Eran de dos mundos distintos, él pertenecía a esa tierra y, aunque su amor fuera correspondido, él no abandonaría La Muga; ya lo hizo y prometió no caer nunca más. Su madre tenía razón, aquella mujer era de otro mundo y ese enamoramiento era más ficticio que real: ella no sentía y él, apenas se había fascinado. Pensó en La Xatart, le habría gustado charlar con ella, contarle lo que le sucedía, escuchar sus consejos y terminar riendo juntos como siempre a causa del endemoniado carácter de la anciana. No le apetecía cenar esa noche en casa, porque sabía que su madre había invitado a las americanas y no quería montar un espectáculo. La rabia está muy cerca del amor y, si ya no sentía amor por Gala, sí mucha rabia. ¿Qué podía hacer para evitar la tormenta en casa?

—¡Béatrice!

Era perfecta para amansar a las fieras y pasar una maravillosa velada navideña. Así lo creía Amat y no se lo pensó para invitarla a cenar aquella noche. La francesa, que llevaba un par de años esperando la invitación, en cuanto dijo sí, colgó para acicalarse para la ocasión. Los buenos augurios de uno pueden resultar nefastos para el resto. La realidad es poliédrica y rica en interpretaciones; una invitada sorpresa en Navidad cuenta con muchas papeletas para llevarse la rifa.

—*Aquest any no anirem a la quina, em sents?*[*]

Nalda hablaba con Vicente mientras vigilaba que el caldo navideño hirviera a buen fuego. El abuelo Vicente era un apasionado del juego; le encantaban las cartas, el bingo de los domingos y, por supuesto, el quinto de Navidad; una especie de bingo que se juega siempre con los mismos cartones, que como fichas tiene maíz y en el que, en vez de dinero, ganas lotes de comida. ¡Un año ganó dos gallinas! La Roja, en cambio, detestaba el juego, le parecía primitivo y mucho más jugar a ese bingo que rifaba cerdos y gallinas. ¿Qué iban a pensar las americanas de nosotros? La feliz y longeva pareja, Vicente y Nalda, solían discutir por tradiciones; ella odiaba las corridas de toros y el sueño de Vicente hubiera sido vivir un San Fermín. Él era un hombre tosco, de campo, de tradiciones,

---

[*] —Este año no iremos al quinto, ¿me oyes?

y ella era una avanzada en el pueblo: feminista desde joven, reivindicativa, rebelde, informada y... ¡a favor del aborto!

—*Què tindrà a veure l'avortament amb anar a jugar a la quina?**

Cuando se ponía nerviosa, Nalda perdía la buena relación con las cosas y, aunque no tuviera sentido, su terquedad le impedía rectificar. Al final, era Vicente el que siempre terminaba cediendo; aparentemente, porque luego él también sabía cómo ingeniárselas para hacer lo que le viniera en gana. Para Nalda, tan necesario era protestar como no prohibir; desde que sufrió siendo una niña de la guerra se prometió que la libertad de cada uno sería sagrada y, a su edad, lo seguía cumpliendo a rajatabla.

Gala, sentada en el gran sofá, les escuchaba discutir, pero apenas entendía lo que decían. Hacía media hora que habían llegado de las compras: regalos para todos para meterlo debajo de la manta del tronco con cara sonriente y patas, tal y como Nalda le había contado.

—Querida, los que vivimos en esta tierra no adoramos un muñeco que salió de una bebida, sino un tronco de árbol, símbolo de la naturaleza dormida durante el invierno que, al ser golpeado con una vara o bastón, defeca para abonar de nuevo la tierra y reiniciar el ciclo vital de la naturaleza. En este lugar apreciamos nuestra tierra y no nos olvidamos de honrarla en cada ocasión.

Con tanto trajín, apenas había tenido tiempo para pensar, para llamar a Frederick o a su madre. Don Pluscuamperfecto le había dejado un par de mensajes en el

---

* —¿Qué tendrá que ver el aborto con ir a jugar al quinto?

buzón de voz, imitando como cada año a Santa Claus y su «¡ho, ho, ho!» que al principio le enamoró y a estas alturas le provocaba ciertas arcadas. Le extrañó que su madre no la hubiera llamado para sermonearla, para obligarla a tomar el primer avión con destino a Miami o Nueva York. No le apetecía hablar con ella, pero su interior no le permitía dejar de llamar para saber de ella. Fuese como fuese su relación, era su madre y…

—*For Jesus Christ, it's Christmas Eve!**

Tuvo suerte y su móvil estaba fuera de cobertura. Apenas eran las siete y media de la mañana en Miami, Julianne no soportaba dormir con el teléfono encendido y era muy probable que, a esas horas, estuviera soñando. En cambio, estaba convencida de que Don Pluscuamperfecto estaría despierto, se levantaba todos los días a las seis menos cuarto para practicar deporte y esculpir su estudiada figura. No tenía ni idea de dónde podría estar practicando su *jogging* matutino, tampoco necesitaba saberlo ni le apetecía oír su voz más allá de un mensaje que puedes borrar sin escuchar su totalidad. Eso mismo era lo que deseaba como regalo, un borrado mágico para recuperar su autoestima y enfrentarse a Frederick; para tirarle las maletas por la ventana y no solo un trozo de pizza cuando cruzara los límites. Para decirle que se fuera con sus amigas a Disneyworld porque ella había dejado de ser Cenicienta *La Criada*, y se había convertido en Brave *La Indomable*. Con la misma rabia con la que pronunció para sus adentros el nombre de su nuevo personaje, lanzó su móvil unos asientos más allá para evitar la

---

* —Por amor de Dios, ¡es Nochebuena!

tentación de llamar a Frederick y que el principio de su resurrección se evaporase.

Sacó del bolso el cuaderno de su abuela y aprovechó el descanso y la soledad para retomar su lectura.

20 de febrero de 1992

Hoy cumplo sesenta y ocho años y acabo de encontrar dentro de una caja en el desván este cuaderno del que había olvidado su existencia. Es curioso que la vida me reúna de nuevo con él a causa de una nueva muerte. Hace más de diez años que la abuela Adelaida murió, de vieja y sin perder un ápice de su carácter. Lo sentí porque la quería y ella, a su manera, quiso lo mejor para mí y trató de ser la madre y el padre que la guerra me arrancó. Nunca he hablado de mi madre, nunca he confesado en alto que pensaba en ella, preferí enterrarla con mi padre, aunque vivió veinte años más que él, recluida en un sanatorio y apenas visitada. Mi abuela Adelaida soportó todo el peso de la familia, como años más tarde, tras la muerte de mi hermana y Damià, me tocó a mí. En el fondo, me parecía más a la abuela de lo que yo creía: fui fuerte como ella y logré levantar a la familia, superar la muerte de padres, hermana e hijo y seguir cuerda como ella. Antes de morir, me enseñó cómo sobrevivir en soledad, cómo agarrarme a la vida a pesar de haber llamado tanto a la muerte para que me viniera a buscar. Me ayudó a superar lo de Román, a dejarlo atrás y olvidarme incluso de ti y de este cuaderno que comencé a escribir hace casi veinte años.

Ha vuelto a mí cuando revolvía viejas cajas cerradas y olvidadas, buscando fotografías de Antoine. Hace quince días que murió y, aunque jamás vivimos como pareja, ha sido el hombre que más me ha entendido en esta vida. Siempre estuvo ahí, para bien y para mal; gracias a él soy quien soy, dueña de mi destino con una empresa propia y clientes por todo el mundo. A los pocos años de montar el pajar, pude comprarle su parte y ser la única dueña de VellAntic; en mi caso, el alumno superó al viejo profesor y pronto mi fama le precedió. Encontré en los muebles algo sanador, cuanto más tiempo dedicaba a repararlos, sentía que la tristeza encontraba su lugar en mí y dejaba de corretear suelta, inhabilitando mi existencia. Descubrí el antídoto a mi dolor y estudié sin parar para perfeccionar distintas técnicas de restauración hasta convertirme en una de las restauradoras más famosas de la zona. El éxito me llegó por la necesidad, por la desesperación de acordonar el profundo dolor que, como a cualquier fiera, si no quieres que te devore, debes mantener presa.

Antoine me vio crecer, luchar y sobrevivir por encima de todo pronóstico y me dio alas para volar alto, mucho más que él. Fui su orgullo y, en el fondo, la mujer a la que más amó, pero era suficientemente experimentado para comprender que nunca alcanzaría mi amor; hacía mucho tiempo que había aprendido a diferenciar la admiración del amor devocional. Hasta que no murió, no me confesó sus verdaderos sentimientos ni que yo había sido uno de los estímulos de su vida.

Tengo sesenta y ocho años y estoy sola en el mundo. Antoine me lo ha dejado todo a mí; tengo dinero, prestigio, madurez, fuerza, pero ni familia ni ningún amor que haga de las noches un lugar menos tenebroso. El destino ha querido que apenas enfermara Antoine, me lloviera un ayudante; un discípulo como yo lo fui de él. Me habría negado si no fuera porque es el hijo de mi mejor amiga, la Nalda, y a ella pocas cosas puedo negarle. Se llama Amat, tiene veintiséis años, hace meses que volvió de Londres sin pronunciar palabra y con la tristeza tatuada en el corazón. Sé reconocer a una vaca de esta tierra sin necesidad de ver el círculo lacrado a fuego en su piel, lo mismo que reconozco a un tullido por amor. Los distintos tipos de dolor forman parte del mismo ramillete, y sentido uno, reconoces todos. Hace apenas dos meses que Amat apareció como un espectro por VellAntic y, después de dos días inmóvil sentado en un viejo taburete, se aventuró a lijar una vieja mesa. Por la noche, supe que le estaba ocurriendo lo mismo que a mí años atrás; con cada lijado supuraba pena y encontraba consuelo así que, por la Nalda y por comprenderle, sigue conmigo en el taller. ¡Quién sabe! Quizá se convierta en lo que yo para Antoine: un alumno aventajado.

Este cuaderno ha vuelto a provocarme la insensatez de escribirle a una nieta que nunca conoceré y que, con seguridad, jamás leerá todo esto. Dicha locura me consuela; hablarte, sentirte como me hubiera gustado conocerte, saber de ti, charlar y cuidarte como hubiera querido mi hijo, como hubiera querido hacerlo con él…

El pueblo ha cambiado mucho en los últimos años; como España. Ya somos Europeos, a la cola del desarrollo, pero creyéndonos un poderío que no tenemos. El pueblo se quedó sin vacas; los lecheros cambiaron el maíz por el ganado; muchos de ellos prefirieron eso a morir de hambre. Acuerdos de política mayor de la que apenas entiendo y la Nalda no deja de hablarme. Ella es de palabras, yo de silencios. Nos complementamos y nos entendemos por lo mucho que nos hemos respetado y por lo mucho que me ha comprendido.

Es la única en el pueblo que sabe lo de Román, para el resto siempre fui su tía; la única que sabe de tu existencia; la única que me anima a ir a buscarte. ¡Qué locura! Imagino tu cara al estar frente a ti y decirte: «¡Soy tu abuela!». El tiempo ha corrido en mi contra y, aunque le insisto a la Nalda, ella cree que nunca es tarde. Su espíritu revolucionario no la deja abandonar, pero yo no gozo de ese empuje para cambiar las cosas cuando la corriente va en dirección contraria. Mi abuela era de las que se peleaba con la Nalda y siempre le recordaba que «quien nada contracorriente termina ahogándose». Con los años no sé qué pensar, porque he ido siempre a corriente y, aunque sigo a flote, hay una parte de mí que hace años que terminó en las profundidades.

¿Qué sentido tiene mi vida ahora? Nuevamente debo recolocar la cabeza para luchar contra los fantasmas que me afloran. Esta vida se ha hecho un continuo superar miedos que, con la edad, se acrecientan. ¿Tienes miedos, mi niña? Todos estamos en ello, pero la mayoría los sufre en silencio; el tormento es mayor. No sé cuánto me queda por vivir, pero a mi edad el contador comienza a dar marcha atrás. No me quejo de la vida que he tenido, ya no maldigo al cielo de mis infortunios; solo pido que me dé fuerzas para seguir creyendo; para vivir como las plantas, siguiendo los ritmos armónicos de la naturaleza. Como si fuera tan fácil, ¿verdad? La Francisca me ayuda con sus plantas y sus remedios florales; me fío más de ella que del doctor Garriga; el doctor de la tensión del pueblo; es un buen hombre, pero hace tiempo que no me doy a las pastillas. Los ungüentos y las infusiones que prepara la Francisca me calman.

He decidido dejar de viajar. Si Amat se convierte en un leal ayudante, será él quien recorra Europa. Mi hogar es La Muga, un pequeño pueblo que se resiste a vestirse con la modernidad y se esconde a los recién llegados. Es un lugar complejo; todos nos conocemos desde chicos y hemos pasado por muchas cosas. Pero me siento parte de una gran familia; ojalá conocieras a las que ya vamos siendo unas abuelas; las mujeres de esta tierra que, generación tras generación, han sabido conservar su esencia. Cada una goza de su personalidad, hay rencillas muy antiguas entre nosotras, pero siempre hemos estado ahí. Ojalá algún día te las pudiera presentar, porque ellas, con el paso del tiempo, me he dado cuenta de que son mi verdadero tesoro; mis cómplices, como yo de ellas. ¿Nunca has soñado con tener un círculo secreto de amigas? En La Muga es algo ancestral de las mujeres de esta tierra; esa tradición centenaria ha pasado de generación en generación y es respetada por todas y todos. Muchas noches de luna llena las he pasado con ellas, en nuestro Círculo, convocado por alguna o por todas... Suena a locura, ¿verdad? A hechiceras o brujería literaria, pero solo en parte. ¿Qué somos las mujeres sino unas hechiceras de la vida? ¿No te parece que somos magas? Yo tardé mucho tiempo en aceptarlo, porque la sociedad está concebida para negar, esconder o apagar el poder femenino. Ojalá algún día retorne el equilibrio de la recta con la curva, y lo femenino tenga su trono sin ser mancillado o masculinizado. Qué cosas digo, ¿verdad? No quiero ofenderte, ni que creas que soy una chiflada que empieza a presentar los síntomas de la vejez. Puede que tengas razón, pero en la armonía de esta vida te confieso que debes conciliarte con la mujer que eres; no con la que quieren que seas o la que tú has construido para agradar. Y solo se consigue escuchando los ritmos de la naturaleza.

Nalda, que llevaba un buen rato observando a Gala de reojo, decidió acercarse para llevarle una taza de consomé de pollo y verduras. Había reconocido el cuaderno de Amelia y estaba feliz por saber que, al fin, el destino le había ofrecido a su amiga su bendición y, tal y como deseaba, su nieta estaba leyendo la historia, su historia.

—Toma, te sentará bien...

Las dos mujeres se miraron por primera vez con la complicidad profunda de quienes comparten un antiguo saber. La Roja estuvo tentada a sentarse a su lado y contarle cosas sobre su amiga Amelia, dispuesta a disipar sus dudas o satisfacer sus curiosidades. Pero prefirió seguir silente; esa mirada había dicho mucho más y, si Gala lo deseaba, podía acudir a ella cuando quisiera.

Vicente se había ido a ver el ganado; aunque fuera fiesta, los animales marcaban un ritmo que no entendía de abierto o cerrado; con esa excusa, aprovechaba para pasarse por el restaurante de La Muga y tomarse una cañita con Jacinto y felicitarse las fiestas.

Nalda y Gala se habían quedado solas en la casa. Apenas se oía el ruido del trajinar en la cocina; todo estaba en orden. Las chicas llegarían a media tarde con el tiempo justo para acicalarse para la cena; todavía le quedaba tiempo para estar con ella. Se tomó el consomé, cerró el cuaderno, se cubrió con una manta de lana de oveja y, sin pedir permiso ni acordarse, se durmió con esa sonrisa en los labios de saberse protegida.

Marc y Adele correteaban alrededor de la gran mesa, vestida de rojo y blanco, con candelabros alumbrando la decoración de estrellas y hojas secas. El abuelo Vicente había encendido las luces del árbol de Navidad del jardín, y Marc había metido el disco de villancicos de todos los años. Las hijas de la familia, Susana y Paquita, habían llegado ya con sus maridos, con botellas de vino y regalos para todos que, como todos los años, habían escondido en la habitación de la plancha. Gala y Kate estaban sentadas en el sofá sin apenas moverse, a las dos les había invadido un ataque de timidez; cada una por su lado, sentían la extrañeza de no estar con su familia y, ante una celebración tan íntima como la

Navidad, no sabían cómo comportarse. El padre de Marc se ocupaba de las bebidas y les sirvió un buen vino y un refresco. Como el resto de su familia, estaba encantado de tener invitadas esa noche.

Nalda había cocinado pescado al horno y marisco de entrante. En esa casa, en Nochebuena siempre se comía pescado; el día de Navidad sopa con *galets*, pollo asado y redondo de carne. En San Esteban, con las sobras, ¡canelones!

Adele enseñaba a Marc un villancico en inglés y, sin proponérselo, consiguieron ¡el primer coro de la noche! Y el consiguiente brindis. Era tradición cantar en grupo los villancicos, un inocente juego que empezaba con uno entonando acababa siempre en risa conjunta.

A las nueve en punto de la noche llegó el último comensal: Amat, acompañado de Béatrice, que nada más cruzar el umbral de la puerta provocó que hasta el disco de villancicos dejara de sonar. La única que se abalanzó a saludarla con afecto fue Nalda; la única que lo sabía y se alegraba por la decisión que había tomado su hijo. Los demás repitieron el gesto de la matriarca y dieron la bienvenida a la inesperada invitada.

Gala, Kate y Adele percibieron la visita sorpresa sin darle más importancia de la que tenía: Amat presentaba por Navidad a su pareja. ¿Acaso no ocurría lo mismo en su país? De un modo parecido fue como Gala presentó a Frederick; no fue en Navidad pero sí el día de Acción de Gracias, y sin avisar. Su madre, de los nervios, primero casi quema el pavo en el horno, y luego, por un mal corte, casi lo lanza por la ventana. Aquella velada terminó con un portazo y muchas palabras contenidas. Las visitas inesperadas, en cualquier lugar del mundo, siempre provocan un cambio en el ritmo de las cosas.

Sin ir más lejos, el primero fue mover de lugar a los comensales. Béatrice ocupó la silla prevista en la mesa para Gala, situada en uno de los laterales, al lado de Amat y las niñas.

—No te importa, ¿verdad?

No tenía por qué importarle, pero le molestó el cambio, aunque evitó pronunciarse al respecto por el sinsentido de su fastidio. La armonía dejó de existir y, en menos de diez minutos, estaba tan atacada que hasta deseaba cargarse el disco para que dejaran de sonar los malditos villancicos. La nueva se había convertido en el centro de atención, gozando además por si fuera poco de exquisita conversación y modales. Béatrice era la típica supermujer; si en la vida te encuentras con alguna siempre deseas salir de su marco de acción; donde está… eclipsa y no hay ojos para nadie más. Gala se dedicó a beber más rápido de la cuenta y a atracarse de marisco y lubina. Kate nunca había visto a su madre con la risa tan floja, incluso usando las manos para comer.

—Deja de pelar el langostino con el cubierto y ¡disfruta de los dedos!

El abuelo Vicente había marcado la pauta, y todos decidieron disfrutar de los dedos, incluso Gala, experimentando una nueva sensación: chuparse los dedos en la mesa sin recibir reprimenda o miradas de reproche.

Muy al contrario, Amat apenas probó el vino. Necesitaba estar sobrio para soportar la situación; Béatrice era una mujer muy guapa, le halagaba que sintiera tanto por él, pero le incomodaba cada vez que le daba un beso en público o se ponía cariñosa delante de todos, sobre todo delante de Gala. Fue incapaz de mirarla en toda la noche, ni siquiera sabía cómo iba vestida o si se había recogido el pelo. En los brindis, falseaba la mirada; no quería que sus ojos se cruzaran, prefería seguir ignorándola. Vicente observaba a Nalda, tantos años con ella le habían dado el don del oráculo en casa y sabía perfectamente que su mujer estaba disfrutando del espectáculo.

—¿Y tú a qué te dedicas?

Todas las miradas se dirigieron a Gala, que, con tanto alcohol y chupeteo de dedos, tardó en darse cuenta de que la pregunta de Béatrice iba dirigida a ella.

—¿Es a mí?

Incluso Kate, Marc y Adele, que estaban en el sofá jugando al *backgammon,* se dieron la vuelta para atender. Chupando la cabeza de una gamba, Gala dio una respuesta corta, que nadie entendió.

—¿Cómo? —preguntó Béatrice con la mejor de las sonrisas y esperando una nueva respuesta de Gala, que esperó a limpiarse el jugo de gamba en la servilleta para volver a responder.

—A nada.

Nadie reaccionó a la respuesta, y Gala se dejó llevar por la ¿pasión?

—*Vas te faire encule, chére Béatrice. Amat ne vous autorise pas à nous déshabiller en public.*[*]

---

[*] —Que te den por el culo, querida Béatrice. Amat no te autoriza a desnudarnos en público al resto.

Sorbió de nuevo la cabeza de una gamba, agarró una copa e invitó a todos a brindar por ¡la familia! sin despegar los ojos de la francesa, que todavía estaba reaccionando a la falta de decoro de la americana.

—¿Qué ha dicho tu madre en francés?

Adele no sabía traducirle a Marc lo que había dicho su madre, pero intuía que algo lo bastante desagradable como para que ni Béatrice ni nadie lo tradujera. Nalda comprendió, sin entender la frase, que Gala había soltado las garras, y fue así como consiguió que Amat la mirara por primera vez.

La velada transcurrió con algún que otro silencio, villancicos a coro, más brindis de la cuenta y salidas al jardín para comentar los cotilleos que estaba dando la noche. La tensión sexual entre Gala y Amat era de una evidencia tal, que incluso la francesa dejó para otra ocasión los arrumacos.

La hora de la Misa del Gallo se acercaba, Joana y Aleix llamaron a la puerta para comer los postres en casa de Nalda. Kate se sonrió al ver la pinta que llevaban; Joana con un vestido floreado de cóctel de los años cincuenta comprado por internet en una web *vintage* de segunda mano, y Aleix con tejanos, chaqueta negra, pajarita y zapatos lustrosos. Los dos llegaron sonrientes, porque en su casa les habían dejado brindar con moscatel, un vino dulce de la región, y se les había subido un poco a la cabeza.

—¡Toma!

—¿Para mí?

—Para ti. ¿Sabes qué es?

Joana se abalanzó sobre Aleix y Kate y, antes de que la americana pudiera responder, lo soltó divertida.

—Es un ramito de la suerte, se cuelga en las puertas de las casas y ahora quien te lo ha regalado tendrá que besarte si estás debajo de uno de ellos.

Kate sintió el rubor en sus mejillas, su hermana Adele contemplaba la escena con Marc con una mueca, esperando la respuesta de su hermana. Aleix intentó cortar el momento, pero solo consiguió un tímido balbuceo que provocó la risa de todos.

—¿Tenemos que ir a esa misa?

Joana miró con fuego a Kate, que ya comenzaba a soltarse, y estaba a punto de lanzar uno de sus comentarios desagradables. Ella era de respetar las tradiciones, y esa misa era el momento, junto con la visita al belén, más especial de la noche. Aleix se encogió de hombros, él era del pueblo de al lado, y era el primer año que sus padres le habían dejado acudir a la Misa del Gallo en La Muga. Esa noche pernoctaba en Can Brugat, como otras veces había hecho, pues su familia y los Brugat eran parientes lejanos y amigos cercanos.

—A mí me apetece ir a la iglesia, ¿sabes?

Adele llevaba la excitación de mochila. Desde que había visto el belén, estaba nerviosa contando los minutos para abrir las puertas del pesebre y ver la cara de su hermana cuando se viera allí dentro en forma de miniyo. Estaba segura de que iba a protestar por no haber sido avisada y que la recrearan sin sus patines. Ella era una Gotham Girl y, si La Muga debía inmortalizarla, tenía que ser como el general Custer y las botas puestas, pero con sus patines.

¡Los postres! Los dulces bajaron la marea y llevaron de nuevo a la velada un ambiente relajado y distendido.

Gala había conseguido amarrar su falta de control y Béatrice había dejado de ser el centro de atención para evitar mayores contratiempos. Amat aprovechó el momento en el que su hermana Susana contaba cómo unas Navidades casi se electrocutan con el árbol del pueblo para preguntarle a Béatrice por el comentario que Gala había soltado en francés. La francesa, muy hábil al reconocer la ansiedad del enamorado, se calló la traducción y le plantó un beso de esos que son imposibles de rechazar. Amat estaba contento de vino y tantas atenciones le habían girado el timón y, desde hacía unos minutos, solo tenía ojos para la francesa. Béatrice miró de soslayo a Gala, que la perforaba con su mirada, y con una leve sonrisa se reafirmó en que la venganza siempre debe servirse en plato frío.

Gala salió al jardín a tomar el aire y esperar a que el alcohol le bajara un poco si no quería dar el espectáculo en la misa delante de todo el pueblo. Nalda estaba sentada en uno de los peldaños de la escalera fumándose un cigarrillo. Todas las Navidades, desde hacía veinte años, se fumaba un cigarrillo sola y en silencio. Todos sabían que era su momento de intimidad anual, y solamente una persona lo había compartido: su amiga Amelia.

Gala tardó unos minutos en enfocar la mirada y vislumbrarla en la oscuridad. Solo las luces intermitentes del árbol alumbraban el lugar y, entre el mareo y el parpadeo, le llevó su tiempo dar con la figura de Nalda. Gala se acercó tímida y tambaleándose, sentándose al lado de la anciana en silencio. Las risas de fondo y el viento coronaban el ambiente de las dos mujeres, que prefirieron compartir el cigarrillo en silencio. Después de la primera calada y la consiguiente tos, Gala miró con incredulidad a La Roja intentando digerir el hallazgo.

—No sé por qué me miras así… Es la única manera de que una republicana roja como yo… pise una iglesia, ¿sabes?

Vicente le había pedido pocas cosas en la vida, una de ellas era acudir a la Misa del Gallo y, aunque ella lo intentó, no había podido negarse. Reconocía que, con el tiempo, consiguió reconciliarse con algunos religiosos de bien, pero seguía sin soportar a la Santa Iglesia…

—Los cristianos son una cosa y los católicos con su Vaticano, otra, ¿sabes?

Gala no había estado nunca en el Vaticano, ni siquiera había pisado Italia, pero le habían entrado ganas de visitar Florencia; por su abuela y por su padre. A media calada, se dio cuenta de que su orden de prioridades había cambiado y que todo lo que es fijo en la vida termina por romperse. Nalda le tomó la mano y se la apretó con fuerza.

—Tu a… buela…

Hasta ese momento no lo habían compartido. Lo había descubierto en ese cuaderno, ese de cuya existencia Nalda sabía y que, días antes de que la americana llegara, colocó en el primer cajón de la mesa del escritorio, tal y como su amiga Amelia le había encargado.

—Cualquiera que llega a una casa, abre cajones, ¿sabes?

Gala sonrió más de la cuenta por el alcohol, el cigarrillo compartido y porque, en el fondo, se alegraba de que todo comenzara a cobrar sentido.

—Todo forma parte de un plan, ¿no?

Nalda la miró divertida con sus gafas de pasta grandes a punto de caérsele de la nariz y escupiendo humo a trompicones. Se dio cuenta de que Gala comenzaba a labrar un cuento imaginario, como de leyenda, en torno al cuaderno, el círculo de mujeres y el cuadro.

—¿Pooor queeé naaadddie me diiice de quién esss el dichossso cuuuadro, eh?

Gala hablaba arrastrando las letras y con los ojos casi cerrados, intentando que La Roja le confesara todo lo que sabía. Lo poco que consiguió es que le arrebatara lo que quedaba del cigarrillo y lo custodiara hasta el final.

—Mejor no fumemos más, ¿te parece?

Gala soltó una carcajada y levantó los brazos a la noche estrellada como queriendo tocar una pléyade. Todo le daba vueltas y no podía parar de reír; Vicente apareció con un par de vasos con agua y azúcar; llevaba años con el mismo ritual y, por su bien, prefería no olvidarlo si no quería que el pueblo tuviera mecha para el resto del año. Se sentó un peldaño más arriba para que Nalda se recostara en sus rodillas y él pudiera acariciarle el pelo como todos los años.

—Llevo sesenta y cuatro años junto a esta mujer, ¿sabes?

Vicente era un hombre feliz y enamorado como el primer día de esa mujer a la que desde el principio supo que jamás podría gobernar. Su familia la recibió de mala gana, pues en La Muga, al menos en apariencia, las mujeres debían obediencia a todo lo que decía el hombre. Nalda ni estuvo de acuerdo ni hizo el esfuerzo por simular lo establecido. A Vicente, su terquedad fue una de las cosas que le enamoró de ella; que tuviera ese carácter indómito y ese corazón tan explosivo y pasional. Se habían convertido, junto con Agnès y Jacinto, en la pareja más sólida y longeva del pueblo. No había conocido a otra mujer antes que a ella, y nunca había necesitado estar con otra.

—Y me moriré sin estar con ninguna más, ¿sabes?

—*Auuu, auuu vaaa… deixa d'explicar bestieses, em sents?*[*]

Nalda era una mujer reservada y su Vicente, siempre que contaba con invitados y bebía un poco más de la cuenta, se arrancaba con lo mismo. Ella no había sido de las románticas, sino de las de corte práctico; me gustas, me caso, vivo contigo, formamos familia, nos cuidamos y… ¡ya! El resto es literatura de la pagana o la católica, que en temas de adoctrinamiento o pajarillos en la cabeza producen, según La Roja, el mismo efecto.

—Entonces, ¿no crees en el amor?

Nalda se incorporó molesta por la pregunta de Gala. ¡Por supuesto! Era una de las grandes defensoras del amor, pero del amor sin edulcorar. Ella despreciaba el amor de margarita, del «me quiere, no me quiere», no creía en la agonía de Romeo y Julieta, ni en la pasión turca, ni siquiera en el amor a primera vista.

—¿Entonces?

—El amor no tiene medio ni mensajero, simplemente es, ¿sabes?

Gala apenas entendió lo que le decía Nalda, pero era cierto que, en esas circunstancias, ni siquiera hubiera

---

[*] —Vaaa, venga… deja de contar tonterías, ¿me oyes?

sido capaz de acertar con la suma más simple. Todo le daba vueltas, necesitaba caminar, tomar el aire… El toque de campanas avisaba de que apenas faltaba media hora para la Misa del Gallo. Vicente, Nalda y Gala se metieron dentro de la casa para dar el toque de queda a la familia y emprender la peregrinación a la iglesia. Aunque apenas eran cinco minutos a pie, era un camino tan transitado que esa noche podía llevarles media hora o más.

Nada más salir de la casa, comenzaron a ver un tumulto de gente que, como en una romería, se saludaba entre sí y se deseaba felices fiestas. Gala no había vivido nada parecido a aquello y, entre el mareo y los tacones en suelo de tierra, estaba un poco desubicada. Kate y Adele se apresuraron a tomarle la mano a su madre; la pequeña no quería perderse el momento de llegar a la iglesia, y Kate prefería evitar que su madre, en vez de pisar, terminara por besar el suelo de la iglesia.

Amat se había rezagado con Béatrice y otros vecinos, que trataron toda la noche a la francesa como una más del pueblo. Era la primera vez en quince años que Amat llevaba a una mujer por Navidad y todavía estaban con el *shock* a cuestas. Aleix y Joana portaban a *Boston*; él era uno más de la familia y, aunque no entrara en la iglesia, era la excusa perfecta para ir entrando y saliendo de la misa. Los más rezagados eran Vicente y Nalda; se habían encontrado con Jacinto, Agnès y su familia que también jugaron al coro de villancicos y a las invitaciones sorpresa; una de sus nietas había traído a una amiga por Navidad.

—Una amiga, t'ho pots creure? I sa mare, imagina't la cara de sa mare.[*]

Nalda reía con la historia que le contaba su amiga Agnès. El paso del tiempo, las nuevas generaciones... Siempre creía que se había hecho vieja demasiado pronto, porque le habría gustado ser joven para disfrutar con plenitud de la libertad de aquellos días. La Navidad parecía ser igual cada año, pero en las sutilezas viaja lo mejor de la vida, y por eso cada manzana comida resulta ser como si fuera la primera; igual pasa con la Navidad; aunque la consideres previsible, siempre termina por sorprenderte.

La iglesia no era demasiado grande, pero sí una antigua reliquia del románico del siglo XII restaurada, orgullo de todos los vecinos. Apenas había una banqueta libre. Francisca saludó desde lejos a Adele y a Marc, que le sonrieron con los nervios cómplices de estar a tan solo unos minutos de abrir las puertas del belén para todo el pueblo. Teresa llegó la última con un exuberante abrigo de visón y unos pendientes de kilo de oro; cogida del brazo de su marido Alfonso Forgas, y sus tres hijastros tres pasos más atrás. Úrsula, como cada año, les había guardado el sitio, en la tercera fila a la izquierda. Jow fue el único que no entró en la iglesia; acompañó a Cecilia y la esperó fuera, sentado en un banco y acariciando a *Boston*. Aunque su marido la había abandonado, ella seguía siendo una mujer casada y, por las viejas costumbres del pueblo, Jow prefería no pisar la iglesia. Era Tomasa la encargada

[*] —Una amiga, ¿te lo puedes creer? Y su madre, imagínate la cara de su madre.

de guardarle un sitio a su lado y al de su prima y, desde lejos, saludar a Jow y mostrarle sus respetos.

El pueblo entero se encontraba unido una vez al año en la iglesia, aunque con el paso del tiempo y las defunciones, cada vez eran más frecuentes esas reuniones pastorales. Solo unos pocos atendían a los salmos, el resto estaba más entretenido contando ausencias y repasando al dedillo el vestuario elegido. Todos los años era lo mismo: Úrsula de negro riguroso, Cecilia con el vestido azul marino de la ocasiones, Teresa luciendo nuevo modelito, Tomasa enseñando pierna, y Francisca, Agnès y Nalda, del frío de la iglesia, sin quitarse el abrigo durante toda la misa.

Kate y Aleix decidieron escaparse a media misa, junto con Marc y Adele, y la mirada de complicidad de Francisca. Habían acordado con ella por la tarde que serían ellos los que, minutos antes de terminar la oración, abrirían las puertas del pesebre y esperarían a que la gente se agolpara para encender las luces.

Los dos pequeños, junto con Joana, hicieron de avanzadilla, Kate iba un poco rezagada, porque todavía no había alcanzado la destreza de liarse un cigarrillo y andar al mismo tiempo. Aleix, que no había fumado un pitillo en su vida y era más bien de la liga antitabaco, no se atrevía a decirle a Kate que dejara de liarse eso y se diese prisa.

—Si no te gusta ¡puedes irte!

Aleix bajó la cabeza y, de un impulso de rabia, dio un golpe seco en la mano de Kate, tirando su contenido al suelo. Kate gritó hasta quedarse sin aliento toda clase de improperios que Aleix aguantó sin venirse abajo, esperando que, en algún momento, dejara de gritar y se fijara en su mano en alto, sosteniendo un ramito de la suerte.

Tardó unos minutos en caer en la cuenta, pero cuando lo hizo, sintió una vergüenza de cuento.

¿Debía besarlo? Jamás había besado a un chico y no se había planteado hacerlo todavía, pero ella era una jugadora nata y debía reconocer que Aleix le había ganado la partida y esperaba con la cara enrojecida, los ojos cerrados y los labios temblorosos a recibir el beso. Kate contó hasta cinco para tener mayor coraje y, a la de cinco, se puso de puntillas y le plantó un beso en los labios que duró un suspiro en la eternidad pues, durante aquella noche, tanto Kate como Aleix lo reprodujeron compulsivamente con la mente.

Los chicos esperaron sentados en cajas de fruta a que la gente del pueblo y los vecinos fueran llegando para, tal y como había marcado Francisca, se encendieran las luces del pesebre. Adele y Marc aguantaban despiertos con esfuerzo para no perderse ese momento, pero en el fondo estaban deseando llegar a casa, dormir y, por falta de tiempo, a la mañana, hacer cagar el *tió* de regalos. En honor a las americanas, habían decidido que ese año fuera una mezcla de *tió* y Papá Noel, y dar los regalos el 25 por la mañana. Todo el pueblo tenía curiosidad por ver el pesebre de ese año; había corrido el rumor de que iba a ser de los más comentados. Y nada más encender las farolas y las luces de La Muga en miniatura, con el nacimiento en uno de los establos de Cecilia y Jow, comprendieron por qué iba a ser famoso el pesebre. Las caras de desagrado de algunos fueron más que evidentes, en cambio otros se buscaban divertidos en la miniatura. Kate abrió los ojos al verse junto a su madre y su hermana con las maletas en el suelo; llevaban el mismo traje que cuando llegaron por primera vez a La Muga. En ese momento comprendió por qué todos los del pueblo le decían que La Muga tenía ojos en la oscuridad y todo lo veía. Gala sonrió al reconocer a su abuela Amelia en el pesebre y buscó la mirada cómplice de Nalda, que también se había percatado. El silencio solo lo rompió La Guapa, que salió de allí, metiéndose con la obra de su cuñada y calificándola de profana y nada graciosa.

Minutos más tarde, la gente emprendió la retirada para casa. Todavía quedaba mucha fiesta que celebrar y había que madrugar para recibir en casa a más invitados. Adele y Marc se despidieron de Joana; Kate, de Aleix y, sin prisa, volvieron juntos a casa.

Amat decidió seguir la noche con Béatrice y, ante la atenta mirada de Gala, se despidió de todos con la mano; la misma mano que rodeó la cintura de la francesa. ¿Celos? Quizá fuera eso lo que aquella noche estaba sintiendo Gala, pero no era momento ni estaba en condiciones de ponerse a reflexionar. Necesitaba dormir y dormir en casa de su abuela. Adele suplicó dormir con Marc, así que, a medio camino, Kate y Gala se despidieron de todos con cariño y abrazos.

Hacía una noche clara y el frío no calaba en exceso. Madre e hija de nuevo juntas, caminando una al lado de la otra, compartiendo una intimidad que ni ellas mismas se imaginaban. Kate había crecido en ese viaje, estaba diferente, más pausada y atenta a lo que le ocurría a su madre. Gala también estaba distinta, no hablaba si no era estrictamente necesario, le había cogido el gusto a los silencios. Las dos andaban casi a oscuras y sin dudar de la dirección a tomar; ya se conocían de memoria el camino, ese que hacía tan solo unos días habían hecho a regañadientes. No fue precisamente la duda lo que frenó en seco a Kate.

—¡Mamá! ¡Nos hemos dejado a *Boston* en la iglesia!

Las dos se echaron a reír y, sin demasiada prisa, más bien disfrutando de la noche y de alargar el paseo y la compañía, fueron en su busca. La pobre Adele había tenido un exceso de emociones y olvidarse del pobre *Boston* atado a una farola era lo mínimo que le podía haber pasado. *Boston* saltó de alegría al verlas, sin atisbo de rencor por llevar horas a la intemperie; es la diferencia entre un animal y el hombre, que no se encalla en los reproches.

Gala miraba a *Boston* como si de un marciano se tratara, no era lo mismo, pero casi, pues jamás se hubiera imaginado volver a Nueva York con un miembro más de la familia, y menos sin consultarle a Don Pluscuamperfecto.

—¿Le has dicho a papá lo del perro?

Kate sabía que su escrupuloso padre estaba en contra de que «los pulgosos», como él los llamaba, entraran en el apartamento. En su catálogo de buena convivencia tenía prohibida la entrada de perros y de cualquier espécimen de animal, sin importar su tamaño o procedencia. Gala no lo había compartido con Frederick, como la mayoría de cosas que le estaban sucediendo en La Muga. Él no había dado muestras de interés o de que le preocupara que su mujer apenas le contara nada, seguramente era por el concepto que tenía de Gala y de su vida en general: «*Nothing is nothing*».[*] Ella tampoco se había interesado, más por el deseo de que no la mintiese que por la falta de interés. Cuando se toma distancia de las cosas, pierden importancia y se gana perspectiva. Desde aquel recóndito lugar del mundo, Frederick era uno más, un ser más bien engreído y egoísta que necesita ser el centro de atención para sentirse feliz. Gala habría necesitado irse a muchos kilómetros de sí misma para ganar esa perspectiva y ser capaz de leerse. Jamás se había imaginado pasar unas Navidades sola, con sus hijas y sin apenas hablar con su familia. Su madre seguía con el teléfono desconectado; estaba segura de que lo había hecho para castigarla, y Frederick no atendía a las llamadas. Con sus «ho, ho, ho» ya creía haber cumplido con ella y con sus hijas.

—¿Has comprado regalos para todos?

Kate preguntaba más que por curiosidad por sorpresa, pues desde que ella era pequeña, en la familia se habían sustituido los regalos por ingresos en la cuenta bancaria de cada uno. Así que el día de Navidad, en vez de abrir cajas o romper papeles de colores, lo primero que hacía al despertarse era mirar por internet su cuenta corriente. Se le ocurrió a Don Pluscuamperfecto, y Gala, para evitar el trance de que le criticara todos sus regalos y durante semanas fuera uno de los argumentos de mofa en cenas de amigos y familiares, decidió apuntarse a la propuesta. Pero en La Muga se vio obligada a volver a los regalos y disfrutar de su compra como hacía años.

---

[*] «Nada es nada».

—Pues yo no te he comprado nada.

Gala la miró con cariño y media sonrisa. El mejor regalo de su hija era pasar momentos como ese a su lado y comenzar a sincerarse, a recuperar la comunicación, si es que algún día la tuvieron.

—Cuando volvamos a Nueva York, podríamos tener una tarde al mes para estar las dos solas. ¿Qué te parece?

Gala se sorprendió de su propia propuesta y Kate bajó la cabeza y golpeó con el pic una piña para que *Boston* fuese a por ella, tomándose su tiempo para responder. ¿Una vez al mes? Quizá fuera demasiado espaciada esa tarde de madre e hija, pero mejor una al mes que ciento volando. Después de varios pasos en silencio, Kate se detuvo y, mirando a su madre, alzó la mano para formalizar el pacto. En el fondo, la propuesta le había sorprendido tanto como a Gala, pero le gustaba la idea.

Las calles estrechas seguían desprendiendo olor a comida y a leña quemada que, seguramente, continuaba prendiendo en la mayoría de las chimeneas, apurando las últimas gotas de la primera velada en familia. ¡La familia! Qué importante y qué difícil sostener el equilibrio entre lo que quiere uno y lo que quiere o es mejor para la familia. Gala se acordaba de su abuela, de las decisiones que tomó por Román, por ella, por su abuela Adelaida, de lo que construyó y lo que sufrió con cada decisión. Eran otros tiempos y otro lugar del mundo, pero Gala sentía que la vida o ella misma estaba acercándose a una encrucijada para tomar decisiones de esas que la memoria retiene y ni el tiempo es capaz de borrar. Ella… sus hijas… Frederick…

su vida en Nueva York… De solo pensarlo, se apoderaba de ella un temblor de pies a cabeza que le nublaba la mente hasta sentir la sensación de desmayo inminente. Kate le tomó la mano preocupada. Gala, con el sudor frío todavía en el cuerpo, miró a su hija para tranquilizarla. La vida avanza y, a sabiendas de que nunca hay marcha atrás, hay lugares o situaciones que actúan de catalizadores repentinos. ¿Lo estaba siendo La Muga?

La noche comenzaba a helar y sus cuerpos a pedir el refugio de una buena manta y una chimenea encendida. Kate sintió la mano fría de su madre, su cara comenzaba a deformarse por el frío, el vaho gélido salía con fuerza a cada bocanada. Con la excusa de *Boston* y la emoción interna de pasar un tiempo juntas de nuevo, se habían alejado más de la cuenta de la casa. Caminaron aceleradas, sin apenas hablar, concentradas en mantener sus cuerpos calientes y mantener a raya ese frío endemoniado que había despertado con el vendaval. Kate tenía la cabeza ocupada en cómo encender la chimenea lo más rápido posible. Amat le había enseñado la técnica de los vaqueros: cuatro troncos, cada pareja en paralelo y formando un cuadrado; las piñas en medio, y con papel y ramitas se prende una buena brasa. No lo había probado nunca sola y le apetecía la aventura. Le había pillado el gusto al fuego, a los hogares, al crepitar de la leña, al olor de la encina quemada. Le apetecía quedarse con su madre, observando el baile de las llamas mientras le llegaba el sueño. Ese lugar, aunque extraño todavía para ella, le ofrecía experiencias nuevas que la recolocaban en otra Kate, mucho más libre, salvaje, mucho más… ¿feliz?

A lo lejos, frente a la casa, aparcado en un lateral de la carretera, vislumbraron un coche con las luces de emergencia puestas. ¿Quién podía ser a esas horas? No reconocían el vehículo, allí pocos lo llevaban lujoso, y la mayoría eran furgonetas o todoterrenos... Gala no quiso darle demasiada importancia, seguramente serían unos fogosos borrachos que no habían podido reprimirse y habían aparcado el coche en cualquier lugar para dar rienda suelta a la pasión. Kate, en cambio, avanzaba con *Boston* mucho más intrigada, su teoría no encajaba con la de su madre y estaba convencida de que ese coche con las luces de emergencia puestas estaba allí porque las estaban esperando. Por un momento se le pasó por la cabeza que fuera su padre que, a modo de sorpresa, había volado diez mil kilómetros para estar con ellas el día de Navidad, pero no era propio de Frederick.

La teoría de Kate fue la que más se acercó a la realidad, pero se equivocó de persona. A menos de veinte metros del coche, una figura cubierta con lo que parecía un abrigo de pieles largo hasta el suelo descendió del coche, después de que, previamente, el chófer, le hubiera abierto la puerta.

—¿A... buela?

—*Mooommm?*[*]

Más que echar a correr hacia la inesperada visita que no cesaba de saludar con la mano alzada, se detuvieron en seco para recuperarse de la impresión. ¿Qué demonios estaba haciendo Julianne allí? ¿Se había vuelto loca? Kate fue la primera en acercarse, necesitaba comprobar que, efecti-

---

[*] —¿Maaamáaa?

vamente, aquella figura que alzaba el brazo para saludar era su abuela Julianne y sus doscientas maletas. Gala, en cambio, rezaba para que esa mujer fuera cualquiera menos su madre, pues ni le apetecía pasar con ella las Navidades ni que estuviera en La Muga para... ¿qué demonios había venido a hacer?

—*Meeerryyy Chriiistmas, ladies!!!*[*]

---

[*] —¡Feeeliiiz Naaavidaad, señoritas!

VIII

Contemplar desde la carretera la llanura del paisaje, los castillos de piedra medio derruidos erigiéndose en las colinas como vigías; los girasoles, las amapolas hibernando para florecer; la cordillera de montañas en el horizonte, blancas de nieve, y nevadas de casas blancas de pueblos escondidos.

Cuatro mujeres y un chófer perdidos por el Ampurdán; por caminos de arboledas, sorteando socavones de la naturaleza, animales cruzando sin avisar; todo calma fuera, en el interior hasta el silencio contenía chispas. Kate y Adele iban detrás con Gala, contemplando esa tierra a través de los cristales velados de un coche lujoso que poco tenía que ver con el lugar y demasiado con su vida y la de su abuela. Julianne capitaneaba la excursión sorpresa; un paso más a la inesperada visita: pasar juntas tres días, viajando y visitando rincones escondidos. Todo menos permanecer en ese pueblo, La Muga, que tantos recuerdos le traía y que jamás había pensado que tendría la necesidad de volver a pisar.

Salieron apenas celebraron el dichoso *tió*; Julianne las esperó dentro del Mercedes. Nalda y ella se saludaron con la mirada desde la distancia y a través de sus respectivas ventanas; Julianne desde el coche; Nalda desde uno de los balcones de la casa. El tiempo no consiente, envejece y, aunque algunos seres como Julianne se resistan a mostrar las arrugas, la juventud se marchita para dar paso a la senectud; con pliegues en la piel o sin ellos. Hacía más de cuarenta años que no cruzaban sus miradas y, si por ellas fuera, habrían seguido así hasta criar malvas. Gala no quiso decir nada; tenía los ojos hundidos y enrojecidos por la falta de sueño; necesitaba un poco más de tiempo para hacerse a la idea de que su madre estaba a menos de diez metros de distancia de ella. «¡Solo ella es capaz de hacer algo así!». La Roja descifraba lo encriptado de la mirada de Gala, era capaz de traducir los pensamientos que emborronaban su mente e, incluso, adelantarse y predecir los acontecimientos que causaría la nueva presencia. Ella también necesitaba tiempo para digerir que Julianne, la mujer que prohibió a su mejor amiga disfrutar de su única familia viva, su nieta, justo después de perder a su único hijo, pisara de nuevo La Muga dispuesta a sabotear la siembra de los días pasados. Como los cuervos cuando se comen las semillas, estaba convencida de que Julianne no había viajado miles de kilómetros para pasar las Navidades en familia, sino para borrar para siempre ese lugar.

«¿Qué pudo ver Román en esa mujer?». Tantas veces se lo había preguntado y lo había oído en boca de Amelia. Tantas veces le repitió Nalda que le diera una segunda oportunidad, que la llamara de nuevo, tragándose el orgullo y entendiendo que ella también había perdido a lo que más quería. La justificó, pudo comprenderla hasta que convenció a su amiga para llamar, para volver a hablar y con garantías de que todo se pondría en su sitio. La Xatart marcó los números en su presencia; habían pasado dos años de la muerte de Román, pero lo que encontró fue la misma crueldad multiplicada por el paso del tiempo. Julianne no solo había decidido enterrar todo vestigio o rastro de Román, sino que odiaba todo lo que le recordara a él para acelerar el olvido y hacer de la vida ligereza.

—¡No me vuelvas a llamar! Estás muerta, ¿me oyes? La abuela de mi hija hace mucho tiempo que murió. En un accidente de tráfico... ¿Te suena?

Amelia estuvo un par de segundos sosteniendo el teléfono después de que Julianne hubiera colgado dando por finalizada la conversación. Se había quedado como una estatua de hielo, petrificada por el dolor y la culpa. Nalda fue la que colgó con tal furia que el teléfono cayó al suelo, acompañado por una decena de improperios dirigidos a la maldita americana. La abuela Adelaida, que estaba durmiendo la siesta y medio sorda, se despertó con el vocerío incontrolado de Nalda. Las dos mujeres subieron al desván para evitar ser escuchadas y que la abuela volviera al sueño.

—¿Qué pudo ver Román en esa mujer?

Subiendo las escaleras, fue la primera vez que escuchó de Amelia esa pregunta que, a lo largo de los años, se transformó en un lamento repleto de impotencia. Nalda jamás supo responder, pero al igual que Amelia, sabía que le pedían demasiado a la razón, poco diestra en los dominios del amor.

—¿Amor? Eso no es amor... ¡Odio es lo que tiene!

Así se llama la cruz de esa misma moneda que, con un leve chasquido, puede llevarte al cielo o al infierno. Todo lo que pudo conseguir fue tejer un mal consuelo y que el paso del tiempo se encargara del resto. Vicente y Nalda ayudaron a Amelia a reconstruir el pajar; pusieron dinero para acondicionarlo y mucho amor para que su amiga no se convirtiera en hormigón. Jamás hubiera pensado que su hijo Amat sería el heredero, junto a Gala, de VellAntic. Era el círculo de la vida, que devolvía sin pedir, del mismo modo que recibes hachazos. La Roja era demasiado vieja ya para enfrentarse a Julianne, para decirle, sin que su corazón sufriera de arritmias, todo lo acumulado en esos años.

Kate y Adele estaban encantadas con sus regalos; montones de libros sobre esa tierra, un *backgammon* en maleta para que se lo llevaran a casa, un par de caballos tallados por el abuelo Vicente con madera de olivo; un par de bufandas de Nalda con los gorros a juego; de talla extra grande y a rayas, para que no se olvidaran de ella. No era nada de lo que se hubieran comprado en Nueva York, ni siquiera se les habría pasado por la mente. Pero recibieron las ofrendas con el mismo cariño que fueron pensadas o hechas. Kate y Adele abrazaron a Vicente y a Nalda con un cariño olvidado; el abuelo Vicente, que con poco se emociona, se secó los ojos y le prometió a Adele que, antes de irse, le tallaría un *Boston*. Gala comprendió la insensatez de dejar de regalar, de olvidarse de lo importante, de no molestarse por crear o de no perder el tiempo para los que quieres. Se dio cuenta de lo mucho que se estaban perdiendo al ver la cara iluminada de sus hijas y cómo gozaron del momento. Se prometió que, a la vuelta, Santa Claus volvería a meter regalos dentro del calcetín.

Antes de salir de la casa, Nalda le preguntó a Gala hasta cuándo estarían fuera. Gala apenas tenía información, tampoco se había preocupado en preguntar.

—Un par de noches o tres…

La Roja calculó con los dedos; era imprescindible que el 28 por la noche retornara a La Muga. Le hizo prometérselo sin darle razones, y Gala comprendió sin necesidad de más.

—Te doy mi palabra.

Las dos mujeres se fundieron en un largo abrazo, el primero en todos esos días. Fue tan intenso que, al separarse, la anciana tenía empañadas de vaho sus gafas. Fue mudo de palabras, pero lleno de intenciones y gratitud. Gala se dio media vuelta para evitar compartir sus lágrimas repentinas. Esperó a tenerlas secas para entrar en el coche; Julianne no perdía detalle desde el retrovisor.

Ninguna de las tres, ni Kate, ni Adele, ni Gala, preguntaron por el primer destino. A ninguna le apetecía la excursión, ni siquiera a la pequeña *scout* que estaba enfurruñada por no haber dejado que Marc las acompañara. ¿Hacia dónde se dirigían?

Al poco comenzaron las curvas y el consiguiente mareo de la tripulación. Gala no podía entender cómo su madre era incapaz de soltar prenda y decirles cuál era el plan para pasar juntas el día de Navidad. Tan solo había dado instrucción de ropa cómoda y zapatillas de deporte. Desde que había entrado en la menopausia, se había vuelto adicta al deporte, pero ¿deporte en familia el día de Navidad? Sonaba a locura, a insensatez, pero su presencia allí era ya de por sí la mayor de todas.

—¿Nos puede decir usted al menos adónde nos lleva a mis hijas y a mí?

El chófer apenas balbuceó mirando a Julianne, que le negó la palabra. No estaba capacitado para revelar ningún secreto, ni compartir anécdotas graciosas del lugar. Si alguna cosa detestaba Julianne, eran los conductores que confundían la proximidad espacial con la íntima. Ella tenía prohibido a todo chófer hablar con ella, y sobre todo arrancarse con alguna anécdota tan manida como barata. Por la cuenta que le traía a Gustavo, la mejor respuesta fue la callada. Por trabajar en esas fechas, le estaba cobrando diez veces más, y la americana ni siquiera había intentado negociar a la baja. Estaba seguro de que, si se comportaba siguiendo a rajatabla el decálogo de peticiones que la excéntrica mujer le había detallado por internet, recibiría un generoso extra. Así que, para evitar poner en riesgo el suculento día de Reyes que iban a tener sus hijos, se dedicó a ignorar la retahíla de súplicas de Gala y las niñas.

—*We're almost there! Silence, please.*[*]

---

[*] —¡Ya estamos llegando! Silencio, por favor.

Gustavo, siguiendo las órdenes de Julianne, puso a la Callas para tranquilizar a las fieras. Apenas quedaban cuatro kilómetros para el destino y, por lo que mostraba el paisaje, también para el fin del mundo. Gala estaba furiosa, se sentía impotente; sabía que estaba en manos de su madre y que a partir de ahora ella estaría al mando.

—Al menos podrías hacer el esfuerzo de hablar en castellano para que... ¡tus nietas aprovechen el viaje!

Aunque Julianne la miró a través del retrovisor con un rictus de tensión y desconcierto, accedió a la petición de su hija sabiendo que sería difícil cumplirla.

El coche se detuvo en un descampado rocoso cercano a un faro, con vegetación silvestre y un acantilado. Kate y Adele tuvieron que unir la fuerza de las dos para poder salir del coche; el viento soplaba con nervio en ese lugar, donde la tierra abruptamente terminaba.

—¿Dónde estamos?

—En el cabo de Creus, ¿no es así Gustavo?

El chófer afirmó con la cabeza y se permitió añadir que es el único lugar de España donde los Pirineos se asoman al mar. Un lugar privilegiado para pasear y descubrir las curiosas formas de la naturaleza.

Julianne salió del coche con mucho ímpetu, dispuesta a iniciar una excursión por la zona; había leído que era un lugar idóneo para rutas de senderismo y descubrir secretas calas y paisajes de una belleza descomunal. Gala no daba crédito al plan orquestado por su madre. ¿De senderismo por Navidad? Podía haber imaginado cualquier locura, pero en ningún caso que su madre la llevaría a caminar por las rocas para descubrir calas secretas y un paisaje apocalíptico del fin del mundo.

—¿Sabías que en este lugar se rodó la película *The Light at the Edge of the World*, basada en una novela de Julio Verne? La interpretaban Kirk Douglas y Yul Brynner.

—¿Quiénes son esos?

Las cuatro, acompañadas de Gustavo, seguían las flechas rojas que indicaban el rumbo que debían seguir; el descenso no era peligroso, pero había que tener cuidado con algunas rocas que estaban algo afiladas. A Adele ese lugar le pareció mágico, fue la primera en fijarse en el cartel que indicaba lo que la abuela Julianne acababa de contarles; que allí se rodó una película americana, y si habían venido de tan lejos para rodarla, debía de ser porque el lugar era especial. El paso del tiempo había erosionado las rocas, dejándolas con formas singulares que creaban un paisaje salvaje donde el romper de las olas y el viento se habían erigido en segunderos del lugar... Al descender hasta una explanada que descubría la primera vista panorámica, comprobaron que no habían sido los únicos valientes que se habían apuntado al senderismo por Navidad.

Julianne y Gala se acercaron al acantilado para estar cerca del abismo y sentir el cosquilleo del miedo a perder el control. Gala observaba de reojo a su madre, que parecía disfrutar con aquella excursión; Gustavo permaneció unos pasos atrás con las niñas compartiendo una de las decenas de leyendas que han inspirado el lugar.

—Dicen algunos que del amor entre un pescador y una sirena nació esta tierra, que fue visitada por el mismo Hércules y que incluso esconde el Santo Grial.

Adele escuchaba embobada a Gustavo, que se crecía en explicaciones y detalles al comprobar el interés de la pequeña.

—Este lugar es el primero que ve el sol de toda la península Ibérica. Es sagrado porque está dotado de una increíble energía telúrica, y los etruscos lo eligieron para construir sus megalitos para comunicarse con sus dioses.

Las dos se perdían en las explicaciones que, por la súbita emoción del chófer, eran cada vez más místicas. Kate y Adele cerraron los ojos y dejaron que el poder del viento las invadiera para que pudieran sentir cómo su fuerza magnética se colaba en cualquier pensamiento y lo transformaba abruptamente hasta la ansiada inspiración que tantos artistas han venido a buscar. Gustavo les mostró esa belleza ruda de montañas peladas, de ocres, de luces y sombras, de pequeñas calas escondidas entre las rocas de una intimidad que duele invadir.

Gala comenzaba a sentirse seducida por el dantesco lugar; ese paisaje fantasmal producía un curioso efecto magnético por atrayente, inspirador y... ¿único? Las cuatro mujeres siguieron la ruta, los carteles de flechas rojas, compartiendo las sorpresas de la naturaleza, dejándose asaltar por la improvisada tierra y por las explicaciones de Gustavo que, con el visto bueno de Julianne, ofrecía una información detallada. Kate y Adele se agarraban para que el viento no las tirara; Gala prefería engancharse a las rocas antes que a su madre, que seguía mostrando una impostada felicidad por la excursión y lo que hacía tantos años había dejado de practicar: ¡estar con la familia!

—Un poeta de esta tierra muy conocido, Joan Maragall, bautizó esta tierra como el Palacio del Viento. ¿Sabíais que la tramontana llega a alcanzar los ciento cincuenta kilómetros por hora?

Cuando el frío comenzaba a calar más allá de la epidermis, emprendieron el camino de retorno en dirección al gran faro; sorteando malas hierbas, pequeños arbustos, asegurando cada una de las pisadas para evitar cualquier desprendimiento o susto repentino. Aunque no deseaba reconocerlo ni en voz alta, la excursión a ese lugar le había gustado. Julianne y ella apenas habían intercambiado palabra; desde que a lo lejos y en la oscuridad divisó a su madre, tenía agarrotado el estómago y respiraba a medio pulmón. Gala la había observado de reojo sin perder detalle, y no alcanzaba a comprender qué tipo de estrategia estaba utilizando. Su madre no actuaba por solidaridad al prójimo ni a la familia, sino para su propio beneficio. Se comportaba como si hubiera pisado por primera vez aquella tierra aquella mañana, cuando Gala estaba convencida de que fue su padre quien le descubrió a su madre ese mágico lugar. Nuestra inteligencia o control mental no llega a poder elegir las cosas que nuestra memoria retiene, y Gala intuía que su madre no había olvidado ese faro, ni ese viento, ni La Muga. Sin embargo, se comportaba con una euforia desconocida por todas; era como si hubiera desayunado guaraná o extra de ginseng y sufriera de amnesia transitoria.

A Adele le habría encantado meterse dentro de ese inmenso faro y divisar desde lo alto la magnitud de ese mar embravecido y los barcos en la lejanía.

—Está encendido desde 1853 y solo se apagó durante la guerra civil por miedo a un bombardeo.

Gustavo estaba encantado con las preguntas de Adele y su insaciable curiosidad. Se habían quedado rezagados del resto, descubriendo las maravillas de torres vigías como esa, de luz blanca cegadora e intermitente, que tanta literatura han destilado. La pequeña había penetrado el aura de magnetismo del lugar, con su faro y los acantilados más propios de una civilización perdida en los libros que de su mundo.

Tras el paseo, Kate, Gala y Julianne llegaron al único restaurante de la zona; un antiguo cuartel de la Guardia Civil rehabilitado por un inglés, Chris Little, que se enamoró del lugar e hizo del restaurante su vida. Llevaba funcionando más de dos décadas y eran muchos los que acudían para disfrutar comiendo marisco, pescado fresco y suculencias de la tierra, gozando de la fusión de los Pirineos con el mar en un espectacular acantilado.

No era de lujos, todo lo contrario, de tenedor campechano y manteles de papel, pero estaba a rebosar de gente que, como ellas, había elegido ese lugar para festejar la Navidad, en familia, en pareja o en soledad. Kate comenzaba a sospechar que aquella tierra cambiaba a las personas nada más pisarla, porque tampoco reconocía a su abuela; incapaz de entrar en un lugar sin lanzar la primera queja… Julianne sonreía sin parar; Gala pensaba que se había tomado algo, porque le temblaba el labio superior, síntoma de sistema nervioso alterado.

Gustavo pidió un par de horas para poder comer con su familia y ver a sus hijas. Julianne le concedió tres para sorpresa de él y del resto. Ese lugar, aparte de para salir oliendo a pescado frito y con la barriga llena, no daba para tres horas y, mucho menos, con la nula conversación que, desde que llegó la abuela, habían mantenido. Julianne, en cambio, estaba deseosa de que sus nietas le contaran todo lo que habían hecho o descubierto por allí.

—Tenemos un perro: *Boston*.

Adele insistía en *Boston* porque sabía que a la abuela no le gustaban los perros, y no se creía que lo aceptara sin rechistar.

—Yo fumo.

Julianne miró muda a su hija, abriendo los ojos y conteniendo la respiración para evitar hablar. Kate no había encontrado nada más que contar para que su abuela volviera en sí y dejara de fingir que estaba encantada con aquel lugar, los manteles de papel y comer con los dedos.

—¿Así es como educas a tus hijas?

Gala prefirió no contestar, beber cerveza y contemplar el paisaje. Sabía que el comentario de Kate tenía intención de provocar, y ella no sería la que lanzara la primera piedra. Estaba convencida de que su madre apenas necesitaba de un empujoncito más para soltar la retención de improperios acumulados desde que llegó. Pero Julianne no parecía dispuesta a montar una escena, sino a cumplir con el espíritu navideño de pasar una maravillosa tarde en familia frente al mar. Y para ello decidió que ella misma sería el espectáculo; fue la que cantó villancicos con los de la mesa de al lado, contó anécdotas divertidas de cuando Gala era pequeña, se rio con cualquier comentario de sus nietas; elogió la comida del lugar, el servicio... Todo era de una perfección tan aborrecible y ficticia que Gala explotó sin más.

—¿Te vas a seguir comportando como si nada hubiera pasado?

—*Sweet darling, it's Christmas time... enjoy!*[*]

Gala se levantó bruscamente de la mesa tirando su propia silla y salió del restaurante con el abrigo a rastras, bajo la atenta mirada de sus hijas, que predecían que no solo el cielo se estaba cubriendo de nubarrones. Julianne apuró el flan con nata, dejando caer la cucharilla y emitiendo un soniquete que, en Nueva York o en Miami, hubiera sido impensable. Kate y Adele la observaron sin poder tragar saliva; parecía que a su abuela la hubieran abducido. ¡Solo le faltaba lamer la nata del plato con la lengua!

Gala se sentó en el porche para disfrutar de las vistas y evitar un escándalo público. Una de las camareras le facilitó una manta para guarecerse del frío polar y le llevó el café con leche caliente que había pedido. Se miraron con complicidad, pero respetando el lugar de cada una; de no ser porque una trabajaba, se hubieran sentado a reflexionar sobre la Navidad, la familia y sus efectos secundarios. Gala comenzaba a sentir el hartazgo de aguantar a su madre; ella fue la primera en hacer de la mentira un vicio, y no

---

[*] —Cariño, es Navidad... ¡disfruta!

se enorgullecía de haberlo recibido en herencia. ¿Quién era su madre? No era capaz de recordar la última vez que se sentaron a hablar de la vida y de sus esencias; hablaban de tendencias, viajes y experiencias sensoriales, que no emocionales. ¿Qué sentía su madre? Julianne se había refugiado tanto en la frivolidad que había enterrado sus sentimientos para evitar sufrir. ¿Qué hacía su madre en esa tierra? Gala sentía que la rabia se apoderaba de ella, no solo porque era Navidad y la comunicación con su madre era nula, sino por sentirse invadida, por tener que compartir la experiencia de esa tierra con la mujer que durante toda su vida había evitado pronunciarla y, de haber podido, la hubiese hecho desaparecer. Respiró profundamente, sintiendo el frío en las paredes de sus pulmones; cerró los ojos buscando un recuerdo feliz con su madre; un momento de complicidad que la ayudara a reconciliarse y sobrellevar esos días en compañía.

Recordó cómo, cuando tenía apenas nueve años, su madre apareció de la nada en la casa familiar de Boston y la pilló intentando pintarse las uñas por segunda vez. Madre e hija apenas se veían; Julianne siempre andaba de viaje, de cenas o actos sociales que le impedían pasar tiempo con su hija, maravillosamente atendida por Melvin y Dana, el matrimonio que vivía en casa de la abuela y se encargaba no solo de la niña sino de la casa entera. Julianne miró a su hija en silencio, que estaba tirada en el suelo de cerámica del siglo XIX con más de diez lacas de uñas, y cuatro de ellas abiertas. Gala había decidido pintarse una uña de cada color y hacer de sus manos un precioso *patchwork* para ser la más original de la clase. Miró a su madre más preocupada por su reacción que con alegría de verla. Desde que murió Román, su relación era fría y distante, y Gala ya había llorado todas las lágrimas por su ausencia y había encontrado cobijo en Melvin y Dana. Sabía que era su madre, se alegraba por dentro, pero había aprendido que era mejor no esperar nada que desesperar más tarde por la ausencia de cariño, amor o tiempo compartido con ella. Julianne entró con la mirada fija en su hija, se quitó los zapatos y fue de puntillas hasta estirarse a su lado. Sin mediar palabra, le tomó una manita y comenzó a pintarle la uña con delicadeza. Un dedo tras otro, todos de un color diferente. Apenas hablaron, pero intercambiaron miradas de complicidad y risas disimuladas; Gala observó la destreza de su madre y la admiró por ello. Julianne se ocupó de restaurar las uñitas que se había pintado su hija, delatando su falta de práctica. Lo hizo sin apenas pronunciar palabras, solo divirtiéndose con esa situación, cómplice con su hija. Apenas fueron veinte minutos que terminaron con un beso en la frente y una carantoña en el pelo. Gala se quedó inmóvil con las palmas abiertas y una cara de felicidad inesperada por ese beso y esas uñas pintadas por su madre. Julianne desapareció sin darle más importancia; Gala no se despintó esas manos hasta que su abuela la obligó, y derramó lágrimas por quitarse ese recuerdo de estar con su madre, sonriendo juntas.

No es fácil ser niña, ni educar a unas hijas habiendo sido niña con un agujero de ausencias. No se exculpaba, pero comenzaba a entender que, si no se le pone consciencia, se repiten patrones heredados y se viven vidas elaboradas desde lo vivido y no desde lo deseado. Gala estaba algo asustada por comenzar a plantearse, a cuestionarse su vida, la de su madre y la de sus hijas. No por querer cambiarlas, a eso no había llegado todavía, sino por saber qué había en ellas de real y cuánto de prefabricado. Kate y Adele eran demasiado jóvenes, pero seguro que sobre lo impuesto habían comenzado a construir esas vidas de cartón hechas para todos menos para uno mismo. Kate no era una Brearley Girl, aunque estudiara allí, sino una Gotham Girl y, aunque Gala lo había sabido siempre, se dedicó a recordarle a su hija mayor quién era ella: una Brearley. ¿Acaso había conseguido algo? Por suerte, Kate y su testarudez habían soportado el no reconocimiento y resistido el envite sin cambiar, sin necesidad de construir cartón para ser aceptados. ¿Adele? Apenas había salido de los planetas inventados, pero el mundo que se le presentaba parecía encajarle mucho más que a su hermana mayor. «Tan iguales y tan distintas a la vez…». Su madre y ella, en cambio, se habían perdido entre postines, bodas y funerales. Jamás había sentido la necesidad de hablar con ella hasta ese momento; necesitaba saber quién era, de dónde venía y cómo era su padre. Conociendo esa tierra y el lugar al que pertenecía su madre, Gala comprendió la valentía de Julianne y el amor que debió de sentir por su padre como para enfrentarse con los Marlborough e imponer su amor por encima de todo. Su temprana muerte no debió de ser fácil de encajar, no solo por el dolor, sino por la familia y el qué dirán.

El móvil tuvo que sonar insistentemente en varias ocasiones para que Gala saliera de sus pensamientos y volviera a esa realidad. Frederick… Gala sostuvo el móvil unos segundos para tomarse un respiro antes de contestar. No estaba segura de… No estaba segura de nada y menos de mantener una conversación con su marido en esas condiciones.

—*Hi!**

No estuvieron demasiado tiempo hablando. La conversación se centró toda en el subtexto, porque las palabras parecían de un día cualquiera; no de Navidad y separados por miles de kilómetros. Frederick intuía que algo había cambiado; la admiración entre ambos estaba en pozo seco y, cuando eso ocurre, la relación comienza a hacer aguas. Hacía años que la ceguera de Gala les impedía tomar decisiones más realistas y menos dañinas para ellos y para las niñas. No era momento de hablar, pero se alegraba de que su mujer comenzara a tomar las riendas de su propia vida y se atreviera a vivir bajo sus necesidades y no bajo las del resto. Frederick no era un mal hombre, solo un soberbio incapaz de contenerse con las mujeres y la buena vida. Gala le convenció para tener una familia y ella aceptó en el subtexto ser compartida. Los dos se metieron en una burbuja que más pronto que tarde les estallaría. Había llegado ese tiempo para la reflexión y, por lo que intuía, era mejor el silencio que la palabra. La olla a presión estaba al límite y todo lo que no se habían dicho en años podía explotar. La conversación terminó como otra más, sin apenas cambios ni palabras mal

---

* —¡Hola!

dichas, pero cada uno habiendo captado ese subtexto que hablaba de una burbuja que ya había explotado.

—Mamá, ¿estás enfadada con la abuela?

Adele había permanecido quieta al lado de su madre, mientras Gala hablaba con Frederick. Lejos de preguntar por su padre, a Adele le preocupaba el presente y ese pasaba por la buena convivencia entre Gala y Julianne, que era de todo menos armónica.

Gala y Adele se quedaron charlando en el porche hasta que llegó Gustavo a rescatarlas de la helada. Las cuatro subieron al Mercedes; Gala y Julianne sin apenas mirarse, aunque cada una dispuesta a bajar el hacha de guerra por el bien de las niñas. Hacía años que no disfrutaban de unos días juntas como para estropearlo por las rencillas del pasado. Gala le había prometido a su hija saborear el presente y, subida en ese coche sin conocer el siguiente destino, se propuso cumplirlo, aunque tuviera que tragarse el orgullo y contar hasta cien en decenas de ocasiones.

Entre campos y bosques silvestres vieron el cielo tornarse rojizo hasta abandonarse a la noche estrellada. Apenas unos minutos de la luz a la oscuridad; así funciona la vida, a golpes de pestañeo que te arrancan de una realidad a otra y esperan que camines sin mirar atrás. ¿Lo había logrado Julianne? Cuarenta años no son una página en tu vida, aunque muchas veces pueda dar esa sensación. ¿Cuarenta años son suficientes para borrar la impronta del amor? Gala observaba a su madre, escondida tras sus gafas de sol, cómo se dejaba llevar por la tristeza cuando sabía que no era observada. Desde que salió del restaurante había abandonado la sonrisa postiza de «a mí no me pasa nada» y mostraba un rictus tan relajado como apesadumbrado. Adele, apoyada en su hermana, se había quedado frita; demasiadas emociones en pocos días; seguía no del todo recuperada de aquella recaída y, de vez en cuando, se mareaba. Gala la observaba con preocupación, pero se fiaba del doctor Garriga, un hombre que todo lo achacaba a la emoción, a la sobrexcitación de una vida nueva, donde todo está por descubrir.

—¿Acaso los bebés no necesitan dormir todo el tiempo?

Adele había descubierto al fin ese nuevo planeta que siempre había soñado, y con Marc llevaba días explorándolo todo sin apenas descansar. Kate miraba a su madre reflejada en el cristal oscuro del coche. Gala también la miraba desde el mismo lugar, sintiendo su complicidad como días atrás. Sin dejar de mirar por la ventana, Gala buscó la mano de su hija y la apretó fuerte, con una intensidad poco conocida. Gala estaba orgullosa de Kate; de su talento, de su cabeza, de su sensibilidad y de ser una Gotham Girl y no una Brearley Girl. Comenzaba a creer que, en esa familia, todas las mujeres tenían mucho más de Gotham que de Brearley. Ese pensamiento le provocó una sonrisa sincera que Julianne captó desde el retrovisor. Observaba a Gala desde la lejanía, porque sabía que estaba enfadada con ella; ese viaje sorpresa parecía haber movido la rueda y, como un juego del destino, las tenía juntas en un lugar que se había prometido no volver a pisar, ni siquiera nombrar.

No sabía a qué había venido. Desde que Frederick se lo contó, dejó de dormir por las noches; demasiados sueños acumulados sobre aquella tierra que le intranquilizaba el alma y le hacía la existencia insoportable. Intentó que Gala volviera, que dejara de hurgar en un pasado que no le pertenecía, pero su hija, con la terquedad de tantos silencios que buscaban respuesta, aterrizó en La Muga para hacer girar de nuevo la rueda. Había acudido para convencer a su hija y salir de esa tierra cuanto antes, pero tras haberla pisado de nuevo, sentía su cabeza llena de recuerdos que creía enterrados; le dolía cerrar los ojos y verse sonriente al lado del hombre al que más amó y más quiso olvidar: Román. Metida en ese coche, protegida con gafas de sol, comenzó a pensar que no había hecho ese viaje para rescatar a su hija de allí, sino para rescatarse a sí misma de un mundo prefabricado, de cartón; hecho a la medida de los otros, pero no ella.

La abuela Julianne había organizado una estancia en el Wine Spa de cinco estrellas de Perelada para disfrutar de las medicinales y curativas propiedades de la vid, y de jugar al golf en familia, como era tradición en Navidad. A Kate le gustaba practicar y observar cómo su *swing* mejoraba cada año, pero reconocía que, de no ser por su abuela, jamás lo practicaría. Adele simplemente era torpe con los palos, y ni con un profesor era capaz de darle a la bola. En eso había salido a su madre, aunque en su caso, más que por falta de destreza, lo era por aburrimiento supino. El golf no era su deporte y, aunque Julianne se empeñara todas las Navidades, ella se negaba a formar parte de ese *rich woman club*. Julianne había ideado el plan perfecto: relax, buena comida y deporte. Ante la sorpresa de todas al despertarse por la mañana, llegaron al pacto de que cada cual disfrutaría de las instalaciones según sus apetencias. Todas estuvieron de acuerdo, con la condición de encontrarse a la hora de las comidas. Aquel lugar era mágico para disfrutar del descanso y los buenos masajes; ideal para Gala, pero tremendamente aburrido para Adele y Kate que, en cuanto se ubicaron, llamaron a Joana para que acudiera a rescatarlas. En su casa seguían de celebración, para sorpresa de las niñas.

—¿San Esteban? ¿Tan importante es ese?

Joana no lo sabía con exactitud, pero tenía comida en familia, en casa de sus primos, y le sería imposible salir a rescatarlas ese día. La vida de las celebraciones puede llegar a ser sumamente estresante, y Joana iba con la lengua fuera y tenía el estómago dilatado de tanta fiesta en familia.

Acordaron llamarse a la mañana siguiente. Joana envidió a su amiga Kate por alojarse en uno de los hoteles de lujo de la zona. A ella le encantaban los *spa*, los chicos en albornoz y tomarse un té de menta después de un buen masaje. Kate no era de las que gozaba con los exfoliantes, las cremas y los baños de burbujas, pero visto el panorama y las ganas de su hermana Adele por experimentar todo tratamiento, decidieron hacer de exploradoras y probar todos los masajes que les recomendaran junto a su madre y a su abuela.

Pasarse un día en albornoz, de una camilla a otra, en una bañera o una piscina de chorros era un plan exquisito y apetecible para la gran mayoría. Pero cuando a alguien

lo transportan al paraíso con repentina brusquedad y sin pedirle opinión, el idílico lugar parece no encajar del todo.
Así se sentían Adele y Kate, que llevaban diez días asalvajadas, correteando libres por el campo, sin las buenas
maneras a examen y descubriendo que hay vida más allá
de la tecnología. Kate se alegró de tener wifi gratis en el
hotel para hablar con Joana, Jersey y… ¿Aleix? Apenas
sabía nada de él desde la Nochebuena, pero pensaba en él
con media sonrisa, imaginándose alguna de sus torpezas
que tan graciosas le parecían.

Julianne optó por jugar al golf por la mañana y dejar los masajes para la tarde. Gala convenció a su madre de
que lo mejor para las niñas sería estirar las piernas, y aprovecharon para recorrer los alrededores del *spa*. Estaban
muy cerca de La Muga: en Perelada, el pueblo vecino, donde se abrió el testamento de Amelia Xatart; donde conoció
a Amat, con las manos manchadas y marchándose a caballo dejándolas boquiabiertas.

Las tres caminaron por esas calles nuevas, de baldosa
rosada, de una urbanización contigua al pueblo, llena de
enormes chalets de piedra, con jardín, piscina y, aunque no
incluida en el precio, seguro servidumbre. Adele no había
dormido demasiado, pensando en *Boston* y echando de menos a Marc. Seguro que él sabría contarles cómo se llamaba
esa zona de casas, tan parecidas a las que le gustan a la abuela en Miami, pero que a Adele le resultaban tan faltas de
personalidad. Comenzaba a cogerle el gusto a la piedra
antigua, de apariencia medio derruida, pero que llevaba en
pie tantos años, acumulando tanta vida en sus paredes. Kate

empezaba a compartir la opinión de su hermana, y buscaba con interés el final de las casas nuevas y el principio del pueblo viejo.

—¿Por aquí no estaba la casa de los vinos del primer día?

Kate estaba en lo cierto. Gala cayó en la cuenta de que Teresa la había invitado a visitar los viñedos cuando quisiera y, aunque no recordaba con exactitud el camino, estaba segura de que preguntando por los Forgas sabrían orientarla bien.

Caminaron perdiéndose por las calles de suelo empedrado hasta casi detener el tiempo y poder girar atrás las manecillas unos cuantos siglos atrás. Adele se imaginó vestida de princesa, amaneciendo en uno de esos balcones, y Kate en un parque practicando esgrima o el arte de la espada.

—Yo... ¡aprendería a luchar!

Gala sonreía al ver los derroteros por los que iba la imaginación de cada una de sus hijas. ¿Qué haría ella en esos tiempos? Llegó a la conclusión de que en poco cambiaba su situación: estaría casada con un hombre que no la querría y la compartiría con muchas amantes. No estaba revuelta con el tema, simplemente se daba cuenta de lo medievales que llegaban a ser sus circunstancias. Gala se consideraba una mujer moderna, estaba mucho más cerca de Kate que de Adele en ciertas cosas, pero sin embargo se había recluido ella misma por el propio miedo a construirse la vida más allá de los límites impuestos por ser de cuna Marlborough.

El claxon de un coche las devolvió al presente y terminó abruptamente con su viaje en el tiempo. Amat se detuvo para saludarlas obligado por su sobrino; Gala apenas quiso darle importancia al encuentro, pero sintió cómo el corazón brincaba hasta provocarle una pequeña arritmia que no ayudó a atemperar sus nervios. Adele, en cambio, se dejó llevar por la emoción de ver a *Boston* y a Marc en la parte de atrás de la ranchera. Joana le había contado a Marc que se hospedaban en el Wine Spa, y su tío, que tenía que comprar vino Forgas en Perelada, le prometió dar unas vueltas para ver si las encontraban. No pensaba lograrlo, pero apenas cruzaron el cartel de «Bienvenidos a Perelada» vislumbraron las tres siluetas caminando por la calle principal.

Faltaba poco para que sonaran las doce campanas marcando el mediodía. Decidieron aparcar y pasear con ellas por el pueblo con la alegría de los menores y cierto reparo de los adultos. Kate, Adele, Marc y *Boston* hicieron de avanzadilla, dejando a Gala y a Amat en un estado de timidez que iba más allá del silencio compartido.

—¿Tu madre?

—Jugando al golf.

Amat sonrió mirando al suelo y Gala le miró con la intención de alzar el machete por su pequeña mofa, pero terminó sonriendo como él. Estaba segura de que Amat consideraba que el golf era un deporte que practican los que disfrutan moviéndose en las aguas de la frivolidad.

—Tú seguro que eres más de golpear el tronco que no una bolita...

Amat se detuvo para encajar el golpe; ser un hombre de campo no significaba ser de las cavernas, pero Gala seguía distorsionando su figura y esa realidad.

—Creo que juego al golf mejor que tú, pero… ¡cierto! Prefiero partir leña.

Apreció en su tono cierta seriedad que la dejó descolocada. Su voz era cortante y severa; hasta el momento siempre le había hablado con delicadeza, aunque sin perder la ironía. Su comentario, más que molestar, había querido ser cómplice, gracioso. A veces las intenciones no coinciden con la realidad y, del disgusto, Gala le dio una patada a una pequeña piedra del camino. Con la cabeza gacha, dio la conversación por terminada. Amat la miró de reojo y frenó con dos suspiros sus terribles ganas de abrazarla. No pretendía ser brusco con su comentario, pero cuando se va en contra de lo que uno siente, se producen las chispas inadecuadas.

Caminaron en silencio, incapaces de remontar la incómoda situación, mirando cada uno a su interior, escuchando sus pensamientos y observando a los pequeños jugar con *Boston*. Apenas había nadie en la calle, Perelada es un lugar donde la tranquilidad suele pasear e impregnar el ambiente de una paz inspiradora.

—¡Mamá! ¡*Boston* ha aprendido a sentarse! ¡Mira! *Boston, sit! SIT!*

Adele estaba feliz con la visita sorpresa; Kate había logrado contactar con Jersey, que le pedía fotografías del lugar. Kate le mandó un par y su amiga se había quedado encantada. Kate se apoyó en una valla de madera para no perder la cobertura ni el wifi gratuito que había encontrado y siguió conversando con Jersey. Se soltó por primera vez para contarle sus aventuras en La Muga, el viaje por una herencia de su madre, las abuelas y las historias de cada una. Jersey no tenía tiempo para enviarle emoticonos suficientes que describieran su interés. Ella envidiaba la posición y dinero de su amiga. En el fondo le habría encantado poder pasar unas Navidades como las de Kate, en un lugar perdido, buscando un tesoro o descubriendo que hay vida más allá de su país. Jersey era una defensora nata de Europa, y siempre soñaba con ir allí a estudiar, enamorarse y gastar su juventud. Kate seguía preocupada por no haber estado ni poder estar en las eliminatorias con las Gotham Girls. Jersey no entendía la obsesión de Kate por ser una Gotham, era cierto que jugar a la Roller Derby junior imprimía carácter, pero no marcaba una vida. Pero para Kate significaba ser, durante un espacio de tiempo, como ella deseaba. Jersey y Kate procedían de mundos más que distintos. Eran casi las dos caras de Nueva York y, para su sorpresa, se sentían casi hermanas de sangre, aunque su color de piel y sus orígenes fueran opuestos.

—¡Kaaateee! No te quedes atrás…

Kate se despidió de su amiga con la pantalla a rebosar de corazones de todos los colores y esprintó para alcanzar al grupo. Le habría encantado que Adele controlara su carrera, porque estaba segura de que, con la emoción, era capaz de batir su propio récord.

Al poco, Gala reconoció la entrada de Can Forgas, un gran jardín con naranjos, castaños y pinos presidiendo el camino hasta llegar a la gran casa al fondo que rodeaba una gigantesca explanada de viñedos.

Nalda había llamado a Teresa para avisarla de que Amat llegaría para buscar el vino y el cava especial de esas fechas. La familia Forgas tenía unos vinos de privilegio, reservados a amigos y familia que en citas señaladas compartían con unos pocos. Representaban la miel más preciada del lugar, y los que la habían saboreado hacían del placer una leyenda, engrosada con los años. La mayoría vivía con la intriga de si esas botellas existían o no; solo unos pocos y la familia conservaban el secreto de ser conocedores del descubrimiento del Santo Grial hecho vino y espumoso. Ni siquiera Amat compartió la historia con Gala; apenas compartió nada más. La Segunda los esperaba en el porche con una amplia sonrisa, y vestida para recibir a embajadores.

Amat recogió las botellas en un par de cajas individuales y se lo agradeció con mirada cómplice. Alfonso Forgas estaba enseñando las viñas a las visitas y los niños se aseaban para la comida. Teresa se excusó por no invitarles a entrar, ni ofrecerles un aperitivo, pero estaba apurada con los preparativos de última hora.

—Nos vemos el 28, ¿no?

Se lo dijo a Gala en la despedida, guiñándole un ojo. Gala puso cara de amnesia. La había pillado a contrapelo y no recordaba el mensaje de Nalda ni su pacto de volver a La Muga antes del 28 por la noche. Amat miró con complicidad a Teresa; sabía que el Círculo se abría después de mucho tiempo porque su madre llevaba unos días más pendiente de eso que de la Navidad. Kate y Adele se despidieron de Teresa de lejos, correteaban junto a *Boston* que, desde que había pisado Can Forgas, lo olisqueaba todo, buscando piedras y palos para jugar sin parar.

Hicieron el camino de vuelta con el mismo paso y velocidad, pero sintiendo que el tiempo corría más lento. Gala y Amat deseaban llegar para la despedida, pero la ansiedad es mala pasajera y, lejos de consumir más deprisa, convierte cada segundo en una reverberación infinita. Gala estaba a punto de explotar por la incomodidad y por no poder escaparse de la situación.

—Siento haberte ofendido antes.

—¿Con qué?

—Con lo de que a ti el golf…

Amat no dejó que terminara la frase y le dijo que no estaba ofendido, solo que, ante ella, le costaba ordenar con coherencia las palabras. Gala sonrió con timidez por la inesperada respuesta, y volvió a golpear una piedra del camino mientras se dejaba halagar por Amat. Los dos sabían que tenían que resolver lo de VellAntic, y ninguno abría la boca para plantear una salida. Amat decidió contarle que había hablado con el abogado Riudaneu y había decidido comprarle el cincuenta por ciento al precio que se conviniera por ley.

—Si es lo que quieres, al terminar las fiestas podemos tenerlo listo para la firma.

—Gracias.

Gala no supo decir más porque, aunque la noticia la dejó aliviada, le formó al tiempo un nudo en el estómago. Al fin había convencido al terco de Amat para que le comprara su parte, pero hacerlo significaba desprenderse de uno de los lugares y cosas más preciadas por su abuela. Siguieron el resto del camino absortos en sus pensamientos, más cercanos, pero en compañía nuevamente del silencio.

Se subieron todos a la ranchera, Amat las llevó hasta el Wine Spa; los chicos salieron disparados para dar la última vuelta con *Boston* por los alrededores, mientras Gala y Amat se quedaban dentro del coche como petrificados, buscando una respuesta o comentario al momento.

—No quiero que pienses que ansío comprarte tu parte. Yo estoy bien como estoy, pero si tú lo deseas...

Gala levantó la cabeza para mirarlo con gratitud. Amat sintió cómo un rubor repentino recorría su cuerpo en forma de pequeñas sudoraciones. Se miraron, aguantando, reprimiendo en la inmovilidad cualquier acto, hasta que Gala, como una estrella fugaz, decidió abalanzarse sobre Amat y plantarle dos besos, uno en cada mejilla, que erizaron todo su cuerpo. Gala sintió la imantación del primer roce de sus labios en la piel de Amat. Le desconcertó su propio deseo que, desde sus entrañas, le pedía paso con golpes de calor acelerados. Amat fue incapaz de reaccionar; Gala salió del coche extrañada por lo sentido y, antes de cerrar la puerta, escuchó la voz en susurro de Amat.

—¿Cenas conmigo esta noche?

Gala afirmó con la cabeza, incapaz de negarse a la invitación de quien segundos antes la había hecho nublar la vista por ¿deseo contenido? Hacía demasiados años que se había olvidado de él y le costaba reconocer la añeja sensación. Cerró la puerta de un golpe y, como si hubiera despertado de un sueño, se tomó un par de segundos antes de emprender la marcha y alejarse con todas las consecuencias: el compromiso de cenar con Amat. Llamó a las niñas que, despidiéndose efusivamente de Marc y *Boston*, acudieron excitadas, relamiéndose del maravilloso encuentro y proyectando la tarde prevista de masajes y aguas termales en familia, donde todo podía ocurrir.

Julianne era una enamorada de la vinoterapia desde que la descubrió una década atrás en el White Oaks de Niágara en Canadá. Todos los años se hacía su semana de *peelings*, envolturas y baños de espumoso para nutrirse de antioxidantes y retrasar el envejecimiento de arrugas y caída de piel, para ella deprimente. Jamás había conseguido que su hija la acompañara y disfrutara de las virtudes del vino para la circulación sanguínea y prevenir enfermedades. Gala no gustaba de los masajes y mucho menos de la compañía de su madre casi nunca, y rodeada de lujos y tratamientos *antiaging*, menos. Jamás se hubiera imaginado estar en una misma bañera de burbujas, llena de buen Merlot a 37 grados de temperatura, escuchándola hablar de sus logros en el campo de golf, con la mascarilla hidratante puesta. Sus problemas con la escucha comenzaron cuando Julianne se dispuso a dirigir la vida de su hija; recomendarle que era hora de hacerse sus primeros arreglos si no quería avejentarse como la mayoría.

—Nosotras debemos y podemos envejecer desde otro lugar, porque podemos pagarlo...

No soportaba a su madre cuando se ponía con el discurso de que eran de un rango superior a la media y, por ello, debían actuar de otro modo. No soportaba el discurso clasista de «¡compórtate como una Marlborough!», y no pensaba aguantarlo metida en una bañera, supuestamente para el relax, durante cuarenta y cinco minutos.

—*Mom, please! Shut up!*[*]

Julianne la miró con desconcierto por las maneras empleadas no solo para dirigirse a su madre sino por las palabras elegidas. Su hija estaba distinta, y comenzaba a atreverse a perder las formas, la educación y el decoro. No era ella quien debía recordarle su vida y su responsabilidad con lo elegido, pero estaba claro que Gala comenzaba a olvidarse de quién era y cuál era su lugar en el mundo.

—No estás sola, ¿sabes? Este parque de atracciones tiene que acabarse cuanto antes.

Gala la miró desafiante, sin saber qué responder a lo que acababa de escuchar. Su madre sabía muy bien que aquel viaje no era precisamente Disneyworld, pero ella se empeñaba en seguir enterrando al muerto y todo su mundo. Se resistía a sacar el tema, a dar rienda suelta a los demonios atados durante años, aunque andaba con el tridente desatado, provocando la tormenta.

—¿Has hablado con Frederick? Está preocupado por tu comportamiento… Lo mismo que yo…

Gala solo deseaba que llegara el final del baño de burbujas y evitar armar un escándalo en tan poderoso lugar. Pero Julianne parecía empeñada en que ardiera Troya

[*] —¡Mamá, por favor! ¡Cállate!

y no le importaba que fueran a tener la mundial entre barros de vid, cremas y albornoces. Julianne se sentía como en una burbuja a punto de explotar, porque no se soportaba en esa tierra ni un día más. Los recuerdos que ella misma creía perdidos le sobrevenían en forma de pesadilla, atormentando su existencia mucho más de lo que ya estaba. No era capaz de mirar su reflejo en ningún cristal y comprobar el paso de los años; el haber llegado a esa edad sin girar la cabeza a su pasado; a ESE pasado ni una sola vez. Pero en menos de cuarenta y ocho horas, en forma de cascada torrencial, le había sobrevenido lo enterrado, incluso había sentido la presencia de Román y llegado a pensar que podía seguir vivo. Tal era la paranoia por la que su mente viajaba que necesitaba tocar tierra y, para ello, despotricar de su hija y acumular ira para evitar lágrimas y lamentos.

—No entiendo lo que estás haciendo. ¿Quieres destrozar tu vida y la de tus hijas?

—Mamá, por favor, para... Haz el favor de parar... No es momento para esto...

—No te he educado para que vivas como sientes. ¿Me has oído?

Gala cerró los ojos y esperó pacientemente a que su madre se cansara de hablar y provocar al cielo. Esperó un imposible, porque para Julianne parecía solo el principio; el milagro se produjo cuando entró una chica a avisarles de que el tiempo del baño había concluido. Gala se levantó con precipitación de un salto, salpicándolo todo y, sin apenas secarse, se puso el albornoz, las zapatillas de toalla y salió a toda velocidad. No quería enfrentarse a su madre porque todavía no estaba segura ni de lo que sentía ni de lo que quería oír. Sabía que las cosas ya no eran como antes, que no podrían volver a vivir con el tapón puesto, que el agua se estaba escurriendo y existía un límite de tiempo para la charla; tan solo necesitaba un poco más. Seguir escurriendo el bulto, porque seguía sin poder hablar de su padre, su infancia, su abuela, La Muga...

Julianne salió y la buscó con la mirada furiosa; ella era la matriarca y nadie la dejaba con la palabra en la boca, ni siquiera su hija. Entró sin perderla de vista en otra habitación; por suerte, tenían terapias distintas y no volverían a coincidir en un par de horas.

Adele encontró a su madre sentada en una banqueta en la sala de relax a punto de tomarse un té y echarse en una camilla hasta que llegara su turno. Kate y Adele habían salido del circuito de chorros y su próximo destino era la piscina cubierta. Adele disfrutaba de cada paso; en sala de relax, porque se imaginaba ya mayor, como su madre, tomándose un té caliente, dispuesta a recibir una nueva terapia. Kate, en cambio, era la primera vez en su vida que entraba en un lugar así porque siempre se había resistido y, aunque le costaba reconocerlo, comenzaba a pillarle el gusto hedonista del placer por el placer. Solo pensaba en Joana y en todas las cosas que le explicaría cuando se volvieran a ver; seguro que su amiga era una experta en el tema y sabría apreciar los detalles, como la fruta fresca o las toallas desechables en cualquier rincón.

—¿Sabías que Paul Newman se lavaba la cara todos los días entre cubitos de hielo?

Se lo había dicho Joana en un mensaje de WhatsApp y Kate, curiosa, quiso experimentarlo y llegó a la conclusión de que jamás volvería a emular a una estrella de cine, o a seguir los consejos de una amiga obsesionada con serlo. Adele todavía tenía la risa floja de ver a su hermana emerger de la piscina de agua helada con la cara desencajada y correr a meterse en la caliente para recuperar sus constantes vitales. Gala, que comenzó a escuchar a la pequeña con muecas de desaprobación, terminó a carcajada limpia por la gesta de su hija mayor. Adele, aunque tenía los dedos arrugados por exceso de agua, era como un pez; adoraba estar en la piscina y nunca veía el momento de salirse. Gala miró a Kate antes de que desaparecieran de su vista para que fuera ella la que le pusiera los límites a su hermana y se la llevara para la ducha a regañadientes.

Gala necesitaba ese momento de calma para ordenar sus ideas y moderarse con su madre. No podía imaginar que hora y media más tarde coincidirían en el baño turco y pondrían a prueba no solo su resistencia física al calor. Gala entró pensando que estaba sola, con ganas de estirarse, a sudar incluso los pensamientos. Al poco sintió la presencia de alguien más, pero como se suele hacer, optó por la ignorancia.

—¡A veces dudo de que puedas ser hija mía!

Gala escuchó y reconoció la voz de su madre con los ojos cerrados. No era una frase que la removiera, puesto que no era la primera vez que se lo decía y ella pensaba lo mismo. Se incorporó para mirarla sin necesidad de hablar. Su madre estaba sentada y con la cabeza gacha; aunque lo intentaba con todas sus fuerzas, no irradiaba con la misma fuerza. Estaba como debilitada, pálida… Gala la miró con preocupación, pues una cosa es no tener qué compartir con tu madre y otra muy distinta no saber reconocer cuándo algo la está consumiendo. Era la primera vez que la veía sin fuerzas, soltando los comentarios como un moribundo sus últimas bocanadas de aire antes de expirar definitivamente.

—He cancelado la boda con John.

Julianne se había cansado al fin de ser la mujer que colecciona amantes y maridos. Que juega a divertirse con la vida, incluso a su costa, y simular que nada le importa. La vida y el paso de los años es imposible de sostener con mentiras; solo puede enderezarse con dosis de lucidez, y cancelar su quinta boda había sido un chorro de lucidez. No estaba enamorada, como no lo había estado de los tres anteriores. Pero ¿cómo sobrevivir a la pérdida del AMOR, ese que más que complementarte te multiplica? Julianne intentó con todas sus fuerzas sobrevivir a Román y el amor que sentía por él y, aunque no volvió a amar de ese modo, logró disfrutar hasta que se enganchó del disfrute y solamente vivía de él. Se alejó de su hija, de sí misma y de lo que había sido, practicando al límite el poder del ahora sin saber que el pasado podía volver con la fuerza de una ola gigantesca con el poder de anegar tu vida. Gala observaba a su madre, perdida en pensamientos que le ofuscaban la mente y deformaban el rostro. El tormento, si acude en tu busca, es como el diablo, encuentra la puerta de la debilidad para colarse y, de conseguirlo, es muy difícil librarse. Julianne estaba metida en esas aguas turbias de un pasado no resuelto, pero sellado a cualquier precio.

—No sé qué decirte…

—Que te alegras de que no me vuelva a casar…

Comenzaba a apretar el calor allí dentro, pero ninguna daba el paso para salir. Tampoco para seguir con la charla.

—Esta noche salgo a cenar fuera. ¿Sabrás hacer de abuela?

Julianne se levantó con la brusquedad que el entorno y sus condiciones le permitían. Miró a su hija desafiante y decidió salir antes de que le diera un brote biliar a altas temperaturas.

No se vieron en un par de horas; Gala aprovechó para leer el correo electrónico y conectarse a su vida en Nueva York. Se le hacía extraño, apenas habían pasado diez días, pero estaba confusa. Lo de allí le resultaba lejano e incluso sus amigas le daban cierta pereza. No era una mujer de amistades; siempre acumulaba envidias no resueltas y, para evitar que el globo le terminara explotando en la cara, se mostraba poco y resguardaba a conciencia su intimidad. Había aprendido a convivir en su soledad, con sus tardes de fotografía, su pilates y los encuentros de frivolidad de otras mujeres de alta sociedad tan vacías y aburridas de sus vidas como ella. Mucha palabra y pocos hechos. Mucha cobardía y excesiva comodidad. No había lugar para la queja porque todas, incluida ella, habían elegido formar parte del postín. No tener que preocuparse por el dinero es una tentación demasiado grande como para rechazarla… Gala no había trabajado en la vida, ni había visto a su madre trabajar ni sabía lo que significaba no llegar a fin de mes, o ahorrar para comprarse un capricho. ¿Era una frívola por ello? ¿Una malcriada? ¿Una insensible por tener una vida económicamente fácil? Jamás se lo había planteado, ni había tenido la necesidad de juzgarse en ese sentido, pero tener una cena con alguien que tiene esa imagen de ti hace que puedas llegar a planteártelo. Gala estaba nerviosa por su encuentro con Amat, no sabía si procedía, ni si debía seguir con el plan de cena. Lo cierto es que deseaba verle, y comenzaba a no importarle correr el riesgo de conversar con él, acabar a gritos o besándose apasionadamente. Amat era como el sabor agridulce, o el momento justo en el que pasas de una bañera fría a una caliente. Amat la había descolocado desde el primer día y seguía sin poder ubicarlo, y aunque le parecía un soberbio hombre de campo, le apetecía cenar con él a solas.

Kate, Adele y Julianne decidieron organizar una fiesta de pijamas; pedir unas pizzas para cenar en la habitación y ver las películas hasta que el sueño las tumbara. La abuela Julianne podía llegar a ser muy divertida cuando se lo proponía, y esa tarde había decidido por ella y por su hija ejercer de abuela.

Al entrar en la habitación, Gala se encontró a las tres en plena sesión de manicura y pedicura. Julianne, como cuando ella era pequeña, estaba entregada a la causa con sus nietas. Había convencido al personal del hotel para que le facilitaran todas las lacas de uñas que pudieran y un buen set para convertir la suite en un salón de belleza. Kate eligió el negro para pintarse las uñas, y Adele una uña de cada color, como cuando Gala era pequeña. Se unió al grupo, dejándose pintar las uñas por sus hijas.

—¿Verde y naranja?

—¡Son los colores de moda!

Gala disfrutó del momento; recordó con una sonrisa el que vivió años atrás con su madre. Nuevamente sintió la importancia de las pequeñas cosas, la añoranza de los aromas cotidianos y en familia. Julianne soltó una carcajada al ver cómo sus nietas le habían dejado los pies, y miró a su hija para mostrarle el horror de uñas y contagiarle la risa. Es difícil calcular el tiempo que estuvieron con el *beauty salon roommate*; es casi imposible calcular cómo un instante puede durar toda la vida, transformado en eterno recuerdo. Gala cerró los ojos con un parpadeo largo y consciente, emulando una cámara de fotos invisible para captar la atención de la memoria y pedirle que no se olvidara de guardar esa escena. Aunque ya se sabe lo caprichosa que es la memoria…

El tiempo cabalgó tan rápido que, en cuanto cayó en la cuenta, faltaban apenas veinte minutos para que Amat la pasara a buscar. Le entró la duda del cangrejo y pensó que quizá lo mejor fuera quedarse con las niñas y su madre. ¿Qué andaba buscando? Se percató de que su madre la estaba mirando y, por la frialdad de sus ojos, también le acababa de leer los pensamientos. No era momento de hablar con ella, ni permitir un juicio sobre su velada, Amat y la luz de las velas de esa noche. Se levantó de un salto, le dio un besó a sus hijas y, conteniendo la respiración, abandonó la suite.

La ducha fue rápida y la elección, fugaz: entre cuatro cosas, al final se decidió por los vaqueros y un jersey de cuello cisne, con botines y plumas. Se miró al espejo antes de salir de la habitación; en pocos días aquella tierra le estaba cambiando desde la imagen de *urban chic* hasta la de *rural chic*.

Amat llegó con veinte minutos de antelación; con el tiempo suficiente para tener un combate de unos cuantos *rounds* con la mente que, si algo le decía, era que saliera de allí lo más rápido posible. Tenía el tic en el ojo izquierdo, el parpadeo intermitente tan molesto como imperceptible que le atacaba cuando su sistema nervioso se descontrolaba. Trataba de respirar para calmarse; iba de un lado a otro del vestíbulo del hotel, mirando compulsivamente el reloj como si fueran a llegar tarde. No había prisa, ni siquiera para ese encuentro entre ellos que, si se paraba a pensarlo, podría pasar toda una eternidad sin producirse. Amat no había cesado de repasar temas de conversación; apenas sabía nada de la vida de Gala y parecía que tuvieran poco en común. Él no era un hombre de excesivas palabras; le gustaba más mirar, escuchar y no preocuparse por mantener la intensidad de la conversación.

Se metieron en el coche y apenas consiguieron balbucear tres palabras seguidas. Gala estuvo a punto de pedir la retirada, pero se convenció de que salir a cenar con su «socio» no implicaba efectos secundarios. Amat no encontraba ni tema ni palabras, solo conseguía carraspear y aumentar por minutos el número de tics. No es fácil ganarle a la timidez, superar el pudor y tomarle ventaja a la vergüenza. Gala y Amat no sabían descifrar aquella cita, no querían escuchar las palpitaciones que dinamitaban las bases de lo ¿correcto/incorrecto?

—¿Adónde vamos?

—A Cadaqués.

El pequeño pueblo de casas blancas estaba, escondido entre las montañas y al pie de la bahía que Dalí inmortalizó en alguno de sus lienzos, mostrando sus calles laberínticas y sus puertas y ventanas de un azul intenso. Su luz, sus barcas meciéndose en la calma de las aguas, los paseos por el asfalto de piedra erosionada por el salitre y las pisadas de tantas historias como leyendas de piratas, corsarios y amantes pasajeros. Amat escogió Cadaqués para enseñársela a quien llevaba el nombre de la mujer que, junto a Dalí, mostró al mundo esa tierra de humildes pescadores. Fue en una de sus primeras conversaciones cuando Amat confirmó que Gala se llamaba así por insistencia de su padre y la pasión que sentía por el Ampurdán. Poco se preocupó Gala por saber los detalles de sus orígenes bautismales; apenas que fue una intelectual que se casó con Salvador Dalí, que vivieron en Nueva York y, a los pocos años, volvieron a España. Amat no era un gran entendido en artes plásticas, pero todos los de esa tierra sabían por el boca a boca de la obra y la vida del maestro del surrealismo.

—¿Te gusta Dalí?

En los casos de bloqueo temporal, Amat siempre recurría a Dalí y el discurso aprendido desde niño. Gala se dejó llevar, acogiéndose a la conversación como si le fuera la vida, intentando así ahuyentar los malos pensamientos e ir aflojando mandíbula. Pasearon por el casco antiguo; se perdieron por las calles, se tropezaron con desconocidos cogidos de la mano; evitaron mirarse y se guardaron bien de estar a medio metro de distancia. Amat le mostró la bahía, las riquezas de ese lugar tan magnético que hasta el gran pirata Barbarroja no había podido reprimir hacer hogar en tierra durante un tiempo. Amat había elegido un pequeño restaurante familiar con vistas a las barcas y un trocito de mar iluminado. Es Baluart, modesto con la historia de mar y piedra en su estructura y el aroma del buen arroz y el pescado fresco del día. Le ofrecieron una de las pequeñas mesas, ubicadas en un balcón con vistas al horizonte marino; música tranquila, mantel rústico de puntilla y una pequeña vela en el centro de la mesa. Gala respiró aire salado y húmedo, dejándose invadir por un escalofrío de vello de punta y parpadeo constante. Fue la primera vez que se miraron aquella noche; mirada furtiva, casta al tiempo que intensa. Los dos habían sentido el deseo de ese beso que, como estrella fugaz, se pasea alrededor de las nuevas parejas; esas que a fuerza de bocanadas de aire construyen la pequeña burbuja. El vino ayudó para la conversación y para aflojar tensiones.

—¿Todavía quieres vender?

Gala no se esperaba la pregunta, pero agradecía que Amat sacara el tema. Llevaba unos días de ensoñación, indecisa con los pasos a seguir. El cuaderno de su abuela… Su realidad se había modificado y no encontraba la claridad.

La lógica la llevaba a seguir con la venta, pero el corazón comenzaba a emitir señales de una nostalgia desconocida.

—Sí.

Lo pronunció sin apenas vida; seco y tenue. Amat esperó una continuidad que llegó en forma de silencio. Gala miró el mar y le preguntó por su abuela.

—¿Abuela?

La sorpresa de Gala fue enterarse de que Amat no sabía que ella era la nieta. Amelia era una mujer hermética con su vida, y apenas la había compartido con su madre, Agnès y Francisca. Amat descubrió al fin el gran secreto de su mentora y salvadora. Miró a Gala y entendió el enorme parecido físico y sintió más el dolor incrustado en la mirada de Amelia Xatart.

—Luego… Román…

—Era su hijo…

Gala le confesó lo del cuaderno, le contó cómo aquello había cambiado la perspectiva de su viaje, cómo necesitaba saber más y acercarse a su abuela, a su padre, a ella misma en aquel lugar. Amat la escuchó como sabía hacer, dejando que su invitada soltara lo acumulado sin filtro, con miedos y pasión. La observó gesticular, beber compulsivamente para envalentonar el discurso; se perdió en sus sonrisas, en la comisura de su labio, en su mirada, en su voz. Le costaba concentrarse en la conversación sin que el deseo le desviara por otros derroteros. Gala parecía una ametralladora, dejándose llevar por la necesidad de contarle sus pequeños tormentos, hasta incluso, sin darse cuenta, su vida en familia, sus hijas, ella como madre; ella… como amante.

Por mano nerviosa y exceso de aspaviento, Gala tiró una copa de vino, vertiendo el líquido en la camisa y el pantalón de Amat. Desde fuera, la típica postal de las torpezas comunes de los primeros encuentros. Las hormonas sobrevuelan el ambiente, provocando pequeños accidentes que cualquiera entendería como llamadas de atención para que los tímidos amantes se atrevan al primer beso. Amat y Gala se permitieron reír juntos y se lanzaron al bucle de «perdona», «no pasa nada». Un espectador de la escena se habría dejado las uñas esperando el beso perezoso.

—Bueno... ¿y tú?

Gala le pasó la pelota a Amat, que la miró sorprendido por el giro brusco de la conversación.

—¿Yo?

—Sí.

No sabía qué decir, ni qué contar, ni siquiera de qué hablar. Ella había sido generosa e inconsciente y se había lanzado al abismo de las confesiones. Hacía demasiado tiempo que no tenía una intimidad verbal con una mujer y había olvidado cómo hacerlo sin mostrar desconcierto. Hablar de él... Estaba desentrenado y, entre balbuceos, se dio cuenta de que llevaba años sin escuchar sus latidos. Miró a Gala, implorando ayuda, pero la americana se sentía atraída por la vulnerabilidad repentina del rudo hombre de campo. Apenas se fijó en lo mal que lo estaba pasando Amat, estaba demasiado ocupada con los sentimientos tan contradictorios que aquel ser estaba despertando en ella. Sentía deseos por aquel hombre y, al mismo tiempo, ningún tipo de remordimiento ni culpa ni pensamiento recriminatorio por sentirlo. Jamás se había planteado serle infiel a Frederick; jamás se había planteado estar con otro hombre, pero cuando el fuego del deseo despierta el bajo vientre, es difícil apagar ese fuego si no es separando las brasas. Gala no quería que aquella noche terminara, le apetecía seguir escarbando, incluso a riesgo de salir con quemaduras de primer grado. No le apetecía ser responsable, ni esposa, ni madre... solo una mujer que desea y no pone el freno a sus bajos instintos que piden yacer, explotar de pasión y desfallecer de placer. Amat seguía perdido en su propio bosque de «yo y mis circunstancias», buscando un lugar para seguir conversando. Apretaba el frío, pero ellos seguían a medio metro de distancia. A Gala le costaba caminar en línea recta y seguir la conversación; se le había subido el vino y estaba en la fase de la noche en la que el pensamiento obsesivo en forma de beso nubla cualquier otra posibilidad. Amat, en cambio, hacía verdaderos esfuerzos para mantener la conversación y evitar el silencio. Sin darse cuenta, y por el estrés repentino del momento, Amat tomó carrerilla y habló con el aire un buen rato. Gala se había quedado atrás incapaz de seguir el ritmo impuesto por su compañero de velada. Con ciertos síntomas de asfixia, se detuvo para mirar cómo se alejaba sin reparar en ella. Se sintió ridícula por sus pensamientos lascivos y su deseo de ser besada por un hombre que es incapaz de leer entre líneas y sentir cuándo una mujer está dispuesta.

—¿Te encuentras bien?

Amat retrocedió hasta dar con ella. Intuía por su cara que quizá se había caído o se encontraba mareada por el vino.

—¿Me llevas al hotel, por favor?

Aquella mujer era imprevisible, puede que en su país se llevara la ciclotimia, pero en aquella tierra eran más transparentes. La llevó al hotel en silencio, pero tomando bruscamente las curvas del camino para hacerla vomitar de la rabia que sentía por ese silencio y sus repentinas malas formas. Amat la había tratado con mimo, se había entregado a ella y, sin venir a cuento, el regalo había sido el desprecio. Gala salió del coche sin mirarlo, sin despedirse y aguantando que se fuera derrapando, y luego echó toda la cena en los jardines del hotel. Estaba borracha, disgustada y anonadada con lo sucedido. La vida es caprichosa y siempre guarda sus giros maestros para recordarte que lo es todo menos predecible. Entró al hotel con la vergüenza a cuestas, esperando no ser vista en ese lamentable estado, con ganas de meterse en la cama y dormir.

Solo se quitó los zapatos, ni siquiera se desmaquilló ni se desvistió. Emulando a una adolescente, se tumbó en la cama vestida, dispuesta a desvanecerse como antaño.

IX

No estaba nerviosa, pero sí con cierta premura para que llegara la noche. Julianne se había negado a dormir en la casa y había decidido instalarse en el Wine Spa, esperando a que su hija se dispusiera a preparar las maletas para largarse cuanto antes. Pero Gala había entrado en la terquedad de llevarle la contraria y no disimular su desprecio. Julianne no era una mujer insensible a sus desplantes, la necesitaba más de lo que mostraba, pero sabía muy bien qué clase de siembra había hecho. No había sido una madre cariñosa, ni comprensiva ni generosa. A veces creía que, simplemente, no había sido madre, porque aquella niña tan despierta que necesitaba saberlo todo le recordaba demasiado su terrible tragedia. No estaba orgullosa de haber elegido rechazar a su hija para ser feliz, mucho menos no haber logrado ni lo uno ni lo otro, porque quedarse en medio siempre es peor que vivir en los extremos. La insatisfacción permanente y residir en ese limbo la convirtieron en esclava de lo compulsivo para alcanzar una meta que, desde el principio y mediante el autoengaño, sabía imposible. Julianne era consciente de que jamás podría rechazar a su hija y que la felicidad es una utopía. Sin embargo, vivió llevándose la contraria, evitando cultivar el amor hacia Gala y enraizada en la infertilidad de la felicidad permanente. ¿Se había equivocado? No era mujer de jugar con la culpa, pero aquella mañana no dejaba de golpearla con cada bola que lanzaba al campo.

Teresa, que estaba como todos los viernes en su clase particular de golf, la observaba en la distancia. Su marido era un adicto a ese deporte y ella se había propuesto acompañarle en esa pasión, aunque su interés por los deportes fuese nulo. Se enganchó al golf por la *socialité*, por el club que hay detrás del deporte y porque moverse en la frivolidad del dinero era lo que realmente la divertía. Julianne, incluso en la distancia, rezumaba distinción; observó su técnica, su porte, y supo reconocer a una de las suyas. Se saludaron de lejos; Teresa no quiso incordiarla en su juego, prefirió seguir con sus clases y esperar al post para disfrutar de su compañía. Estaba convencida de que a Julianne le apetecería socializar con ella y un par de amigas, dueñas de medio Perelada. Teresa no era de despreciar a nadie, pero reconocía que solo se acercaba a quienes gozaban de buena posición, títulos o dinero. La belleza, la simpatía o la cultura le eran del todo indiferentes.

Kate suplicaba a su madre que la dejara irse a Barcelona con Joana a pasar un par de días en casa de los tíos de su amiga. Le apetecía la aventura de recorrer un nuevo lugar, pero sobre todo le gustaba poder saborear la independencia, la libertad de la que gozan los adultos. Gala había sido dura y seca en la respuesta: «¡No!». Kate era todavía una niña, y apenas conocía a Joana y a su familia como para depositar tanta responsabilidad en ellos. Kate subió escaleras arriba con tal ímpetu que sus pisadas hicieron retumbar los viejos cimientos de la casa y no se detuvo hasta llegar a su habitación para meterse en la cama y llorar de cólera acumulada. Los adolescentes suelen odiar con la misma facilidad que una montaña rusa sube y baja; la intensidad depende de su carácter y terquedad. Metida debajo del edredón, protestó a todo pulmón por la negativa de su madre de dejarla irse a Barcelona. A veces la realidad recorre caminos bien distintos a esa justicia a la que la mayoría se dirige cuando las cosas no van en el rumbo deseado. Gala se sentó en el sillón orejero; comprendía el disgusto de Kate, pero la responsabilidad recae en los adultos y no en los niños. Ella no se encontraba con los índices de responsabilidad en pico, sino más bien en valle. Comenzaba a sentir la necesidad de poner fecha final al viaje, comenzaba a abrigar la necesidad de restaurar su vida y dejar de permanecer en ese limbo de pueblo que, como un imán, la poseía, incapaz de tomar decisiones.

El dichoso cuadro, VellAntic, la casa de la abuela, Frederick, su vida en familia, su madre… Todo le daba vueltas, se encontraba sobrepasada por sus circunstancias y sola para sobrellevarlo todo. Echaba de menos tener una madre con la que poder vaciar sus miedos y sentirse protegida. Tuvo la tentación de marcar el móvil de Julianne, pero en el tercer número se dio cuenta de que ese impulso no había sido más que una pequeña locura transitoria. Por el acto en sí y por haber olvidado que en esa casa la cobertura brillaba por su ausencia.

Julianne no pudo terminar los dieciocho hoyos. No fue por cansancio, sino porque la mente le había revuelto el cuerpo. Perdía la cuenta de los golpes con facilidad y su compañero de partida estaba ciertamente molesto con la americana. Su *caddie*, un jovencito de quince años, presentía que algo le ocurría a Julianne, porque ni siquiera un *bogey* en el hoyo 8 le había alterado la cara. El belga con sobrepeso y de tez rosada comenzaba a perder la paciencia y el juego, mandando su bola al búnker de arena. Se le veía un hombre acostumbrado a ganar, y perder con un contrincante que apenas está con la cabeza en el campo era humillante. Julianne abandonó la partida, se disculpó con el belga y le pidió a su *caddie* salir del campo lo más rápido posible. Ni la calma, ni el juego ni el paisaje de los *greens* habían podido evitar que una tristeza repentina la invadiera. Pasaron cerca del hoyo donde jugaba Teresa, que aprovechó para saludarla de cerca y precipitar el encuentro. Antes de que Julianne se negara, La Segunda se había montado en el *buggy* y la invitaba a Can Forgas a pasar el día y hacer migas. La Marlborough, gran aficionada al vino, se dejó llevar; necesitaba distraer la mente y recuperar el arrojo de la soberbia.

Amat se había refugiado en los muebles para olvidar el desastroso encuentro con Gala y la tentativa de dejarse llevar por los instintos. Nalda estaba preocupada por el silencio de su hijo, pero prefería no remover y dejar pasar el agua turbia. Estaba demasiado atareada con los preparativos para el Círculo; hacía un par de años que no se celebraba y la ocasión merecía toda su atención. Francisca y Tomasa discutían en la gran sala de Can Brugat sobre cómo disponer las sillas y engalanar la larga mesa rectangular para colocar los manjares que Agnès estaba preparando en compañía de Úrsula, que, más que colaborar, se dedicaba a buscar cómplices para desconvocar el Círculo.

—*Vols dir que cal? Ella no és d'aquesta terra i ho saps!*[*]

La Hechicera se llenaba de paciencia, escuchando el veneno que salía de las palabras de Úrsula, que estaba a rebosar de envidia con Gala y compañía. Todo el pueblo estaba volcado con ellas, y ella apenas se las había cruzado. La Guapa necesitaba sentirse la protagonista del baile y, desde que la belleza la abandonó, pasó a ser la que nadie saca a bailar. Llamó a Teresa, su mayor cómplice, y al ver que no respondía a su llamada, dejó a su hijo Pau a cargo de la tienda y se fue directa a ver a Agnès con el objetivo de protestar y evitar que Gala fuera invitada al Círculo. Agnès aguantó las impertinencias de La Guapa hasta agotar su paciencia.

---

[*] —¿Quieres decir que es necesario? Ella no es de esta tierra ¡y lo sabes!

—*Si no t'agrada, ja saps el que pots fer... no venir!*[*]

Úrsula encajó el golpe apretando mandíbula y agarrando el bastón como si fuera a desintegrarlo. Clavó su gélida mirada azul sobre Agnès, la maldijo en silencio y, no sin esfuerzo y con toda la dignidad que le quedaba, abandonó la cocina sin despedirse. A su edad, debía medir la energía y prefirió guardársela para la noche. No perdió el tiempo con Tomasa y su cuñada Francisca; desde que murió su hermano, había perdido todo poder sobre ellas y su enemistad era de sobra conocida. Decidió refugiarse en la tienda y tejer no solo ganchillo sino la estrategia para que la energía del Círculo girara a su favor. Una extraña no podía ser bienvenida, era por todas sabido, y debía respetarse por acatamiento a sus antepasadas y madres creadoras.

Llamaron al timbre de Can Xatart. Era el pequeño Marc que, acompañado por *Boston*, pasaba a buscar a Adele. Los dos se habían comprometido a ayudar a Agnès a preparar el festín; la cena de mayores y la suya; su tío Amat les había prometido noche de cine y palomitas en casa. Los dos estaban excitados por volver a dormir juntos y contarse sus aventuras en familia. Desde su encuentro en Perelada, no se habían vuelto a ver y, aunque apenas habían transcurrido dos días, para un niño las horas se multiplican y cuarenta y ocho horas dan para mucho. Adele se había dado uno de los baños más lentos y elaborados de toda su vida; Gala entró para saber si su hija se encontraba bien al ver que, pasada la media hora, no daba señales de vida. La encontró canturreando y cepillándose el pelo con de-

[*] —Si no te gusta, ya sabes lo que puedes hacer... ¡no venir!

licadeza y una sonrisa perenne en el espejo. Gala divisó la escena desde la rendija de la puerta entornada, y prefirió no estorbar el momento de intimidad de su hija y retroceder en sus pasos casi de puntillas. Al bajar la escalera, se detuvo para mirar las fotografías colgadas, esas que detestaba pero que, con el paso del tiempo, le habían despertado más curiosidad que rechazo. Intentó adivinar quién era quién; se fijó en los rostros de cada uno de ellos, buscando similitudes físicas; formas de la cara, orejas, manos, expresión de los ojos, gestos… Localizó a su abuela y a su padre e intuyó al resto, dibujando en su imaginario el árbol genealógico de esa familia a la que ella también pertenecía. Apenas tres generaciones de madres solteras o viudas prematuras; ella cortaba esa tendencia, aunque poco faltaba para que Frederick se cayera del árbol. Pensó en la fuerza de esas mujeres que, por directrices del destino, tuvieron que levantar ellas solas a la familia en un mundo tosco y construido para el hombre. Mujeres labriegas, de manos ásperas y corazón duro que sobrevivieron como pudieron a su destino. Respiró para encontrar esa bravura ancestral y apenas dio con un pequeño sonido gutural de pálido arrojo que la invitaba a seguir escarbando en sus ancestros para desplegarse en toda su totalidad. En La Muga se dio cuenta de que, durante todos esos años, había andado con una sola pierna, cojeando por la vida con un laberinto emocional alterado por los silencios y las sepulturas de verdad de su propia madre.

Se desplomó en el sillón orejero pidiéndole que la engullera, porque no tenía claro si ese viaje, ese destape emocional, había sido acertado. Estaba a flor de piel, cualquier cosa le humedecía los ojos, y estaba dividida con sus propios orígenes. Ser una Marlborough le provocaba rechazo al tiempo que no podía evitar reconocerse en su propio comportamiento y el de sus hijas, y ser una Xatart… ¿Qué parte había de ella? Sentía el peso de un ladrillo encima de su cabeza, abotargada de pensamientos no resueltos que se le acumulaban sin control. Se acordó del cuaderno de su abuela, del efecto calmante y placentero que le provocaba su lectura, de la necesidad de conocerse más zambulléndose en la vida de La Xatart. Extrañamente, necesitaba a su abuela cerca, aunque fuera a través de palabras escritas hacía años.

31 de marzo de 1992

Mi estación preferida es la primavera. Las flores como recargas de batería dan dosis de alegría que tan pocas veces brota de mis intestinos. No soy una mujer jovial, de sonrisa fácil. No lo he sido nunca o, si algún día lo fui, ya no lo recuerdo. La vida pasa frente a mí como el viento, la sientes pero eres incapaz de alcanzarla, de tocarla, de detenerla y, mucho menos, de controlarla. Me gusta la primavera, no solo la energía se renueva sino que todos salimos de la oscuridad del invierno. Estoy preparando un viaje; me había prometido no volver a explorar, pero necesito sentir la carretera y disfrutar de lo desconocido. A veces se me cae encima La Muga, ¿sabes? Llevo demasiados años de calma, de postración, de rendición ante la vida, y llega un momento, a una edad, que si no te bebes la vida, ella se encarga de dejarte tan seca como la árida tierra del peor desierto. No quiero sentirme más enjuta de lo que me he sentido, ¿sabes? A veces creo que a los 65 años me ha venido un pequeño resurgir, me ha brotado. Los amigos de Antoine me han invitado a pasar con ellos una semana en Ámsterdam, se organiza una feria de antigüedades. Es la excusa para vernos, para recordar lo vivido y reconfortarnos con nuestra vejez. Insistieron hasta convencerme y, a punto de partir, me han entrado ganas de escribirte. He sentido pánico de no volver de este viaje, como mi hermana Marta y Damià, que no volvieron de Jerez. Ni Román, que se fue a Boston para no volver. Los viajes nunca sabes qué depararán, y yo prefiero dejarlo todo atado por si, como ellos, no retorno. La Nalda sabe lo que hacer en mi ausencia; ella ha sido, como te he dicho, siempre mi gran cómplice, pero en el fondo lo han sido todas, respetando mi locura e incluso animándome a seguir con los muebles, el taller y este viaje. Del cuaderno y de tu existencia solo sabe Nalda, aunque le tengo dicho que, a mi falta, lo sepan todas y colaboren en la labor de acogida. Ellas son sabedoras como yo del poder del Círculo, de su poder protector, que representa para todas la unidad, lo perfecto, lo absoluto, a pesar de todas las diferencias. Ellas han sido durante toda mi vida mi anillo invisible de poder, mi cinturón mágico al que acogerme. Ese Círculo algún día te rodeará y debes adentrarte en él, sentir su energía y entregarte sin miedo. A veces es necesario seguir lo irracional sin buscar más allá. Busca tus propios círculos, mira el astro rey, el gran emperador que con su luz nos gobierna a todos recordándonos el poder de la unión, de lo humano y lo divino, del florecer de todos, de la hermandad infinita...

Gala despegó la mirada del cuaderno. Sintió un tren eléctrico recorriendo su interior lleno de energía a punto de descarrilar. Su abuela parecía tenerlo todo medido, como si desde el más allá lo estuviera contemplando todo y escribiera ese cuaderno a medida que se producían los acontecimientos. Esa misma tarde se celebraba el famoso y misterioso Círculo. Gala estaba aturdida y apenas alcanzaba a entender la necesidad de acudir, la necesidad de formar parte de esa extraña hermandad ancestral. Sabía que si hacía caso a su razón, le entraría la risa y terminaría por no acudir a la cita. Pero la curiosidad supera toda lógica y se moría de ganas por acudir al Círculo. Su imaginación empezaba a disiparse al mismo tiempo que sus pulsaciones sumadas al terror de lo que podía encontrarse. Todo aquello podía tratarse de una broma pesada, de un argumento de una película, todo menos de su propia vida. Pero sabía que era real, que ese misterioso Círculo de abuelas existía y que ella era una de las invitadas.

Enfocó de nuevo la vista en el cuaderno, prefiriendo la lectura a sus propios pensamientos.

A veces me vienes a la cabeza; cierro los ojos y trato de imaginarte cómo eres físicamente. ¿Te parecerás a Román? La sola idea de la certeza me hace sonreír; no soy fisonomista y poco me importan los parecidos, pero saber que parte de sus rasgos físicos perduran en ti me reconforta. ¡Qué loca! No me lo tengas en cuenta. A veces solo encuentro en pequeños actos o pensamientos dementes el consuelo. No me atormento, huyo de mis propias pesadillas, pero en ocasiones ganan la batalla y se sitúan en la cima de mi vida. No suelo pensar en ti a menudo, he aprendido a vivir de espaldas a las fisuras para mantener la cordura y seguir en este mundo. Me gusta vivir, ¿sabes? Los ciclos de la vida me tienen fascinada y la naturaleza me conmueve cada día más. ¿Te fijas en ella? En los árboles, en su florecer, en la gigantesca paleta de colores, en su aroma... ¡Debes!, mi niña, debes rendirte al poder de la tierra, a su verdadera esencia y jamás te sentirás sola. Cuando te sientas triste, cuando sientas que nada tiene sentido, abandona lo que estés haciendo y refúgiate en el bosque, parque o prado más cercano. Si puedes, descálzate y concéntrate en tu propio florecer, en los propios ciclos de tu vida. Tú eres un ser más de la naturaleza y debes sentirte como tal y no vivir de espaldas a ella. Es una de las maestras, de ella provenimos, aunque los científicos digan otras cosas.

Es tarde y debo partir, pero me cuesta despedirme, me cuesta decirte lo mucho que te he querido en la distancia. ¿Sabes? Una vez la Francisca me contó que las personas reciben el amor a distancia en forma de sanación, o de escudo protector frente a las adversidades de la vida. Ella es una santa y mujer de gran fe, todo lo contrario que yo, pero... Aquel día me convenció su explicación y, desde entonces, siempre que pienso en ti sonrío al imaginarme que, de algún modo, todo mi amor te llega en beneficio para tu vida.

Mi querida nieta Gala…

¡Qué bonito! Poder llamarte NIETA, no sabes la ilusión que me hubiera hecho decírtelo, mientras rodeaba tu cara entre mis manos y te bendecía con los ojos humedecidos por la emoción más profunda.

Mi querida nieta Gala… Sé feliz, mi niña, que, al fin y al cabo, a todos se nos dio el mismo poder de sonreír. ¿No te parece?

Gala cerró el cuaderno para que no se estropeara mientras brotaban sus lágrimas sin necesidad de control. Le apetecía darse el gusto de dejarlas salir para que se expresaran sin penuria, para sentir el placer del llanto torrencial; ese que nace de un nudo que decide dejar de ser. Gala lloraba por todo lo que su abuela le hacía sentir, por la extraña sensación de añorarla sin siquiera haberla abrazado una sola vez. Con el cuaderno aprisionado entre sus pechos, le dio las gracias por haberlo escrito, por haber tenido esos pensamientos dementes que hicieron posible que esas palabras sanadoras llegaran a ella. Estaba feliz y no deseaba que se acabara nunca su lectura, su compañía, su consuelo.

El reloj de pared marcó las cinco de la tarde. Kate estaba con Joana, y Adele con su amigo Marc. Su madre no había dado señales de vida, seguramente para mostrar una vez más su orgullo, su oposición a ese viaje y a La Muga. Gozaba de tiempo todavía para escaparse y mezclarse con la naturaleza. Salió precipitada por la puerta, con el abrigo a medio poner, dispuesta a disfrutar de los últimos rayos de sol del día, con ganas de sentir el ciclo de la vida y formar parte de él. Nada era tan importante ni urgente como dejarse llevar por ese instante de plenitud y lo hizo casi brincando por las calles de La Muga. Se cruzó con Úrsula y su bastón, que apenas la saludó con él y sin sonrisa. Su hijo Pau, en cambio, le dedicó una amplia, mientras apuraba su cigarrillo en el rellano de la tienda, esperando a que su madre llegara de su particular excursión para recaudar votos en contra de Gala. No había tenido suerte tampoco con Cecilia, para ella La Ciega había perdido toda la cordura cuando su marido la abandonó y se dejó llevar por las pasiones bajas de la carne joven sin tener en cuenta su edad, ni su posición, ni La Muga. Úrsula no era demasiado querida, pero todas la respetaban porque sin pactos no hay equilibrio y, sin él, la armonía del buen Círculo se rompe. Pau alguna vez había tenido pensamientos oscuros hacia su madre, se había sentido mal por desearle la muerte, pero le costaba entender su pozo de amargura y su predisposición al daño ajeno. Pau se sentía tentado de abandonar La Muga y ser libre de amores y lechos, pero era cobarde y adoraba esa tierra de vientos, rumores y susurros.

Gala encontró un camino nuevo y se dejó llevar con la confianza de que lo desconocido, lejos de ser peligroso, es un caudal de nuevas posibilidades. Respiró profundamente para sentir los aromas que desprendía la tierra al atardecer. La soledad en la naturaleza se siente distinta; Gala percibía sus propios latidos al tiempo que sus pies arrastrando arenilla. Solo un ruido más, ni acompañante en el camino a vista de pájaro. Respiró de nuevo profundamente para que los miedos incómodos se quedaran atrás y poder disfrutar del paseo como una pieza más del perfecto engranaje. Recordó a su abuela y, como un acto reflejo, su cuerpo se detuvo para fundirse con el paisaje. Una sonrisa infinita se dibujó en su rostro a la velocidad de un tobogán: suave, gustosa y ligera. Desde la planta de sus pies, parecían desprenderse raíces que afianzaban su cuerpo a aquella tierra de magnetismo especial. Desplegó los brazos, encorvó la espalda para atrás y se rindió a esa gran madre veladora. No había nada más importante que sentirse en ese lugar tan viva y presente que sus entrañas se estremecían y se le erizaba el vello. Era el deseo que, en forma de espiral, recorría su cuerpo llenándolo de savia nueva y desconocida. Cuando estaba bordeando el éxtasis, un intenso y húmedo contacto de algo con su mano derecha la sacó de un brinco de su estado embelesado para, en forma de alarido, llamar a todos los miedos.

El pequeño *Boston* había conseguido asustar a Gala con el séquito de lametazos y aspavientos de la alegría de encontrársela en medio del camino. Adele y Marc iban un poco más retrasados, pero sintieron el mismo júbilo al reconocer a Gala y, de una carrera, llegaron en un plis a su vera.

—Adele, ya sabes lo que te dijo el médico. Nada de esfuerzos.

Adele, como *Boston*, estaba con la lengua fuera, recuperándose de la carrera. Era cierto que se sentía todavía débil y que algunas veces aparecían los síntomas del desvanecimiento. Gala no quería preocuparse, porque su hija siempre había gozado de buena salud, pero esos desmayos, hasta el momento había tenido dos, no la tenían tranquila.

—¿Ibas al cementerio del pueblo?

¿Cementerio? Gala no tenía ni idea de que La Muga contaba con cementerio propio, ni siquiera se le había pasado por la cabeza. Marc esperaba con ojos de luna llena, porque deseaba ser el guía de la expedición. Conocía todas las tumbas y las historias de cada familia; su abuela Nalda le había enseñado a apreciar tanto a los vivos como a los muertos.

—*La seva història és la teva història, saps?**

La primera vez que se lo dijo no entendió más allá de las palabras, pero a fuerza de repetirlo y de que su abuela le contara las vidas y vicisitudes de sus antepasados y de los del pueblo, comprendió algo más aunque...

—*Encara ets jove, Marc, però no oblidis mai ni qui ets ni d'on véns.***

La sonrisa amplia de Marc dejaba claro que estaba no solo orgulloso sino satisfecho de quién era. Era envidiable ver la seguridad y el orgullo de sentirse a gusto consigo mismo, con su familia y con sus ancestros. Gala no estaba en lo mismo, muy al contrario, los había rechazado o ignorado. Ella se había dedicado a sobrevivir por encima de lo escrito y lo obligado. Miró a Adele, estaba a tiempo de recibir con agrado a sus antepasados, pero ¿qué ejemplo, qué clase de espejo estaba resultando para su hija? Si Nal-

---

* —Su historia es tu historia, ¿sabes?
** —Todavía eres joven, Marc, pero no olvides nunca ni quién eres ni de dónde vienes.

da le enseñaba a amar a Marc, ella le estaba enseñando el camino para ser una despegada de los suyos.

—¿Nos llevas al cementerio?

Marc aseveró encantado con la propuesta como un perro con su hueso. Su abuela le había enseñado a entrar, incluso cuando estaba cerrado y el enterrador del pueblo, Julià, estaba comiendo o se había echado la siesta. Con los años, se había vuelto más calvo, grueso y vago, así que las horas de visita al cementerio se habían reducido considerablemente. Esa era la impresión que daba pero hasta él escondía un secreto. Apenas nadie se había quejado, porque todos conocían el truco para entrar, aunque estuviera cerrado con cadena y candado.

Los tres aceleraron la marcha, cada uno por motivos distintos, pero compartiendo la emoción de llegar a destino. Adele no había pisado nunca un cementerio y, aunque le daba algo de impresión, le apetecía la aventura al lado de Marc y de su madre. Los muertos le daban algo de miedo y las tumbas, respeto. No había visto ninguna de cerca, pero sí había soñado alguna vez con que se abría una y un zombi la metía dentro. Caminaba deprisa pero callada, venciendo sus propios miedos y sujetando a cada paso con más fuerza la mano de Marc. El pequeño la miraba con satisfacción de sentirse el protector y guía de las dos mujeres. Él no tenía miedo ni a los muertos, ni a las tumbas ni a los cementerios, pero podía entender cómo estaba Adele. La primera vez que su abuela le llevó, casi se orina encima, imaginando una ráfaga de viento como la caricia de un muerto en su espalda. El primer día fue de susto, pero sus sucesivas visitas consiguieron ahuyentar sus miedos y agrandar la curiosidad por saber de las vidas de los muertos, o sus fatales destinos.

—¿Hay muchas tumbas de niños?

Marc miró a Adele divertido; pensó asustarla, pero le llenaba de ternura su carita de pedir consuelo.

—Sí, algunas… algunos están enterrados con sus madres, que también murieron al dar a luz.

Gala se había quedado muda en el camino. No le gustaban los cementerios, siempre que podía intentaba evitarlos. Apenas recordaba el entierro de su padre y, desde entonces, no había vuelto a pisar ni ese cementerio ni su tumba. No es de llorar a los muertos, ni de hablar con ellos delante de su lápida. Les tiene respeto, pero cree que una vez que te mueres no te quedas en una tumba para que tus seres queridos te hablen. Ella no quiere ser enterrada, es escrupulosa y le da grima el solo hecho de imaginarse cómo su cuerpo se pudre bajo tierra. En eso se parece a Frederick, partidario de la incineración; él y ella la tienen pagada y acordada por lo que pudiera suceder. La muerte avisa pocas veces y, cuando lo hace, te pilla siempre a contrapié.

Comenzaron a ver las rejas que acordonaban el lugar santo, lleno de cruces, estatuas blancas, nichos antiguos y recientes que señalaban el poderío y la desgracia de las familias. Se acercaron y rodearon el lugar hasta encontrar la puerta principal, cerrada con una cadena y un par de candados gigantes. Adele miró la altura de las vallas de hierro y descartó la idea de que pudieran acceder al lugar de un salto. Gala se cruzó de brazos, deseando que Marc no encontrara la manera de entrar al camposanto. Dio un par de pasos hacia atrás en señal de respeto y estuvo tentada de dar media vuelta y salir corriendo. Su hija la buscaba con la mirada, queriendo encontrar refugio y ánimo en su madre. Gala encontró valor, contuvo el miedo y simuló sosiego, a pesar de sentir los bruscos golpes de sus propias palpitaciones.

Marc miraba al suelo, como escudriñando algo perdido. Adele y Gala le observaban sin preguntar ni casi respirar, pues en aquel lugar incluso el viento se contenía en señal de respeto. Finalmente se puso de cuclillas delante de una enorme piedra y trató de moverla sin éxito. Pidió ayuda para levantarla; Gala le echó una mano bajo la atenta mirada de su hija, que comenzaba a sentir la adrenalina de la aventura por entre los muertos. Debajo del pedrusco había, un par de llaves, unidas con un cordel de color azul. Marc las alzó con la satisfacción de haber encontrado el tesoro y fue directo a abrir los dos candados y dar la bienvenida a las forasteras al cementerio de La Muga.

Abrió lo más que pudo los portones de hierro de grandes barrotes con la precipitación y torpeza de la emoción del momento, pues jamás hasta entonces había enseñado a nadie él solito el cementerio. Gala y Adele permanecían unos pasos atrás, petrificadas frente a la puerta, sin atreverse a entrar, ladeando únicamente los ojos sin perder de vista a Marc. El cementerio parecía demasiado grande para un pueblo tan pequeño. Muchos muertos para tan pocos vivos, y eso ponía de relieve el pasado glorioso como epicentro de cultura y viajeros que tantas veces había mencionado Nalda con orgullo. Marc comprendió por el momento de pánico indeciso que estaban pasando Gala y Adele, y decidió tomar la iniciativa sin insistencia, adentrarse y dejar que el bicho de la curiosidad terminara por vencer al estupor.

Adele tomó con suavidad y al tacto la mano de su madre que, como ella, seguía en un estado de semibloqueo, donde la saliva se cae por la comisura sin que te des cuenta. Fue la pequeña la que dio el primer paso, tirando del brazo de Gala, que se resistía a avanzar. Los muertos no son los que dan miedo, sino todo lo que representan. Cruzaron el portón encogidas por el respeto al lugar y la desconfianza de no saber si era correcto pisar el hogar de los muertos sin pedir permiso.

Caminaron entre gigantescos pedruscos y cemento, rodeadas de arbustos y cipreses que dibujaban el camino a seguir entre lápidas, nichos y cruces clavadas de mármol con iniciales inscritas. Adele no despegaba su mano de la de su madre y caminaba buscando el roce con su piel para sentirse protegida ante cualquier imprevisto. Gala permanecía atenta, conteniendo la respiración y buscando, sin desear preguntar, la tumba de su abuela. Debía de estar allí enterrada, pero el lugar era mucho más grande de lo que esperaba. Marc se detuvo de un salto frente a lo que parecía una pequeña gruta de piedra con tres puntas en cruz y una puerta central sellada.

—Este es el panteón de los Brugat, uno de los más antiguos del pueblo y, según mi abuela, donde hay más muertos enterrados.

Los Brugat eran de las sagas de La Muga que habían mantenido presencia y poder en el pueblo desde el siglo XVII.

Su panteón era uno de los más visitados, incluso el único que sufrió un intento de saqueo. Una de las leyendas que planeaban sobre él es que todos los Brugat son enterrados con veinticinco monedas de la época. Hacía unos años, buscando el tesoro escondido, profanaron algunas tumbas, de las antiguas, abriéndolas y revolviendo el interior. El pueblo entero sigue dividido en si se llevaron o no las veinticinco monedas de oro; ni pillaron a los malhechores ni los Brugat se pronunciaron jamás.

—Mi padre dice que todo lo organizó el primo bastardo de la Tomasa, por envidia y necesidad de dinero.

Marc seguía contando las vidas de algunos nombres, caminando y esquivando sepulturas, como la de Gustava Arreneu y Jaumet Llaudó. Una historia parecida a la de Romeo y Julieta pero entre una monja y uno del pueblo. Dicen que Gustava se volvió loca cuando a su Jaumet lo hicieron casar y abandonar La Muga. Los dos amantes decidieron terminar su fatal destino con una muerte temprana que sellara su amor eterno. Los acantilados del cabo de Creus acogieron para siempre a Gustava y Jaumet.

—¿Y quién los enterró juntos?

Gala atendía con interés a las explicaciones de Marc, que parecía disfrutar con la visita guiada.

—El padre de Jaumet, siguiendo los deseos que su hijo le había dejado escritos en una carta de despedida.

Los tres se quedaron mirando las lápidas de Gustava y Jaumet, impactados por la trágica historia de amores sesgados o imposibles que, como el de ellos, ha habido en el mundo. A Adele le sobrevino la tristeza sin apenas entender; quizá demasiados muertos, excesivas tragedias encerradas en tan escaso trozo de tierra.

Siguieron bordeando los nichos, las esculturas de Vírgenes de mármol que adornaban el paseo y algunas tumbas. Pisaron el césped de la llanura de los desconocidos; los muertos en la guerra y los héroes del pueblo. Esa zona siempre estaba repleta de flores y césped bien cortado. La Muga respetaba a sus muertos, pero mucho más a los desconocidos, por miedo a que sus almas, al no obtener el descanso deseado, llenaran el pueblo de mala fortuna.

Adele comenzaba a sentirse mal, no le parecía divertido estar entre muertos y la aventura le causaba ya cierto escrúpulo. Hacía muy poco que se había planteado lo de la muerte, y todavía no lo tenía demasiado bien colocado como para estar caminando entre ella. Sin dar explicaciones se paró en seco y, junto con *Boston*, inició la retirada con premura. Faltaban pocos minutos para que se quedaran sin luz, y no quería morirse de miedo con los ruidos de la noche y la oscuridad. Marc y Gala comprendieron que la visita había sido más que suficiente para la pequeña, que, desde que habían entrado, había borrado la sonrisa de su dulce rostro. Los dos decidieron dar por zanjado el recorrido al camposanto, no sin que antes Marc le indicara con el dedo la tumba de Amelia Xatart.

—Al final del camino, la última con la pequeña cruz es donde comienzan las tumbas de los Xatart.

A Gala se le paró el corazón mientras Marc le describía con precisión todas ellas hasta localizar la de su abuela. Se lo sabía de memoria, porque su abuela siempre le

enseñaba las tumbas de familias amigas y le señalaba dónde
sería enterrada ella; al lado de los Xatart. Después de dejar sin aliento a Gala, se giró bruscamente a socorrer a su
amiga, que estaba deseosa de abandonar aquel lugar. Gala
sintió el deseo de acercarse hasta allí, sintió la necesidad de
ver de cerca la tumba de su abuela y hacer lo que nunca
había hecho: hablar con una muerta. Aunque coraje no le
faltó, decidió volver otro día; apenas había luz, y su hija
pequeña reclamaba su atención. Mejor estar sola y gozar de
tiempo suficiente para estar con ella y, quién sabe, seguramente despedirse antes de su marcha a Nueva York.

Los muertos, muertos son, pero no siempre descansan tran-
quilos o, al menos, eso era lo que pensaba Julianne de su
difunto marido Román. Cada hora que pasaba en esa tierra,
se convencía más de que su espíritu no andaba lejos y, por
más actividades que hiciera, no conseguía alejarse de esa
delirante sensación.

—¿A ti te gusta esta tierra?

Teresa se quedó algo estupefacta con la pregunta.
Las dos llevaban todo el día juntas y con vinos de más.
Habían intimado poco, y hablado de frivolidades con amigas gran parte del día. Julianne se lo preguntó sin mirarla,
sentada en uno de los porches de la casa grande de los
Forgas, mirando las viñas y apurando los últimos rayos de
luz que cubrían de tules rojizos el cielo en plena lucha
entre el día y la noche. Teresa la miró y decidió tomarse
su tiempo para dar la respuesta. Conocía muy bien la his-

toria de Amelia Xatart y, sobre todo, la de Román, y sabía que esa respuesta era el principio de una conversación demasiado comprometida. Ella no era la encargada de hablar con Julianne y, mucho menos, de hurgar en una llaga tan profunda y dolorosa. Seguro que Úrsula habría disfrutado del instante, pero Teresa prefería hablar de Tiffany's y las subastas en Christie's que de un pasado mal resuelto.

—He aprendido a quererla y a respetarla, ¿sabes?

Respondió sin volverse a ella, en voz baja y sin apenas pestañear. Desde que apareció en La Muga, la consideraban «la segunda» y, aunque al principio el mote le molestó, ahora estaba orgullosa de serlo. De pertenecer a las que esa tierra les agracia con una segunda oportunidad para ser lo deseado. No le gustaba hablar de su pasado, apenas conocían quién era antes de casarse con el Forgas, y así prefería que fuera. Le gustaban los lujos, la vida entre sedas y cremas caras, pero lejos de ser una frívola, disfrutaba de lo que tanto había deseado: un príncipe azul, cargado de dinero, que viviera en un castillo y fuera a rescatarla de su mísera existencia. Lo hizo su Alfonso, ganándose las enemistades de medio pueblo por abandonar a su primera esposa y madre de sus tres hijos. No le importó, no les importó…

Julianne seguía sentada, esperando a que Teresa rompiera el silencio y prosiguiera con las explicaciones sobre las maravillas de esa tierra que ella se empecinaba en rechazar. Sabía que era de fuera, porque no recordaba que Román se la hubiera presentado; sus recuerdos eran inexactos, pero Teresa no estaba cortada por el patrón de ese lugar, aunque la intuía como las otras, incapaz de soltar cualquier exabrupto sobre el lugar que la consolara. Había bebido demasiado y, antes de perder la compostura y confesar que el fantasma de Román la acosaba, prefirió retirarse a tiempo. Había sido un día largo, de ocio infértil para llenar las horas y olvidar el silencio de sus nietas y su hija. Se había negado a llamarla, a dar señales de vida, a rogarle que se fueran de allí si no quería perder a una madre.

Teresa llamó a su chófer para que acompañara a Julianne al hotel a descansar. Se había librado de la conversación y aprovechó presurosa el instante de debilidad para recoger el guante y echar a su invitada con suavidad pero determinación. Julianne supo leer la premura de su compañera de fiestas; sabía que se había hecho tarde; en unas horas había reunión de mujeres, ella no había sido invitada pero sí su hija. Román le habló en un par de ocasiones de esos círculos de mujeres, pero siempre le parecieron una estupidez.

Curioso que aquella estupidez fuera la responsable de que aquella noche no pudiera pegar ojo.

Después de esperar todo el día. De los nervios acumulados, de centenares de miradas furtivas al reloj. Por fin marcaba las nueve en punto de la noche. Había llegado la hora de conocer el famoso Círculo, de salir de dudas y abandonarse a su poder. Gala cerró la verja de Can Xatart y se dispuso a caminar en silencio hasta la casa grande de los Brugat. Solo el redoblar de las campanas le dio la bienvenida a la noche encendida por la gran esfera que, con su fuerza de luz, eclipsaba la oscuridad y demostraba poderío. Gala se deleitó con ese espectáculo de la naturaleza, pues era la primera vez en muchos años que le dedicaba más de un minuto de su tiempo a contemplarla: la luna llena. Irradiaba una especie de terror parecido al de los relatos de Edgar Allan Poe de asesinatos en noches de luna llena, que tantas veces había tenido que leer por ser de Boston, autor universal y un orgullo nacional.

Avanzaba con premura, parecía que aquella noche habían decidido ahorrar electricidad apagando las pocas farolas del pueblo para abandonarse a los rayos de luna. Los perros ladraban en cadena y por contagio, emitiendo alaridos poco amistosos, suplicando salir a la calle y correr en busca de presas fáciles y jugosas. La imaginación de Gala crecía a cada paso, sintiendo compañías invisibles, animales y seres de la noche que la acechaban por capricho o deseos oscuros. De repente, una sombra a lo lejos que se acercaba a ella en dirección opuesta, una silueta suficientemente erecta como para no ser la de una abuela. Podía ser cualquiera, un campesino, un vecino, un forastero curioso disfrutando del paseo. Gala se sintió descubierta, interrumpida por aquella negrura que ganaba en tamaño a cada segundo. Disfrutaba de su paseo, de su propio relato de misterio, y aquella presencia había trabado algo su magia. «¿Amat?». Estaba segura de que era él, pero no pudo comprobarlo con certeza. La silueta detuvo la marcha bruscamente a menos de cien metros de ella; Gala hizo lo mismo, aguzando la vista para asegurarse de haberlo reconocido en la lejanía y en penumbra. Él, lo mismo que ella, la había reconocido también por la silueta. No se habían vuelto a cruzar desde la cena, no se habían llamado y, por la reacción de él tomando una nueva dirección, no deseaba cambiar las cosas. Gala contempló impotente cómo se alejaba de ella y estuvo tentada de llamarlo, presa de la rabia por el desprecio de ser ignorada. «*Coward!*».* Apretó los puños y prosiguió la marcha, intentando olvidar el encuentro y recuperar pulsaciones.

Con la cabeza todavía en Amat y llena de improperios, llegó a la gran casa. La verja estaba abierta, las luces del jardín encendidas, las palmeras coronaban el lugar, el suelo empedrado dibujaba el camino que había que seguir hasta la casa principal. Llamó al timbre un par de veces y, evitando un exceso de impulsividad, esperó a que alguien la recibiera. Joana se precipitó escaleras abajo para dar la bienvenida a la invitada de honor; su abuela estaba en la gran sala con las demás, y ella era la encargada de recibirla y llevarla con ellas. Después de su misión, podría ir a casa de Nalda para disfrutar del cine de palomitas con Kate *and company*. Ella había elegido cine clásico *Breakfast at Tiffany's*, una de sus películas preferidas. Era capaz de recitar los diálogos de memoria y estaba dispuesta a demostrarlo.

—Buenas noches… «Siempre había oído que en Nueva York no conocen a sus vecinos».

Gala se quedó sorprendida, sin saber qué responder a la bienvenida de Joana, que había soltado su primera frase de película sin éxito de réplica. Gala no estaba por la labor de reconocer el diálogo de un filme, tenía ocupados to-

---

* «¡Cobarde!».

dos sus sentidos en observar aquel castillo de piedra tan impresionante por fuera como por dentro. Siguió a Joana como si de un laberinto se tratara, sin perder de vista cualquier detalle; le habría gustado detenerse para contemplarlo todo como se merecía, pero parecía que la joven tenía prisa y poca intención de enseñarle más allá. Atravesaron un par de salas descomunales con gigantescas chimeneas, una biblioteca de estanterías de madera de nogal que cubrían todas las paredes, cruzaron varios distribuidores y subieron dos veces escaleras hasta llegar a una puerta, cerrada e iluminada por una pequeña luz de candil.

—Que disfrutes del Círculo, apenas me queda un año para… ¡disfrutarlo yo!

Joana desapareció escaleras abajo con la estela de su sonrisa tatuada todavía en el ambiente. Gala se quedó un par de segundos frente al portón de madera, se miró los pies y no pudo sino horrorizarse con sus pintas. Le habían pedido ir toda de blanco, y en su maleta apenas tenía un largo camisón blanco y unas deportivas medio desgastadas por el uso. Se quitó el abrigo antes de llamar, se colocó bien el camisón y el jersey de cuello de cisne blanco. Se alegró de que fuera una reunión privada en una casa y no en un restaurante, porque suficiente bochorno sentía de su aspecto nada glamuroso.

Miró al frente, respiró profundamente y… «¿abro o llamo a la puerta?». Se dio cuenta en el último segundo de que Joana no le había dado instrucciones al respecto y dudó cuál de las dos opciones era la más apropiada. Enseguida supo que lo mejor era llamar y ser acogida que invadir un espacio desconocido. Insistió varias veces y esperó a ser recibida sin éxito. Después de varios minutos en ese limbo, se decidió por la segunda opción y abrió la puerta tímida, pero resuelta a disfrutar de lo que aquella reunión de mujeres le pudiera ofrecer.

Era una gran sala con vigas en el techo y una chimenea de hierro en el mismo centro con un larguísimo tubo que salía en vertical por el tejado. Alrededor de ella, sillas conformando el Círculo sagrado para la reunión de la noche. Las vio a todas en el primer golpe de vista, pero apenas reconoció a ninguna. Parecían distintas, y era la primera vez que las tenía juntas en un mismo espacio. En Nochebuena, estaban todas mezcladas con el resto de vecinos y apenas se saludaron unas a otras. Se acercó a las sillas apocadamente, buscando la complicidad de alguna.

La primera a la que reconoció fue a Úrsula y su bastón. Iba con una túnica blanca hasta los pies, un mantón también blanco sobre los hombros y el pelo recogido en un moño bajo trenzado. La miró por debajo de sus gafas y la saludó en silencio, levantando el bastón. Nalda salió de la nada detrás de La Guapa y le dio la bienvenida con un gran abrazo. Llevaba un gorro blanco en la cabeza, una camisa de lino blanca y una falda de pliegues. Ese era su uniforme para los Círculos, siempre el mismo desde que era joven. El resto había hecho lo mismo, escoger las prendas y mantener el estilo con el paso de los años. Tomasa también se acercó a saludarla con una agradable sonrisa; Agnès y Francisca levantaron la mano desde la esquina de la sala, donde estaban la comida, las hierbas y los brebajes para la noche. Todo parecía muy familiar, nada extraordinario, era como una reunión de unas amigas dispuestas a charlar mientras cenan y beben con cierta sofisticación y… ¡mucho misterio!

Teresa se acercó a ella y le ofreció una copa de vino que aceptó con gusto. Aunque todas estaban siendo muy cercanas, aunque en apariencia todo fuera muy cotidiano, había algo en el ambiente que le impedía tragar saliva. Necesitaba un poco más de tiempo para observarlo todo; alrededor de la chimenea, de llama viva y fuego intenso, reposaban en forma de altar distintos objetos sobre unas bandejas de plata: piedras preciosas, hojas, varios ramos de muérdago, una talla de mujer de madera, un cazo con agua, un ramo de lirios y margaritas blancas, y una maceta con tierra llena de monedas.

Cecilia fue la última en acercarse a Gala, e iba acompañada de una mujer a la que jamás había visto.

—Te presento a Catalina. Ella vive desde hace muchos años en Barcelona.

—Encantada.

Aquella mujer tenía una elegancia sobrenatural, un porte que la hacía flotar al andar y que cualquier sutil movimiento de su cuerpo fuera digno de ser contemplado. Parecía tener unos sesenta y cinco años, aunque podía haber cumplido ya los ochenta o sobrepasarlos. Estaba de buen ver y, por la piel menos agrietada que el resto, se notaba que, como Teresa, se sometía a sus tratamientos *antiaging* para mantener resplandeciente su cutis. Catalina era anticuaria y le contó a Gala que fue la primera clienta de VellAntic. Cecilia, mucho menos pudorosa en dar detalles, le confesó más tarde al oído que, sin Catalina Rogans, Amelia no habría podido levantar VellAntic. Ella y su marido eran unos reputados anticuarios de Barcelona y, gracias a su mecenazgo, Amelia pudo expandirse y hacer clientes sólidos en la gran ciudad.

—Ya no viene por La Muga, ¿sabes? Demasiados años pasados, demasiadas cosas enterradas...

Gala miró a Cecilia sin comprender ese halo de misterio con la presencia de Catalina como si su salida de La Muga no hubiese sido casual, sino obligada por las circunstancias. Intentó averiguar más sobre el tema, pero La Ciega selló su boca y cambió de tema al ver que Nalda se acercaba a ellas. La Roja, que no era tonta, cazó al vuelo la conversación y se percató de lo dicho por la cara de estupefacción de Gala, que no dejaba de mirar hipnóticamente a Catalina.

—Quería mucho a tu abuela; de pequeñas fueron uña y carne, pero a veces cometemos errores que pagamos toda la vida.

—Nunca me habías hablado de ella, ni el cuaderno...

Amelia Xatart nunca supo que su principal cliente y benefactor en Barcelona era una antigua amiga. Catalina no quiso que lo supiera, nunca quiso volver a verla ni a hablar con ella. Pero desde la distancia estuvo a su lado con la desgracia y la ayudó a salir del lodo. Nalda tardó muchos años en descubrir que Catalina estaba detrás de todo, y prometió no confesarle nunca a Amelia su identidad.

—Tu abuela tenía muchas virtudes, pero era muy orgullosa y jamás lo habría consentido.

¿Qué podía haber ocurrido para que dos amigas se separaran para toda la vida? Gala sentía la necesidad de conocer esa historia, pero Nalda se resistía con los detalles; Catalina la miraba de soslayo y comentaba con Cecilia el increíble parecido de Gala con Amelia. Eran como dos gotas de agua, en la mirada, en la forma de la cara, incluso en los gestos desde la lejanía. Catalina aún lloraba la muerte de su amiga y el no haberse atrevido a volver a hablar con ella. Fue la persona a la que más amó en esta vida ante la pureza de no reconocer lo pecaminoso que había en ello. Eran dos adolescentes, dos niñas que se habían criado juntas y compartido la inocencia del despertar sexual. Ninguna habló de sentimientos, ninguna supo ponerle nombre a lo suyo, pero la guerra lo truncó todo y sobrevino la desgracia. Fue la primera en enterarse del embarazo de Amelia, lo supo porque se coló sin ser vista en Can Xatart para ver a su amiga, descubriendo el pastel con estupefacción. No supo digerir la noticia, no pudo controlar la desdicha que nacía de su interior. En su congoja, buscó refugio en los brazos equivocados, seguramente buscando el exilio forzado. Acostarse con el cura del pueblo era una deshonra y un riesgo que pocos se podían permitir. El padre de Catalina la envió con su hermano a Barcelona para evitar el escándalo. Amelia no se enteró hasta semanas después de parir; preguntó por su amiga, lloró por su ausencia; intentó localizarla en Barcelona, pero parecía que se la había tragado la tierra. Catalina se prometió no volver a verla, pero no pudo evitar ocuparse de ella desde la distancia; como Antoine, ella la quiso para ella, pero nunca fue un amor compartido. Catalina no fue vista más en La Muga; todos supieron que se había acostado con el cura. Amelia sintió la traición en sus entrañas en forma de un dolor agudo y decidió olvidarse de ella, renunció a buscarla... Necesitaba pasar página y dejarla en el pasado. Jamás supo poner en palabras lo que sintió por Catalina, lo que hubiera sentido si sus propios prejuicios y miedos se lo hubieran permitido. ¿Acaso puede existir el deseo carnal entre dos mujeres? Con los años y la experiencia, se dio cuenta de que era posible y siempre se acordó de Catalina en silencio. ¿Se puede solo haber deseado a una mujer? Amelia jamás sintió nada por otra mujer, pero el recuerdo de Catalina le acompañó toda la vida con deseos intermitentes de volver a buscarla y confesarle la importancia de su compañía. A veces llegamos tarde al amor, pues apresados por los miedos decidimos escondernos de él y sobrevivimos arrastrando de por vida el recuerdo de un amor sesgado por la cobardía. Catalina amó a otras mujeres, pero decidió casarse y dejar las trincheras para otras. Necesitaba estabilidad, porque no contaba con el coraje suficiente para soportar el peso de las miradas juiciosas o vivir en la periferia social por querer lo prohibido o no permitido. Salvador Rogans, un reputado anticuario, se enamoró de ella desde la primera vez que la vio aparecer por la tienda pidiendo trabajo. Se conformó con un amor a medias; la aceptó con la tristeza de los vencidos y se prometió hacer de ella la mujer más feliz de la tierra. Tuvieron un hijo: Martín, y con esfuerzo y mucha generosidad consiguieron sobrevivir al pasado y disfrutar de sus más de cuarenta años de presente juntos.

—El amor es nuestro gran maestro, ¿sabes? No renuncies nunca a él, aunque te mueras de miedo.

Catalina renunció al amor verdadero por miedo, por esa cobardía de asumir ser señalada y juzgada y vivir una vida silenciada. Hubiera deseado volver a ser joven para vivir en el mundo que con tanto esfuerzo ha ido abriéndose a otras formas de amar.

Nalda no le contó a Gala la historia de Catalina y Amelia; apenas le explicó con coherencia la ausencia de ella durante tantos años. No le importó que a Gala se le amontonaran las preguntas; tendría que vivir con ello o preguntarle a Catalina.

Después de más de cincuenta años, apareció cuando murió Amelia, se reconcilió con La Muga y con todas ellas, y lloró a su amiga dos días y dos noches. Nalda trató de consolarla, pero poco o nada había que hacer. No llegó para despedirse, ni siquiera para su último aliento, pero sí para abrazarla con el cuerpo todavía caliente.

Agnès y Francisca contemplaban desde uno de los ventanales la luna llena; la primera después del solsticio de invierno. Era una noche especial, al fin reunidas en número mágico: nueve. El número sabio, el considerado número de Dios, asociado al amor universal y a la evolución humana. Francisca tomó la mano de Agnès y agarró el cigarrillo de Artemisa compartido para darle dos caladas con la satisfacción y el gozo de saber que les esperaba una noche blanca de purificación y renovación. La Hechicera miró a su amiga y sonrió; eran muchos los años que habían esperado para completar el Círculo y, al fin, estaban reunidas. Amelia seguía presente, no cabía duda de que su nieta era la digna heredera, pero necesitaba consciencia y dirección de camino para reconectarse con su propio poder, con ese poder ancestral que toda mujer lleva dentro.

En la armonía de una coreografía ensayada, las mujeres se fueron sentando en círculo y dejando sus conversaciones para dar presencia al silencio y mostrar respeto a la luna, a la noche y a la vida sagrada. Nalda era la primera vez que tomaba las riendas de la ceremonia; desde siempre la había presidido La Xatart y dudaba de cómo proseguir. Hacía un par de años que no se celebraba, todas decidieron no convocarlo hasta que Amelia recuperara la salud, algo que nunca sucedió. Las ancianas contemplaron el fuego y extendieron sus manos para enlazarlas con la de al lado hasta sellar el círculo en la simetría sagrada de igual distancia de todas con el fuego, de estar presentes sin jerarquías, sintiendo cada latido por igual para recibir en la misma proporción la sanación de heridas viejas y resentimientos anquilosados. Gala se daba la mano con Tomasa y Úrsula. No eran las que ella habría elegido, y quizá por ello allí estaba sentada entre ellas, sintiendo el calor de sus manos y la compasión en sus miradas. Le sorprendió la mirada clara de Úrsula, parecía otra, sin inquina ni animosidad. A La Guapa le costó aceptar su lugar aquella noche, pero conocía el poder sagrado del Círculo y se rindió a él en silencio.

Las nueve mujeres habían creado un hermoso y poderoso mandala de luz y energía femenina. Respiraron juntas, observando su unión en silencio, sintiendo su propio centro, dispuestas a someterse a la transformación que pudiera llegarles. Gala las observaba con respeto, intentando que sus propios pensamientos no saboteáran la magia del momento. Era difícil no emitir juicios sobre aquella reunión; lo fácil era dejarse guiar por los prejuicios: ocho abuelas y ella, vestidas de blanco, cogidas de las manos a la luz del fuego, las velas y la luna llena. ¿No era de locos? Nalda la miró comprendiendo su lucha y valorando su esfuerzo por estar presente a pesar del autosabotaje. Con dulzura la invitó a cerrar los ojos y sentir su interior. Todas hicieron lo mismo, pidiendo que su sabia consejera interior despertara. La Santa comenzó a cantar, a emitir una melodía sanadora que sin palabras equilibraba el ambiente y daba la bienvenida a todas. Su voz era un milagro para el oído, un refugio para cesar la lucha y dejarse llevar por la luz de su aterciopelado timbre. Gala se estremeció al escuchar la melodía, la voz angelical que vibraba en sus pechos, demandando paz y sosiego para cada una de sus almas. No supo calcular el tiempo que esa voz divina germinó en solitario ni cuándo el grupo se unió para vibrar en comunión sagrada. Incluso de ella floreció un sonido gutural que aportó al Círculo, al principio muy tenue y poco a poco ocupando su lugar en la vibración libre de miedos. Fue un instante o toda una eternidad en la que sus voces y sus manos construyeron una bola de energía invisible, una esfera poderosa, una bola de luz radiante suspendida de un hilo dorado directamente conectado con la luna llena y su poderosa fertilidad.

Nalda fue la primera en abrir los ojos. Como si de una rueda perfecta se tratara, las demás no tardaron en hacer lo mismo sin ser avisadas. Como el engranaje perfecto de una cadena, La Santa fue la última en abrirlos y cesar el canto ante la atenta mirada de Gala. Le habría sorprendido que esa divina voz brotara de Úrsula o Teresa, pero no de Francisca. Se sintió mal por sus propios pensamientos, pero no pudo evitar sonreír por haberlos tenido. La Guapa ladeó la cabeza levemente para mirarla, parecía haber leído sus pensamientos y, sin apenas pestañear, apretó con fuerza su mano con la de Gala en forma de reprimenda, antes de soltarse de ella. El resto hizo lo mismo y guardó silencio. Catalina estaba igual de perdida que Gala; miró a Gala con la vergüenza de imaginarse otra vez joven, con la locura de pensar que el tiempo no había transcurrido, que seguía en La Muga, que Amelia estaba viva frente a ella. Se frotó los ojos buscando el coraje para permanecer sentada y dispuesta a cerrar una herida que durante medio siglo no había dejado de supurar. Agnès le acarició la mano con suavidad, no pudo evitar emocionarse por disfrutarla después de tanto tiempo. Se cruzaron la mirada vidriosa, se emocionaron juntas sin poder evitar fundirse en un abrazo.

—Bienvenida, Cata.

Nalda echó muérdago en el fuego, las demás la siguieron a su ritmo. Teresa se levantó y trajo una bandeja con nueve copas de vino. Era una noche sagrada y repleta de celebraciones. La Roja se colocó las gafas para contemplar con detalle los destellos de las miradas; Tomasa se alineaba bien la cinta blanca del pelo y se secaba las lágrimas con timidez. La presencia de Catalina la había conmocionado; solamente la vio una vez en Barcelona, le pidió perdón por haberla juzgado en demasía, por ser tan estricta en moral y alumna desaventajada en sentimientos. Catalina fue entonces parca de palabras, no quiso tomarse un café con ella, ni hablar más allá de cuatro frases de cortesía. Entre esas, le pidió que no contara nada en el pueblo, que no hablara de su encuentro, que la dejara en el pasado…

—*Sempre seràs benvinguda…*[*]

Se despidió achinando los ojos para evitar las lágrimas y sin atreverse a abrazarla, con la ternura que le brotaba de dentro. Tomasa se fue empequeñecida, minúscula y con el compromiso de mantener el secreto de haberla visto.

Nalda decidió que había llegado la hora de arrancar a hablar, de poner en funcionamiento aquella noche la rueda. Pensó en Amelia y le pidió que la guiara por lo que pudiera suceder. Había demasiadas cosas que pulir, que sanar… Demasiados años, una muerte, un reencuentro y una recién llegada.

—*Qui vol començar?* ¿Quién quiere empezar?

Le costaba hablar en castellano, pero todas acordaron que aquella noche lo hablarían para que Gala se sintiera más dentro que fuera. Todas presentían que aquella noche iba a ser importante y no querían interferencias. La Roja las miró; todas ellas se observaron, Gala esperaba impaciente el proceder…

—Me gustaría esta noche hablar del perdón. Tengo la necesidad de ser yo la que comience después de haber estado toda una vida apartada de esta tierra. Quiero compartir con todas mi lucha con el perdón. Creo que necesito varias vidas para comprender el perdón, no como hu-

---

[*] —Siempre serás bienvenida…

millación, sino como sanación para el alma. ¿Estáis en paz? ¿Os habéis perdonado? Yo os confieso que me cuesta...

Catalina estrenó el Círculo con palabras que estremecieron al grupo. Llevaban una vida juntas, en la misma tierra, conviviendo con sus propias bajezas como mejor habían podido. Catalina seguía hablando sobre los misterios del perdón con la atenta escucha de todas, menos de Úrsula, que pidió la palabra con desdén. Esperó con impaciencia a que Cata terminara para rugir como una leona.

—Yo no perdono, ¿sabes? Ni necesito que nadie me perdone nada.

—Pues deberías...

La Santa no pudo evitar intervenir para cortar la soberbia de su cuñada. Demasiados años consintiendo sus malas caras y su rencor.

—No vuestro perdón. La Muga no es lo que era y vosotras sois unas consentidoras. Una cualquiera no puede pertenecer al Círculo, aunque sea nieta de Amelia Xatart. Todas somos iguales y su voto no cuenta más que el nuestro.

Gala tragó saliva y bajó la cabeza. No tenía ni idea de que aquella reunión, entre otras cosas, fuese para que el grupo la aceptara en él. Se sintió engañada por La Roja, tuvo ganas de abandonar la sala y romper el Círculo, pero Tomasa le cogió la mano con fuerza para impedírselo. La Rica siempre le había impuesto un gran respeto y no pudo negarse a su voluntad. Decidió resistir el envite y ser la protagonista de la trifulca, sin pronunciarse al respecto. No tenía ni idea de qué iba todo aquel ataque. ¿Era personal o iba contra su abuela?

—¡Basta! Gala está aquí porque el resto la queremos, porque la madre tierra la acepta y desea que forme parte de nosotras. Como poseedoras del Círculo de La Muga, debemos aceptar los ciclos de la vida, y en él está la savia nueva, las nuevas generaciones, lleguen de donde lleguen. De ellas dependerá conservar la tradición, rendirse a Gaia y recordarse en su feminidad, adorando la naturaleza, cultivando el amor sanador y buscando el equilibrio de este planeta maltrecho. Somos portadoras de nuestros ancestros; y ellas, las que nos sucedan, llevarán nuestro conocimiento… Esta noche de muerte y de vida, es necesario sanar y cerrar heridas que no han dejado de supurar entre nosotras. Se celebra el retorno de Catalina, igual que la incorporación de Gala como una nueva maga… Úrsula, deja la lucha fuera, te recuerdo que este Círculo te acogió a pesar de haber traicionado varias veces su esencia.

La Guapa la miró reprimiendo sus ganas de golpear varias veces su bastón contra el suelo en señal de protesta, pero conocía muy bien las reglas y, en el fondo, sabía que La Roja estaba en lo cierto: hacía años que la deberían haber expulsado, pero votaron mantenerla con ellas… Esa muestra de bondad la pudrió más de envidia que de compasión y perdón. ¿Perdón? Intentó perdonar a su difunto hermano Josep, pero la rabia de haber llevado de por vida la cruz de tener a un pervertido en la familia no la había superado. Nunca pudo hablarlo con Francisca, obligada a casarse con un hombre que deseaba a otros hombres. Lamentó que todo terminara en tragedia y que el pobre Josep, en su desesperación, se quitara la vida. La Guapa expió sus pecados llenando de mierda y mentiras la vida de su hermano. Todas sabían por lo que había pasado, aunque jamás se hubiera pronunciado desde el corazón. Su hijo Pau era homosexual, todo el pueblo lo sabía, pero ella se negaba a aceptarlo en público y en privado. Solo la mirada de desprecio de su propio hijo la resquebrajaba por dentro y temía que tuviera un destino parecido al de su hermano por su desprecio consentido. La Guapa fue incapaz de pestañear, la furia teñida de profundo dolor le bloqueó la garganta y le provocó un temblor en la barbilla. Todas guardaban silencio, todas esperaban que llegara la lluvia sanadora y que Úrsula sacara todo el tormento contenido durante años. Se resistieron a salir las primeras lágrimas, al poco tenía toda la cara bañada de ellas descendiendo a toda velocidad expiando un pozo de lamentos. La Santa se levantó a abrazarla, pero Nalda la reprobó. Debían mantener el círculo cerrado para sostener la energía del grupo. La Guapa lloró en silencio como si la muerte se le acercara y quisiera irse al más allá ligera de equipaje. Gimió y, como un volcán en erupción, se dejó llevar por un llanto anciano, liberado después de tantos años de vivir encadenado. Todas sintieron el dolor de Úrsula, se agarraron las manos con fuerza y pidieron perdón al Círculo, al universo y a la madre tierra. Ninguna de ellas era digna de juicio y el llanto de una era el llanto de todas. Gala se unió al llanto sin poder remediarlo. Lo hizo como otras, en silencio y con respeto de no romper la emulsión de lágrimas de La Guapa. Mientras lloraba con las manos cogidas a otras manos, le sobrevenían imágenes de ella de pequeña, con su padre, con su madre, como hija, como madre, como esposa, como mujer. Gala lloraba intentando encontrar sentido a sus lágrimas, buscando la razón a lo que le brotaba de dentro. Estaba asustada de su propio llanto, de sentir que necesitaba vaciarse de un cenagal de emociones que era incapaz de descifrar.

Nalda observaba el Círculo impresionada por la celeridad de su marcha. Catalina había sido el detonante y Gala comenzaba a despertar; era como si La Xatart estuviera moviendo los hilos desde arriba. Las lágrimas dejaron de supurar, de inundar el ambiente con viejos lamentos. Nalda miró a Francisca que, bajando agradecida la mirada, se levantó y fue a besar a su cuñada con todo el amor que pudo. La Guapa le acarició la mano y se apoyó en su pecho; todas habían comprendido el poder sanador del perdón.

—Jow me ha pedido que me case con él.

Teresa casi se atraganta con el vino al escuchar a Cecilia. Era un secreto a voces que La Ciega se entendía en la cama con el mozo, pero jamás lo había hecho público, ni en el Círculo ni en *petit comité*. Todas se quedaron mudas mirando a Cecilia sin saber qué decir.

—Me hace gozar como nadie. Le quiero, me quiere y le he dicho que ¡sí!

Tomasa se levantó bruscamente al escuchar a La Ciega. Todas enmudecieron esperando que La Rica la reprendiera por casarse con John Winter, un hombre extranjero veinte años menor. Pero lejos de eso, la Tomasa se acercó a Cecilia y, con voz temblorosa, levantó su copa delante de ella en señal de respeto y celebración. Teresa levantó la suya con tanto ímpetu que bañó a Francisca, lo que provocó la risa de las demás. Todo el grupo se unió al brindis, a la celebración del amor, sin juicios ni sermones estériles.

El vino y la alegría de un nuevo enlace en el pueblo las llevó a conversaciones más livianas pero algo pudorosas para la americana, poco acostumbrada a hablar de sexo sin remilgos, y menos delante de unas abuelas. La Rica dijo sin tapujos que ella llegó al orgasmo por el grupo y la autocomplacencia...

—*Si hagués estat pel pobre Jaume...*[*]

Cecilia confesó su fogosidad y su compra en internet de juguetitos eróticos. Francisca intentó reprimirse de confesar sus proezas sexuales, nunca lo había hecho, y la mayoría pensaba que, como su Josep la dejó virgen... pues intacta seguía... Agnès, Gala y Nalda reían a carcajadas con cada historia que se contaba. Teresa no daba crédito a lo que estaba oyendo, ella apenas había variado de la postura del misionero y no creía necesitar más.

—Si el cuerpo no te pide más...

Gala nunca había imaginado que esas ancianas pudieran tener vida sexual. Al confesarlo, provocó una disparidad de reacciones entre la indignación y el despiporre general. Estaba claro que el sexo había bajado en intensidad, pero no habían renunciado al placer. Todas habían compartido experiencias en el Círculo y, gracias a él, habían aprendido que el deseo debe ser compartido. Los hombres de ese pueblo poco tenían de hombres y mucho

---

[*] —Si hubiera sido por el pobre Jaume...

de animales, y más allá de meterla erecta y no sacarla hasta desfogarse, no sabían qué hacer. Tuvieron que emplearse a fondo para redimir la insatisfacción sexual femenina que había en el pueblo y, para ello, decidieron montar una rebelión y, a riesgo de divorcio, comenzar a mandar en la cama. Muchos se negaron a ser manejados por sus mujeres y estuvieron a dos velas y durmiendo en las caballerizas hasta que recapacitaron. Ese fue el principio de un gran cambio para La Muga, para ellos y para ellas, y la envidia de los pobladores vecinos, que se preguntaban cuál era el secreto de la longevidad en La Muga.

—¡La buena salud sexual!

Todas rieron al tiempo, recordando las experiencias compartidas de cada una. Hacía tiempo que Gala no se había reído tan a gusto y de improviso. Aquellas ancianas resultaban ser una caja de sorpresas, unas bebedoras de la vida en todas sus esencias. Unas aprendices eternas del perpetuo despertar a la ilusión. Las miró con cariño y con la mandíbula dolorida, sintiéndose por primera vez parte de ellas, con unas tremendas ganas de seguir compartiendo su sapiencia de vida, sus experiencias acumuladas. Las sintió como sus madres, como sus grandes consejeras de vida que siempre había deseado tener.

Agnès decidió, con permiso de La Roja, que había llegado la hora de reponer fuerzas y llenar el estómago. La Hechicera, con ayuda de Marc y Adele, había preparado suculentos manjares de la tierra para alimentar más allá del cuerpo.

Las nueve mujeres comieron alrededor del fuego y siguieron compartiendo y depurando viejas heridas. Catalina se acercó a Gala para saber de ella y cuántos días más estaría por La Muga. Gala comenzaba a sentir que se acercaba el momento de partir, pero seguía sin resolver el tema de la herencia ¡y el maldito cuadro!

—¿Qué cuadro?

Gala le explicó, como quien recita un poema aprendido, las tretas de su abuela y sus sospechas de que alguna de esas mujeres o todas conocían al autor del cuadro. Catalina sintió que bruscamente le faltaba el aire, empalideció mientras Gala le describía la pintura y, con las manos temblorosas, tuvo la certeza de que ese cuadro era el que ella pintó y regaló a Amelia en plena adolescencia. ¡Su primer cuadro! No había abandonado su pasión por pintar, con los años perfeccionó la técnica y aunque pocas, por pudor, había celebrado algunas exposiciones de sus obras.

Sin saber cómo, el Círculo volvió a enmudecer para escuchar lo que acababa de ocurrir. Gala se había quedado bloqueada al comprobar que, al fin, había encontrado a la autora del cuadro y terminado con el famoso misterio. Comprendía que todas sabían quién era, pero preferían callar y no ser ellas las confesoras, sino la propia pintora.

Gala miró a Catalina sin reaccionar. Catalina se encogió de la emoción, no había vuelto a pensar en la mala réplica de *Mujer en la ventana*, pero sintió una profunda emoción al saber que Amelia lo había guardado todos estos años, custodiado con mimo hasta tal punto que, a su muerte, había dado instrucciones de que la encontraran para que volviera a sus manos. ¡El círculo de la vida! El búmeran del que nadie se escapa, que nos sorprende con sus idas y venidas, con sus bandazos a contrapelo.

Catalina abrazó a Gala por haberla encontrado, por devolverle el cuadro y por representar a Amelia en ese Círculo. Brindó por ella, las demás se unieron en comunión.

—Estimada Gala, eres bienvenida en esta tierra y en este Círculo. Nosotras nos hermanamos contigo, tomando un puñado de esta tierra, te sentimos nuestra.

Todas tomaron un puñado de tierra de la maceta blanca y lanzaron la tierra al fuego en señal de buenaventura. La noche siguió hasta el amanecer; algunas se quedaron a dormir en la casa grande. Gala prefirió retirarse a casa de su abuela. Al fin había resuelto el enigma, al fin era la ¡heredera universal! Ahora debía pensar qué hacer con todo y cómo resolverlo cuanto antes.

La noche había sido intensa y larga. Volvía a casa de medio lado, con los primeros rayos de sol, achinando los ojos y agradeciendo llevar puestas las deportivas y no unos tacones de infarto. Necesitaba digerir lo vivido, estaba revuelta, vulnerable y borracha. Una mezcla terrible para tomar decisiones.

X

Muchas más veces de las que desearíamos, el destino lo marcan los demás, asumiendo que nos han ganado la batalla...

No fue idea suya, ni siquiera tuvo tiempo de procesar la negativa y ya iba camino de Barcelona con sus hijas, su madre y Joana. Kate, hábil estratega, había buscado una alternativa para convertir sus deseos en realidad: su abuela Julianne se transformó en su mejor aliada y, en menos de dos horas, había organizado la excursión a la capital, con ayuda de Gustavo, un móvil y una American Express Oro. El dinero es el gran prestidigitador que transmuta lo imposible en fácil en cuestión de segundos. Julianne era una vieja experimentada en eso y, hasta el momento, nada se le había resistido a golpe de chequera. Todos practicamos esa prostitución, pero pocos la asumen y la aceptan sin complejos. Ella no había tenido remilgos en ser la abanderada de la minoría que no pestañea por ponerle precio a todo.

Kate miraba satisfecha por la ventanilla, encantada de haber logrado su propósito de visitar Barcelona con Joana. No le importaba acudir acompañada: prefería hospedarse en un lujoso hotel que en casa de unos familiares de su amiga. Kate prefería invitar que ser invitada, le costaba soltarse, pedir favores o ayuda, y siempre estaba mucho más cómoda teniendo el control.

Adele, en cambio, estaba algo ausente, callada y con ganas de dormir todo el tiempo. Marc no pudo acompañarla esta vez, dos días eran demasiados y sus padres querían que disfrutara de la familia y de ellos. Desde que Adele llegó a La Muga, el pequeño apenas paraba en casa y, cuando lo hacía, estaba demasiado ocupado organizando nuevas aventuras o descansando.

Gala se había metido en el coche asumiendo que no tenía alternativa y, al mismo tiempo, dispuesta a disfrutar de sus hijas y su madre. Se sentía distinta desde anoche, no sabía cómo procesar todo lo sentido, ni tampoco cómo anunciar que llegaba el momento de volver a casa y debían fijar la fecha de retorno. Su madre saltaría de alegría, pero ¿cómo iban a reaccionar sus hijas? Adele reposaba su cabeza en la ventanilla del coche y Kate jugaba con Joana al Apalabrados. Las dos habían encontrado un curioso reposo en esa tierra, adaptándose mucho más de lo que ellas mismas eran conscientes. Gala habría deseado tener una excusa para posponer la vuelta, pero después de despejar el enigma del cuadro, nada les ataba allí. El abogado Robert Riudaneu podía resolverlo todo por ella. El cielo al fin se había despejado, el final del viaje había llegado y se acercaba el momento de dar la cara y retomar su vida o... ¿qué? Por unas milésimas de segundo, se imaginó entrando por la puerta de su apartamento, besando a Frederick, simulando el *statu quo*, deshaciendo maletas, durmiendo a su lado, levantándose por la mañana, preparando café, despidiéndose de las niñas, llamando a alguna de sus amigas, volviendo a pilates, paseando por Central Park, comiéndose un *bagel* de salmón y requesón... Unas terribles ganas de vomitar le sobrevinieron y forzaron a Gustavo a detener el vehículo de cualquier manera en el arcén de la autopista para que Gala pudiera sacar a pasear sus tripas. Salió aguantándose la arcada y, nada más pisar el asfalto, se dejó llevar por el pánico absoluto que le provocó un enorme y asqueroso vómito contemplado por todos.

Julianne miró la escena tratando de entender lo ocurrido. Su hija no era de las que se mareaba en el coche, ni siquiera cuando era pequeña. Le asqueaba vomitar y, si podía, se tragaba el asco con tal de evitar el trance. Solo con los embarazos cruzó su propio límite. «¿Embarazada? ¡Imposible!». Era algo absolutamente descartable, pues en el último parto le ligaron las trompas, no por decisión médica sino personal, y en contra de Julianne. No era amante de sesgar la fertilidad y mucho menos con operaciones de por medio. Pero Gala, en su terquedad, lo hizo para evitar embarazos y ahorrarse métodos anticonceptivos engorrosos para ella. Frederick, como muchos hombres, se negaba a usar el preservativo, y siempre la dejaba a ella con la responsabilidad. No le importaba aumentar la descendencia, ni los cuidaba ni los paría. Tampoco veía problema en el embarazo, ni en la recuperación de la forma física; una operación a tiempo era una sabia decisión. Gala imitó la firma de su marido y se sometió a la ligadura de trompas; a esas alturas Frederick no lo sabía todavía y Julianne lo descubrió hacía apenas unos meses en una acalorada discusión con su hija.

Gala seguía descompuesta, con el cuerpo doblado y la garganta abrasada por los jugos gástricos. No se sentía con fuerzas de incorporarse todavía; la idea de volver a Nueva York y proseguir con su vida le había provocado un súbito corte de digestión. Con la sangre en la cabeza y mirando su propio vómito, se dio cuenta una vez más de que desde la propia mierda se emerge con más fuerza. Aquella mañana supo que la rueda había girado y que nada era como antes ni podía volver a serlo. Sus tripas la envistieron de nuevo, vaciándola de bilis, sacando miedos acumulados. Julianne salió del coche, reconociendo muy bien la clase de vómito de su hija; era de los que, como los posos de café, revelaban la realidad, impidiendo que tomaras la dirección incorrecta. Ella lo sufrió cuando decidió meter en un internado a Gala, sin escuchar las súplicas de su hija de que no la abandonara. Julianne retuvo sus arcadas hasta que cerró la puerta y vio a su hija partir. No llegó al baño, pero señaló el camino con sus propios desechos hasta reclinarse en el retrete y abandonarse hasta percibir que nada le quedaba dentro. Con los ojos enrojecidos, miró su propio vómito y supo que, si no corría a buscar a su hija, la perdería para siempre. Ese repugnante desecho de jugos gástricos y comida triturada le señaló el camino correcto, pero decidió ignorarlo, tirar de la cadena, enjuagarse la boca y servirse su primer whisky doble recién levantada. Llevaba toda la vida arrepintiéndose de esa decisión y, por eso, sabía muy bien que aquella vomitona no era un simple marco, sino un asqueroso brote de lucidez.

—*Do you feel better, babe?*[*]

Gala no quiso mirar a su madre, ni responderle con palabras. Necesitaba un poco de aire y digerir que su vida había llegado a una intersección y tenía que elegir un camino; todos menos seguir recto, como hasta el momento. Julianne acarició el pelo de su hija, vertió sobre su nuca un poco de agua para que su cuerpo volviera a estabilizarse. Prohibió que sus nietas salieran del coche y esperó apoyada en él a que Gala se incorporara y deseara proseguir la marcha. No había prisa, nada era tan importante como aquel momento de abrupta revelación que muy pocas veces se produce en la vida. Julianne lo sabía y profesó silencio en señal de respeto. Se acercaba a la vejez con ganas de dejar de fingir, de abandonar la frivolidad como parapeto a cualquier dolor y, aunque se resistiera, el camino pasaba por cruzarse de nuevo con su hija y labrarse una complicidad apenas compartida. La miraba con cierto desdén de no tener la más remota idea de cómo construir o hilvanar lazos de aproximación con su hija. A ella también la había cambiado ese maldito viaje, en realidad hacía mucho tiempo que esperaba un golpe bajo para dejar de sostener una vida de mentiras que

[*] —¿Te encuentras mejor, cariño?

la estaban hundiendo y consumiendo. Su primer paso fue anular la boda; el segundo, cogerse un avión para rescatar a su hija; sin saberlo se había equivocado de complemento indirecto y no era a su hija a quien había decidido salvar sino a sí misma. No sabía por dónde empezar... Las carreteras suelen ser lugares inhóspitos y peligrosos para detenerse en el camino, pero con la perspectiva, ese alto en el viaje puede haberte salvado la vida.

Estuvieron media hora hasta que reemprendieron la marcha, en silencio y con gran respeto. Kate y Adele tampoco abrieron la boca, prefirieron observar y dejar que todo, por el momento, quedara en el vómito. Observaron la vida desde sus ventanillas; Gustavo tomó la iniciativa de poner a la Callas y disfrutar de su extraordinario *Madame Butterfly* de Puccini. No era la mejor letra para acompañarlas en el viaje, pero sí una voz capaz de convertir el peor de los dramas o lamentos en suspiros de esperanza. Julianne y Gala se refugiaron en ella y, con miradas de soslayo, se comprendieron desde la lejanía. La calma las acompañó hasta llegar a su destino.

Gustavo detuvo el coche al pie de una gran D o vela gigante de cristal. Era el hotel a pie de mar que Julianne había elegido para pasar las dos noches en Barcelona.

—*Welcome to the W Hotel, madame.*[*]

Fue la primera en descender del vehículo para no perderse las caras de sus nietas. Había reservado espléndidas habitaciones en la planta 15, con vistas al mar. Todo cristal, apenas paredes; dormir allí, según le habían conta-

---

[*] —Bienvenida al hotel W, señora.

do, era como estar suspendida entre la tierra, el cielo y el mar. No fue una exageración, sino una descripción ajustada de la experiencia de no tener paredes, sino cristales y, ante ellas, el horizonte y el encanto del mar Mediterráneo. Joana no daba crédito a lo que estaba viendo, tenía la mandíbula desencajada de querer abrir más la boca y haber dado varias veces con su propio límite. Aquel lugar era de vértigo, mágico y, según había leído en los foros, el nuevo hotel de las estrellas. Estaba feliz de acompañar a su amiga y, en confianza, confesarle que deseaba experimentar todos los lujos posibles y convertirse durante dos días en una joven diva como Paris Hilton o las gemelas Olsen. Kate sonrió divertida con la complicidad de convertir los deseos de su amiga en realidad, aunque, por supuesto, con la ayuda de su abuela. Los lujos no le habían resultado nunca divertidos hasta conocer a Joana, que lograba convertir cada uno de ellos en una escena de película. Adele seguía enfurruñada y apenas expresaba alegría por estar ahí; no le apetecía apenas nada, toda propuesta la recibía con un encogimiento de hombros y mordiéndose los labios. Aunque todos sabían el porqué de su inaudito comportamiento, optaron por ignorarla y esperar que algo la sacara abruptamente de su negativa al disfrute.

Dejaron las maletas, se acicalaron un poco y salieron dispuestas a conocer esa ciudad que tan famosa se había hecho por albergar los Juegos Olímpicos del año 92.

—¡¡¡Baaarrrcelooonaaa!!!

Joana salió del hotel, emulando a la Caballé y a Mercury en la famosa canción que, con el tiempo, se había convertido en un himno para la ciudad. Gustavo se había ofrecido a ser su guía durante su estancia por unos euros más y por no morir de aburrimiento. Julianne accedió a la propuesta con la condición de que no fuera una ametralladora de datos y las dejara respirar en tiendas, heladerías o cualquier capricho que se les antojara.

—Dos días no dan para mucho, así que… selecciona y ¡enséñanos lo más bonito!

No era fácil elegir los lugares, ni mucho menos satisfacer los deseos de poco ajetreo, ocio, diversión y, sobre todo, ¡compras! Julianne estaba encantada de encontrarse en un lugar donde poder dar rienda suelta a su compulsividad, pero fue Gala quien evitó que aquellos días se convirtieran en mera frivolidad.

—Nada de compras, ¿me oyes? O me llevo a las niñas…

Julianne la miró tratando de encontrar una mota de sus genes en ella; cada día estaba más convencida de que los pocos que tenía se desintegraban con los años. Aceptó con desagrado su propuesta, no quería empezar la convivencia con las espadas en alto, pero esperaba llegar a un acuerdo satisfactorio para todas. Julianne odiaba las visitas a monumentos, caminar horas al sol para contemplar ruinas o cuadros antiguos. No le gustaba esa cultura, no la entendía, prefería el culto a lo nuevo y tan asequible como un simple deslizamiento de tarjeta.

Gustavo decidió tomar la vía intermedia y mostrarles el Gótico y el antiguo barrio de la Ribera, conocido como Borne; un lugar repleto de rincones mágicos y de leyenda, perfecto para pasear, culturizarse y saciar las ansias de consumismo.

El camino comenzó a pie por el antiguo mercado del Borne, un coloso de hierro en ruinas y a medio restaurar porque el ayuntamiento de la ciudad no terminaba de decidir qué hacer, después de encontrar en el subsuelo maravillosas ruinas romanas.

—Los romanos la llamaron Barcino, ¿sabéis?

Joana aportaba su granito de arena a la visita con sus conocimientos sobre la Ciudad Condal; esa misma que los de fuera conocían como Can Fanga. A Adele le hizo gracia el nombre de la «casa del barro» para referirse a una ciudad tan moderna. Joana no sabía por qué se la llamaba así, y fue Gustavo el que las sacó de dudas.

—A finales del siglo xix comenzó el plan de urbanización de la ciudad en un conocido barrio de Barcelona llamado Eixample. Las obras eran tan grandes que, con las lluvias, se formaban auténticos barrizales. La gente de los pueblos solía acudir a la ciudad para solucionar temas burocráticos y, cuando volvían a casa llenos de barro en los zapatos, todos sabían que provenían de Barcelona. ¡Can Fanga!

Todas escucharon con atención las curiosidades y anécdotas que Gustavo fue contando por los callejones empedrados de ese rincón de la ciudad donde se fusionaba a la perfección lo antiguo con lo moderno. Julianne disfrutaba con las pequeñas joyas de tiendas escondidas entre muros, repletas de tesoros de nuevos y desconocidos diseñadores. Las cinco se sentaron en uno de los bancos de piedra del paseo del Borne, mientras Gustavo las trasladaba a la época medieval, cuando ese lugar era el elegido para los torneos de caballeros, o apenas dos siglos más tarde para las ejecuciones de la Santa Inquisición. Kate y Adele no salieron de su asombro cuando comprendieron qué fue la Inquisición.

—Una especie de Ku Klux Klan, pero en vez de contra los negros, contra todos aquellos que no siguieran las reglas cristianas.

Kate era rápida en procesar lo nuevo; su hermana, en cambio, se perdía en laberintos de la mente con los pequeños detalles antes de captar el concepto en profundidad. Aquella ciudad, dependiendo del callejón, le parecía como de cuento, de miedo o de príncipes y princesas. Gustavo le contó la dualidad de esas calles; refugio tanto de grandes historias de amor, como de duelos a muerte y asesinatos por la espalda. Le mostró una cabeza de piedra, estilo gárgola, que reposaba en lo alto de la esquina de una calle.

—¿La ves? Se las llama Carassas y se ponían en todas las calles donde se ejercía la prostitución para que la gente, la mayoría analfabeta, supiera localizarlas.

Julianne reprendió a Gustavo por contarles a las niñas cosas indecentes y vulgares como aquellas. Todas, incluso Gala, se echaron a reír por el repentino pudor y remilgo de la abuela. Julianne nunca había sido un ejemplo de buen comportamiento, aunque de puertas para fuera lo disimulara muy al estilo Marlborough. En realidad, protestaba porque la piedra le cansaba y apenas le dejaban disfrutar del contenido de las maravillosas tiendas del lugar. Intentó hacer un aparte, pero su hija estaba empeñada en disfrutar en familia. «*What the hell!*».* Nunca lo habían hecho a la

---

* «¡Qué demonios!».

manera tradicional y se había propuesto conseguir la postal de familia perfecta. Le dolían los pies con el empedrado de las calles y los tacones. No eran muy altos, pero lo suficiente para darse de bruces y romperse la crisma.

—Pues… ¡cómprate unas deportivas!

No hubo manera de convencerla para hacer un alto en el camino y tomarse un aperitivo a las puertas del museo Picasso, en una magnífica terraza de un antiguo palacete de la ciudad. Gala deseaba proseguir con la visita y, a la vista de todas, estaba empeñada en conseguirlo a cualquier precio. Julianne no tuvo más remedio que cambiar de calzado y, a regañadientes, comprarse las malditas deportivas. Kate eligió junto a Joana la tienda y contemplaron divertidas cómo su abuela se quedaba las más flúor. Julianne era de las que prefería siempre rozar los extremos por arriba; y quedarse las más llamativas era apostar por la última moda antes que por la sosería.

A Gala le faltaba ese arrojo de soberbia de Julianne que provocaba que llamar la atención fuera un gusto y no un rubor perpetuo. Admiraba la percha de su madre y que supiera estar por encima de los convencionalismos. Ella no disponía de ese don, prefería pasar desapercibida que destacar rozando el ridículo. Pero comenzaba a sentir la curiosidad de estar en el otro lado y saber estar por encima de las miradas.

—¿Te atreves?

Julianne la tentó divertida a comprarse unas iguales. Gala la miró frunciendo el ceño, dispuesta a aceptar el reto de pasear por Barcelona con unas zapatillas flúor que nada tenían que ver con su vestuario ni estilo. Sus hijas contemplaron incrédulas cómo su madre se las compró y, sin pestañear, se las llevó puestas. Julianne y Gala parecían un dúo cómico, no por las deportivas, sino por su forma de andar y moverse, mostrando al resto sus nuevas adquisiciones.

Siguieron el paseo hasta llegar a la iglesia de Santa María del Mar. Gustavo les contó la historia del bello monumento gótico, una iglesia propiedad del pueblo, en recompensa al tremendo esfuerzo que durante décadas hicieron para construirla. La leyenda cuenta que fueron muchos los voluntarios que se ofrecieron para cargar a pie desde la montaña de Montjuïc los pesados bloques de piedra con los que erigieron el Santo Monumento.

—Es mi preferida, la catedral del pueblo, ¿sabes?

Gala quería ver la Sagrada Familia, Julianne ir de compras por el paseo de Gracia y las niñas montarse en las golondrinas, las barcas que salen del puerto de Barcelona y pasean por el bello litoral barcelonés. Joana adoraba montarse en ellas y, desde pequeña, lo hacía para despedirse del año. Eran los últimos días de 2012 y el próximo año ella cumpliría la mayoría de edad, comenzaría a ser adulta y su sueño de vivir en Nueva York estaría más cerca. Kate quiso compartir con su amiga esa tradición y pidió a su madre pasear en las golondrinas. Julianne odiaba los barcos turísticos, pero no tuvo más remedio que aceptar la singular propuesta.

Aquella ciudad desprendía un aroma a salado añejo que hacía que reposara con gusto una estética *vintage* permanente. Aunque no todas sus calles gozaban de la higiene convenida, destilaban encanto y se podían elegir con gracia rincones donde perderse incluso del tiempo. Todas eran conscientes de que apenas rozarían la primera piel de la ciudad; dos días daban para un escaso aperitivo, pero Gala había marcado la hoja de ruta y el 31 lo debían pasar en La Muga. Julianne no estaba por la labor y, a la mínima oportunidad, planteaba un plan alternativo, todos tan apetitosos como rechazados por Gala.

Decidieron que había llegado la hora de comer, de probar la famosa paella frente al mar y las delicias de pescado fresco. Gustavo había reservado en El Merendero de la Mari, un restaurante de nombre humilde pero comida exquisita en el Port Vell de la ciudad. Apenas quedaba a diez minutos andando, lo suficiente para hacer un par de fotos más en el camino y divisar edificios monumentales como la Lonja de Mar, uno de los edificios más emblemáticos de la ciudad y símbolo del progreso social y económico de Barcelona. Como edificio era magnífico, a la par que singular por su mezcla del mejor gótico con elementos y naves añadidas posteriormente del majestuoso estilo neoclásico. Gustavo era un portento de datos, un pozo sin fondo de sabiduría que amenizaba los paseos y unía al grupo, a pesar de los continuos resoplidos de Julianne. Adele comenzaba a disfrutar, a sentir cómo su imaginación se disparaba con una ciudad que contaba con tanta historia de paredes desgastadas, de toscas piedras maltrechas por el paso del tiempo o la metralla de alguna guerra. Adele escuchaba atenta las explicaciones de Gustavo, las leyendas de una ciudad que, según algunos, antes que romana fue griega y fundada por el propio Hércules.

Gala aprovechó las explicaciones del chófer y la escucha ensimismada de las niñas para distraer el pensamiento a la noche anterior. Respiró aire de mar y se detuvo a sentir la caricia de la brisa. Miró a su alrededor, encontrándose con decenas de turistas que, como ellas, se enamoraban de la ciudad a cada paso. Debía reconocer que la excursión había sido un acierto, como que ese viaje estaba llegando a su fin. Julianne la observaba contemplando las vistas y aprovechando para descansar de la historia. Esperaba en silencio a que su hija comenzara a expresar lo comprendido y lo todavía por procesar.

—*On 1st January we return home. You got what you wanted!*[*]

Lo soltó de corrido sin tomar aire ni buscar su mirada de aprobación por la decisión tomada. Julianne se pensó si añadir palabras o retener el silencio. Tenía la extraña sensación de no salir victoriosa, aunque lo pareciera. Su hija había puesto fecha a la vuelta, e intuía que iba a ser la primera de muchas decisiones por tomar.

—¿Has resuelto lo de la herencia?

No pudo contenerse y preguntó sin saber adónde apuntaba. Aunque detestaba estar allí por todo lo que significaba, había algo más allá que le hacía clamar justicia para su hija y poder quedarse con el legado de su abuela y de su padre. Julianne se estremeció con sus propias palabras, pero al mismo tiempo sintió un alivio desconocido. Era como si aquella pregunta comenzara a desanudar madejas fosilizadas que durante años le envenenaron la vida.

---

[*] —El 1 de enero volvemos a casa. ¡Ya tienes lo que querías!

—Sí, mamá, soy yo la única heredera.

Las dos mujeres reemprendieron la marcha, pisando con fuerza los adoquines del suelo, mirando el polvo que se levantaba con el viento, buscando cada una un lugar donde reposar sus mentes. Gala lo encontró con sus hijas; Julianne simplemente no perdió el tiempo en buscarlo, su mente hacía tiempo que había descartado el reposo sin pastillas.

Los seis vieron con distinta perspectiva cómo el barco se alejaba del puerto, dispuesto a ofrecer una hora y media de visita guiada por la costa barcelonesa y sus playas mediterráneas. La golondrina iba cargada de turistas o curiosos que, como ellos, deseaban dejar atrás la tierra y sentir el vaivén del agua en su pureza salvaje. Gustavo siguió con las explicaciones a las chicas, entreteniendo a las menores y captando en código adulto que madre e hija necesitaban pasar un tiempo para disipar antiguos nubarrones. Gala y Julianne se quedaron sentadas, disfrutando del *skyline* de la ciudad en la planta de abajo, mientras el resto recorría la parte superior del barco. Gala apretó los dientes y se agarró al bolso con fuerza para sentir el cuaderno de su abuela. Desde que comenzó a leerlo, no se había despegado un minuto de él, a riesgo de que se extraviara u ocurriera cualquier percance que le impidiera seguir disfrutándolo. No podía dejar de pensar en su padre, en su abuela y en lo egoísta que había sido su madre.

—Todavía no sé por qué has venido.

Julianne se tomó unos minutos para responder. Sabía que había llegado el momento que tantos años había tratado de evitar. La rabia había deshecho a modo de sulfato las excusas para dejar al descubierto las ausencias y los reproches. Gala comenzó a escupir sin procesar todo el odio que sentía, toda la incomprensión acumulada a sus desmanes, su falta de amor y cariño, el placer de disfrutar con sus fracasos. Estuvo más de veinte minutos disparando bilis, soltando veneno sin pudor, y sin temor de perforar viejas heridas. Había llegado a su propio límite de sostener y comprender la desgracia de los otros al precio de que su mierda no dejara de salpicarle. No recordaba un solo momento en que su madre decidiera protegerla en vez de optar por salvaguardar su propio ombligo. La deseó tantas veces muerta como imploró su cariño con la frustración de no haber conseguido ni una cosa ni la otra.

—Estoy harta de tus desprecios en nombre de ese maldito apellido.

Le confesó avergonzarse de ser su hija, de pertenecer a esa familia. ¡Los Marlborough! Que se esconden y no dan la cara. Julianne lo había practicado toda su vida con su hija, evitando hablar de su otra mitad, de su padre, que lo único que hizo fue amar a una mujer que no estuvo a la altura de su amor, y al que decidió enterrar para siempre. Gala no dejaba de hablar, ni siquiera le daba espacio al oxígeno para entrar cuando ya estaba con otra recriminación. Julianne encajaba cada golpe como el leve movimiento del barco con las olas, sin protestar y ni siquiera enfrentarse a su hija con la mirada. Intentó retener, reprimir, tragárselo todo para asfixiar esa conversación, pero solo consiguió avivar más el fuego de su hija.

—¿Cómo me pudiste ocultar que tenía una abuela? ¿Cómo pudiste ser tan cruel?

Gala comenzó a sentir cómo sus ojos soltaban lágrimas de rabia que ella intentaba secar lo más rápido posible. A veces el llanto llega sin pedir permiso, con la vulnerabilidad de compañera y dispuesto a rebajar con un poco de agua el exceso de cólera. Aunque intentó por todos los medios proseguir con la metralla de reproches a su madre, aunque intentó reprimir su llanto, tuvo que parar, detener las palabras, tragar saliva y permitirse llorar delante de su madre. Hacerlo y romper con su propia promesa de jamás verter una lágrima delante de Julianne. Fueron los sollozos de Gala los que sacaron del hermetismo a Julianne, que giró la cabeza hacia su hija con la lentitud de quien lleva sobrecarga de culpa. A cámara lenta, bajó los ojos y tomó aire. Prefirió evitar el contacto, la caricia, no fuera a provocar el efecto contrario. Cuando se trataba de ser madre, Julianne perdía toda la seguridad aprendida y trabajada desde pequeña. Bajó los ojos y lanzó un suspiro de no saber cómo afrontar esa situación sin revelar viejas heridas que supuraban esos días un dolor añejo difícil de llevar. Alzó la vista, escuchando los sollozos de Gala, miró por la ventanilla con deseos de salir huyendo y aceptó que no había escapatoria sin hablar.

—Lo hice. Te arranqué una vida, una opción, un lugar, una mitad de ti misma. Lo hice no por voluntad sino por supervivencia, orgullo y rencor. Tienes derecho a odiarme por ello y lo llevo como puedo. Había perdido lo que más quería en este mundo. Se me había ido mi sostén, mi cómplice y mis planes de vida. Destilaba desconsuelo y pocas ganas de vivir. Han pasado casi treinta y cinco años y no ha habido una sola noche que no le desee las buenas noches. Así de simple y así de complicado. Decidí olvidarme de tu padre, de mi Román, hacer como si nada hubiera existido; era el único modo de seguir viva, pero tú estabas allí para recordarme que todo había sido real. Durante años, entre pastillas y alcohol, te esquivé, me aparté de ti, incluso quise olvidarme de que era tu madre. ¡Fue la peor equivocación de mi vida! Qué te voy a decir a ti… El día en que Román murió, yo perdí a las dos personas que más he querido en este mundo: a tu padre y a ti.

Gala había dejado de llorar, contemplaba a su madre con estupefacción. Sin dejar de mirar por la ventana, con la mirada perdida, se estaba confesando de sus propios demonios y fantasmas. Era la primera vez que la sintió sincera, desnuda de frivolidad y abierta a confesiones que, como puñales, iban directas a las entrañas. No fue fácil encajar la confirmación de que su madre deseó olvidarse de Gala, no fue sencillo seguir allí sentada con el orgullo y la rabia pidiendo paso para levantarse y dejarla con la palabra en la boca. Lo habría hecho, pero necesitaba seguir escuchándola para conocer su historia, la de su padre, la de su abuela…

—Tu padre era el ser más maravilloso que he conocido. Se enamoró de mí, ¡de una Marlborough!, y yo de él perdidamente… Él estaba de viaje por Europa, yo de vacaciones en París con tres amigas. Esa tarde de lluvia, refugiadas en una cafetería de Montmartre, la vida me cambió para siempre. A pesar de lo vivido, de lo que he hecho para olvidarme de él, incluso intentar renunciar a una hija… nunca he podido arrepentirme o querer borrar esa tarde, la primera vez que lo vi, entrando empapado en la cafetería, con las gafas caídas hasta la base de la nariz y los cristales llenos de gotas. En aquel mismo instante sentí cómo un escalofrío recorría mi cuerpo desde la cabeza hasta reposar en mi bajo vientre, que explotó cuando, sin pretenderlo, nos cruzamos la mirada por primera vez. Nunca había sentido una certeza tan rotunda. Con aquel primer cruce de miradas supe que quería estar al lado de aquel hombre el resto de mi vida. No sabía nada de él, ni si quiera había oído su voz, pero supe que aquel chispazo que me brotaba de las entrañas iba a cambiar mi vida por completo. Comenzó todo en aquel bar, empezamos a hablar, no podíamos despegar la mirada el uno del otro. Nada nos importaba más que estar juntos. Aquel viaje fue el principio revelador de nuestra vida juntos. No volvimos a separarnos; nada era tan importante como estar junto a tu padre. El primer latigazo de incomprensión vino de mis amigas, luego de su familia y para rematar de la mía. Decidimos tentar al destino y, a pesar de tenerlo todo en contra, nos dejamos llevar por nuestro amor. No recuerdo cómo le dije a tu abuela, mi madre, que sus planes de casarme con un abogado de familia de abogados se habían ido al traste porque mi corazón entero era de un labriego de un recóndito y humilde lugar que apenas sabía señalar con el dedo en el mapamundi. Lo que pasó después fue lo que el destino había escrito para nosotros. Una maravillosa historia de amor; él renunció a su tierra y yo a ser una Marlborough. Nos enfrentamos a nuestras familias sin esfuerzo, teníamos claro que lo único que importaba era estar juntos ¡Nunca me he sentido más segura en mi vida! Vivíamos en una nube permanente, teníamos todos los planes para llenar siete vidas juntos… Tu nacimiento fue el día más bonito de nuestra vida. Tu padre no deseaba otra cosa más que tener una hija. Te adoró desde tu primera bocanada de aire en este mundo. Nada más nacer te cogió entre sus brazos y mirándome con los ojos embriagados por la explosión de felicidad pronunció tu nombre entre susurros... «Mi pequeña Gala». ¿Cómo iba a imaginar que a los treinta y cinco años caería fulminado de un ataque al corazón?

Julianne jugaba temblorosa con un pañuelo que tenía entre las manos. Permanecía con la mirada fija en la ventanilla, perdida en los recuerdos más dolorosos de su vida y con la vergüenza de confesárselos a su hija. No estaba orgullosa de las decisiones que había tomado tras la muerte de Román, pero tardó más de cinco años en asumir lo ocurrido. Para entonces, era demasiado tarde. Gala estaba en el internado y ella se veía incapaz de superar el dolor de haber abandonado a una hija. La pelota se había hecho más grande y de nuevo volvió a darle la espalda y, en vez de enfrentarse, se lanzó a la frivolidad simulando que nada le importaba más que coleccionar amantes, cuando no maridos, y rodearse de lujos para la diversión.

—Lo siento, hija. No he sido feliz. No te he hecho feliz. No he sabido estar a la altura. ¿Sabes que eres tremendamente parecida a la madre de Román? Tu abuela…

Fue la primera vez que, con los ojos enrojecidos, Julianne se atrevió a mirar a su hija. Su barbilla temblorosa sostenía unos labios apretados. Gala la miró con desconcierto y cierta distancia. Se había quedado extrañamente helada y, con ese sentimiento, sostuvo la mirada entumecida de tristeza y arrepentimiento de su madre. El silencio suele, en ocasiones, ser mucho más revelador que cientos de palabras. Ellas lo sostuvieron un buen rato, hasta que comenzó a ser incómodo de llevar, pero ninguna se atrevía o era capaz de encontrar las palabras adecuadas para romperlo. ¡Qué decir ante tal confesión! Gala no podía perdonarla, no sentía compasión por ella ni ganas de abrazarla y ofrecerle un conciliador «te quiero». ¡Ella era tan solo una niña! No pudo elegir crecer sin un padre y una madre que la rechazaba; ser mujer y sentir el desprecio por cualquier cosa o decisión que tomaba. Atreverse a ser madre y vivir con la sombra de una carencia y el juicio de no estar a la altura de sus propias hijas.

Fue el abrazo de Adele a su madre el que rompió el silencio entre las dos mujeres. La pequeña había abrazado a su madre con el impulso de la carrera y la emoción de estar disfrutando de un divertido paseo en barco. Julianne aprovechó para volver la vista al mar, mientras Gala se agarraba con fuerza a las manos de su hija y sentía el calor de la cabecita de Adele recostada en su cuello.

—¿Sabes lo que es un chiringuito?

—¿Chiri qué?

—Chi-rin-gui-to.

El poder de los niños es absorber cualquier mal sentimiento y reconvertirlo en alegría y pureza en pocos segundos. Gala sonreía con ternura no solo ante la aparición inesperada de su hija sino también por la curiosa pregunta. ¿Chiringuito? Jamás había oído esa palabra, pero le resultaba graciosa al pronunciarla. Adele le contó que eran los bares de playa que estaban metidos en la arena. Un nombre heredado de los chiringos, bebida destilada con el café de calcetín que pedían los cubanos a principios de siglo xx para refrescarse del calor. Gustavo se había aplicado y había dejado a la pequeña exploradora con mil historias para que su imaginación las recorriera y las hiciera más grandes.

—¿Te vienes a ver la puesta de sol? Dice Gustavo que no os la podéis perder.

Adele había ido a buscarlas para que subieran al piso descubierto para disfrutar de la caída del sol sobre el horizonte de mar y cielo. Julianne decidió quedarse e invitó a su hija a disfrutar del aire salino. Adele y Gala subieron sin pensárselo, dejando a la abuela recuperando el aliento, mientras la luz se entornaba con destellos rojizos.

Kate las recibió con una amplia sonrisa porque se sentía feliz al lado de su hermana, su amiga y su madre. Se dio cuenta, por la ausencia de la abuela y la mirada de su madre, de que abajo las cosas no habían marchado demasiado bien. Decidió no preguntar, ignorar la tormenta y abrazar a su madre para protegerse del frío y la humedad penetrante, y para transmitirle lo mucho que la quería. Todas se hicieron con sus cuerpos una cabañita de indio para contemplar el atardecer. Gustavo seguía contando anécdotas de ese mágico *skyline* de la ciudad. Señaló con el dedo las puntas de la Sagrada Familia emergiendo sobre los edificios colindantes. Gala se emocionó mientras su guía particular contaba las singularidades de esa catedral inacabada y construida por un genio llamado Antoni Gaudí. Joana se perdió en sus propios pensamientos, soltándole al mar sus deseos para el siguiente año: sus sueños para ese 2013 que estaba a punto de despegar y soltando con el 2012 aquello que no quería que volviera jamás. Kate la miró en silencio, respetando el momento de intimidad de su amiga, pero sin dejar de abrazarla. Le gustaba Joana, su arrolladora personalidad y su mundo propio. Ella también se sentía única y con Joana había aprendido a respetarse y a alegrarse de ser diferente.

El paseo en golondrina las dejó a todas, menos a la abuela, en un estado de exaltación emocional. Gustavo era el héroe de la hazaña y todas le estaban muy agradecidas al chófer por compartir las historias secretas de Barcelona. Gala le ofreció cenar con ellas, pero él declinó el ofrecimiento; prefería dormir en la pensión y hablar con su familia. Las dejó en el hotel W, apenas tenían diez minutos para prepararse para la *beauty session*. Adele y Gala eligieron el *spa*, y Julianne, con Kate y Joana, manicura y pedicura. Todas estaban listas para seguir con la aventura y dejarse llevar por el placer del disfrute de los sentidos.

Cenaron en el impresionante restaurante del hotel y gozaron de las vistas al mar. Gala apenas intercambió palabra con su madre. Julianne apenas sonrió, pero propuso pasear por la mañana por el paseo de Gracia y entregarse a las compras. Las niñas estaban encantadas con el plan; todas menos Gala, que pidió desaparecer para visitar la Sagrada Familia. Julianne accedió a quedarse con las niñas, junto con Gustavo. Gala se lo agradeció con la mirada, la primera en muchas horas con destellos de ternura.

Se retiraron pronto para aprovechar el día. Esa había sido la excusa para Julianne y Gala. Necesitaban digerir lo dicho, no solo con palabras, sino lo contado más allá de sus propios límites. Cada una debía cabalgar con sus fantasmas y echar espuma por la boca si era necesario para recuperar su tono vital.

Julianne se metió en la cama y permaneció hecha un ovillo durante más de veinte minutos. Cumplir años puede dar más perspectiva y experiencia, pero no suficientes herramientas para enfrentarse a demonios del pasado. Su cuerpo comenzó a moverse en pequeños espasmos que, al poco, se convirtieron en retorcimientos de dolor acumulado. Gritó, lanzó un alarido, ese mismo que hacía treinta y cinco años había silenciado por pudor, rabia y orgullo. No se lo había perdonado, no le había perdonado a Román que la abandonara tan temprano. No formaba parte del plan y asumirlo le había costado toda su vida. Julianne se descompuso en esa cama; en esa habitación de hotel lujoso agonizó de culpa como una polilla por haber cerrado los ojos y su propio corazón durante tanto tiempo.

Sintió de nuevo la presencia de Román. Pasó del llanto a la sonrisa enloquecida de creerse su propio delirio, de pensarse enloquecer por sentir la presencia de un muerto. Se atrevió a mirarlo, recostado con media sonrisa en el sillón del hotel. Estaba igual de joven que cuando se fue, con el mismo brillo en la mirada que siempre tenía cuando la contemplaba. Julianne seguía luchando con los espasmos de su propio cuerpo. Su pensamiento decidió hablarle, dirigirse a Román y pedirle en un océano de lágrimas perdón por no haber estado a la altura. Por haberse comportado con el egoísmo por bandera, incluso con su propia hija. Le pidió perdón por tantas escenas de la vida de Gala que se había perdido, por ausencia física o mental; por tenerle celos, por apartarla de Amelia, por no hablarle de su padre, por ignorar La Muga, por dejarla abandonada y juzgar cualquier movimiento de su vida. Julianne no se ahogó con su propio llanto, pero se durmió con el corazón enjuto y el pensamiento disparando arrepentimiento sin control.

A pocos metros de allí, su hija se imaginaba haber tenido una infancia diferente, tratando de encontrar justificación a su madre, buscando el perdón para ella sin éxito. Se durmió con la frustración de no hallar consuelo, de no poder dejar de rebobinar sin sentir la rabia del abandono. Se durmió con la promesa de intentar hallar el perdón, con la promesa de limpiar lo acumulado, pero con la frustración de localizar en su corazón solo intenciones o promesas de perdón.

Hacía mucho tiempo que no se tomaba un día libre, de obligaciones y de niñas. Estaba algo aturdida por la porosidad de esos días que parecían ir sin freno directos a sacar lo turbio de su vida. Todos tenemos charcas, terrenos de lodo que no queremos volver a pisar y mantenemos en el olvido; pero lo mismo que la memoria, el olvido también es traicionero y puede abrir la caja de los truenos cuando menos te lo esperas.

Los pensamientos y el abotargamiento de apenas haber conciliado el sueño tenían a Gala demasiado ocupada para contemplar las vistas de la ciudad desde la ventanilla del taxi. Los mismos colores, negro y amarillo, que los de Nueva York; similares, solo eso, similares a los de su ciudad. No la echaba de menos, ni su bullicio ni el ritmo frenético, ni sus restaurantes… Se dio cuenta de que no era capaz de echar de menos ni de desear, porque su cuerpo se había metido en un camino poco frecuentado por las emociones que quien transitaba apenas sentía, solo respiraba y soltaba pensamientos como una fuente de agua. Sabía que tenía que llamar a Frederick, pero aplazó la llamada porque necesitaba seguir llenando sus pulmones de oxígeno y rodearse de extraños que desvistieran su vida hasta sentirse un puntito más de la humanidad. Solo así sería capaz de relativizar y limpiar la cabeza llena de nudos de pensamientos cruzados.

El taxi la dejó frente a la imponente Sagrada Familia. Miró al cielo y observó el exuberante templo y sus ocho torres señalando el camino a Dios. No era creyente, pero aquella majestuosidad sin terminar, aquella joya de la arquitectura le despejó la mente. La belleza tiene el poder de eclipsarlo todo en milésimas de segundo sin dejar hueco para los malos pensamientos. Entendió por qué se incluía la palabra «sagrada» en su nombre y decidió dejarse llevar por la energía que recibía de aquella catedral tan inacabada como poderosa. Había mucha cola para entrar; más de dos horas de espera, decidió buscar cobijo en el pequeño parque colindante y decidir si visitarla o contemplarla desde esa perspectiva. No era asidua a los templos, ni a la iglesias ni a rendirle culto a nadie. Tampoco sabía si tenía cuerpo para compartirlo con turistas compulsivos de fotos y mente para empaparse con la historia de aquel símbolo de la ciudad.

No quería precipitarse, no era capaz de asimilar con agilidad, en su estado prefirió el aire fresco, pasear hasta dar con el rincón para contemplar el sagrado monumento erigirse con fuerza sobre la tierra. Le costó un buen rato hallar ese lugar, pues el parque estaba también abarrotado de turistas, amantes pasajeros y abuelos solitarios. Se sentó justo enfrente de un pequeño lago lleno de patos juguetones y habituados a ser contemplados por extraños que buscan reposo. El día, aunque frío, era despejado y lucía un sol resplandeciente que generosamente repartía calor por igual. Gala compartía banco con una veinteañera de *piercing* en la nariz y auriculares en las orejas que no dejaba de mascar chicle y mover el pie derecho. No dejó un minuto de mirar al frente, no le importó compartir banco, pero dejó claro que no quería ser molestada. Gala estuvo más tiempo de la cuenta contemplándola; en parte por su estado de bajas revoluciones y, en parte, porque durante unos instantes deseó tener sus veinte años. La muchacha cambió de postura y emitió un leve suspiro que evidenciaba su principio de incomodidad ante la radial mirada de Gala.

Al rato, decidió encenderse un cigarrillo para no mandar a paseo a su nueva compañera de parque. Tras tres caladas y la mirada de Gala clavada en su pómulo, rompió el hechizo con toda la brusquedad que supo.

—¿Te pasa algo? ¿Eh? ¿Podrías dejar de mirarme? ¿Eh?

Gala se ruborizó al instante. No se había percatado de la invasión de intimidad, llevaba un buen rato en otra cosa, aunque sus ojos siguieran plantados en la muchacha. No veían, solo permanecían clavados en estado de coma visual: viendo pero sin ver. De la vergüenza del reproche, se cruzó de brazos, encogió el cuerpo y recuperó tono contemplando los patos. Se acordó del cuaderno y decidió que era el plan perfecto, abandonarse a las palabras de su abuela y buscar nuevamente cobijo en ellas. Con sumo cuidado, lo abrió y comprobó con tristeza que faltaba poco para terminarlo. Lo abrazó deseando que las páginas escritas se multiplicaran y se convirtiera en un cuaderno mágico sin fin con historias infinitas sobre su abuela y su familia paterna. Eran muchas las preguntas que se le habían acumulado, y demasiada la necesidad de saber y vivir a través de aquel cuaderno como para que la dejara tan pronto. Dudó en si ponerse a leer para alargar más el disfrute, pero la necesidad de cobijo y compañía superó el riesgo a la pérdida demasiado prematura. Al fin y al cabo, a ese sentimiento estaba por desagracia más que acostumbrada.

Mi querida Gala:

El tiempo corre deprisa y pocas veces a nuestro favor. Yo sigo empeñada en no olvidarme ni de ti ni de escribir en este dichoso cuaderno que, si te confieso, he decidido no releer, porque me hace sentir más loca de lo que ya creo que la vida y los años me han hecho. Mi negocio, mi sustento, mi vida que es VellAntic crece cada día más. El hijo de la Nalda, Amat, se ha convertido en un ayudante de primera y, con los años, se ha ganado el puesto de socio. El mes pasado le ofrecí que compartiéramos negocio; al fin y al cabo, estoy sola y este legado se lo debo dejar a alguien. Y tú… Entiéndeme, no te he dejado de querer menos, pero cada día que una se acerca más a la muerte, se vuelve más terrenal. No es que no me queden ganas de tocar el cielo, sea de la manera que sea, pero lo construido en esta vida, como VellAntic, no quiero que se pierda. Amat es un buen chico y ama los trastos viejos tanto como yo; los dos somos almas solitarias y silenciosas que preferimos comunicarnos con un estropeado mueble que con las personas. Hemos compartido noches de insomnio y deseado que se escondiera el sol más temprano. La alegría nos ha visitado poco, pero resistimos como la buena madera los envites de la vida. Los dos hemos llegado a apreciar el valor del callo, de las grietas, de las pequeñas fisuras y las astillas que se te clavan… Es un chico maravilloso, un hombre que se preocupa por los demás y apenas se deja tiempo para su vida. La suya, como la mía, está hueca de lo más preciado en la tierra: de amor. Por distintos motivos lo perdimos y en distintos caminos decidimos dejar de amar para no ser amados. Los dos erramos en el cálculo porque nadie es capaz de controlar los sentimientos de los demás. Hace un año que sale con una chica de la zona, la Susana, que aprecia como él esta tierra y aborrece la ciudad. Ella está deseando casarse y formar una familia, y Amat no está por la labor ni de amar, ni de tener hijos. Aunque me parezca buena chica, no le puedo insistir: optar por la soledad no es una elección, sino una necesidad. ¿Acaso estamos obligados a estar en familia?

Comienzo a estar vieja o a ver este mundo como poco de tribu y mucho de individuos. Lo colectivo desaparece, los jóvenes practicáis poco el verbo colaborar, porque comulgáis con los placeres inmediatos y perecederos. No es un reproche; seguramente, si fuera hija de estos tiempos, también los disfrutaría como vosotros.

La Muga se está quedando sin jóvenes, ¿sabes? Pocos jóvenes, menos niños y muchos abuelos. No tienen obligación de quedarse, pero sí de respetar la tierra que los acogió y no mencionarla o acordarse de ella con desprecio. La modernidad no ha llegado a La Muga y espero que tarde mucho tiempo en llegar. No me entiendas mal, pero pienso que un día será refugio de gentes deseosas de vivir sin la tecnología absorbente que nubla cada vez más nuestras mentes.

Puede que te hayas convertido en una informática, o trabajes con el ordenador a todas horas… No me niego a ello, pero me da miedo que esos bichos (yo llamo así a las computadoras) se apoderen del alma de las personas. Seguramente no son más que enajenaciones de una vieja de ojos cansados de ver cómo la vida se ha transformado tan radicalmente en tan poco tiempo.

La Nalda está encantada y solo ve virtudes a la tecnología. Mi cabeza no la entiende, y confieso que no hago esfuerzos por entenderla. ¿Sabes que el otro día me contó que podía localizarte por internet? Seguro que sabes cómo lo hizo, pero me contó que sabía que te habías casado con un cirujano plástico: Frederick Donovan. Lo escribo porque apunté su nombre para no olvidarme. Llegados a una edad, la cabeza comienza a funcionar a su ritmo y no cuando tú quieres.

Mi querida nieta… ¡Te has casado! Me alegré de saberlo, aunque todavía no me fío de las cosas que saca la Nalda de esos bichos. Me ha dicho que intentará encontrar una foto. ¿Lo conseguirá? No te niego que deseo que lo logre; me emocionaría poder verte hecha una mujer y desearte, mirando esa fotografía, toda la felicidad del mundo.

Todos estos años lo he hecho con la imagen de esa niña de cinco años que vi en el entierro de su padre, y me gustaría saber cómo has crecido y en qué te has convertido. Tu madre… estoy convencida de que habrá sido una buena madre o, al menos todo lo que haya podido serlo. No voy a ser yo quien la juzgue… Seguro que está orgullosa de ti, como yo lo estoy sin saber nada de tu vida. La Nalda me mira a veces, cuando hablo de ti, como si quisiera asegurarse de que la cordura no me ha abandonado. Por suerte o por desgracia, me mantengo más cuerda que loca, pero he echado de menos un poco de enajenación para algunos momentos.

¿Así que te has casado? ¿Eres feliz? ¿Estás enamorada de ese cirujano? A veces sueño que te pregunto y me contestas. Tener una conversación contigo es de las cosas que más le he pedido al de allá arriba, pero prefiere conceder a otros. No le recrimino, solamente sigo pidiéndole hablar contigo por si algún día cede y me lo concede.

Te imagino feliz. No sé si deseosa de tener familia, eso es algo muy personal a lo que yo jamás me enfrenté. Tuve a tu padre demasiado joven como para soñar con formar una familia. De poder hablar contigo, solo te diría que te tomes la vida con calma y medites toda gran decisión. Tener un hijo es para toda la vida, antes lo era también casarse, pero ahora los tiempos le dan mayor ligereza al matrimonio. Si de algo no debes pasar por encima es de ti misma, al final deberás rendir cuentas solo contigo misma, y créeme que, si te eres fiel, más antes que tarde la conversación será mucho más apetecible y placentera.

Gala siguió un tiempo más imbuida por las historias que le contaba su abuela, se emocionó y sonrió acompañada de ese cuaderno, con la mirada de soslayo de su compañera de banco, intrigada por su lectura. Se mantuvo toda la mañana, con la lectura, el sol y contemplando la Sagrada Familia. Al fin decidió no hacer cola, ni entrar a ver sus tripas, habría sido un sobresalto de emoción y estaba en esos días sobrada de ello.

A pocos kilómetros de Gala, Kate observaba a su abuela probarse unas gafas de sol de Prada, mientras Joana se enamoraba de una chaqueta azul turquesa que reposaba en el colgador emitiéndole destellos de «ojalá me compraras… Tú y yo haríamos un maravilloso tándem». Todos estaban de acuerdo, menos la etiqueta que contenía el precio del «maravilloso tándem». Casi se desmaya al ver lo inalcanzable de su valor; Kate se abrazó a su amiga y le susurró que algún día se podría comprar treinta como esas. Pero no hubo consuelo para tamaño capricho, aunque estaba convencida de ello, en ese preciso momento se maldecía por no haber triunfado ya para poder comprarse la maravillosa chaqueta azul turquesa. Adele se había puesto también unas gafas, pero tres tallas más grandes y jugaba con Julianne a hacerle morritos al espejo. La abuela era una maestra de ello y Adele se divertía siendo o aparentando ser sexy. Las dependientas de la tienda consintieron que la pequeña jugara con las de sol, estaban entrenadas para distinguir a kilómetros entre los CLIENTES y los clientes, y Julianne Marlborough, estuviera donde estuviera, rezumaba un claro aroma de CLIENTA. Las chicas recorrieron la tienda inspeccionando cada joya al dedillo, pero todo quedó en eso; mero examen y nada de compras. Salieron de Prada para meterse en cualquier otra de las tiendas exclusivas que adornan el paseo de Gracia: la milla de oro de Barcelona donde los pudientes sacan la Visa y hacen realidad sus deseos.

Julianne hacía esfuerzos por aparentar ser la misma, pero se había levantado sin ganas de risas, frivolidad ni compras. Agradeció que Gustavo la relevara en el paseo con sus historias sobre la Barcelona mágica que tan poco le importaban a ella y tanto entretenían a las niñas. Le estaba costando salir de su locura transitoria de creer ver a Román en cada esquina. Caminaba con sudores fríos y el pulso alterado de pensar que había despertado al fantasma de su marido. Jamás había experimentado tal cosa, jamás había sido mujer de creer en lo paranormal como para tener su mente entrenada para las apariciones marianas o de cualquier tipo. ¿La cordura había decidido abandonarla al fin? Comenzaba a no estar segura de sí misma, viajaba en una especie de delirio transitorio que la ahuyentaba de la realidad en momentos de duración indeterminada. Kate llevaba un rato como Gustavo, con la mosca detrás de la oreja de que algo le sucedía a la abuela, pero prefirió observar antes que preguntar. Julianne gozaba de malas pulgas y más si se trataba de algo relacionado con perder facultades y hacerse mayor.

—No estará habituada a andar, ¿no?

La explicación de Joana no convenció a su amiga, que seguía pendiente de Julianne y su extraño comportamiento. Adele era la única que permanecía fascinada con la cabeza en alto, disfrutando de los singulares edificios del paseo de Gracia. Para sus adentros no cesaba de repetir la palabra «modernismo», el estilo que hacía que los edificios se asemejaran a la misma naturaleza con sus paredes curvas y sus balcones de barandillas de hierro emulando ramas, hojas y flores.

Julianne se sentó en una de las conocidas farolas banco de ese paseo contenida de miedo y convencida de que a su lado estaba Román. Comenzaba a no encontrarse bien y a hacérsele insoportable ignorar al fantasma que se había convertido en su sombra. No se atrevía a mirarlo con detenimiento, ni a quitarse las gafas para mostrarle los ojos hinchados de tanto llorar. No era capaz de dar un solo paso, porque comenzaba a faltarle el oxígeno. Hacía muchos años que no sufría un ataque de ansiedad y se había olvidado de cómo afrontarlo. Se agarró a esa baldosa blanca pegada a pedazos, buscando un halo de fuerza para no perder la compostura en público, pero los nervios le fallaron y se desvaneció en un llanto incontrolable.

Kate fue la primera en darse cuenta de la ausencia de la abuela. Todos se asustaron al no encontrarla; había decenas de transeúntes, cada uno con su paso, con sus vidas y sus fantasmas del pasado y el presente. Gustavo fue el primero en divisarla de espaldas, sentada con el cuerpo chepudo y las manos cubriendo su rostro. La señaló sin atreverse a ir en su busca, intuía un momento de sobrecogimiento íntimo que no debía ser importunado. Adele quiso correr a buscarla con la sonrisa de lirio en la boca, pero su hermana le cortó abruptamente el deseo con el rostro de seria preocupación. Los cuatro permanecieron en silencio observando la escena de una frágil y temblorosa figura que minutos antes emergía como una poderosa Diosa.

Julianne se dejó llevar por la propia angustia de un tiempo pasado que el tormento había devuelto con mayor fuerza. Se olvidó de los modales y aprovechó su anonimato para llorar sin tapujos. No se atrevía a quitarse las manos de la cara y volver a ver a Román o a su espectro. No se atrevía a quitarse las manos de la cara y comprobar que todo no eran más que alucinaciones de una vieja llena de remordimientos. Sin preguntarle a la mente, una de sus manos se desprendió del rostro y descendió hasta el banco de piedra. Tímidamente se deslizó con pequeños tintineos, buscando otra mano, la del fantasma, la de su amor, para poder, aunque fuera en el propio delirio, sentir que la volvía a acariciar. No abrió los ojos y dejó que la imaginación lo hiciera todo… Recordó esos bancos, ese mismo lugar, cuando Román le pidió que se casara con ella y le prometió amor eterno. Recordó, con las lágrimas en verbena, cómo se les hizo de noche en aquel banco y se llenaron de besos a la luz de esas farolas. Sintió cómo el recuerdo se hacía vivo, volviendo a percibir el mismo cosquilleo que cuando, con los ojos cerrados, Román buscó su mano y deslizó en uno de sus dedos una alianza; el anillo más preciado que conserva Julianne en su caja fuerte de Miami. Un tasador apenas le daría veinte dólares, ella entregaría sin pensarlo su vida con tal de no perderlo. Sostuvo esa vivencia una eternidad para ella, menos de media hora para el resto.

Kate decidió ir sola a rescatarla y localizar más tarde al grupo. Ella era la nieta mayor y debía acompañar a su abuela en lo que fuera que le estuviera ocurriendo. Llegó silenciosa al banco y se dio cuenta del sufrimiento de Julianne. Se asustó al principio, pero optó por no interrumpir, ni siquiera dar señales de su presencia. Se sentó a su lado y la acompañó en silencio, observando cómo movía sutilmente los dedos de su mano derecha y lloraba en la intimidad de los ojos cerrados. Kate no lograba entender qué podía haberle pasado a su abuela, era la primera vez que la veía mostrar un sentimiento más allá del no sentimiento. La observó sin juicio, tratando de descubrir el secreto de su pesar, preguntándose si hacerse mayor era acumular lágrimas y simular felicidad. Kate era demasiado joven para comprender la envergadura del tormento de su abuela, no entendía el mundo, por el momento se rebelaba a todo lo que le provocara dolor o falta de discernimiento. Prefería refugiarse en lo bueno y protestar sobre aquellas cosas que no están hechas para hacer el bien.

El bien y el mal, todo está unido por el mismo fino cordel que nos sostiene en la tierra, pero nos empeñamos en darle la espalda a la oscuridad, porque nos asusta, nos descuartiza a ratos y no hay nada de disfrute en ella. Una sociedad hecha para el placer que no entiende el dolor y se desconcierta ante escenas como esa. Los transeúntes no dejaron de mirarlas, de repasarlas tratando de entender esa escena cargada de noes, de ausencias, de pérdidas, de culpas, de arrepentimiento… cargada de iones negativos que el pueblo rechaza y comprende poco hasta que sobrevuelan su piel. Kate sostuvo la mirada desafiante a unos cuantos, tratando de preservar la intimidad de su abuela y frenando cualquier juicio silencioso de los desconocidos. La crueldad no entiende de culturas ni países; como cualquier emoción universal, viaja libre buscando dónde posarse.

No quiso interrumpirla, pero tampoco abandonarla en ese dolor desconocido. Se apoyó en el respaldo del banco y esperó pacientemente, como una fiel guardiana, a que la calma llegara.

Julianne estuvo lo que necesitó para volver de ese viaje sensorial al pasado, se tomó su tiempo para abrir los ojos, acumulando suficiente calma para que la luz no la cegara de nuevo. Lo primero que vio fue una mano que reposaba junto a la suya, miró de soslayo para reconocer a su dueña y se sobresaltó al divisar a su nieta mayor. Kate seguía con la mirada perdida, observando a los transeúntes y emitiendo una pantalla transparente para que nadie se atreviera a invadir la escena. Julianne sonrió agradecida y, con la mano temblorosa, rozó la de su nieta hasta conseguir captar su atención. Kate hizo lo mismo, jugueteó con los dedos de la mano de su abuela, se entrelazaron, construyeron una pequeña montaña hasta fusionarse con fuerza. Kate abrazó a su abuela, que se había convertido en una mujer vulnerable y de mirada compasiva. Se abrazaron como nunca lo habían hecho, sin pronunciarse, sin hablar, solo sintiendo lo indecible.

—*Are you ok, grandma?*[*]

Julianne sintió el martillo de la emoción verdadera golpeando su pecho. Hacía muchos años que su nieta mayor no la llamaba «*grandma*».

—*Yes, sweety... It's just... I've missed your grandpa.*[**]

Kate miró a su abuela con desconcierto, pues era la primera vez que mencionaba a su abuelo. Jamás hasta ese momento había hablado de él, y mucho menos confesado que lo echaba de menos.

Las dos decidieron respetar esa confesión y dejar los detalles para más adelante. Kate optó por no preguntar y escuchar cómo Julianne le contaba que su abuelo le había pedido matrimonio en una de esas farolas y cómo pasados casi cuarenta años lo seguía echando de menos. Kate comprendió ese día el poder de una gran ausencia y cómo el olvido es tan caprichoso como la memoria. Su abuela Ju-

---

[*] —¿Estás bien, abuela?
[**] —Sí, cariño... Es solo que... he echado de menos a tu abuelo.

lianne se lo enseñó esa misma tarde en la que decidió mostrar sus propios fantasmas, sus miedos e inseguridades al mundo y a su familia. La vulnerabilidad se hace extraña al principio, pero luego puede convertirse en un aliado insustituible para sobrellevar los golpes de la vida.

La última cena antes de partir a La Muga de nuevo tuvo un sabor parecido a la Santa Cena, pero sin ningún Judas revoloteando ni tanta gente en la mesa.

Gustavo se decidió a acompañarlas. Se sentía agradecido por el trato recibido, además de bien pagado. Julianne le había comprado unos regalos para sus hijas y su mujer en agradecimiento por haber trabajado esos días hechos para estar en familia.

—Es mi obligación señora, aceptar el trabajo cuando sale, ¿sabe?

Julianne no había trabajado en su vida y comprendía poco de obligaciones, pero mucho de ausencias, igual que su hija Gala. Pasaron demasiadas Navidades separadas, rodeadas de extraños y alejadas de ellas mismas, de la familia.

La mayor de las Marlborough había reservado, con previa consulta a Gustavo, en el restaurante del hotel Catalunya: uno de los lugares que gozaba de una excelente vista aérea de la ciudad y buena comida. A ninguna de las dos les apetecía comer lejos del hotel, hubieran picoteado cualquier cosa en la habitación sin necesidad de hablarse si no fuera por las niñas y Gustavo, su invitado de honor. Acudieron al restaurante con la misma energía baja, pero el bello *skyline* de la ciudad las devolvió a la vida. A veces las peores citas se convierten en pequeñas joyas para recordar. Esa noche fue una de ellas: Gustavo y Joana amenizaron la velada con experiencias vitales a cada cual más graciosa. Joana casi explota de emoción al ser invitada a pasar el verano con ellas a los Cayos; aunque mientras lo pronunciaba Gala, Julianne la miraba buscando el aplomo de su invitación. Madre e hija se cruzaron la mirada en complicidad, las dos sabían que todo iba a cambiar en esos meses y cualquier promesa del momento podía convertirse en una simple frase lanzada en una lejana velada.

—Y si no es en los Cayos… lo pasáis conmigo en Miami, ¿te apetecería?

Joana casi da una vuelta por el restaurante para calmar la revolución de hormonas desatadas por la emoción. Kate y Adele aplaudían de alegría y Gala miraba a su madre agradeciéndole el guante para no verse en la tesitura de tener que incumplir una promesa. Cenaron con gusto, con medias sonrisas y disfrutando de las maravillosas vistas de la Barcelona nocturna. Gala sabía que debía anunciar la vuelta a casa, que debía informar a sus hijas, pero le resultaba difícil truncar el ambiente. El día 2 de enero ponían fin al viaje y rumbo a Nueva York. Quedaban solo tres días, apenas tiempo para las despedidas… Miró a sus hijas y levantó una copa para brindar, invitando al resto a sumarse.

Adele se unió al instante, los demás hicieron lo mismo sonrientes, esperando el brindis de Gala.

—Quiero dar las gracias a mis hijas por haberme acompañado en este viaje tan especial. Hemos vivido muchas cosas, hemos disfrutado como nunca lo habíamos hecho, pero ha llegado la hora de volver a casa y seguir con nuestras vidas. Ya tenemos billetes: volamos el 2 de enero.

Hubo un silencio. Ni un rechinar de cristal. Todas las copas permanecieron en el aire inmóviles, sosteniendo la estupefacción general. Julianne fue la única que unió la suya con la de Gala para no dejar a su hija sola en ese trance que había sentado como un jarro de agua fría al grupo. Adele soltó su copa golpeándola sobre la mesa y la abandonó en un arranque de rabia. Kate salió tras ella sin pensárselo; Joana fue la última en bajar la copa, se había quedado petrificada con la noticia. Gustavo fue el único que bebió sin brindis, pero apuró el delicioso vino de cuarenta euros la botella. Fue Julianne quien impidió que Gala fuera tras sus hijas, era mejor dejarles espacio, tiempo para asimilar lo que desde el principio sabían: que la vuelta a casa llegaría.

Adele se revolcó por el suelo de moqueta en el rellano del ascensor del restaurante ante la sorpresiva mirada de los comensales recién llegados. Kate se sentó a su lado y le acarició el pelo, mientras la pequeña se deshacía en sollozos. Kate sabía lo que significaba para su hermana dejar ese lugar, abandonar La Muga con su amigo Marc, y seguramente con *Boston*; los prados, las aventuras con las yeguas, los cerdos, las gallinas, la cabaña en el árbol, las noches de cine y chimenea. Adele no quería irse de allí porque se sentía feliz en aquella tierra que la dejaba vivir en la libertad que deseaba. Era todavía muy niña para entender de obligaciones de mayores, ella se movía por los deseos y los impulsos, y no le entraba en la cabeza que si quería quedarse allí, tuviera que irse, y sobre todo, sabiendo que quizá no volvería jamás.

Kate aguantó todos los lamentos de su hermana, la impotencia de saber que ella no era dueña de su mundo ni de sus decisiones, porque se debía a los mayores. Deseó ser mayor y poder rebelarse contra esa decisión; romper el billete y quedarse con Marc y *Boston* en La Muga. Kate dejó que su hermana pequeña soltara sus demonios e incluso soñara que era capaz de rebelarse contra esa situación y esperó a que se calmara para hacerla entrar en razón. Las dos se abrazaron con la certeza de que se tenían la una a la otra y que, pasara lo que pasase, se protegerían siempre.

—Mamá va a vender la casa, ¿no?

—Creo que sí…

—Y… ¿*Boston*?

—No sé…

A Adele se le caían las lágrimas en cadena y sin pausa. En unos minutos, su mundo se le había venido abajo y no entendía cómo los adultos podían abandonar lugares para siempre sin un atisbo de duda o tristeza. Ella estaba hundida, no sabía cómo contárselo a Marc, porque estaba segura de que se iba a poner muy triste… No quería abandonarlo y… ¿*Boston*?

—Si *Boston* se queda, yo me quedo.

Kate comprendió a su hermana y no quiso llevarle la contraria. Era momento de apoyarla, de darle fuerza y compartir la tristeza de abandonar La Muga. Kate se había quedado extrañada, algo sorprendida por no haber dado saltos de alegría y haberse quedado fría. La mayor parte del tiempo había deseado largarse de aquel pueblucho, pero al hacerse realidad, sentía como que se iba a desprender de lo que no deseaba. Apenas dos semanas y parecía que había cambiado de opinión, incluso de pensamiento. Pensó en Joana y… ¿Aleix? Eran sus cómplices, sus amigos de aventuras, los únicos aparte de Jersey que la habían aceptado tal y como era: una rebelde de mente brillante y cubierto de oro. Kate se dio cuenta, sentada junto a Adele, de que aquella noticia también la había golpeado a ella. Era lo suficientemente mayor como para darse cuenta de que aquella vuelta era definitiva y de que su madre, por lo extraña que había estado todos esos días, no querría volver a pasar por una batidora de sentimientos como esa. Se abrazó a su hermana y, sin que nadie la viera, lloró con ella. Al fin y al cabo, Kate era otra niña que había descubierto el poder de la amistad en aquel recóndito lugar de la tierra.

Julianne no pronunció palabra en toda la cena. Observó a su hija; su frialdad, su firme decisión, más que con desconfianza con prudencia. Sabía reconocer a la legua cuándo alguien se construye una coraza para huir de lo que la vida le dicta. No estaba del todo segura de que Gala quisiera abandonar para siempre esa tierra, pero sí que lo había decidido para poder reenganchar su vida. Julianne no era la mejor consejera, y mucho menos en aquellos momentos en los que su hija la repudiaba sin apenas mirarla. No había ejercido de madre cuando era una niña, nadie esperaba que lo hiciera cuando su hija tenía cuarenta años. Por eso prefirió callar, no pronunciarse ante la decisión tomada. Ser invisible para sentir las energías correr y esperar un tiempo a pronunciarse.

¿Debía? Tampoco estaba segura, pero no dejaría que su hija cometiera la misma equivocación que ella, tomando el camino de no afrontar y buscar el olvido como refugio.

La fiesta terminó temprano. Ninguna tenía ganas de alargarla, ni mucho menos con la prevista noche de pijamas y cine en la habitación de la abuela. Gala fue la primera en no insistir, lo hacía por sus hijas y ellas fueron las que decidieron cancelar el plan por ¿sueño?

Cada una se durmió esa noche con el corazón encogido; Julianne con eso y con la presencia de Román, el fantasma o su imaginación, sentado en el sillón de la habitación y sin perderla de vista. El cansancio pudo con la pesadilla y los miedos de sentir un espectro a todas horas. La noche las atrapó a ellas y a sus ruegos de un mañana mejor donde los sueños se cumplen con la misma facilidad que un chasquido de dedos.

Los sueños… Esos dulces y placenteros… sueños…

XI

ay momentos, lugares, edades y días en los que se tiene más consciencia de la fugacidad del tiempo; en los que se sabe con certeza que la vida es un leve suspiro, un viaje sin fecha de retorno, un camino de una sola dirección. Lo sorprendente es que, a pesar de ser conocedores de su caducidad, la mayor parte del tiempo se vive con la ilusión de que nada termina y la eternidad nos acompaña.

La Roja era de las que no miraba atrás ni para tomar aire, pero el último día del año lo vivía con una nostalgia poco acostumbrada en ella. Enfundada en su gorro de rayas dos tallas más grande, sus enormes gafas negras y el chaquetón de plumas a juego, miraba el horizonte sentada en la mecedora del porche de su casa. Se había levantado con el canto del gallo; Vicente y el resto salieron a faenar y ella se mecía en discreto silencio, recibiendo las primeras luces del último día del año ¡2012! Un año que había nacido cargado de profecías apocalípticas del final de la humanidad, del mundo y, a poder ser, de la Vía Láctea, y se marchaba sin cumplir las desastrosas expectativas. Nalda se reía de los agoreros y se congratulaba de ser nuevamente ella la que despedía al año y no al contrario. Hacía tiempo que estaba preparada, pero le alegraba seguir en esa tierra por un tiempo más. Le gustaba su olor a mojado, a excremento de animal, a la inodora pureza que limpia cualquier suciedad del cuerpo y el alma. Se llenó los pulmones varias veces hasta sentir que el aire frío la quemaba por dentro; jugó con las bocanadas de vaho que desprendían sus exhalaciones; dio las gracias por su vida, por seguir con la memoria intacta y la cabeza en su sitio. Para su suerte, la vida le había regalado una memoria prodigiosa y, con los años, parecía que crecía en el poder de los detalles. Pensó en su amiga Amelia Xatart, en cómo el tiempo a veces premia colocando las cosas en su sitio. Catalina y su vuelta a La Muga después de su exilio… Reflexionó sobre la amistad de las dos mujeres, en cómo la incapacidad para comunicar sentimientos crea fisuras difíciles de superar. En los prejuicios de todos y el dolor de quien los padece. Con los años, y como todos, Nalda había perdido fuerzas, pero ni un ápice de la guerrera que llevaba dentro, de la mujer que combate injusticias y se mete de lleno en cualquier algarabía que sienta medio suya. Amelia Xatart era como de su sangre; era su hermana adoptiva, su mejor amiga. Todavía se le nublaban los ojos al pensar en ella; Vicente llevaba razón cuando le confesaba que la edad le había ablandado hasta los lagrimales. A ella le ocurría lo mismo, gozaba de incontinencia lagrimal y con poco o mucho se arrancaba a llorar sin poder ni querer evitarlo.

Ese final de 2012 había sido tan memorable como esos años que se recuerdan por el buen vino. La Muga había cerrado un círculo truncado por miedos, malentendidos, reproches, envidias y cegueras personales. La Xatart estaría satisfecha de comprobar sus logros póstumos: Catalina había vuelto y Gala había sido bendecida por las mujeres de esa tierra tan áspera para los desconocidos como misteriosa. Ella, al final, era tal y como La Xatart había deseado, la única heredera y merecedora de sus posesiones. Su amiga le había confesado que no le importaba qué decidiera hacer su nieta con todo; esa sería su vida. Entendía que nada la ligara a ese pueblucho de mucha piedra y campos, de pocos habitantes y ventanas semicerradas. Nalda recordaba la conversación con su amiga, apenas hacía cuatro meses, antes de que la conciencia la abandonara. Amelia tuvo a su amiga Nalda de confesora, no quiso al cura del pueblo ni ser visitada por todos; solo ELLAS, las abuelas del Círculo, pudieron despedirse, incluso La Guapa, con la pena en las entrañas. La vejez lo ablanda todo, también el dolor por una muerte se vuelve más llevadero por… ¿estar a las puertas de la misma? La Roja estuvo durante meses, todos los días, visitando y cuidando a su amiga. Se dedicaron a gastar las horas, los últimos alientos de La Xatart repasando sus vidas, recordando los años, sus propios muertos y los vivos que dejarían en orfandad. La Xatart aprovechó los días para seguir soñando y construir un mundo ideal donde su nieta acudiera al entierro, se enamorara de esa tierra y la reconociera como suya. Las dos amigas disfrutaban imaginando un final feliz, aunque sospechando siempre que la realidad sería más cruda, como siempre se había mostrado con Amelia. Pero Gala... Gala se había abierto a ellos más de lo esperado; a aquel lugar, a las ancianas, a esa tierra que remueve porque jamás entierra del todo a sus muertos; la tramontana se encarga de levantar el polvo de los difuntos y recordar a los vivos de dónde vienen y a quién pertenecen.

El teléfono no dejaba de sonar, Nalda sabía que era Agnès llamándola para planear la cena de Nochevieja; como todos los años, como si el tiempo siempre fuera el mismo. A riesgo de que se asustara por su falta de respuesta, decidió seguir meciéndose un rato más, disfrutando de los recuerdos de ese año que agonizaba. Como todos los 31 de diciembre, le rendía su pequeño homenaje en la soledad de ese porche, con vistas al río y al campanario, antes de prepararse para la gran fiesta: comilona, uvas y fuegos artificiales. Ese 2012 iba a ser diferente incluso en su despedida, un adiós conjunto para las chicas: Gala, Kate y la pequeña Adele. No sabía nada de ellas desde que se fueron a Barcelona, estaban al llegar esa mañana, junto con Julianne.

—Julianne...

Pronunció su nombre de improviso y con angustia. Jamás entendió a esa mujer, ni siquiera ahora con su viaje relámpago y furtivo al mismo tiempo. Apenas pisó La Muga, se negó a entrar en Can Xatart y decidió refugiarse en el Wine Spa de Perelada como si los masajes de vid fueran la solución para espantar fantasmas. Las acritudes de la vida contienen el poder transformador en las personas y, aunque Nalda lo comprendía, le removía las tripas comprobar que, a pesar de los años, esa mujer despreciaba esa tierra como si estuviera maldita. ¿Qué habían hecho ellos de malo? Se prometió aquella mañana, por su amiga Amelia y por ella, romper su silencio y escupirle unas cuantas palabras bien dichas a la estirada bostoniana. No tenía idea de cómo sería el encuentro, pero La Roja había decidido librar batalla y, cuando sacaba a su guerrillera, era imparable hasta cumplir su objetivo.

Gala esperaba sentada en la misma sala de gran chimenea y mesa infinita de añejo roble; de fotografías de muertos y viejas herramientas de campo decorando las paredes. Su sensación era bien distinta a cuando llegó para abrir el testamento oliendo un ambiente a rancio y sintiendo el polvo acumulado en los rincones. Miraba a los muertos en sus fotografías con cierta añoranza de despedida; esperaba a Robert Riudaneu con angustia parecida al primer día, pero por motivos opuestos. Había decidido vender las propiedades, despojarse de esas tierras y llevarse los pocos recuerdos metidos en cuatro cajas. Riudaneu quedaba a cargo de todo, debían firmar convenios, comisiones de venta y superar burocracia para percibir el efectivo depositado en las cuentas bancarias de La Xatart. El reloj marcaba las doce del mediodía y dos minutos. Riudaneu se retrasaba y Gala sentía los retortijones de la incertidumbre pidiendo paso. Había tomado la decisión por impulso, sin pensar ni sentir, dejándose llevar por la practicidad y la imperiosa necesidad de proseguir con su vida, de dejar de soñar con un futuro mejor y una valentía que pocas veces o nunca había sacado la cabeza por ella. Gala se había encogido en Barcelona; la charla con su madre le había achicado el alma y, lejos de encontrar coraje, se sentía vencida por sus propias decisiones, esas que jamás tienen vuelta atrás. Aquel lugar había sido un remanso de paz para ella, un refugio donde fantasear con que la vida podía haber sido diferente. Una herramienta valiosa para su imaginario cuando pensara que no hay lugar para ella. «Quizá de anciana…», era la frase que se repetía desde hacía horas, desde que tomó la decisión de no cargar con ser la heredera de La Xatart en La Muga, desde que escuchó los mensajes amenazantes de Frederick de que la despojaría de todo, incluso de sus hijas, si seguía sin dar la cara. No le culpaba, llevaba razón, pero no merecía ni ese trato ni todo el que le había dado durante sus años de matrimonio. Debía volver a casa y resolver su vida… La Muga estaba fuera de sus planes reales, era una utopía maravillosa, la de cambiar, la de poder vivir otra vida, entregada a la tierra, al campo y conectada con la naturaleza. Gala no quería pensar demasiado para no dar el paso atrás, necesitaba desprenderse de ese lugar cuanto antes para que dejara de ser una tentación posible.

Julianne estaba sentada en el porche frente a los viñedos de los Forgas, esperando a Teresa, pero con el pensamiento en su hija y cómo detenerla en su precipitación. Desprenderse de todo no enderezaría su vida, ni colocaría en el olvido a su padre, su abuela y los descendientes de aquellas tierras bañadas por el viento y bendecidas por las montañas. Se levantó con premura, dispuesta a impedir la firma, aunque fuera a la fuerza... Antes de entrar en la gran casa, divisó al abogado, Robert Riudaneu, saliendo del coche con la prisa en los talones. No le conocía, pero todos los abogados huelen parecido.

—¿El señor Riudaneu?

—Sí, el mismo.

Riudaneu miró con dificultad el reloj de su muñeca izquierda a riesgo de que se le cayeran las decenas de carpetas que sostenía entre sus brazos. Julianne echó mano de su embrujo especial para retener al abogado diez minutos y convencerlo para ser su cómplice. Se requería un milagro para conseguir, en pocos minutos, embaucar a un hombre de leyes. Como buena Marlborough, tenía experiencia en rápidas negociaciones y en penetrar en la tentación de toda alma en tiempo récord. Se presentó con exquisitez y jugó el papel de madre desesperada, de antigua mujer del hijo de la difunta, enamorada de esas tierras y consciente de lo que la muerta las quería. Golpeó primero el corazón del abogado y su amor por ese lugar; sin perder tiempo, disparó a su corazoncito de padre preocupado por lo mejor para sus hijos y, por último, desplegó la chequera y puso precio a la prórroga de seis meses para no poner a la venta ni un grano de esa tierra y mucho menos mostrar a extraños Can Xatart.

—Pero ese no es el deseo de su hija, ¿sabe?

Robert Riudaneu pronunció con un hilo de voz esa manida frase sin despegar la mirada del cheque, observando los jugosos ceros que Julianne escribía para su beneficio y firmándolo al portador y ofreciéndoselo para sellar el pacto. El abogado miró unos segundos a Julianne, juzgándose por vencer a la tentación, pero apenas fueron dos segundos hasta que se hizo con el cheque y un apretón de manos.

—Tiene seis meses, ni un día más, señora… Marlborough.

El abogado se recolocó las gafas y se secó con dificultad el sudor. Guardó el cheque en el bolsillo de su chaqueta y prosiguió la marcha hacia la casa presuroso y sin mirar atrás.

Julianne volvió al porche a sentarse. El escaso temblor de sus manos le indicaba que no se había equivocado evitando esa venta, mintiendo a su hija y comprando al abogado de la difunta. Sonrió mientras contemplaba las viñas y saludaba a Teresa, que se acercaba a lo lejos, comprobando una vez más que el dinero compra la moral y pureza de casi todas las almas. No estaba orgullosa de lo que había hecho, pero a veces no había otro modo de evitar desgracias; que Gala cometiera el mayor error de su vida era una. Ella no era una Xatart, pero sí una Marlborough, y sabía muy bien que los orígenes deben preservarse, defenderse y jamás despojarse de ellos. Gala había sido nombrada la única heredera de una saga, de una larga familia con raíces en esas tierras y, por respeto a sus muertos y a su padre, debía conservar su esencia.

Mientras veía cómo se acercaba La Segunda a contraluz, cegada por el sol del mediodía, se fijó en la figura de Román a lo lejos, entre las viñas, mirándola fijamente y sonriéndola. Se puso la mano izquierda de visera para definir mejor la expresión de su rostro, pero la luz se lo impedía, o tal vez lo traslúcidos que llegan a ser los fantasmas.

Mientras los adultos gestionaban burocracia en la mañana del 31 de diciembre, los niños decidieron reunirse en la cabaña del árbol. Kate y Adele debían anunciar su partida a todos, aunque la pequeña seguía de pataleta por irse tan pronto. Joana se había quedado muda desde la cena, no sabía si era porque se marchaba Kate o porque envidiaba que su amiga se fuera a la ciudad que ella adoraba.

—¿Tu sabes la historia del pueblo saharaui?

Kate ladeó la cabeza varias veces, nunca había oído hablar de ese pueblo de nombre tan raro. Joana le contó su historia, un pueblo olvidado por todos y abandonado en pleno desierto del Sáhara. Le contó cómo pasan su vida en campos de refugiados sin posibilidad de viajar ni salir de allí.

—No tienen pasaporte como tú y como yo, ¿sabes? No pueden salir…

Kate escuchaba los detalles que su amiga le contaba sobre aquella gente olvidada a su mala suerte. No entendía el abrupto arranque de Joana describiendo las vicisitudes de los saharauis y su injusto destino hasta que…

—¿Sabías que Javier Bardem es un gran defensor de la causa? Yo, cuando sea famosa, también los voy a defender… ¡Como él!

Las dos amigas siguieron caminando junto con Adele destino a la plaza de la Iglesia, lugar de encuentro para el resto. Kate sonreía por debajo de la nariz, escuchando el discurso apasionado de su amiga sobre un pueblo al que no le permiten abandonar el desierto. Enseguida comprendió la relación con el desierto y lo que significaba La Muga para ella y que Kate estuviera a punto de irse rumbo a la Gran Manzana, la verdadera tierra de las oportunidades para Joana. En el fondo, llevaba toda la razón y, de vivir toda su vida en aquel pueblo, sería como Joana: un alma libre que pide a gritos levantar el vuelo. Era cierto que La Muga había dejado de provocarle arcadas y ya no sentía que era un lugar para los muertos de tanto aburrimiento, pero era una enamorada del asfalto, de los edificios altos, del bullicio, de las manifestaciones, de los domingos en Central Park, de sus Gotham Girls, incluso de los privilegios de ser una Brearley Girl. Joana sabía de lo que hablaba Kate, porque su mente se lo había imaginado de cien maneras distintas, pero con los mismos paisajes de Manhattan.

—El talento es mera suerte, lo que importa es la valentía.

Joana se detuvo en seco ante la frase sentenciadora de Kate. La miró con perspicacia, como si aquello tuviera truco y no lo estuviera pillando. Adele frenó en seco y pidió con la boca ladeada que retomaran el paso, estaba deseosa de llegar cuanto antes a su destino para encontrarse con Marc. Kate y Joana se miraron desafiantes, al fin había comprendido que esa era una frase de película, que era incapaz de identificar. A Kate le divertía haber cazado a su maestra después de todos esos días.

—¿Una pista?

Tardó poco menos de un segundo en identificar la película, en cuanto Kate le reveló que el director era Woody Allen, el preferido de su madre.

—¡¡¡MANHATTAN!!!

Las dos brincaron de la emoción y alcanzaron con un pequeño *sprint* a Adele, que había decidido proseguir la marcha sin ellas. La pequeña necesitaba encontrarse con Marc y *Boston* y confesarle su pena de abandonar en dos días el pueblo. No sabía cómo afrontarlo, se encontraba con el cuerpo extraño, apesadumbrado y con muchas ganas de llorar. Los lametazos de *Boston* la devolvieron a la vida y una gran sonrisa reapareció en su rostro al ver a Marc a menos de dos metros de ella. Se había cortado el pelo y llevaba el jersey que su hermana y ella le habían regalado por Navidades. Sin pensárselo, le plantó dos besos en las mejillas y le tomó la mano derecha provocando en tiempo récord el rubor de Marc, que no se esperaba semejante bienvenida.

Aleix fue el último en llegar. Había decidido acudir en bicicleta y, a medio camino, le había sobrevenido la tramontana y a un tris estuvo de abortar el viaje a La Muga por incapacidad de pedaleo contra el viento. Su fortuna fue encontrarse con Amat en el camino que, ante el apuro del chaval, frenó la ranchera, cargaron la bicicleta y lo dejó en la plaza del pueblo al encuentro de sus amigos que, si no hubiera sido por la insistencia de Kate, ya se habrían marchado. Treinta y cinco minutos es tiempo más que suficiente para dejar de esperar a alguien, a menos que esa persona tenga una buena excusa y te importe lo suficiente como para pasar por alto el retraso. Esa era una de las teorías de Joana, y Kate estaba completamente de acuerdo con ella. Aleix tenía una buena razón y le importaba lo suficiente.

¡Fin de la historia!

Joana soltó una carcajada al comprobar el apuro de su amiga ante el interrogatorio sobre el bueno de Aleix. Le gustaba ver las chispas del deseo revoloteando por el ambiente; ella se había prometido no entregarse demasiado al amor, no fuera a ser que interfiriera en sus planes de triunfar en Broadway.

—¿No has tenido novios, entonces?

—Dos, pero los dejé porque creían que estaba loca cuando les decía que iba a ser una estrella de musicales.

Todos se rieron con las experiencias de Joana con sus dos novios y sus sueños de convertirse en la reina de los musicales. El camino a la cabaña del árbol pasó entretenido con las historias de Joana y las miradas de complicidad de las dos parejitas. Marc y Adele se habían quedado atrás, apenas se atrevían a romper el hielo de estar días sin verse y compartir lo vivido. Marc presentía que algo malo le ocurría a su amiga porque no dejaba de mirar al suelo y dar patadas a las piedrecillas que se encontraba en el camino. Era señal de mal augurio, pues siempre que lo había hecho era porque algo le preocupaba.

—¿Estás bien?

Adele frenó en seco y le dijo de corrillo que su madre había sacado los billetes para el día 2 de enero y que se iban a ir para no volver nunca más, porque lo quería vender todo y no aparecer nunca más por ese lugar, ni ver a las abuelas, ni el campanario, ni los girasoles, ni los prados, ni las montañas, ni a él, ni a su tío Amat… Adele era como una ametralladora de lamentos con el corazón saliéndosele por la boca, temblando de pies a cabeza y con la pena recorriéndole el cuerpo. Marc se asustó de ver a su amiga tan triste; él lo estaba, pero apretó los puños para retener las lágrimas y mantener la calma. Los dos sabían que ese momento llegaría, pero no se esperaban que fuera tan repentino y con un «hasta siempre» de acompañante. Adele seguía entre sollozos y lamentos y Marc clavado delante de ella tieso y frío como una espada. La pequeña se lanzó a sus brazos por impotencia, buscando consuelo; Marc la abrazó al principio con timidez y, al poco, con toda la fuerza que pudo encontrar hasta casi cortarle la respiración. Los dos se despegaron súbitamente y, al ver que casi asfixia a su amiga, se echaron a reír con lágrimas.

Los cinco se subieron a la cabaña y compartieron una mañana de confidencias, de sueños de hacerse mayores y convertirse en héroes de sus propias vidas. Aleix confesó que quería ser arquitecto y construir catedrales tan bonitas como la de su pueblo o casas de madera en medio del campo; como cabañas pero mucho más grandes. Kate no supo contestar a lo que quería ser de mayor; Adele dijo que exploradora y Marc, veterinario; quería ser el doctor de los animales del pueblo. Eso les recordó que la yegua embarazada de Cecilia y Jow estaba a punto de parir; Jow le había contado a Marc que salía de cuentas en Nochevieja y, si todo seguía su curso, esa noche podía ponerse de parto. Todos desearon que así fuera y que esa noche fuera inolvidable. Ninguno de ellos habló en voz alta de la despedida o de la marcha de Kate y Adele, decidieron disfrutar del momento y dejar los lamentos para la partida.

—¿Te vas a quedar esta noche en La Muga?

Aleix afirmó con la cabeza y la sonrisa en los ojos llenos de timidez. Joana y él lo habían organizado para que sus padres le dejaran de nuevo pasar la fiesta en casa de los Brugat. Las dos familias estaban revolucionadas porque creían que ellos dos se habían enamorado, y accedían cómplices a los deseos de los jóvenes. Aleix y Joana reían sin parar por las descerebradas deducciones de los adultos, Kate era la única que forzó la risa para disimular los sutiles celos que habían brotado en su interior ante la mínima posibilidad de que aquello fuera real. Joana atisbó a su amiga y, sin esperar, le confesó al oído:

—A mí no me gusta, pero a ti sí, ¿no?

Las dos se guiñaron el ojo y Kate no alzó la cabeza de la vergüenza repentina durante un buen rato. No se encontraba cómoda con esas nuevas sensaciones, esos cosquilleos y subidas de temperatura repentinas que la dejaban con los pulmones faltos de oxígeno.

El último día del año 2012 transcurría con idéntico bullicio que otros años. La plaza del pueblo se disponía a engalanarse para la celebración; las familias apuraban las últimas compras para la cena de gala, todo quedaba cerrado a primera hora de la tarde. La Muga parecía aparentemente tranquila, apenas nadie por la calle; las ventanas semicerradas, ni siquiera ladraban los perros… El pueblo se disponía sigiloso a la fiesta; a la despedida y a la bienvenida; a la muerte y a la vida. Noche especial para las campanas del torreón de la iglesia, dispuestas a tocar la rotundidad que marca el paso del tiempo.

Querida nieta:

Me he dado cuenta de que han pasado más de treinta años desde que comencé a escribir este cuaderno, desde que decidí descargar toda mi rabia por haber perdido a un hijo y la oportunidad de ver crecer a mi nieta.

El tiempo ha pasado para todos y tiene el poder transformador de nuestras almas. No soy la misma mujer que comenzó esta loca aventura de comunicarse con un fantasma, una ilusión; durante todos estos años, te has convertido en eso para mí.

El día que la Nalda me trajo una fotografía tuya, tuve un sobresalto y, al tiempo, la tentación de ponerme en contacto contigo y contarnos la vida —la tuya y la mía— muy a pesar de la voluntad de tu madre. Estuve varios meses revuelta y tentada de hacerlo, de dejar la urna y enfrentarme a tu verdadera tú y no a la que yo he construido todos estos años en mi cabeza y plasmado en este cuaderno. Pero la vejez no da para sobresaltos ni golpes emocionales, pues se necesita una gran dosis de energía para querer y poder superarlos… Yo ya soy vieja y los miedos me acechan más de la cuenta como para presentarme a ti y ser rechazada, o encontrarme con una nieta que no se corresponde con la mía. No quiero que si algún día lees este cuaderno, me lo tengas en cuenta. He decidido conscientemente no presentarme ante ti, ni buscarte. He decidido ahorrarme sobresaltos, tu rechazo o encontrarme con una nieta que no es la que he imaginado. Ya soy mayor y la vida me ha enseñado a respetarla en sus ritmos y eso pasa por saber que a mis años debo reparar en mí y en lo que necesito. Mi querida nieta, mi corazón no goza de la fortaleza necesaria para soportar la embestida de un rechazo tuyo, y llevo toda una vida en compañía de las grandes ausencias, entre ellas tú. Aunque todo esto parezca una locura, sigo cuerda, y soy muy consciente de que te he creado a imagen de mis propias carencias. Me sobreviene la culpa de haberte utilizado, de haber sido para mí una especie de amiga invisible, de caldero emocional donde sentirme tranquila y despojarme de mis demonios.

No quiero engañarte ni confundirte. Cierto es que siempre estarán los deseos de abrazarte, de conocerte, de sentirte mía también. Pero quizá me pueda el temor a sufrir una decepción contigo y conmigo juntas. Sé que en estos años me has hecho bisabuela; me lo dijo la Nalda, que se ha convertido en una detective impecable y me lo cuenta todo... Hace tiempo que me invade la duda, pues no sé si mi vida habría sido mejor si te hubiera conocido y disfrutado, no sé si nos habríamos llevado tan bien como yo siempre he imaginado, si me hubiera convertido para ti en la abuela consejera y cómplice que siempre he aguardado. No me lo tengas a mal si te digo que hace tiempo que dejé de lamentar no haberte conocido nunca y me he convencido de que quizá haya sido lo mejor para nosotras y nuestras vidas. Tú has vivido sin una ausencia tan presente como yo, pero tu anhelo me ha servido para vencer la pena y tener un motivo invisible para seguir luchando por la vida.

Desde la vieja en la que me he convertido: con las manos temblorosas y los ojos siempre encharcados en lágrimas, te pido perdón de nuevo y te doy las gracias al mismo tiempo desde la misma incoherencia, escribiéndote en este cuaderno. Soy una anciana con la certeza de que poco le queda ya en esta vida, y me he dado cuenta de que me he pasado la existencia anhelando y sintiéndome con la carencia de todo lo que se me ha arrancado o privado. Y ¿sabes? A estas alturas me he cansado de echar de menos y de maldecir mi propio destino y he decidido vivir mis últimos días en plenitud y agradeciendo todo lo bueno que he tenido.

Francisca *La Santa* me ha ayudado mucho a ver el lado bueno de las cosas y a serenarme para encontrar la paz. He sido toda la vida una mujer atormentada y gastada de tanto reproche, a la que se le frunció tempranamente el entrecejo. No te digo que no haya disfrutado con lo que he hecho, pero en cada trago sentía un lejano regusto amargo que me ha edulcorado la vida. Los que me han querido me lo han recordado insistentemente, han cuidado de que no cayera en los brazos de la excesiva melancolía; me han insistido en que viera cada mañana salir el sol y me concentrara en los ciclos de la naturaleza. Yo he sido buena alumna al escuchar y practicarlo, pero mi alma se resistía a dejar ir a los suyos. Al fin he comprendido que, para un buen descanso, necesitamos soltar cuerdas, terminar con los hilos invisibles que nos atan a la vida y a los demás; nuestros propios fantasmas. ¡Todos tenemos fantasmas! Mi consejo es que no te resistas a ellos y los dejes ir sin enfrentamientos, sin resistencia, sin compasión ni tristeza. Ellos deben hacer su camino como nosotras el nuestro…

No me despido de ti, no pretendo abandonarte ni dejar de escribirte, porque eso seguiré haciendo hasta que esta vieja que soy abandone esta tierra. Pero sí te confieso que estoy feliz de la no-relación que hemos tenido, de haber creado «tu otro yo» para llenar tu ausencia y soltar tristeza. La mente es prodigiosa construyendo mundos imaginarios que, aunque bordeen la locura, sirven para quitarle responsabilidad a la cordura. En esta vida, pocas cosas siguen el curso de la llamada lógica. ¿Acaso no te has sentido en algún momento engañada con el mundo, con el resto e incluso contigo misma?

No caigas en la queja, constrúyete mundos imaginarios si es necesario, antes que recriminarte en exceso. Al final, si llegas a vieja —que deseo que así sea—, verás que no se trata de castigarse, sino de aprender a llevar la mochila bien cargada. Yo he tardado muchos años en darme cuenta de ello, pero los que me quedan espero disfrutarlos sin medir ausencias, ni desearme otra vida que la que he tenido. No sé si el destino está escrito, si somos capaces de cambiar nuestros infortunios, pero te puedo asegurar que sí podemos elegir cómo sobrellevarlos, y eso te cambia la vida o te la estanca para siempre.

Mi querida nieta, no somos más que un granito más de la tierra, pequeños seres con ansias de gigantes que conviven en este planeta con otras especies, aunque parezca que las gobiernen. El mundo sigue, pero la tierra queda como esa gran madre cuyo poder germinador más allá de ti y de mí no debes olvidar jamás. Ella seguirá construyendo y generando vida...

Gala comenzó a pasar páginas de blanco gastado con la incredulidad de tener ante ella un final abrupto, con la sensación de caer al vacío sin red ni previo aviso. ¿Podía terminar de ese modo el cuaderno después de todo? Pasó todas las páginas revisándolas minuciosamente con la esperanza de encontrar en un margen perdido una despedida encriptada. No podía imaginar que su abuela, la que durante toda su vida veló por ella desde la distancia, no hubiera pensado en ella a las puertas de la muerte; dejarle una carta, un último adiós, su legado, un póstumo consejo para la vida cuando fue consciente que despegaba a otros mundos.

Se levantó enfurecida y con las lágrimas retenidas, con el estómago revuelto en las náuseas de un nuevo abandono injustificable... Lanzó con toda la rabia que pudo el cuaderno, recriminándose haberlo leído, haberse creído que alguien había pensado en ella toda la vida como nadie. Se sintió estafada, engañada de nuevo y con la desolación de ser nuevamente la que todos pueden ignorar ante la pérdida.

Corrió escaleras arriba para rebuscar en las cajas del desván una carta olvidada entre los papeles de una vida. Revolvió con desesperación documentos, fotografías y escritos, porque necesitaba hallar consuelo en esa despedida y no creer que la vida siempre le pagara con la misma moneda. Estuvo una hora entre sollozos, con el sudor en la frente por la impotencia de sufrir un nuevo e injusto desplante. No obtuvo el ansiado premio, pero su cabeza se empeñaba en encontrar el antídoto, con la esperanza de que el silencio no se coronara como final. Con el rímel corrido y la cara descompuesta, salió de la casa directa a buscar a La Roja, la cómplice de su abuela, pues seguro que ella sabría qué paso seguir para encontrar la despedida.

Cruzó el pueblo como un alma desesperada, sin reparar en Tomasa y Francisca, que la saludaron en silencio al salir de la tienda de ultramarinos de La Guapa. Tampoco reparó en los gritos de Jow, que estaba con los niños viendo la yegua a punto de parir. Kate se giró, pero apenas pudo ver la cara de su madre, tan solo su figura huyendo como del viento hacia la casa de Nalda. No le dio importancia y Adele, que seguía enfadada con ella, no se giró por despecho de ser obligada a abandonar ese lugar que ella adoraba. Como buen desplante, se decidió por seguir con la yegua antes que saludar a su madre en la lejanía.

Los cruces del destino son aleatorios y, a veces, solo hace falta un segundo o menos para producir encuentros que, por ese poco tiempo, jamás existieron. El coche de

Amat cruzó la carretera al poco de girar Gala por una callecita, la misma que hacía un instante había abandonado Julianne para tomar el camino de tierra. Los tres construyeron, sin saberlo, un triángulo invisible ese 31 de diciembre de 2012. Lo caprichoso del destino es que había decidido que, por un mísero chasquido de dedos, las tres almas no se chocaran y compartieran su realidad.

Amat se había levantado con ganas de echarle horas a la lija, necesitaba recuperar belleza para sacar tristeza, la tristeza de saber que Gala había decidido venderlo todo. El abogado Robert Riudaneu lo había llamado para contarle que tenía los poderes de la parte de Gala de VellAntic y debían reunirse para concluir los acuerdos de compra. Le extrañó la dificultad para fijar una fecha con el abogado, así que decidió dejarlo para otra llamada. Riudaneu debía informar, pero cumplir con lo pactado con Julianne: no vender nada hasta pasado medio año. A Amat no le importó no acordar cita con el abogado, porque necesitaba digerir que las propiedades de Amelia Xatart estuvieran ya a la venta. Gala no solo no había perdido el tiempo, sino que le había sorprendido con su súbita decisión de desprenderse de todo. A Amat le dolía por Amelia, pero en el fondo le dolía también por él, pues en menos de dos días se despediría de la mujer que había sido capaz de despertar a su corazón dormido. Estaba desorientado con sus propias reacciones; se había ido de casa dando gritos, alaridos de desesperación a su propia madre; maldiciendo el día que la americana pisó La Muga. Sabía que no había marcha atrás con nada. Él sabía reconocer la punzada en el estómago, la cuchara invisible que, como un triángulo de las Bermudas, removía sus entrañas. Se había enamorado locamente de esa mujer que no reparó en él más que para recordarle lo diferentes e incompatibles que eran. Amat habría golpeado su cabeza contra el hormigón si hubiera sido ese el antídoto para olvidarse de ella y dejar de sufrir. No deseaba acudir a la cena de Nochevieja, ni celebrar con Gala la llegada del nuevo año, ni estar cerca de esa mujer que le hacía perder la armonía que, a costa de tanta lija, había conseguido alcanzar.

Julianne, en cambio, estaba sumida en su propia aventura esquizoide de perseguir a un fantasma. Su hija le pidió intimidad y ella prefirió no pisar Can Xatart y pasear por La Muga. El camino fue bien hasta que, sentada en uno de los bancos del paseo principal, oteó de nuevo la figura de Román. Hizo varias intentonas para detener la alucinación; se frotó los ojos, cambió de banco y dirección, pero el fantasma de Román había vuelto con fuerza y nitidez, dispuesto a convertir el paseo por La Muga en una pesadilla.

Ni Tomasa ni Francisca se acercaron a Julianne. Hacía demasiados años de su paso por el pueblo y, por respeto a su difunta amiga, decidieron ignorar su presencia y evitarse tormentas tempranas. La última noche del año prometía y era mejor no avanzar los malos augurios ni alimentar a los demonios. Se alejaron sigilosas, evitando ser vistas por la americana que, sumergida en un tormento, no habría sido capaz ni de darse cuenta de que un elefante cruzaba la calle delante de sus narices. Julianne se asfixiaba del propio agotamiento de la lucha entre lo real y lo imaginario. En un instante de locura o cordura; en un instante difícil de describir, decidió dejar la batalla y entregarse al enemigo, mirarle a los ojos y, sin atisbo de piedad, hacer caso a su voluntad.

—¿Quéeee es lo que quieres de mí, eh? «*What the hell do you want?*».*

Su estado de desesperación supino la llevó a hablarle sin reparos y pedirle que terminara con aquella pesadilla. Julianne pidió al fantasma de Román que desapareciera de su vista, que se fuese para siempre y la dejara vivir en su malvivir, pero que cesara el tormento. Román se acercó hasta sentarse a su lado y esperó paciente a que Julianne terminara con el fogueo desmedido. Cuando no le quedaron reproches ni palabras ni lamentos en los que refugiarse, su mirada furtiva se clavó con la fuerza de un imán a la de Román y... ¡enmudeció! Enmudeció en el hechizo de revivir lo perdido en un atisbo de locura. Los dos amantes detuvieron el tiempo y juntaron lo real con lo imaginario para desenterrar el amor, la pureza de lo que sintieron comprobando que los años no lo habían achicado. Cualquiera que hubiera pasado cerca de Julianne habría vislumbrado su cuerpo en estado de semigravitación, pues, por unos instantes de eternidad en el otro mundo, Julianne cabalgó entre los dos hemisferios con la consciencia más allá de la tierra. Caminó siguiendo la estela de Román sin un atisbo de duda o arrepentimiento. Se dejó llevar más allá de la mente. Cruzaron calles y se metieron en el camino de tie-

---

* «¿Qué demonios quieres?».

rra enmudecidos por la estela de un reencuentro imposible, «¿hacia dónde se dirigían?». Nadie se atrevió a detener a Julianne, a entorpecer su desconocido destino; ni siquiera Julià, que, como era costumbre, abría ese día el cementerio para que los vivos compartieran con sus muertos el final de otro año. La vio llegar con el pelo revuelto y la mirada fija, esa que ponemos cuando decidimos darle un portazo al raciocinio. Julià dudó si detenerla y preguntarle por quién lloraba, pero desistió pues, aunque el exceso de alcohol le había mermado la memoria, aún recordaba que a las almas perdidas no había que interrumpirles su procesión. Julià llevaba toda su vida como guardián de esa tierra que comparten vivos y muertos, y sabía cómo tratarlos a ambos. Supo ver que Julianne era guiada por uno de sus pasajeros y, aunque eran sensaciones que ni podía demostrar ni confesar, su olfato le señalaba que los dos mundos se estaban comunicando. Pocos en el pueblo se tomaban en serio las dotes de Julià, pocos deseaban compartir con él las historias de muertos que vuelven a la tierra para cerrar heridas del pasado. Por ello, un buen día, Julià dejó de hablar con los vivos y se refugió en los lamentos y plegarias de los muertos. Jamás ha visto a uno con sus propios ojos, pero tiene la capacidad de olerlos a varios kilómetros de distancia. Siempre que le llegaba el particular aroma, se le erizaba el vello y mostraba sumo respeto al muerto y al vivo que llegaba a pocos metros de distancia. Al ver a Julianne y no reconocerla, se extrañó de que uno de sus muertos la hubiera llevado al camposanto; llegó a pensar que quizá algún muerto despistado se había confundido de lugar... ¿acaso los muertos tienen más orientación que los vivos? Ante la duda y con la curiosidad por identificar al difunto y resolver el enigma, decidió seguirla con disimulo y lejanía.

Julianne apenas se percató de que estaba pisando camposanto y acababa de entrar en el cementerio de La Muga. Seguía con la razón alterada, persiguiendo a un fantasma o ilusión y entregada a su voluntad. Cruzó buena parte del camposanto enajenada, sin percatarse de que estaba entre muertos, solo con la mirada atenta a no perder de vista al suyo. Tuvo que detenerse de súbito, al presenciar cómo se desvanecía su presencia ante sus ojos. Giró la cabeza primero, después el cuerpo entero al acecho desesperado por encontrar a Román que, como un destello, había dejado de brillar, provocando que Julianne aterrizara bruscamente en la realidad, desorientada y perdida.

Miró alrededor y se asustó, al descubrir el paraje de cruces, nichos, estatuas y lápidas de distinto tamaño y calidad. Por un instante, creyó ser ella la muerta y estar sufriendo un febril desdoblamiento a la vida. Pero al ver la tumba que estaba frente a ella, se le paró el corazón de un soplo de miedo.

—Román Xatart.

¿Cómo era posible? Ella lo había enterrado en Boston, junto a los Marlborough. ¿Qué hacía en ese cementerio? Se arrodilló frente a la tumba de puro desfallecimiento y hartura de cargar con los kilos de lamento y culpa. Le invadió una profunda tristeza que la retuvo en ese lugar calada en sollozos de arrepentimiento y añoranza desesperada bajo la atenta mirada de Julià, que no daba crédito a lo que estaba pasando. «¡Alguien llorando sobre la tumba del joven Román, al poco de morir Amelia Xatart!». Decidió dejarla en la intimidad y volver a sus quehaceres, pues con los años de trabajo allí sabía que los muertos gozan de un conocimiento superior a los vivos. Si Román Xatart había llevado a esa mujer a los pies de su tumba, algo muy antiguo debían sanar y él no sería quien enturbiara la paz entre muertos y vivos.

Julianne permaneció con el cuerpo compungido y tembloroso viajando al pasado y comunicándose con Román a base de frágiles suspiros. Su recuerdo permanecía intacto a pesar de haberse aplicado para el olvido. Lloró a pie de tumba el recuerdo, revivió su muerte, reencontrándose con las viejas tentativas de dejarse morir. Los lamentos fueron aliviando el tormento acumulado, los perdones se sucedieron a modo de bálsamo hasta sentirse vacía y cubierta de una calma desconocida. Julianne se mantuvo abrazada a la lápida de Román con la cara bañada en lágrimas, pero con media sonrisa en el rostro. Se tomó un descanso, tiempo de reposo tras el llanto, deseando escuchar de nuevo el corazón de su amado. En la intimidad de una tumba, Julianne se reconcilió con su propia vida, con emociones enclaustradas; recuperó entre susurros su identidad, despojándose de las capas contra el dolor que la habían impermeabilizado del disfrute de la vida.

Como si volviera a sus veinte años y sin desengancharse de la tumba, Julianne le confesó a Román sus miedos, sus errores; le habló por todos aquellos años que había decidido ignorarle hasta creerse capaz de controlar el olvido. Conversaron en la eternidad de lo perdido entre la vida y la muerte. Sus almas se conectaron para reconciliarse y expiar la maraña invisible acumulada en años. Todo fue bien hasta que perdió la consciencia de puro agotamiento.

Al poco o al mucho, Julianne se despertó sobre la tumba de Román; incapaz de recordar su último pensamiento lúcido antes de desvanecerse en un sueño profundo. Nada más localizar el entorno, se sobresaltó, pero solo fue un atisbo hasta recolocar la mente para el recuerdo y enseguida una amplia sonrisa acompañó a su mano que, con sentida delicadeza, acarició la tumba de su amado. Se levantó respirando pureza y sabedora de su corazón cosido, dispuesta a buscar la paz en su vida. No había razón para sepulturas mayores, para alejarse de aquel lugar y de la suerte que tuvo de haber sentido la grandeza de un amor eterno. Se despidió de su amado, con el cuerpo helado, el corazón hirviendo y la certeza de haberse confesado sobre su tumba, de comprender a su alma perturbada, que necesitó convertirse en un fantasma, en un espectro que la perseguía para que recapacitara. Tras esa especie de exorcismo, Julianne era otra, había expiado sus demonios, los bichos que le impedían dormir por las noches, que la cebaban de pastillas para mantenerse viva; se sentía valiente para encarar la vida con la humildad de saberse perdida, de querer volver a ser observadora de la belleza caduca y perenne. Levantó los brazos hacia el cielo estirando su entumecido cuerpo, buscando la luz del sol y su calor.

Caminó entre los muertos agradeciéndoles que velaran por los vivos a escondidas del raciocinio. Cruzó una mirada con Julià, que la esperaba a las puertas del camposanto, sentado en una vieja mecedora de madera con dos copas de vino. Julianne se detuvo frente a él y tomó una de las copas, comprendiendo el brindis ofertado con una profunda mirada repleta de complicidad. Los dos bebieron por lo sucedido, lo celebraron en silencio; del mismo modo se despidieron; sin pronunciar palabras que eclipsaran lo percibido más allá de ellas.

Con los pies todavía temblorosos, inició el camino de retorno, disfrutando del paisaje, de la emoción de reencontrarse con su hija y abrazarla sin buscar consuelo. Estaba dispuesta a luchar por ella, por su cariño, por el de sus nietas y recuperar su propia esencia: una rebeldía que se erigía por encima de los cánones, de lo impuesto. Aceleró el paso más allá de sus fuerzas y la prudencia ante el abrupto suelo que pedía sumo cuidado en las pisadas. De poder, habría volado hasta Can Xatart para compartir con su hija lo vivido, a riesgo de que la llamara demente.

Desde lo alto del árbol, en el pequeño porche de la cabaña, Kate vislumbró a su abuela en su júbilo. Gritó con la esperanza de ser escuchada; los demás se unieron divertidos, dispuestos a alcanzar el reto de conseguir que Julianne les saludara desde la lejanía. Los cinco vaciaron sus pulmones al grito de guerra.

—*Graaannnmmmaaa!!!!!**

Julianne aminoró la marcha con el cosquilleo de un sonido indescifrable rozando sus oídos. Ladeó varias veces

---

* —¡¡¡Aaabueeelaaa!!!

la cabeza, tratando de divisar alguna señal o código conocido. Los chicos no cesaron de vocear, vaciando sus pulmones al unísono confiados en lograr la gesta. No fue el caso, Julianne llegó a descifrar el mensaje, pero su ceguera de vejez le impidió localizar a los mensajeros que, decepcionados y agotados, cesaron de gritar.

—No me puedo creer que mi abuela se olvidara de mí y no me dejara ¡una sola carta de despedida!

Nalda observaba sentada desde la mesa de la cocina los aspavientos de Gala ante la posibilidad de no recibir de su abuela nada más que lo que había leído. La Roja no alcanzaba a comprender su desazón, pues para Amelia, su nieta había sido también una ilusión en su vida y no una realidad. Le preocupaba el estado en el que se encontraba la joven y la súbita decisión que había tomado de desprenderse de todo lo más rápido posible. Había hablado con Riudaneu, que le había confesado la premura de Gala y, también, la prórroga de seis meses que, mediante soborno, Julianne había costeado. El abogado se lo soltó por presiones, pues La Roja, que lo conocía como si lo hubiera parido, no entendía que decidiera esperar unas semanas a colgar el anuncio en internet. Él, como su padre, Alfonso Riudaneu, tenían fama de peseteros y jamás en todos esos años habían dejado pasar la oportunidad de ganar dinero cuanto antes. El piloto rojo se le encendió a Nalda con la calma con que Riudaneu se tomaba el encargo, lo ametralló a preguntas hasta arrinconarlo y este le contó el soborno de Julianne. La Roja se alegró de que se pospusiera la venta; aunque no aprobara el modo, lo guardaría en secreto y aceptaría el delito como parte de la estrategia. No era la primera vez que esos abogados jugaban sucio y, al menos, ese le parecía necesario para evitar el desastre no solo para La Muga sino para su amiga Amelia.

Gala seguía pidiendo una explicación a la ausencia de carta, pues no había razón alguna para que no lo hubiera hecho… La muerte le fue anunciada en forma de enfermedad y tuvo tiempo de atarlo todo y, por la razón que fuese, decidió no despedirse. Ante las duras palabras de Gala hacia su amiga, Nalda agotó su paciencia y le echó en cara que fuera tan malcriada por pedirle a una difunta cuya existencia había desconocido que le diera mucho más de lo que le ofreció en vida; su anhelo y, tras su muerte, todas sus posesiones, que ella había decidido vender sin ningún reparo ni arrepentimiento.

—No creo que sea justo lo que estás haciendo; ni con tu abuela ni conmigo ni con La Muga.

Gala la miró estupefacta por su reacción airada. Era la primera vez desde que se conocieron que era ruda con ella, y no esperaba tal incomprensión dada la desolación de una nueva pérdida sin despedida. Gala no rebajó su orgullo, ni comprendió las palabras aleccionadoras de la anciana; todo lo contrario, desplegó la vanidad herida y la supremacía de ser una Marlborough antes que una Xatart. Poco de todo eso le importaba a La Roja…

—Querida Gala, las guerras por apellidos y linajes pertenecen a la Edad Media…

Con los ojos enfurecidos y el orgullo magullado, se fue dando un portazo para no mostrar las lágrimas por sentirse vencida por Nalda, por los acontecimientos y por su propia reacción. Corrió por las callejuelas, evitando ser vista por nadie y menos por su madre, a la que reconoció desde la lejanía, recostada en el portón de rejas de Can Xatart. No le apetecía verla, ni hablar con ella, ni que descubriera su cochambroso estado de inestabilidad emocional. Decidió en un impulso irracional y desesperado refugiarse en VellAntic. La puerta estaba entreabierta y no dudó en colarse con sigilo para no estorbar a Amat, que estaba con la mascarilla puesta, encolando un pequeño banco de madera. Al primer ruido se giró y, al ver a Gala, se esforzó por no perder el equilibrio por la sorpresa de su visita. Se levantó y fue hacia ella sin darse cuenta del goteo del pincel lleno de cola y de que llevaba la mascarilla puesta. Gala miró al suelo, Amat dejó donde pudo la brocha y la saludó con la boca sellada sin poder evitar que Gala se desplomara sobre él buscando refugio, consuelo y comprensión. Tardó unos segundos en sostener con sus manos la espalda de Gala, necesitó más tiempo para digerir lo que estaba ocurriendo. No era de fácil lectura y él, como hombre de campo, estaba poco habituado a los cambios de ciclo o giros imprevistos. Los vientos y las nubes son buenos mensajeros de tormenta, la naturaleza habla a través de sus colores, pero una mujer, y en particular Gala… ¿cómo leerla? No encontraba palabras de alivio, ni siquiera un comentario torpe para tamaña situación en la que se le disparaban los instintos de acariciarle el pelo y besarla sin reparo. Respiró entrecortadamente y tensó el cuerpo para evitar que reaccionara solo y soltara una caricia inadecuada que pudiera hacer virar la desesperación de Gala en una ducha de improperios. Pocas cosas sabía, pero cuando alguien sufre un desequilibrio emocional, cualquiera puede salir salpicado. Gala estuvo un buen rato recostada sobre sus hombros, sintiendo el calor que la piel de Amat desprendía; llorando su propia soledad y su falta de cariño. Amat aguantó en silencio, conteniendo la respiración y manteniendo a raya sus emociones. No debía confundirse con la debilidad de Gala, esa mujer de apariencia frágil que había entrado de puntillas en el pajar era la misma que no había tenido reparos en poner a la venta todo sin un ápice de tristeza. Cerró los ojos prometiéndose no mirarla para no caer en el embrujo de verse desarmado y cometer cualquier barbaridad que le costara más de un rubor. Tuvo varias tentativas de separar el cuerpo de Gala del suyo, pero ella lo retenía en un abrazo de desconsuelo. Los dos cuerpos deseaban fundirse, la energía de ellos se entrelazaba con gusto, pero nada de lo que parecía era lo que en realidad era. Amat decidió permanecer con los ojos cerrados, la mascarilla puesta y comenzar a contar para distraerse de la incómoda escena. «45, 46, 47…». Contaba con la esperanza de que Gala cediera y lo liberara de la tortura de sentir cómo su aliento acariciaba el vello de su cuello. «78, 79, 80…». Sufría por su entrepierna, a la que poco faltaba para que se decidiera a brotar. «101, 102, 103…». Cerraba los ojos y, sin quererlo, clavaba sus dedos con una fuerza poco medida sobre la espalda de Gala para evitar las caricias. «137, 138, 139…».

Comenzó a rezarle al de arriba para que terminara con aquel suplicio y dejara la crueldad para otros. Fue en mitad de su rezo cuando Gala se alejó medio metro de él con la cabeza gacha mirando al suelo. Amat y ella permanecieron un par de alientos en silencio hasta que Gala rompió el hechizo sentándose en el banco que Amat estaba encolando sin que ninguno de los dos cayera en la cuenta de eso hasta unos minutos más tarde.

—Me parece que te has quedado sin pantalones… —suspiró Amat.

Gala sonrió con dulzura, sosteniendo su cabeza con sus brazos y estos, sobre sus rodillas. Estaba sentada como una adolescente que acaba de descubrir que el mundo no gira siempre alrededor de sus anhelos, y lo que menos le importaba era haber manchado de cola los vaqueros.

—Siento haberte estropeado el trabajo.

—No te preocupes, ahora si quieres me ayudas a reparar los daños.

Gala volvió a sonreír manteniendo la cabeza gacha y media cara escondida entre sus manos. Los dos decidieron que lo mejor que podía hacer era levantarse de un salto con un impulso seco para que un tirón supremo la desencolara del banco. Buscó la propulsión y, con la ayuda de Amat, consiguió despegarse, dejando un trozo de pantalón de recuerdo y cayéndose los dos al suelo como dos niños rodando y muertos de risa.

Amat no había podido evitar mirarla y caer en el hechizo de desear retenerla con él, aunque fuera encolando un banco. Gala accedió a ser su ayudante y ponerse manos a la obra para borrar el estropicio y los lamentos de su mente. Le apetecía pasar unas horas en ese lugar, pues, aunque se rebelaba, siempre ejercía sobre ella un poderoso magnetismo. Amat alargó la reparación con dosis de imaginación, creando nuevos procesos de tinturas y texturas para prolongar su encuentro, para tenerla cerca el mayor tiempo posible en sacrificio de una restauración adecuada para ese banco. Gala y él se divirtieron en silencio, compartiendo sonrisas mudas y miradas de soslayo de una intimidad compartida que, más que reparar un mueble, restauraba una química jamás explotada, pero latente desde el primer encuentro entre ellos. Por un instante, Amat quiso confesarse a Gala, tuvo la tentación de luchar por ella y se imaginó, con la brocha entre las manos y sentado sobre sus talones, cómo era capaz de enhebrar el discurso de amor y coraje más brillante jamás pronunciado. Gala le imitó la postura y observó a Amat con la mirada en el infinito, perdido en sus pensamientos. Se sorprendió al descender con mirada bobalicona hasta la comisura de sus labios y hacer del deseo un impulso, robándole un beso furtivo y, como una chiquilla, disimular volviendo al encolado.

Amat no pudo moverse, necesitó revivir ese fugaz beso una decena de veces hasta despertar de su sueño con la brocha de Gala delante de sus ojos, moviéndose como un péndulo, para comprobar que seguía vivo.

—Perdona, me perdí por un momento…

Gala le sonrió y volvió a la tarea, extrañada de que no hubiera reparado en el tímido beso y ruborizada todavía por su hazaña de colegiala.

—Esto... ¿me besaste? —soltó Amat divertido.

Gala quería fundirse con la madera, mientras afirmaba con la cabeza, soltando con un hilo de voz cualquier onomatopeya improvisada. Amat buscó su mirada en complicidad, deseando cazar otro beso, menos furtivo y más intenso.

—Habrá sido tu imaginación, ¿no crees?

Colocó divertida su brocha delante de su cara para evitar un nuevo contacto y proseguir con la tontería del jugueteo de feromonas y testosterona que comenzaba a marcarse un baile alrededor de ellos. Amat no pudo evitar caer en el suspiro de un enamorado, a riesgo de aterrizar en el barrizal sin otro beso que el del fango. Era el último día del año y decidió aparcar la razón y jugar al póquer aunque le metieran un farol.

Los dos disfrutaron de su intimidad, del placer de ensuciarse las manos, del roce de sus pieles, de sentir cómo el deseo se acercaba hasta convertirse en tentación. No hablaron, apenas murmuraron, prefirieron darle protagonismo al juego de la atracción con el movimiento cincelador de sus propios cuerpos y, aunque no fueron más allá de ese beso, alimentaron el deseo para una noche que, no solo por ser la última del año, prometía unos buenos fuegos artificiales.

Predominaban el rojo y el dorado. Adele y Marc ayudaron con esmero a Francisca a decorar la gran mesa con flores adecuadas para la ocasión. La Santa escogió amarilis rojas y blancas para que la belleza reinara en la última cena del año, y un enorme centro de romero con sus pequeñas florecillas lilas para invitar al recuerdo y a los gnomos que tejen lo inolvidable. Los pequeños disfrutaron de la clase particular de flores y su significado. Adele descubrió que cada una estaba hecha para una ocasión y que muchos amantes se comunicaban desde la antigüedad mediante las flores que se enviaban.

Agnès permaneció casi todo el día en la cocina para acoger a la mitad del pueblo en el restaurante. Era tradición en La Muga pasar la última noche del año juntos, como si de una gran familia se tratara. Los prolegómenos a la organización siempre eran estresantes, porque cada familia pedía su protagonismo y su mesa decorada al gusto. Francisca, sabedora de los frutos de la biósfera, era la encargada de engalanarlas con naturaleza muerta y viva de la tierra. Sus centros de mesa eran famosos en la comarca. Al igual que el pesebre, todos deseaban saber la temática del año. Los elementos elegidos para ese final de 2012 fueron la madera, el romero y los girasoles secos y pintados de dorado. Los visitantes realzaban la belleza de sus creaciones, pero ella depositaba en cada uno de ellos buenos augurios y deseos para el año venidero.

—Este centro va a llenarnos de júbilo y creatividad para 2013.

Adele y Marc pasaron toda la tarde entre La Santa y La Hechicera o, mejor dicho, entre la mesa y los fogones. Agnès gobernó la cocina con sello propio y, al igual que Francisca, escogiendo los condimentos especiales para la noche.

—¡Mucha canela y poco picante!

—Y chocolate, ¿no?

Los tres sonrieron ante la puntualización de Marc, que era un goloso incorregible. Pocas cosas le ponían triste, y una de ellas era perderse una velada aderezada con tarta de chocolate.

Kate y Joana se preparaban para la velada en Can Brugat. Joana prometió a Kate que la ayudaría a ¿maquillarse? Excepto en el aeropuerto durante su intento de fuga, jamás se había echado unos polvos o rímel en los ojos, ni le había apetecido, pero Joana podía ser muy convincente, tanto como para que Kate se dejara hacer y convertirse en algo parecido a una muñeca de porcelana. Su amiga no era una experta del maquillaje, pero tenía sus truquillos aprendidos y pasaban por emular los años cincuenta americanos.

Se miró al espejo con el pelo lleno de ondas y pestañas postizas y se buscó un buen rato para encontrarse entre tanto artificio. Estaba desconcertada, a un tris de soltar un grito y cargarse a su amiga por haberla convertido en semejante adefesio, pero al ver a Joana reflejada también en el espejo con semejantes o peores pintas que ella, le provocó la carcajada y aceptó el juego de ser en Nochevieja una especie de dúo cómico.

Joana se había maquillado a lo Marilyn, se había enfundado la peluca dorada y pintado el lunar sobre los labios rojo carmín. Su parecido con la rubia de Hollywood más deseada era lejano, casi imperceptible, pero lo importante suele ser más la convicción propia que la ajena. Kate adoraba a su amiga, porque esa era precisamente una de las reglas de oro que debían seguir: Cuando el mundo te obligue a contar hacia atrás, lo importante es que tú no te descuentes y sigas para adelante. ¡Ya cambiarán de idea!

No era ni se creía perfecta, pero creía en ella, aunque no encontrara un ser humano en la tierra que compartiera la misma opinión. Kate adoraba esa seguridad cautivadora que su amiga desplegaba sin remilgos con amplias sonrisas y comentarios que suscitaban extraños silencios alrededor. La incomodidad suele evitarse y a Joana le gustaba bañarse en ella y disfrutar con la escasa cintura del personal en esas aguas.

Todos debían estar a las nueve en el restaurante, pero muchos llegaban con media hora de antelación. La Guapa llegó sola y resoplando quejas, porque su hijo Pau había decidido traer acompañante a la cena: un amigo, un hombre del que ella poco había oído hablar y menos había visto. Agnès se sonrió por el arranque de valentía del pobre Pau que, al fin, se había decidido a no huir de su propia vida. Teresa y su marido Alfonso llegaron engalanados como si la cena fuera en el casino de Perelada; con el abrigo de pieles, las perlas y el esmoquin. Lo curioso de esa cena es que todos desplegaban su personalidad para despedir el año y los Forgas, como siempre, necesitaban mostrar su poderío económico y social. Tomasa, en cambio, siendo los Brugat el linaje más antiguo del pueblo, era lo opuesto a ellos en opulencia: sencillez y exceso de austeridad en el vestir y en los modos. La envidia corría ya por el ambiente, pero La Santa se había encargado de colocar ponsetias en cada esquina; las famosas flores de Pascua para atar en corto las bajas virtudes.

Amat finalmente llegó solo; a última hora y, consciente de gastar el último cartucho con la francesa Béatrice, decidió llamarla y dejarla a las puertas de Nochevieja. No sería la única pareja que decidía sellar su ruptura horas antes de la cena, ni tampoco el único que acudiera a una fiesta sin compañía. Con los nervios, se había conjuntado como un árbol de Navidad, mezclando colores y tejidos que provocaban al observador un inmediato achinamiento de ojos. Nalda estaba en desacuerdo con la decisión de su hijo de plantar a Béatrice a última hora, no porque le gustara la francesa, sino por intuir los motivos que provocaron la repentina baja.

Todos fueron llegando, dejando regalos en el árbol de Navidad, convertido esa noche en el árbol de los deseos. Era tradición que todo invitado dejara un paquete que contuviera un deseo para el año venidero. Al terminar las doce campanadas, engullir las uvas y brindar con cava y oro dentro, los comensales procedían al reparto de los regalos como indicador de lo que el nuevo año estaba dispuesto a ofrecerle. Era una vieja costumbre, un juego divertido que muchos consideraban el verdadero oráculo de su futuro próximo. La Roja adoraba el árbol de los deseos, y creía en su sabiduría de elección.

Kate y Joana llegaron con el bueno de Aleix, que había decidido acudir con camisa blanca y pajarita roja. Le encantaban las pajaritas y, aunque provocara la risa de sus amigas, él se sentía feliz por estrenar la que le regalaron sus padres para su cumpleaños. Kate sonreía feliz de estar con esos dos seres extraterrestres que se divierten con la diferencia y no se hacen pequeños con las miradas de estupefacción del resto. Le gustó la pajarita roja de Aleix y sus lustrosos zapatos, y se puso tímida al recordarse con los rizos y las pestañas postizas al estilo ochentero de *Buscando a Susan desesperadamente*.

Marc y Adele seguían, escalera en mano, colgando los muérdagos debajo de cada puerta, como indicaba la tradición y le había marcado La Santa.

—Los besos son imprescindibles en una noche como esta, ¿sabéis?

Adele y Marc afirmaron con la cabeza y el pensamiento en el repentino rubor que se les había despertado a cada uno. No eran adultos, pero los niños, al igual que los ancianos, tienen su propio modo de vivir la sexualidad y, desde la ingenuidad más pueril, Adele y Marc despertaban al encanto de desear y ser deseados.

Gala se contenía para no gritar a su madre, que seguía encerrada en el baño después de hora y media de ducha. El reloj marcaba menos diez y, si no le daba brío, posiblemente no llegarían ni para las campanadas. Se comprometió a esperarla, pero no estaba dispuesta a ser impuntual por su coquetería desmedida. Ella apenas empleó diez minutos en acicalarse, no le apetecía arreglarse en demasía y mucho menos dar el cante. Se contuvo de echar los pulmones en un ensordecedor grito y se amarró a los brazos del viejo sillón orejero soltando rabia. Sabía que su comportamiento no estaba siendo del todo justo con su madre que, desde Barcelona, hacía esfuerzos por hablar con ella y entenderla. Le sorprendió que decidiera pasar las últimas noches en la casa con ella y las niñas, que se emocionara observando las paredes y la mirara con amor y compasión, respetando y comprendiendo su indiferencia. A Gala le afloraba el desprecio del propio rechazo; era la primera capa del miedo a querer y ser rechazada. Le dolía reprimirse los deseos de abrazar a su madre y llorar por lo anhelado todos esos años. No era una niña, pero llevaba un par de días comportándose como si lo fuera; tenía la capacidad de conversar con su madre y comprender a corazón abierto los caminos elegidos; deseaba mirar al futuro, pero no podía controlar cómo se le encogía el estómago, cómo le superaba la pataleta de no haber recibido el cariño ni el amor deseado. Julianne había decidido pagar el precio por las decisiones tomadas, pero no mirar atrás ni para coger aire. Sabía que había errado, perdido muchas cosas por el camino, pero había llegado el momento de vivir con la intensidad de los sentimientos; sin fisuras, sin maquillaje ni paños de frivolidad.

—¿Nos vamos?

Gala la contempló con la admiración de quien ha nacido con el don del buen porte, de la elegancia innata. Antes de que pudiera levantarse, Julianne se abalanzó sobre ella para abrazarla y susurrarle al oído que estaba orgullosa de ella. Gala lo sintió como si un martillo la clavara en la tierra; se le empañaron los ojos y enmudeció por completo por la irreconocible muestra de afecto. Fueron apenas dos instantes, lo suficientemente rápidos como para no incomodar ni forzar una respuesta de Gala; Julianne se dejó llevar por el impulso; le dijo a su hija que la quería y coronó la escena con un tímido pero intenso abrazo. Salió al patio a contemplar las estrellas y respirar ese aire que, en el fondo, tanto había echado de menos, como cuando Román le contaba que ese era el perfume que da la tierra cuando goza de buena salud y ella terminaba siempre poniéndole carotas de desagrado pero sonriendo al mismo tiempo.

Gala se quedó con la mirada perdida y el cuerpo pesado, incapaz de levantarse ni procesar lo vivido. Se sentía demasiado frágil para soportar sin lágrimas ver cumplido uno de sus sueños de infancia: que su madre se le acercara y, con un abrazo, le susurrara al oído que la quería. Un momento verdadero de corazón tiene el poder de arrasar con lo artificial para el alma y, aquella noche, Gala sintió la desnudez del amor verdadero, aquel que vela aunque a veces magulla, que está presente incluso en su ausencia, y que retorna porque jamás se fue lejos. Se tomó su tiempo para recomponerse y reunir fuerzas para levantarse del orejero, Julianne esperaba fuera sin prisa, saboreando los recuerdos que sobrevolaban su mente, pisando aquella casa de nuevo. Después de vivir su exorcismo sanador en el cementerio, decidió que había llegado el momento de entrar en Can Xatart, que ahora pertenecía a su hija si conseguía convencerla de que abandonara sus intenciones de desposesión. Se recorrió a solas todas las estancias, comprobando que en La Muga el tiempo corre a otro ritmo, y disfrutó al contemplar las fotografías de los muertos.

Agnès y Francisca habían colocado los nombres en un bote de cristal como cada año para elegir su compañero de mesa. La tradición marcaba que la más anciana coronaba la mesa y, en el sentido de las agujas del reloj y echando mano de los papelitos, se organizaba la mesa principal. Esperaron a que llegaran Gala y Julianne, que pasara la impresión de reencontrarse con la Marlborough después de tantos años; Amat rompió el silencio ofreciendo a las recién llegadas una copa de vino. La Roja evitó mayor intimidad pidiendo que comenzara el juego de mesa. La Guapa era la encargada de estrenar la mesa y coger papelillo.

—¡Tomasa!

Agnès disfrutaba junto a su marido Jacinto de ver cómo las caras de los comensales se desfiguraban cuando la fortuna les colocaba al lado de alguien con quien apenas se hablaban durante el año. Era el caso de La Rica y La Guapa, enemigas reconocidas, pero en la paz y el respeto.

Julianne se sentó al lado de Amat y, aunque quiso cambiar su lugar por el de Gala, La Roja protestó por el intercambio y evitó que su hijo y Gala cenaran pegados. Los niños disfrutaron de su mesa aparte de los adultos, con otros niños de familiares del pueblo. El vino corrió en la misma proporción que las risas y el volumen del habla. Tranquilidad medida...

Se acercaba la medianoche, encendieron el pequeño televisor portátil que siempre preparaba Vicente para seguir las campanadas. Repartieron las uvas, no fuera a ser que les pillara desprevenidos, y siguieron departiendo anécdotas en la mesa. Gala y Amat se siguieron con la mirada, aunque no se atrevieron a levantarse de la mesa a pesar de estar ya en los postres. Gala observó a Amat bajo la atenta mirada de su madre que, para su sorpresa, había resultado ser la invitada que recibió por parte de todos las mayores atenciones. Nalda fue un aparte en eso, pues a pesar de las pataditas por debajo de la mesa de su Vicente, no le dedicó un gesto amable en toda la cena. No quiso forzarse para evitar que más de un insulto sobrevolara y terminara cortando el ambiente.

—A mí no me caben doce uvas en la boca…

Adele estaba preocupada porque no le salía lo de tragarse una uva por campanada. Marc intentaba animarla, pero ella se sentía frustrada, porque sabía que no se cumpliría su deseo si no se metía la última uva con la duodécima campanada. Con los nervios, apenas había cenado presa de la frustración, pues lo habían ensayado por la tarde varias veces y nunca había conseguido la gesta. Tenía la boca demasiado pequeña y no masticaba con suficiente agilidad como para dar espacio a tantas uvas. A Joana le divertían los pucheros de Adele; no había conocido a nadie que se tomara tan en serio lo de los deseos y las doce campanadas. Pero la respetaba, porque cada sueño es único y nadie es lo suficiente como para juzgar lo ajeno, aunque se caiga en el vicio de hacerlo con asiduidad.

—¿Y si te damos a ti las uvas más pequeñas? Quizá te ayude…

Adele levantó la mirada, aunque mantuvo los brazos cruzados para escuchar la teoría de Joana; a lo mejor era un problema del tamaño de la uva y no de su masticar. Con ayuda de Kate, Aleix y Marc consiguieron convencer a la pequeña Adele de que podía conseguirlo. No es fácil hacer que la magia surja en las personas, pero conseguirlo es uno de los mayores placeres. La pequeña volvió a sonreír y a regocijarse en su deseo; para ello cerró los ojos con fuerza, apretó la boca, los puños… y pidió creyendo que los imposibles no existían. El resto siguió el juego de Adele y aprovechó para dejar que la magia inundara la mesa. Aleix tomó por debajo de ella la mano de Kate, que no se atrevió a abrir los ojos en minutos, provocando la carcajada del grupo. Aleix la miró y le sonrío confesándole al oído.

—Algún día, te construiré una cabaña…

Kate se sintió alagada y sorprendida por la propuesta. No supo reaccionar y, del susto, despegó su mano de la de Aleix y giró cabeza por timidez y falta de respuesta.

—*Cinc minuts!**

Vicente se levantó para comenzar la cuenta atrás. Todos aprovecharon para brindar y despedirse de 2012. La Roja alzó su copa para recordar los buenos momentos del año.

—*Vull brindar per la meva amiga Amelia!!!***

Clavó la mirada en Julianne, los demás dejaron el brindis e hicieron mutis, incapaces de encontrar la vía para cortar la incomodidad del momento. Nadie tuvo que rescatarla, porque también por impulso Julianne se levantó sin pestañear y juntó su copa con la de Nalda sin despegarse las miradas. El comedor enmudeció, todos los cubiertos se sus-

---

* —¡Cinco minutos!
** —¡¡¡Quiero brindar por mi amiga Amelia!!!

pendieron en el aire para evitar siquiera el roce con el plato; muchos contuvieron la respiración, otros tragaron saliva augurando el desastre.

—Por… Amelia y… por Román Xatart.

Le salió una voz temblorosa, dubitativa, pero consiguió completar el brindis y, después de unos segundos, lograr que todos se sumaran a él de pie y con toda la emoción contenida.

—*Un minut! Neeens, el raïm!!!*[*]

Llegaba el final para el 2012, ese año que, como otros, había cosechado desgracias, adversidades y regalos benditos caídos del cielo. Todos se fueron agolpando con las doce uvas en la mano cerca del pequeño televisor que Kate bautizó como un *vintage* paleolítico. Gala aprovechó la ocasión para estar cerca de Amat; Julianne hizo lo mismo con Gala; Pau, con su compañero, se acercó también a su madre Úrsula, a la que, a pesar de todo, seguía adorando. Todos hicieron piña esperando a que sonaran los cuartos, unos cuantos comenzaran erróneamente y, tras ellos, se iniciaron las campanadas. Amat cogió a Gala y la llevó escaleras abajo hasta el porche.

—Nos vamos a perder…

—Es más bonito con nuestras campanadas…

Los dos esperaron a que el campanario del pueblo comenzara a cantar. Gala ya se llevaba la uva en los cuartos y, con ternura, Amat la previno. Marc miró a Adele, regalándole su fuerza y lanzando su deseo antes de tiempo: «Que Adele consiga tragarse las uvas». No había nada más importante para él que ver a su amiga cumplir con llevar-

---

[*] —¡Un minuto! ¡¡¡Niñooos, la uva!!!

se a la boca la uva en la duodécima campanada. La magia sobrevolaba el ambiente, regalando sonrisas, nervios y retortijones de última hora.

Se hizo el silencio. ¡Dong! ¡La primera! Durante doce segundos, se concentraron en engullir y poco más. En llegar al final sin nada en las manos y la boca llena. ¡Dong! ¡La séptima! Joana siempre hacía trampa y, a la que podía, engullía dos de un solo golpe para asegurarse de que terminaba con todas en la boca. A Kate le salía un hilillo de jugo por la comisura, porque era incapaz de tragar sin que la escena le provocara risa. ¡Dong! ¡La undécima! Amat miró a Gala antes de soltar la última uva como queriendo compartir con ella su deseo, pero aprovechándose de tener la boca a reventar para dejarlo suspendido en el aire. Gala cumplió con las doce, como Adele, como Julianne… Todas menos Kate, que casi se ahoga de la risa repentina que le entró de ver a todos engullendo como Gremlins uvas y mirando fijamente al televisor.

Todos se precipitaron al brindis, previo a los besos. Todos menos Gala y Amat que, escondidos del resto, decidieron alargar el beso y comenzar el año con fuego en el cuerpo. Gala se dejó llevar por el extraño deseo que aquel hombre despertaba en ella, por la necesidad primitiva de ser abrazada, por la inconsciencia de sellar la venida del nuevo año con el juego revoltoso, torpe y precipitado del primer contacto de sus lenguas, contenidas de pasión. Se habría dejado levantar las faldas allí mismo e invadir sin preámbulos, porque el deseo siempre es adolescente y le echa más instinto que cabeza; Amat habría recorrido con el deseo retenido los senos de Gala y la habría desnudado, dando rienda suelta al éxtasis del momento, pero, en un atisbo de cordura, se apartó de ella conservando su saliva todavía en la boca. Gala le imploró con la mirada que desoyera a la razón, pero Amat decidió tirar de extintor y apagar las llamas.

—Será mejor que subamos…

Desapareció arreglándose la camisa y bajando la cabeza para evitar cruzar la mirada con Gala que, después de la escena, se quedó un buen rato recostada en la pared sin entender lo sucedido. «¿Acaso no le gusto?». Nuevamente la había dejado a las puertas y había salido corriendo dejándola con ese palpitar en el bajo vientre. Necesitó unos minutos para recomponerse, para que le bajara el rubor y el olor a sexo y a feromona suelta. Calmó como pudo su descontrolado deseo en aquellas caballerizas de ver cómo su cuerpo se fundía con el de Amat formando eses, curvas que componen melodías únicas para la pasión. ¿Qué le ocurría? ¿Y a él?

Subió para toparse con la estricta mirada de La Roja, que, desde que vio subir a su hijo, estaba esperándola para confirmar sus sospechas. Se había producido el encuentro, la temida fusión de almas y, por la experiencia de años y vida, los dos habían abierto agujero. Julianne le ofreció una copa a Gala con la complicidad de saber también lo ocurrido; se arriesgó a brindar y ser rechazada.

—*Happy New Year, darling!**

Gala miró a su madre, se bebió la copa sin brindar y, sin poder evitarlo, se lanzó a sus brazos, tirando la copa

---

* —¡Feliz Año Nuevo, cariño!

de Julianne al suelo sin que a nadie le importara. Madre e hija se fundieron durante minutos en un abrazo sabio que hablaba más allá de las palabras. Kate corrió a hacer *melé* con ellas presa de la emoción de la escena y de haberse tomado ya dos copas de cava a escondidas. Adele siguió a su hermana e invitó a Marc a sumarse para aprovechar el momento. Joana fue la siguiente y, como una cadena humana, uno a uno se fueron sumando hasta construir un gigante abrazo de amor, de perdón y de mucha vida. La Santa pensó en esa *melé* humana, en su centro de romero y sus propiedades para invitar al recuerdo, a retener en el cajón de la eternidad ese momento de sellado de heridas y confesiones aladas. Habría durado mucho más si no hubiera sido por el repentino desmayo de Adele. La pequeña se cayó en redondo al suelo, provocando de inmediato un rompimiento de filas y el pánico de Gala al ver que su hija no despertaba.

Amat cogió las llaves del coche del abuelo Vicente y, sin pensarlo, metió en el coche a Gala, Julianne y Adele. No había tiempo que perder y era mejor correr al hospital de Figueres, que estaba a menos de diez minutos en coche.

Gala lloraba en el interior, sintiendo el frágil respirar de su hija y la imposibilidad de hacerla volver. «¿Había entrado en coma? ¿Qué estaba ocurriendo?». Su cabeza estallaba de culpa por no haberse ocupado ni dado importancia excesiva a los mareos y debilidad de la pequeña. Si algo le ocurría, no se lo perdonaría jamás. Julianne intentaba tranquilizarla, pero sus conocimientos en medicina eran nulos y no se atrevía a negar que algo grave le hubiera ocurrido a la pequeña.

A los pocos minutos, otro coche salió en comitiva con Joana y Kate en dirección al hospital. Kate había enmudecido, apenas pestañeaba, era como si el pánico le hubiera congelado el alma. Joana abrazaba a su amiga y le acariciaba el pelo, pero no se atrevía a más.

Cuando alguien no reacciona… no es augurio de buenas nuevas…

XII

Gala sostenía la mano de Adele, que dormía plácidamente en la cama de la habitación de hospital con el suero puesto y el peligro superado. Tenía los ojos enrojecidos de no haber dormido y el susto corriéndole por las venas; a cada respiración, se recomponía de haberse imaginado, aunque solo fuera por un segundo, perder a la pequeña. Aquella noche sintió por primera vez ese pavor desconocido que, de un soplido, elimina todas las arrugas de expresión del rostro y convierte tu vida en un aliento. Todo se reduce a un instante, a un chasquido de dedos para que el tsunami llegue a tu vida, anegando sin compasión. Observaba a la pequeña: la sonrisa dibujada en su rostro, la respiración profunda, de oleaje de sábanas y pierna suelta. Todo había quedado en una travesura, en un inconsciente juego de niños al que, ignorantes del peligro, se entregaron por sus deseos sin medir las consecuencias. Un desmayo en estado comatoso por sobredosis de hipogluceicos; es decir, por ingerir píldoras para diabéticos sin medida. Así de sencillo. Así de complejo al mismo tiempo es comprender las locuras de los demás sin pedir explicaciones. Una simple analítica dio con el diagnóstico junto con la confesión del pequeño cómplice, Marc, que mostró con un llanto de desesperación las pastillas a la doctora. Las había tomado prestadas del abuelo —un día la abuela se confundió con las suyas de la tensión y le dieron unos mareos—. ¡El plan perfecto! Adele y Marc no deseaban que se acabara el viaje y, para alargarlo, pensaron en enfermar a la pequeña. Cuando se es niño, el fin siempre justifica los medios y lo último en que se piensa es en las consecuencias, porque apenas se sabe de peligros.

¿Quién puede juzgar a quien lucha por sus deseos? En esa sala de espera, cada uno reaccionó como pudo a la gamberrada infantil. Gala sintió una punzada en el estómago; Julianne, retenida por Amat, reprimió a la fuerza un par de bofetones para el chaval, pues no había excusa para semejante memez imberbe. Marc se derrumbó por arrepentimiento, culpa y desesperación de imaginar que algo malo pudiera sucederle a Adele. Se refugió en los brazos de Amat, que consoló a su sobrino invadido por el miedo de la incertidumbre. Fueron pocos minutos, pero a todos los presentes aquella madrugada se les paró el corazón. Gracias al bendito o a quien fuera, todo quedó en suero azucarado y noche de hospital en observación. Nadie quería abandonar el lugar, nadie quería salir de la habitación; nadie quería dejar a Adele, pero la única que permaneció fue Gala, su madre, su amor verdadero que incluso desde la eternidad seguiría velando por ella.

Amat se llevó al resto a La Muga y comunicó a la llegada las buenas nuevas, velando así por la tranquilidad del sueño de todos. La fiesta había terminado y casi todos se estaban recogiendo. Marc estaba castigado, Kate y Joana sobrepasadas por el susto y los demás demasiado bebidos o agotados como para seguir con la fiesta. Todos deseaban la retirada y el silencio tras la tormenta y el susto.

Amat plegó velas y se refugió en casa, buscando su tiempo para recolocar lo ocurrido en esas horas. No pudo pegar ojo, no tuvo ni quiso más compañía ni ruido que las llamas del intermitente fuego de la chimenea. Apenas veinticuatro horas para que Gala saliera de La Muga rumbo a Nueva York y poco quedaba por hacer más que asumir que nuevamente se había perdido en el amor improbable o imposible que deja el alma en una orfandad de costoso consuelo. El crepitar de la madera con las llamas aliviaba su mente que, atormentada, había puesto en marcha la rueda de los infortunios sin poder remediarlo.

Nalda trataba de conciliar el sueño contando, como si fueran ovejas, los ronquidos de su Vicente que, con el poquito de exceso de alcohol, cayó inconsciente en apenas medio minuto. La Roja siempre había admirado esa capacidad de desconectar de su marido; ella intentó varias técnicas y, después de mucho probar, se quedó con la de contar ovejas, ronquidos o lo que fuera, pero contar. Esa noche no surtieron efecto sus cuentas, pues sabía que el sueño no la vencería ni aunque lograra alcanzar el número infinito. Ya era demasiado vieja como para no diferenciar las noches de vigilia y esa era una de ellas. Observó a su hijo escondido desde lo alto de las escaleras y comprobó sin sorpresa que, para Amat, también aquella noche era de las de severo insomnio. Dudó en acercarse y acompañarlo, pero se retuvo, porque sabía que no podría mantenerse en silencio. Ser madre es tocar el cielo y el infierno desde la eternidad; ninguno de los dos tiene fin ni medida y la existencia se convierte en un desdoblamiento indivisible: mujer, madre y, a modo de vagón equipaje, se queda la amante. Ella pertenecía a otra época, pues aunque había aprendido a pisar el mundo con sus modernidades, conocía muy bien la importancia de reconocer los propios límites y, entre sus nietos y ella, al igual que generaciones había distintas programaciones de creencias y valores.

Amat había nacido para amar, pero no con el aprendizaje de superar los zarpazos del supremo sentimiento. Su naturaleza física era de gigante, de fuerza bruta, pero su interior pertenecía a seres de cristal que con poco se estrían. Era un ser delicado en un armazón de salvaje amaestrado al que hay que saber leer más allá de las palabras. De sus hijos, Amat era el preferido de Nalda. Se permitía reconocerlo solo en privado y sin verbalizarlo, pero sus arterias compartían esa certeza de la imposibilidad de querer por igual; lo mismo le pasaba con sus nietos y Marc. Apenas veía al resto y su escasa necesidad de ser abuela le evitaba malos sentimientos de culpabilidad por esas ¿ingratas diferencias?

A Amat y Marc les separaban generaciones, pero tío y sobrino estaban cortados por el mismo patrón y, de distinta manera y experiencias dispares, se entregaban al amor sin red. La Roja sufría por ellos y aquella primera noche del año 2013 en especial, porque los dos habían recibido una estacada en el corazón. Al pequeño le venció el sueño entre lágrimas de impotencia por haberse despegado de Adele, por no permanecer en el hospital junto a su amiga. Lloró con los primeros rugidos de enamorado que azotan por alejarse o por miedo a perder a su amada.

—*Em trobo malament, àvia...**

Nalda no quiso consolarle con aprendizajes que da la experiencia. Ni le reprendió por la locura que habían armado los dos pequeños. No le gustaba teorizar, era partidaria de la escuela de la vida y de poco prevenir males venideros. Marc era suficientemente sensible como para captar las graves consecuencias de su travesura. Acarició a su nieto y le ofreció el único consuelo que supo: cariño, poco más a la espera de que Morfeo se lo llevara a sus mundos. Se alegró de que fuera compasivo y no tardara mucho en llevárselo a descansar.

Con Amat fue distinto, aunque también prefirió callar y contemplarlo desde la distancia. Presa de la impotencia, se decidió por entretener la cabeza a base de sudokus, un pasatiempo que un listillo japonés había inventado para detener las mentes cada vez más enfermas de estrés. A ella, los

---

* —Me encuentro mal, abuela...

números le daban sueño. Al final, contar del uno al nueve fue la solución aquella noche para quedarse dormida en uno de los sillones orejeros del distribuidor.

A pocos metros de allí, en Can Xatart, y también en el viejo orejero, Julianne se había quedado en duermevela después de comprobar que Kate viajaba por otros mundos. Encendió varias velas y pasó lo que quedaba de noche en compañía de los recuerdos y los deseos de futuro. No le costó tejer sus deseos en una sábana invisible que la abrigó esa primera velada de 2013. Pensaba en su hija, en su nieta Adele, excedida de su propia travesura. Se refugiaba en aquellas paredes que antaño la acogieron con sumo respeto, pero con cierto temor por haberse llevado lejos algo querido por esa tierra: Román. En esos tiempos, ella era una joven engreída y enamorada que pensaba saberlo todo de la vida, pero no conocía otra cosa que caminar entre algodones. La Julianne de entonces no supo descifrar la tristeza de aquella gente, el anhelo de su amado por su tierra, por su familia, por los campos y los cielos de ese Ampurdán que se esconde de los extraños y llama a la tramontana para limpiar las desdichas.

Sentada en ese viejo orejero, Julianne tuvo uno de esos momentos de lucidez, esos fogonazos de la mente que, si decides negarte a ellos… estás perdida. Como cuando no evitó que Gala se fuera al internado y decidió vomitarlo todo… Julianne sintió la misma sensación de verdad, de destello certero al imaginarse en esa tierra, extrañamente feliz de estar en ¿La Muga? En ese atisbo de locura y lucidez supo que, quizá, ese podía ser su lugar, al fin y al cabo.

Cuando renegamos con tanto empeño, solemos enterrar miedos profundos, y Julianne había cavado muy hondo para dejar aquel lugar soterrado en el olvido. Sin embargo, después de tantos años, por socorrer a su hija, por evitar el desastre, viajó de nuevo a La Muga y, aunque la evitó, el propio Román le enseñó de nuevo el camino para volver y ¿por qué abandonarla?

Se frotó los ojos, intentó recomponer la cordura y pensar con la claridad a la que se debía. ¿Dejar Miami e instalarse en La Muga? Eso no podía ser más que un pensamiento desbordante de una noche de vigilia, de una sobredosis de emociones. Necesitaba cerrar los ojos, descansar y dejarse de cavilaciones inconexas. Se recostó y, en un parpadeo furtivo antes de coger el sueño, le pareció percibir una silueta en penumbra sentada al pie de la escalera y apoyada en la pared. Se sobresaltó al pensar que su Román había decidido salir de la tumba de nuevo para visitarla otra vez. ¡Nada más lejos de la realidad! No era un fantasma, sino su nieta Kate en silencio, temblando de frío contemplando a su abuela, extrañada de que no durmiera a esas horas.

—*Is everything all right, grandma?*[*]

Julianne se levantó con dificultad y fue hacia su nieta para cubrirla con un enorme chal de lana. Todo estaba en calma, pero la realidad de cada una se había transformado y era imposible volver a atrás. Ninguna de las cuatro eran las mismas; aquella tierra las había labrado de experiencias difíciles de olvidar y, aunque «*everything is all*

---

[*] —¿Va todo bien, abuela?

right»,[*] nada era lo mismo. A Kate le preocupaba su hermana Adele, se había despertado sobresaltada por una pesadilla y se asustó de no verla dormida en la cama de al lado. Recordaba que se había quedado con su madre en el hospital en observación; recordaba que el peligro había pasado, pero no ver a su abuela en la cama y encontrarla en el viejo orejero la dejó con la sospecha de que los mayores no contaban a los niños la verdadera realidad.

—Si algo malo estuviera pasando, me lo dirías, ¿verdad?

Julianne afirmó con la cabeza. Tan solo afirmó, porque no se vio con fuerzas para aseverar tal gesta de valientes: mostrar la realidad sin maquillaje, aunque fuese de una crueldad despiadada. Kate estaba con el cuerpo pesado del agotamiento y la piel todavía erizada de una pesadilla pasajera. No quería estar sola, ni dormirse para evitar un mal sueño de cuerpo frío. Julianne la invitó a acompañarla en esa noche de duermevela, de pensamientos locos y alucinaciones varias.

—*I want to go home, grandma...*[**]

Soltó el comentario mientras recolocaba el fuego para prender la llama. Le gustaba ese lugar, pero ella prefería volver a casa y a las comodidades. Necesitaba ver a sus amigas, a las Gotham Girls, ver a su padre y pasear por Central Park en patines los viernes por la tarde. No quería parecer una desagradecida, pero ella pertenecía al otro mundo: al de los coches, las luces de león, los cafés llenos de gente, los edificios infinitos, la mezcla de razas, de colores, de música y el ritmo frenético. Le gustaba La Muga, pero su

_____

[*] «Todo va bien».
[**] —Quiero ir a casa, abuela.

sangre hervía con otro paisaje. Necesitaba la urbe, sentir que la polución manchaba su rostro y el peligro asaltaba las libertades de jugar en las calles sin riesgos. Sabía que iba a echar de menos a sus amigos: a Joana y Aleix, pero ella era de Nueva York; le gustaba esa ciudad que nunca dormía, y no le apetecía perderse la ocasión de vivirla de adulta. Ella soñaba con las fiestas, la libertad de movimiento y la locura de la que muchas Gotham Girls mayores le habían contado en tantas tardes de cerveza escondida y cigarrillo. Esa tierra le había ofrecido muchas cosas, incluso sentir que la piel se eriza ante la sola presencia de alguien. Al igual que el deseo puede aflorar en forma de tristeza por la ausencia de alguien. Kate percibió tenuemente las mieles del poder de la atracción, de gustarse y gustar. Aleix, su primer enamorado, del que seguramente tardaría muchos años en reconocer que así fue, porque su esencia todavía era demasiado salvaje, demasiado libre para abrirse a las fauces del amor.

Julianne escuchó las confesiones de Kate, el alegato en defensa de su hogar, que no era otra cosa que un rechazo a la negativa de su hermana a volver. Kate no comprendía cómo Adele había sido capaz de haber puesto en riesgo su salud con tal de quedarse en La Muga. Nada de lo que podía pensar tenía suficiente peso como para comprender la locura de su hermana. Aquel lugar, aunque rodeado de misterio, belleza y encanto, no dejaba de ser un pueblucho de casas de piedra que, a distancia, parecen semiderruidas, poco modernas y muy *vintage*, pero del original. Kate se sentía mal por no haberse dado cuenta de lo que su hermana estaba tramando, y traicionada por Adele, por que no se lo hubiera contado. «¿Habría sido capaz de morirse sin decir nada?». La pequeña no había puesto la cabeza en medir los riesgos, solo en ver los objetivos, aunque para el resto fuera una locura. Julianne se había dado cuenta de que Marc y Adele se habían encontrado, se habían aliado para seguir un tiempo más juntos, disfrutando de su compañía y del mundo que ellos construían con su intimidad y recelo.

—Cuando encuentras el amor o este te encuentra a ti... La vida ya no es la misma.

Kate miró a su abuela tratando de entender, deseando hallar consuelo, pero su entendimiento carecía de ese cromosoma que se incrusta cuando el amor penetra más allá de la piel. No depende de la edad, sino de la intensidad y lo dispuesto que se esté a recibirlo. Adele, a diferencia de su hermana, se entregó a él sin dudarlo, feliz por haber encontrado el sentimiento supremo al lado de su primer cómplice. Kate llegó a sentirlo en el roce de su piel, pero sus poros permanecían demasiado cerrados como para traspasar más allá del placer de saberse deseada y desear. No le había perforado el alma, en cambio a su hermana sí, y Julianne se había dado cuenta de ello. Las generaciones heredan de sus antepasados, en forma de hilos invisibles, emociones retenidas entre una vida y otra. Adele estaba conectada a esa tierra como también lo estaba su hija Gala, aunque no fuera tan consciente de ello. Ella había sido toda la vida como Kate. Había vivido en la urbe, en las comodidades de los excesos, los campos de golf, los masajes y el mundo de un prefabricado Miami que, si tienes dinero, te ofrece el paisaje deseado. Se había pasado media vida construyendo decorados falsos para maquillar su desazón, su poco pulmón; su infinita tristeza por haber perdido y no haber sabido encontrar más allá de un amor.

Kate seguía enumerando las infinitas ventajas de vivir en Nueva York, había descubierto que era una patriota como su padre, que adoraba a Brad Pitt y que, al volver a casa, vería *Born on the Fourth of July* en honor a Tom Cruise y todos los americanos. Julianne sonreía con cada ejemplo de su nieta; se ratificaba al comprobar que, de la desesperación, brota siempre el sentimiento patrio. A ella le sucedía extrañamente lo contrario que a Kate y, con cada motivo para volver, ella encontraba uno para rebatirlo. Dejó de escuchar a su nieta y se perdió en los pensamientos locos de arreglar esa casa y hacer de esa tierra su hogar. Hacía falta algo de dinero para aclimatar con ciertas comodidades ese lugar, pero le divertía la idea de hacer por su hija esa locura y por ella misma un cierre de círculo. Nada la ataba a Miami, tan solo apartamentos, tierras y cuentas bancarias que, con buenos gestores a buenas comisiones, se solucionaban sin esfuerzo. ¿Acaso estaba perdiendo la cabeza? La idea de quedarse allí le parecía una sinrazón de las de antaño, como cuando se enamoró de Román y se enfrentó a su familia, como cuando se casó con él y pocos creyeron en ese amor. Julianne volvía a su esencia de hacer y sentir más allá de la norma, de lo dicho y esperado por el resto. Ella había nacido diferente en una familia, los Marlborough, que se prodigan en la corrección y las buenas maneras. Julianne estaba cansada de seguir con esa vida de postizos, vanidades y lujos más allá del apellido. Ella deseaba el lujo, pero necesitaba lo sencillo para sentirse en paz con ella y el universo. Era todavía joven y necesitaba un cambio de vida; aprender a vivir, a agarrarse a la tierra, a sus olores, a sus frutos y virtudes. Necesitaba salir del corsé y volverse… ¡una empresaria!

—¡Voy a encargarme de VellAntic!

Kate interrumpió su discurso pro Nueva York y enmudeció al repetir para sus adentros lo que parecía que su abuela acababa de decir. La miró con extrañeza, buscando razón en sus palabras. Julianne se tapó la boca con las manos y miró a su nieta, como cuando una adolescente acaba de confesar un secreto. Kate no le encontraba ni la gracia ni el sentido. ¿VellAntic?

—Estoy pensando en quedarme a vivir en La Muga.

La que se llevó las manos a la boca fue Kate, que no abrió más los ojos porque no pudo. Lo primero que pensó fue que su abuela estaba borracha y no atinaba con su discurso, pero se percató de que ni el pulso ni la barbilla le temblaban. ¿Estaba hablando en serio? Kate enmudeció, esperando continuidad, una explicación a la bomba que acababa de lanzar su abuela. No era nada creíble, conociéndola todo podía ser fruto de un pensamiento loco y pasajero.

—No creas que es una locura más de tu abuela. Lo digo en serio, pero no se lo cuentes a tu madre.

Kate tuvo la certeza de que su abuela hablaba con su verdad y que, fuera una locura o no, estaba planteándose dejar ¿Miami por La Muga? No pudo evitar sonreír y pensar que en dos días estaba abandonando esa tierra y regresando a su Miami, pero ni quiso ni supo responder a los planes confesados de Julianne. Al fin y al cabo, era suficientemente mayor como para decidir sus propios planes, y quedarse en La Muga podía tener sus ventajas para ella y su hermana Adele.

Dejaron que el fuego se quedara en brasas y que lo confesado tomara el poso de la vida. Kate se envolvió con el chal y, sin apenas remediarlo, cayó fundida en el sofá, mientras su abuela se extendía en detalles de cómo había visualizado su nueva vida.

Julianne, como Gala, Amat y Nalda, no pudo conciliar el sueño aquella noche de besos a escondidas, travesuras de enamorados y sueños confesados. El final, como el principio, volvía a estar cerca y poco más quedaba más que prepararse para la despedida.

No pudo evitar ir a visitar su tumba y derrumbarse ante ella por echarla de menos y arrepentirse del brote egoísta y caprichoso del día anterior. Julià se escondió y sonrió al ver cómo Gala recogía la llave de debajo de la piedra y, como una más del pueblo, abría el portón del cementerio para visitar a sus muertos. No quiso ser visto, ni interrumpir la visita: los Xatart parecían llamar a sus muertos con más esmero que el resto.

Gala se dejó llevar por la necesidad de despedirse, buscando la aprobación de su abuela para abandonar esa tierra y recoger la suficiente fuerza como para enraizar su vida más allá de los deseos de los otros. Sin juzgarse, comenzó a murmurar palabras que fueron sumando frases y se convirtieron en un monólogo sentido a su abuela, en un hasta siempre lleno de agradecimiento por su valentía, por sus escritos, logros… y lleno de orgullo por ser su nieta.

—Abuela… Como tú hace años, me siento igual de extraña hablándote. Me hubiera encantado tenerte en vida y sentir cómo tu fuerza me ayudaba a ser más yo, a sentirme más capaz de luchar por mis propios deseos. Si te soy sincera, necesitaría un tiempo de silencio; un tiempo sin hijas ni obligaciones para pensar en mi futuro. Estoy tan perdida… Nunca he tenido nada claro… Ahora solo sé que todo ha cambiado. Este viaje nos ha cambiado la vida a todas y ya nada es lo mismo. Seguro que me habrías animado a dejar a Frederick, a vivir… a sentirme viva… a dejar los miedos… Abuela… ¡estoy tan perdida!

Gala se encalló con las palabras por el propio miedo a volver, a retomar su vida, a hablar con Frederick, con sus hijas y de sus hijas, a construirse la vida a su gusto, a ganar cintura y recuperar espontaneidad. Se quedó un buen rato a pie de tumba, como esperando la respuesta de su abuela, ansiando que le señalara el camino, que la animara a construir al pie del precipicio; a sentir la vida con el respeto del buen vértigo. Se llenó las manos de tierra y, con los ojos enrojecidos por el llanto, cubrió la tumba de su abuela con varios puñados de tierra, murmurando un eterno agradecimiento, sintiendo cómo ese lugar también le pertenecía y la llenaba de orgullo. Agradeció a su madre la locura de desear quedarse, de arreglar la casa y ser la socia de Amat en VellAntic. No era capaz de ver si aquello tendría un buen final, pero su explicación le pareció convincente, y ella ganaba seguir conectada a sus raíces. Reconocía a pie de tumba que la locura transitoria solo provoca males, y sellar con Riudaneu la venta de todo había sido un golpe de enajenación repentina. Se alegró de tener a su madre cerca, de que quisiera construir una vida en la tierra de su amado; que quisiera quedarse de guardiana de aquella lejanía... Al principio le sorprendió su decisión, pero enseguida leyó en ese acto un golpe al destino, aquel que siempre se cree el dueño y nunca espera ser redirigido. Ella no estaba preparada para vivir en aquella tierra; no podía alejarse de Nueva York, no veía a sus hijas en aquel lugar, aunque con toda seguridad sabía que se adaptarían y encontrarían la felicidad. Pero primero debía desarmar, para armar con serenidad su nueva realidad y la de sus hijas. Frederick y ella debían hablar, debían llegar a acuerdos por el bien de las niñas... Todo debía recolocarse, el cubo de Rubik tenía que tener cada cara con su color.

Amat esperaba a Gala sentado en una gran piedra delante del cementerio; de poder, habría fumado para calmar sus nervios y sus pensamientos de salir corriendo de allí. Julianne le había contado que Gala había ido a despedirse de Amelia y, sin querer estorbarla, se quedó a las puertas deseando que saliera. Un acto de ceguera lo llevó hasta ese lugar; le temblaban las manos, el pulso le entrecortaba la respiración; no sabía qué decir, todo lo preparado se colaba en el olvido, pero se había prometido hacía muchos años no ser cobarde con el amor y, a pesar de las pocas posibilidades de éxito, confesarse a él. Julià lo vio y salió a saludarlo con dos copas de vino de viejo sabio que conoce las confesiones de amor en camposanto. Él tenía fama de borracho, pero se había encontrado muy pocos que rechazaran su copa de vino, y con razón. Amat se la bebió de un trago; sin brindis ni miradas de complicidad, ¡a lo bruto!

Antes de que saliera Gala, Julià se perdió por entre las tumbas para evitar interrumpir esa misma intimidad, pero con vivos, que a él tanto le gustaba observar desde la lejanía. Gala se dio cuenta de la presencia de Amat a menos de un metro de toparse con él. Salió del cementerio con la mirada gacha, enredada en pensamientos sobre su futuro, su vida y… ¿Amat? El pobre se levantó de un salto al verla llegar, se metió las manos en los bolsillos y levantó los hombros para esconder el cuello y sacar la sonrisa, aunque fuera llena de tensión. Gala se ruborizó al verle allí, esperándola como si fueran novios, como si quisiera confesarle al oído que era la mujer que amaba y no quería perderla. Gala miró a Amat con los ojos enrojecidos, como suplicándole que no le confesara su amor, que la dejara ir en su decisión de «desarmar para volver a armar». No era una mujer fuerte y menos con desconcierto y poca claridad: apenas sabía describir lo que sentía por él. Se miraron con la angustia de no atreverse, de cada uno desear huir del instante, de dejar correr el agua y que la corriente se llevara el deseo palpitante. Pero Amat se lo había prometido: ser fuerte ante el amor y luchar a pesar de tener la guerra perdida. Golpeó con el pie una piedrecilla y encontró

SANDRA BARNEDA

el valor para sacarse las manos de los bolsillos y mirar a Gala y… antes de que pudiera pronunciar palabra, la americana se abalanzó sobre él y lo besó con la pasión contenida, acumulada desde el primer instante en que se conocieron. Con la sorpresa en el rostro, se dejó besar, sintiendo cómo varias punzadas le atravesaban el cuerpo y se le erizaban los sentidos. A riesgo de perder el equilibrio, se abrazó a Gala para no caer y, para retener el momento, se enzarzó él para besarla sin parar y, así, encadenaron un beso tras otro ante la complacencia de Julià, que brindó desde la lejanía por el amor que es capaz de despertar a los muertos.

Amat y Gala se dejaron llevar por la pasión irracional como dos adolescentes. Por las caricias, por lo invisible del amor que necesita tomar cuerpo en forma de besos y roces incontrolables. Se miraron con la complicidad de desear sin habla, de yacer, de sentir sus cuerpos desnudos, de recorrer cada poro con la libertad del no pensamiento. Amat miró a Gala y, antes de que pudiera huir de nuevo, ella le agarró la mano y se la colocó en su pecho con un arranque desmedido.

—Ni se te ocurra dejarme ahora…

Amat se vio atrapado por el deseo y las consecuencias de darle rienda suelta. Cerró los ojos y, sin poder evitarlo por tercera vez, aceptó perderse en los brazos de Gala, dejar que el mundo se fundiera en ellos. En un rápido y sagaz pensamiento, eligió el refugio para desatar pasiones.

—¡Vamos! ¡Sígueme!

Echó a correr, pillando a contrapié a Gala, que no dudó un segundo en ir tras él. Esta vez no se lo impedía el alcohol, ni el remordimiento, ni el ser una mujer casada. Esta vez tenía claro que su cuerpo era el que gobernaba su vida, más allá del pensamiento que, dijera lo que dijera, era silenciado por la explosión de deseo contenido, por el barullo de sentimientos que aquel hombre provocaba en ella sin evitarlo. Quizá debía ¡armarla! para luego «desarmar y volver a armar» su vida. Entre los nervios, el placer entrecortado y la alegría de dos adolescentes, llegaron al pie de la cabaña del árbol, casi sin aliento, pero con la excitación de culminar al fin su deseo de yacer juntos.

Llegaron a la cima y, sin pensar en el riesgo de que los niños decidieran visitar el escondite, se fundieron en besos calientes, de saliva, de soplos compartidos, de labios que formaban infinitos de placer escondido. Gala llevó la cabeza de Amat a sus pechos, que suplicaban ser atendidos con la pasión que los bordeaban, listos para el regodeo desbordante. Entre torpezas y risas, se quitaron la ropa; cada cual conservando el estilo que pudo; cada cual con la precipitación de volver a fundirse en el otro. Había llegado el momento que ambos llevaban evitando, el instante en que dos cuerpos se funden en un balanceo de péndulo para llevarlos al éxtasis. Amat viajó con todos sus sentidos por el mapa epidérmico de Gala; ella le correspondía ofertándole placer, dispuesta a alargar ese placer desmedido, ese juego erótico, ese mimo, esa locura de besos... Amat deseaba lo mismo y, por ello, hacerla suya tempranamente. Los dos amantes se entregaron al juego del amor sin poner límites ni frenos mentales, recorriendo juntos el viaje del deseo desmedido. Intimaron con la fuerza primitiva hasta llegar a las profundidades de sus almas, hasta rozar el cielo infinito para dibujar una estrella más, un destello de esperanza al amor en su bendita esencia. Los dos se fundieron en la llama, en el fuego de dos amantes compartiendo lecho por primera vez. Alargaron el esplendor lo máximo que sus entrañas soportaron, y al unísono se liberaron, perdiendo de vista por unos segundos el mundo y llegando a rozar galaxias lejanas.

El descenso llegó con la timidez y consciencia de lo ocurrido. Gala le dio la espalda a Amat y trató de recomponerse, de lomos y cuerpo encogido, a lo compartido. Amat acariciaba la espalda de Gala, buscando coraje para sellar con palabras ese momento.

—No puedo pedirte que no te vayas… No puedo ni debo… No sé…

Gala no se atrevía a girarse y Amat apenas balbuceaba torpemente. Los dos achinaban los ojos, cada uno por motivos distintos. Gala no quería escuchar, Amat necesitaba soltar. Hacía de sus dedos pinceles, labrando dibujos invisibles en la piel de su amada, mientras buscaba las palabras aladas, repletas de magia.

—Te… Quiero… Y no hay más… Ni sé más.

Al mismo tiempo que lo pronunciaba, lo dibujaba en su piel, provocando la sonrisa de Gala que, aunque quiso evitarlo, percibió la espiral invisible recorriendo su cuerpo. Ella no respondió, no hizo falta… ni Amat se lo pidió. Permanecieron desnudos, abrazados en silencio, sintiendo el latido de sus cuerpos, midiéndose al destino de, al menos, haber vivido el placer de lecho, éxtasis y pasión.

—¿Cómo te encuentras?

Marc estaba avergonzado todavía por la locura que casi pone en peligro la vida de Adele. La pequeña estaba sentada en el patio de Can Xatart, con el susto y la pena en el cuerpo. Se abrazó a Marc y se echó a llorar sin razón. Le apetecía descargar todo lo sentido en aquellas horas en los brazos de alguien que no le iba a pedir explicaciones a sus lágrimas. No sabía por qué, pero necesitaba descargar lo vivido, dejar que la rabia corriera en el río de lamentos para llenarse de la alegría que siempre había tenido para vivir. Marc se quedó tieso como un palo, sosteniendo a su amiga y manteniendo en silencio la tristeza impotente de verla sufrir. Julianne retrocedió como un cangrejo, se escondió de nuevo en la casa para no interrumpir la intimidad de los pequeños y, en el caminar precipitado y silencioso hacia atrás, casi se da de bruces con Nalda, que había acompañado a su nieto a tomar el té a Can Xatart por invitación de Julianne.

Decidieron quedarse dentro y trasladar la charla pendiente después de tantos años al interior. Las dos tenían cierto corte y resquemor escondido que, más tarde o más temprano, debían sacar a la luz.

—Me quedo en La Muga, ¿sabes?

—¿Tú?

No pudo evitar La Roja mirar con cierta sorpresa y desdén a Julianne. No salía de su estupefacción ante semejante afirmación de la americana. Ya era demasiado vieja para creer que la gente cambia, y la idea de tener a Julianne en La Muga, y viviendo en casa de su amiga, le había provocado ciertas náuseas más que alegría. Sintió que le apetecía poco la conversación, así que trató de terminarse el té de un solo trago, consiguiendo en el frustrado intento abrasarse los labios y maldecir al aire que llevaba un tiempo soportando la incomodidad en el ambiente. Las dos mujeres permanecieron en silencio, con la mirada gacha, como esperando lo justo para que se enfriara el té y dar por concluido el encuentro. A La Roja no solo le abrasaba la lengua, sino que también le emergía un calor del bajo vientre que, como un relámpago invertido, subía hasta el esófago pidiendo paso para los gritos, insultos o reproches. Sin embargo y a riesgo de infarto, Nalda aguantaba en silencio, tan solo moviendo los dedos sobre la taza. Julianne la observaba de reojo, podía comprender su furia, su rechazo, su necesidad de salir corriendo y cerrar la puerta para siempre. Ella también estaba desconcertada con la necesidad de quedarse en esa tierra, de pasear por esos prados, de sentir el viento huracanado, de escuchar las campanas, de tocar las paredes de tierra, de caminar por la llanura envuelta de montañas. No tenía una explicación coherente a la decisión; a veces las menos cuerdas son las acertadas y no se pueden expresar. Julianne sentía el peso de tener el estómago en un puño, sabía que podía tener el pueblo en contra, pero necesitaba echar tiempo en esa tierra. Era cierto que sus decisiones provocaron el sufrimiento en esa casa, en Amelia y ahora en su hija, tras haber descubierto que su abuela estaba viva y que, por ella, jamás la pudo conocer. Era cierto que, para encerrar el dolor, selló su corazón y vivió décadas combatiendo el olvido. Julianne deseaba olvidar lo ocurrido, que un día conoció al amor de su vida y que otro se lo llevó de un plumazo. Se equivocó en la batalla; no era con el olvido con quien debía luchar sino consigo misma y la culpa que sentía por la temprana muerte de Román. Fue ella la que lo arrancó de su tierra, fue ella la que lo llevó a un mundo de frivolidad, donde las apariencias y las buenas maneras pesan más que la belleza del alma. Ella lo quiso a su lado, con su vida, con su familia… Román no lo dudó, pero el corazón le estalló más allá de lo medido. ¿Acaso le pidió demasiado al amor?

Nalda descubrió a su compañera de té llorando en silencio con la mirada gacha y perdida en sus pensamientos. Recibió esas lágrimas mudas como de sal; amargas y antiguas, envueltas de culpabilidad. La Roja observó a Julianne, descubriendo por primera vez la belleza de aquella mujer, en su fragilidad, en la descomposición de su rictus, en el dolor de una vida elegida, soñada y segada sin previo aviso. Se dio cuenta de que pocos son los que se atreven a no juzgar al prójimo y comprender sus decisiones, aunque erróneas o no compartidas. Ninguno nace con la virtud de conocer el mapa de sus propias vidas y aprende a dibujarlo sobre la marcha; con trazos gruesos, finos e intermitentes. Julianne había hecho lo que estaba en sus manos, decidió echarle un pulso al olvido, y si no decides pagar con tu cordura, nadie puede decidir lo que olvida. Ella deseó por un tiempo la locura; por unos años estuvo más allá que acá, pero siguió cuerda, con el dolor silente y el olvido recordándole que Román siempre sería recuerdo.

—Necesito estar aquí, Nalda… Solo sé que necesito estar aquí…

La Roja comprendió la verdad de sus palabras. Se dio cuenta nuevamente del misterio de la vida, del peso de nuestros muertos, de la necesidad de escuchar nuestros miedos. Se acercó a Julianne y se sentó a su lado sosteniendo una de sus manos entre las suyas. Sellando el pasado y dispuesta a vivir el presente para acompañarla en esa nueva travesía. La miró con admiración de sentirla al fin valiente con sus circunstancias y sus necesidades. Las dos mujeres mantuvieron con lágrimas, risas y silencios su primera conversación en años; las dos dejaron enfriar el té al tiempo que los reproches. Nalda había comprendido que, con los años, todo pasa más deprisa, incluso las rencillas pasadas. Cuando la muerte te acompaña, de poco sirve vivir con el lamento a cuestas.

—No quiero irme…

Adele le confesaba a Marc con pucheros la tristeza de irse de allí. Marc no sabía qué decir, solo movía las dos piernas y se cruzaba de brazos. A él tampoco le gustaba que Adele se fuera de La Muga, pero estaba convencido de que se volverían a ver.

—¡Toma!

—¿Qué es?

—Un regalo…

A Adele se le abrieron de golpe los ojos por la sorpresa de recibir un regalo. ¿Qué podía ser? Le encantaba recibir sorpresas, cosas envueltas en papeles de colores. Se tomó su tiempo para desnudar el cordón del paquete. No era muy grande y pesaba poquito… Adele estaba emocionada y apenas se acordaba de la tristeza anterior. Los niños tienen esa facilidad de sobrevolar y sobreponer unos sentimientos con otros sin apenas pestañear. Le costó toda su paciencia desanudar la cuerda, así que al llegar al papel, lo despedazó sin culpa hasta dejar al descubierto el regalo: una piedra en forma de corazón.

La sostuvo sobre sus manos en silencio y sin poder levantar la cabeza ni cerrar la boca. Marc se había ruborizado en el mismo instante que se desveló el regalo, y la vergüenza se había tornado en colores.

—Para que te acuerdes de mí y de La Muga…

Adele no podía contener la alegría de ese regalo, que Marc se hubiera acordado de ella, que le diera un corazón de piedra, que la quisiera como ella le quería. Sin pronunciar palabra, se levantó de la silla y salió corriendo del jardín, entró en la casa y subió las escaleras precipitadamente hasta llegar a su habitación. Llevaba en un puño la piedra preciosa, buscó un lugar seguro para dejarla y que quedara protegida para que no se rompiera. Decidió meterla entre la ropa, dentro de la maleta. Rebuscó en ella hasta encontrar *Las crónicas de Narnia*. Cogió los tomos con decisión y bajó las escaleras como si quisiera volar.

Marc se había quedado algo descompuesto en la silla, pero esperaba que Adele volviera pronto. Por su mirada sabía que había ido a buscar algo y enseguida volvería a su lado. Entró en el jardín, caminando con los brazos extendidos con los libros sobre ellos; como si portara un tesoro o una corona de piedras preciosas. Su andar era lento y majestuoso, Marc sonreía al mirarla; ella levantaba barbilla y mantenía chisposa la compostura. No la perdió hasta que llegó frente al él, y con voz anunciadora de la Corte Real se pronunció.

—Yo te doy mi mayor tesoro para que no te olvides de mí.

The Chronicles of Narnia! Sabía lo importantes que eran esos tomos para Adele, y también que su poco inglés le impediría poder leerlos, pero no le importó nada de eso, sino que su amiga le dejaba a él lo que más quería. Tomó los libros con la delicadeza de sostener cristal.

—¡Gracias, Adele!

La pequeña aplaudió varias veces mientras giraba sobre sí misma, dando brincos sin parar. Los dos celebraron sus regalos, sellaron su amistad con la confianza de que el amor es eterno y el recuerdo no muere. *Boston* apareció de la nada, dispuesto a brincar con ellos y a bañarlos a lametazos.

—Y... *¿Boston?*

Marc miró a Adele esperando impaciente la respuesta.

—Se queda con la abuela. Alguien tiene que cuidar de ella...

Lo dijo con la mirada perdida y un hilo entrecortado de voz. Había tomado la decisión al saber que la abuela se quedaba en La Muga sola y... *Boston* seguro que sería más feliz corriendo por esa tierra que en Nueva York.

—¡¡¡Adeeeleee!!! ¡La yegua se ha puesto de parto! ¡Corred!

Kate llamaba a la puerta con Joana, presas de la excitación de dar la noticia. Al fin la yegua estaba de parto y la fiesta comenzaba en la casa de Jow y Cecilia. Era como todos los nacimientos, un acontecimiento para el pueblo. Ellos hacían siempre de la nueva vida, un festejo. Nalda y Julianne salieron al patio por los timbrazos de Kate y Adele, se precipitaron a enfundarse los abrigos y a salir todos para no perderse la buena nueva. En el camino se encontraron a La Hechicera subida a la camioneta con su Jacinto y cargada de dulces para el picnic.

—*La Teresa està arribant amb el vi.*[*]

Los Forgas iban de camino. Todo el pueblo se había comunicado en cuestión de segundos, incluso se escuchaban las campanas en señal de nacimiento. En La Muga era tradición celebrar por todo lo alto las nuevas vidas, fueran animales o humanas eran dignas de igual festejo. Gala y Amat escucharon las campanas. Gala apenas se sobresaltó, pero Amat identificó el repicar y supo que la hora del nuevo potrillo había llegado.

—¡Corre! La yegua se ha puesto de parto...

Los dos tuvieron tiempo para besarse de nuevo, para engarzarse con la pasión infinita, para rozar sus cuerpos que apenas habían comenzado el asalto. Gala se perdió entre los brazos de Amat, no queriendo abandonar esa

---

[*] —Teresa está llegando con el vino.

nube de placer infinito. Alargaron un poco más el presente, posponiendo el adiós en un nuevo descenso a lo animal, a los instintos primarios y salvajes.

Francisca estaba con las botas puestas en la cuadra, junto a Jow y Cecilia, dispuesta a echar una mano con los paños calientes, o lo que sugiriera Alfonso, el veterinario. Pau descargaba de la camioneta mesa y sillas plegables junto a su *novio* y su madre La Guapa, que ordenaba más que cargaba con el rostro agriado de aguantar al *amigo* de su hijo. Los dos se habían decidido por no hablar y mostrarse tal cual eran: uno en compañía de su chico y la otra, con la desaprobación de que fuera homosexual y lo paseara por el pueblo. Kate y Joana ayudaban a Pau; Julianne y Nalda a Agnès con la comida. Al rato, llegaron La Segunda y su Alfonso. El potrillo ya asomaba, apenas quedaban unos minutos para el nacimiento. Tomasa aparcó el tractor en medio del terreno; la noticia la había pillado en el campo. La Roja buscaba a su hijo, pero no se atrevía a preguntar para evitar evidenciar las ausencias de Gala y Amat. Todos se hacían presentes, ella le había llamado al móvil unas cuantas veces sin obtener respuesta; lo mismo que Julianne con su hija. Decidieron no compartir siquiera entre ellas mismas la evidencia, y disimular las faltas disfrutando de la celebración y el buen vino.

Adele, Marc, Joana y Kate se habían acercado a la cuadra para no perderse el momento. A Marc le apasionaba verlo; a Kate le dio un mareo y tuvo que salir antes de caerse al suelo redonda. Adele arrugaba el rostro mientras observaba el momento. Joana abría los ojos y la boca, embobada por el milagro de la vida. La yegua se mantenía estirada y, con pequeñas convulsiones, echaba la placenta, la cabeza del potrillo primero y, con esfuerzo y mucho cariño, el resto del cuerpo. Joana estaba con las manos unidas y aguantando el aliento de la impresión del último esfuerzo. Todos se habían agolpado en el establo para no perderse cómo el potrillo salía de la bolsa y estiraba por primera vez sus patillas. Un aplauso conjunto celebró la nueva vida, alzaron sus copas frente al recién nacido y brindaron por él y por la madre valiente, agotada por el esfuerzo. La Santa limpiaba al potrillo, que recibía su bendición con un bautizo de agua bendita y bien merecida. Jow y Cecilia daban con las copas en alto las gracias a todos por hacer de la gesta una celebración a la vida y al amor sin faltas. Gala y Amat se unieron con el aliento entrecortado y sin copas al festejo, con los ojos y el pensamiento en otro lugar.

La fiesta se alargó hasta la noche, pasando de una celebración a una despedida. Todos quisieron estar para dar el adiós a las americanas. Tomasa se pasó la noche con los ojos acuosos. La Santa le regaló a Gala unos frasquitos de esencia de orquídeas, lilas y romero. Las niñas saltaron el fuego, pidiendo deseos y gritándole a la noche estrellada. Gala y Amat se pasaron la velada buscando escondites para besarse apartados de la gente, la fiesta y el vino. No pudieron parar, no quisieron parar la locura de seguir alimentando el deseo. Gala estaba desconcertada, como una colegiala, brindando con todos, con los ojos brillantes y la mirada perdida, buscando a Amat. Nunca se había sentido flotar, ligera de pensamiento y tan frágil como para desear ser abrazada sin pausa. Julianne le dejó su espacio, pero sin perderla de vista; ni a ella ni a Amat. Los dos danzaban esa noche dispuestos a ver amanecer…

Todo estaba bendecido, apenas quedaba un suspiro para abandonar aquella tierra… Gala no quería mirar el reloj, no le apetecía ser cauta ni razonable; no estaba ni para sus hijas, que la miraban como si se la hubieran cambiado. Kate sabía lo que ocurría y necesitó de su abuela para frenar el ímpetu de gritarle a su madre. No entendía su comportamiento, ni por qué se había besado con Amat, ni qué pretendía con aquel espectáculo de niña chica.

—El amor no dispone de formas, querida…

Kate miró a su abuela sin entender. No quería respetar a su madre ni la decisión de besarse con Amat en presencia de todos, pues aunque lo hiciera a escondidas, los besos dejan estela y señalan a sus dueños.

—*Where's your respect, grandma?*[*]

Julianne acarició a Kate sintiendo su incomprensión, pero la vida supera las normas, creencias y valores del grupo, porque el individuo sobrevive más allá de lo impuesto, necesario o conveniente.

—*Someday you will understand your mother. Now let her live without judging her.*[**]

Kate no quiso contestar, pero no pudo entender la respuesta de su abuela. Ella siempre había juzgado y vetado la falta de decoro y mucho más en público. ¿Qué les había pasado a todas? Aquel lugar asilvestraba e indicaba los ca-

---

[*] —¿Dónde está tu respeto, abuela?
[**] —Algún día entenderás a tu madre. Ahora déjala vivir sin juzgarla.

minos conducidos por lo primario, por lo salvaje, por lo ¿real? No sabía qué ocurría, pero todo se movía a su paso, ni siquiera reconocía a su hermana, que más que una *little princess* se había convertido en una *little wild.* Joana fue en busca de su amiga antes de que saboteara la fiesta con un discurso aguafiestas. Kate estaba recostada en la valla, liándose un cigarrillo con las manos temblorosas de la rabia por su incapacidad de entender. Joana la ayudó con el cigarrillo, mientras le contaba que sus padres le habían dado permiso para visitarla en Semana Santa.

—Al fin conoceré Nueva York, ¿sabes?

Kate se puso feliz por la noticia, aunque le costó un poco más de tiempo sonreír. Joana siguió con sus planes de prepararse un monólogo e interpretarlo en Central Park, para ser vista, reconocida como una futura estrella.

—Yo voy a por todas, ¿sabes? Que se prepare Nueva York…

Kate no pudo reprimir la risa de ver a su amiga dando giros sobre sí misma con los brazos extendidos y cantando *New York, New York* a todo pulmón.

Start spreading the news
I'm leaving today
I want to be a part of it
New York, New York

Kate no podía parar de reír, Joana estaba poseída por la emoción y por la magia de la canción que tantas veces había cantado en su habitación soñando con el momento de conocer Nueva York. Adele y Marc se acercaron divertidos a ver el baile de Joana que no cesaba de cantar, sintiendo cada palabra de esa canción. Kate se unió a su amiga, cogiéndola por los brazos y alzando las piernas al compás de la música imaginada.

I wanna wake up in that city
That doesn't sleep
And find I'm king of the hill
Top of the heap.

These little town blues
Are melting away
I'll make a brand new start of it
In old New York

If I can make it there
I'll make it anywhere
It's up to you
New York, New York

Marc y Adele se unieron al baile divertidos, repitiendo en alto «*New York, New York*», provocando la atención del resto, que se giró divertido ante el espectáculo. Gala miró a Amat con la nostalgia de saber el futuro de ausencias; Amat bajó la cabeza para olvidar la desdicha de no tenerla cerca ni poder soñar con volverla a rozar. Todos siguieron la música invisible del poder de aquella canción que, con la melodía, conectaba en un hilo de plata La Muga y Nueva York en un solo destello de anhelos, deseos y pensamientos alados que quedaron suspendidos aquella noche… dibujados en las estrellas… A la espera tan solo de las fugaces o eternas despedidas…

Joana se despidió de Kate con la promesa de verla «*in the top of the hill*»* fundiéndose en un gran abrazo de amigas, de seres hermanos que se han encontrado aunque provengan de polos opuestos. Marc y Adele se daban su segundo beso con la vergüenza de despertarse con la presencia de varios. Ella le apretó la mano, descubriendo en la mano de Marc otra piedra de corazón, casi igual a la suya. Adele lo miró creyendo en la magia. «¿Cómo era posible? ¡Una piedra igual a la suya!». Los dos se abrazaron sintiendo los corazones latir al mismo compás. Era una despedida, un te quiero inocente que no necesita palabras. Todos alzaron ese adiós en procesión, apagando las velas, recogiendo el cortijo para que el día despuntara y prosiguiera el círculo de la vida, muy a pesar de muchos que pedían la eternidad del instante.

Nalda abrazó a Gala. Con fuerza y brazos temblorosos. Era ya una vieja y poco le quedaba en este mundo más que suspiros de alegría y tristeza. No quería sentirla como una despedida, sino como una bienvenida a esa tierra que la adora, que velará por ella a pesar de la distancia. Sacó de su bolso un bote de cristal lleno de tierra y se lo entregó dándole un golpe seco en el estómago.

—Para que no te olvides de esto, de nosotros, de La Muga, de los tuyos… Eres parte de todo esto, eres también nuestra, como nosotros tuyos. Para lo bueno y para lo malo,

---

* «en lo más alto».

mi querida Gala, esta tierra enloquecida por su viento ahuyentará tus miedos cuando más lo necesites. No renuncies a ella, siente su fuerza, su fertilidad, su capacidad eterna de, a pesar de las inclemencias, dar vida…

La Roja apenas podía pronunciar las palabras, pero se mantenía en la guerra de contener el llanto con el tesón de la experiencia.

—Tu abuela habría estado orgullosa de ti. Eres una gran mujer, deja que el lado salvaje te guíe. Sigue tus instintos y te verás recompensada. Esta vieja luchadora te lo dice por experiencia…

Gala se abrazó de nuevo a La Roja, prometiendo no olvidar y llevar esa tierra allá donde fuera como un bien preciado, como su vida, como su sangre: parte de ella y del misterio de la vida. Las dos mujeres se miraron con la complicidad de saber que la hora había llegado. Miró de reojo a Amat, que aguardaba en la distancia.

—Querida Gala, no sé si me voy a arrepentir lo que me queda de vida, pero para amar hay que ser valiente. ¡La cobardía carece de sentimientos!

Gala se giró a mirar a Amat y bajó la cabeza en silencio, despidiéndose de La Roja con un apretón de manos.

Julianne se llevó a las niñas a casa, con la mirada inquisitiva de Kate, mirando a su madre alejarse con Amat. Era demasiado pequeña para querer enterarse de todo, pero parecía que la vida se empeñaba en situarla en primera fila para que no perdiera detalle. Adele arrastraba los pies y se encogía de hombros. No sabía cómo abordar esa pena tan grande que se le había metido tan adentro que le entrecortaba la respiración. Kate abrazó a Adele, la miró a los ojos y le dio el coraje para ser fuerte. Ese que una hermana mayor ofrece a la pequeña, cuando la ve desvalida, perdida por las circunstancias.

Las tres se fundieron en un sueño necesario. El viaje era largo y debían descansar, aunque fuera a trompicones, para sobrellevar el trance de volver a casa con el alma partida. Julianne simuló descansar, porque apenas pudo conciliar una hora de sueño. Necesitaba procesar su decisión, enraizarla para no echarse atrás y volver a casa con ellas.

Aquella noche se dedicó a organizar su estancia en La Muga, mentalmente hizo listas de sus necesidades, de las decenas de llamadas que debía hacer para finiquitar su vida en Miami, sus cuentas y comenzarla allí. Sabía que tendría que viajar, que volver a Miami, pero la certeza le decía que debía esperar… primero establecerse en La Muga, sanar, encontrarse, enraizarse y volar para cerrar otras vidas. Julianne se pasó la noche entre temblores y sudores; nuevas sensaciones recorrían su interior, sentía que germinaba otro despertar que, lejos de acobardarla, la envalentonaba a seguir adelante en su decisión, en su deseo de permanecer un tiempo más en La Muga, la tierra de su amor, de su Román…

Gala y Amat gastaron la noche a besos, apenas pusieron palabras a lo que ocurría. Decidieron fundirse en la piel, en el deseo, en el placer desmedido que hablar más allá del bajo vientre. Se despidieron al alba, con la prisa de no pronunciar juramentos y la precipitación de no encontrar lamentos o arrepentimiento a lo sucedido. Se fundieron en un último beso, antes de caminar en sentidos opuestos. Cada uno contando los pasos para evitar girarse; contando las piedras para evitar volver a por otro beso; contando lo que fuera que hubiera en el camino para volver a encontrar sus miradas… Gala fue la que echó a andar, porque Amat se quedó inmóvil, como esperando a recibir el disparo mortal. No pudo evitar girarse y contemplar cómo Gala se alejaba, cómo se desdibujaba ante él hasta perderla de vista y contemplar ese paisaje todavía impreso por su estela; por su olor, por su destello. Contempló la salida del nuevo día, sintió el calor del sol, despuntando con fuerza. Respiró profundamente, buscando llenarse de su energía para reemprender la vuelta a casa, el regreso a su hogar, a su mundo, a su realidad.

La luz del sol desvelaba cautelosamente la paleta de colores de las llanuras de los prados, de las piedras, de esa tierra que se recogía en su misterio. Reposada y guardiana con severo mimo de las semillas de lo vivido. El gallo estaba perezoso para el canto. Se resistía a desvelar el día, la partida, el retorno a casa. Gala y Julianne esperaron un tiempo a despertar a las niñas. Necesitaban respirarse, como madre e hija, con la complicidad de lo vivido, de lo expresado. Se tomaron en la intimidad de la mañana un té, como a Gala le gustaba, con una nube de leche, como Julianne sabía que su hija lo tomaba, aunque jamás se lo hubiera preparado antes.

—*Are you sure?**

Esa pregunta podía ser para cualquiera de ellas, las dos debían decidirse, pero fue Gala quien respondió:

---

* —¿Estás segura?

—*No, I'm not...*[*]

Las dos comprendieron en una tierna mirada de complicidad que ese era parte del misterio de la vida. Gala volvía a casa, su madre se quedaba en La Muga. Los muertos habían hablado, los vivos seguían empujando la rueda de la vida con la fuerza y el coraje que se merecía. El círculo se había cerrado, la tierra volvía a estar lista para la siembra.

Kate, Adele y Gala se subieron al coche de Gustavo, listas para dejar La Muga. Cada una perdida en una telaraña de pensamientos, de sensaciones invisibles que las conectaban para siempre con aquel lugar, perdido en el mundo; de seres sencillos, llenos de rarezas, de pendientes y valles. Era todo demasiado reciente, apenas eran conscientes de que después de pisar esa tierra su destino había cambiado para siempre. Para Gala, Kate y Adele aquellas Navidades en La Muga fueron el principio de muchos sueños por construir porque aquella tierra las abrió al amor más allá de la razón, al poder de los sentidos, a dar saltos sin pensar en los acantilados. Gala comenzaba una nueva vida con el vértigo de apenas saber, pero la certeza de desear romper con lo establecido. Adele jamás dejaría esa tierra, ni siquiera en la distancia, porque seguiría unida a ella con el hilo de plata invisible que nos une a lo que amamos. Y Kate..., la pequeña rebelde, jamás podría imaginar que sería ella la heredera de pertenecer al Círculo de mujeres junto a su gran amiga Joana. Pero mucha vida debían derrochar hasta llegar a sabias ancianas y guardianas de la tradición. Ese viaje, ese despertar en La Muga había girado la rueda de la for-

[*] —No, no lo estoy...

tuna de esas tres mujeres que abandonaban esa tierra bendiciendo a su manera el misterio de la vida.

Las tres giraron la cabeza para ver a Julianne con la mano alzada, junto a *Boston*, y cómo en apenas medio minuto se habían convertido en un pequeño punto más del paisaje. Comenzaba el recuerdo y, al tiempo, la nueva vida, todo era posible en una realidad que, aunque nos resistamos en vestirla de plana, se nos presenta siempre poliédrica.

Este libro
se terminó de imprimir en Liberdúplex.
Sant Llorenç d'Hortons (Barcelona)
en el mes de enero de 2015